BRUME

DU MÊME AUTEUR

aux Éditions Albin Michel

CUJO
roman

CHRISTINE
roman

CHARLIE
roman

SIMETIERRE
roman

DIFFÉRENTES SAISONS
nouvelles

L'ANNÉE DU LOUP-GAROU
illustré par Berni Wrightson

STEPHEN KING

BRUME

NOUVELLES

*traduit de l'américain par
Michèle Pressé et Serge Quadruppani*

Albin Michel

Édition originale américaine :
SKELETON CREW

© 1985 by Stephen King
G. P. Putnam's Sons, New York

Traduction française :
© Éditions Albin Michel, S.A., 1987
22 rue Huyghens, 75014 Paris

Tous droits réservés. La loi du 11 mars 1957 interdit les copies ou reproductions destinées à une utilisation collective. Toute représentation ou reproduction intégrale ou partielle faite par quelque procédé que ce soit — photographie, photocopie, microfilm, bande magnétique, disque ou autre —, sans le consentement de l'auteur et de l'éditeur, est illicite et constitue une contrefaçon sanctionnée par les articles 425 et suivants du code pénal.

ISBN 2-226-03141-3

Sommaire

Introduction 9

Brume 17

En ce lieu des tigres 165

Le singe 171

La révolte de Caïn 213

Le raccourci de Mme Todd 221

L'excursion 251

Le gala de noces 281

Paranoïa : une mélopée 299

Le radeau 303

Machine divine à traitement de texte 337

L'homme qui refusait de serrer la main 359

Sables   381

L'image de la Faucheuse   403

Nona   413

Pour Owen   451

Le goût de vivre   453

Le camion d'oncle Otto   477

Livraisons matinales (laitier n° 1)   497

Grandes roues : où l'on lave
son linge sale en famille
(laitier n° 2)   503

Mémé   521

La ballade de la balle élastique   555

Le chenal   613

Notes   637

Introduction

Attends — juste quelques minutes. J'ai envie de te parler... et puis je vais t'embrasser. Attends...

1

Voici quelques nouveaux récits, si cela vous dit. Ils couvrent une longue période de mon existence. Le plus ancien, « L'Image de la Faucheuse », remonte à mes dix-huit ans, à l'été précédant mon entrée à l'université. En fait, j'en avais eu l'idée dans la cour derrière chez nous, à West Durham, dans le Maine, alors que je jouais au basket avec mon frère, et quand je le relis, un peu de tristesse m'étreint au souvenir de cette époque lointaine. Le plus récent, « La Ballade de la balle élastique », était terminé en novembre 1983. Cela fait une durée de dix-sept années et ne représente pas grand-chose, je suppose, en comparaison des longues et fécondes carrières d'écrivains aussi différents que Graham Greene, Somerset Maugham, Mark Twain et Eudora Welty, mais c'est une période de production qui dépasse celle de Stephen Crane et est à peu près égale à celle de H. P. Lovecraft.

Un de mes amis, il y a un an ou deux, m'a demandé pourquoi je me cassais encore la tête. Mes romans, avança-t-il, me rapportaient pas mal d'argent, alors que les récits étaient en fait de mauvaises affaires.

— Qu'est-ce qui te fait dire ça ? demandai-je.

Il tapota le dernier numéro de *Playboy,* à l'origine de cette discussion. J'y avais fait paraître une nouvelle (« Machine divine à traitement de texte », que vous trouverez quelque part dans ce livre) et je le lui avais tendu, avec une fierté que je croyais justifiée.

— Bon, je vais te montrer, dit-il, si ça ne te dérange pas de me dire combien tu as gagné pour ce papier.

— Ça ne me dérange pas. J'ai touché deux mille dollars. Pas vraiment de la crotte de bique, Wyatt.

(Ce n'est pas son vrai nom, mais je ne veux pas le plonger dans l'embarras, si vous voulez savoir.)

— Non, tu n'as pas touché deux mille dollars, dit Wyatt.

— Ah bon ? Tu as eu accès à mon compte en banque ?

— Non. Mais je sais que tu as reçu mille huit cents dollars pour ça, parce que ton agent prend dix pour cent.

— Tout à fait vrai. Il les mérite. C'est lui qui m'a introduit à *Playboy.* J'ai toujours eu envie de publier une histoire dans *Playboy.* Alors, même si j'ai gagné mille huit cents dollars au lieu de deux mille, c'est encore une bonne affaire.

— Non, tu as gagné mille sept cent dix dollars.

— Quoi ?

— Eh bien, tu ne m'as pas dit que ton homme d'affaires prend cinq pour cent de la somme nette ?

— Oui, bon, d'accord — mille huit cents moins quatre-vingt-dix sacs. Il me semble encore que mille sept cent dix dollars, c'est pas mal pour...

— Sauf que tu n'as pas touché mille sept cent dix dollars, poursuivit ce sadique. En fait, la somme réelle c'est huit cent cinquante-cinq minables dollars.

— Quoi ?

— Tu veux me faire croire que tu n'es pas dans la tranche des contribuables imposés à cinquante pour cent, Steve-O ?

Je gardai le silence. Il savait que j'y étais.

— Et, dit-il aimablement, en réalité, ça faisait dans les sept cent soixante-neuf dollars cinquante, n'est-ce pas ?

Je hochai la tête à contrecœur. Dans le **Maine** il existe un impôt sur le revenu qui oblige les résidents de ma tranche à verser dix pour cent de leurs impôts fédéraux à l'État. Dix pour cent de huit cent cinquante-cinq dollars, ça fait quatre-vingt-cinq dollars cinquante.

— Combien de temps t'a-t-il fallu pour écrire cette histoire ? insista Wyatt.

— Environ une semaine, dis-je de mauvaise grâce.

En réalité, il m'en avait fallu plus du double, et deux semaines supplémentaires pour la réécriture, mais je n'allais pas le raconter à « Wyatt ».

— Alors tu t'es fait cette semaine-là sept cent soixante-neuf dollars cinquante. Tu sais combien gagne un plombier par semaine à New York, Steve-O ?

— Non, dis-je. (Je déteste les gens qui m'appellent Steve-O.) Et tu n'en sais rien, toi non plus.

— Mais si, environ sept cent soixante-neuf dollars cinquante, net d'impôt. Et donc, pour autant que je sache, ce que tu as fait là, c'était en pure perte.

Il s'esclaffa de bon cœur et puis me demanda s'il restait de la bière dans le frigo. Je lui dis que non.

Je vais envoyer à mon bon copain Wyatt un exemplaire de ce livre avec un petit mot. Le mot dira : *Je ne vais pas te raconter combien j'ai été payé pour ce livre, mais je vais te dire une chose, Wyatt : mon revenu net pour « Machine divine à traitement de texte » s'élève actuellement à un peu plus de deux mille trois cents dollars, sans compter les sept cent soixante-neuf dollars cinquante qui t'ont fait braire si fort dans ma maison du lac.* Je signerai Steve-O et ajouterai en P.-S. : *En fait il y avait encore de la bière dans le frigo et ce jour-là je l'ai bue tout seul après ton départ.*

Voilà qui devrait lui mettre les points sur les i.

2

Sauf que ce n'est pas une question d'argent. Je dois admettre que j'ai été soufflé de recevoir deux mille dollars pour « Machine divine à traitement de texte », mais j'ai été tout aussi soufflé de recevoir quarante dollars pour « L'Image de la Faucheuse » lorsque cette nouvelle est parue dans *Startling Mystery Stories* ou quand j'ai reçu, en tant que collaborateur, douze exemplaires de la revue, pour la publication de « En ce lieu des tigres » dans *Ubris*, magazine littéraire de l'université du Maine. (Je suis d'un naturel bienveillant et j'ai toujours présumé qu'*Ubris* était l'orthographe cokney de *Hubris**.)

Je veux dire que l'argent, on n'est pas mécontent d'en gagner, sur ce sujet du moins, ne nous racontons pas d'histoires. Quand j'ai commencé à publier avec une certaine régularité des nouvelles dans des magazines pour hommes comme *Cavalier*, *Dude* et *Adam*, j'avais vingt-cinq ans, ma femme en avait vingt-trois. Nous élevions un enfant et en attendions un autre. Je travaillais cinquante ou soixante heures par semaine dans une blanchisserie pour un salaire horaire d'un dollar soixante-quinze. Le mot « budget » n'est pas vraiment adapté pour décrire ce que nous affrontions : cela ressemblait plutôt à une version modifiée de la Marche de la Mort de Bataan. Les chèques payant ces récits (toujours à la publication, jamais à l'acceptation) semblaient à chaque fois tomber pile pour acheter les antibiotiques du bébé qui souffrait d'une infection de l'oreille ou pour garder encore miraculeusement le téléphone dans notre appartement. L'argent c'est, reconnaissons-le, bien utile et bien agréable. Comme le dit Lily Cavenaugh dans *The Talisman* (et c'était une phrase de Peter Straub, pas de moi) : « On n'est jamais trop mince ni trop riche. » Et si vous ne le croyez pas, c'est que vous n'avez jamais été vraiment gros ou vraiment pauvre.

Cela étant, on ne fait pas ça pour de l'argent, à moins d'être un imbécile. On ne pense pas au résultat pécuniaire final, à moins d'être un imbécile. On ne pense pas en termes de revenu horaire, de revenu annuel ou même de revenu sur toute une vie à moins d'être un imbécile. En fin de compte, on ne fait pas même cela par amour, même si on aimerait bien le croire. On le fait parce que ne pas le faire serait du suicide. Et si c'est dur, il y a des compensations que je ne saurai jamais expliquer à Wyatt : ce n'est pas le genre de type à comprendre.

Prenons par exemple « Machine divine à traitement de texte ».

---

* L'accent cokney (de prolétaire londonien) efface les *h*, *Hubris* en grec et donc en anglais « cultivé » signifie « orgueil démesuré ». *Ubris* n'existe pas. (*N.d.T.*)

INTRODUCTION

Ce n'est pas le meilleur récit que j'aie écrit et il ne remportera jamais de prix. Mais il n'est pas trop mal non plus. Il donne un certain plaisir. Cela faisait à peine un mois que j'avais acheté ma machine à traitement de texte (c'est une grosse Wang, et gardez vos commentaires perspicaces pour vous, d'accord ?) et j'en étais encore à explorer ses possibilités. En particulier j'étais fasciné par les touches INSÉRER et EFFACER, qui faisaient presque tomber en désuétude les signes d'omission et les biffures.

Un jour j'attrapai un vilain petit microbe. Que diable ! cela arrive aux meilleurs d'entre nous. Tout ce qui à l'intérieur de moi n'était pas solidement arrimé sortait par un bout ou par un autre, la plupart du temps brutalement et à la vitesse du son. En fait, à la tombée de la nuit je me sentais très mal — frissons, fièvre, articulations bourrées de fibres de verre. La plupart des muscles de mon estomac étaient en révolution et mon dos me faisait mal.

Je passai la nuit dans la chambre d'ami (qui n'est qu'à quelques pas de course des toilettes) et je dormis de 9 heures du soir à 2 heures du matin. Je m'éveillai en sachant que c'était pour cette nuit. Si je restai au lit, ce fut seulement parce que j'étais trop malade pour me lever. Je demeurai donc étendu. Mes pensées tournaient autour de la machine à traitement de texte et des touches INSÉRER et EFFACER. Je me dis : « Ce serait peut-être amusant si ce type écrivait une phrase, et puis, quand il appuierait sur EFFACER, le sujet de la phrase serait effacé du monde. » C'est ainsi que commencent toutes mes histoires : « Ce serait peut-être amusant si... » Et quoique la plupart d'entre elles soient effrayantes, je n'en ai jamais raconté une (à l'opposé de ce qui se passe quand je les écris) qui n'ait pas provoqué au moins quelques rires, quel que soit l'objectif final de ce récit dans mon esprit.

En tout cas, j'ai laissé courir mon imagination à partir d'EFFACER, ce qui n'était pas exactement comme de fabriquer une histoire en voyant le film de l'action dans ma tête. J'observais ce type (qui est toujours pour moi. M. X tant que l'histoire ne s'est pas encore mise en mots et qu'on n'est pas obligé de lui donner un nom) qui effaçait des tableaux accrochés au mur, et des chaises du salon, et la ville de New York, et le concept de guerre. Puis j'ai pensé à lui faire insérer des choses et que ces choses surgissent tout bonnement dans le monde.

Puis je me suis dit : « Maintenant, donne-lui une femme méchante comme la gale — il pourrait peut-être l'effacer — et quelqu'un d'autre qui serait bon et qu'il pourrait insérer. » Et ensuite je me suis endormi. Le lendemain j'avais retrouvé une excellente forme. Le microbe était parti, mais pas l'histoire. Je l'ai écrite, et vous verrez qu'elle n'a pas pris exactement la tournure qui s'annonçait mais bon, c'est toujours ainsi.

Pas besoin de vous faire un dessin, non ? On n'écrit pas pour de l'argent, on écrit parce que cela évite de se sentir mal. Un homme ou une femme capable de tourner le dos à une chose pareille n'est qu'un(e) imbécile, voilà tout. L'histoire me paie en me permettant de trouver le sommeil quand j'ai envie de dormir et que je n'y parviens pas. Je paie l'histoire en retour en lui donnant la forme concrète dont elle a besoin. Le reste n'est qu'effets secondaires.

3

J'espère que ce livre te plaira, fidèle lecteur. Je crains qu'il ne te plaise pas autant qu'un roman, parce que la plupart d'entre vous avez oublié les réels plaisirs que procurent les nouvelles. La lecture d'un bon gros roman est à maints égards comparable à une longue liaison satisfaisante. Je me souviens d'avoir fait des va-et-vient entre le Maine et Pittsburgh pendant la préparation de *Creepshow*, la plupart du temps en voiture, ma peur de l'avion se combinant à une grève des contrôleurs aériens, lesquels avaient été à la suite de leur mouvement virés par M. Reagan (Il semble que Reagan ne soit un ardent syndicaliste que lorsque le syndicat est en Pologne.) J'avais un enregistrement d'une lecture de *The Thorn Birds*, de Colleen McCullough, sur huit cassettes, et pendant près de cinq semaines, ce n'est pas une liaison que j'ai eue avec ce roman, je me suis senti marié avec lui (mon passage favori c'était quand la vieille dame affreuse pourrissait et était dévorée d'asticots en seize heures).

La nouvelle c'est tout autre chose, c'est comme le baiser furtif d'une inconnue dans le noir. Rien à voir, bien sûr, avec une liaison ou un mariage, mais les baisers peuvent être suaves et leur extrême brièveté exerce en elle-même une attraction.

Avec le temps, écrire des nouvelles n'est pas devenu plus facile pour moi, c'est devenu plus difficile. D'un côté le temps à leur consacrer s'est rétréci. D'un autre côté, elles ne cessent de vouloir gonfler (j'ai un réel problème de gonflement — j'écris comme les grosses dames mangent). Et il me semble difficile de trouver le ton pour ces récits — trop souvent M. X se contente de flotter et s'éloigne.

La seule chose à faire est de poursuivre, il me semble. Plutôt que de tout laisser tomber, mieux vaut continuer de donner des baisers, même si parfois on récolte une claque.

4

Très bien. C'est tout pour l'instant.

Puis-je remercier quelques personnes (vous pouvez sauter ce passage si vous voulez) ?

Merci à Bill Thompson d'avoir fait que ce livre se fasse. Lui et moi avons composé le premier recueil de nouvelles, *Night Shift*, et c'est lui qui a eu l'idée de faire celui-ci. Depuis il a déménagé à Arbor House mais je l'aime toujours autant, où qu'il soit. S'il ne reste vraiment qu'un seul gentleman dans la profession d'éditeur, alors c'est lui. Que Dieu bénisse ton cœur d'Irlandais, Bill.

Merci à Phyllis Gran de chez Putnam pour avoir resserré le texte.

Merci à Kirby McCauley, mon agent, un autre Irlandais, qui a vendu la plupart de ces récits et m'a arraché au tire-bouchon la plus longue de ces nouvelles, « Brume ».

Ça commence à ressembler à un discours de lauréat de l'Academy Awards, mais on s'en fout.

Je dois des remerciements aux rédacteurs en chef : Kathy Sagan de *Redbook*, Alice Turner de *Playboy*, Nye Willden de *Cavalier*, aux gens de *Yankee*, à Ed Ferman — mon pote ! — et au *Fantasy & Science Fiction*.

J'ai une dette envers presque tout un chacun et je pourrais nommer tout le monde, mais je ne vais pas vous ennuyer plus longtemps. Mes plus vifs remerciements à toi, fidèle lecteur, comme toujours, parce que tout revient à toi pour finir. Sans toi, le courant ne passerait pas dans ce circuit. Si quelque chose dans ce livre te plaît, t'emballe, te permet de passer l'ennuyeuse pause déjeuner, le voyage en avion, ou une heure de colle pour avoir balancé des boulettes en papier, alors tu es payé en retour.

5

Bon... les pubs sont finies. Accroche-toi à mon bras maintenant. Serre fort. Nous allons entrer dans bien des lieux sombres, mais je crois connaître le chemin. Ne lâche pas mon bras, c'est tout. Et si je devais t'embrasser dans le noir, ce ne serait pas une grande affaire, ce serait simplement que je t'aime.

Maintenant, écoute.

Le 15 avril 1984,
Bangor, Maine.

Brume

1. L'orage

Voici ce qui s'est passé. La nuit qui vit la fin de la pire vague de chaleur que le nord de la Nouvelle-Angleterre ait connue dans son histoire — la nuit du 19 juillet — fut aussi celle où toute la région du Maine occidental fut balayée par les plus épouvantables orages que j'aie jamais vus.

Nous habitions au bord de Long Lake et nous vîmes le premier orage s'abattre sur les eaux en progressant dans notre direction juste avant la tombée de la nuit. Tout au long de l'heure qui avait précédé, l'air était resté parfaitement immobile. Le drapeau américain que mon père avait planté sur notre hangar à bateaux en 1936 pendait mollement contre son mât. Même l'ourlet ne tressaillait pas. La chaleur était comme un objet massif, et elle semblait aussi profonde que les trous d'eau glauque qu'on trouve dans les carrières à l'abandon. Cet après-midi-là, nous étions allés nous baigner tous les trois mais l'eau n'apportait aucun soulagement à moins de s'aventurer très loin, là où c'est profond. Ni Steffy ni moi ne voulions aller là où c'est profond parce que Billy en était incapable. Billy a cinq ans.

Nous mangeâmes un dîner froid à 5 heures et demie, des sandwiches au jambon et de la salade de pommes de terre, sous la véranda qui fait face au lac. Mais nous n'avions guère d'appétit. Personne ne semblait avoir envie d'autre chose que de Pepsi — tenu au frais dans un seau rempli de glaçons.

 Après dîner, Billy retourna faire l'acrobate sur les barreaux de la cage à singe. Nous restâmes là Steff et moi, parlant peu, à fumer en regardant, à travers le morne miroir du lac aux eaux mates, dans la direction de Harrison, sur la rive opposée. Quelques hors-bords passaient et repassaient en vrombissant. Là-bas, les conifères avaient l'air battus et poussiéreux. Vers l'ouest, d'énormes nuages s'amoncelaient, lentement, s'attroupant comme une armée. Des éclairs les zébraient. Chez Brent Norton, notre voisin, le poste de radio réglé sur la station dont l'émetteur coiffe le mont Washington envoyait un jet de parasites à chaque éclair. Norton était avocat dans le New Jersey et la maison qu'il possédait au bord de Long Lake n'était qu'un lieu de villégiature dépourvu de chauffage central et mal isolé. Deux ans plus tôt, nous nous étions affrontés autour d'une question de mitoyenneté qui nous avait menés devant le tribunal du comté. J'avais eu gain de cause. Norton prétendait qu'on m'avait donné raison parce qu'il n'était pas du coin. Nous n'avions guère de sympathie l'un pour l'autre.

 Steff soupira et s'éventa les seins en agitant le plastron de sa robe. Je doutais un peu de l'effet rafraîchissant mais la vue en était bigrement améliorée.

 — Ce n'est pas pour t'inquiéter mais on va avoir une drôle de tempête. Je sens que ça va cogner.

Elle me jeta un regard sceptique.

— C'était pareil hier soir et avant-hier soir, tu sais. Et les nuages se sont tout simplement dispersés.

— Pas ce soir.

— Tu crois ?

— Si les choses se gâtent, nous irons en bas.

— Jusqu'à quel point tu crois que ça peut se gâter ?

Mon père fut le premier à faire construire de ce côté du lac une maison destinée à être habitée toute l'année. Il était à peine plus qu'un gamin quand ses frères et lui érigèrent à l'emplacement de la maison actuelle une petite résidence d'été qu'en 1938 un ouragan détruisit entièrement, abattant jusqu'aux murs de pierre. Le hangar à bateaux fut le seul rescapé. Un an plus tard, il mettait en chantier la grande maison. Ce sont les arbres qui causent des dégâts quand le vent souffle très fort. Ils vieillissent et ne résistent pas aux bourrasques. C'est ainsi que la nature fait périodiquement le ménage.

— Je ne sais pas trop, dis-je, sans mentir. (Les récits du cataclysme de 1938 étaient les seuls exemples de ce genre que je connaissais.) Mais le vent qui vient du lac peut souffler à la vitesse d'un train rapide.

Billy revint un peu plus tard, pour nous annoncer que ça n'était pas amusant de grimper aux barreaux car il était « tout en nage ». Je lui ébouriffai les cheveux et lui tendis un autre Pepsi. Histoire de donner de l'ouvrage au dentiste.

Les nuages se rapprochaient, poussant le bleu devant eux. L'orage menaçait d'éclater d'un instant à l'autre. Norton avait éteint son poste de radio. Assis entre sa mère et moi, Billy regardait le ciel, fasciné. Le tonnerre grondait, le roulement s'éloignant à travers le lac et revenant en écho. Les nuages se tordaient et s'enroulaient, tantôt noirs, tantôt violets, tantôt veinés et de nouveau noirs. Ils recouvraient peu à peu le lac et je distinguais une délicate membrane de pluie qui en descendait jusqu'à la surface de l'eau. Elle était encore loin. Pour l'instant, il devait pleuvoir à Bolster's Mills, peut-être même à Norway.

L'air commença à s'agiter, d'abord par saccades, soulevant le drapeau qui retombait ensuite. La température se rafraîchit puis se stabilisa, refroidissant d'abord la transpiration sur nos corps puis la changeant en glace.

C'est à ce moment-là que je vis le voile d'argent courir à travers le lac. Il masqua Harrison en quelques secondes puis se dirigea droit sur nous. Les hors-bords avaient quitté la scène.

Billy bondit de son siège, exacte réplique en miniature de nos fauteuils de metteur en scène, avec son nom inscrit sur le dossier.

— Papa ! Regarde !
— Rentrons, dis-je.

Je me levai et posai mon bras sur ses épaules.

— Mais tu as vu ça ? Qu'est-ce que c'est, papa ?
— Un cyclone. Il faut rentrer.

Steff me lança un bref regard étonné et dit :

— Viens, Billy. Fais ce que dit ton père.

Nous passâmes à l'intérieur par les portes de verre coulissantes qui donnent sur la salle de séjour. Je refermai la porte en la faisant glisser sur ses rails et m'arrêtai pour jeter encore un coup d'œil à l'extérieur. Le voile d'argent avait parcouru les trois quarts du chemin à travers le lac. Il s'était transformé en un tourbillon emballé entre le ciel noir et bas et la surface de l'eau, désormais couleur de plomb rayé de blanc chromé. Le lac avait pris le visage menaçant de l'océan, de hautes vagues déferlantes projetaient des gerbes d'écume en se fracassant contre les pontons et les jetées. Au milieu, de gros moutons apparaissaient et disparaissaient au gré des rouleaux.

Il y avait quelque chose d'hypnotique à regarder le cyclone. Il était presque sur nous quand un éclair brilla d'un éclat si vif qu'il imprima tout sur mes yeux en négatif pendant les trente secondes suivantes. Le téléphone émit un petit *cling!* effarouché et je me retournai pour découvrir mon épouse et mon fils debout contre l'immense baie vitrée qui nous offre une vue panoramique du lac au nord-ouest.

Une vision d'horreur s'imposa à moi — du genre de celles qui sont je crois l'apanage des époux et des pères — : la baie vitrée explosant dans un bruit caverneux, décochant des éclats de verre effilés dans l'estomac dénudé de ma femme ou dans le visage et le cou de mon petit garçon. Les atrocités de l'Inquisition ne sont rien comparées au sort que nous sommes capables d'inventer à ceux que nous aimons.

Je les saisis fermement et les tirai en arrière.

— Qu'est-ce que vous faites là, bon Dieu? Écartez-vous!

Steff me lança un coup d'œil étonné. Billy se contenta de me regarder comme s'il émergeait à peine d'un rêve.

Je les menai jusqu'à la cuisine et allumai la lumière. Le téléphone tinta de nouveau.

Puis le vent se leva. La maison était transformée en Boeing 747 prêt à décoller. C'était un sifflement strident qui enflait par moments en un rugissement grave et profond avant de se muer de nouveau en mugissement.

— Descendez au sous-sol, dis-je à Steff et je devais crier désormais pour me faire entendre.

Juste au-dessus de la maison le tonnerre cogna l'une contre l'autre deux planches gigantesques et Billy frissonna contre ma jambe.

— Tu viens aussi! me lança Steff en réponse.

Je fis oui de la tête et les chassai du geste. Je dus détacher Billy cramponné à ma jambe.

— Va avec maman. Je vais chercher des bougies au cas où la lumière s'éteindrait.

Il partit avec elle et j'entrepris d'ouvrir des placards. C'est tout de même bizarre, les bougies. On les met de côté au printemps en prévision des coupures de courant que provoquent les orages de l'été. Et ça disparaît quand on en a besoin.

J'en étais à mon quatrième placard où je venais de retrouver les dix grammes d'herbe que Steff et moi avions achetés quatre ans plus tôt et que nous n'avions toujours pas fumés entièrement, le « dentier mécanique » de Billy provenant de la boutique de nouveautés, et les piles de photos que Steffy oubliait toujours de coller dans notre album. Je soulevai un catalogue puis jetai un œil derrière une de ces poupées fabriquées à Taiwan que j'avais gagnée à la foire de Fribourg en renversant des bouteilles de lait avec des balles de tennis.

Je trouvai les bougies derrière la poupée aux yeux vitreux. Elles étaient toujours enveloppées dans leur Cellophane. A l'instant où je refermai la main autour d'elles les lumières s'éteignirent. La seule électricité était désormais celle du ciel. La salle de séjour était éclairée par une succession d'éclairs blancs et violets, comme des flashes d'appareil photographique. J'entendis Billy qui éclatait en sanglots en bas puis Steff qui le rassurait à voix basse.

Il fallait que je regarde encore une fois dehors.

Le cyclone avait dû nous dépasser ou se calmer en atteignant la rive mais on n'y voyait toujours pas à vingt mètres, sur le lac. Il était complètement démonté. J'aperçus le ponton de quelqu'un — celui des Jasser, peut-être — qui filait sur l'eau, ses pilotis alternativement dressés vers le ciel et plongés dans les flots bouillonnants.

Je descendis au sous-sol. Billy courut vers moi et s'agrippa à mes jambes. Je le soulevai dans mes bras et le serrai contre moi. Puis j'allumai les bougies. Nous nous installâmes dans la chambre d'ami qui donnait sur le couloir menant à mon petit atelier, et demeurâmes là à nous regarder dans l'éclairage jaune et vacillant, en écoutant l'orage rugir et cogner contre notre maison. Au bout d'une vingtaine de minutes nous entendîmes un craquement terrible et un des grands pins s'abattit non loin. Puis il y eut une accalmie.

— C'est fini ? demanda Steff.
— Peut-être, dis-je. Peut-être pas pour longtemps.

Nous regagnâmes l'étage, chacun portant une bougie, tels des moines se rendant aux vêpres. Billy portait la sienne fièrement, en faisant bien attention. Porter une bougie, autrement dit *le feu*, était une affaire de la plus haute importance pour lui. Et du coup il avait moins peur.

Il faisait trop sombre pour voir les dégâts que l'orage avait faits autour de la maison. Billy aurait déjà dû être au lit mais aucun de nous ne suggéra de l'y mettre. Nous restâmes dans la salle de séjour à écouter le vent et à regarder les éclairs.

Une heure plus tard, l'orage reprit. Trois semaines durant la température avait tourné autour de trente-cinq degrés et six jours sur les vingt et un, la station météorologique de l'aéroport de Portland avait indiqué des températures de quarante degrés et plus. Drôle de temps. Et comme nous avions eu un hiver éprouvant et un printemps tardif, certains avaient ressorti une fois encore la sempiternelle histoire des effets à long terme de la bombe atomique. Et aussi, bien entendu, la fin du monde. La plus rabâchée de toutes.

Le second assaut ne fut pas aussi violent mais nous entendîmes le fracas de plusieurs arbres qui s'abattaient, affaiblis par la première charge. Alors que le vent commençait de nouveau à se calmer, l'un d'eux heurta lourdement le toit avec un bruit sourd, comme un poing s'abattant sur le couvercle d'un cercueil. Billy bondit et regarda le plafond avec inquiétude.

— Ça tiendra, va, lui dis-je.

Billy eut un sourire crispé.

Aux environs de 10 heures la dernière bourrasque arriva. Le vent ulula presque aussi fort que la première fois et on aurait dit que les éclairs nous entouraient. D'autres arbres tombèrent et il y eut comme un fracas de verre brisé, venant du bord de l'eau, qui fit pousser à Steff un cri plaintif. Billy s'était assoupi sur ses genoux.

— Qu'est-ce que c'était, David ?
— Le hangar à bateaux, je crois.
— Oh ! ce n'est pas vrai...
— Écoute, Steffy, j'aimerais autant retourner en bas.

Je pris Billy dans mes bras et me levai avec lui. Steff ouvrit de grands yeux effrayés.

— Il ne va rien nous arriver, David ?
— Non.
— Vrai ?

— Vrai.

Nous redescendîmes. Dix minutes après, au plus fort de la dernière bourrasque, il y eut une explosion de verre à l'étage — la baie vitrée. La vision que j'avais eue n'était pas si exagérée, en fin de compte. Steff, qui somnolait, s'éveilla avec un petit cri et Billy s'agita inconfortablement sur le lit de la chambre d'amis.

— La pluie va rentrer à l'intérieur, dit-elle. Les meubles seront fichus.

— On n'y peut rien. Et ils sont assurés.

— Qu'est-ce que ça change ? dit-elle d'un ton fâché, chargé de reproche. La commode de ta mère... le canapé neuf... la télé couleur...

— Chuuut, dis-je. Dors.

— Je n'y arrive pas, dit-elle, et cinq minutes plus tard, elle dormait.

Je restai encore éveillé pendant une demi-heure, en compagnie d'une bougie allumée, à écouter le tonnerre se répercuter de loin en loin. J'avais le sentiment qu'on serait nombreux le lendemain matin parmi les riverains à appeler l'agent d'assurances, que les tronçonneuses pétaraderaient alentour, les propriétaires des villas s'affairant à débiter les arbres qui s'étaient abattus sur leur toit ou avaient traversé leurs fenêtres, et que les camions de la compagnie d'électricité seraient de sortie.

L'orage faiblissait à présent sans aucun signe annonciateur d'un nouveau coup de vent. Je remontai au premier en laissant Steff et Billy sur le lit et regardai dans la salle de séjour. La porte de verre coulissante avait tenu bon mais à la place de la baie vitrée il y avait un trou aux bords déchiquetés garni du feuillage d'un bouleau. C'était la cime du vieil arbre qui flanquait l'accès extérieur du sous-sol d'aussi loin que je me souvienne. En regardant la cime entrée ainsi à l'improviste dans notre salle de séjour, je compris ce que Steff avait voulu dire en déclarant que ce n'était pas une question d'assurances. J'aimais cet arbre. Vétéran endurci de bien des hivers, il était le seul arbre, du côté où la maison donne sur le lac, que ma propre tronçonneuse eût épargné. Sur le tapis, de gros éclats de verre réfléchissaient en milliers de reflets la flamme de ma bougie. Je ne devrais pas oublier de prévenir Steff et Billy. Ils auraient intérêt à chausser leurs pantoufles pour venir ici. Ils aimaient bien se promener pieds nus le matin.

Je descendis. Nous dormîmes tous les trois dans le lit de la chambre d'amis, Billy entre Steff et moi. Je rêvai que je voyais Dieu traverser Harrison de l'autre côté du lac, un Dieu si gigantesque qu'au-dessus de la taille, son corps se perdait dans le bleu limpide du ciel. Dans le rêve, j'entendais le craquement sec des arbres qu'il fracassait en foulant pesamment les bois, dans lesquels il laissait l'empreinte de ses pas. Il faisait le tour du lac en direction de la rive de Bridgton, notre direction, et toutes les maisons, les villas estivales, les bungalows s'embrasaient et les flammes brillaient d'un éclat blanc et violet comme les éclairs. Et bientôt la fumée recouvrit tout. La fumée recouvrit tout comme de la brume.

2. Après l'orage. Norton. Un tour en ville

— Ben dis donc, fit Billy.

Debout près de la barrière qui sépare notre propriété de celle de Norton, il contemplait notre allée. Celle-ci fait trois cent cinquante mètres environ et se transforme en chemin de terre qui se transforme à son tour en route goudronnée au bout d'un kilomètre. C'est Kansas Road, une route à deux voies d'où l'on peut se rendre partout où l'on veut, du moment qu'il s'agit de Bridgton...

Je vis ce que Billy regardait et mon cœur se glaça.

— Ne t'approche pas plus, Billy. Tu es bien assez près comme ça.

Il ne chercha pas à en discuter.

Le temps était d'une clarté remarquable. Le ciel, toujours brumeux pendant la canicule, était redevenu d'un bleu profond, vif comme un ciel d'automne. Une légère brise faisait danser des taches de soleil dans l'allée, lui donnant un air guilleret. Non loin de l'endroit où se tenait Billy, un sifflement continu s'élevait du sol et là, dans l'herbe, il y avait quelque chose qu'on aurait pu prendre au premier abord pour un nœud de serpents. Les lignes à haute tension reliées à notre maison étaient tombées dans un enchevêtrement inextricable à cinquante mètres de la maison en brûlant l'herbe à l'endroit de leur chute. Elles se tordaient nonchalamment et crachaient. Si l'herbe et les arbres n'avaient pas été aussi détrempés par les averses torrentielles, la maison aurait pu prendre feu. Mais l'herbe n'était calcinée qu'à l'endroit où les fils l'avaient touchée directement.

— Est-ce que ça pourrait électrocuter une personne, papa ?

— Oui. Ça pourrait.
— Qu'est-ce qu'on va faire pour ça ?
— Rien. Attendre les réparateurs.
— Quand est-ce qu'ils viennent ?
— Je ne sais pas. (Les gosses de cinq ans ont autant de questions en réserve qu'il y a de gouttes d'eau dans la mer.) Ils doivent avoir beaucoup de travail ce matin. Tu viens avec moi jusqu'au bout de l'allée ?

Il fit quelques pas et s'immobilisa, surveillant avec inquiétude le nœud de fils. L'un d'eux se souleva et se retourna langoureusement, comme s'il faisait signe d'approcher.

— Dis, papa, est-ce que l'électricité peut passer à travers la terre ?

Question pertinente.

— Oui, mais ne t'en fais pas. L'électricité est attirée par la terre, pas par toi, Billy. Rien ne t'arrivera si tu ne t'approches pas des fils.

— Attirée par la terre, murmura-t-il, puis il me rejoignit.

Nous partîmes main dans la main vers le bout de l'allée. C'était pire que ce que j'avais imaginé. Des arbres étaient tombés en travers de l'allée en quatre endroits différents : il y en avait un petit, deux de taille moyenne et un vieux briscard qui devait bien faire un mètre cinquante de diamètre. De la mousse couleur de moisissure était incrustée dans le tronc comme un corset.

Des branches, dont certaines à demi dénudées, jonchaient le sol partout alentour. Nous repartîmes, Billy et moi, vers le chemin en jetant les plus petites branches dans les bois de chaque côté de l'allée. Cela me rappela une certaine journée d'été qui remontait à vingt-cinq ans peut-être ; je ne devais guère être plus âgé que Billy, à l'époque. Tous mes oncles étaient là et ils avaient passé la journée dans les bois munis de haches et de machettes, à défricher. Tard dans l'après-midi, tout le monde avait pris place autour de la table de pique-nique sur tréteaux qu'avaient alors mon père et ma mère, pour un repas monstre composé de hot dogs, de hamburgers et de salade de pommes de terre. La bière avait coulé à flots et mon oncle Reuben avait piqué une tête dans le lac avec tous ses vêtements, même ses baskets. Il y avait encore des biches par ici, à l'époque.

— Est-ce que je peux aller au lac, papa ?

Il en avait assez de lancer des branches et la meilleure chose à faire quand un petit garçon en a assez d'une occupation, c'est de le laisser passer à une autre.

— Bien sûr.

Nous regagnâmes ensemble la maison puis Billy partit sur la droite et contourna la maison en prenant soin de passer à distance respectable de l'amas de fils. Je tournai à gauche, pour aller chercher ma tronçonneuse dans le garage. Comme je l'avais prévu, je n'entendais d'un bout à l'autre que la chanson désagréable des tronçonneuses.

Je mis de l'essence dans le moteur, ôtai ma chemise et m'engageais dans l'allée quand Steff sortit. Elle regarda d'un air inquiet les arbres tombés en travers de l'allée.

— C'est catastrophique ?

— Je peux les débiter pour dégager. Et à l'intérieur ?

— Bah, j'ai retiré les morceaux de verre. Mais il va falloir que tu fasses quelque chose de cet arbre, David. On ne peut pas avoir un arbre dans la salle de séjour.

— Non, dis-je, j'imagine que non.

Nous nous regardâmes dans le soleil matinal et nous mîmes à rire. Je posai la tronçonneuse à mes pieds sur le ciment et l'embrassai, en lui saisissant fermement les fesses.

— Non, murmura-t-elle, Billy est...

Au même instant, il déboula au coin de la maison.

— Papa ! Papa ! si tu voyais le...

Steffy vit les fils et lui cria de faire attention. Billy, qui en était encore loin, s'arrêta net et regarda sa mère comme si elle était devenue folle.

— Ça va, maman, dit-il du ton apaisant sur lequel on s'adresse aux vieillards séniles.

Il vint vers nous, démontrant à quel point il allait bien, et Steff se mit à trembler entre mes bras.

— Tout va bien, lui chuchotai-je à l'oreille. Il sait que c'est dangereux.

— Oui, mais des gens sont morts comme ça, dit-elle. On nous met constamment en garde, à la télé, contre les fils sous tension, des gens sont... Billy, rentre immédiatement à la maison !

— Oh, maman, s'il te plaît ! Je veux montrer le hangar à bateaux à papa !

Les yeux lui sortaient presque de la tête tant il était surexcité et déçu. Il avait eu un avant-goût d'apocalypse en découvrant ce dont était capable la nature déchaînée, et il voulait le faire partager.

— Tu vas rentrer immédiatement ! Ces fils sont dangereux et...

— Papa dit qu'ils sont attirés par la terre, pas par moi...

— Ne discute pas avec moi, Billy !

— Je vais aller voir, Billy. Vas-y de ton côté. (Je sentais Steff se raidir contre moi.) Fais le tour par l'autre côté, bonhomme.

— D'accord, papa !

Il passa devant nous comme une flèche et descendit deux par deux les degrés de pierre qui contournent la maison à l'ouest. Il disparut, le pan de sa chemise flottant derrière lui et un mot nous parvint, dans son sillage — « Hou ! là là ! » — quand il découvrit une nouvelle catastrophe.

— Il sait qu'il doit se méfier des fils, Steffy. (Je la pris doucement par les épaules.) Il en a peur. C'est ce qu'il faut. Il ne fera pas d'imprudences.

Une larme coula le long de sa joue.

— J'ai peur, David.

— Voyons ! C'est complètement fini !

— Ah bon ? L'hiver qu'on a eu... et le printemps tardif... en ville, on dit que c'était un printemps noir... et qu'on n'en avait pas vu par ici depuis 1888...

« On » désignait sans doute Mme Carmody, qui tenait « L'Antiquaire » de Bridgton, une boutique de brocante où Steff aimait bien aller farfouiller de temps en temps. Billy adorait l'accompagner. Dans un recoin sombre et poussiéreux à l'arrière du magasin, des chouettes empaillées aux yeux cerclés d'or déployaient à tout jamais leurs ailes, les serres définitivement refermées autour de bûches vernies ; des ratons laveurs empaillés formaient un trio au bord d'un « ruisseau » représenté par un éclat de miroir allongé et couvert de poussière ; et un loup mité, au museau écumant de sciure de bois à la place de salive, montrait les crocs, figé pour l'éternité. Mme Carmody prétendait que son père avait tué le loup au bord du Stevens, où il était allé s'abreuver par un après-midi de septembre, en 1901.

Ma femme et mon fils trouvaient leur bonheur dans ces expéditions à la boutique d'antiquités. Grâce à la taxidermie, elle était à la fête et il faisait l'apprentissage de la mort. Mais j'estimais que la vieille dame exerçait une influence fâcheuse sur Steff, femme pragmatique, dotée d'un sens aigu des réalités. Elle avait découvert le point vulnérable, une manière de talon d'Achille mental. Il faut dire que Steffy n'était pas la seule à éprouver une telle fascination pour les déclarations obscurantistes et les remèdes de bonne femme de Mme Carmody (qu'elle prescrivait toujours au nom de Dieu le Père). Les décoctions d'écorce étaient censées faire disparaître bleus et ecchymoses si votre époux avait le vin mauvais. On pouvait prévoir comment serait l'hiver en comptant les anneaux des chenilles au mois de juin ou en mesurant l'épaisseur des ratons de miel au mois d'août. Et désormais, que Dieu nous garde et nous protège ! on avait droit au PRINTEMPS NOIR DE 1888 (ajoutez vos propres points d'exclamation, autant que cela en mérite d'après vous). J'avais entendu moi aussi cette légende : de celles qu'on se plaît à faire circuler par ici — si le printemps est assez froid, la glace qui recouvre les lacs noircit, prétend-on, au bout de quelque temps, à la manière d'une dent cariée. Cela se produit rarement, mais quand même pas loin d'une fois par siècle. On se plaisait à la faire circuler mais je doute que quiconque y ait mis autant de conviction que Mme Carmody.

— L'hiver a été dur et le printemps tardif, dis-je. Et l'été est très chaud. Et il y a eu un violent orage mais il est passé. Je ne te reconnais pas, Stephanie.

— Ce n'était pas un orage ordinaire, dit-elle du même ton rauque.

— Non, dis-je. Ça, je te l'accorde.

C'est Bill Giosti qui m'avait parlé du « printemps noir ». Bill possédait et faisait marcher — tant bien que mal — le poste d'essence Mobil de Casco Village. Bill gérait son affaire avec ses trois voyous de fils (et l'aide occasionnelle de ses quatre voyous de petits-fils... quand ils se décidaient à sortir la tête du moteur de leurs autoneiges et de leurs motos de course). Bill avait soixante-dix ans, en paraissait quatre-vingts et pouvait encore boire comme à vingt-trois quand le cœur lui en disait. J'avais emmené Billy faire le plein de la jeep le lendemain du jour où une tempête surprise, au beau milieu du mois de mai, avait fait tomber près de trente centimètres de neige sur la région, recouvrant les jeunes pousses et les fleurs. Giosti, qui était saoul pour de bon, s'était fait un plaisir de nous raconter l'histoire du printemps noir, agrémentée de détails de son cru. Mais il neige parfois en mai ; il neige et au bout de deux jours, tout est fondu. Rien d'extraordinaire.

Steff jeta encore un coup d'œil aux fils sous tension, peu convaincue.

— Quand la compagnie va-t-elle envoyer quelqu'un ? s'enquit-elle ?

— Dès qu'ils pourront. Ça ne devrait pas être long. Mais je ne veux pas que tu te fasses de souci pour Billy. Il a la tête sur les épaules. Il laisse peut-être traîner ses vêtements mais il ne va certainement pas fourrer ses pieds dans un tas de fils électriques. Il tient raisonnablement à sa petite personne.

Je posai un doigt à la commissure de ses lèvres où, en réponse, un sourire s'esquissa.

— Ça va mieux ?

— J'ai toujours l'impression que ça va mieux, avec toi, dit-elle, et cela me mit du baume au cœur.

Depuis la rive du lac, Billy nous criait de venir voir.

— Viens, dis-je. Allons voir les dégâts.

— Si je veux voir des dégâts, dit-elle d'un ton grognon, je n'ai qu'à aller m'asseoir dans la salle de séjour.

— Allez, fais-lui plaisir !

Nous descendîmes les degrés de pierre la main dans la main. Nous arrivions juste au premier tournant quand Billy qui venait dans l'autre sens faillit nous heurter en courant.

— Du calme, fit Steff, les sourcils légèrement froncés.

Peut-être l'imaginait-elle se jetant de la même manière dans le nid de fils mortels.

— Venez vite voir ! fit Billy, le souffle court. Le hangar à bateaux est complètement défoncé ! Il y a un ponton sur les rochers... et des arbres dans la crique... Putain !

— Billy Drayton ! s'écria Steff en colère.

— Pardon, maman... mais il faut que vous... Ouh ! là là !

Et le voilà reparti.

— Son coup fait, l'oiseau de mauvais augure s'envole, constatai-je, ce qui fit de nouveau rire Steff. Écoute, quand j'aurai dégagé l'allée, j'irai au bureau de la compagnie d'électricité de Portland Road. Leur dire ce qui s'est passé. D'accord ?

— D'accord, dit-elle, reconnaissante. Quand crois-tu pouvoir y aller ?

A part le grand arbre — au tronc corseté de mousse couleur de moisissure — je comptais à peu près une heure de travail. Avec le grand, je ne pensais pas en avoir fini avant 11 heures.

— Je vais te faire à déjeuner ici, alors. Mais il faudra me rapporter quelques provisions du supermarché... on est presque à court de lait et de beurre. Et aussi... bon, je te donnerai une liste.

Mettez une femme devant une catastrophe et elle se transforme en écureuil. Je la serrai contre moi et approuvai du chef. Nous contournâmes la maison. Il ne me fallut qu'un seul coup d'œil pour comprendre l'état de surexcitation dans lequel était Billy.

— Mon Dieu, dit Steff faiblement.

De l'endroit où nous nous tenions, nous étions suffisamment en surplomb pour découvrir cinq cents mètres de rivage — la propriété des Bibber à gauche, la nôtre, et celle de Brent Norton à droite.

Le vieux pin qui montait la garde devant la crique où nous amarrions le bateau était cassé en deux. Ce qu'il en restait ressemblait à un crayon grossièrement aiguisé et l'intérieur du tronc était d'un blanc scintillant qui paraissait vulnérable par contraste avec l'écorce noircie par l'âge et les intempéries. Les trois mètres d'arbre, la moitié supérieure du vieux pin, étaient en partie submergés dans l'eau peu profonde de la crique. C'était déjà une chance inouïe que notre petit Star Cruiser ne se soit pas trouvé en dessous. Le moteur avait manifesté des signes de fatigue la semaine passée et il était toujours à la marina de Naples, où il attendait patiemment son tour.

De l'autre côté de notre petit bout de rive, le hangar à bateaux construit par mon père — celui-là même qui avait abrité un Chris-Craft de vingt mètres de long du temps où la fortune de la famille Drayton se mesurait à une autre échelle, soutenait quant à lui le poids d'un autre arbre. Je vis que c'était le grand qui se dressait jusque-là à la limite de la propriété de Norton, de son côté à lui. Je fus saisi d'un violent accès de colère. Voilà cinq ans que l'arbre était mort et il aurait dû l'abattre depuis longtemps ; notre hangar l'avait retenu, l'empêchant de tomber plus bas. Le toit avait l'air de guingois, comme saoul. Le vent avait dispersé alentour des bardeaux de bois arrachés au bâtiment par la chute de l'arbre. Le qualificatif de Billy, « défoncé », en valait bien un autre.

— C'est l'arbre de Norton ! s'écria Steff.

Et elle avait pris un ton tellement scandalisé que je ne pus m'empêcher de sourire en dépit du chagrin que j'éprouvais. Le mât du drapeau était couché dans l'eau et la bannière étoilée flottait, détrempée, à ses côtés, dans un fouillis de cordages. Et j'imaginais d'ici la réponse de Norton : Faites-moi donc un procès.

Billy était sur la jetée de pierre, occupé à examiner le ponton que la tempête avait jeté sur les rochers. Il était peint de couleurs vives, à rayures jaunes et bleues. Tournant la tête vers nous, il lança d'un ton joyeux :

— C'est celui des Martin, hein ?

— Oui, dis-je. Mets les pieds dans l'eau et va repêcher le drapeau, tu veux, mon grand ?

— J'y vais !

A droite de la jetée, il y avait une petite plage de sable. En 1941, avant que Pearl Harbor ne mette fin dans le sang à la grande dépression, mon père avait payé un type pour transporter jusqu'ici du sable fin — six tombereaux pleins — et l'étaler sur une hauteur qui m'arrive à peu près aux tétons, disons un mètre cinquante. Et c'est tant mieux, à vrai dire, car on ne peut plus se faire installer une plage de sable fin chez soi de nos jours. Depuis que les égouts, avec l'extension fulgurante de l'industrie pavillonnaire, ont tué la plupart des poissons et rendu les autres impropres à la consommation, le ministère de l'Environnement a interdit l'installation de plages de sable artificielles. Ça risquerait de rompre l'équilibre écologique du lac, vous comprenez, et la loi l'interdit désormais à tout le monde, sauf aux promoteurs.

Billy entra dans l'eau, et s'arrêta net. Au même instant, je sentis Steff se raidir contre moi et j'en découvris à mon tour la raison. La rive opposée du lac, celle de Harrison, avait disparu. Elle était ensevelie sous un banc de brouillard d'un blanc étincelant, comme un nuage qui serait tombé sur la terre.

Le rêve que j'avais fait la nuit précédente me revint et quand Steff me demanda ce que c'était, le mot qui me vint aux lèvres et que je retins de justesse fut « Dieu ».

— David ?

La rive d'en face était entièrement escamotée mais tant d'années passées à contempler Long Lake me donnaient à croire qu'elle n'était pas très loin dans la brume ; quelques mètres seulement peut-être. La ligne de brume était parfaitement rectiligne.

— Qu'est-ce que c'est, papa ? cria Billy.

Il était dans l'eau jusqu'aux genoux et tentait d'attraper le drapeau alourdi d'eau.

— Une nappe de brouillard, dis-je.

— Sur le lac ? s'étonna Steff et je lus dans ses yeux l'influence de Mme Carmody.

Maudite bonne femme. Le malaise que j'avais moi-même ressenti pendant quelques instants passait peu à peu. Les rêves, après tout, sont irréels, impalpables comme la brume elle-même.

— Pourquoi pas ? Ça n'est pas la première fois qu'on voit du brouillard sur le lac.

— Jamais comme ça. On dirait plutôt un nuage.

— C'est la réverbération du soleil, dis-je. Ça fait la même chose quand on passe au-dessus des nuages en avion.

— A quoi c'est dû ? Il n'y a du brouillard que par temps humide d'habitude.

— La preuve que non, remarquai-je. Pas à Harrison, apparemment. Ça doit être un résidu de la tempête. La rencontre entre deux fronts ou quelque chose dans ce goût-là.

— Tu es sûr, David ?

Je ris et lui passai le bras autour du cou.

— Non, j'invente n'importe quoi, en fait. Si j'en étais sûr, c'est moi qui annoncerais la météo aux informations de 6 heures. Allez, va préparer ta liste de commissions.

Elle m'adressa un dernier coup d'œil dubitatif, regarda pendant quelques instants le banc de brume, la main en visière pour se protéger les yeux, et secoua la tête.

— Bizarre, dit-elle, et elle s'en fut.

Pour Billy, la brume avait perdu son caractère de nouveauté. Il avait repêché le drapeau et des filins entortillés. Nous l'étalâmes sur la pelouse pour le faire sécher.

— Il paraît qu'il ne faut jamais laisser le drapeau toucher terre, papa, fit-il remarquer d'un ton très docte.

— Ah bon ?

— Oui. Victor McAllister dit qu'on peut être condamné à mort pour ça.

— Tu diras à Vic qu'il a dans la tête ce qui donne à l'herbe sa couleur verte, à la place du cerveau.

— Du fumier de cheval, c'est ça ?

Billy est intelligent, mais étrangement dépourvu de sens de l'humour. Il prend tout très au sérieux. J'espère qu'il vivra assez longtemps pour s'apercevoir qu'en ce monde, c'est une attitude extrêmement dangereuse.

— C'est ça même, mais ne va pas répéter à ta mère que je t'ai dit ça. Quand le drapeau sera sec, on l'enlèvera pour le ranger. On le pliera même en forme de chapeau de gendarme, comme ça on ne craindra plus rien.

— Dis, papa, est-ce qu'on va réparer le toit du hangar et fabriquer un nouveau mât pour le drapeau ?

Pour la première fois, il semblait anxieux. Il commençait peut-être à en avoir assez, pour un temps, de toutes ces catastrophes.

Je lui tapai sur l'épaule.

— C'est comme si c'était fait.

— Est-ce que je peux aller chez les Bibber pour voir comment c'est là-bas ?

— Deux minutes alors. Ils doivent être en train de nettoyer eux aussi et ça rend parfois les gens un peu agressifs.

Comme moi à l'égard de Norton par exemple.

— D'accord. Salut !

Et le voilà parti.

— Ne t'attarde pas, hein ? Eh Billy...

Il se détourna.

— Pense aux fils sous tension. S'il y en a d'autres, évite de passer trop près.

— Bien sûr, papa.

Je demeurai là un certain temps à examiner les dégâts, puis tournai de nouveau mes regards vers la brume. J'avais l'impression que la nappe s'était rapprochée mais c'était peut-être seulement une impression — comment savoir ? Si elle s'était rapprochée, c'était un défi à toutes les lois de la nature car le vent — une brise très légère — allait dans le sens contraire. C'était donc manifestement impossible. Elle était très, très blanche. La seule chose comparable, c'est la neige fraîchement tombée étincelant contre un ciel hivernal bleu marine et brillant. Mais la neige reflète des centaines et des centaines de diamants au soleil tandis que la nappe de brume que j'avais sous les yeux, encore que brillante et immaculée, ne scintillait pas du tout. En dépit de ce qu'avait affirmé Steff, il y a parfois de la brume par temps clair mais quand elle est épaisse, l'humidité ambiante fait presque toujours apparaître un arc-en-ciel. Mais là il n'y avait pas d'arc-en-ciel.

La sensation de malaise revint me tirailler mais avant qu'elle puisse s'installer je fus distrait par un bruit de machine — *teuf-teuf-teuf* — suivi d'un « merde ! » à peine audible. Le bruit recommença mais cette fois il n'y eut pas de juron. La troisième fois, le bruit pour moi fort réjouissant fut suivi de « Bordel de merde ! » du même ton bas, destiné à soi-même, du type hors de lui qui se croit tout seul.

Teuf-teuf-teuf-teuf.
Silence.
Puis :
« Putain de machine ! »

Un sourire méchant s'esquissa sur mes lèvres. Les sons portent bien par ici et le bourdonnement des tronçonneuses me parvenait d'assez loin. De suffisamment loin pour que je reconnaisse la voix harmonieuse de mon voisin immédiat, l'avocat célèbre, propriétaire d'un terrain au bord du lac, Brenton Norton.

Je m'approchai un peu plus près du bord, feignant de me diriger vers le ponton échoué sur notre digue. J'apercevais Norton à présent. Il se tenait dans l'espace découvert aménagé sur le côté du perron fermé d'une moustiquaire, vêtu d'un blue-jean maculé de peinture et d'un T-shirt informe. Sa coupe de cheveux à quarante dollars était en bataille et son visage ruisselait de sueur. Un genou à terre, sur un tapis d'aiguilles de pin, il s'escrimait sur sa tronçonneuse. Celle-ci était beaucoup plus imposante et beaucoup plus luxueuse que ma petite machine toute simple à soixante-dix-neuf dollars quatre-vingt-quinze cents. La sienne possédait apparemment tout ce qu'il fallait, sauf un starter automatique. Il tirait par saccades sur un filin pour produire en tout et pour tout quelques *teuf-teuf* apathiques. Je me réjouis du fond du cœur en constatant qu'un bouleau s'était abattu en travers de sa table de pique-nique et l'avait cassée en deux.

Norton tira de toutes ses forces sur le filin du starter.
Teuf-teuf-teufteufteuf-TOI!TOI!TOI!... TOI!... teuf.
Ça y était presque, mon vieux.
Un nouvel effort herculéen.
Teuf-teuf-teuf.
« Putain de bordel à cul », chuchota férocement Norton menaçant son engin de luxe en lui montrant les dents.

Je refis le tour de la maison, le cœur léger pour la première fois de la matinée. Ma tronçonneuse démarra du premier coup et je me mis au travail.

Vers 10 heures, on me tapa sur l'épaule. C'était Billy, une canette de bière dans une main et la liste de Steff dans l'autre. Je fourrai la liste dans la poche arrière de mon jean et pris la bière, qui n'était pas précisément glacée mais au moins fraîche. J'en avalai presque la moitié d'un trait — rare qu'une bière semble aussi bonne — et portai la canette à mon front pour saluer Billy.

— Merci, mon grand.

— Je peux en avoir ?

Je lui en laissai boire une gorgée. Il fit la grimace et me tendit la canette. Je la vidai et arrêtai mon geste au moment où j'allais l'écraser par le milieu. La loi sur les bouteilles de verre et les canettes avait beau dater de trois ans, les vieilles habitudes ont la vie dure.

— Elle a écrit quelque chose au bas de la liste, mais je n'arrive pas à lire son écriture, dit Billy.

Je tirai le bout de papier de ma poche.

« Je n'arrive pas à obtenir WOXO à la radio, disait le message de Steff. Tu crois que la tempête a supprimé les ondes ? »

WOXO est la station locale qui passe du rock en continu. L'émetteur est à Norway, à une trentaine de kilomètres d'ici vers le nord et c'était la seule que notre vieux poste voulait bien attraper sur la FM.

— Dis-lui que c'est sans doute le cas, dis-je après lui avoir lu la question. Demande-lui si elle obtient Portland sur les grandes ondes.

— D'accord, papa. Quand tu iras en ville, je peux venir avec toi ?

— Bien sûr. Toi et maman tous les deux, si vous voulez.

— D'accord.

Il repartit en courant vers la maison, en remportant la canette vide.

Je m'étais frayé un chemin jusqu'au grand arbre. Je fis ma première entaille, sciai à cet endroit et éteignis quelques instants le moteur pour le laisser refroidir — l'arbre était vraiment trop gros pour lui mais ça devrait aller si je n'allais pas trop vite. Je me demandai si le chemin de terre qui menait à Kansas Road était dégagé et à l'instant même où je me posais la question un camion orange de la compagnie d'électricité y passa, se rendant vraisemblablement à l'autre bout de notre petite route. Tout allait bien, donc. La route serait dégagée et les types de l'électricité seraient là à midi pour s'occuper des lignes sous tension.

Je coupai une grosse bûche et la traînai sur le bas-côté de l'allée pour la balancer par-dessus bord. Elle roula le long de la pente et disparut dans les taillis qui avaient repoussé depuis le jour où mon père et ses frères — tous des artistes, nous avons toujours été une famille d'artistes, nous, les Drayton — avaient défriché.

J'essuyai la transpiration sur mon visage avec mon bras et me dis qu'une autre bière serait la bienvenue ; une seule ne fait au fond que préparer la bouche. Je ramassai la tronçonneuse et songeai à WOXO qu'on ne recevait plus. L'émetteur se trouvait dans la direction d'où venait l'étrange nappe de brouillard. Et c'était aussi la direction de Shaymore (prononcé *Shammore* par les gens du coin). Shaymore était la base où était réalisé le projet Pointe-de-Flèche.

Toute la théorie du vieux Bill Giosti à propos du prétendu printemps noir était fondée là-dessus : Le projet Pointe-de-Flèche. Dans la zone ouest de Shaymore, non loin de l'endroit où la ville borde Stoneham, se trouvait un terrain appartenant au gouvernement, entouré de fil de fer barbelé. Des sentinelles montaient la garde, il y avait des caméras reliées à un circuit de télévision fermé et Dieu sait quoi d'autre. C'est du moins ce que j'avais entendu dire ; je n'avais rien vu de tout cela moi-même, alors que la route de Shaymore longe le terrain gouvernemental à l'est sur près de deux kilomètres.

Nul n'aurait pu dire en toute certitude d'où venait ce nom, projet Pointe-de-Flèche, et nul n'aurait pu vous assurer à cent pour cent que c'était bien le nom du projet — s'il y avait effectivement un projet. Giosti affirmait que c'était le cas mais quand on lui demandait d'où il tenait ses renseignements ses réponses devenaient vagues. Sa nièce, disait-il, travaillait à la compagnie du téléphone et elle avait entendu des choses.

— Des trucs atomiques, expliqua Bill ce jour-là, le bras sur la vitre de la jeep, en me soufflant au visage son haleine chargée de Pabst. C'est avec ça qu'ils font mumuse là-dedans. A bombarder des atomes dans les airs et tout ça.

— L'air est rempli d'atomes, monsieur Giosti, avait fait remarquer Billy. C'est Mme Neary qui l'a dit. Mme Neary dit que tout est rempli d'atomes.

Bill Giosti tourna vers mon fils Bill ses yeux injectés de sang et le long regard qu'il lui adressa eut finalement raison de lui.

— Ces atomes-là sont différents, fiston.

— Ah bon, murmura Billy, abandonnant la partie.

Selon Dick Muehler, notre agent d'assurances, le projet Pointe-de-Flèche était un centre expérimental du ministère de l'Agriculture, purement et simplement. « Des tomates plus grosses pour un temps de croissance plus court », avait-il déclaré d'un ton docte avant de reprendre la démonstration prouvant que je rendrais de bien meilleurs services à ma famille en mourant jeune. D'après Janine Lawless, notre factrice, on y menait des études géologiques qui avaient à voir avec l'huile de schiste. Elle le savait de source sûre, car le frère de son époux connaissait quelqu'un qui...

Et maintenant Mme Carmody... Sa thèse devait plutôt se rapprocher de celle de Bill Giosti. Pas seulement des atomes, mais des atomes différents.

Je débitai encore deux tronçons du vieil arbre et les balançai dans la pente avant le retour de Billy, une bière dans une main et un mot de Steff dans l'autre. S'il existe une activité que Billy préfère à celle de messager, je me demande bien ce que ça peut être.

— Merci, dis-je en me saisissant des deux.

— Je peux en boire une gorgée ?

— Une seule alors. Tu en as bu deux tout à l'heure. Je ne peux pas te laisser te saouler à dix heures du matin.

— Dix heures et quart, précisa-t-il et il sourit timidement au-dessus de la canette.

Je lui souris en retour — non que sa plaisanterie fût particulièrement drôle, voyez-vous, mais Billy en fait si rarement — puis je lus le message.

« J'ai eu JBQ à la radio, avait écrit Steff. Ne te saoule pas avant d'aller en ville. Tu peux encore en avoir une autre mais c'est tout avant le déjeuner. Tu crois pouvoir passer, sur la route ? »

Je tendis le mot à Billy et lui pris la bière.

— Dis-lui que la route sera libre, je viens de voir un camion de la compagnie d'électricité. Ils vont forcément dégager pour passer.

— D'accord.

— Bonhomme ?

— Oui, papa ?

— Dis-lui que tout va bien.

Il sourit de nouveau, en se le disant peut-être à lui-même.
— D'accord.

Il repartit en courant et je le regardai s'éloigner : les petites jambes montaient et descendaient et les semelles de ses sandalettes apparaissaient en rythme. Je l'aime. A cause de son visage et de la manière dont il lève parfois les yeux sur les miens, qui me donne l'impression que tout va vraiment bien. C'est un mensonge, bien entendu — ça ne va pas comme il faut et ça n'a jamais été — mais mon petit garçon me fait croire au mensonge.

Je bus quelques gorgées de bière, posai avec précaution la canette sur un rocher et remis la tronçonneuse en marche. Vingt minutes plus tard environ, je sentis qu'on me tapait sur l'épaule et me retournai, comptant voir de nouveau Billy. Au lieu de quoi, c'était Brent Norton. Je coupai le moteur.

Il n'avait pas l'allure habituelle de Norton. Il avait apparemment très chaud, semblait fatigué et mécontent, et vaguement désorienté.

— Salut, Brent, dis-je.

Les derniers mots que nous avions échangés n'avaient pas été des plus amènes et je ne savais pas trop comment m'y prendre. J'avais la curieuse impression qu'il s'était tenu dans mon dos pendant cinq ou six minutes en s'éclaircissant la gorge avec dignité, couvert par le rugissement agressif de la tronçonneuse. Je ne l'avais pas vraiment bien regardé cet été. Il avait perdu du poids mais ça ne lui allait pas — ça aurait dû pourtant, parce qu'il avait bien dix kilos de trop, mais non. Sa femme était morte au mois de novembre. Le cancer. C'est Aggie Bibber qui l'avait dit à Steffy. Aggie était notre nécrologiste attitrée. Chaque quartier a la sienne. A voir la manière dont Norton rabrouait son épouse et la rabaissait à tout propos (et ce avec le mépris tranquille du matador expérimenté enfonçant les banderilles dans le corps massif d'un vieux taureau), j'aurais cru qu'il se réjouirait de sa disparition. Si l'on m'avait posé la question, j'aurais même prédit qu'il arriverait cet été avec une fille de vingt ans plus jeune que lui à son bras et un sourire idiot aux lèvres.

Mais au lieu du sourire idiot il n'y avait qu'un nouveau contingent de rides, et la graisse était partie aux mauvais endroits, si bien que la peau distendue formait des plis et des fanons qui en disaient long. Pendant un bref instant, j'aurais voulu conduire Norton au soleil et le faire asseoir à côté d'un des arbres couchés, ma canette de bière à la main, pour en faire un croquis au fusain.

— Salut, Dave, dit-il au bout d'un long silence gêné — un silence rendu plus pesant encore du fait que la tronçonneuse avait interrompu son raffut.

Il se tut de nouveau puis se lança :

— Cet arbre. Cette saleté d'arbre. Je suis désolé. Vous aviez raison.

Je haussai les épaules.

— Un autre est tombé sur ma voiture, dit-il.

— Je suis vraiment désolé de l'appr..., commençai-je puis je fus pris d'un doute horrible. Pas sur la T-Bird, n'est-ce pas ?

— Si. Sur elle.

Norton possédait une Thunderbird 1960 à l'état neuf, qui n'avait que trente mille kilomètres. Elle était d'un profond bleu nuit à l'intérieur et à l'extérieur. Il ne la conduisait que l'été, et rarement encore. Il aimait cette voiture comme d'autres hommes aiment les trains électriques ou les maquettes de bateaux ou les pistolets à fléchettes.

— Quelle vacherie ! dis-je, et c'était sincère.

Il secoua lentement la tête.

— J'ai failli ne pas la prendre. J'ai failli prendre le break. Et puis je me suis dit que c'était absurde. Je l'ai prise et un grand pin presque mort est tombé dessus. Le toit est complètement défoncé. Et je voulais le couper... l'arbre, j'entends... mais impossible de faire démarrer ma tronçonneuse... dire que j'ai payé deux cents dollars cette putain de machine... et... et...

Sa gorge se mit à émettre des petits cliquetis. Sa bouche s'ouvrait et se refermait comme s'il tentait de mastiquer des dattes en n'ayant plus une seule dent. Un instant, et sans que j'y puisse rien, je crus qu'il allait se mettre à brailler comme un gosse sur un tas de sable. Puis il reprit plus ou moins le contrôle de lui-même, soupira et se détourna comme pour regarder les tronçons de l'arbre que j'avais déjà débités.

— Bon, on peut jeter un coup d'œil à votre scie, dis-je. Votre T-Bird était assurée contre ce genre de choses ?

— Oui, dit-il, comme votre hangar à bateaux.

Je compris ce qu'il voulait dire et la phrase de Steff à propos des assurances me revint de nouveau à l'esprit.

— Dites donc, Dave, je me demandais si je ne pourrais pas vous emprunter votre Saab pour aller en ville. Je pensais aller acheter du pain, de la viande froide et de la bière... Beaucoup de bière.

— On va y aller en jeep Billy et moi, dis-je. Vous pouvez nous accompagner si vous voulez. Enfin, si vous me donnez un coup de main pour tirer le reste de l'arbre sur le côté.

— Volontiers.

Il saisit le tronc par un bout mais parvint à peine à le soulever. C'est moi qui fis presque tout le travail. A nous deux, nous réussîmes à le faire basculer jusque dans les taillis. Norton soufflait et haletait, les joues presque violettes. Après tous les efforts qu'il avait déployés pour tenter de faire démarrer sa tronçonneuse, je me faisais un peu de souci pour son cœur.

— Ça va ? m'enquis-je, et il fit oui de la tête, le souffle court. Venez à la maison, alors, que je vous offre une bière.

— Merci, dit-il. Comment va Stephanie ?

Il retrouvait en partie les manières pompeuses que j'exécrais.

— Très bien, merci.

— Et votre fils ?

— Il va bien, lui aussi.

— Ça me fait plaisir.

Steff sortit et la surprise se peignit un instant sur son visage quand elle découvrit qui m'accompagnait. Norton sourit et son regard glissa sur son T-shirt moulant. Il n'avait pas tellement changé, en fin de compte.

— Bonjour, Brent, dit-elle prudemment.

Billy sortit la tête de sous son bras.

— Bonjour, Stephanie. Salut, Billy.

— La T-Bird de Brent a reçu un rude choc dans la tempête, lui dis-je. Le toit enfoncé, à ce qu'il dit.

— Oh, non !

Norton le raconta de nouveau pendant que nous buvions nos bières. J'en étais à ma troisième et n'éprouvais pourtant pas le moindre signe d'ivresse ; j'avais apparemment transpiré la bière aussi vite que je l'avais bue.

— Il va nous accompagner en ville, Billy et moi.

— Vous en avez sûrement pour un bout de temps. Vous allez peut-être devoir aller jusqu'à l'Économique de Norway.

— Ah bon ? Pourquoi ?

— Ben, s'il n'y a pas de courant à Bridgton...

— Maman dit que toutes les caisses enregistreuses et les trucs marchent à l'électricité, termina Billy.

Ce n'était pas bête.

— Tu as toujours ta liste ?

Je tapotai ma poche-revolver.

Steff se tourna vers Norton.

— Je suis désolée pour Carla, Brent. Nous l'avons tous été, en l'apprenant.

— Merci, dit-il. Merci beaucoup.

Il y eut encore un silence gêné, que Billy rompit.

— On peut y aller, papa ?

Il s'était changé pour un jean et des tennis.

— Je pense que oui. Vous êtes prêt, Brent ?

— Donnez-moi une autre bière pour la route et je suis prêt.

Steffy plissa le front. Elle n'avait jamais approuvé la théorie de la dernière pour la route, ni les hommes qui conduisent avec une canette de Budweiser entre les cuisses. Je lui lançai un bref regard et elle haussa les épaules. Je n'avais guère envie de rouvrir les hostilités avec Norton pour l'instant. Elle alla lui chercher une bière.

— Merci, dit-il à Steffy, pas pour la remercier spécialement mais histoire de dire quelque chose — comme on remercie une serveuse au restaurant. (Il se retourna vers moi.) On y va ?

— J'arrive tout de suite, dis-je avant de pénétrer dans la salle de séjour.

Norton m'emboîta le pas et poussa des cris en découvrant le bouleau mais je m'en fichais bien à cet instant précis, comme d'ailleurs du prix qu'allait me coûter le remplacement de la baie vitrée. Je regardai le lac par la porte de verre coulissante donnant sur la véranda. La brise avait légèrement fraîchi et la température s'était un peu élevée pendant que je coupais du bois. J'étais presque certain que la brume que nous avions remarquée plus tôt se serait dissipée, mais non. Elle s'était même rapprochée. Jusqu'à la moitié du lac, désormais.

— Je l'ai déjà remarqué tout à l'heure, déclara Norton d'un ton pontifiant. Quelque chose comme une inversion de température, d'après moi.

Ça ne me plaisait pas. J'avais la forte impression de n'avoir encore jamais vu de brume exactement comme celle-là. En partie à cause de l'aspect parfaitement rectiligne de son front. Rien n'est jamais aussi régulier dans la nature ; c'est l'homme qui a inventé les lignes droites. Et en partie à cause de sa blancheur d'une pureté éblouissante, sans la moindre variation mais sans le moindre scintillement d'humidité. La nappe n'était plus qu'à un kilomètre à peine et le contraste avec le bleu du lac et le bleu du ciel était plus frappant que jamais.

— Tu viens, papa !

Billy me tirait par le pantalon.

Nous regagnâmes tous la cuisine. Brent Norton jeta un dernier coup d'œil à l'arbre qui s'était abattu dans notre salle de séjour.

— Dommage que ça ne soit pas un pommier, hein ? fit remarquer Billy d'un ton joyeux. C'est ce qu'a dit ma maman. C'est drôle, vous ne trouvez pas ?

— Ta mère est une marrante, Billy, dit Norton.

Il ébouriffa négligemment les cheveux de Billy et son regard s'égara de nouveau sur le T-shirt de Steff. Non, décidément, jamais je ne serais capable de trouver ce type sympathique.

— Écoute, pourquoi ne viendrais-tu pas avec nous, Steff ? demandai-je.

Sans raison précise, j'avais soudain envie qu'elle nous accompagne.

— Non, je crois que je vais rester pour arracher un peu les mauvaises herbes, dit-elle.

Elle porta ses regards vers Norton puis de nouveau vers moi.

— On dirait que je suis la seule chose qui ne marche pas à l'électricité ce matin.

Norton rit de trop bon cœur.

J'avais reçu le message mais insistai quand même.

— Tu es sûre ?

— Certaine, dit-elle fermement. Un peu d'exercice me fera du bien. Le jardinage est bon pour les muscles.

— Ne reste pas trop longtemps en plein soleil.

— Je mettrai mon chapeau de paille. Je préparerai des sandwiches pour votre retour.

— Parfait.

Elle leva vers moi son visage pour recevoir un baiser.

— Sois prudent. Il peut y avoir des chutes de branches sur la route aussi.

— Je ferai bien attention.

— Toi aussi, fais attention, dit-elle à Billy et elle l'embrassa sur la joue.

— Oui, maman.

Il franchit la porte et le cadre de la moustiquaire craqua en se rabattant derrière lui.

Norton et moi lui emboîtâmes le pas.

— Si on passait par chez vous d'abord pour couper l'arbre et dégager la Thunderbird ? proposai-je.

J'étais soudain prêt à trouver toutes sortes de prétextes pour retarder notre départ.

— Je ne tiens pas à revoir ça avant d'avoir déjeuné et avalé encore deux ou trois de celles-ci, dit Norton en levant sa canette de bière. Le mal est fait, mon vieux Dave.

Je n'appréciais pas non plus qu'il m'appelle « mon vieux ».

Nous prîmes place tous les trois à l'avant de la jeep (au fond du garage, la lame chasse-neige ébréchée luisait comme la lame de la Faucheuse) et je sortis en marche arrière, en faisant craquer sous les roues un tapis de petites branches amenées par le vent. Steff se tenait sur le chemin cimenté qui mène au potager à l'extrême ouest de notre propriété. Elle avait passé des gants de jardinage et tenait une paire de cisailles dans une main et une binette dans l'autre. Elle avait coiffé son vieux chapeau de soleil cabossé, qui battait d'ombre son visage. Je donnai deux petits coups de klaxon et elle leva en réponse la main qui tenait les cisailles. Nous démarrâmes. Depuis lors, je n'ai plus revu ma femme.

Nous dûmes nous arrêter une fois avant d'atteindre Kansas Road. Depuis le passage du camion de la compagnie d'électricité, un assez grand pin s'était abattu en travers du chemin. Norton et moi descendîmes le déplacer pour que je puisse le contourner à deux centimètres près. Nous nous noircîmes les mains à l'ouvrage. Billy aurait bien voulu nous aider mais je lui fis signe de rester dans la voiture. J'avais peur qu'il ne s'enfonce une branche dans l'œil. Les vieux arbres me font toujours penser aux Entes du *Seigneur des anneaux,* le merveilleux récit de Tolkien, mais des Entes devenus malveillantes. Les vieux arbres nous veulent du mal. Que l'on fasse une randonnée avec des skis ou des raquettes aux pieds ou que l'on se promène tranquillement dans les bois, les arbres nous veulent du mal. Je crois même qu'ils nous tueraient s'ils en étaient capables.

La voie se révéla libre tout au long de Kansas Road mais des lignes à haute tension étaient tombées en plusieurs endroits. Cinq cents mètres environ après avoir dépassé le terrain de camping de Vicki-Linn, un pylône électrique était couché de tout son long dans le fossé, les fils grouillant autour du sommet comme une chevelure en broussaille.

— Quelle tempête, tout de même, constata Norton de son ton doucereux et infatué ; mais il n'était plus pontifiant cette fois, seulement solennel.

— Oui, en effet.

— Regarde, papa !

Billy indiquait du doigt les vestiges de la grange des Ellitch. Pendant douze ans, on avait pu voir sa silhouette affaissée dans le champ de Tommy Ellitch, enfouie jusqu'aux hanches parmi les tournesols, les solidages et les lilas. A chaque automne, je me disais qu'elle ne résisterait pas à un nouvel hiver. Et au printemps, elle était toujours là. Mais cette fois, c'était fini. Il ne restait plus qu'un amas de décombres informes et un toit presque entièrement dépouillé de ses bardeaux. Son heure avait sonné. Et, sans raison apparente, cette phrase résonna en moi avec des accents solennels, tel un sinistre présage. La tempête était venue pour la détruire.

Norton finit sa bière, écrasa la boîte dans sa main et la laissa tomber négligemment sur le plancher de la jeep. Billy ouvrit la bouche pour dire quelque chose et la referma — bravo, Billy. Norton était du New Jersey, où il n'existait pas de loi sur la consigne des bouteilles et des canettes ; j'imagine qu'on pouvait lui pardonner d'avoir gaspillé mes cents en écrasant ma canette alors que j'avais tant de mal à me souvenir de ne pas le faire moi-même.

Billy entreprit de tourner les boutons de la radio et je lui demandai de voir si WOXO était de retour sur les ondes. Il régla sur FM 92 et n'obtint qu'un bourdonnement continu. Il me regarda en haussant les épaules. Je réfléchis quelques instants. Quelles étaient les autres stations situées de l'autre côté de la curieuse nappe de brouillard ?   — Essaie WBLM, dis-je.

Il tourna le bouton dans l'autre sens et passa sur WJBQ-FM et WIGY-FM. Ces deux-là émettaient comme d'habitude... mais WBLM, la première station du Maine pour ses émissions de rock, ne passait plus sur les ondes.

— Bizarre, dis-je.

— Qu'y a-t-il ? s'enquit Norton.

— Rien. Je pensais à voix haute.

Billy était revenu en arrière pour régler la radio sur le programme musical de WJBQ. Nous arrivâmes rapidement en ville.

La laverie automatique du centre commercial était fermée, l'absence de courant rendant naturellement les machines à laver inutilisables, en revanche, du drugstore de Bridgton et le supermarché étaient ouverts. Le parc de stationnement était presque complet et comme toujours au milieu de l'été, un grand nombre de voitures arboraient des plaques d'autres États. Des petits groupes s'étaient formés çà et là au soleil, les hommes entre eux et les femmes entre elles, et chacun pérorait au sujet de la tempête.

J'aperçus Mme Carmody, celle des animaux empaillés et de l'eau miraculeuse. Elle pénétra toutes voiles dehors à l'intérieur du supermarché, endimanchée dans un tailleur-pantalon jaune canari tout à fait époustouflant. Elle portait un sac de la taille d'une petite valise passé à son avant-bras. Un motard en Yamaha me doubla tout à coup dans un rugissement de moteur, manquant de quelques centimètres mon pare-chocs avant. Il était vêtu d'un blouson en jean et portait des lunettes de soleil dont les verres faisaient miroir, et pas de casque.

— Le sale con ! grogna Norton.

Je fis un tour dans le parking à la recherche d'une bonne place. Il n'y en avait pas. J'étais sur le point de me résigner à aller me ranger tout au bout et à revenir à pied quand la chance me sourit. Une Cadillac vert vif de la taille d'un yacht manœuvrait pour sortir dans la rangée la plus proche des portes du supermarché. A l'instant où la place fut libre, je m'y glissai.

Je confiai à Bill la liste de Steff. Il avait cinq ans, mais il savait lire les caractères d'imprimerie.

— Prends un chariot et commence. Je vais donner un petit coup de fil à ta mère. M. Norton t'aidera. Et j'arrive tout de suite de toute façon.

Nous sortîmes et Bill s'empara immédiatement de la main de M. Norton. On lui avait appris qu'il ne devait pas traverser le parc de stationnement sans tenir la main d'un adulte quand il était plus petit et il n'avait pas encore perdu l'habitude. Norton parut surpris, puis il sourit un peu. Je lui aurais presque pardonné la manière dont il avait déshabillé Steff du regard. Ils pénétrèrent tous deux dans le supermarché.

Je m'approchai à grandes enjambées du téléphone à pièces fixé au mur entre le drugstore et la laverie. Une jeune femme en nage dans une tenue bain-de-soleil violette tapotait du doigt le déclic de l'interrupteur. Je me plaçai derrière elle, les mains dans les poches, et me demandai pourquoi j'étais si inquiet pour Steff et pourquoi mon inquiétude était tellement associée à la nappe de brouillard sans reflets, aux stations de radio disparues des ondes... et au projet Pointe-de-Flèche.

La femme en tenue bain-de-soleil avait un coup de soleil et des taches de son sur ses épaules empâtées. On aurait dit un poupon orange en sueur. Elle replaça brutalement le combiné dans son logement, se détourna du côté du drugstore et me vit qui attendais.

— Ne gaspillez pas vos pièces, dit-elle, ça ne marche pas. Tut-tut-tut ! C'est tout !

Et elle s'éloigna en ronchonnant.

Je faillis me frapper le front. Les lignes téléphoniques étaient bien entendu tombées par endroits. Un certain nombre d'entre elles étaient souterraines mais pas toutes, loin de là. J'essayai quand même. Les téléphones publics par ici sont de ceux que Steff appelle les « téléphones paranoïaques ». Au lieu de commencer par introduire les pièces, on obtient la tonalité et on compose le numéro. A l'instant où quelqu'un répond, la ligne est automatiquement coupée et il faut se dépêcher d'introduire la pièce avant que l'autre ait raccroché. C'est on ne peut plus agaçant mais ce jour-là je ne gaspillai effectivement pas ma pièce. Il n'y avait pas de tonalité. Comme l'avait si bien dit la dame, ça faisait seulement *tut-tut-tut*.

Je raccrochai et gagnai à pas lents le supermarché, où j'arrivai juste à temps pour assister à un petit incident amusant. Un couple d'un certain âge se dirigeait en bavardant vers la porte d'entrée. Et, toujours en bavardant, ils la heurtèrent de plein fouet. Ils interrompirent leur conversation dans le cliquetis de la porte vibrant sous le choc et la femme laissa échapper un petit cri de surprise. Ils offrirent le spectacle comique d'un échange de regards ahuris. Puis ils éclatèrent de rire, le vieux monsieur poussa la porte non sans effort — ces portes à œil électronique sont très lourdes — pour laisser passer son épouse et ils pénétrèrent à l'intérieur. Les coupures de courant ménagent bien des surprises.

Je poussai la porte à mon tour et constatai d'emblée l'absence d'air conditionné. D'ordinaire, pendant l'été, il est réglé assez **haut** pour vous transformer en glaçon si vous restez plus d'une he**ure** d'affilée à l'intérieur du magasin.

Comme la plupart des supermarchés modernes, celui-ci a **été** construit selon le principe d'une boîte de conditionnement. **Les** techniques de vente modernes transforment tous les consommateurs en souris blanches. Les produits de première nécessité, les aliments de base tels que le pain, le lait, la viande, la bière et les repas surgelés tout préparés se trouvent tout au bout du magasin. Pour s'y rendre il faut passer devant tous les articles que l'homme moderne a des chances de vouloir acheter sur un coup de tête — cela va du briquet jetable aux os en caoutchouc pour chien.

Tout de suite en entrant se trouve le rayon des fruits et légumes. J'y jetai un coup d'œil — nulle trace de Norton ni de mon fils. La vieille dame qui s'était cognée dans la porte examinait les pamplemousses. Son époux avait sorti un filet à provisions pour y mettre leurs achats.

Je m'engageai dans l'allée et tournai à gauche. Je les retrouvai dans la troisième travée, Billy perdu en contemplation devant les rangées d'entremets en poudre et les préparations pour gâteaux au chocolat. Norton se tenait juste derrière lui, les yeux fixés sur la liste de Steff. Je ne pus m'empêcher de sourire devant la perplexité de son expression.

Je me frayai un chemin jusqu'à eux au milieu de chariots remplis à moitié (Steff n'était apparemment pas la seule à avoir été frappée par le syndrome de l'écureuil) et de clients peu pressés. Norton saisit deux boîtes de bœuf en daube sur la rangée supérieure et les déposa dans le chariot.

— Vous vous en tirez ? demandai-je et Norton regarda autour de lui, l'air manifestement soulagé.

— Pas mal, n'est-ce pas, Billy ?

— Oui, dit Billy et il ne put s'empêcher d'ajouter d'un ton vaguement suffisant : mais il y a des tas de trucs que M. Norton n'arrive pas à lire non plus.

— Voyons voir.

Je m'emparai de la liste.

Norton avait coché minutieusement (en bon avocat) chacun des articles que Billy et lui avaient déjà pris — une demi-douzaine environ, dont le lait et un pack de six bouteilles de Coca-Cola. Elle en avait noté encore à peu près dix.

— Il faut retourner aux fruits et légumes, dis-je. Elle a demandé aussi des tomates et des concombres.

Billy entreprit de faire faire demi-tour au chariot et Norton dit :

— Vous devriez aller jeter un coup d'œil aux caisses, Dave.

Je m'exécutai donc. Et ce que je vis ressemblait au genre de photos que l'on publie parfois dans les journaux les jours où l'actualité n'est pas assez fournie, accompagnées d'une légende humoristique. Deux caisses seulement étaient ouvertes et la double file de clients qui attendaient de faire enregistrer leurs achats s'étirait le long des présentoirs à pain presque entièrement dénudés, puis tournait à droite et disparaissait hors de vue dans l'allée des produits surgelés. Tous les ordinateurs installés depuis peu étaient recouverts d'une housse. Derrière chacune des deux caisses ouvertes, une jeune fille à l'air débordé additionnait les achats sur des petites machines à calculer. Debout derrière chacune d'elle, se tenait l'un des deux directeurs du supermarché, Bud Brown et Ollie Weeks. J'aimais bien Ollie mais n'éprouvais guère de sympathie pour Bud Brown, qui se prenait apparemment pour le Charles de Gaulle des supermarchés.

Chaque fois que les caissières avaient fini un compte, Bud ou Ollie agrafaient un trombone aux billets ou au chèque remis en paiement avant de les fourrer dans la boîte qui tenait lieu de tiroir-caisse. Ils avaient tous l'air exténués et souffraient manifestement de la chaleur.

— J'espère que vous avez apporté un bon bouquin, dit Norton en me rejoignant. On en a pour un bout de temps à faire la queue.

Je songeai de nouveau à Steff, qui était seule à la maison, et l'inquiétude que j'avais éprouvée un peu plus tôt me traversa encore une fois.

— Allez faire vos courses, dis-je. Billy et moi, nous finirons avec la liste.

— Voulez-vous que je vous prenne de la bière ?

J'examinai la proposition mais, en dépit du rapprochement, je ne tenais vraiment pas à passer l'après-midi à me saouler en compagnie de Brent Norton. Pas avec tout ce qu'il y avait à faire à la maison.

— Vous ne m'en voudrez pas, dis-je, mais pas aujourd'hui. Ce n'est que partie remise, bien sûr.

J'eus l'impression que ses traits se crispaient un peu.

— D'accord, dit-il brièvement, et il tourna les talons. Je le regardai s'éloigner puis Billy vint me tirer par la chemise.

— Tu as eu maman ?

— Non. Le téléphone ne marchait pas. Les lignes ont dû tomber, elles aussi.

— Tu es inquiet pour elle ?

— Non, mentis-je. (J'étais inquiet, certes, mais sans savoir pourquoi.) Mais non, voyons. Et toi ?

— Non-on....

Mais ce n'était pas vrai. Il avait les traits crispés. Nous aurions dû rentrer à ce moment-là. Mais il était peut-être déjà trop tard.

3. L'avancée de la brume

Nous parcourûmes péniblement en sens inverse l'allée menant aux fruits et légumes, comme des saumons remontant le cours d'un ruisseau. J'aperçus des visages familiers — Mike Hatlen, l'un des notables de la ville. Mme Reppler de l'école secondaire (celle qui avait terrorisé des générations d'élèves était tranquillement occupée à renifler des melons), Mme Turman, à qui il était arrivé de garder Billy certains soirs où Steff et moi voulions sortir — mais pour la plupart, c'étaient plutôt des estivants qui faisaient des réserves de plats à consommer froids en échangeant des plaisanteries sur la « vie à la dure ». La charcuterie et la viande cuite prétranchée avaient été raflées aussi proprement que les livres à un franc dans les ventes de charité. Il ne restait plus que quelques sachets d'andouilles Bologna, un pain de macaroni et une seule et unique saucisse phallique.

Je choisis des tomates, des concombres et un pot de mayonnaise. Elle voulait du bacon mais tout le bacon avait disparu. Je pris à la place plusieurs sachets d'andouilles encore que je n'aie plus jamais été capable d'en manger depuis qu'une enquête sur les produits alimentaires a révélé que chaque paquet contenait une petite quantité de chiures d'insectes — un petit supplément offert pour le même prix.

— Regarde, fit Billy quand nous tournâmes pour nous engager dans la quatrième travée. Il y a des militaires.

Ils étaient deux, leur uniforme foncé se détachant parmi les couleurs vives des vêtements d'été et des tenues de sport. On avait pris l'habitude d'en rencontrer de temps en temps depuis la mise en place du projet Pointe-de-Flèche, à cinquante kilomètres de là. Ces deux-là avaient tout juste l'âge de se raser, semblait-il.

Je jetai encore un coup d'œil à la liste de Steff, pour constater que nous avions tout... enfin, presque tout. En bas, comme si elle y avait pensé après-coup, elle avait griffonné : « Une bouteille de Lancers ? » Ça me paraissait une bonne idée. Deux ou trois verres de vin ce soir, quand Billy serait au lit, et après, qui sait, faire l'amour longuement, avant de s'endormir.

Je laissai le chariot et gagnai non sans mal le rayon des vins. En revenant, je passai devant l'imposante double porte qui donnait sur la réserve d'où s'échappait le ronronnement régulier d'un gros générateur.

J'en conclus qu'il devait être assez puissant pour réfrigérer les bacs à surgelés mais pas suffisamment pour alimenter le système d'ouverture des portes, les caisses enregistreuses et tous les autres appareils électriques. On aurait dit un moteur de moto, là-dedans.

Norton réapparut à l'instant où nous prenions place dans la file d'attente, portant dans les bras deux paquets de six Schlitz légère, une miche de pain et la saucisse que j'avais remarquée plus tôt. Il prit place aux côtés de Billy et moi dans la queue. Il faisait très chaud à l'intérieur du magasin sans air conditionné et je me demandai pourquoi aucun employé n'avait eu l'idée de coincer au moins les portes en position ouverte. J'avais croisé Buddy Eagleton avec son tablier rouge, occupé à se tourner les pouces pendant que le travail s'accumulait. Le générateur ronronnait, monotone. J'avais un début de migraine.

— Mettez tout ça là-dedans avant de faire tomber quelque chose, dis-je.

— Merci.

Les files d'attente atteignaient les bacs à surgelés, désormais ; les gens devaient les franchir pour aller chercher ce dont ils avaient besoin à grand renfort de excusez-moi et de je-vous-demande-pardon.

— On va se faire chier, constata Norton d'un ton morose, et je fronçai un peu les sourcils.

Je n'aime pas qu'on parle aussi grossièrement en présence de Billy.

Le vrombissement du générateur diminua d'intensité tandis que la file progressait au ralenti. Norton et moi échangions des propos insignifiants en esquivant consciencieusement toute allusion au conflit de mitoyenneté qui nous avait menés devant le tribunal du comté, pour nous en tenir à des sujets comme le temps ou les chances qu'avaient les Red Sox de gagner le match. Pour finir, notre petite réserve de sujets épuisée nous nous tûmes. Billy s'impatientait à mes côtés. La file avançait au pas. Nous avions désormais les repas surgelés sur notre droite et les vins et champagnes coûteux sur notre gauche. Tandis que la file progressait vers les vins plus ordinaires, je caressai l'idée d'acheter une bouteille de Ripple, le vin de mon ardente jeunesse. Je ne le fis pas. Ma jeunesse n'avait jamais été tellement ardente, de toute manière.

— Dis, papa, pourquoi est-ce qu'on n'avance pas plus vite? demanda Billy.

Il avait toujours les traits crispés et soudain, une trouée s'ouvrit dans la brume d'inquiétude qui m'avait envahi et une chose horrible apparut de l'autre côté — le visage froid et métallique de la terreur. Puis cela passa.

— Sois patient, bonhomme, dis-je.

Nous avions atteint les présentoirs à pain, là où la double file virait vers la gauche. Les caisses étaient en vue à présent, les deux qui étaient ouvertes et les quatre autres, désertées, dont les tapis roulants à l'arrêt portaient un petit écriteau qui disait : AYEZ L'OBLIGEANCE DE CHOISIR UNE AUTRE CAISSE et WINSTON. Au-delà des caisses, par les panneaux vitrés, on découvrait le parc de stationnement et, plus loin, le croisement des routes 117 et 302. La vue était en partie masquée par la face blanche des affiches annonçant les offres spéciales et l'article du jour, en l'occurrence une collection d'ouvrages intitulée l'*Encyclopédie de la Nature*. Nous nous trouvions dans la file aboutissant à la caisse où se tenait Bud Brown. Il y avait encore au moins trente personnes devant nous. La plus aisément repérable était Mme Carmody dans son ensemble jaune flamboyant. On aurait dit une publicité pour la fièvre jaune.

Soudain, un ululement s'éleva dans le lointain. Son niveau sonore augmenta rapidement pour devenir le hurlement d'une sirène de police. Un klaxon retentit, suivi d'un crissement de freins puis de pneus sur la chaussée. Je ne voyais rien — l'angle n'étant pas le bon — mais la sirène atteignit son maximum à la hauteur du supermarché puis commença à diminuer à mesure que la voiture de police s'éloignait. Des clients quittèrent la file d'attente pour aller voir mais ils furent peu nombreux. Nous avions attendu trop longtemps pour laisser passer notre tour.

Norton alla voir ; ses provisions reposaient dans mon chariot. Au bout de quelques instants, il revint prendre place dans la queue.

— Les flics, dit-il.

Puis la sirène des pompiers s'y mit à son tour, un long gémissement plaintif s'élevant pour devenir un cri déchirant, qui retombait et montait de nouveau. Billy m'agrippa la main — s'y cramponna.

— Qu'est-ce qui se passe, papa ? demanda-t-il, puis, un instant plus tard : Maman ne risque rien ?

— Ça doit être un incendie vers Kansas Road, dit Norton. Avec toutes ces lignes à haute tension que le vent a fait tomber. Les voitures de pompiers seront sur place dans une minute.

Voilà qui donnait une raison d'être à mon malaise. Des lignes à haute tension étaient tombées au beau milieu de notre jardin.

Bud Brown fit une remarque à la caissière qu'il supervisait ; elle tendait le cou pour voir ce qui se passait. Elle piqua un fard et reprit ses additions sur sa calculatrice.

Je n'avais pas envie de me trouver dans cette file d'attente. Je me rendis soudain compte que je n'avais aucune envie d'être là. Mais elle se remit à avancer et il semblait ridicule de s'en aller maintenant. Nous arrivions au niveau des cartouches de cigarettes.

Quelqu'un poussa la porte d'entrée, un adolescent. Je crus reconnaître le gosse que j'avais failli heurter en cherchant une place, le motard à la Yamaha qui ne portait pas de casque.

— Le brouillard ! lança-t-il. Faut que vous alliez voir ça ! Il s'amène par Kansas Road !

Tous les regards convergèrent dans sa direction. Il parlait d'une voix entrecoupée, comme s'il avait beaucoup couru.

— Faut que vous alliez voir, répéta-t-il, vaguement sur la défensive, cette fois.

Dans la file, tout le monde l'observait, certains semblaient même sur le point de se déplacer mais la crainte de perdre leur tour les en empêchait. Quelques clients qui ne faisaient pas encore la queue abandonnèrent leur chariot et passèrent devant les autres caisses pour aller jeter un coup d'œil au-dehors. Un grand gaillard coiffé d'un galurin ringard (du genre qu'on voit porter dans les pubs aux beaufs qui pêchent le dimanche ou qui pique-niquent en famille) ouvrit la porte de sortie et plusieurs personnes — une dizaine environ — lui emboîtèrent le pas. Le gamin les suivit.

— Ne laissez pas s'échapper l'air conditionné, s'écria un des jeunes soldats et sa remarque provoqua quelques rires.

Je ne ris pas. J'avais vu le brouillard s'avancer sur le lac.

— Si tu allais jeter un coup d'œil, Billy ? suggéra Norton.

— Non, intervins-je aussitôt, sans raison particulière.

La file avança de nouveau. Chacun tendait le cou pour tenter d'apercevoir le brouillard dont le gamin parlait mais on ne voyait rien, que le bleu étincelant du ciel. Quelqu'un fit remarquer qu'il devait s'agir d'une plaisanterie. Quelqu'un d'autre rétorqua qu'il avait vu une curieuse nappe de brouillard sur le lac une heure plus tôt. La première sirène hurlait son signal criard. Tout cela ne me plaisait guère. On aurait dit la fin du monde pour de bon.

D'autres clients sortirent. Certains quittaient même leur place dans la queue, ce qui accéléra un peu le mouvement. Puis John Lee Frovin, le vieux mécanicien grisonnant de la station-service Texado, entra en coup de vent.

— Quelqu'un aurait-il un appareil photo ? lança-t-il à la cantonade.

Il jeta un regard circulaire et repartit aussi vite qu'il était venu.

C'est alors que Mme Carmody s'écria de sa voix enrouée, étonnamment puissante pour son âge :

— Que personne ne sorte !

Les regards convergèrent vers elle. Jusque-là disciplinées, les files d'attente commençaient à se disloquer à mesure que les gens s'en allaient pour voir le brouillard, s'écartaient de Mme Carmody, ou s'éloignaient à la recherche de leurs amis. Une jolie jeune femme en sweat-shirt myrtille et pantalon vert foncé considérait Mme Carmody d'un regard pensif et pénétrant, comme pour se faire une opinion. Quelques opportunistes profitaient de la confusion pour resquiller. La caissière derrière laquelle se tenait Bud Brown tourna de nouveau la tête et Brown lui tapa sur l'épaule du bout d'un doigt tendu.

— Soyez à ce que vous faites, Sally.

— Que personne ne sorte ! s'écria Mme Carmody. C'est la mort ! Je sens la mort, là, dehors !

Bud et Ollie Weeks, qui savaient à qui ils avaient affaire, se contentaient de manifester une impatience agacée, mais les estivants qui l'entouraient préféraient s'écarter, sans se soucier de perdre leur place. Les clochardes dans les grandes villes provoquent le même genre de réaction autour d'elles, comme si elles étaient affligées d'une maladie contagieuse. Et, qui sait, c'est peut-être le cas.

Tout se mit à aller plus vite, dans une confusion grandissante. Un homme poussa violemment la porte et se rua à l'intérieur du magasin. Il titubait, saignait du nez.

— Quelque chose dans le brouillard ! hurla-t-il, et Billy frissonna contre moi — à cause du sang ou à cause de ses paroles, je ne saurais le dire.

— Quelque chose dans le brouillard ! Quelque chose dans le brouillard a emporté John Lee ! Quelque chose...

Il recula en titubant contre des sacs d'engrais à gazon empilés devant la vitrine et s'y laissa tomber.

— Quelque chose dans le brouillard a emporté John Lee et j'ai entendu ses cris !

La situation changea. Rendue nerveuse par la tempête, par la sirène de police et celle des pompiers, par la perturbation subtile qu'une panne de courant provoque dans la psyché américaine et par le malaise croissant à mesure que les choses, d'une manière ou d'une autre... changeaient (je ne sais en quels meilleurs termes exprimer ce que je ressentais) la population du magasin commença à bouger comme un seul homme.

Les gens ne s'enfuirent pas. Je vous donnerais une impression fausse si je disais cela. Ça n'était pas, à vrai dire, une panique. Ils ne se mirent pas à courir — pour la majorité en tout cas. Mais ils s'en allèrent. Certains gagnèrent les panneaux vitrés de l'autre côté des caisses pour regarder au-dehors. D'autres sortirent par la porte d'entrée, certains emportant avec eux leurs provisions. Bud Brown, avec un zèle empressé, les interpella aussitôt :

— Hé ! vous n'avez pas payé ! Hé, vous, là-bas ! Revenez par ici avec vos petits pains !

Quelqu'un se mit à rire de lui — un rire à vocalises, comme une tyrolienne, qui provoqua des sourires. Mais ceux qui souriaient ne cessaient d'avoir l'air désorientés, perdus et anxieux. Quelqu'un d'autre rit et Bud Brown rougit. Il arracha une boîte de champignons à une femme qui passait près de lui, poussant ses voisins pour aller regarder par la vitre. La petite foule s'agglutinait désormais contre les panneaux de verre comme on en voit parfois qui cherchent à regarder un chantier entre les fentes d'une palissade, et la cliente se mit à crier.

— Rendez-moi mes petits champignons à moi.

Surpris par la bizarrerie de ce terme affectueux, deux hommes, non loin d'elle, éclatèrent d'un rire nerveux — et tout cela commençait à ressembler à un bon vieux charivari à l'anglaise. Mme Carmody trompetta de nouveau sa sommation de ne pas sortir. La sirène des pompiers mugissait sans trêve, comme une vieille femme mettant son adversaire en fuite par ses cris. Et Billy éclata en sanglots.

— Pourquoi est-ce qu'il saigne, papa ? Pourquoi est-ce qu'il saigne ?

— Ce n'est rien, mon grand, il saigne du nez. Ce n'est pas grave.

— Qu'est-ce qu'il voulait dire : quelque chose dans le brouillard ? demanda Norton.

Il fronçait les sourcils avec ostentation, ce qui devait être sa manière d'exprimer la perplexité.

— J'ai peur, papa, dit Billy à travers ses larmes. S'il te plaît, rentrons à la maison.

Quelqu'un me bouscula violemment en passant et faillit me renverser. Je pris Billy dans mes bras. La peur me gagnait, moi aussi. La confusion devenait générale. Sally, la caissière que surveillait Bud Brown, se leva pour s'en aller. Il l'agrippa par le col de son sarrau rouge et le déchira. Elle fit volte-face, toutes griffes dehors :

— Ôtez vos sales pattes de là ! hurla-t-elle.

— Oh, la ferme, petite garce, fit Brown, mais il avait l'air totalement éberlué.

Il tendit de nouveau la main vers elle mais Ollie Weeks l'arrêta :

— Bud ! du calme ! dit-il sèchement.

Quelqu'un d'autre se mit à crier. L'ambiance n'était pas encore à la panique jusqu'ici — pas tout à fait — mais ça n'allait pas tarder. Des flots de gens s'écoulaient du magasin par les deux portes. Du verre explosa et du Coca-Cola se répandit sur le sol en pétillant.

— Qu'est-ce qui se passe, bordel ? s'exclama Norton.

C'est à ce moment-là qu'il commença à faire sombre... mais non, pas exactement. Je crus d'abord, non que le jour s'assombrissait mais que les lumières s'étaient éteintes à l'intérieur du supermarché. Je regardai par réflexe les lampes au néon, et je ne fus pas le seul. Et alors, avant que je me souvienne de la panne de courant, on aurait dit que c'était ça, que c'était bien ce qui avait changé la qualité de l'éclairage. Puis je me souvins qu'elles étaient éteintes depuis le début, depuis que nous avions pénétré dans le magasin et qu'il ne faisait pourtant pas sombre. Alors je compris, avant même que les badauds agglutinés devant les vitres se mettent à pousser des cris en tendant le doigt.

La brume arrivait.

Elle arriva par l'entrée du parc de stationnement qui débouche dans Kansas Road et, d'aussi près, elle n'était en rien différente de ce que nous avions vu la première fois de l'autre côté de Long Lake. Elle était d'un blanc étincelant dépourvu de tout reflet. Elle avançait rapidement et masquait presque entièrement le soleil. A la place du soleil, il y avait désormais un disque d'argent dans le ciel, comme la pleine lune, en hiver, apparaît sous les nuages filant à toute allure.

Elle arrivait au ralenti. Et en l'observant, je songeai au cyclone de la veille. Il existe dans la nature des forces que l'on a rarement l'occasion de voir à l'œuvre — tremblements de terre, ouragans, tornades. Je ne les ai pas toutes vues en pleine action mais j'en ai vu suffisamment pour en déduire que toutes se déplacent au même rythme nonchalant et hypnotique. Elles vous retiennent, vous ensorcellent, comme Steff et Billy la veille, devant la baie vitrée.

La brume recouvrit les deux voies de Kansas Road uniformément, les masquant au regard. La belle demeure coloniale restaurée des McKeon fut engloutie. Un instant, le premier étage de l'immeuble délabré, voisin du supermarché, surnagea au-dessus de la nappe blanche puis disparut à son tour. Le panneau SERREZ À DROITE à l'entrée du parc de stationnement et les flèches indiquant la sortie s'évanouirent, les lettres noires du panneau donnant l'impression de flotter dans les limbes, une fois disparu le fond blanc sale qui les portait. Puis ce fut au tour des voitures d'être englouties.

— Qu'est-ce qui se passe, bordel ? demanda encore Norton d'une voix qui se fêla.

La brume progressait toujours, avalant le ciel bleu et le macadam de la chaussée avec autant de facilité. Même à cinq cents mètres, la ligne de démarcation était toujours aussi nette. J'avais l'impression délirante d'avoir sous les yeux une œuvre particulièrement réussie d' « effet d'optique », signée Willys O'Brian ou Douglas Trumbull. Tout se passa incroyablement vite. Du ciel bleu, on ne voyait plus qu'une large échappée qui rétrécit en une bande étroite, puis un trait de crayon. Puis plus rien. La blancheur ouatée poussait contre les panneaux de verre. Je voyais jusqu'à la poubelle posée à un mètre de l'autre côté mais guère plus loin ; j'apercevais le pare-chocs avant de ma jeep mais c'était tout.

Une femme poussa un cri, long et perçant. Billy se serra plus étroitement contre moi. Son corps tremblait comme des fils électriques parcourus de courant à haute tension.

Un homme hurla et s'élança à travers la travée d'une des caisses fermées pour gagner la porte. Je crois que c'est ce qui provoqua la débandade. Les gens se ruèrent en pagaille dans le brouillard.

— Hé ! rugit Brown.

J'ignore s'il était en colère, terrifié, ou les deux. Il était rouge cramoisi. Des veines saillaient à son cou, grosses comme des câbles de batterie.

— Hé là, tout le monde ! Vous n'avez pas le droit d'emporter la marchandise ! Rapportez ça tout de suite ! C'est du vol !

Personne ne s'arrêta mais certains jetèrent leurs provisions au passage. Certains riaient, surexcités, mais ils étaient en minorité. Ils se déversèrent au-dehors dans le brouillard et nul d'entre nous ne les revit jamais. Une odeur vaguement âcre se répandait à l'intérieur par les portes ouvertes où, compressés, les gens commençaient à pousser et à se bousculer. J'avais mal aux épaules à porter Billy. Il était grand, déjà, Steff l'appelait quelquefois son jeune poulain.

Norton s'éloigna un peu, le visage préoccupé, vaguement hébété. Il se dirigeait vers la porte.

Je fis passer Billy sur un bras pour tendre l'autre et toucher Norton.

— Non, à votre place, je n'irais pas, dis-je.

Il se retourna.

— Comment ?

— Attendons plutôt pour voir.

— Pour voir quoi ?

— Je ne sais pas, dis-je.

— Vous ne pensez pas..., commença-t-il, et un cri surgit du brouillard.

Norton se tut. La cohue qui bloquait les portes commença à relâcher sa pression et le mouvement s'inversa. Les conversations, les cris et les appels s'interrompirent. Près de la porte, les visages blêmirent, brusquement figés en deux dimensions. Le cri perçant se prolongeait interminablement, rivalisant avec la sirène des pompiers. Il semblait improbable qu'une paire de poumons humains puisse soutenir aussi longtemps un cri pareil.

— Oh, mon Dieu, marmonna Norton en se passant la main dans les cheveux.

Le cri cessa brusquement. Il ne décrut pas, mais s'arrêta net. Un autre homme sortit, un type costaud en bleu de travail. Dans l'idée d'aller secourir celui qui avait crié, sans doute. Je le vis un instant, à travers la vitre et le brouillard, comme une silhouette au milieu de la mousse qui se forme au-dessus d'un verre de lait. Puis (et que je sache, je fus le seul à voir ce qui se passa) quelque chose se mit à bouger derrière lui, une ombre grise au sein de toute cette blancheur. Et j'eus l'impression qu'au lieu de s'enfoncer dans le brouillard, l'homme en bleu de travail y fut attiré d'un seul coup, ses bras battant l'air comme par surprise.

Un silence total s'abattit sur le magasin.

Une constellation d'étoiles scintillèrent au-dehors. Les lampes à iode du parc de stationnement, vraisemblablement alimentées par des câbles électriques souterrains, venaient de se rallumer.

— Ne sortez pas ! croassa Mme Carmody comme un oiseau de malheur. C'est la mort qui vous attend dehors.

Et soudain, nul ne semblait disposé à la contredire ou à se moquer d'elle.

Un autre cri jaillit à l'extérieur, mais assourdi cette fois, provenant d'assez loin. Billy se raidit de nouveau contre moi.

— Qu'est-ce qui se passe, David ? demanda Ollie Weeks. (Il avait quitté son poste à la caisse. De grosses gouttes de sueur perlaient sur son visage poupin.) Qu'est-ce que c'est ?

— Je n'en ai pas la moindre idée, dis-je.

Ollie semblait absolument terrifié. Célibataire, il habitait une jolie petite maison au bord de Highland Lake et aimait bien aller boire au bar de Pleasant Mountain. Au petit doigt grassouillet de sa main gauche, brillait un saphir étoilé. Au mois de février, il avait gagné à la loterie. Il s'était offert la bague avec cet argent. J'ai toujours eu l'impression qu'Ollie avait un peu peur des filles.

— Ça ne me plaît pas, dit-il.

— Non. Écoute, Billy, il faut que je te repose. Tu peux me donner la main, mais tu me fais trop mal aux bras, d'accord ?
— Maman, gémit-il.
— Elle va bien, dis-je, histoire de dire quelque chose.
Le vieux bonhomme qui tient la boutique de brocante à côté de Chez Jon, le restaurant, passa devant nous, emmitouflé dans le vieux sweater imprimé qu'il ne quitte jamais.
— C'est un nuage de pollution, dit-il à voix haute. Ça vient des usines de Rumford et des faubourgs de Paris. Les produits chimiques.
Sur quoi il s'engagea dans l'allée numéro 4, celle des spécialités pharmaceutiques et du papier hygiénique.
— Partons d'ici, David, dit Norton sans conviction. Vous ne pensez pas qu'on...
Il y eut un bruit sourd. Un bruit étrange et déroutant que je sentis surtout dans mes pieds, comme si le bâtiment tout entier s'était enfoncé d'un mètre dans le sol. Plusieurs personnes poussèrent des cris de surprise et de peur. Il y eut un carillon de bouteilles renversées qui se fracassèrent contre le sol carrelé. Un morceau de verre triangulaire se détacha d'un des panneaux vitrés de la façade du magasin et je remarquai que les châssis de bois étaient faussés et fendus par endroits.
La sirène d'incendie s'arrêta net, en plein élan.
Le silence qui suivit fut celui de l'attente. Comme si tout le monde retenait sa respiration en se préparant à ce qui allait forcément suivre. J'étais comme engourdi, en état de choc, et d'étranges associations reliées au passé me traversaient l'esprit. Je songeai au temps où Bridgton n'était constitué que de quelques maisons, quand mon père m'emmenait avec lui et que je regardais les bonbons et les chewing-gums à un cent dans les bocaux de verre tandis qu'il bavardait accoudé au comptoir. C'était pendant le dégel du mois de janvier. On n'entendait rien que la neige fondue qui tombait goutte à goutte de la gouttière de zinc dans les réservoirs d'eau de pluie de l'autre côté de la boutique. Moi, contemplant les sucettes, les Malabar et les pastilles multicolores. Au-dessus de ma tête, les globes diffusant une lumière jaune mystique qui projetait les ombres monstrueuses du bataillon de mouches mortes de l'été précédent. Un petit garçon nommé David Drayton avec son père, l'artiste célèbre Andrew Drayton dont le tableau intitulé *Christine seule en pied* était à la Maison-Blanche.

Un petit garçon nommé David Drayton couvant des yeux les bonbons et les images des chewing-gums Davy Crockett avec une vague envie de faire pipi. Et dehors, l'épais brouillard jaune parcouru de remous de janvier à l'époque du dégel.

Le souvenir s'éloigna, mais très lentement.

— Écoutez-moi ! beugla Norton. Vous tous, écoutez-moi !

On se tourna vers lui. Norton levait les bras, les mains jointes au-dessus de la tête comme un politicien acceptant les ovations pendant une campagne électorale.

— C'est peut-être dangereux de sortir dehors ! hurla-t-il.

— Pourquoi ? lança une femme, criant elle aussi. Mes enfants sont à la maison ! Il faut que je retourne avec mes enfants !

— C'est la mort qui nous guette dehors ! renchérit Mme Carmody avec à-propos.

Elle se tenait près des sacs d'engrais empilés contre la vitre et son visage semblait proéminent, comme si elle était en train d'enfler.

Un adolescent la poussa brutalement et elle tomba assise sur les sacs avec un grognement de surprise.

— Arrêtez de répéter ça, espèce de vieille peau ! Arrêtez de nous les casser avec vos conneries !

— S'il vous plaît ! criait Norton. Si on attendait encore un peu que le brouillard se dissipe et qu'on puisse voir...

Des réactions contradictoires accueillirent ses paroles.

— Il a raison, dis-je en criant pour me faire entendre au-dessus du brouhaha. Tâchons de garder notre calme.

— Je crois que c'était un tremblement de terre, fit un homme à lunettes.

Il avait une voix douce. Il portait dans une main un paquet de hamburgers et un sac de petits pains et tenait de l'autre celle d'une petite fille, un peu plus jeune que Billy peut-être.

— Je crois vraiment que c'était un tremblement de terre.

— Il y en a eu un à Naples il y a quatre ans, intervint un gros homme, un habitant du coin.

— C'était à Casco, le contredit aussitôt son épouse.

Elle avait dans la voix les intonations d'un contradicteur invétéré.

— Non, à Naples, insista son époux, mais d'un ton moins assuré.

— A Casco, rétorqua-t-elle fermement, et il céda.

Quelque part dans le magasin, une canette de bière poussée à l'extrême bord d'un rayon par la secousse, le tremblement de terre ou quoi que ce fût, tomba à retardement avec un bruit sonore. Billy éclata en sanglots.

— Je veux rentrer ! Je veux ma MAMAN !

— Vous ne pourriez pas la lui boucler, à ce gosse ? demanda Bud Brown.

Ses yeux dardaient dans toutes les directions, rapidement mais sans but précis.

— Et mon poing dans la figure, ça te dirait pour que toi, tu la boucles ? rétorquai-je.

— Allons, Dave, ça ne sert à rien, dit Norton, l'air affolé.

— Je m'excuse, commença la femme qui avait crié un peu plus tôt. Je m'excuse mais je ne peux pas rester ici. Il faut que je retourne auprès de mes enfants.

Elle nous regardait, les uns après les autres. Elle était blonde, avec un joli visage fatigué.

— C'est Wanda qui garde Victor, vous comprenez. Mais elle n'a que huit ans et il lui arrive d'oublier... Elle oublie qu'elle est chargée de le surveiller... et Victor, il est si petit, et ce qui l'amuse, c'est de tourner les boutons du gaz pour voir la petite lumière rouge s'allumer... Il aime bien cette petite lumière... et il tire sur les prises électriques ; quelquefois... ça lui arrive... et Wanda s'ennuie à la longue... elle n'a que huit ans...

Elle s'interrompit et se contenta de nous regarder. Elle ne devait voir en nous que des yeux sans pitié, pas des êtres humains, mais des rangées d'yeux.

— Personne ne va donc me venir en aide ? s'écria-t-elle. Ses lèvres se mirent à trembler. Personne... personne ici ne va raccompagner une femme chez elle ?

Elle n'obtint pas de réponse. On entendait seulement les gens traîner les pieds. Elle porta ses regards de l'un à l'autre, montrant à chacun son pauvre visage ravagé. Le gros autochtone fit un demi-pas hésitant dans sa direction mais son épouse le tira brusquement en arrière, refermant la main autour de son poignet comme une menotte.

— Vous ? demanda la femme blonde à Ollie.

Il secoua la tête.

— Vous ? dit-elle à Bud.

Il posa la main sur la calculatrice électronique près de lui et ne répondit pas.

— Vous ? dit-elle à l'adresse de Norton et ce dernier commença un discours de sa voix grave d'avocat, expliquant que nul ne devrait sortir avant de savoir ce qui se passait et que...

Elle s'en désintéressa et la voix de Norton s'éteignit.

— Vous ? dit-elle en s'adressant à moi et je repris Billy dans mes bras, m'en servant comme d'un bouclier contre le visage terrible et ravagé.

— Je vous souhaite de tous pourrir en enfer, dit-elle.

Elle ne cria pas en disant ces mots. Sa voix était lasse, presque éteinte. Elle gagna la porte de sortie et l'ouvrit à deux mains. J'aurais voulu lui dire quelque chose, la convaincre de revenir, mais j'avais la bouche trop sèche.

— Madame, écoutez..., commença l'adolescent qui avait insulté Mme Carmody.

Il lui prit le bras. Elle baissa les yeux sur la main qui la retenait et il l'ôta, penaud. Elle s'enfonça dans le brouillard. Nous la regardâmes partir et nul ne souffla mot. Nous regardâmes le brouillard l'envelopper, la transformant en silhouette impalpable ; ce n'était plus un être humain désormais mais le croquis d'un être humain, gravé à la plume sur le papier blanc du monde, et nul ne dit mot. L'espace d'un instant, ce fut comme les lettres du panneau SERREZ A DROITE qui semblaient flotter dans le néant ; ses bras et ses jambes et ses cheveux blonds blafards avaient entièrement disparu et seul le fantôme brumeux de sa robe rouge demeurait visible et semblait danser dans les limbes. Puis sa robe disparut elle aussi, et nul ne prononça un mot.

4. La réserve. Ennuis de générateur. Ce qui arriva au magasinier

Billy piquait une crise de nerfs, appelant sa mère d'une voix rauque et suppliante, régressant instantanément à l'âge de deux ans. La morve lui coulait sur la lèvre supérieure. Je l'emmenai vers le milieu du magasin, mon bras autour de ses épaules, pour tenter de le calmer. Je poursuivis jusqu'au fond où se dressent les réfrigérateurs à viande et l'étal du rayon boucherie. Le boucher,

M. McVey, était encore là. Nous nous adressâmes un petit salut — ce que nous pouvions faire de mieux en de telles circonstances.

Je m'assis par terre et fis asseoir Billy sur mes genoux, la tête contre ma poitrine, et le berçai doucement tout en lui parlant. Je lui dis tous les mensonges que les parents ont en réserve pour les situations difficiles, ceux qui sonnent tellement vrai aux oreilles enfantines, et mon ton était parfaitement convaincant.

— Ce n'est pas un brouillard normal, dit Billy. (Il me regarda de ses yeux cernés et pleins de larmes.) C'est vrai, hein, papa ?

— En effet, sans doute pas, dis-je.

Je ne voulais pas lui mentir là-dessus.

Les enfants ne luttent pas comme les adultes contre les traumatismes ; ils s'y laissent aller, peut-être parce que les enfants sont presque continuellement en état de choc jusque vers l'âge de treize ans. Billy commença à s'assoupir. Je le tins contre moi, m'attendant à ce qu'il s'éveille de nouveau en sursaut mais il s'endormit vraiment. Il n'avait peut-être pas beaucoup dormi la nuit précédente, dans le lit avec nous deux pour la première fois depuis qu'il n'était plus un bébé. Ou peut-être — un froid glacial s'insinua en moi à cette idée —, peut-être avait-il senti l'approche de quelque chose.

Quand je fus certain qu'il était profondément endormi, je l'étendis par terre et partis à la recherche de quelque chose pour le couvrir. La plupart des gens étaient toujours à l'avant du magasin scrutant des yeux l'épais manteau de brume. Norton avait rassemblé autour de lui un petit auditoire pour lequel il déployait tous ses talents oratoires, s'efforçant de le subjuguer. Bud Brown demeurait figé à son poste mais Ollie Weeks avait quitté le sien.

Quelques personnes erraient à travers le magasin, comme des fantômes, le regard perdu dans le vague. Je pénétrai dans la réserve par la lourde porte à double battant, entre le réfrigérateur à viande et celui à bière.

Le groupe électrogène ronronnait au même rythme régulier derrière sa cloison de contre-plaqué mais quelque chose clochait. Je sentais des vapeurs d'essence manifestement beaucoup trop fortes. Je m'approchai de la cloison en respirant à petits coups. Pour finir, je déboutonnai ma chemise et m'en couvris le nez et la bouche.

La réserve était longue et étroite, mal éclairée par deux veilleuses. Des cartons empilés l'encombraient — de l'eau de Javel d'un côté, des caisses de boissons pétillantes de l'autre et des cartons de macaronis et de ketchup. Une bouteille de ketchup s'était renversée et on aurait dit que le carton saignait.

Je soulevai le loquet de la porte qui s'ouvrait dans la cloison et pénétrai dans la cabine de l'électrogène. La machine disparaissait dans des nuages de fumée bleue. Le tuyau d'aération donnait à l'extérieur par un trou ménagé dans le mur. Quelque chose devait en obstruer l'extrémité. Je remarquai qu'un simple bouton commandait l'arrêt ou la marche et le changeai de position. Le générateur suffoqua, cracha, toussa et s'éteignit. Puis il émit une série de sons enroués de plus en plus faibles qui me rappelaient la tronçonneuse rétive de Norton.

Les veilleuses s'éteignirent et je me retrouvai dans le noir. La peur m'assaillit presque immédiatement et je devins incapable de m'orienter. Ma respiration faisait le bruit du vent dans la paille. Je me cognai le nez contre la mince porte de la cabine en cherchant la sortie et mon cœur flancha. Les deux battants de la porte étaient percés de fenêtres mais sans que je sache pourquoi elles étaient peintes en noir, si bien que l'obscurité était presque totale. Me trompant de direction je me précipitai dans les cartons d'eau de Javel. Ils se renversèrent les uns sur les autres. L'un d'eux passa si près de ma tête que je fis un pas en arrière et heurtai un autre carton derrière moi. Je tombai et me cognai la tête si fort que je vis des étincelles. Joli spectacle.

Je restai étendu là à me maudire en me frottant la tête, à m'exhorter au calme, à me conseiller de me relever tranquillement pour sortir de là et aller rejoindre Billy, à me dire que non, rien de mou et visqueux n'allait se refermer sur ma cheville ni me glisser entre les doigts quand je m'appuierais pour me relever. Je m'enjoignis de garder la maîtrise de moi-même ou bien j'allais me mettre à tourner en rond à l'aveuglette, me cognant partout dans ma panique et fabriquant pour moi-même un labyrinthe infernal.

Je me relevai prudemment en scrutant l'obscurité pour tenter d'apercevoir un rai de lumière entre les deux battants de la porte. Je finis par le distinguer, égratignure imperceptible mais immanquable dans le noir. Je fis un pas dans sa direction et m'arrêtai.

J'entendais quelque chose. Quelque chose de mou qui rampait. Le bruit s'arrêta puis reprit avec un petit coup furtif. Tout en moi se relâcha. Je régressai magiquement à l'âge de quatre ans. Le bruit ne venait pas du magasin. Il venait de derrière. Du dehors. Là où était le brouillard. Une chose qui glissait, qui rampait et grattait sur les parpaings. Et qui, peut-être, cherchait un moyen d'entrer.

A moins qu'elle ne soit déjà à l'intérieur, et qu'elle ne me cherche. Et peut-être que dans un instant, j'allais sentir la chose qui faisait ce bruit sur ma chaussure, ou sur mon cou.

Cela recommença. J'étais certain que c'était dehors. Mais cela n'était guère rassurant. Je commandai à mes jambes d'avancer mais elles refusèrent d'obéir. Alors la nature du bruit changea. Quelque chose crissa dans les ténèbres et mon cœur bondit dans ma poitrine. Je fonçai droit sur le rai de lumière vertical. Les bras tendus devant moi je poussai la porte et fis irruption dans le supermarché. Trois ou quatre personnes se tenaient juste devant la porte — elles firent un bond en arrière quand elle s'ouvrit. Ollie Weeks en faisait partie. Il crispa les mains sur sa poitrine.

— David ! dit-il d'une voix blanche. Bon sang ! mais tu as décidé de m'ôter dix ans d'exist... (Il vit mon visage.)

— Qu'est-ce qui t'arrive ?

— Vous avez entendu ? demandai-je et ma voix semblait bizarrement haut perchée à mes propres oreilles. L'un d'entre vous a-t-il entendu ?

Ils n'avaient rien entendu, bien évidemment. Ils étaient venus voir pourquoi le générateur s'était arrêté. Tandis qu'Ollie me donnait ces explications, un des magasiniers arriva, affairé, les bras chargés de lampes de poche. Son regard passa d'Ollie à moi, exprimant la perplexité.

— J'ai éteint l'électrogène, dis-je et j'en donnai la raison.

— Qu'avez-vous entendu ? demanda quelqu'un d'autre.

Ce type-là travaillait aux Ponts et Chaussées ; il s'appelait Jim quelque chose.

— Je ne sais pas trop. Une sorte de grattement. Quelque chose qui glisse. Je ne tiens pas à l'entendre encore une fois.

— C'est nerveux, dit l'autre type, à côté d'Ollie.

— Non, ce n'était pas nerveux.

— Vous l'avez entendu avant que les lumières s'éteignent ?

— Non, après seulement. Mais...

Mais rien. Je voyais bien la manière dont ils me regardaient. Ils ne voulaient pas entendre d'autres mauvaises nouvelles, quoi que ce fût d'effrayant ou d'anormal. Ils avaient eu leur dose. Seul Ollie semblait croire ce que je disais.

— Allons le remettre en route, dit le magasinier en distribuant les lampes de poche.

Ollie prit la sienne, l'air dubitatif. Le magasinier m'en tendit une, une lueur vaguement ironique au fond des yeux. Il devait avoir dix-huit ans. Après un instant de réflexion, je m'en saisis. J'avais encore besoin de trouver quelque chose pour couvrir Billy.

Ollie ouvrit les portes et les cala pour laisser entrer un peu de lumière. Les cartons d'eau de Javel jonchaient le sol autour de la porte entrouverte donnant sur le générateur.

Le type qui répondait au nom de Jim renifla et dit :

— Ça sent plutôt mauvais, faut dire. M'est avis que vous avez bien fait de l'éteindre.

Les faisceaux des lampes de poche dansaient sur les cartons de boîtes de conserve, de papier hygiénique et d'aliments pour chien. Dans les rayons lumineux flottaient les vapeurs refoulées à l'intérieur de la réserve par le tuyau bouché. Le magasinier passa brièvement le faisceau de sa torche sur la grande porte à bascule à l'extrême droite.

Les deux hommes entrèrent avec Ollie dans le compartiment du groupe électrogène. Et la lumière sautillante de leurs lampes me rappela une scène d'un récit d'aventures dont j'avais illustré quelques épisodes à l'époque où j'étais encore étudiant à l'université. Des pirates enterrant à minuit l'or volé à la pointe de l'épée, ou le médecin fou et son assistant dérobant un cadavre. Des ombres que les faisceaux croisés des lampes rendaient monstrueuses bondissaient sur les murs. Le générateur en refroidissant émettait une sorte de tic-tac irrégulier.

Le magasinier s'approchait de la porte de livraison, sa torche braquée devant lui.

— Je n'irais pas par là, dis-je.

— Non, pas vous, je m'en doute.

— Allume-le maintenant pour voir, Ollie, dit l'un des hommes.

Le générateur souffla bruyamment puis rugit.

— Bon Dieu, fermez ça tout de suite ! Quelle puanteur !

Le générateur s'éteignit de nouveau.

Le magasinier revenait à la porte quand ils sortirent du compartiment.

— Quelque chose bouche le tuyau c'est sûr, constata l'un d'eux.

— Voilà ce qu'on va faire, annonça le magasinier.

Ses yeux brillaient dans la lumière des torches et l'expression intrépide qui se peignait sur son visage, je l'avais dessinée bien des fois sur la couverture de mes récits d'aventures enfantines.

— Laissez-le en marche le temps que je fasse basculer la **porte** pour sortir par là. Je vais faire le tour pour aller voir ce **qui** bouche.

— Je ne trouve pas que c'est une bonne idée, Norm, dit Ollie.

— Elle marche à l'électricité, cette porte ? demanda le dénommé Jim.

— Oui, dit Ollie. Mais je ne trouve vraiment pas très malin de...

— Pas de problème, dit l'autre. (Il repoussa sa casquette de base-ball en arrière sur sa tête.) J'y vais.

— Non, vous ne comprenez pas, insista Ollie. Je ne crois vraiment pas que qui que ce soit devrait...

— Ne vous en faites pas, rétorqua l'autre avec condescendance, pour mettre un terme à la discussion.

Norm, le magasinier, était indigné.

— Mais enfin, c'est moi qui ai eu l'idée, dit-il.

Tout à coup, comme par magie, ils se retrouvaient à se quereller pour savoir qui allait y aller au lieu de se demander s'il était ou non prudent d'y aller. Mais aussi, aucun d'eux n'avait entendu l'affreuse chose rampante.

— Arrêtez ! intervins-je d'une voix forte.

Ils se tournèrent dans ma direction.

— Vous n'avez pas l'air de comprendre, ou vous faites tout ce que vous pouvez pour ne pas comprendre. Ce brouillard n'est pas ordinaire. Personne n'est entré dans le magasin depuis qu'il nous est tombé dessus. Si vous ouvrez cette porte et que quelque chose pénètre à l'intérieur...

— Quelque chose dans quel genre ? s'enquit Norm avec le mépris des jeunes machos de dix-huit ans.

— Dans le genre de ce que j'ai entendu bouger.

— Monsieur Drayton, commença Jim. Je m'excuse, mais je **ne** suis pas convaincu que vous ayez entendu quoi que ce soit. Je sais que vous êtes connu, comme artiste, et que vous avez des relations à Hollywood et à New York et tout ça, mais vous n'êtes pas fait autrement que tout le monde pour autant. D'après moi, vous êtes rentré là-dedans dans le noir et peut-être bien que... que vous avez perdu un peu les pédales.

— C'est possible, dis-je. Et peut-être que si vous tenez à aller vous balader dehors, vous devriez vous renseigner avant pour savoir si la femme de tout à l'heure est en sécurité chez elle avec ses enfants.

Son attitude — comme celle de son copain et de Norm le magasinier — me mettait en rage et me terrifiait encore davantage. Dans leurs yeux, luisait le genre de lueur que l'on voit chez certains amateurs de chasse aux rats sur les champs d'épandage.

— Dites, fit le copain de Jim, quand on aura besoin de votre avis, on vous fera signe, d'accord ?

Ollie intervint d'un ton hésitant :

— Ça ne fait rien, pour le générateur, vous savez. Les aliments se conserveront au moins douze heures dans les congélateurs et...

— C'est bon, fiston, lança brusquement Jim. Je mets le moteur en route et tu ouvres la porte pour que ça cesse de puer comme ça. Myron et moi on attend à côté de la bouche d'aération. Tu cries quand c'est débouché.

— D'accord, fit Norm en se précipitant vers la porte.

— C'est ridicule, dis-je. Vous avez laissé cette dame partir toute seule...

— J'ai pas cru remarquer que vous vous cassiez le cul pour l'accompagner, fit Myron, le copain de Jim (une rougeur malsaine apparut au-dessus de son col)... mais vous allez laisser ce gamin risquer sa vie pour une panne dont on vient de vous dire qu'elle n'a pas d'importance.

— Vous pourriez pas la boucler à la fin ? s'écria Norm.

— Écoutez, monsieur Drayton, dit Jim, en m'adressant un sourire froid. Je vais vous dire quelque chose. Si vous avez encore quelque chose à dire, vous feriez aussi bien de compter vos dents, parce que je commence à en avoir marre de vos conneries.

Ollie me regarda, terrorisé. Je haussai les épaules. Ils étaient fous, voilà tout. Ils avaient momentanément perdu tout sens des proportions. Tout à l'heure, dans le magasin, ils avaient eu peur et s'étaient sentis complètement déboussolés. Ici, ils se trouvaient soudain face à un problème mécanique précis : un générateur en panne. Ils avaient les moyens de résoudre ce problème. Et quand ils l'auraient résolu ils se sentiraient moins perdus et impuissants. Voilà pourquoi ils y tenaient tellement.

Jim et son copain, convaincus de m'en avoir imposé, pénétrèrent de nouveau dans la cabine du générateur.

— Prêt, Norm ? demanda Jim.

Norm fit oui de la tête, puis se rendant compte que les autres ne pouvaient pas entendre un geste, il dit oui à voix haute.

— Norm, dis-je. Ne fais pas le con.

— Tu as tort, renchérit Ollie.

Il nous regarda et soudain, son visage parut beaucoup plus jeune. C'était celui d'un petit garçon. Sa pomme d'Adam montait et descendait convulsivement et je vis qu'il avait une frousse bleue. Il ouvrit la bouche pour dire quelque chose — je crois qu'il aurait voulu renoncer — mais le générateur se remit en marche et quand il ronronna régulièrement Norm tendit la main vers le bouton actionnant la porte. Celle-ci commença à pivoter. Les veilleuses s'étaient rallumées quand le générateur avait démarré — elles diminuaient d'intensité à présent que le système d'ouverture électrique de la porte absorbait une partie du courant. Les ombres bondirent en arrière et s'estompèrent. La réserve commença à s'emplir de l'éclairage blanchâtre d'un jour nuageux, à la fin de l'hiver. La même odeur âcre que j'avais sentie plus tôt me parvint.

La porte de livraison basculait lentement. L'ouverture faisait plus d'un mètre et j'apercevais une plate-forme de ciment entourée de bandes de peinture jaune. Le jaune disparaissait un mètre plus loin seulement. Le brouillard était incroyablement épais.

— Oh ! ça y est ! cria Norm.

Des lambeaux de brume, blancs et fins comme de la dentelle, s'insinuèrent à l'intérieur. L'air était froid. Il avait fait plutôt frais toute la matinée, surtout par comparaison avec les trois dernières semaines de chaleur humide, mais c'était une fraîcheur d'été. L'air qui entrait était vraiment froid. Comme au mois de mars. Je frissonnai. Et je pensai à Steff.

Le générateur se tut. Jim sortit à l'instant où Norm franchissait la porte, tête baissée. Il le vit. Moi aussi. Ollie aussi.

Un tentacule passa par-dessus le rebord de la plate-forme de déchargement et s'enroula autour de la cheville de Norm. Ma bouche béa largement. Ollie émit une très brève exclamation de surprise, une sorte de déglutition — *urk !* Le tentacule, d'une trentaine de centimètres d'épaisseur — la longueur d'une couleuvre — à l'endroit où il s'enroulait autour du bas de la jambe de Norm atteignait peut-être un mètre vingt à un mètre cinquante là où il disparaissait dans la brume. Il était gris ardoise sur le dessus, virant au rose chair au-dessous, là où s'alignaient des ventouses. Celles-ci s'ouvraient et se fermaient et se tordaient comme des centaines de petites bouches aux lèvres avides.

Norm baissa les yeux et vit ce qui l'avait saisi. Ses yeux s'écarquillèrent :

— Enlevez-moi ça ! Hé, enlevez-moi ça ! Mon Dieu, mon Dieu ! Enlevez-moi cette saloperie de là !

— Oh mon Dieu, geignit Jim.

Norm agrippa le bord inférieur de l'abattant de la porte et le ramena d'un coup sec à l'intérieur. Le tentacule parut gonfler comme un bras qui se replie. Norm fut tiré de nouveau contre la porte de métal rouillé. Sa tête cogna. Le tentacule se gonfla davantage et les jambes et les bras de Norm se mirent à glisser vers l'extérieur. Le bord de la porte lui tira les pans de sa chemise hors du pantalon. Dans un effort sauvage de traction, il se ramena à l'intérieur comme un homme qui fait de la barre fixe.

— Aidez-moi, sanglotait-il. Aidez-moi, les gars, je vous en prie, je vous en prie.

— Jésus, Marie, Joseph, dit Myron.

Il était sorti de la cabine du groupe électrogène pour voir ce qui se passait.

J'étais le plus près et j'agrippai Norm autour de la taille, tirant aussi violemment que je pus, oscillant sur mes jambes. Un instant, il revint en arrière, mais un instant seulement. C'était comme de tendre un élastique ou d'étirer du caramel. Le tentacule suivait le mouvement sans relâcher le moins du monde son étreinte. Puis trois autres surgirent de la brume et s'approchèrent de nous. L'un d'eux s'enroula autour du tablier rouge du supermarché qui pendait et l'arracha. Il disparut dans la brume avec le tissu rouge enroulé autour de lui et je songeai à ce que ma mère nous disait quand mon frère et moi réclamions une chose qu'elle ne voulait pas nous donner — bonbon, BD, jouet quelconque. « Vous en avez autant besoin qu'une poule d'un drapeau », disait-elle. Songeant à cela, et au tentacule agitant le tablier rouge de Norm, j'éclatai de rire. Je ris, mais mon rire et les hurlements de Norm étaient fort semblables. Nul autre que moi peut-être ne sut que je riais.

Les deux autres tentacules glissèrent çà et là sur la plate-forme de chargement pendant un moment, en faisant ces bruits de grattage que j'avais remarqués tout à l'heure. Puis l'un d'eux s'abattit sur la hanche gauche de Norm et s'enroula autour. Je le sentis contre mon bras. C'était tiède et lisse et palpitant. Je pense maintenant que s'il s'était collé à moi avec ses ventouses, moi aussi j'aurais disparu dans la brume. Mais il ne le fit pas. Il agrippait Norm. Et le troisième tentacule forma un anneau autour de sa cheville.

Maintenant il m'échappait.

— Aidez-moi ! cria-t-il. Ollie ! Quelqu'un ! Donnez-moi la main !

Mais ils ne vinrent pas. Je ne sais pas ce qu'ils faisaient, ils ne vinrent pas.

Baissant les yeux, je vis que le tentacule qui encerclait la taille de Norm s'attaquait à sa peau. Les ventouses le *mangeaient* là où la chemise avait été arrachée au pantalon. Du sang, aussi rouge que son tablier enfui, suinta de la tranchée que le tentacule palpitant s'était ménagée.

Ma tête heurta le bord inférieur de la porte à demi relevée.

De nouveau les jambes de Norm étaient dehors. L'un de ses mocassins était tombé. Un nouveau tentacule surgit de la brume, enroula fermement son extrémité autour de la chaussure et disparut avec elle. Les doigts de Norm étaient crispés sur le rebord de la porte. Il le serrait dans une étreinte mortelle. Ses mains étaient livides. Il ne hurlait plus, il était au-delà du hurlement. Sa tête ballottait de droite à gauche dans un geste de négation interminable, et ses longs cheveux noirs flottaient en désordre.

Par-dessus son épaule, j'aperçus d'autres tentacules qui arrivaient, par dizaines, des forêts de tentacules. La plupart de petite taille, mais certains gigantesques, larges comme l'arbre corseté de mousse qui gisait ce matin en travers de la route. Les gros avaient des ventouses rose bonbon larges comme des plaques d'égout. L'un des gros tentacules s'abattit sur le béton de la plate-forme de déchargement, avec un grand bruit, un *ffffrrrrppp !* roulant et s'approcha paresseusement de nous comme un énorme ver de terre aveugle. Je donnai une saccade prodigieuse et le tentacule qui étreignait le mollet droit de Norm glissa un peu. Ce fut tout. Mais avant qu'il ait rétabli son emprise, je vis que la chose se nourrissait de lui.

L'un des tentacules m'effleura délicatement la joue et puis s'agita dans le vide, comme s'il hésitait. Alors je songeai à Billy, Billy qui dormait dans le magasin près du long réfrigérateur à viande de M. McVey. J'étais venu ici chercher quelque chose pour le couvrir. Si l'une de ces choses me prenait, il n'y aurait personne pour veiller sur lui, sauf peut-être Norton.

Alors je lâchai Norm et me laissai tomber sur les mains et les genoux.

J'étais à moitié dehors, directement sous la porte relevée. Un tentacule passa sur ma gauche, comme s'il avançait sur ses ventouses. Il s'attacha à l'un des avant-bras de Norm dont le muscle saillait, marqua une pause, puis s'entortilla autour.

A présent Norm ressemblait à la vision d'un fou rêvant d'une séance de charmeur de serpents. Des tentacules se contorsionnaient de toutes parts sur lui... et l'enserraient aussi tout entier. D'un maladroit saut de grenouille, je rentrai à l'intérieur, atterris sur les épaules et roulai à terre. Jim, Ollie et Myron étaient toujours là. Ils étaient figés comme un tableau du musée Grévin, le visage pâle, les yeux trop brillants. Jim et Myron se tenaient de part et d'autre de la porte de l'électrogène.

— Allumez-le ! hurlai-je à leur intention.

Aucun d'eux ne bougea. Ils fixaient l'ouverture de la plate-forme de déchargement avec une avidité morbide de drogués.

Je tâtonnai sur le sol, saisis le premier objet qui me tomba sous la main — un berlingot d'eau de Javel Snowy — et le balançai sur Jim. Cela le frappa au ventre juste au-dessus de la boucle de ceinture. Ses yeux cillèrent, retrouvant un semblant de regard normal.

— Allumez ce putain d'électrogène ! hurlai-je à m'écorcher la gorge.

Il ne bougea pas ; il préféra se défendre, ayant apparemment décidé qu'au moment où Norm était dévoré vivant par une horreur folle surgie de la brume, il convenait de s'occuper de réfutations.

— Je suis désolé, gémit-il. Je ne savais pas. Comment j'aurais pu savoir, bon Dieu ? Vous disiez que vous aviez entendu quelque chose mais je ne savais pas ce que ça voulait dire, vous auriez dû mieux vous expliquer. Je pensais, je sais pas, peut-être un oiseau, ou autre chose...

Alors Ollie se mit en mouvement. Le repoussant d'un coup de sa large épaule, il se précipita maladroitement à l'intérieur de la pièce de l'électrogène. Jim trébucha sur un des berlingots de Javel et tomba comme j'étais tombé dans le noir.

— Je suis désolé, répéta-t-il.

Ses cheveux roux barraient ses sourcils. Ses joues étaient blanches comme du yaourt. Ses yeux étaient ceux d'un petit garçon horrifié. Quelques secondes plus tard, l'électrogène toussotait et reprenait vie en grondant.

Je me retournai vers la porte de livraison. Norm avait presque complètement disparu, mais il s'accrochait toujours avec obstination, d'une seule main. Son corps bouillonnait de tentacules et du sang tombait goutte à goutte sur le béton, formant des taches de la taille d'une pièce d'un cent. Sa tête basculait d'avant en arrière et ses yeux s'écarquillaient de terreur tandis qu'ils fixaient la brume.

Maintenant d'autres tentacules rampaient et s'insinuaient sur le sol à l'intérieur. Près de la commande de la porte, ils étaient trop nombreux pour seulement penser à l'approcher. L'un d'eux se referma sur une bouteille d'un demi-litre de Pepsi et l'emporta. Un autre s'enroula autour d'un carton et le pressa. Le carton se déchira et des rouleaux de papier hygiénique Delsey, empaquetés par deux dans de la Cellophane, giclèrent en geyser, retombèrent et roulèrent dans toutes les directions. Les tentacules s'en saisirent prestement.

L'un des gros glissa à l'intérieur. L'extrémité se dressa sur le sol et parut renifler l'air. Il se mit en mouvement en direction de Myron qui fit un petit pas de côté, les yeux roulant follement dans leurs orbites. Un faible gémissement aigu s'échappa de ses lèvres flasques.

Du regard je cherchai quelque chose, n'importe quoi d'assez long pour passer par-dessus les tentacules qui nous cherchaient et pousser la commande de fermeture sur le mur. J'aperçus un balai posé contre une pile de cartons de bière et m'en saisis.

La seule main libre de Norm avait perdu sa prise. Il heurta avec un bruit sourd le béton de la plate-forme et cette unique main gratta furieusement le sol en quête d'un point d'ancrage. Un instant, ses yeux rencontrèrent les miens. Ils étaient diablement brillants et conscients. Il savait ce qui lui arrivait. Puis il fut traîné, rebondissant et roulant, dans la brume. Il y eut un autre hurlement, étouffé. Norm avait disparu.

Du bout du balai, je pressai le bouton et le moteur gémit. La porte commença à s'abaisser. Elle toucha d'abord le plus épais des tentacules, celui qui avait cherché en direction de Myron. Elle s'enfonça dans son cuir — sa peau, ce qu'on voudra — et puis le perça. Une glu noire se mit à sourdre du tentacule qui se tordit follement, flagellant le sol de béton comme un obscène fouet de vacher et puis il parut se redresser. Un instant plus tard, il était parti. Les autres commencèrent à se retirer.

L'un d'eux tenait un sac de nourriture pour chien Gaines et ne voulait pas le lâcher. La porte en s'abaissant le coupa en deux avant de s'arrêter à l'extrémité de la glissière. Le bout de tentacule coupé resserra convulsivement son étreinte, faisant éclater le sac et projetant dans tous les sens des pépites brunes de nourriture pour chien. Puis il se mit à gifler le sol comme un poisson hors de l'eau, se roulant et se déroulant, mais de plus en plus lentement, jusqu'à ce qu'il s'immobilise tout à fait. Du bout du balai, je le tâtai. Le morceau de tentacule, qui faisait peut-être un mètre cinquante de long, se referma sauvagement sur le bois puis relâcha son étreinte et retomba, inerte, sur une litière désordonnée de papier hygiénique, de nourriture pour chien et de berlingots de Javel.

Il n'y eut plus d'autre bruit que le rugissement de l'électrogène et les sanglots d'Ollie, qui pleurait dans la cabine de contre-plaqué. Je l'apercevais, assis sur un tabouret, le visage dans les mains.

Puis je pris conscience d'un autre son. Le bruit léger, glissant que j'avais perçu dans le noir. Mais maintenant, il était démultiplié. C'était le bruit de tentacules qui se tortillaient à l'extérieur de la porte coulissante, en quête d'un chemin pour entrer.

Myron fit deux pas vers moi.

— Écoutez, dit-il, il faut que vous compreniez...

Je lui balançai mon poing dans la figure. Il fut trop surpris pour seulement essayer de le bloquer. Mes phalanges atterrirent juste sous son nez et lui écrasèrent les dents sur les lèvres. Du sang emplit sa bouche.

— Vous l'avez tué, hurlai-je. Est-ce que vous vous rendez compte ? Vous vous rendez vraiment compte de ce que vous avez fait ?

Je le bourrai de coups de poing, lançant des droites et des

gauches désordonnées. Ignorant les leçons du cours de boxe du lycée, je cognais, tout simplement. Il recula, déviant quelques coups, encaissant les autres avec une inertie qui ressemblait à de la désignation ou de la mortification. Cela ne fit qu'accroître ma colère. Je lui fis saigner le nez. Je lui flanquai une pêche sous l'œil et celui-ci commença à prendre une jolie teinte sombre. Je lui en expédiai un solide au menton. Après celui-là, son regard s'embruma, à demi conscient.

— Écoutez, s'obstinait-il à dire, écoutez, écoutez, et puis je le frappai au creux de l'estomac, ses poumons se vidèrent et il ne dit plus « écoutez, écoutez ».

Je ne sais pas combien de temps j'aurais continué à le cogner si quelqu'un ne m'avait agrippé les bras. Je me dégageai et pivotai sur mes talons. J'espérais que c'était Jim. Je voulais le frapper lui aussi.

Mais ce n'était pas Jim. C'était Ollie, son visage rond d'une blancheur mortelle, à l'exception des cercles noirs autour des yeux encore brillants de larmes.

— Arrête, David, dit-il. Ne le cogne plus. Ça n'arrangera rien.

Jim se tenait sur le côté, le visage bouleversé et blafard. Je donnai un coup de pied dans un carton dans sa direction. Il atterrit contre ses bottines Dingo et rebondit.

— Toi et ton copain vous faites une belle paire d'enfoirés, lançai-je.

— Allez, David, dit Ollie d'une voix malheureuse, laisse tomber.

— Deux enfoirés qui ont fait crever ce gosse.

Jim baissa les yeux sur ses Dingo. Myron s'assit en tenant son bide de buveur de bière. Je haletais violemment. Le sang rugissait dans mes oreilles et je tremblais comme une feuille. Je m'assis sur des cartons, fourrai ma tête entre mes genoux et étreignis mes jambes juste au-dessus des chevilles. Je restai ainsi un moment, les cheveux sur le visage, en attendant de voir si j'allais perdre conscience ou vomir ou quoi.

Au bout d'un petit moment, la nausée passa et je levai les yeux sur Ollie. Dans le demi-jour des veilleuses, sa bague lançait des éclairs assourdis.

— Bon, fis-je, hébété. Je suis calmé.

— Bien, dit Ollie. Il faut qu'on réfléchisse à ce qu'on va faire maintenant.

De nouveau la réserve commençait à sentir le pot d'échappement.

— Arrêter l'électrogène, pour commencer.

— Ouais, sortons de là, dit Myron. (Ses yeux me suppliaient.) Je suis désolé pour le gosse. Mais faut que vous compreniez...

— Je ne comprends rien du tout. Toi et ton copain, vous retournez dans le magasin, mais attendez-nous près du réfrigérateur à bière. Et pas un mot à quiconque. Pas encore.

Ils obtempérèrent avec empressement, se bousculant au seuil de la double porte battante. Ollie arrêta l'électrogène, et comme les lumières commençaient à faiblir, j'aperçus une couverture piquée — le genre d'étoffe dont se servent les déménageurs pour transporter les objets fragiles — jetée sur une pile de consignes de soda. Je m'en emparai pour Billy.

Il y eut le bruit d'Ollie qui tâtonnait et se frottait contre la paroi en sortant de la cabine. Comme chez beaucoup d'hommes souffrant d'embonpoint, sa respiration était légèrement sifflante.

— David ? (Sa voix tremblait un peu.) Tu es toujours là ?

— Oui.

Je le guidai à la voix et au bout d'une demi-minute il émergeait du noir et m'agrippait l'épaule. Il poussa un long soupir ému.

— Bon Dieu, sortons d'ici.

Je pouvais sentir l'odeur des pastilles de Rolaids pour l'estomac qu'il mâchait toujours.

— Cette obscurité est... est mauvaise.

— C'est vrai, dis-je, mais attends une minute, Ollie. Je voulais te parler sans que les deux autres connards écoutent.

— Dave... ils n'ont pas forcé Norm. Il ne faut pas que tu l'oublies.

— Norm était un gosse, eux non. Mais peu importe, c'est terminé. Il va falloir qu'on leur dise, Ollie. Aux gens dans le magasin.

— S'ils paniquent...

La voix d'Ollie exprimait le doute.

— Peut-être qu'ils paniqueront, et peut-être pas. Mais ils y réfléchiront à deux fois avant de sortir comme ils en ont presque tous envie. Et on les comprend. La plupart d'entre eux ont de la famille à la maison. Comme moi. Il faut qu'on leur fasse comprendre ce qu'ils risquent s'ils sortent.

Sa main me serra fortement le bras.

— Très bien, dit-il. Oui, seulement je me demande... tous ces tentacules... comme un calmar ou je ne sais quoi... David, à quoi est-ce qu'ils étaient reliés ? A quoi étaient-ils reliés, ces tentacules ?

— Je n'en sais rien. Mais je ne veux pas que ces deux-là racontent eux-mêmes ce qui s'est passé. Ça oui, ça mettrait la panique. Allons-y.

Je jetai un coup d'œil circulaire et au bout de quelques secondes repérai la ligne de lumière verticale entre les battants de la porte. Nous nous dirigeâmes à l'aveuglette dans cette direction, en faisant attention aux cartons crevés, Ollie serrant une main potelée sur mon avant-bras. Je m'aperçus que nous avions tous perdu nos lampes électriques.

Comme nous atteignions la porte, Ollie dit tout à trac :

— Ce que nous avons vu... c'est impossible, David. Tu le sais, n'est-ce pas ? Même si un camion du Boston Seaquarium était venu par ici et avait déversé un de ces énormes calmars comme dans *Vingt Mille Lieues sous les mers*, il serait mort. *Il serait mort, un point c'est tout.*

— Oui, dis-je, c'est vrai.

— Alors, qu'est-ce qui s'est passé ? Hein ? Qu'est-ce que c'est que cette putain de brume ?

— Ollie, je n'en sais rien.

Nous sortîmes.

5. Débat contradictoire avec Norton. Une discussion près du réfrigérateur à bière. Vérification

Jim et son bon copain Myron étaient juste derrière la porte, tenant chacun une Budweiser à la main. Je jetai un coup d'œil à Billy et voyant qu'il dormait toujours, j'étalai sur lui la couverture de déménageur. Il bougea un peu, marmonna quelque chose et puis retrouva son calme. Je consultai ma montre. Midi et quart. Cela me parut totalement impossible, il me semblait que cinq heures au moins s'étaient écoulées depuis que j'étais allé faire un tour là-bas derrière en quête de quelque chose pour le couvrir. Mais mon incursion dans la réserve, du début à la fin, n'avait pris que trente-cinq minutes.

Je retournai auprès d'Ollie qui s'était arrêté à la hauteur de Jim et de Myron. Il avait pris une bière et m'en offrit une. Je m'en emparai et en bus la moitié d'un coup, comme j'avais fait le matin quand je coupais du bois. Cela me ragaillardit un peu.

De son nom de famille, Jim s'appelait Grondin. Le patronyme de Myron était Lafleur — ce qui est comique, je sais, d'un certain point de vue. La fleurette Myron avait du sang séché sur les lèvres, le menton et les joues. L'œil au beurre noir gonflait déjà. La fille en sweat-shirt myrtille, qui errait dans le coin, jeta un regard circonspect sur Myron. J'aurais pu lui dire qu'il n'était dangereux que pour les adolescents qui s'efforcent de prouver leur virilité mais j'épargnai ma salive. Après tout, Ollie avait raison, ils avaient effectivement cru bien faire, même si c'était d'une façon aveugle, effrayante, plutôt que dans l'intérêt commun. Et maintenant il fallait qu'ils fassent ce que moi, je jugeais le mieux. Je ne prévoyais aucune difficulté. Leur caquet était rabattu. Ni l'un ni l'autre (et surtout pas Myron le fleuri) ne serait bon à grand-chose dans les heures à venir. La lueur qui était dans leurs yeux quand ils avaient décidé d'envoyer Norm déboucher l'évacuation avait maintenant disparu. Ils avaient perdu tout courage.

— Il va falloir qu'on dise quelque chose aux gens, avançai-je.

Jim ouvrit la bouche pour protester.

— Ollie et moi nous laisserons de côté le rôle que vous avez joué dans la sortie de Norton si vous confirmez ce que nous dirons sur... hum, sur ce qui lui est arrivé.

— Bien sûr, approuva Jim avec un empressement pitoyable. Bien sûr, si on le raconte pas, les gens risquent de sortir comme cette femme... cette femme qui...

Il se passa une main sur la bouche et se dépêcha d'avaler une autre gorgée de bière.

— Bon Dieu, quel merdier.

— David, dit Ollie et si...

Il se tut, puis se contraignant à poursuivre :

— Et s'ils entraient ? Les tentacules ?

— Comment ils feraient ? demanda Jim. Vous avez fermé la porte, les gars.

— Bien sûr, dit Ollie. Mais tout le devant du magasin est fait de vitrines.

Un ascenseur entraîna mon estomac dans une chute de vingt étages. Ce qu'Ollie venait de dire, je ne l'ignorais pas, mais j'avais réussi à le refouler. Je me tournai vers l'endroit où Billy dormait, songeai aux tentacules qui s'étaient refermés sur Norm et imaginai la même chose arrivant à mon fils.

— Des vitrines, chuchota Myron Lafleur. Sacré bordel de nom de Dieu.

Je les laissai tous trois près du réfrigérateur, en train d'écluser une deuxième bière et partis en quête de Brent Norton. Je le trouvai plongé dans une conversation des plus sérieuses avec Bud Brown près de la caisse numéro 2. L'un et l'autre — Norton avec sa chevelure grisonnante et stylée et son allure désuète, Brown avec son austère physionomie Nouvelle-Angleterre — semblaient sortis tout droit d'une caricature du *New Yorker*.

Une bonne vingtaine de personnes allaient et venaient avec inquiétude dans l'espace compris entre les travées des caisses et la longue vitrine. Un grand nombre de gens étaient alignés devant celle-ci, scrutant la brume. De nouveau cela me fit penser à des badauds attroupés devant un chantier.

Mme Carmody était assise sur le tapis roulant de l'une des caisses et fumait une Parliament dans un filtre Désintoxication progressive. Ses yeux me jaugèrent, ne virent rien à me reprocher et se détournèrent. Elle paraissait plongée dans un rêve éveillé.

— Brent, dis-je.

— David ! Où étiez-vous passé ?

— C'est de ça que j'aimerais vous parler.

— Il y a des gens qui sont revenus au réfrigérateur à bière, dit Brown d'une voix lugubre. (Il avait l'air d'un homme annonçant qu'on a projeté des films pornos à la kermesse paroissiale.) Je peux les voir dans le miroir de contrôle. Cela doit cesser.

— Brent ?

— Excusez-moi une seconde, monsieur Brown.

— Je vous en prie. (Il se croisa les bras sur la poitrine et jeta un regard menaçant sur le miroir convexe.) Cela va cesser, je peux vous l'assurer.

Norton et moi nous dirigeâmes vers le réfrigérateur à bière à l'autre bout du magasin, en passant par les rayons articles ménagers et mercerie. Je jetai un coup d'œil par-dessus mon épaule, notant avec inquiétude que les poutrelles de bois encadrant les panneaux rectangulaires de verre étaient gauchies, tordues et brisées. Et je me rappelai qu'une des vitrines n'était même pas entière. Un morceau de verre large comme une tarte s'était détaché du coin supérieur à l'instant où cet étrange grondement avait résonné. Nous pourrions peut-être boucher ce trou avec du tissu ou autre chose — peut-être une poignée de ces corsages à trois dollars cinquante-neuf que j'avais aperçus près du rayon des vins...

Mes pensées s'interrompirent abruptement et je dus me coller le dos de la main contre la bouche, comme pour contenir un rot. Ce que je refoulais, en réalité, c'étaient les gloussements horrifiés qui me venaient à l'idée de boucher un trou avec des chemisiers pour s'opposer aux tentacules qui avaient emporté Norm. J'avais vu un de ces tentacules — un petit — presser un sac de nourriture pour chien jusqu'à ce qu'il crève.

— David ? Vous vous sentez bien ?

— Moui...

— Votre visage... On dirait que vous venez d'avoir une idée excellente ou alors tout à fait épouvantable.

Quelque chose me frappa alors.

— Brent, qu'est-il arrivé à cet homme qui est entré en délirant sur quelque chose dans la brume qui a pris John Lee Frovin ?

— Le type qui saignait du nez ?

— Oui, c'est ça.

— Il s'est évanoui et M. Brown l'a mis à l'écart en lui faisant respirer des sels qu'il a pris dans une trousse de secours. Pourquoi ?

— Il a dit autre chose quand il s'est réveillé ?

— Il a recommencé à parler de son hallucination. M. Brown l'a conduit au bureau. Il effrayait des femmes. Il avait l'air content d'y aller. A cause des vitres. Quand M. Brown lui a dit qu'il n'y avait qu'une petite fenêtre dans le bureau du directeur, avec une vitre renforcée de fil de fer, ça a eu l'air de le satisfaire. Je suppose qu'il y est toujours.

— Ce dont il parlait, ce n'étaient pas des hallucinations.

— Non, bien entendu.

— Et ce grondement ?

— Non, mais, David...

Il a peur, ne cessais-je de me dire. Ne le cogne pas, tu t'es déjà laissé aller une fois ce matin et ça suffit. Ne le cogne pas simplement parce que c'est ainsi qu'il s'est conduit durant ce stupide différend de mitoyenneté... d'abord condescendant, puis sarcastique et finalement, quand il est apparu clairement qu'il allait perdre, hargneux. Il n'est pas foutu de mettre sa tronçonneuse en marche mais il a l'air d'être le père du monde occidental, et s'il dit aux gens de ne pas s'affoler, ils obtempéreront. Alors ne lui casse pas la figure.

— Vous voyez cette double porte derrière le réfrigérateur à bières ?

Il regarda dans la direction que je lui indiquais, en fronçant le sourcil.

— Mais parmi les gens qui boivent de la bière, c'est bien l'autre directeur adjoint, Weeks ? Si Brown voit ça, je peux vous assurer que cet homme cherchera du boulot très bientôt.

— Brent, voulez-vous m'écouter ?

Il me jeta un regard absent.

— Vous disiez ? J'étais distrait. Désolé.

Pas autant qu'il allait l'être.

— Vous voyez ces portes ?

— Oui, bien sûr. Qu'est-ce qu'elles ont ?

— Elles donnent sur la réserve qui s'étend sur toute la face ouest du bâtiment. Billy s'est endormi et je suis allé là-bas voir si je pouvais trouver quelque chose pour le couvrir...

Je lui racontai tout, en laissant simplement de côté la discussion sur le bien-fondé de la sortie de Norton. Je lui décrivis ce qui était entré... et à la fin, ce qui était sorti en hurlant. Brent Norton refusa de le croire. Il refusa même de se le représenter. Je le conduisis auprès de Jim, d'Ollie et de Myron. Tous trois confirmèrent mes dires, mais Jim et Myron commençaient à être sérieusement éméchés.

De nouveau, Norton refusa de croire et même d'imaginer. Il faisait simplement de l'obstruction.

— Non, disait-il. Non, non et non. Pardonnez-moi, messieurs, mais c'est complètement ridicule. Soit vous me menez en bateau (d'un sourire gluant de condescendance, il nous fit sentir qu'il était capable autant qu'un autre de comprendre la plaisanterie)... soit vous souffrez d'une espèce d'hypnose collective.

Une nouvelle fois, la moutarde me monta au nez et je me contins — avec difficulté. Je ne crois pas être d'ordinaire du genre coléreux, mais ce n'étaient pas des circonstances ordinaires. Il fallait que je pense à Billy et à ce que devenait — ou était déjà devenue — Stephanie. Ces arrière-pensées me rongeaient en permanence.

— Très bien, dis-je. Allons là-derrière. Il y a un morceau de tentacule sur le sol. La porte l'a coupé en se rabattant. Et on peut les entendre. Ils frottent contre la porte. On dirait le vent dans le lierre.

— Non, fit-il calmement.

— Quoi ? (Je pensais vraiment avoir mal entendu.) Que dites-vous ?

— Je dis non, je n'irai pas là-derrière. La plaisanterie a assez duré.

— Brent, je vous jure que ce n'est pas une blague.

— Bien sûr que si, rétorqua-t-il sèchement.

Ses yeux se posèrent sur Jim Myron, s'attardèrent brièvement sur Ollie Weeks — qui soutint sans broncher son regard — et revinrent enfin à moi.

— Je suppose que c'est ce que vous les gens d'ici vous appelez une « bonne partie de rigolade ». C'est ça, David ?

— Brent... Écoutez...

— Non, vous, vous allez m'écouter !

Sa voix s'enflait comme dans une plaidoirie. Elle portait très loin et plusieurs de ceux qui erraient dans le coin, inquiets et sans but, se tournèrent vers nous pour voir ce qui se passait. Norton pointait son doigt sur moi en parlant.

— C'est une blague. Une peau de banane sur laquelle je suis censé glisser. Vous tous, tant que vous êtes, on ne peut pas dire que vous adoriez ceux qui ne sont pas du coin, n'est-ce pas ? Vous vous tenez drôlement entre vous. Il n'y a qu'à voir la façon dont ça s'est passé quand je vous ai traîné en justice pour obtenir ce qui m'appartenait sans conteste. Vous avez gagné ce coup-là, très bien. Pourquoi pas ? Votre père était un célèbre artiste, et c'est votre ville. Après tout, moi, je ne fais que payer les impôts locaux et dépenser mon argent ici !

Il ne jouait plus la comédie, il n'essayait plus de nous impressionner avec des effets de manche ; il hurlait presque, au bord de la crise de nerfs. Ollie Weeks se détourna et s'éloigna en serrant très fort sa bière dans son poing. Myron et son ami Jim fixaient Norton, complètement abasourdis.

— Et je suis censé aller là-bas derrière pour voir un machin de farces et attrapes, 98 % caoutchouc, pendant que ces deux pedzouilles traîneront autour de moi pour rigoler en se tapant sur les cuisses ?

— Eh, faites gaffe, si vous nous traitez de pedzouilles..., dit Myron.

— En fait, je suis bien content que cet arbre soit tombé sur votre hangar à bateaux, si vous voulez savoir la vérité. Je suis bien, bien content, me lança Norton avec un sourire carnassier. Il a pris un bon coup, hein ? Formidable. Maintenant, laissez-moi passer.

Il essaya de me contourner. Je le saisis par le bras et le jetai contre le réfrigérateur à bières. Une femme poussa un cri inarticulé de surprise. Deux packs de six Bud dégringolèrent.

— Ouvrez bien vos oreilles, et écoutez, Brent. Il y a des vies à sauver, ici. Celle de mon gosse, entre autres, et c'est pas rien. Alors, écoutez-moi ou je vous casse la gueule, je vous le jure.

— Allez-y, dit Norton, souriant toujours, figé dans une espèce de bravade stupide, les yeux écarquillés, injectés de sang, exorbités. Montrez à tout le monde comme vous êtes fort et courageux en frappant un homme malade du cœur et en âge d'être votre père.

— Flanquez-lui une raclée, vous laissez pas avoir ! s'exclama Jim. Merde pour son cœur. Je crois pas de toute façon qu'un petit avocaillon de New York ait un cœur.

— Restez en dehors de ça, dis-je à Jim et puis je collai mon visage à celui de Norton.

J'aurais pu l'embrasser, si j'avais eu pareille idée en tête. Le réfrigérateur était éteint mais il irradiait toujours du froid.

— Arrêtez de faire l'autruche. Vous savez parfaitement que je dis la vérité.

— Je ne... sais... rien du tout, haleta-t-il.

— En d'autres temps et en d'autres lieux, je vous laisserais partir. Vous avez la trouille, et je m'en fous, je suis pas en train de compter les points. Moi aussi, j'ai la trouille. Mais j'ai besoin de vous, bordel de merde ! Ça vous va, comme ça ? J'ai besoin de vous !

— Laissez-moi partir !

Je le saisis au collet et le secouai.

— Vous ne comprenez donc rien ? Les gens vont commencer à sortir et ils iront droit sur cette chose dehors ! Pour l'amour de Dieu, vous ne comprenez pas ?

— Lâchez-moi, je vous dis !

— Pas tant que vous ne m'aurez pas accompagné là-derrière pour voir par vous-même.

— Je vous ai dit non ! C'est une plaisanterie, une blague. Je ne suis pas stupide au point de me laisser...

— Alors je vous traînerai là-bas moi-même.

Je l'attrapai par l'épaule et le col. Sous un bras, la couture de sa chemise se déchira avec un bruit mou. Je le tirai vers la double porte. Norton poussa un cri désespéré. Un groupe de gens, une bonne quinzaine, s'étaient agglutinés mais ils gardaient leurs distances. Aucun ne manifesta l'intention d'intervenir.

— Aidez-moi ! cria Norton.

Derrière les lunettes, ses yeux s'exorbitaient. Sa coiffure apprêtée s'était de nouveau défaite, libérant deux petites touffes qui se dressèrent derrière les oreilles. Les gens s'agitaient, incertains, et regardaient.

— Pourquoi criez-vous ? lui dis-je à l'oreille. Ce n'est qu'une blague, non ? C'est pour ça que je vous ai emmené en ville quand vous m'avez demandé de venir et que je vous ai confié Billy pour lui faire traverser le parking — parce que c'est moi qui ai fabriqué à la main toute cette brume, j'ai loué une machine à Hollywood, ça m'a coûté cinquante mille dollars plus huit mille pour le transport, tout ça pour pouvoir vous jouer un tour. Arrêtez de vous raconter des histoires et ouvrez les yeux, merde !

— *Lâ-chez-moi !* brailla Norton.

Nous étions presque à la porte.

— Allons, allons, qu'est-ce que c'est ? Qu'est-ce que vous faites ?

C'était Brown. Jouant du coude, il se frayait un chemin dans la foule des spectateurs.

— Dites-lui de me lâcher, supplia Norton d'une voix rauque. Il est fou.

— Non, il n'est pas fou. Je préférerais, mais il ne l'est pas.

C'était Ollie, et je l'aurais embrassé. Il contourna le rayon derrière nous et s'avança au-devant de Brown.

Le regard de Bud tomba sur la bière que tenait Ollie.

— Tu es en train de boire ! s'exclama-t-il, d'une voix étonnée, mais non dépourvue d'une nuance de plaisir. Tu vas perdre ta place pour ça.

— Allons, Bud, dis-je en lâchant Norton. Nous ne sommes pas dans une situation normale.

— Les règlements ne changent pas, rétorqua Brown, plein de morgue. Je veillerai à ce que la compagnie soit mise au courant. C'est mon devoir.

Pendant ce temps Norton avait filé. Il se tint à l'écart, en essayant de rajuster sa chemise et de raplatir sa coiffure. Ses yeux allaient de Brown à moi, inquiets.

— Holà ! cria tout à coup Ollie en élevant la voix avec une basse profonde que je n'aurais jamais imaginée venant d'un homme costaud mais doux et sans prétention. Holà ! vous tous dans le magasin ! Venez ici, dans le fond, il faut que vous écoutiez ça ! Ça vous concerne tous !... C'est bien comme ça ?

— Parfait.

Les gens commencèrent à se rassembler. Le groupe original de personnes qui avaient assisté à ma discussion avec Norton doubla, puis tripla.

— Il y a quelque chose qu'il faut que vous sachiez..., commença Ollie.

— Pose cette bière immédiatement, dit Brown.

— Fermez votre gueule immédiatement, lui dis-je en faisant un pas vers lui.

Brown maintint la distance entre nous en reculant d'un pas.

— Je ne sais pas que ce que vous croyez faire, certains d'entre vous, dit-il. Mais je vous garantis que tout cela sera signalé à la Federal Foods Company ! Tout ! Et je veux que vous compreniez..., *il peut y avoir des poursuites !*

Ses lèvres se crispaient nerveusement, découvrant ses dents jaunes et j'éprouvai une espèce de sympathie pour lui. Il essayait de faire face, c'est tout. Comme Norton qui voulait à tout prix que ce soit un gag de mon cru. Myron et Jim avaient essayé de transformer toute l'affaire en un défi de machos — si on arrivait à réparer le générateur, la brume se dissiperait. C'était la façon de réagir de Brown. Il... protégeait le magasin.

— Alors, allez-y et notez les noms, dis-je, mais s'il vous plaît, taisez-vous.

— Je vais en noter beaucoup. Et le vôtre sera en tête de liste, espèce de... bohème.

— M. David Drayton a quelque chose à vous dire, annonça Ollie. Et je crois que vous avez intérêt à l'écouter, si vous projetiez de rentrer chez vous.

Alors je leur racontai ce qui s'était passé, à peu près comme je l'avais exposé à Norton. Il y eut d'abord quelques rires puis un malaise grandissant, lorsque j'eus terminé.

— C'est un mensonge, bien sûr, dit Norton.

Il essayait de donner de la force à sa voix mais elle dérapait dans les aigus. C'était lui l'homme à qui j'avais d'abord tout raconté, en espérant user de sa crédibilité. Quelle connerie.

— Évidemment que c'est un mensonge, approuva Brown. C'est de la folie. D'où sortaient ces tentacules, à votre avis, monsieur Drayton ?

— Je n'en sais rien, et pour l'heure, ce n'est même pas très important de le savoir. Ils sont là, ils...

— Je crains qu'ils sortent de ces boîtes de bière. Voilà ce que je crains.

La remarque suscita quelques rires d'approbation, éteints par la voix puissante, grinçante comme un gong rouillé, de Mme Carmody.

— La mort ! cria-t-elle et ceux qui riaient se turent brusquement.

Elle s'avança au centre du cercle serré qui s'était formé, avec son pantalon canari qui paraissait phosphorescent et son sac énorme qui battait contre une cuisse éléphantesque. Ses yeux noirs faisaient le tour de l'assistance avec arrogance, aussi perçants et maléfiques que ceux d'une pie. Deux jeunes filles BCBG de seize ans environ, qui portaient des chemises de rayonne blanches avec l'inscription CAMP WOODLANDS au dos, se rejetèrent en arrière.

— Et vous qu'est-ce que vous proposez, monsieur David Drayton ? Qu'est-ce que vous croyez pouvoir faire ? (Elle sourit et on eût dit qu'une tête de mort émergeait de son costume canari.) C'est la fin, je vous dis. La fin de toute chose. Ce sont les Derniers Temps. Le doigt mouvant l'a écrit non point en lettres de feu, mais en lettres de brume. La terre s'est ouverte et a dégorgé ses abominations...

— Vous ne pouvez pas la faire taire ? explosa une des jeunes filles, en fondant en larmes. Elle me fait peur !

— Tu as peur, ma chérie ? demanda Mme Carmody en se tournant vers elle. Tu n'as pas vraiment peur pour l'instant, non. Mais quand les créatures infâmes que le Malin a lâchées à la face de la terre viendront te chercher...

— Ça suffit, maintenant, madame Carmody, dit Ollie en la prenant par le bras. Ça va comme ça.

— Lâchez-moi ! C'est la fin, je vous dis ! C'est la mort ! La mort !

— Tout ça, c'est des conneries, dit d'un air dégoûté un homme à chapeau de pêcheur et lunettes.

— Non, monsieur, rétorqua Myron. Je sais que ça a l'air d'un rêve de défonce, mais c'est la vérité toute pure. Je l'ai vu, de mes yeux vu.

— Moi aussi, assura Jim.

— Et moi aussi, ajouta Ollie.

Il avait réussi à calmer Mme Carmody, du moins pour l'instant. Mais elle n'était pas loin, étreignant toujours son gros sac avec un sourire dément. Personne ne voulait s'approcher trop près d'elle — les gens murmuraient entre eux, ils n'aimaient pas la façon dont on confirmait mes dires. Certains jetaient des regards inquiets, interrogateurs sur les grandes baies vitrées. Je m'en réjouis.

— Mensonges, dit Norton. Vous autres, vous vous soutenez dans le mensonge. C'est tout.

— Ce que vous suggérez est totalement incroyable, affirma Brown.

— Inutile de rester ici à tourner et retourner la question, déclarai-je. Venez dans la réserve avec moi. Jetez un coup d'œil. Écoutez.

— Les clients ne sont pas autorisés à aller dans...

— Bud, coupa Ollie, va avec lui. Réglons cette histoire.

— Très bien, dit Brown. Monsieur Drayton ? Finissons-en avec ces bêtises.

Nous poussâmes la porte et pénétrâmes dans les ténèbres.

Le bruit était déplaisant — menaçant peut-être.

Brown le perçut aussi à sa manière de Yankee au crâne dur : sa main agrippa instantanément mon bras ; sa respiration se bloqua un instant puis reprit, à un rythme plus rapide.

C'était un chuchotis bas qui venait des portes de livraison — un son presque caressant. Du bout du pied je tâtai le terrain alentour et finis par toucher l'une des lampes de poche. Je me baissai, la ramassai, l'allumai. Les traits de Brown étaient violemment crispés, et pourtant il ne les avait pas vus, il les avait seulement entendus. Mais moi je les avais vus, et je pouvais les imaginer qui se tordaient et grimpaient sur le métal rouillé des portes comme des vignes vivantes.

— Qu'est-ce que vous en pensez, maintenant ? C'est totalement incroyable ?

Brown se passa la langue sur les lèvres et considéra le désordre de sacs et de boîtes éparpillés.

— C'est eux qui ont fait ça ?

— En partie. La plus grande partie. Venez par là.

Il obéit — à contrecœur. Je dirigeai le faisceau de la lampe sur le morceau de tentacule recroquevillé et tordu qui gisait toujours près du balai. Brown se pencha vers lui.

— N'y touchez pas, dis-je. Ça vit peut-être encore.

Il se redressa vivement. Je pris le balai par la brosse et tâtai le tentacule. Au troisième ou quatrième coup, il se détendit mollement et révéla deux ventouses entières et un segment déchiqueté d'une troisième. Puis avec la rapidité d'un réflexe musculaire, le morceau d'organe se recroquevilla et resta immobile. Brown hoqueta de dégoût.

— Vous en avez vu assez ?

— Oui, dit-il. Sortons de là.

Nous suivîmes la lumière sautillante jusqu'à la double porte et la poussâmes. Tous les visages se tournèrent vers nous et la rumeur des conversations mourut. La face de Norton était comme un vieux fromage. Les yeux noirs de Mme Carmody étincelaient. Ollie buvait de la bière. Bien qu'il fît plus frais dans le magasin, son visage était de nouveau sillonné de coulées de transpiration. Les deux jeunes filles en chemises CAMP WOODLANDS se serraient l'une contre l'autre comme deux pouliches avant l'orage. Des yeux. Tant d'yeux. Je pourrais les peindre, pensai-je avec un frisson glacé. Pas de visages, seulement des yeux dans l'obscurité. Je pourrais les peindre mais personne n'y croirait.

Bud Brown joignit ses longues mains devant lui, en un geste solennel.

— Mesdames et messieurs, il apparaît que nous sommes confrontés à un problème d'une certaine ampleur.

6. Nouvelle discussion. Mme Carmody. Fortifications. Ce qu'il advint des partisans de la Terre Plate

Les quatre heures suivantes s'écoulèrent dans une sorte de rêve. Après la confirmation apportée par Brown, il y eut une longue discussion à la limite de l'hystérie — peut-être ne fut-elle pas si longue qu'elle ne le parut ; peut-être fut-ce seulement l'activité lugubre et nécessaire de gens remâchant la même information, essayant d'adopter tous les points de vue possibles, s'acharnant comme un chien sur un os pour parvenir à la moelle. Il fallut du temps pour y croire. On voit la même chose dans les réunions dans les villes de la Nouvelle-Angleterre, au mois de mars.

Il y avait les partisans de la Terre Plate, conduits par Norton. C'était une minorité bruyante d'une dizaine de personnes qui ne croyaient pas un mot de tout cela, Norton revenait sans cesse sur le fait qu'il n'y avait eu que quatre témoins de l'enlèvement du magasinier par ce qu'il appelait les Tentacules de la planète X (on en rit la première fois, puis la plaisanterie lassa rapidement, Norton, dans son état d'agitation croissante, ne parut pas s'en apercevoir). Lui-même, ajoutait-il, ne faisait personnellement confiance à aucun des quatre. Par la suite, il fit remarquer que cinquante pour cent des témoins étaient désormais définitivement ivres. C'était indiscutablement vrai. Jim et Myron Lafleur, avec le réfrigérateur à bière et le rayon des vins à leur disposition, se prenaient une cuite abyssale. Considérant ce qu'il était arrivé à Norm et leur part de responsabilité dans l'affaire, je ne les en blâmais pas. Ils retrouveraient leurs esprits bien assez tôt.

Ollie buvait toujours sans discontinuer, ignorant les protestations de Brown. Au bout d'un moment ce dernier renonça, se contentant d'émettre de temps à autre de terribles menaces à propos de la compagnie. Il ne semblait pas se rendre compte que la Federal Foods Inc., avec ses succursales de Bridgton, North Windham et Portland, avait peut-être cessé d'exister. Pour ce que nous en savions, il était même possible que la côte Est tout entière eût disparu. Ollie buvait sans discontinuer, mais il ne se saoulait pas. Il transpirait aussi vite qu'il ingurgitait.

Pour finir, comme la discussion avec les partisans de la Terre Plate menaçait de s'envenimer, Ollie intervint :

— Si vous n'y croyez pas, monsieur Norton, très bien. Je vais vous dire quoi faire. Vous sortez par la grande porte et vous allez sur l'arrière du bâtiment. Il y a là-bas un grand tas de bouteilles de bière et de soda consignées. Norm, Buddy et moi on les a empilées ce matin. Ramenez-en deux pour qu'on sache que vous y êtes réellement allé. Faites ça et moi, personnellement, je m'engage à ôter ma chemise et à la manger.

Norton voulut le prendre de haut, mais Ollie le coupa, de la même voix douce et sereine :

— Moi je vous dis que vous ne faites qu'empirer les choses en parlant comme ça. Il y a des gens ici qui aimeraient rentrer chez eux pour s'assurer que leur famille va bien. En ce moment, ma sœur et son fils d'un an sont à la maison à Naples. Moi aussi, c'est sûr, j'aimerais bien savoir s'ils vont bien. Mais si des gens commencent à vous croire et essaient de rentrer à la maison, ce qui est arrivé à Norm va leur arriver à eux.

Il ne convainquit pas Norton, mais il convainquit certains de ses sectateurs et partisans — non tant par ce qu'il disait que par le regard hanté de ses yeux. Je crois que la santé mentale de Norton reposait sur le fait de rester incrédule — ou du moins était-ce ce qu'il imaginait. Mais il ne saisit pas l'offre d'Ollie d'aller chercher une bouteille consignée sur l'arrière du magasin. Personne ne la saisit. Ils n'étaient pas prêts à sortir, pas encore. Son petit groupe de partisans de la Terre Plate (avec une ou deux unités en moins à présent) et lui-même s'éloignèrent le plus possible de nous, du côté du rayon des plats cuisinés. L'un d'eux en enjambant mon fils endormi lui heurta la jambe et le réveilla.

Je m'avançai et Billy me sauta au cou. Quand je voulus le reposer à terre, il m'étreignit plus fort et dit :

— Ne fais pas ça, papa, s'il te plaît.

Je trouvai un chariot et le posai sur le siège à bébé. Il avait l'air très grand là-dessus. Ç'aurait été comique n'étaient la pâleur de son visage et, sous les cheveux noirs barrant le front jusqu'au ras des sourcils, ses yeux désespérés. Cela faisait probablement deux ans qu'il n'était plus monté sur le siège à bébé des chariots. Ces petits faits surviennent sans crier gare, vous n'y faites pas attention, et quand ce qui a changé pour finir vous saute au visage, c'est toujours un sacré choc.

Cependant, après le retrait des partisans de la Terre Plate, la discussion avait trouvé un autre aiguillon en la personne, cette fois, de Mme Carmody et, on s'en doute, elle était seule de son camp.

Dans la lumière déclinante et lugubre, elle avait tout d'une sorcière, avec son pantalon d'un jaune canari étincelant, son chemisier de rayonne éclatant, ses brassées cliquetantes de bijoux de pacotille — cuivre, écaille, pierre dure — et son sac gonflé comme le cou d'un hyperthyroïdien. Son visage parcheminé était profondément creusé de rides verticales. Ses cheveux gris crêpelés, aplatis sous trois peignes de corne, étaient réunis en torsade sur l'arrière. Sa bouche évoquait un bout de corde à nœuds.

— Il n'y a pas de défense contre la volonté de Dieu. Cela devait arriver. J'ai vu les signes. Il y a ceux-là, dont j'ai parlé, mais il n'y a pire sourd que celui qui ne veut pas entendre.

— Bon, alors, que dites-vous ? Que proposez-vous ? l'interrompit impatiemment Mike Hatlen.

C'était un élu municipal, bien qu'il n'en eût guère l'air pour l'heure, avec sa casquette de yachtman et son bermuda usé aux fesses. Il buvait une bière ; un grand nombre d'hommes faisaient de même à présent. Bud Brown avait renoncé à protester mais il prenait vraiment les noms des gens — notant avec acharnement tout ce qu'il pouvait.

— Ce que je propose ? répéta Mme Carmody en se tournant vers Hatlen. Ce que je propose ? Ma foi, je propose que tu te prépares à rencontrer ton Dieu. (Son regard erra sur nous.) Que tu te prépares à rencontrer ton Dieu.

— Et mon cul, c'est du poulet ? lança la voix d'ivrogne de Myron Lafleur du côté du réfrigérateur à bières. Hé, la vieille, tu vas la fermer, ou bien il faut qu'on te la ferme ?

Il y eut un murmure d'approbation. Billy jetait autour de lui des regards inquiets et je le pris par l'épaule.

— Je dirai ce que j'ai à dire ! cria-t-elle.

La lèvre supérieure retroussée révélait des chicots jaunes de nicotine. Je songeai aux poussiéreux animaux empaillés de sa boutique, éternellement penchés sur le miroir qui leur servait de rivière.

— Les incrédules douteront jusqu'à la fin ! Pourtant une monstruosité a emporté ce pauvre garçon ! Des choses dans la brume ! Toutes les abominations du cauchemar ! Des monstres sans yeux ! Des horreurs blêmes ! Vous doutez ? Alors sortez ! Sortez et vous m'en direz des nouvelles !

— Madame Carmody, il faut vous arrêter, dis-je. Vous faites peur à mon petit.

L'homme accompagné d'une fillette me fit écho. La gamine, jambes dodues et genoux écorchés, avait collé son visage contre l'estomac de son père et se bouchait les oreilles. Mon grand garçon ne pleurait pas, mais il en était tout près.

— Il n'y a plus qu'une chance de nous en sortir, une seule, dit Mme Carmody.

— Et quelle est-elle ? s'enquit poliment Mike Hatlen.

— Un sacrifice, dit Mme Carmody. (On aurait dit qu'elle souriait dans l'obscurité.) Un sacrifice sanglant.

Un sacrifice sanglant — les mots flottaient doucement dans l'air. Même à présent que je sais à quoi m'en tenir, je me dis qu'elle visait alors un quelconque chien domestique — il y en avait deux ou trois qui traînaient dans le magasin en dépit du règlement leur en interdisant l'accès. Même à présent, c'est ce que je me dis. Dans la pénombre elle avait l'air d'une espèce de relique délirante du puritanisme de la Nouvelle-Angleterre... mais je soupçonne une réalité plus profonde et plus sombre de l'avoir inspirée. Le puritanisme a lui-même de lugubres ancêtres, comme ce vieil Adam aux mains sanglantes.

Elle ouvrit la bouche pour ajouter quelque chose et un petit homme net et propre en pantalon rouge et pimpante chemise sport la gifla au visage. Ses cheveux étaient coiffés avec une raie à gauche, bien droite. Il avait des lunettes, et aussi, indubitablement, l'allure d'un estivant.

— Arrêtez de dire des horreurs, dit-il d'une voix douce, sur un ton égal.

Mme Carmody porta une main à sa bouche puis la tendit vers nous en un geste d'accusation muette. Il y avait du sang sur la paume. Mais ses yeux noirs semblaient exulter, une lueur de folie dansant dans la prunelle.

— Vous l'avez bien cherché ! s'exclama une femme. Ça me démangeait moi aussi !

— Ils vont venir vous prendre, dit Mme Carmody en nous montrant sa main sanglante. (Le filet de sang coulait maintenant le long d'une ride du coin de la bouche au menton comme une gouttelette de pluie dans une gouttière.) Peut-être pas aujourd'hui. Ce soir. Ce soir quand l'obscurité viendra. Ils arriveront avec la nuit et emporteront quelqu'un d'autre. Avec la nuit ils viendront. Vous les entendrez venir, ramper et se traîner. Et quand ils viendront, vous supplierez Mère Carmody de vous montrer ce qu'il faut faire.

L'homme au pantalon rouge leva lentement la main.

— Allez-y, frappez-moi, chuchota-t-elle en tournant vers lui son sourire sanglant. (La main hésita.) Frappez-moi si vous l'osez.

La main retomba. Mme Carmody s'éloigna d'elle-même. Puis

Billy éclata en sanglots, cachant son visage contre moi comme avait fait la petite fille avec son père.

— Je veux rentrer chez nous, dit-il. Je veux voir ma maman.

Je le réconfortai de mon mieux. Ce qui n'était probablement pas grand-chose.

La discussion prit finalement une tournure moins effrayante et moins destructrice. On fit remarquer que le point faible évident du supermarché était les baies vitrées. Mike Hatlen demanda quels étaient les autres accès et Ollie et Brown en dressèrent rapidement la liste. Deux portes pour les livraisons, en plus de celle qu'avait ouverte Norm. Les portes d'entrée et de sortie principales. La fenêtre dans le bureau du directeur (en verre épais, renforcé, avec une fermeture de sécurité).

Cette conversation eut un effet paradoxal. Elle conférait plus de réalité au danger mais en même temps nous redonnait courage. Même Billy s'en porta mieux. Il demanda s'il pouvait aller se chercher un sucre d'orge. Je lui dis que ce serait très bien à condition qu'il reste à l'écart des grandes fenêtres.

Quand il ne fut plus à portée de voix, un homme près de Mike Hatlen dit :

— Bon, alors, qu'est-ce qu'on fait pour ces fenêtres ? La vieille dame est peut-être folle à lier, mais elle risque d'avoir raison pour ce qui est des choses surgies de la nuit.

— Peut-être qu'à ce moment-là la brume sera dissipée, avança une femme.

— Peut-être, répondit l'homme. Peut-être pas.

— Des idées ? demandai-je à Bud et Ollie.

— Attendez une seconde, reprit l'homme près de Hatlen. Je m'appelle Dan Miller. De Lynn, dans le Massachusetts. Vous ne me connaissez pas, y a pas de raison, mais j'ai une maison à Highland Lake. Je viens juste de l'acheter cette année. Disons plutôt que je me suis fait voler comme au coin d'un bois, mais enfin, il fallait que je l'achète. (Il y eut quelques gloussements.) En tout cas, j'ai vu une pile entière de sacs d'engrais et de fertilisants à gazon par là-bas. Des sacs de quinze kilos, pour la plupart. On pourrait les entasser comme des sacs de sable, laisser des meurtrières pour voir de l'autre côté...

Maintenant on parlait beaucoup plus, on hochait la tête avec excitation. Je faillis dire quelque chose, mais je m'abstins. Miller avait raison. Entasser ces sacs ne ferait pas de mal, et ne serait peut-être pas tout à fait inutile. Mais mon esprit revenait à ce tentacule qui serrait le sac de nourriture pour chien. Je songeais que les plus gros tentacules étaient probablement capables de faire de même avec un sac de fertilisant à gazon Green Acres ou Vigoro. Mais discourir là-dessus n'améliorerait le moral de personne.

Les gens commençaient à s'éparpiller en discutant de la meilleure façon de s'y prendre et Miller cria :

— Restez ! Restez ! Réglons tout ça tant que nous sommes rassemblés.

Ils revinrent, formant un groupe fluctuant de cinquante ou soixante personnes réunies dans le coin formé par le réfrigérateur à bière, les portes de la réserve et l'extrémité gauche du bac à viande, là où M. McVey mettait apparemment tout ce dont personne ne voulait jamais, comme le ris de veau, les Scotch Eggs, les cervelles de mouton et le fromage de tête. Billy se fraya un chemin parmi ces gens, avec l'agilité inconsciente d'un gamin de cinq ans dans un monde de géants et me tendit une barre de Hershey.

— Tu en veux, papa ?
— Merci.

C'était doux et bon.

— C'est sans doute une question idiote, reprit Miller, mais il vaut mieux vérifier. Est-ce qu'il y a des gens qui ont des armes à feu ?

Il y eut un silence. Les gens s'entreregardaient en haussant les épaules. Un vieil homme aux cheveux poivre et sel qui se présenta sous le nom d'Ambrose Cornell déclara qu'il avait un fusil à pompe dans le coffre de sa voiture.

— J'essaierai d'aller le prendre, si vous voulez.

— A vrai dire, rétorqua Ollie, je ne crois pas que ce soit une bonne idée, monsieur Cornell.

— A vrai dire, grogna ce dernier, je ne crois pas non plus, mais j'ai pensé qu'il fallait que je le propose.

— Bon, je n'y croyais pas trop, dit Dan Miller, mais j'ai pensé...

— Attendez une minute, dit une femme.

C'était la dame en chandail couleur de myrtille et pantalon vert foncé. Elle avait des cheveux couleur de sable blond et un visage agréable. Une très jolie femme. Elle ouvrit son sac et en tira un pistolet de taille moyenne. La foule poussa le ah ! d'admiration réservé d'ordinaire aux magiciens qui réussissent un tour particulièrement difficile. La femme, qui rougissait, s'empourpra encore davantage. Elle plongea de nouveau la main dans son sac et en sortit une boîte de cartouches Smith & Wesson.

— Je m'appelle Amanda Dumfries, se présenta-t-elle à Miller. Ce pistolet... c'est une idée de mon mari. Il a pensé que j'en aurais besoin pour ma protection. Ça fait deux ans que je le porte non chargé.

— Votre mari est là, m'dame ?

— Non, il est à New York. Pour affaires. Il est très pris par son travail. C'est pour ça qu'il a voulu que j'aie une arme.

— Bon, fit Miller, si vous savez vous en servir, vous n'avez qu'à le garder. C'est quoi, un 38 ?

— Oui. Et je n'ai jamais tiré de ma vie. Sauf une fois sur une cible.

Miller prit l'arme, la tripota et au bout d'un moment réussit à ouvrir le magasin. Il vérifia qu'il n'était pas chargé.

— Très bien. On a une arme. Qui est-ce qui tire bien ? Pas moi, en tout cas.

Les gens échangèrent des regards. D'abord personne ne dit rien. Puis, à contrecœur, Ollie dit :

— Je fais pas mal de tir. J'ai un Colt 45 et un Llama 25.

— Toi ? dit Brown. Hum, tu seras trop saoul pour voir où tu tires quand il fera nuit.

D'une voix claire, Brown lui rétorqua :

— Ferme ta gueule et continue à noter tes noms.

Brown lui jeta un regard éberlué et ouvrit la bouche. Puis, sagement, je crois, décida de la refermer.

— Il est à vous, dit Miller, un peu déconcerté par leur échange.

Il le tendit à Ollie qui vérifia de nouveau l'arme, avec davantage d'aisance. Puis il la plaça dans la poche droite de son pantalon et glissa la boîte de cartouches dans la poche de poitrine de sa chemise, où elle saillit comme un paquet de cigarettes. Il se pencha de nouveau sur le réfrigérateur, son visage rond transpirant toujours, et s'ouvrit une nouvelle bière. La sensation de découvrir un Ollie totalement inattendu persista.

— Merci, madame Dumfries, dit Miller.

— Pas de quoi, dit-elle et l'idée me traversa l'esprit que si j'étais son époux, maître de ces yeux verts et de cette silhouette épanouie, je ne voyagerais pas autant. Donner un pistolet à sa femme pouvait passer pour un acte d'un symbolisme grotesque.

— Ça peut aussi paraître stupide, dit Miller, en se tournant vers Brown qui tenait son bloc-notes et Ollie qui serrait sa bière, mais il n'y a pas ici des engins du genre lance-flammes, n'est-ce pas ?

— Ooooh merde ! s'exclama Buddy Eagleton, qui rougit aussitôt autant qu'Amanda Dumfries.

— Qu'y a-t-il ? demanda Mike Hatlen.

— Eh ben... jusqu'à la semaine dernière, on avait une caisse entière de ces lampes à souder. Celles qui servent à souder les tuyaux qui fuient à la maison ou à réparer le système d'évacuation. Vous vous rappelez, monsieur Brown ?

Brown hocha du chef, l'air sombre.

— Tous vendus ? demanda Miller.

— Non, ça n'a pas du tout marché. On n'en a vendu que trois ou quatre et on a renvoyé le reste du lot. Quelle connerie ! Je veux dire... quel dommage !

Empourpré jusqu'aux oreilles, Buddy Eagleton recula de nouveau à l'arrière-plan.

Certes, nous avions des allumettes, et du sel (quelqu'un avança d'un ton incertain qu'il avait entendu dire que c'était du sel qu'il fallait jeter sur les suceurs de sang et les machins de ce genre) ; et toutes sortes de balais-éponges O'Cedar et de balais à longs manches. La plupart des gens semblaient garder courage, et Jim et Myron étaient trop pintés pour émettre une note discordante, mais mon regard croisa celui d'Ollie et j'y lus un désespoir tranquille pire que la peur. Lui et moi avions vu les tentacules. L'idée de jeter sur eux du sel ou d'essayer de les repousser à coups de manche à balai O'Cedar était amusante, dans le registre horrible.

— Mike, dit Miller, vous pourriez organiser cette petite aventure ? Il faut que je parle une minute ici avec Ollie et Dave.

— Avec plaisir. (Hatlen tapa sur l'épaule de Dan Miller.) Il fallait que quelqu'un prenne la direction des opérations, et vous l'avez bien fait. Bienvenue chez nous.

— Est-ce que ça veut dire que j'aurai une réduction d'impôts ? demanda Miller.

C'était un petit homme railleur dont les cheveux roux commençaient à se clairsemer. Il avait l'air du genre de type qu'on ne peut s'empêcher d'aimer au premier coup d'œil et — mais cela c'était pure hypothèse — qu'on ne peut s'empêcher de ne plus aimer au bout d'un moment. Le genre de type qui sait toujours mieux faire les choses que vous.

— Pas question, dit Hatlen en riant.

Ce dernier s'éloigna. Miller baissa les yeux sur mon fils.

— Ne vous inquiétez pas pour Billy, dis-je.

— Mon vieux, je ne me suis jamais autant inquiété de ma vie, rétorqua Miller.

— Moi non plus, approuva Ollie et il laissa tomber une boîte vide dans le réfrigérateur à bières. Il en prit une autre et l'ouvrit. Il y eut le léger sifflement du gaz qui s'échappe.

— J'ai remarqué les regards que vous échangiez, tous les deux, dit Miller.

Je terminai ma barre de Hershey et pris une bière pour la faire passer.

— Je vais vous dire ce que je pense, dit Miller. Nous devrions réunir une demi-douzaine de gens et leur faire envelopper de tissu l'extrémité des balais-éponges, en l'attachant avec une ficelle. Et puis je crois qu'il faudrait garder à portée de la main un ou deux bidons d'alcool à brûler. Si nous découpons le haut des bidons, nous pouvons disposer très rapidement de torches.

Je hochai la tête. C'était bien. Presque sûrement insuffisant — quand on avait vu Norm tiré à l'extérieur — mais c'était mieux que le sel.

— Ça devrait au moins leur donner à réfléchir un moment, dit Ollie.

Miller fit la moue :

— Alors, c'est si mauvais que ça, hein ?

— En effet, acquiesça Ollie et il attaqua sa bière.

A 4 h 30 cet après-midi-là, les sacs de fertilisant et d'engrais à gazon étaient en place et les grandes baies vitrées bouchées à l'exception d'étroites meurtrières. Devant chacune d'entre elles un guetteur était posté, muni d'un bidon d'alcool à brûler ouvert et d'une réserve de manches à balais transformés en torches. Il y avait cinq meurtrières et Dan Miller avait organisé une rotation de sentinelles pour chacune. Vers 4 h 30, j'étais assis sur une pile de sacs à l'une des meurtrières, Billy à mon côté. Nous fixions la brume.

Immédiatement de l'autre côté de la vitre, se trouvait un banc rouge où les gens parfois attendaient qu'on vienne les prendre avec leurs provisions. Au-delà s'étendait le parc de stationnement. La brume tourbillonnait lentement, épaisse et lourde. Il y avait bel et bien de l'humidité en elle mais comme elle semblait pesante, lente et funèbre ! Rien qu'en la regardant, je sentais le courage me quitter et je me voyais perdu.

— Papa, me demanda Billy, est-ce que tu sais ce qui se passe ?
— Non, fiston.

Il se tut un instant, les yeux baissés sur ses mains qui reposaient immobiles sur les genoux de son jean Tiffskin.

— Pourquoi est-ce que personne ne vient à notre secours ? demanda-t-il finalement. La police de l'État ou le FBI ou quelqu'un ?
— Je ne sais pas.
— Tu crois que maman va bien ?
— Billy, je n'en sais rien, je t'assure, dis-je en le prenant par l'épaule.
— Elle me manque horriblement, dit Billy, en essayant de retenir ses larmes. Je regrette toutes les fois où j'ai été méchant avec elle.
— Billy..., dis-je et je dus m'interrompre.

Je sentais un picotement salé dans ma gorge et un tremblement dans ma voix.

— Ça va s'arrêter ? demanda Billy. Hein, papa, ça va s'arrêter ?
— Je n'en sais rien, répétai-je, et il plaça son visage dans le creux de mon épaule. Je lui serrai la nuque, éprouvant la délicate courbe du crâne sous l'épaisseur de la chevelure. Je me mis à évoquer le souvenir du soir de mon mariage. Je contemplais Steff enlevant la simple robe marron qu'elle avait enfilée après la cérémonie. Elle avait un large hématome pourpre à une hanche, car elle avait heurté un chambranle de porte la veille. Je me souvins d'avoir regardé l'hématome et pensé : Quand elle s'est fait ça, elle s'appelait encore Stephanie Stepanek, et d'avoir éprouvé une sorte d'émerveillement. Puis nous avions fait l'amour et au-dehors un lourd ciel gris de décembre déversait de la neige.

Billy pleurait.

— Chut, Billy, chut, dis-je en pressant sa tête contre moi mais il continua de pleurer. Ces sortes de pleurs, il n'y a que les mères pour les assécher.

Un soir précoce s'installa dans le magasin, Miller, Hatlen et Bud Brown sortirent des lampes électriques, le stock entier, c'est-à-dire une vingtaine. Norton en réclama à grands cris pour son groupe et il en reçut deux. Les lumières allaient et venaient, bondissantes, le long des travées, comme d'incertains fantômes.

Tenant toujours Billy contre moi, je regardais par la meurtrière. L'opalescence laiteuse de la lumière au-dehors n'avait guère changé ; c'était d'avoir entassé les sacs qui assombrissait tant le magasin. Plusieurs fois, je crus apercevoir quelque chose, mais c'était seulement l'effet de ma nervosité. L'un des autres guetteurs déclencha lui aussi une fausse alarme hésitante.

Billy aperçut de nouveau Mme Turman et il courut à elle, bien qu'elle ne l'eût pas gardé tout l'été. Elle avait une des lampes électriques à la main et la lui abandonna d'assez bonne grâce. Bientôt, il essayait d'écrire son nom avec la lumière sur la paroi nue des bacs à surgelés. Elle semblait aussi heureuse que lui de leurs retrouvailles, et au bout d'un court moment, ils approchèrent. Hattie Turman était une grande femme mince dont les admirables cheveux roux commençaient à peine à se strier de gris. Des lunettes pendaient au bout d'une chaîne de fantaisie — le genre de chaîne strictement interdite, je crois, à quiconque n'est pas une dame d'âge mûr — sur sa poitrine.

— Stephanie est là, David ? me demanda-t-elle.

— Non. A la maison.

Elle hocha la tête.

— Alan aussi. Pour combien de temps êtes-vous de garde ici ?

— Jusqu'à 6 heures.

— Vous avez vu quelque chose ?

— Non, rien que la brume.

— Je vais garder Billy jusqu'à 6 heures, si vous voulez.

— Tu veux bien, Billy ?

— Oui, s'il te plaît, répondit-il en balançant le faisceau de lumière au-dessus de sa tête et en observant le résultat au plafond.

— Dieu veillera sur votre Steffy, et aussi sur Alan, dit Mme Turman et elle emmena Billy en le tenant par la main. Elle parlait avec une assurance sereine, mais dans ses yeux il n'y avait aucune conviction.

Vers 5 h 30, le bruit d'une discussion véhémente me parvint du fond du magasin. Quelqu'un railla ce qu'avait dit quelqu'un d'autre et quelqu'un — Buddy Eagleton, me sembla-t-il — cria :

— Vous êtes cinglé, si vous sortez !

Plusieurs faisceaux de lumière se rassemblèrent sur le lieu de la controverse, et puis se déplacèrent vers le devant du magasin. Le rire perçant et sarcastique de Mme Carmody déchira l'obscurité, crissant comme un doigt qui glisse sur le tableau noir.

Par-dessus le brouhaha de voix, Norton faisait entendre les tonitruantes exclamations d'un ténor du barreau :

— Laissez-nous passer, s'il vous plaît ! Laissez-nous passer !

L'homme placé à la meurtrière voisine quitta son poste pour s'enquérir des raisons du tumulte. Je décidai de rester où j'étais. Quelles que fussent les raisons de ce rassemblement, il venait de mon côté.

— Je vous en prie, disait Mike Hatlen, je vous en prie, discutons-en.

— Il n'y a rien à discuter, pérorait Norton.

A présent son visage se détachait vaguement de l'ombre. Son expression était déterminée, hagarde et totalement misérable. Il tenait à la main l'une des lampes allouées aux partisans de la Terre Plate. Des touffes de cheveux en tire-bouchon se dressaient derrière ses oreilles comme les cornes du cocu. Il était à la tête d'une procession extrêmement réduite — cinq personnes sur les neuf ou dix du début.

— Nous allons sortir, dit-il.

— Ne vous entêtez pas dans cette folie, dit Miller, Mike a raison, on peut en parler, non ? M. McVey va nous faire cuire quelques poulets sur le gril à gaz, asseyons-nous et discutons-en en mangeant...

Il se mit en travers du chemin de Norton et celui-ci lui donna une bourrade. Miller n'apprécia pas. Le sang lui monta au visage et son expression se durcit.

— Faites ce que vous voulez, alors. Mais tout ce que vous allez obtenir c'est d'assassiner ces gens.

Avec toute la tranquillité d'une grande résolution ou d'une inébranlable obsession, Norton répondit :

— Nous vous enverrons de l'aide.

Un de ses partisans murmura son accord, mais un autre s'écarta sans un mot. Maintenant il n'y avait plus avec Norton que quatre autres personnes. Ce n'était peut-être pas si mal. Le Christ lui-même n'avait trouvé que douze apôtres.

— Écoutez, dit Mike Hatlen, monsieur Norton, Brent... au moins restez pour le poulet. Prenez quelque chose avant de sortir.

— Pour vous donner l'occasion de continuer à parler ? J'ai

trop fréquenté les prétoires pour tomber dans le panneau. Vous avez déjà tourné la boule à une douzaine de mes hommes.

— Vos hommes ? le reprit Hatlen, d'une voix proche du rugissement. Vos hommes à vous ? Bon Dieu, qu'est-ce que vous racontez ? Ce sont des hommes, c'est tout. Ce n'est pas un jeu et nous ne sommes pas dans un prétoire. Il y a, les mots manquent pour le dire, il y a des choses là-dehors, et à quoi ça sert de vous faire tuer ?

— Des choses, dites-vous, rétorqua Norton, en affectant l'amusement. Où ? Vos hommes font le guet depuis maintenant deux heures. Qui en a vu une ?

— Bon, sortez. Dans le...

— Non, non et non, dit Norton en secouant la tête. La question a été tournée et retournée. Nous allons sortir...

— Non, chuchota quelqu'un et ce refus fut repris et s'étendit, bruissant comme des feuilles mortes au crépuscule d'un soir d'octobre. Non, non, non...

— Est-ce que vous allez nous en empêcher ? demanda une voix aiguë.

C'était un des « hommes » de Norton, pour reprendre ses paroles — en fait une dame âgée à lunettes bifocales.

— Vous allez nous en empêcher ?

Le murmure léger des dénégations s'éteignit.

— Non, dit Mike. Non, je ne crois pas que quiconque va vous en empêcher.

Je chuchotai à l'oreille de Billy. Il me lança un regard interloqué, attendant des explications.

— Vas-y tout de suite. Dépêche-toi, lui dis-je.

Il partit.

Norton se passa les mains dans les cheveux en un geste calculé digne d'un acteur de Broadway. Je l'aimais mieux quand il tirait en vain sur la corde de sa tronçonneuse en jurant, persuadé de n'être pas observé. Je n'aurais su dire alors, pas plus qu'aujourd'hui, s'il croyait à ce qu'il faisait. Je pense que tout au fond il savait ce qui allait se passer. Je pense que la logique pour laquelle il avait usé tant de salive tout au long de sa vie se retournait contre lui à la fin comme un tigre devenu méchant et vicieux.

Il jeta un coup d'œil troublé autour de lui, comme s'il avait voulu trouver encore quelque chose à dire. Puis il conduisit ses quatre partisans dans l'une des travées des caisses. Outre la dame âgée, il y avait un gamin dodu d'une douzaine d'années, une jeune fille et un homme en blue-jean avec une casquette de golf juchée sur l'arrière du crâne.

Le regard de Norton croisa le mien, il cilla et puis commença de détourner les yeux.

— Brent, attendez une minute, dis-je.

— Je ne veux plus discuter. Certainement pas avec vous.

— Je sais. Je veux seulement vous demander un service.

Je me détournai et aperçus Billy qui remontait l'allée en courant.

— Qu'est-ce que c'est ? demanda Norton, soupçonneux, tandis que Billy arrivait et me tendait un objet enveloppé de Cellophane.

— Une corde à linge, dis-je.

J'avais plus ou moins la sensation qu'à présent tout le monde dans le supermarché nous observait. Les gens s'étaient agglutinés de l'autre côté des caisses et dans les travées.

— C'est la plus longue. Cent mètres.

— Et alors ?

— Je me demandais si vous seriez d'accord pour vous en attacher une extrémité autour de la poitrine avant de sortir. Je la laisserai se dérouler. Quand vous sentirez qu'elle se tend, attachez-la n'importe où. Peu importe. Une poignée de portière de voiture fera l'affaire.

— Et pour quoi faire, je vous le demande ?

— Ça nous prouvera qu'au moins vous avez fait cent mètres, dis-je.

Quelque chose dans son regard vacilla... mais ce fut très bref.

— Non, dit-il.

Je haussai les épaules.

— Très bien. En tout cas, bonne chance.

Brusquement l'homme à casquette de golf me lança :

— Je le ferai, monsieur. Y a pas de raison.

Norton se retourna d'un bloc vers lui comme pour le rappeler à l'ordre et l'homme le considéra calmement. Rien ne vacillait dans ses yeux à lui. Il avait pris sa décision et il n'y avait pas en lui place pour le doute. Norton le vit aussi et garda le silence.

— Merci, dis-je.

J'ouvris le paquet avec mon couteau de poche et la corde se dévida en accordéon, formant des boucles raides. Je trouvai l'une des extrémités et l'attachai point trop serré autour de la poitrine de

Casquette-de-golf. Il la détacha aussitôt et se la sangla plus fermement autour de la taille avec un nœud de marin prestement exécuté. Il n'y avait pas un bruit dans le supermarché. Norton dansait d'un pied sur l'autre, mal à l'aise.

— Vous voulez mon couteau ? demandai-je à l'homme.

— J'en ai un. (Il me regardait avec le même mépris imperturbable.) Faites seulement attention de me donner du mou. Si ça se tend, je m'en débarrasse.

— Alors, nous sommes tous prêts ? demanda Norton, d'une voix un peu trop forte.

Le gamin dodu sursauta comme si on l'avait pincé. Ne recevant pas de réponse, Norton se tourna pour partir.

— Brent, dis-je en tendant la main, bonne chance, mon vieux.

Il considéra ma main comme s'il s'agissait d'un bizarre et douteux objet.

— Nous vous enverrons de l'aide, dit-il finalement et il poussa la porte marquée SORTIE.

L'odeur légère et âcre s'insinua de nouveau. Les autres sortirent à leur tour.

Mike Hatlen vint me rejoindre. Le groupe de Norton se tenait immobile dans la brume laiteuse, qui bougeait lentement. Norton dit quelque chose que j'aurais dû entendre, mais le brouillard avait un étrange effet assourdissant. Je ne perçus que le son de sa voix et deux ou trois syllabes, comme le son d'une radio qu'on entend de loin. Ils se mirent en mouvement.

Hatlen maintint la porte légèrement entrouverte. Je donnai du mou à la corde à linge, la laissant aussi lâche que possible, car je n'oubliais pas que l'homme m'avait promis qu'il s'en débarrasserait si elle se tendait trop. Il n'y avait toujours pas un bruit, Billy se tenait à côté de moi, immobile, mais paraissant vibrer de son propre courant intérieur.

De nouveau, cette inquiétante sensation : les cinq ne semblaient pas disparaître dans la brume mais devenir invisibles. Pendant un moment leurs vêtements parurent flotter seuls, et puis ils ne furent plus là. On n'était pas réellement impressionné par la densité non naturelle de la brume tant qu'on ne l'avait pas vue avaler des gens en quelques secondes.

Je laissai la corde se dérouler. Un quart, puis la moitié disparut. Elle cessa un instant de filer. Cette chose vivante était devenue dans ma main un objet inanimé. Je retins ma respiration. Puis elle recommença à filer. Je la laissai glisser entre mes doigts, et un souvenir me frappa, celui de mon père m'emmenant voir Gregory Peck dans *Moby Dick* au Brookside. Je crois que j'ai esquissé un sourire.

Les trois quarts de la corde étaient maintenant partis. J'en apercevais la fin près d'un des pieds de Billy. Puis brusquement elle s'arrêta de nouveau de bouger dans mes mains. Elle resta inerte pendant peut-être cinq secondes, et puis un mètre cinquante de nylon jaillit d'un coup d'entre mes doigts. Puis elle bondit brusquement sur la gauche, se collant au montant de la porte.

D'un seul coup, huit mètres de corde se déroulèrent, me brûlant légèrement la paume gauche. Et du fond de la brume monta un hurlement aigu, tremblant. Impossible de se prononcer sur le sexe de la personne qui criait.

De nouveau la corde tressauta dans mes mains. Une fois encore. Elle fila dans l'embrasure de la porte vers la droite, puis vers la gauche. Un mètre ou deux disparurent encore et puis un hurlement proche du ululement s'éleva au-dehors, suscitant en réponse un gémissement de mon fils. Hatlen était pétrifié, ses yeux étaient exorbités. Un coin de ses lèvres s'affaissait, pris d'un tremblement.

Le hurlement s'interrompit brusquement. Il n'y eut plus un seul bruit pendant ce qui nous parut une éternité. Puis la vieille dame cria — cette fois, il n'y avait aucun doute sur la personne.

— Enlevez-moi ça ! cria-t-elle d'une voix aiguë. Ô, mon Dieu, je vous en supplie, enlevez-moi ça...

Puis sa voix s'éteignit brusquement, elle aussi.

Presque toute la corde bondit brutalement hors de ma main entrouverte, m'infligeant cette fois une vraie brûlure. Puis elle redevint totalement inerte, et un son monta dans la brume, un grognement profond et pesant — qui m'assécha totalement la bouche.

Cela ne ressemblait à aucun son que j'avais déjà entendu, mais ce qui en approchait le plus j'avais dû le découvrir dans un film sur la brousse africaine ou les marécages d'Amérique du Sud. C'était le rugissement d'un gros animal. Le bruit revint, bas, déchirant et sauvage. Une fois encore... et le grondement se mua en une série de grommellements profonds. Puis cela s'éteignit tout à fait.

— Fermez la porte, dit Amanda Dumfries d'une voix tremblante. Je vous en prie.

— Un instant, dis-je et je tirai sur la corde pour la ramener.

Elle émergea de la brume et s'enroula de nouveau à mes pieds en boucles enchevêtrées et désordonnées. A un mètre cinquante du bout, la corde à linge blanche virait au rouge vif.

— La mort ! cria la voix perçante de Mme Carmody. La mort pour ceux qui sortent là-dehors. Alors, vous voyez maintenant ?

L'extrémité de la corde était un embrouillamini effilé et mâché de fibres et de petits morceaux de coton. Ceux-ci étaient piquetés de petites gouttes de sang.

Nul ne contredit Mme Carmody.

Mike Hatlen laissa la porte se refermer.

7. La première nuit

M. McVey coupait de la viande à Bridgton depuis que j'avais douze ou treize ans, et je n'avais aucune idée sur son prénom ou son âge. Il avait installé un gril à gaz derrière l'une des petites bouches d'aération à ventilateur — celui-ci était maintenant inerte mais un peu d'air passait toujours — et à 18 h 30 l'odeur du poulet rôti se répandit dans le magasin. Brown ne souleva pas d'objection. C'était peut-être des produits de réserve, mais le plus vraisemblable est qu'il avait admis que sa viande et sa volaille fraîches ne le resteraient plus longtemps. Les poulets sentaient bon, mais il y eut peu d'amateurs. M. McVey, petit, maigre et propre dans sa blouse blanche, faisait cuire les poulets sans se démonter et disposait les morceaux deux par deux sur des assiettes en carton qu'il alignait comme à la cafétéria sur le comptoir des viandes.

Mme Turman apporta pour Billy et moi deux assiettes de poulet avec en garniture de la salade de pommes de terre. Je me forçai à avaler quelques bouchées mais Billy n'y toucha même pas.

— Il faut manger, mon grand, dis-je.

— J'ai pas faim, répondit-il en repoussant son assiette.

— Tu ne deviendras pas grand et fort si tu ne...

Mme Turman, assise tout près de lui, secoua la tête à mon intention.

— Bon, d'accord. Va te chercher une pêche, et mange-la, au moins. D'ac ?

— Et si M. Brown me dit quelque chose ?

— S'il te dit quoi que ce soit, viens me le dire.
— D'accord, papa.

Il s'éloigna lentement. Je ne sais comment, il semblait avoir rapetissé. Ça me brisait le cœur de le voir marcher ainsi. M. McVey continuait de cuire ses poulets, nullement troublé, semblait-il, par le fait que peu de gens y goûtaient. Il était heureux de cuisiner. Comme je crois l'avoir déjà dit, il y avait toutes sortes de façons d'affronter de tels événements. On ne s'en douterait pas, mais c'est ainsi. L'esprit est un tricheur.

Mme Turman et moi restâmes assis à mi-hauteur du rayon pharmacie. Les gens étaient répartis en petits groupes accroupis à travers tout le magasin. A l'exception de Mme Carmody, personne n'était seul ; même Myron et son pote Jim étaient ensemble — écroulés près du réfrigérateur à bières.

Six nouvelles sentinelles surveillaient à travers les meurtrières. Parmi elles, Ollie dépiautait une cuisse de poulet en buvant une bière. Les torches-manches à balai gisaient près de chaque poste d'observation, avec un bidon d'alcool à brûler à côté... mais je pense que plus personne ne croyait comme avant à l'utilité des torches. Pas après avoir entendu le profond grondement terriblement vivant, pas après avoir vu la corde à linge mâchée et souillée de sang. Si ce qui était là-dehors décidait de nous avoir, cette chose, quelle qu'elle soit, nous aurait. Cette, ou ces choses.

— Ça sera dur, cette nuit ? demanda Mme Turman.

Sa voix était calme mais il y avait de la frayeur et du dégoût dans ses yeux.

— Hattie, je n'en sais vraiment rien.
— Laissez-moi m'occuper le plus possible de Billy. Je... Davey, je crois que je suis plongée dans une terreur mortelle. (Elle eut un rire sans joie.) Oui, je crois que c'est le mot. Mais si j'ai Billy, ça ira. Pour moi et pour lui.

Ses yeux brillaient. Je me penchai et lui tapotai le dos.

— Je suis si inquiète pour Alan, avoua-t-elle. Il est mort, Davey. Au fond de mon cœur, je sais qu'il est mort.
— Non, Hattie, ce genre de choses, on n'en sait rien.
— Mais je sens que c'est vrai. Vous ne sentez rien à propos de Stephanie ? Vous n'avez pas le moindre... pressentiment ?
— Non, mentis-je entre mes dents.

Un son étranglé monta de sa gorge et elle se plaqua une main sur la bouche. Ses lunettes reflétaient la faible lumière brouillée.

— Billy revient, murmurai-je.

Il mangeait une pêche. Hattie Turman tapota le sol à côté d'elle et lui dit que quand il aurait fini elle lui montrerait comment fabriquer un bonhomme avec un noyau de pêche et du fil. Billy lui sourit faiblement et elle lui rendit son sourire.

A huit heures du soir, six hommes relevèrent les sentinelles aux meurtrières et Ollie me rejoignit.

— Où est Billy ?

— Au fond par là-bas, avec Mme Turman. Ils fabriquent des objets. Ils ont vu la confection de bonshommes en noyaux de pêche, de masques en sacs à provision et de poupées en pommes et maintenant M. McVey lui enseigne à fabriquer des bonshommes avec des cure-pipes.

Ollie avala une bonne gorgée de bière et dit :

— Il y a des choses qui bougent là-dehors.

Je lui jetai un coup d'œil perçant. Il avait repris une mine impassible.

— Je ne suis pas saoul, assura-t-il. J'ai essayé de me saouler mais je n'ai pas réussi. J'aimerais bien y arriver, tu sais, David.

— Qu'est-ce que tu veux dire ? Il y a des choses qui bougent au-dehors ?

— Je ne peux pas te l'assurer. J'ai demandé à Walter, et il a dit qu'il avait la même impression, qu'il y avait des endroits où la brume devenait plus sombre pendant une minute, parfois juste une tache, parfois tout une grande portion d'espace sombre, comme un bleu. Et puis ça redevient gris. Et la brume tourbillonne. Même Arnie Simms a dit qu'il avait l'impression que quelque chose se passait dehors et lui, il est presque aussi aveugle qu'une chauve-souris.

— Et les autres ?

— Ce sont tous des types qui ne sont pas de l'État, des inconnus pour moi. Je ne leur ai pas posé la question.

— Comment être sûr que tu ne te fais pas des idées ?

— Ah ça...

Du menton, il me montra Mme Carmody, assise seule à l'extrémité d'une allée. Rien ne lui entamait l'appétit ; son assiette était un champ d'ossements de poulet. Et ce qu'elle buvait, c'était soit du sang, soit du jus de légumes V8.

— Je crois qu'il y a un point sur lequel elle a raison, dit

Ollie. Nous allons en avoir le cœur net. Quand il fera noir, nous saurons.

Mais nous n'eûmes pas à attendre jusque-là. Quand c'est arrivé, Billy n'en a pas vu grand-chose, grâce à Mme Turman qui le gardait au fond. Ollie était toujours à mes côtés quand un des hommes près d'une meurtrière poussa un cri perçant et se rejeta en arrière, en agitant les bras. Il n'était pas loin de 20 h 30, au-dehors la brume couleur perle s'était assombrie, prenant la lourde teinte ardoise d'un crépuscule de novembre.

Quelque chose avait atterri sur la vitre de l'autre côté de l'une des meurtrières.

— Oh, mon Dieu ! cria l'homme de garde. Laissez-moi partir ! Je veux pas voir ça !

Il se mit à courir de tous côtés, décrivant des cercles approximatifs, un léger filet de salive au coin de sa bouche luisant dans la pénombre qui s'épaississait. Puis il s'enfuit tout droit au fond de la plus lointaine travée au-delà des bacs à surgelés.

Il y eut des cris en réponse. Certaines personnes se précipitèrent vers l'avant pour voir ce qui se passait. Beaucoup d'autres battirent en retraite vers le fond, se moquant de savoir, ne voulant pas voir ce qui rampait sur la vitre là au-dehors.

Je me mis en mouvement pour rejoindre la meurtrière, Ollie à mon côté. Dans sa poche, sa main étreignait le revolver de Mme Dumfries. Un des autres guetteurs poussa un cri — non pas tant de peur que de dégoût.

Ollie et moi passâmes l'une des caisses. Maintenant je voyais ce qui avait fait fuir le type. Je n'aurais su dire ce que c'était, mais je le voyais. Ça ressemblait à une des créatures de second plan des tableaux de Bosch — de ses fresques infernales. Ça avait aussi quelque chose d'horriblement comique, parce que ça ressemblait également un peu à une des étranges créations de vinyle ou de plastique qu'on peut acheter pour un dollar quatre-vingt-neuf pour surprendre ses amis… en fait, exactement le genre d'objet que Norton m'avait accusé d'avoir placé dans la réserve.

Ça avait peut-être cinquante centimètres de long, c'était segmenté et de la couleur rose vif de la chair brûlée qui a commencé à guérir. A l'extrémité de courts pédoncules souples, les yeux bulbeux fixaient deux directions différentes. De grasses ventouses lui permettaient d'adhérer à la vitre. A l'autre extrémité du corps on distinguait un appendice, organe sexuel ou dard. Et sur son dos se dressaient des ailes membraneuses démesurées, semblables à d'énormes ailes de mouche. Elles bougeaient très lentement pendant qu'Ollie et moi approchions de la vitre.

A la meurtrière située sur notre gauche, celle de l'homme qui avait poussé une exclamation de dégoût, trois de ces choses rampaient sur la baie. Elles se déplaçaient paresseusement, laissant derrière elles une traînée poisseuse d'escargots. Leurs yeux — s'il s'agissait bien d'yeux — bougeaient par saccades au bout de leurs pédoncules gros comme le doigt. La plus grosse de ces choses avait peut-être un mètre cinquante de long. Parfois elles se rampaient carrément l'une sur l'autre.

— Regardez-moi ces saloperies, dit Tom Smalley d'une voix écœurée.

Il gardait la meurtrière à notre droite. Je ne répondis pas. Les insectes bouchaient toutes les meurtrières à présent, ce qui signifiait qu'ils grouillaient probablement sur la totalité du bâtiment... comme des vers sur un morceau de viande. Ce n'était pas une image plaisante, et je pouvais sentir que le peu de poulet que j'avais réussi à ingurgiter voulait me remonter aux lèvres.

Quelqu'un sanglotait. Mme Carmody hurlait des phrases à propos d'abominations surgies de la terre. Quelqu'un lui dit d'un ton bourru qu'elle avait intérêt à la fermer. Toujours les mêmes conneries.

Ollie tira de sa poche le revolver de Mme Dumfries et je lui saisis le bras.

— Fais-pas l'idiot.

Il se libéra.

— Je sais ce que je fais.

Il tapa du canon de l'arme contre la vitre, le visage figé dans une expression de répugnance. Les ailes des créatures battirent de plus en plus vite jusqu'à n'être qu'un brouillard — si on n'avait su qu'il s'agissait de créatures ailées, à présent on aurait pu en douter. Puis elles s'envolèrent sans autre forme de procès.

Quelques-uns de nos compagnons virent ce qu'Ollie avait fait et reprirent son idée. Ils tapèrent sur les vitres avec les manches à balai. Les choses s'envolèrent, mais revinrent. Apparemment elles n'avaient pas plus de cervelle qu'une mouche moyenne. Le début de panique se résorba en bavardages. J'entendis quelqu'un demander à quelqu'un d'autre ce qu'il pensait que ces choses faisaient quand elles atterrissaient sur vous. C'était une question dont je n'étais pas pressé de connaître la réponse.

Les coups sur les vitres cessèrent peu à peu. Ollie se tourna vers moi pour me parler mais il avait à peine ouvert la bouche que quelque chose surgit de la brume et arracha à la vitre une des créatures rampantes. Je crois que j'ai crié. Je n'en suis pas sûr.

C'était une chose volante. A part ça, je n'étais sûr de rien. La brume parut s'assombrir exactement comme Ollie l'avait décrit, sauf que la tache de suie ne s'effaça pas ; elle s'incarna sous la forme d'ailes claquantes et luisantes comme du cuir, d'un corps blanc albinos, et d'yeux rouges. La chose heurta la vitre avec un bruit sourd, assez fort pour la faire vibrer. Son bec s'ouvrit. La créature ramassa la chose rose et disparut. Tout l'épisode ne dura pas plus de cinq secondes. La dernière chose que je vis brièvement fut la chose rose gigotant et battant des ailes pendant qu'elle était emportée, comme un petit poisson qui se débat dans le bec d'une mouette.

Un autre bruit sourd, un autre encore. Les gens se remirent à crier et il y eut une fuite désordonnée vers le fond du magasin. Un cri plus perçant que les autres, un cri de douleur, s'éleva et Ollie dit :

— Oh mon Dieu, cette vieille dame est tombée et ils l'ont piétinée.

Il remonta en courant l'allée des caisses. J'esquissai le geste de le suivre et puis j'aperçus quelque chose qui me pétrifia sur place.

Sur ma droite, en hauteur, un des sacs d'engrais à gazon glissait lentement. Tom Smalley était juste en dessous, les yeux fixés sur la brume à travers la meurtrière.

Sur l'épaisse vitre de la lucarne qu'Ollie et moi avions rejointe un autre insecte rose atterrit. L'une des choses volantes fondit sur lui et le saisit. La vieille femme qui avait été piétinée criait toujours, d'une voix perçante, éraillée.

Le sac. Le sac qui glissait.

— Smalley ! criai-je. Là-haut ! Levez la tête !

Dans la confusion générale, il ne m'entendit jamais. Le sac vacilla, puis tomba. Il le heurta en plein sur la tête. Smalley s'abattit comme une masse, sa mâchoire heurtant l'étagère qui courait le long de la vitrine.

L'une des choses volantes albinos se frayait un chemin à travers un trou aux arêtes vives dans la vitre. Je pouvais entendre le léger frottement que cela produisait, à présent que les cris avaient cessé. Ses yeux rouges luisaient dans sa tête triangulaire, légèrement penchée sur le côté. Un lourd bec recourbé s'ouvrait et se refermait avec rapacité. Ça ressemblait un peu aux peintures de ptérodactyles qu'on voit dans les livres sur les dinosaures, et plus encore à une chose sortie du cauchemar d'un dément.

Je saisis l'une des torches, la plongeai dans le récipient d'alcool à brûler, que je renversai, répandant une mare de liquide sur le sol.

La créature volante se posa au sommet des sacs d'engrais, jetant autour d'elle des regards brillants, se balançant doucement, menaçante, d'un pied corné sur l'autre. C'était une bête stupide, j'en suis tout à fait certain. Deux fois elle essaya de déployer ses ailes qui heurtèrent les murs et puis elle les replia comme un griffon sur son dos voûté. Au troisième essai, la créature perdit son équilibre et tomba lourdement de son perchoir, essayant toujours d'étendre ses ailes. Elle atterrit sur le dos de Tom Smalley. Ses serres se refermèrent et la chemise de Tom se déchira de part en part. Le sang commença à couler.

J'étais là, à moins d'un mètre. Ma torche trempait dans l'alcool. J'étais émotionnellement assez regonflé pour la tuer si je pouvais... et puis je m'aperçus que je n'avais pas d'allumettes. J'avais utilisé la dernière une heure plus tôt pour le cigare de M. McVey.

Le magasin était maintenant un véritable pandémonium. Des gens avaient vu la bête se pencher sur le dos de Smalley, et c'était une chose que personne au monde n'avait jamais vue. La créature avança son bec fureteur et arracha un morceau de chair de la nuque de Smalley.

Je m'apprêtais à utiliser la torche comme une matraque quand l'extrémité de tissu s'enflamma brusquement. Dan Miller était là, étreignant un Zippo portant l'emblème des marines. L'horreur et la fureur lui faisaient un visage de pierre.

— Tuez-le, dit-il d'une voix rauque. Tuez-le si vous pouvez.

Ollie se tenait à côté de lui, le 38 de Mme Dumfries au poing, mais sa ligne de tir n'était pas dégagée.

La chose étendit ses ailes et en battit une fois — apparemment non pour s'envoler mais pour assurer sa prise — et puis, membraneuses et blanches, luisantes comme le cuir, elles enveloppèrent le corps du pauvre Smalley tout entier. Alors des sons s'élevèrent — des sons mortellement déchirants que je n'ai pas le courage de décrire en détail.

Tout cela prit à peine quelques secondes. J'abattis ma torche sur la créature. J'eus la sensation de frapper une chose qui n'avait pas plus de consistance qu'un cerf-volant. La bête poussa un cri aigu et déploya ses ailes ; sa tête sursauta et ses yeux rouges roulèrent dans leurs orbites, exprimant, je l'espère de tout mon cœur, une terrible souffrance. Elle prit son essor avec le bruit d'un drap claquant sur une corde à linge au gré d'une vive brise de printemps. Elle poussa une nouvelle fois son cri rouillé.

Les têtes se tournèrent pour suivre du regard son vol de feu, son vol agonisant. Je crois que de toute l'affaire rien ne se détache plus fortement de ma mémoire que ce vol zigzagant d'une chose ailée en flammes au-dessus des travées du supermarché fédéral, cette chose qui laissait tomber çà et là des morceaux d'elle carbonisés et fumants. Elle finit par s'abattre sur les sauces à spaghettis, répandant des éclaboussures de Ragù, de Prima Salsa et de Prince, comme autant de taches de sang. C'était un peu plus que des cendres et des ossements. L'odeur de brûlé était puissante et répugnante. Et par-dessous comme en contrepoint venait la puanteur légère et âcre de la brume qui s'insinuait par la portion de vitre cassée.

Il y eut un moment de silence absolu. Nous étions unis par le sombre étonnement de cette mort dans les flammes brillantes. Puis quelqu'un hurla. D'autres crièrent. Et de quelque part derrière moi me parvinrent les sanglots de mon fils.

Une main me saisit. C'était Bud Brown, les yeux exorbités, les lèvres retroussées sur ses fausses dents comme s'il allait grogner.

— Une bête, une des autres, dit-il en pointant le doigt.

L'un des insectes avait pénétré par le trou et était à présent perché sur un sac d'engrais, ses ailes de mouche bourdonnant — on les entendait ; c'était comme le bruit d'un aérateur de supermarché minable —, les yeux gonflés au bout de leur pédoncule. Son corps rose vif à l'embonpoint malsain respirait rapidement.

Je m'approchai. Ma torche gouttait mais elle n'était pas éteinte. Cependant Mme Reppler, l'institutrice, me battit au poteau. Elle devait avoir dans les cinquante-soixante ans, et elle était raide comme un coup de trique. Son corps avait une allure dure et desséchée qui me faisait toujours penser à un morceau de pemmican.

Elle brandissait une bombe de Raid dans chaque main à la

manière d'un braqueur délirant dans une comédie existentielle. Le grognement de fureur qu'elle émit aurait fort bien convenu à un homme des cavernes fendant le crâne d'un ennemi. Tenant les récipients sous pression à bout de bras, elle pressa les boutons. Un nuage épais d'insecticide enveloppa la chose, qui plongea dans les affres de l'agonie, se tordant et se retournant follement avant de tomber des sacs, rebondissant sur le corps de Tom Smalley — indubitablement mort à présent — pour atterrir enfin sur le sol. Ses ailes bourdonnaient avec colère mais elles ne fonctionnaient plus ; elles étaient trop engluées de Raid. Au bout de quelques instants, elles ralentirent leur mouvement puis cessèrent tout à fait de bouger. La chose était morte.

Maintenant on pouvait entendre les gens crier. Et gémir. La vieille dame qui avait été piétinée gémissait. Et on entendait aussi des rires. Le rire des damnés. Mme Reppler se tenait au-dessus de sa victime, sa maigre poitrine se soulevant et s'abaissant rapidement.

Hatlen et Miller avaient déniché l'un de ces gros chariots dont les magasiniers se servent pour transporter les marchandises d'un côté à l'autre du supermarché et à eux deux ils le hissèrent au sommet des sacs pour bloquer le trou triangulaire dans la vitre. Comme mesure temporaire, c'était pas mal.

Amanda Dumfries s'avança comme une somnambule. Dans une main elle tenait un seau de plastique. Dans l'autre un balai-brosse, encore enveloppé dans son emballage transparent. Elle se pencha, les yeux toujours écarquillés et vides, et avec le balai poussa la limace, l'insecte, la chose morte dans le seau. On entendait le craquement de l'emballage qui frottait le sol. Elle marcha jusqu'à la porte de sortie. On n'y voyait aucun insecte. Elle l'entrouvrit et jeta le seau. Il atterrit sur le flanc et roula d'un côté et d'autre, décrivant des arcs de cercle qui allaient en diminuant. L'une des choses roses surgit de la nuit en bourdonnant, atterrit sur le seau et se mit à ramper sur lui.

Amanda éclata en sanglots. Je m'approchai d'elle et passai mon bras derrière ses épaules.

A 1 h 30 du matin, j'étais assis, adossé à la paroi émaillée du comptoir à viande, plongé dans un demi-sommeil. La tête de Billy reposait sur mes genoux. Il était solidement endormi.

Non loin de là Amanda Dumfries dormait, la tête posée sur une veste en guise d'oreiller.

Peu de temps après la mort dans les flammes de l'espèce d'oiseau, Ollie et moi étions retournés dans la réserve et en avions ramené une dizaine de courtepointes comme celle dont j'avais déjà couvert Billy. Elles servaient de matelas à diverses personnes. Nous avions aussi ramené plusieurs lourds cageots de poires et d'oranges et en nous y mettant à quatre, nous avions réussi à les hisser au sommet des sacs d'engrais devant le trou de la vitre. Les créatures ailées auraient du mal à repousser ces cageots qui pesaient dans les cinquante kilos.

Mais ces « oiseaux » et les espèces d'insectes qu'ils mangeaient n'étaient pas les seules choses que nous ayons à craindre. Il y avait l'être à tentacules qui s'était emparé de Norm. Il ne fallait pas oublier la corde à linge mâchée. Ni la chose invisible qui avait émis ce rugissement bas, guttural. Depuis, à plusieurs reprises, nous avions entendu des sons semblables — parfois dans le lointain, mais que signifiait « dans le lointain » avec cette brume qui étouffait les sons ? Et parfois ces rugissements étaient si près qu'ils faisaient trembler tout le bâtiment et vous donnaient l'impression que vos ventricules cardiaques pompaient brusquement de l'eau glacée.

Billy sursauta et gémit. Je lui caressai les cheveux et il gémit plus fort. Puis il parut voguer de nouveau sur des eaux du rêve moins dangereuses. Mon propre sommeil était brisé et je fixai de nouveau sur la nuit de grands yeux vides. Depuis qu'il faisait noir, je n'avais réussi à dormir qu'une heure et demie, d'un sommeil hanté par les rêves. Dans l'un de ceux-ci, on était revenus à la veille. Billy et Steffy se tenaient devant la baie vitrée, contemplant les eaux noires et gris ardoise et le tourbillon de pluie argenté qui annonçait la tempête. J'essayais d'aller vers eux car je savais qu'un vent suffisamment fort pouvait briser la vitre et envoyer à travers tout le salon des flèches de verre mortelles. Mais j'avais beau courir, je n'avais pas l'air de me rapprocher d'eux. Et puis un oiseau jaillit de la trombe d'eau, un gigantesque *oiseau de mort** écarlate dont les ailes préhistoriques plongèrent la totalité du lac, d'est en ouest, dans l'obscurité. Son bec s'ouvrit, révélant un jabot de la taille du

---

* En français dans le texte. (*N.d.T.*)

Holland Tunnel*. Et tandis que l'oiseau s'apprêtait à ne faire qu'une bouchée de ma femme et de mon fils, une voix basse, sinistre, répétait avec obstination dans un murmure : Le projet Pointe-de-Flèche... le projet Pointe-de-Flèche... le projet Pointe-de-Flèche...

Billy et moi n'étions pas les seuls à avoir le sommeil difficile. D'autres poussaient des cris perçants en dormant, et certains criaient encore après s'être réveillés. La bière disparaissait du frigidaire à la vitesse grand V. Buddy Eagleton s'était abstenu de tout commentaire et avait puisé dans la réserve pour renouveler le stock. Mike Hatlen m'avait dit qu'il ne restait plus de Sominex. Les provisions n'étaient pas épuisées, on les avait réduites à néant. Il pensait que certains avaient pris peut-être six ou huit flacons.

— Il reste un peu de Nytol, dit-il. Tu en veux un flacon, David ?

Je secouai la tête et le remerciai.

Et dans la dernière travée près de la caisse numéro 5, nous avions nos amateurs de vin. Il y en avait sept, tous débutants dans la soûlographie, sauf Lou Tattinger, qui tenait le lavage de voitures de Pine Tree. Lou n'avait pas besoin d'excuse pour lever le coude, comme on dit. La brigade des soûlographes était joliment anesthésiée.

Et, ah oui, il y avait aussi six ou sept personnes qui étaient devenues folles.

« Folles » n'était pas vraiment le mot ; peut-être suis-je incapable de formuler celui qui conviendrait. Mais il y avait ces gens qui avaient sombré dans un état de complète stupeur sans recourir ni à la bière ni au vin ni aux cachets. Ils vous fixaient avec des yeux en bouchon de carafe, vides et brillants. Le dur ciment de la réalité était tombé en poussière sous l'effet de quelque inimaginable tremblement de terre, et ces pauvres diables s'étaient effondrés. Un jour, certains d'entre eux reviendraient peut-être à eux. Si ce jour-là se levait jamais.

Le reste d'entre nous avait fait ses propres compromis mentaux et dans certains cas je suppose qu'ils étaient passablement bizarres. Mme Reppler, par exemple, était convaincue que tout cela n'était qu'un rêve — c'était ce qu'elle prétendait. Et elle parlait d'un ton convaincu.

---

* Le Holland Tunnel relie le New Jersey à Manhattan. (*N.d.T.*)

Je tournai mes regards vers Amanda. J'éprouvai de plus en plus pour elle un sentiment d'une force gênante — mais pas exactement déplaisante. Ses yeux étaient d'un vert incroyablement brillant... Je l'avais observée un moment pour essayer de détecter des lentilles de contact mais apparemment, c'était la vraie couleur de ses iris. J'avais envie de lui faire l'amour. Ma femme était à la maison, vivante peut-être, plus probablement morte, seule en tout cas, et je l'aimais ; je voulais plus que tout au monde nous ramener, Billy et moi, auprès d'elle, mais je voulais aussi baiser une dame nommée Amanda Dumfries. J'essayai de me convaincre que c'était seulement la situation qui m'y poussait, et peut-être était-ce vrai, mais cela ne changeait rien à mon désir.

Je dormis d'un sommeil sans cesse interrompu, puis m'éveillai tout à fait vers trois heures. Amanda s'était recroquevillée en position fœtale, les genoux remontés vers la poitrine, les mains serrant ses cuisses. Elle paraissait profondément endormie. Son chandail s'était légèrement relevé sur le côté, montrant une peau d'un blanc immaculé. Je la regardai et il me vint une inutile et inconfortable érection.

Je m'efforçai d'assigner une autre direction à mes pensées en songeant au moment où j'avais voulu peindre Norton, la veille. Non, pas le peindre, pas une chose aussi importante. Simplement... l'asseoir sur un tronc, ma bière dans la main ; et croquer son visage fatigué, en sueur et ses cheveux soigneusement coiffés avec la raie au milieu, qui se redressaient en désordre sur l'arrière. Ça aurait pu faire un bon tableau. Il m'avait fallu vivre vingt ans avec mon père pour accepter qu'être bon était assez bon pour moi.

Vous savez ce que c'est, le talent ? La malédiction de l'espérance. Quand on est enfant, il faut affronter cela, le surmonter d'une manière ou d'une autre. Quand vous savez écrire, vous vous dites que Dieu vous a mis sur terre pour battre Shakespeare à plate couture. Et si vous savez peindre, peut-être pensez-vous — tel était mon cas — que Dieu vous a mis sur terre pour battre votre père à plate couture.

Il apparut que je n'étais pas aussi bon que lui. Je m'efforçai de l'être plus longtemps sans doute que je n'aurais dû. J'ai fait une exposition à New York et le résultat a été lamentable — les critiques d'art m'ont enfoncé à coups de références à mon père. Un an plus tard, je subvenais aux besoins du ménage avec des travaux commerciaux. Steff était enceinte et je m'étais pris la tête dans les mains pour en discuter avec moi-même. Le résultat de cette conversation avait été que l'art véritable ne serait jamais qu'un violon d'Ingres pour moi.

J'ai fait les affiches pour le shampooing Golden Girl — celle où l'on voit la fille à bicyclette, celle où elle joue au Frisbee sur la plage, celle où elle est sur le balcon de son appartement un verre à la main. J'ai fait des illustrations de nouvelles pour la plupart des grands magazines, mais j'ai démarré dans ce secteur avec des croquis rapides pour des feuilles cochonnes. J'ai réalisé quelques affiches de cinéma. L'argent rentre. On s'en sort pas mal.

A Bridgton, l'été dernier, j'ai fait ma dernière expo. J'ai présenté neuf tableaux peints sur cinq ans, et j'en ai vendu six. Par une singulière coïncidence, celui que je ne voulais absolument pas vendre représentait le supermarché, vu de l'autre côté du parc de stationnement. Ce dernier, sur mon tableau, était vide, à l'exception d'une file de boîtes de haricots Campbell et de conserves Frank, qui allaient en grandissant au fur et à mesure qu'elles se rapprochaient de l'œil de l'observateur. La plus proche paraissait mesurer deux mètres cinquante de haut. Le tableau était intitulé *Haricots et Fausse Perspective*. Un Californien, cadre supérieur dans une société qui fabriquait des balles et des raquettes de tennis et je ne sais quels autres équipements de sport, semblait très entiché de la toile et insista beaucoup en dépit du carton « Ce tableau n'est pas à vendre » inséré derrière ce dernier, dans le coin gauche du mince cadre de bois. Il fit une première offre à six cents dollars et monta jusqu'à quatre mille. Il disait qu'il le voulait pour son bureau. Je ne le lui laissai pas, et il partit très déçu. Même alors, il n'a pas abandonné ; il m'a laissé sa carte pour le cas où je changerais d'avis.

Cet argent n'aurait pas été de trop — c'était l'année où nous avions agrandi la maison et acheté la 4 × 4 — mais je ne pouvais me résoudre à le vendre. Je ne le pouvais parce que je sentais que c'était le meilleur tableau que j'avais jamais peint et je le voulais pour moi, je voulais pouvoir le contempler, quelqu'un m'ayant demandé, avec une cruauté absolue, quand j'allais me décider à faire quelque chose de sérieux.

Puis il arriva, certain jour de l'automne dernier, que je le montrai à Ollie Weeks. Il me demanda la permission de le photographier pour s'en servir pendant une semaine de publicité, et ce fut la fin de ma fausse perspective à moi. Ollie avait reconnu mon œuvre pour ce qu'elle était et, ce faisant, m'avait forcé à le reconnaître aussi. Une œuvre d'art commercial parfaite. Rien de plus. Et, grâce à Dieu, rien de moins.

Je le laissai faire, et puis je téléphonai au domicile du cadre supérieur à San Luis Obispo pour lui dire que je lui laissais le tableau à deux mille cinq cents dollars s'il en voulait toujours. Il répondit positivement et je le lui fis expédier par une messagerie. Et depuis lors, la voix de l'espérance déçue — cette voix d'enfant trompé qui ne se satisfera jamais d'un qualificatif modéré comme « bon » — s'est à peu près tue. Et hormis quelques vagues grognements — comme les bruits de ces créatures invisibles dans la nuit brumeuse — elle a très bien gardé le silence. Mais, me direz-vous peut-être, pourquoi l'extinction de cette voix enfantine, exigeante, ressemble-t-elle tant à la mort ?

Vers 4 heures, Billy s'éveilla — en partie au moins — et regarda autour de lui avec des yeux troubles, qui ne comprenaient rien à ce qu'ils voyaient.

— On est toujours là ?
— Oui, mon chéri. Oui.

Il s'est mis à pleurer avec une faiblesse désespérée horrible à voir. Amanda s'est éveillée et nous a regardés.

— Allons, mon grand, dit-elle en l'attirant doucement à elle. Quand il fera jour, tu auras l'impression que tout va un peu mieux, tu verras.

— Non, rétorqua Billy. Non, ça ne va pas s'arranger. Non. Non.

— Chut, dit-elle. Tu devrais dormir depuis longtemps.
— Je veux ma maman !
— Oui, oui, bien sûr.

Billy se tortilla dans son giron pour pouvoir me regarder. Ce qu'il fit un moment et puis il se rendormit.

— Merci, dis-je. Il avait besoin de vous.
— Il ne me connaît même pas.
— Ça ne change rien.
— Alors, qu'est-ce que vous en pensez ? demanda-t-elle, ses yeux verts soutenant fermement son regard. Qu'est-ce que vous en pensez vraiment ?

— Demandez-le-moi demain matin.
— Je vous le demande maintenant.

J'ouvris la bouche pour répondre et puis Ollie Weeks émergea de l'obscurité comme une chose surgie d'une histoire d'horreur. Il tenait une lampe électrique voilée d'un chemisier de femme, dont il dirigeait le faisceau vers le plafond. Cela faisait d'étranges ombres sur son visage hagard.

— David, chuchota-t-il.

Amanda se tourna vers lui, étonnée d'abord, puis de nouveau effrayée.

— Ollie, qu'est-ce qu'il y a ? demandai-je.

— David, chuchota-t-il de nouveau. Puis : Viens, s'il te plaît.

— Je veux pas laisser Billy. Il vient juste de s'endormir.

— Je vais le garder, dit Amanda. Vous feriez mieux d'y aller.

Puis, à voix plus basse, elle ajouta :

— Mon Dieu, ça ne finira jamais.

8. Ce qui est arrivé aux soldats. Avec Amanda. Une conversation avec Dan Miller

Je suivis Ollie. Il se dirigeait vers la réserve. Comme nous passions devant le réfrigérateur, il saisit une bière.

— Ollie, qu'est-ce qui se passe ?

— Je veux que tu le voies.

Il poussa la double porte. Les battants se refermèrent derrière nous avec un petit remous d'air. Il faisait froid. Je n'aimais pas cet endroit, pas après ce qui était arrivé à Norm. Quelque part dans ma tête, je ne pouvais oublier qu'il y avait toujours un bout de tentacule mort qui gisait par là.

Ollie laissa glisser le chemisier, découvrant l'ampoule de sa lampe. Il la leva au-dessus de nos têtes. D'abord je crus que quelqu'un avait pendu deux mannequins à l'un des tuyaux de chauffage central qui couraient au plafond. Qu'on les avait pendus avec de la corde à piano, ou autrement, pour faire une farce comme les gosses pour Halloween.

Puis j'aperçus les pieds, qui pendaient à une vingtaine de centimètres du sol. Il y avait deux piles de cartons renversées. Je levai les yeux sur les visages et un cri prit naissance dans ma gorge, car ce n'étaient pas les visages de mannequins de grands magasins. Les deux têtes étaient penchées sur le côté, comme pour apprécier quelque plaisanterie horriblement drôle, une plaisanterie qui les avait fait rire à s'empourprer.

Leurs ombres. Leurs ombres projetées sur le mur derrière eux. Leurs langues. Leurs langues gonflées.

Tous deux portaient l'uniforme. C'étaient les jeunes gens que j'avais déjà remarqués et que j'avais perdus de vue dans la journée. Les bidasses du...

Le hurlement. Je l'entendais se former dans ma gorge comme un gémissement, monter comme une sirène de police, et puis Ollie me saisit le bras juste au-dessus du coude.

— Ne crie pas, David. Personne n'est au courant, en dehors de toi et moi. Et je veux que ça continue.

Je réussis, je ne sais comment, à ravaler mon cri.

— Les petits soldats, réussis-je à articuler.

— Du projet Pointe-de-Flèche, dit Ollie. Eh oui.

Quelque chose de glacé s'introduisit dans ma main. La boîte de bière.

— Bois ça. Tu en as besoin.

Je vidai la boîte jusqu'à la dernière goutte.

— Je suis revenu, dit Ollie, pour voir s'il restait des bouteilles de gaz pour le gril de M. McVey. J'ai vu ces types. D'après ce que je comprends, ils ont préparé les nœuds coulants et ils sont montés sur ces deux piles de cartons. Ils ont dû s'attacher mutuellement les poignets et puis tirer sur la corde entre leurs poignets en s'écartant l'un de l'autre. Pour que... que leurs mains soient derrière, tu vois. Puis, c'est comme ça que je vois les choses, ils se sont glissé la tête chacun dans son nœud coulant et l'ont serré en penchant la tête sur un côté. L'un d'eux a peut-être compté jusqu'à trois et ils ont sauté ensemble. Je ne sais pas.

— C'est pas possible, dis-je, la bouche sèche.

Mais leurs mains étaient liées dans le dos, effectivement. Je ne pouvais en détacher les yeux.

— C'est possible. S'ils le voulaient suffisamment fort, David, c'était faisable.

— Mais pourquoi ?

— Je crois que tu sais pourquoi. Ce n'est pas le cas des touristes, des estivants — de gens comme Miller —, mais il y a des personnes ici qui sauraient très bien deviner.

— Le projet Pointe-de-Flèche ?

— Je reste près des caisses toute la journée, dit Ollie et

j'entends beaucoup de choses. Pendant tout le printemps j'en ai entendu énormément au sujet de cette Pointe-de-Flèche, et ce n'était rien de bon. La glace noire sur les lacs...

Je revis Bill Giosti se pencher à ma fenêtre, me soufflant au visage son haleine tiède alcoolisée. Pas seulement des atomes, mais des atomes différents. Et ces corps maintenant, qui pendaient au tuyau du chauffage. Les chaussures qui se balançaient. Les langues gonflées comme des saucisses.

Avec un nouveau sursaut d'horreur, je m'apercevais que de nouveaux champs de perception s'ouvraient en moi. Nouveaux ? Non pas. D'anciens champs de la perception. La perception d'un enfant qui n'a pas encore appris à se protéger en développant une vision en tunnel qui le tiendra à l'écart de quatre-vingt-dix pour cent de l'univers. Les enfants voient tout ce que leurs regards captent, entendent tout ce qui est à la portée de leurs oreilles. Mais si la vie est l'essor de la conscience (ainsi que le proclame un ouvrage de broderie confectionné par ma femme au lycée), elle est aussi réduction de l'information.

La terreur est l'élargissement de la perspective et de la perception. L'horreur est de savoir que je plonge vers un lieu que la plupart d'entre nous quittent quand ils quittent leurs couches pour mettre une culotte. Je voyais cela aussi sur le visage d'Ollie. Quand la rationalité se craquelle, les circuits du cerveau humain risquent la surcharge. Les axones brillent, fiévreux. Les hallucinations deviennent réalité. Le point de la perspective où les parallèles semblent se rejoindre, cette goutte de vif-argent est vraiment là. Les morts marchent et parlent ; une rose se met à chanter.

— Il y a bien une vingtaine de personnes qui m'ont raconté des trucs, dit Ollie. Justine Robards. Nick Tochai. Ben Michaelson. On ne garde pas les secrets dans une petite ville. Les choses finissent par se savoir. Parfois c'est comme une source, ça sort en bouillonnant de la terre et personne ne sait d'où ça vient. On surprend une conversation à la bibliothèque et on fait circuler, ou alors c'est à la marina de Harrison. Dieu sait où encore, et pourquoi. Mais durant tout le printemps et tout l'été j'ai entendu parler du projet Pointe-de-Flèche. Le projet Pointe-de-Flèche.

— Mais ces deux-là, bon Dieu, Ollie, ce ne sont que des gosses.

— Il y avait des gosses au Viêt-nam qui avaient l'habitude de couper les oreilles. J'y étais. Je l'ai vu.

— Mais... qu'est-ce qui les a poussés à faire ça ?

— Je ne sais pas. Peut-être qu'ils savaient quelque chose. Peut-être qu'ils avaient simplement des soupçons. Ils devaient savoir qu'ici on aurait fini par leur poser des questions, à un moment ou à un autre. S'il doit y avoir un moment ou un autre.

— Si tu as raison, ce doit être réellement mauvais.

— Cette tempête, dit Ollie d'une voix douce, tranquille. Peut-être a-t-elle libéré brutalement quelque chose. Il y a peut-être eu un accident. Peut-être qu'ils ont joué avec quelque chose. Il y a des gens qui disaient qu'ils bricolaient des lasers et des masers à haute intensité. Parfois j'ai entendu parler d'énergie de fusion. Et suppose... suppose qu'ils aient ouvert un trou donnant directement dans une autre dimension ?

— Foutaises, dis-je.

— Et ça, c'est de la foutaise ? demanda-t-il en me montrant les corps.

— Non. La question, maintenant, c'est : Que faisons-nous ?

— Je pense qu'il faudrait qu'on les décroche et qu'on les cache, se hâta-t-il de répondre. Qu'on les cache derrière un tas de trucs dont personne ne veut — la nourriture pour chien, les détergents, des trucs comme ça. C'est pour ça que je suis venu te chercher, David. J'ai pensé que tu étais le seul en qui j'avais réellement confiance.

— Ça ressemble aux criminels nazis qui se sont suicidés dans leurs cellules après avoir perdu, marmonnai-je.

— Oui. J'ai eu la même idée.

Nous nous tûmes et brusquement ces bruits de frottement assourdis à l'extérieur des portes de livraison reprirent... le bruit de tentacules qui les parcouraient doucement. Nous nous rapprochâmes l'un de l'autre. Des picotements parcouraient ma chair.

— D'accord, dis-je.

— Faisons aussi vite que possible..., dit Ollie. (Le saphir de sa bague luisait faiblement tandis qu'il déplaçait sa lampe.) Je veux sortir vite d'ici.

J'examinai les cordes. Ils avaient utilisé des cordes à linge du même genre que celle que l'homme à casquette de golf m'avait permis de lui nouer autour de la taille. Les nœuds s'étaient enfoncés dans la chair gonflée de leurs cous, et je me demandai de nouveau ce qui avait bien pu pousser ces deux gosses à cette extrémité. Je savais ce qu'Ollie voulait dire quand il assurait que ça irait encore plus mal si la nouvelle de ce double suicide se répandait. C'était déjà le cas en ce qui me concernait — et je n'aurais jamais cru cela possible.

Il y eut un claquement sec. Ollie avait ouvert son couteau, un gros engin fait pour ouvrir les cartons. Et, bien sûr, couper les cordes.

— J'y vais ou tu y vas ?

J'avalai ma salive.

— Chacun le sien.

C'est ce que nous fîmes.

Quand je revins, Amanda était partie et Mme Turman était avec Billy. Tous deux dormaient. Je descendis une des travées et une voix me héla :

— Monsieur Drayton, David.

C'était Amanda, qui se tenait près de l'escalier du bureau du directeur. Ses yeux étaient comme deux émeraudes.

— Qu'est-ce que c'était ?

— Rien, dis-je.

Elle s'approcha. Je sentis un parfum léger. Et oh ! comme j'avais envie d'elle.

— Menteur, dit-elle.

— Ce n'était rien. Une fausse alerte.

— Comme vous voudrez.

Elle me prit la main.

— Je viens de jeter un coup d'œil au bureau. Il est vide et on peut s'y enfermer à clé.

Son visage était parfaitement calme mais ses yeux luisaient doucement, d'un éclat presque animal et une veine battait fortement à son cou.

— Je ne...

— J'ai vu comment vous me regardiez, dit-elle. S'il faut qu'on en parle, ça n'est pas bon. Mme Turman garde votre fils.

— Oui.

Il me vint à l'esprit que c'était un moyen — peut-être pas le meilleur, mais un moyen tout de même — d'écarter la malédiction de ce qu'Ollie et moi venions de faire. Pas le meilleur moyen, le seul moyen, tout simplement.

Nous grimpâmes l'étroit escalier et entrâmes dans le bureau. Il était vide, comme elle l'avait annoncé. Et il y avait un verrou à la porte. Je le poussai. Dans l'obscurité, elle n'était plus qu'une forme. Je tendis le bras, la touchai et l'attirai à moi. Elle tremblait. Nous glissâmes au sol, d'abord agenouillés, en nous embrassant, et dans ma main en forme de coupe je lui pris un sein. A travers son chandail je sentais son cœur battre la chamade. Je songeai à Steffy disant à Billy de ne pas toucher les fils tombés à terre. Je pensai au bleu qu'elle avait sur la hanche quand elle avait retiré sa robe pour notre nuit de noces. Je pensai à la première fois que je l'avais vue, traversant à vélo la promenade de l'université du Maine à Orono, alors que je me rendais à un cours de Vincent Hargen, mon carton à dessins sous le bras. Et mon érection était énorme.

Nous nous étendîmes ensuite et elle me dit :

— Aime-moi, David. Réchauffe-moi.

Quand elle jouit, elle planta ses ongles dans mon dos et m'appela d'un prénom qui n'était pas le mien. Peu m'importait. Cela nous apaisa presque.

Quand nous redescendîmes, une espèce d'aube rampante avait commencé. Le noir au-delà des meurtrières cédait à contrecœur la place à un gris sourd, puis au chrome, puis au blanc brillant, sans forme et sans éclat, d'un écran de cinéma en plein air. Mike Hatlen dormait sur une chaise pliante réquisitionnée Dieu sait où. Dan Miller, assis par terre un peu plus loin, mangeait un beignet Hostess. Un de ceux qui sont couverts de sucre blanc.

— Prenez place, monsieur Drayton, m'invita-t-il.

Je cherchai Amanda des yeux mais elle s'éloignait déjà dans une travée. Elle ne regarda pas en arrière. Nos ébats amoureux dans le noir paraissaient déjà pure fantaisie de l'imagination, impossible à admettre même dans cette étrange lumière. Je m'assis.

— Prenez un beignet.

Il me tendait le paquet. Je secouai la tête.

— Tout ce sucre blanc, c'est mortel. Pire que les cigarettes.

Cela le fit un peu rire.

— Dans ce cas, prenez-en deux.

Je fus surpris de trouver en moi aussi un petit rire — Miller m'avait pris au dépourvu et cela me plaisait. J'acceptai deux beignets. Ils étaient drôlement bons. Je les fis passer avec une cigarette, bien qu'il ne soit pas dans mes habitudes de fumer le matin.

— Il faut que je retourne voir mon gosse, dis-je. Il va se réveiller.

Miller hocha du chef.

— Ces insectes roses. Ils sont tous partis. Et les oiseaux aussi. Hank Vannerman a dit que le dernier a cogné la vitre vers 4 heures. Apparemment les... les bêtes sauvages sont plus actives pendant la nuit.

— Ce n'est pas à Brent Norton que vous raconterez ça. Ou à Norm.

Il hocha de nouveau la tête et ne dit plus rien pendant un long moment. Puis il s'alluma une cigarette et me regarda.

— On peut pas rester là, Drayton, dit-il.

— Il y a à manger. Et beaucoup à boire.

— Ça n'a rien à voir avec les provisions, et vous le savez. Que ferons-nous si l'une de ces grosses bêtes qui traînent là-dehors décide d'entrer en force au lieu de se contenter de faire des grands bruits dans la nuit ? Est-ce qu'on essaiera de la chasser avec des manches à balai et de l'alcool à brûler ?

Évidemment il avait raison. Peut-être, d'une certaine façon, la brume nous protégeait-elle. En nous cachant. Mais peut-être ne nous cacherait-elle pas longtemps et il y avait plus grave encore. Nous nous trouvions dans le supermarché depuis dix-huit heures environ et je me sentais gagné par une léthargie guère différente de celle que j'avais ressentie à une ou deux reprises lorsque j'avais tenté de nager trop loin. J'avais éprouvé le besoin de ne rien risquer, de ne plus bouger, de protéger Billy (*et peut-être de baiser Amanda Dumfries au milieu de la nuit,* me murmurait une voix), de voir si la brume n'allait pas simplement se lever, laissant toutes choses reprendre leur place.

Je le voyais aussi sur les visages des autres et tout à coup l'idée me frappa qu'il y avait des gens dans le supermarché qui refuseraient sans doute en toute circonstance de sortir. La seule pensée de franchir les portes après ce qui s'était passé les pétrifierait.

Peut-être Miller avait-il suivi le cours de mes pensées sur mon visage.

— Il y avait environ quatre-vingts personnes ici quand cette satanée brume est arrivée. De ce nombre vous soustrayez le magasinier, Norton et les quatre qui l'ont suivi, et ce type, Smalley. Restent soixante-treize personnes.

Et si on enlevait les deux soldats, qui reposaient désormais sous une pile de sacs de Purina Puppy Chow, cela faisait soixante et onze.

— Vous ôtez les gens qui ont décroché, poursuivit-il. Il y en a dix ou douze. Disons dix. Restent soixante-trois. Mais...

Il leva un doigt poudré de sucre.

— Sur les soixante-trois, il y en a une vingtaine qui refuseront absolument de partir. Il faudrait les tirer dehors. Ils crieraient et se débattraient.

— Et tout ça pour prouver quoi ?

— Qu'il faut que nous sortions, c'est tout. Et je vais sortir. Vers midi, je pense. Je projette de prendre avec moi tous ceux qui voudront venir. J'aimerais bien que vous et votre enfant m'accompagniez.

— Après ce qui est arrivé à Norton ?

— Norton y est allé comme le mouton à l'abattoir. Ça ne veut pas dire que moi, ou ceux qui viendront avec moi doivent faire de même.

— Comment l'empêcher ? Nous avons en tout et pour tout un revolver.

— Et nous avons bien de la chance de l'avoir. Mais si nous arrivons à passer le carrefour, nous réussirons peut-être à arriver à la Boutique du Sportif, dans Main Street. Ils ont là-bas des tonnes d'armes.

— Il y a un « si » et un « peut-être » de trop.

— Drayton, dans notre situation, il y a beaucoup de « si ».

C'était dit d'un ton léger mais lui, il n'avait pas à s'occuper d'un petit garçon.

— Écoutez, laissons ça pour l'instant, d'accord ? Je n'ai pas beaucoup dormi cette nuit mais j'ai eu l'occasion de réfléchir à un certain nombre de choses. Vous voulez savoir quoi ?

— Bien sûr.

Il se leva et s'étira.

— Venez faire un tour avec moi du côté des vitrines.

Nous suivîmes l'allée de la caisse la plus proche du rayon boulangerie avant de nous immobiliser devant une meurtrière. L'homme posté là nous dit :

— Les insectes sont partis.

Miller lui donna une tape sur l'épaule.

— Va boire un café, l'ami. Je surveillerai.

— D'accord. Merci.

Il s'éloigna et Miller et moi restâmes devant la lucarne.

— Alors, racontez-moi ce que vous voyez là, dehors, dit-il.

Je regardai au-dehors. La poubelle avait été renversée dans la nuit, sans doute par l'une des choses ailées tombées du ciel, et elle avait répandu son contenu de papiers, de boîtes de bière et de bouteilles de Dairy Queen tout le long de la route sur le macadam. Au-delà j'apercevais la rangée de voitures la plus proche du supermarché qui disparaissait dans la blancheur. C'était tout ce que je voyais, et je le lui dis.

— Cette Chevrolet bleue à plateau est à moi, dit-il, en tendant le doigt et je ne distinguai qu'un éclat bleu dans la brume. Mais si vous repensez au moment où vous vous êtes garé hier, vous vous rappelez que le parc de stationnement était drôlement encombré, non ?

Je jetai un coup d'œil à ma jeep et me souvins : si j'avais réussi à me garer près du supermarché c'était uniquement parce que quelqu'un s'en allait au moment où j'arrivais. Je hochai la tête.

— Maintenant reliez ce fait à un autre, Drayton. Norton et ses quatre... comment les appeliez-vous ?

— Partisans de la Terre Plate.

— Ouais, c'était pas mal. C'était vraiment ce qu'ils étaient. Ils sont sortis, non ? Ils ont marché presque sur toute la longueur de la corde à linge. Puis nous avons entendu ces espèces de rugissements, comme s'il y avait eu là-dehors un troupeau d'éléphants. Exact ?

— Ça ne ressemblait pas à des éléphants. C'était comme...

Comme une chose surgie du marais primordial, telle était la phrase qui me venait à l'esprit, mais je ne voulais pas la prononcer devant Miller, pas après qu'il eut tapé dans le dos de ce type en lui disant d'aller prendre un café — comme l'entraîneur qui retire un joueur avant la phase ultime du jeu. Je l'aurais peut-être dite à Ollie, mais pas à Miller.

— Je ne sais pas à quoi ça ressemblait, terminai-je faiblement.

— Mais ça paraissait gros ?

— Oh oui !

Ça paraissait même sacrément gros.

— Alors comment se fait-il que nous n'ayons pas entendu renverser des voitures ? Casser des vitres ?

— Eh bien, c'est parce que... (Je me tus. Il m'avait coincé.) Je ne sais pas.

— Impossible, dit Miller, qu'ils soient sortis du parking quand quelque chose leur est tombé dessus. Je vais vous dire ce que je pense. Je pense que nous n'avons pas entendu de voitures passer parce que la plus grande partie d'entre elles ont peut-être disparu. Simplement... disparu. Englouties dans la terre, vaporisées, comme vous voulez. Quelque chose d'assez fort pour briser ces poutres et les tordre dans tous les sens et faire tomber la marchandise des étagères. Et les sirènes de la ville se sont arrêtées en même temps.

J'essayais de visualiser la moitié du parc de stationnement disparue. De m'imaginer sortant, marchant jusqu'à un trou récent dans la terre, un endroit où le macadam avec ses emplacements soigneusement tracés à la peinture jaune disparaissait. Un à-pic, une pente... ou peut-être, simplement, un précipice donnant sur la blanche brume informe...

Au bout de quelques secondes, je lui demandai :

— Si vous avez raison, vous croyez aller loin avec votre camionnette ?

— Je ne pensais pas l'utiliser. Je pensais à votre 4 × 4.

On pouvait y réfléchir, mais ce n'était pas le moment.

— Qu'est-ce que vous avez d'autre en tête ?

Miller poursuivit avec empressement :

— Le drugstore à côté, voilà ce que j'ai en tête. Qu'est-ce que vous en pensez ?

J'ouvris la bouche pour dire que je n'avais pas la moindre idée de ce dont il parlait et puis la refermai brusquement. Le drugstore de Bridgton était en pleine activité hier quand nous étions arrivés. La laverie automatique était fermée mais le drugstore avait ses portes grandes ouvertes, retenues par des tendeurs pour laisser passer un peu d'air frais — la coupure de courant ayant bien entendu interrompu le fonctionnement du climatiseur. La porte du drugstore n'était pas à plus de sept mètres de celle du supermarché. Alors pourquoi...

— Pourquoi est-ce qu'aucun de ceux qui s'y trouvaient ne s'est pointé ici ? interrogea Miller à ma place. Ça fait dix-huit heures. Ils n'ont pas faim ? Ils ne se gavent sûrement pas de Dristan et de mini-tampons Stayfree.

— Il y a à manger. Ils vendent toujours des trucs spéciaux. Parfois des biscuits pour animaux, parfois du pain grillé, ce genre de choses. Plus le tourniquet des bonbons.

— J'arriverai pas à croire qu'ils se contentent de ça quand il y a tout ce qu'on veut ici.

— Où voulez-vous en venir ?

— Je veux sortir mais je ne tiens pas à servir de dîner pour des rescapés d'un film d'horreur de série B. On pourrait aller à quatre ou cinq à la porte d'à côté pour voir quelle est la situation au drugstore. Comme une sorte de ballon d'essai.

— C'est tout ?

— Non, il y a encore une chose.

— C'est quoi ?

— Elle, dit simplement Miller en montrant du pouce l'une des travées centrales. Cette folle furieuse. Cette sorcière.

C'était Mme Carmody qu'il montrait ainsi du pouce. Elle n'était plus seule, deux femmes s'étaient jointes à elle. A leurs vêtements brillants, je présumai qu'il s'agissait de touristes ou d'estivantes, de dames qui avaient peut-être délaissé leurs familles « juste pour faire un tour et acheter deux-trois trucs », et qui se rongeaient maintenant en pensant à leurs époux et à leurs gosses. Des dames prêtes à s'agripper au moindre fétu de paille. Y compris au sombre réconfort qu'apportait Mme Carmody.

Son pantalon resplendissait du même éclat maléfique. Elle parlait avec de grands gestes, le visage dur et menaçant. Dans leurs vêtements brillants (moins brillants néanmoins que le costume de Mme Carmody, certes, et la gigantesque sacoche qui lui servait de sac à main était toujours fermement arrimée sous l'un de ses bras pâteux), les deux dames l'écoutaient avec avidité.

— C'est une autre raison pour que je veuille sortir, Drayton. Cette nuit, elle aura une demi-douzaine de gens avec elle. Si les insectes roses et les oiseaux reviennent pendant la nuit, demain matin, elle se sera constitué toute une paroisse. Alors, on pourra commencer à s'inquiéter de savoir qui elle va leur conseiller de sacrifier pour améliorer les choses. Peut-être moi, peut-être vous, ou ce type, Hatlen. Peut-être votre gosse.

— Ce sont des bêtises, assurai-je.

Mais en étais-je sûr ? Le frisson glacé qui me parcourut le dos me dit que je n'avais pas nécessairement raison. Les lèvres de Mme Carmody s'activaient avec acharnement. Les yeux des touristes étaient fixés sur sa bouche ridée. Était-ce une bêtise ? Je songeai aux poussiéreux animaux empaillés buvant dans l'onde de leurs miroirs. Mme Carmody avait un pouvoir. Même Steff, esprit prosaïque et tête-sur-les-épaules, prononçait le nom de la vieille femme avec un certain malaise.

Cette folle furieuse, comme l'avait appelée Miller. *Cette sorcière.*

— Dans ce supermarché, les gens sont en train de vivre une espèce de faillite..., dit Miller. (D'un geste, il montra les poutres peintes en rouge qui encadraient les vitrines... elles étaient tordues, cassées et déformées.) Leurs esprits ressemblent probablement à ces poutrelles. C'est le cas du mien, j'en suis foutrement sûr. J'ai passé la moitié de la nuit à me dire que j'avais perdu les pédales, que j'étais probablement dans une camisole de force à Danvers, la caboche pleine d'histoires d'insectes, d'oiseaux-dinosaures et de tentacules et que tout ça disparaîtrait dès que le gentil infirmier m'aurait flanqué une bonne giclée de Thorazine dans la veine.

Son petit visage était blafard et marqué de fatigue. Son regard se posa sur Mme Carmody puis revint à moi.

— Je vais vous dire ce qui nous pend au nez. Quand les gens vont tourner barjots, certains d'entre eux vont la trouver de mieux en mieux. Et je ne veux pas être là quand ça arrivera.

Les lèvres de Mme Carmody bougeaient toujours. Sa langue dansait autour de ses chicots de vieille dame. Elle avait bien l'air d'une sorcière. Mettez-lui un chapeau noir pointu et elle sera parfaite. De quoi parlait-elle à ses deux oiselles piégées dans leur brillant plumage d'été ?

Du projet Pointe-de-Flèche ? Du « printemps noir » ? D'abominations surgies des profondeurs de la terre ? De sacrifices humains ?

Conneries.

De toute façon...

— Alors, qu'en dites-vous ?

— D'accord pour ça, répondis-je. Nous essaierons d'aller au drugstore. Vous, moi, Ollie s'il veut venir, un ou deux autres. Puis on en reparlera.

Cela seul suffisait à me donner le sentiment de marcher sur un madrier étroit au-dessus d'un impossible à-pic. Si je me suicidais, ce n'est pas ça qui aiderait Billy. D'un autre côté, si je ne me bougeais pas le cul, ça ne l'aiderait pas non plus. Sept mètres jusqu'au drugstore. Ce n'était pas si terrible.

— Quand ? demanda-t-il.

— Laissez-moi une heure.

— Bien sûr.

9. L'expédition au drugstore

J'en parlai à Mme Turman, j'en parlai à Amanda et puis j'en parlai à Billy. Il avait l'air d'aller mieux ce matin, il avait mangé deux beignets et avalé un bol de Special K pour son petit déjeuner. Après quoi je lui fis faire au pas de course deux travées aller et retour et lui arrachai même quelques gloussements. Avec leur faculté d'adaptation, les gosses savent vous aider à supporter toutes les emmerdes de la vie. Il était trop pâle, la chair sous ses yeux était toujours gonflée par les larmes qu'il avait versées pendant la nuit et son visage avait une expression horriblement usée. D'une certaine façon, c'était devenu un visage de vieillard, comme si une énergie d'un trop fort voltage l'avait trop longtemps animé. Mais il était toujours vivant et toujours capable de rire... en tout cas juqu'au moment où il se rappelait où il était et ce qui se passait.

Après l'exercice nous nous assîmes avec Amanda et Hattie Turman pour boire du Gatorade dans des verres en carton et je lui dis que j'allais faire un tour au drugstore avec quelques autres personnes.

— Je veux pas, dit-il, immédiatement assombri.

— Tout ira bien, mon grand. Je te ramènerai une BD de *Spiderman*.

— Je veux que tu restes là.

Ce n'était plus un simple nuage qui passait dans son regard : on y voyait maintenant les éclairs de la colère. Je lui pris la main. Il la retira. Je la lui repris.

— Billy, il faudra bien qu'on sorte, tôt ou tard. Tu t'en rends compte, n'est-ce pas ?

— Quand la brume sera partie...

Mais il parlait sans aucune conviction. Il buvait lentement et sans plaisir son Gatorade.

— Billy, ça fait presque un jour qu'on est là.

— Je veux maman.

— Bon, c'est peut-être le premier pas pour retourner près d'elle.

— Ne lui donnez pas trop d'espoir, David, dit Mme Turman.

— Bon Dieu, répliquai-je, il faut bien qu'il espère quelque chose, ce gosse.

Elle baissa les yeux.

— Oui. Je suppose.

Billy ne prêta aucune attention à cet échange.

— Papa... Papa, il y a des choses là-dehors. Des choses.

— Oui, je sais. Mais il y en a beaucoup — pas toutes, mais beaucoup — qui semblent sortir seulement quand il fait nuit.

— Elles vont attendre, dit-il.

Ses yeux s'étaient élargis et ne quittaient plus les miens.

— Elles vont attendre dans la brume... et si vous n'arrivez pas à rentrer, elles vont vous manger. Comme dans les histoires.

Il m'étreignit avec une ardeur panique.

— Papa, s'il te plaît, n'y va pas.

J'écartai ses bras aussi doucement que je pus et lui dis qu'il le fallait.

— Mais je reviens vite, Billy.

— Très bien, dit-il d'une voix enrouée, mais il ne me regarda plus.

Il ne croyait pas que je reviendrais. Cela se voyait sur son visage qui ne montrait plus une expression de colère, mais de tristesse et de chagrin. Je me demandai encore si j'avais raison d'agir ainsi, de courir ce risque. Puis, jetant un coup d'œil dans la travée centrale, j'aperçus Mme Carmody. Elle s'était trouvé un troisième auditeur, un homme à la barbe grisonnante, aux petits yeux inquiets injectés de sang. Son air égaré et ses mains tremblantes criaient presque les mots « gueule de bois ». C'était, ô surprise, notre ami Myron Lafleur. Le type qui n'avait pas eu le moindre scrupule à envoyer un gosse faire un boulot d'homme.

Cette folle furieuse. Cette sorcière.

Je donnai un baiser à Billy et l'étreignis très fort. Puis je m'approchai de la façade du magasin, mais en évitant la travée des produits ménagers. Je ne voulais pas qu'elle me voie.

J'avais parcouru les trois quarts de mon chemin quand Amanda réussit à me coincer.

— Il faut vraiment que tu fasses ça ? demanda-t-elle.

— Oui, je le crois.

— Excuse-moi, mais je dois dire que pour moi, tout ça ressemble à des conneries machistes.

Elle avait des taches colorées aux pommettes et ses yeux étaient plus verts que jamais. Elle était furieuse — disons même, folle de rage.

Je lui pris le bras et résumai la discussion que j'avais eue avec Dan Miller. L'énigme des voitures et le fait que personne du drugstore ne soit venu se joindre à nous ne l'émurent guère. Mais la question Carmody, si.

— Ce n'est peut-être pas faux, dit-elle.

— Tu crois vraiment ?

— Je ne sais pas. Il y a quelque chose de venimeux chez cette femme. Et si les gens ont suffisamment peur pendant suffisamment longtemps, ils se tourneront vers quiconque semblera leur apporter une solution.

— Mais les sacrifices humains, Amanda ?

— Les Aztèques les pratiquaient, dit-elle d'un ton neutre. Écoute, David. Reviens. Si quoi que ce soit arrive... quoi que ce soit, reviens. Lâche tout et en courant s'il le faut. Pas pour moi, ce qui est arrivé cette nuit était agréable, mais c'était cette nuit. Reviens pour ton garçon.

— Oui, entendu, je reviendrai.

— Je veux l'espérer, dit-elle, et elle prit le même air que Billy, hagard et froid.

Je me dis que la plupart d'entre nous avaient cet air. Mais pas Mme Carmody. Elle semblait en quelque sorte rajeunie, revigorée. Comme si elle était dans son élément. Comme si... elle prospérait sur ce qui se passait.

Nous ne devions pas partir avant 9 h 30. Nous étions sept : Ollie, Dan Miller, Mike Hatlen, Jim, l'ancien copain de Myron Lafleur (s'il avait aussi la gueule de bois, il semblait déterminé à se racheter), Buddy Eagleton et moi-même. La septième personne était Hilda Reppler, Miller et Hatlen essayèrent sans conviction de la dissuader de venir. Elle resta inébranlable. Quant à moi, je n'essayai même pas. J'avais dans l'idée qu'elle était plus compétente que n'importe lequel d'entre nous à l'exception d'Ollie. Elle transportait un petit sac à provisions de toile qui contenait un arsenal de bombes de Raid et de Black Flag, toutes sans capuchon et prêtes à entrer en action. De l'autre main, elle tenait une raquette Jimmy Connors distraite d'une exposition d'équipement sportif dans la travée numéro 2.

— Qu'est-ce que vous comptez faire avec ça, madame Reppler ? demanda Jim.

— Je ne sais pas, répondit-elle, de sa voix basse, râpeuse et compétente. Mais je l'ai bien en main.

L'œil froid, elle examina son interlocuteur.

— Jim Grondin, hein ? Je ne vous ai pas eu en classe ?

Les lèvres de Jim s'étirèrent en un sourire gêné de lèche-bottes.

— Oui, m'dame. Moi et ma sœur Pauline.

— Trop bu cette nuit ?

Jim, qui la dépassait de très haut et pesait probablement cinquante kilos de plus, rougit jusqu'à la racine de ses cheveux coupés à la mode de l'American Legion.

— Ah... euh... non...

Elle se tourna vers nous brusquement, lui coupant la parole.

— Je pense que nous sommes prêts, dit-elle.

Nous avions tous quelque chose, même si cela pouvait passer pour un étrange arsenal. Ollie avait le pistolet d'Amanda, Buddy avait une barre de fer qu'il avait trouvée je ne sais où. Je tenais un manche à balai.

— Très bien, dit Dan Miller en élevant un peu la voix. Vous voulez bien m'écouter une minute, messieurs-dames ?

Une dizaine de personnes s'étaient approchées de la porte de sortie pour voir ce qui se passait. Elles s'étaient rassemblées sans se serrer de trop près, et sur leur droite se tenaient Mme Carmody et ses nouveaux amis.

— Nous allons au drugstore pour voir quelle est la situation là-bas. Nous espérons pouvoir ramener quelque chose pour soigner Mme Clapham.

C'était la dame qui avait été piétinée la veille, quand les insectes étaient entrés. Elle s'était cassé une jambe et souffrait beaucoup.

Miller se tourna vers nous.

— Nous n'allons pas prendre de risques. Au premier signe de danger, on se rabat en vitesse sur le supermarché.

— Et vous apportez avec vous tous les diables de l'enfer pour qu'ils s'abattent sur nos têtes ! cria Mme Carmody.

— Elle a raison ! l'approuva une des estivantes. Vous allez attirer leur attention sur nous ! Vous allez les faire venir ! Vous ne pouvez pas rester tranquilles ?

Parmi les personnes rassemblées pour assister à notre départ, il y eut un murmure d'approbation.

— C'est ça, que vous appelez être tranquilles, madame ? rétorquai-je.

Elle baissa les yeux, déconcertée.

Mme Carmody fit un pas en avant. Ses yeux lançaient des éclairs.

— Vous allez mourir là-dehors, David Drayton ! Voulez-vous faire de votre fils un orphelin ?

Elle leva les yeux et son regard nous parcourut l'un après l'autre. Buddy Eagleton baissa les yeux et simultanément brandit la barre, comme pour la tenir en respect.

— Vous allez tous mourir là-dehors ! Vous n'avez pas encore compris que la fin du monde est arrivée ? Le Malin a été libéré ! L'armoise des étoiles flamboie et tous ceux d'entre vous qui franchiront cette porte seront déchiquetés ! Et ils viendront chercher ceux d'entre nous qui seront restés ici, comme cette bonne dame vous l'a dit ! Allez-vous les laisser faire ?

Elle s'adressait à présent aux spectateurs, et un faible murmure courait parmi eux.

— Après ce qui est arrivé aux incrédules hier ? C'est la mort ! C'est la mort ! C'est...

Passant par-dessus deux caisses, une boîte de pêches voltigea et s'abattit sur le sein droit de Mme Carmody. Elle chancela en arrière avec un cri de surprise.

Amanda se dressa devant elle.

— Ferme-la, dit-elle. Ferme-la, espèce d'infâme charognard.

— Elle sert le Démon ! hurla Mme Carmody d'une voix perçante.

Un sourire inquiétant erra sur ses lèvres.

— Avec qui avez-vous dormi, la nuit dernière, ma petite dame ? Avec qui avez-vous couché cette nuit ? Mère Carmody voit tout, oh oui, elle voit tout ce qui échappe aux autres.

Mais l'envoûtement qu'elle avait créé était brisé et les yeux d'Amanda ne cillèrent à aucun moment.

— On y va, ou on passe la journée ici ? demanda Mme Reppler.

Et nous y allâmes. Que Dieu nous aide, nous y allâmes.

Dan Miller était en tête, Ollie venait ensuite, je fermais la marche, Mme Reppler devant moi. J'étais effrayé comme jamais je crois je ne l'avais été et la main qui serrait le manche à balai était glissante de transpiration.

Il y avait la faible odeur âcre et artificielle de la brume. Le temps que je franchisse le seuil, Miller et Ollie y avaient déjà disparu, et Hatlen, qui était troisième, s'était presque effacé.

Sept mètres seulement, me répétais-je. Seulement sept mètres.

Sans hâte, déterminée, Mme Reppler marchait devant moi, la raquette de tennis balançant légèrement à sa main droite. A notre gauche se dressait un mur de brique rouge. A notre droite la première rangée de voitures émergeait de la brume comme un alignement de vaisseaux fantômes. Une autre poubelle se matérialisa au milieu de la blancheur et au-delà se trouvait un banc où les gens attendaient parfois leur tour à la cabine téléphonique. Seulement sept mètres. Miller doit déjà y être, sept mètres, c'est seulement dix ou douze pas, alors...

— Oh, mon Dieu ! cria Miller d'une voix perçante. Mon Dieu, mon Dieu, regardez-moi ça !

Miller était arrivé, très bien.

Buddy Eagleton qui marchait devant Mme Reppler fit demi-tour pour s'enfuir, les yeux écarquillés et fixes. Elle lui donna un léger coup de sa raquette de tennis.

— Où est-ce que vous croyez aller comme cela ? lui demanda-t-elle de sa voix ferme, légèrement râpeuse, et ce fut le seul mouvement de panique qu'il y eut.

Le reste de la troupe se dirigea vers Miller. Je jetai un coup d'œil par-dessus mon épaule et vis que le supermarché avait été avalé par la brume. Le mur de brique prenait une faible teinte rose délavé et puis disparaissait un peu plus loin, à trois mètres sans doute de la porte de sortie du drugstore. Je me sentis plus isolé, plus simplement seul que je ne l'avais jamais été de ma vie. C'était comme si j'avais perdu la matrice originelle.

Le drugstore avait été le théâtre d'un massacre.

Miller et moi, bien sûr, nous nous en doutions — nous l'avions quasiment prévu. Toutes les créatures de la brume se dirigeaient principalement à l'odorat. Il suffisait de raisonner. La vue leur était presque complètement inutile. L'ouïe, moins, mais comme je l'ai déjà dit, la brume distordait les sons, les éloignant et — quelquefois — les rapprochant. Les choses dans la brume obéissaient à leur sens le plus fiable. Elles marchaient au flair.

Nous, dans le supermarché, nous avions été sauvés avant tout par la coupure de courant. Les portes à ouverture automatique ne fonctionnaient plus. En un sens, le magasin avait été mis sous scellés par la venue de la brume. Mais les portes du drugstore...

elles étaient bloquées en position ouverte. La coupure de courant avait arrêté les climatiseurs et les employés avaient ouvert pour laisser passer la brise. Mais autre chose était entré aussi.

Un homme en T-shirt rouge foncé gisait à plat ventre dans l'entrée. Du moins me sembla-t-il d'abord que son T-shirt était rouge foncé ; puis je remarquai quelques traces de blanc au bas du tissu et compris qu'il avait été blanc. Le rouge foncé, c'était du sang séché. Et il y avait aussi quelque chose qui n'allait pas chez cet homme. Cela me tracassa un moment. Même quand Buddy Eagleton se détourna pour vomir bruyamment, je ne trouvai pas tout de suite. Je suppose que quand on connaît une expérience comme celle-ci... une expérience ultime, l'esprit la rejette d'abord — à moins d'être en guerre.

Sa tête avait disparu, voilà ce qui n'allait pas. Ses jambes étaient étalées à l'intérieur, et sa tête aurait dû pendre au-dessus de la marche basse. Mais sa tête n'était tout simplement pas là.

Jim Grondin avait son content. Il pivota, la main sur la bouche, plongeant ses yeux fous, injectés de sang, dans les miens. Puis il repartit d'une démarche vacillante vers le supermarché.

Les autres n'y prirent pas garde. Miller était entré, Mike Hatlen le suivit, Mme Reppler se posta sur un côté de la porte, sa raquette à la main, Ollie se plaça de l'autre côté, le pistolet d'Amanda pointé vers le trottoir.

— J'ai l'impression de perdre tout espoir, David, dit-il calmement.

Buddy Eagleton s'appuyait faiblement à la cabine téléphonique comme quelqu'un qui vient juste de recevoir de mauvaises nouvelles de chez lui. Ses larges épaules étaient secouées par la puissance de ses sanglots.

— Ne nous déclare pas trop vite battus, dis-je à Ollie.

Je passai la porte. Je n'avais pas envie d'entrer mais j'avais promis des BD à mon fils.

Le drugstore de Bridgton offrait le spectacle d'un carnage délirant. Livres de poche et magazines étaient éparpillés partout. A mes pieds gisaient un *Spiderman* et un *Incredible Hulk*, je les ramassai et les fourrai machinalement dans ma poche arrière. Pour Billy. Des flacons et des boîtes jonchaient le sol des travées. Une main pendait à l'un des présentoirs.

L'irréalité me submergea. Le massacre... le carnage — c'était déjà assez dur. Mais l'endroit semblait aussi avoir été le théâtre de quelque fête démente. Partout étaient accrochées ce que je pris d'abord pour des banderoles. Mais ce n'était ni large ni plat, c'étaient des espèces de ficelles très épaisses ou des câbles très minces. Je fus frappé du fait qu'ils étaient du même blanc brillant que la brume elle-même, et un frisson glacial se fraya un chemin de gel le long de mon échine. Ce n'était pas du papier crépon. Alors quoi ? Livres et magazines se balançaient, accrochés à certains d'entre eux.

Mike Hatlen tâtait du pied une étrange chose noire. C'était long et poilu.

— Qu'est-ce que c'est que cette merde ? demanda-t-il à la cantonade.

Et tout à coup, je sus. Je sus ce qui avait tué tous ceux qui avaient eu le malheur de se trouver dans le drugstore quand la brume était arrivée. Les gens qui avaient eu le malheur de laisser leur odeur se répandre au-dehors. *Dehors...*

— Dehors, dis-je.

Ma gorge était complètement sèche, et le mot jaillit comme une balle ouatée.

— Sortez de là. Dehors.

Ollie se tourna vers moi :

— David... ?

— Ce sont des toiles d'araignées, dis-je.

Et puis deux cris percèrent la brume. Le premier de peur, sans doute. Le deuxième de douleur. C'était Jim. Si Jim devait payer pour ce qu'il avait fait, il était en train de payer.

— Sortez ! criai-je à l'adresse de Mike et de Dan Miller.

Puis quelque chose se déroula dans la brume. Impossible à distinguer sur cet arrière-plan blanc, mais je l'entendais. Cela faisait comme un bruit de fouet manié à contrecœur. Et je vis la chose quand elle s'enroula autour de la cuisse de Buddy Eagleton.

Il cria et s'accrocha au premier objet à portée de sa main qui s'avéra être le téléphone. Le combiné tomba et se balança au bout du fil.

— Bon Dieu, ça fait MAL ! hurla Buddy.

Ollie le saisit et je vis ce qui se passait. En même temps je compris pourquoi l'homme de l'entrée n'avait plus de tête. Le mince câble blanc qui s'était enroulé comme une cordelette de soie autour de la jambe de Buddy plongeait dans sa chair. La jambe de son pantalon avait été proprement coupée et glissait à ses pieds.

Une incision nette, circulaire dans sa chair, dégorgeait du sang tandis que le câble s'enfonçait plus profondément.

Ollie tira de toutes ses forces. Il y eut un faible claquement et Buddy fut libéré. Ses lèvres avaient viré au bleu sous le choc.

Mike et Dan venaient, mais trop lentement. Puis Dan heurta plusieurs filaments et resta collé, exactement comme un insecte sur du papier tue-mouches. Il se libéra d'une énorme secousse, laissant un morceau de chemise accroché à la toile d'araignée.

Brusquement l'air s'emplit de ces langoureux claquements de fouet et les minces câbles blancs flottèrent tout autour de nous. Ils étaient recouverts de la même substance corrosive. Je réussis à en esquiver deux, plus par chance que par habileté. L'un d'eux atterrit à mes pieds et j'entendis le faible sifflement du goudron bouillonnant. Un autre s'approcha, flottant dans l'air, et Mme Reppler abattit calmement sa raquette. Le filament s'y colla promptement, et je perçus des *ding-ding* aigus quand le produit corrosif attaqua les cordes de l'instrument et les fit claquer. On eût dit que quelqu'un pinçait rapidement les cordes d'un violon. Un instant plus tard, un filament s'enroula autour de la poignée de la raquette et elle fut entraînée dans la brume.

— Rentrons ! hurla Ollie.

Nous nous mîmes en mouvement. Ollie soutenant Buddy. Dan Miller et Mike Hatlen encadraient Mme Reppler. Les fils blancs de la toile d'araignée continuaient de s'étirer dans la brume, impossibles à distinguer sauf sur le fond rouge du mur de brique.

L'un d'entre eux entoura le bras gauche de Mike Hatlen. Un autre s'entortilla autour de son cou en une série de claquements secs et rapides. Sa jugulaire explosa en jets jaillissants et il fut tiré dans le brouillard, la tête pendante. L'un de ses mocassins Bass tomba et resta là, couché sur le côté.

D'un coup, Buddy s'effondra en avant, entraînant Ollie qui plia le genou.

— Il s'est évanoui, David. Aidez-moi.

Je l'agrippai par la taille et nous le tirâmes maladroitement, en chancelant. Même inconscient, Buddy serrait toujours sa barre de fer. La jambe autour de laquelle s'était enroulé le filament pendait de son corps suivant un angle effrayant.

Mme Reppler s'était retournée.

— Attention, cria-t-elle. Attention derrière vous !

Comme j'amorçai un demi-tour, un des fils de la toile d'araignée se posa sur la tête de Dan Miller. Ses mains le frappèrent, le déchirèrent.

L'une des araignées avait surgi de la brume derrière nous. Elle avait la taille d'un gros chien. Noire, avec des zébrures jaunes. *Des bandes de voiture de course,* pensai-je follement. Ses yeux étaient pourpres, comme des grenades. Active, affairée, elle s'approchait de nous, portée par une bonne douzaine de pattes aux nombreuses jointures — ce n'était pas l'araignée ordinaire terrestre grossie à la taille d'une bête de film d'horreur ; c'était quelque chose de totalement différent, peut-être n'était-ce pas du tout, au fond, une araignée. En la voyant, Mike Hatlen dut comprendre ce qu'était cette chose noire et velue contre laquelle il avait buté dans le drugstore.

Elle se rapprochait, laissant filer sa toile hors d'un orifice ovale sur le haut du thorax. Les filaments flottaient vers nous, formant une espèce d'éventail. Au spectacle de ce cauchemar, qui ressemblait si fort à celui des araignées noires comme la mort qui dans l'ombre de notre hangar à bateaux rôdaient au-dessus de leur provision de mouches et d'insectes tués, je sentis que mon esprit tentait de larguer les amarres. Je crois maintenant que c'est la pensée de Billy qui me permit de ne pas perdre jusqu'au moindre semblant de santé mentale. J'émis une espèce de son. Rire. Sanglot. Cri. Je ne sais.

Mais Ollie Weeks était comme le roc. Il leva le pistolet d'Amanda aussi calmement qu'au stand de tir et le vida sans se presser à bout portant sur la créature. De quelque endroit infernal qu'elle vînt, elle n'était pas invulnérable. Une humeur noire jaillit de son corps et elle émit une sorte de miaulement terrible, si bas qu'on le sentait plutôt qu'on ne l'entendait, comme la note la plus basse d'un synthétiseur. Puis la chose battit précipitamment en retraite et disparut dans le brouillard. Elle aurait pu être un fantasme surgi d'un rêve de drogué... sauf qu'il y avait les flaques de liquide noir et collant qu'elle avait laissées derrière elle.

Il y eut un tintement lorsque Buddy finit par lâcher sa barre.

— Il est mort, dit Ollie. Laisse-le, David. Cette saloperie lui a touché l'artère fémorale, il est mort. Tirons-nous d'ici.

De nouveau son visage était couvert de sueur et ses yeux étaient exorbités sur sa face ronde. L'un des filaments se posa en douceur sur le dos de sa main et Ollie, d'un geste sec du bras, s'en débarrassa. Le fil laissa une marque sanglante.

Mme Reppler cria de nouveau « Attention ! » et nous nous tournâmes de son côté. Une autre araignée avait surgi de la brume et avait entouré Dan Miller de ses pattes dans une démente étreinte amoureuse. Il se défendait à coups de poing. Comme je me baissais pour saisir la barre de Buddy, l'araignée entreprit d'enrober Dan dans ses fils mortels et les gestes de celui-ci se transformaient en une affreuse, effrayante danse de mort.

Mme Reppler s'avança vers l'araignée, tenant à bout de bras une bombe d'insecticide Black Flag. Les pattes de l'araignée se tendirent vers elle. Elle appuya sur le bouton et un nuage de produit gicla dans les yeux étincelants comme des joyaux. Le miaulement bas se fit de nouveau entendre. Un tremblement parut parcourir l'araignée tout entière et elle se mit à reculer en titubant, ses jambes velues grattant le sol. Elle tirait derrière elle le corps de Dan, qui rebondissait et roulait. Mme Reppler lui lança la bombe d'insecticide. Elle heurta le corps de l'araignée et tomba sur le macadam avec un tintement. La bête se cogna contre la portière d'une petite voiture de sport, assez fort pour la faire bouger sur ses amortisseurs, et puis elle disparut.

Je m'approchai de Mme Reppler, qui vacillait sur ses pieds, pâle comme la mort. Je passai un bras autour de son épaule.

— Merci, jeune homme, dit-elle. Je me sens un peu faible.

— Ça va, fis-je, d'une voix enrouée.

— Je l'aurais sauvé si j'avais pu.

— Je sais.

Ollie nous rejoignit. Nous courûmes jusqu'aux portes du supermarché, tandis que les fils de la toile s'abattaient tout autour de nous. L'un d'entre eux se colla au sac à provisions de Mme Reppler et s'insinua dans la toile sur le côté. Elle lutta pour conserver son bien, tirant des deux mains sur le filament mais elle perdit. Son sac disparut en bondissant, renversé, dans la brume.

Quand nous atteignîmes la porte d'entrée, une araignée plus petite, de la taille d'un chiot épagneul, surgit du brouillard, courant le long du bâtiment. Elle ne produisait pas de fil ; peut-être était-elle trop jeune pour cela.

Comme Ollie d'un coup de son épaule musculeuse ouvrait la porte pour laisser entrer Mme Reppler, je lançai la barre sur l'araignée comme un javelot, et l'empalai. Elle se tordit furieusement, ses pattes griffant l'air, et il me sembla que le regard de ses yeux rouges captait le mien et me marquait...

— David !

Ollie tenait toujours la porte.

Je me précipitai à l'intérieur. Il me suivit.

Des visages blêmes, terrorisés, se tournèrent vers nous. Nous étions partis sept. Nous revenions trois. Ollie s'appuya contre l'épaisse vitre de la porte, son torse puissant haletant. Il entreprit de recharger le pistolet d'Amanda. Sa chemise de directeur adjoint lui collait au corps, et de larges coulées grises de transpiration descendaient sous ses bras.

— Qu'est-ce que c'est ? demanda une voix basse, rauque.

— Des araignées, répondit Mme Reppler, lugubre. Ces saloperies ont pris mon sac à provisions.

Puis Billy se fraya un chemin en hurlant jusqu'à mes bras. Il pleurait. Je le serrai contre moi. Fort.

10. Les maléfices de Mme Carmody. Deuxième nuit dans le supermarché. La confrontation finale

C'était à mon tour de dormir, et je ne me rappelle absolument rien des quatre heures qui suivirent. Amanda m'a dit que j'ai beaucoup parlé et crié une ou deux fois, mais je ne me souviens pas de mes rêves. Quand je m'éveillai, c'était l'après-midi. J'avais terriblement soif. Une partie des réserves de lait avait tourné, mais le reste était encore bon. J'en bus un quart de litre.

Amanda s'approcha de l'endroit où nous étions, Billy, Mme Turman et moi. Le vieil homme qui avait offert d'essayer de prendre le fusil à pompe dans le coffre de sa voiture était avec elle — son nom me revint : Cornell, Ambrose Cornell.

— Comment va, fiston ? demanda-t-il.

— Très bien.

Mais j'avais encore soif et j'étais migraineux. Surtout, j'avais peur. Je passai un bras derrière l'épaule de Billy et mon regard alla de Cornell à Amanda :

— Alors, qu'est-ce qui se passe ?

— M. Cornell s'inquiète au sujet de Mme Carmody, dit Amanda. Moi aussi.

— Billy, tu viens faire un tour avec moi ? demanda Hattie.

— Je veux pas.

— Allez, mon grand, lui ordonnai-je, et il s'éloigna, à contre-cœur.

— Elle est en train de faire monter la mayonnaise, dit Cornell. Il me regarda avec un air lugubre de vieillard.

— Je crois que nous devons mettre le holà. Par n'importe quel moyen à notre portée.

— Maintenant, précisa Amanda, elle a avec elle une bonne dizaine de personnes. Ça ressemble à une espèce de service religieux pour cinglés.

Je me souvins de la conversation que j'avais eue un jour avec un ami écrivain qui vivait à Otisfield et faisait vivre sa femme et ses deux enfants en élevant des poulets et en pondant un livre de poche par an — des histoires d'espions. Nous parlions du succès croissant des livres traitant du surnaturel. Gault fit remarquer que dans les années quarante les revues d'horreur permettaient à peine de joindre les deux bouts, et que dans les années cinquante, elles étaient en pleine déconfiture. Quand les machines font faillite, avait-il dit (pendant que sa femme mirait des œufs et que des coqs se querellaient à l'extérieur), quand la technologie et les systèmes religieux conventionnels font faillite, les gens ont besoin de s'accrocher à quelque chose. Même un zombie qui sort en titubant de la nuit peut paraître bien plus aimable en comparaison de la comédie de l'existence, de l'horreur que représente la dissolution de la couche d'ozone sous l'assaut combiné de millions de bombes de déodorant au fluocarbone.

Nous étions coincés là depuis vingt-six heures et nous n'avions rien fait pour sortir de ce merdier. Notre unique expédition à l'extérieur s'était soldée par cinquante pour cent de pertes. Il n'était peut-être pas si surprenant que Mme Carmody ait beaucoup recruté.

— Elle a vraiment une dizaine de personnes ? demandai-je.

— Eh bien, huit seulement, dit Cornell. Mais elle ne la boucle jamais ! Ça ressemble à un discours-fleuve de Fidel Castro. C'est une sacrée manœuvre d'obstruction.

Huit personnes. Ce n'était pas très nombreux, pas de quoi remplir les bancs d'un jury. Mais je comprenais l'inquiétude qui se lisait sur leurs visages. C'était assez pour faire d'eux la principale force politique du supermarché, particulièrement depuis la disparition de Dan et de Mike. L'idée que le groupe le plus important dans notre système clos prêtait l'oreille aux déclamations de cette femme sur les fosses de l'enfer et sur les sept fioles brisées me donnait un sacré sentiment de claustrophobie.

— Elle s'est remise à parler de sacrifices humains, dit Amanda, Bud Brown est venu lui dire d'arrêter ces radotages dans son magasin. Et deux des hommes qui étaient avec elle — dont Myron Lafleur — lui ont dit que c'était lui qui ferait mieux de la fermer parce qu'on était encore dans un pays libre. Il ne l'a pas fermée et il y a eu... hum, un peu de castagne, comme vous diriez, je suppose.

— Brown s'est pris une grosse tête, dit Cornell. Ils ne plaisantent pas.

— Ils n'en sont quand même pas à tuer vraiment quelqu'un.

— Je ne sais pas, dit Cornell, jusqu'où ils iront si cette brume ne se lève pas. Mais je ne tiens pas à le découvrir. J'ai l'intention de m'en aller d'ici.

— Plus facile à dire qu'à faire.

Mais quelque chose avait commencé à me travailler. L'odeur. C'était cela la clé du problème. Nous étions restés drôlement tranquilles dans le supermarché. Les insectes avaient sans doute été attirés par la lumière, comme des insectes plus ordinaires. Les oiseaux étaient simplement allés là où se trouvaient leurs réserves de nourriture. Mais les plus grosses créatures nous laissaient tranquilles tant que nous ne nous déboutonnions pas, pour une raison ou pour une autre. Le massacre au drugstore de Bridgton avait eu lieu à cause des portes bloquées en position ouverte — cela, j'en étais sûr. Là où les choses qui s'étaient jetées sur Norton et son groupe semblaient grandes comme des maisons. Mais elle(s) ne s'étai(en)t pas approchée(s) du supermarché. Et ça voulait dire que peut-être...

Brusquement j'avais envie de parler à Ollie Weeks. J'en avais besoin.

— Je compte sortir même si je dois y laisser ma peau, dit Cornell. Je n'ai pas l'intention de passer le restant de l'été ici.

— Il y a eu quatre suicides, dit Amanda tout à trac.

— Quoi ?

La première pensée qui me traversa l'esprit, éveillant brièvement des sentiments mêlés de culpabilité, fut que les corps des deux soldats avaient été découverts.

— Avec des cachets, dit Cornell, laconique. Deux ou trois types et moi on les a mis derrière.

Je dus réprimer un gloussement. Nous avions une véritable morgue derrière.

— Ça diminue, dit Cornell. Je veux m'en aller.

— Vous n'arriverez jamais à votre voiture. Croyez-moi.

— Pas même à cette première rangée ? C'est plus près que le drugstore.

Je ne lui répondis pas. Pas encore.

Une heure plus tard, je trouvai Ollie en train de dévaliser le réfrigérateur à bières. Il buvait une Busch. Son visage était impassible mais il semblait aussi surveiller Mme Carmody. Apparemment, elle ne connaissait pas la fatigue. Et elle était effectivement revenue sur le sujet des sacrifices humains, mais maintenant personne ne lui disait de la fermer. Certains de ceux qui l'avaient fait la veille étaient à présent avec elle, ou du moins acceptaient de l'écouter, et les autres étaient vaincus par le nombre.

— Elle va sans doute les persuader de passer à l'acte demain matin, remarqua Ollie. Peut-être que non... mais si elle y arrive, à qui reviendra l'honneur ?

Bud Brown s'était opposé à elle, Amanda aussi. Il y avait l'homme qui l'avait frappée. Et puis, bien sûr, moi.

— Ollie, dis-je, je crois qu'une demi-douzaine d'entre nous pourraient sortir d'ici. Je ne sais pas jusqu'où nous irons, mais je pense que nous pourrions au moins partir.

— Comment ?

Je le lui expliquai. C'était assez simple. Si nous arrivions à nous frayer un chemin jusqu'à ma jeep et à nous y entasser, ils ne sentiraient pas d'odeur humaine. Du moins tant que les glaces seraient remontées.

— Mais suppose qu'ils soient attirés par d'autres odeurs ? Le pot d'échappement, par exemple ?

— Alors, nous sommes cuits.

— Le mouvement. Le mouvement d'une voiture dans le brouillard pourrait aussi les attirer, David.

— Je ne crois pas. Pas s'il n'y a pas d'odeur. Je crois vraiment que c'est le point crucial.

— Mais tu ne le sais pas.

— Non, je n'en suis pas sûr.

— Où aimerais-tu aller ?

— En premier ? Chez moi. Chercher ma femme.

— David...

— Oui, oui. Vérifier. Être sûr.

— Les choses là-dehors peuvent être partout, David. Elles peuvent très bien t'attraper à la seconde où tu quitteras ta jeep pour mettre le pied dans la cour.

— Si c'est le cas, la jeep sera à toi. Tout ce que je te demande, c'est de prendre soin de Billy du mieux que tu pourras le plus longtemps que tu pourras.

Ollie termina sa Bush et laissa tomber la boîte vide dans le réfrigérateur où elle émit un tintement en rejoignant les autres boîtes vides. La crosse du pistolet du mari d'Amanda lui déformait la poche.

— Vers le sud ? demanda-t-il quand son regard croisa le mien.

— Ouais, dis-je. Aller vers le sud pour essayer de sortir de la brume. Essayer de toutes nos forces.

— Tu as beaucoup d'essence ?

— Presque le plein.

— Est-ce que tu as pensé qu'il sera peut-être impossible de sortir ?

J'y avais songé. Supposons que ce qu'ils trafiquaient avec ce projet Pointe-de-Flèche ait fait passer toute la région dans une autre dimension aussi aisément que vous ou moi retournons une chaussette ?

— Ça m'a traversé l'esprit, mais la seule autre possibilité semble être d'attendre pour savoir à qui Mme Carmody attribuera la place d'honneur.

— Tu penses y aller aujourd'hui ?

— Non, c'est déjà l'après-midi et ces choses s'activent le soir. Je pensais partir demain, très tôt.

— Qui voudrais-tu prendre ?

— Toi, moi et Billy, Hattie Turman, Amanda Dumfries. Le vieux Cornell et Mme Reppler, Bud Brown aussi, peut-être. Ça fait huit, mais Billy peut s'asseoir sur les genoux de quelqu'un et nous pouvons nous serrer.

Il réfléchit un moment.

— Très bien, dit-il enfin. On essaiera. Tu en as parlé à quelqu'un d'autre ?

— Non, pas encore.

— A mon avis, tu devrais t'abstenir, jusqu'à quatre heures demain matin. Je mettrai deux sacs de provisions sous la caisse la plus près de la porte. Avec un peu de chance, nous nous glisserons dehors avant que quiconque s'en aperçoive. (Son regard dériva de nouveau vers Mme Carmody.) Si elle le savait, elle risquerait d'essayer de nous en empêcher.

— Tu crois ?

Ollie prit une autre bière.

— Je crois, oui.

Cet après-midi-là — c'était hier après-midi — se déroula comme au ralenti. L'obscurité vint, faisant de nouveau virer la brume à cette lourde couleur de chrome. Ce qui restait du monde extérieur disparut dans le noir vers 20 h 30.

Les insectes roses revinrent, puis les oiseaux qui s'abattaient sur les vitres et les prenaient dans leur bec. Quelque chose parfois rugissait dans le noir et une fois, peu avant minuit, il y eut un long *aaaaaarouououou!* étiré et les gens tournèrent vers l'obscurité des visages effrayés, interrogateurs. C'était le genre de bruit qu'en imagination on attribuait à l'alligator mâle au fond des marais.

Les choses se déroulaient vraiment comme Miller l'avait prédit. Aux petites heures du jour, Mme Carmody avait fait encore une demi-douzaine de convertis. Parmi eux figurait M. McVey, qui l'écoutait, les bras croisés.

Elle était totalement déchaînée. Elle ne paraissait pas avoir besoin de dormir. Son sermon, un flot continu d'horreurs sorties tout droit des œuvres de Doré, de Bosch et de Jonathan Edwards, se poursuivait sans interruption, montant vers une sorte d'apogée orgastique. Ses ouailles s'étaient mises à murmurer avec elle, à se balancer inconsciemment d'avant en arrière comme des vrais croyants dans une réunion de retour à la foi. Leurs yeux étaient brillants et vides. Ils étaient sous son emprise.

Vers trois heures du matin (le sermon continuait sans trêve, et ceux qu'il n'intéressait pas s'étaient retirés dans le fond pour dormir un peu) je vis Ollie poser un sac de provisions sur une étagère sous la caisse la plus proche de la sortie. Une demi-heure plus tard, il plaçait un autre sac à côté du premier. Personne à part moi ne parut remarquer son manège. Billy, Amanda et Mme Turman dormaient ensemble près du rayon vide des surgelés. Je les rejoignis et plongeai dans un sommeil inquiet.

A 4 heures et quart à ma montre, Ollie me réveilla. Cornell l'accompagnait, les yeux brillant derrière ses lunettes.

— C'est le moment, David, dit Ollie.

Une crispation nerveuse me poigna le ventre puis disparut. Je secouai Amanda pour la réveiller. La question de ce qui risquait d'arriver dans la voiture quand Amanda et Stephanie s'y retrouveraient ensemble passa dans mon esprit, puis elle s'effaça. Aujourd'hui, chaque chose en son temps, cela vaudrait mieux.

Les remarquables yeux verts s'ouvrirent et rencontrèrent les miens.

— David ?

— Nous allons tenter une sortie. Tu veux venir ?

— De quoi parles-tu ?

Je commençai à lui expliquer puis réveillai Mme Turman pour ne pas avoir à recommencer mes explications.

— Ta théorie sur l'odeur, dit Amanda. Pour l'instant, c'est vraiment une pure hypothèse, n'est-ce pas ?

— Oui.

— Peu m'importe, dit Hattie. (Son visage était blanc et bien qu'elle eût dormi, il y avait de larges taches décolorées sous ses yeux.) Je ferais n'importe quoi — je risquerais tout — rien que pour revoir le soleil.

Rien que pour revoir le soleil. Un petit frisson me parcourut. Elle avait mis le doigt sur un point très proche du centre de mes propres terreurs, sur le sentiment d'une fatalité quasi inéluctable qui s'était emparé de moi dès que j'avais vu Norm tiré à l'extérieur par la porte des livraisons. A travers la brume, on ne distinguait plus le soleil que sous l'apparence d'une piécette d'argent. On se serait cru sur Vénus.

Cela ne tenait pas principalement à ces créatures tapies dans le brouillard, l'utilisation de la barre de fer m'avait montré que ce n'étaient pas des horreurs lovecraftiennes immortelles mais seulement des êtres organiques qui avaient leurs points faibles. C'était la brume elle-même qui minait la force et volait la volonté. *Rien que pour revoir le soleil.* Elle avait raison. Cela seul justifiait de passer à travers les pires embûches.

Je souris à Hattie et elle tenta de me rendre la pareille.

— Oui, dit Amanda. Moi aussi.

Je commençai à secouer Billy pour le réveiller le plus doucement que je pouvais.

— Je suis avec vous, dit laconiquement Mme Reppler.

Nous étions tous réunis près du comptoir de la boucherie, tous sauf Bud Brown. Il nous avait remerciés pour l'invitation et l'avait déclinée. Il n'abandonnerait pas son poste au supermarché, avait-il dit, mais il avait ajouté sur un ton de voix remarquablement aimable qu'il ne blâmait pas Ollie.

Le bac de métal émaillé dégageait une odeur désagréable, douceâtre, qui me rappelait le moment où notre congélateur était tombé en panne quand nous passions une semaine au Cap. Peut-être, songeai-je, était-ce l'odeur de la viande pourrissante qui avait poussé M. McVey à rejoindre l'équipe de Mme Carmody.

— *... expiation ! C'est à l'expiation que nous voulons penser maintenant ! Nous avons été flagellés par le fouet et les scorpions ! Nous avons été punis pour avoir fouillé dans les secrets interdits de tout temps par Dieu ! Nous avons vu s'ouvrir les lèvres de la terre ! Nous avons vu les obscénités du cauchemar ! La roche ne les cachera pas, l'arbre mort ne les abritera pas ! Et comment cela prendra-t-il fin ? Qu'est-ce qui l'arrêtera ?*

— *L'expiation !* hurla le bon vieux Myron Lafleur.

— Expiation... expiation..., chuchotèrent-ils, incertains.

— *Criez-le-moi comme vous le pensez !* hurla Mme Carmody. Les veines de son cou saillaient comme des cordages. Sa voix était maintenant éraillée et enrouée, mais toujours pleine d'énergie. Et il m'apparut que c'était la brume qui lui avait conféré ce pouvoir — le pouvoir d'embrumer si je puis dire l'esprit humain — tout comme elle nous avait à tous les autres dérobé l'énergie du soleil. Auparavant, elle n'était qu'une vieille femme modérément excentrique dont le magasin d'antiquités grouillait de vieilleries. Rien qu'une vieille dame dont l'arrière-boutique était pleine d'animaux empaillés et qui avait la réputation

(*cette sorcière... cette salope*)

de connaître les remèdes de bonne femme. On disait qu'elle pouvait trouver de l'eau avec une baguette de pommier, qu'elle savait faire disparaître les verrues et qu'elle vendait une crème qui effaçait les taches de rousseur. On m'avait également raconté — n'était-ce pas le vieux Bill Giosti ? — qu'on pouvait consulter Mme Carmody (en toute confiance) sur sa vie amoureuse ; qu'en cas de déficiences amoureuses, elle vous donnait une boisson qui vous rendait une verge d'acier,

— *EXPIATION !* crièrent-ils à l'unisson.

— *Expiation, c'est ça !* hurla-t-elle, en délire. *C'est l'expiation qui chassera cette brume ! L'expiation qui nous débarrassera de ces monstres et de ces abominations ! L'expiation qui fera tomber les écailles de brume de nos yeux et qui nous fera voir !*

Sa voix s'éraillait.

— *Et qu'est-ce que l'expiation d'après la Bible ? Quel est le seul détergent aux Yeux et à l'Esprit de Dieu ?*

— *Le sang.*

Cette fois le frisson glacé me parcourut tout le corps, me hérissant la nuque. C'était M. McVey qui avait prononcé le mot. M. McVey le boucher qui coupait la viande à Bridgton quand j'étais encore un enfant conduit par la main talentueuse de son père. M. McVey, qui enregistrait les commandes et coupait la viande dans sa blouse blanche tachée de sang. M. McVey, qui avait une vieille habitude du maniement du couteau — oui, et aussi de la scie et du tranchoir, M. McVey qui comprenait mieux que personne que le détergent des âmes coulait des blessures du corps.

— *Le sang...*, chuchotaient-ils.

— Papa, j'ai peur, dit Billy.

Il serrait très fort ma main, son petit visage crispé et pâle.

— Ollie, dis-je. Qu'est-ce qu'on attend pour se tirer de cette maison de fous ?

— Très bien, dit-il. Allons-y.

Nous descendîmes la deuxième travée en ordre dispersé — Ollie, Amanda, Cornell, Mme Turman, Mme Reppler, Billy et moi. Il était cinq heures moins le quart et la brume recommençait à s'éclaircir.

— Cornell et toi, vous prenez les sacs de provisions, me dit Ollie.

— D'accord.

— J'irai en premier. Ta jeep est une quatre-portes, non ?

— Oui.

— Très bien. J'ouvrirai la portière du conducteur et la portière arrière du même côté. Mme Dumfries, vous pouvez porter Billy ?

Elle le prit dans ses bras.

— Je suis trop lourd ? demanda Billy.

— Non, fiston.

— Bien.

— Billy et vous, vous vous mettrez à l'avant, poursuivit Ollie. Vous ferez de la place. Mme Turman, devant aussi, au milieu. David, au volant. Le reste...

— Où croyez-vous aller ?

C'était Mme Carmody.

Elle se dressait devant la caisse où Ollie avait dissimulé le sac de provisions. Son costume était un hurlement jaune dans l'obscurité. Ses cheveux de gorgone étaient éparpillés dans toutes les directions, vision qui me fit penser tout à coup à Elsa Lanchester dans *La Fiancée de Frankenstein*. Ses yeux lançaient des éclairs. Dix ou quinze personnes se tenaient derrière elle, bloquant les portes d'entrée et de sortie. Ils avaient l'air de gens qui viennent d'avoir un accident de voiture, ou de voir un OVNI, ou qui ont vu un arbre arracher ses racines et marcher.

Billy se recroquevilla contre Amanda et cacha son visage dans son épaule.

— Nous sortons, madame Carmody, dit Ollie. (Sa voix était curieusement aimable.) Écartez-vous, je vous prie.

— Vous ne pouvez pas sortir. Par là c'est la mort. Vous ne le savez pas encore ?

— Personne ne s'est mêlé de vos affaires, dis-je. Tout ce que nous demandons, c'est la réciproque.

Elle se pencha et sans chercher mit la main sur les sacs à provisions. Elle devait savoir depuis le début ce que nous tramions. Elle les tira des étagères où Ollie les avait posés. L'un d'eux se déchira, répandant des boîtes sur le sol. Elle jeta l'autre et il s'ouvrit en touchant le sol avec un bruit de verre cassé. Du soda jaillit dans toutes les directions, éclaboussant la paroi de chrome de la caisse voisine.

— Ce sont des gens de cette espèce qui ont attiré ce malheur sur nous, cria-t-elle. Des gens qui ne se plient pas aux volontés du Tout-Puissant ! Des gens qui pèchent par orgueil, des gens arrogants, à la nuque raide ! C'est d'eux que doit venir le sacrifice ! *C'est parmi eux que doit couler le sang de l'expiation !*

Un grondement d'approbation monta de la foule. Elle était maintenant en pleine frénésie. Des postillons jaillissaient de ses lèvres tandis qu'elle criait à ceux qui s'étaient attroupés derrière elle :

— *C'est l'enfant qu'il nous faut ! Attrapez-le ! Prenez-le ! C'est l'enfant qu'il nous faut !*

Ils s'élancèrent. Myron Lafleur en tête, les yeux emplis d'une allégresse aveugle. M. McVey le suivait de près, le visage impassible et vide.

Amanda se rejeta en arrière, en serrant Billy plus fort. Il la tenait par le cou. Elle me lança un regard terrifié.

— David, qu'est-ce que je...

— *Prenez-les tous les deux !* hurla Mme Carmody. *Prenez aussi sa putain !*

Elle était une vision d'apocalypse joyeuse en jaune et noir. Son sac était toujours sous son bras. Elle se mit à sauter sur place.

— *Prenez l'enfant, prenez la pute, prenez-les tous les deux, prenez-les tous, prenez...*

Une seule détonation sèche retentit.

Tout se figea, comme dans une classe d'enfants espiègles quand le maître vient d'entrer en claquant la porte. Myron Lafleur et M. McVey s'immobilisèrent là où ils étaient, à dix pas en avant. Myron jeta un regard incertain au boucher. Celui-ci ne lui rendit pas son regard et ne parut pas même s'apercevoir que Lafleur était là. M. McVey avait un air que j'avais déjà vu trop souvent depuis deux jours sur les visages d'autres personnes. Il était parti. Son esprit avait décroché.

Myron recula, fixant sur Ollie Weeks des yeux écarquillés, terrorisés. Sa retraite se transforma en fuite. Il tourna au coin de la travée, trébucha sur une boîte, tomba, se releva tant bien que mal et disparut.

Ollie se tenait dans la position classique du tireur sportif, serrant le pistolet d'Amanda à deux mains. Mme Carmody était encore debout devant le passage de la caisse. Ses mains parsemées de taches de vieillesse étaient crispées sur son estomac. Du sang s'égouttait entre ses doigts et tachait son pantalon jaune.

Sa bouche s'ouvrit et se referma. Une fois. Deux fois. Elle essayait de parler. Enfin elle y parvint.

— *Vous allez tous mourir là-dehors.*

Et puis, lentement, elle piqua du nez. Son sac échappa à son bras, heurta le sol et répandit son contenu. Un tube enveloppé de papier roula jusqu'à nous et heurta mon pied. Machinalement, je me baissai et le ramassai. C'était un paquet entamé de médicament pour l'estomac. Je le rejetai. Je ne voulais pas toucher quoi que ce soit qui lui ait appartenu.

La « secte » battait en retraite, son cercle se défaisait, ayant perdu son centre. Tous gardaient leurs yeux fixés sur la silhouette tombée à terre et le sang noir qui se répandait sous son corps.

— Vous l'avez assassinée ! cria quelqu'un avec terreur et colère.

Mais personne ne fit remarquer qu'elle s'apprêtait à infliger le même sort à mon fils.

Ollie était toujours figé dans la position du tireur debout, mais maintenant ses lèvres tremblaient. Je le touchai doucement.

— Ollie, allons-y. Et merci.

— Je l'ai tuée, dit-il d'une voix cassée. Bon Dieu, je l'ai vraiment tuée.

— Oui, c'est pour ça que je te remercie. Maintenant, allons-y.

Nous nous remîmes en mouvement.

Comme je n'avais plus de sac à provisions à transporter — grâce à Mme Carmody — je pus prendre Billy. Nous marquâmes un arrêt à la porte, et d'une voix basse, tendue, Ollie dit :

— Je ne l'aurais pas tuée, David. Pas s'il y avait eu un autre moyen.

— Oui.

— Tu me crois ?

— Bien sûr.

— Alors, allons-y.

Nous sortîmes.

11. La fin

Ollie se déplaçait vite, le pistolet à la main droite. Billy et moi avions à peine franchi le seuil du supermarché qu'il était auprès de ma jeep, forme sans substance comme les fantômes de la télé. Il ouvrit la portière du chauffeur. Puis la portière arrière. Puis quelque chose surgit de la brume et le coupa quasiment en deux.

A aucun moment je n'ai très bien vu la chose, et il me semble que c'est tant mieux. Elle était rouge, de la couleur furieuse d'un homard cuit. Elle avait des pinces, elle émettait un grondement sourd, pas très différent du bruit que nous avions entendu après la sortie de Norton et de sa petite bande de partisans de la Terre Plate.

Ollie tira un coup de feu, et puis les pinces de la chose se refermèrent et le corps d'Ollie parut se déformer dans un terrible dégorgement de sang. Le pistolet d'Amanda tomba de sa main, heurta le sol et un coup partit. J'eus la vision cauchemardesque d'énormes yeux sans éclat, semblables à des poignées de braises pourpres géantes, et puis la chose se replia dans la brume en gardant dans son étreinte ce qui restait d'Ollie Weeks. Un long corps de scorpion aux multiples segments se traînait lourdement sur le pavé.

En cet instant, il me fallut choisir. Peut-être est-ce toujours le cas, si bref que soit l'instant. Une moitié de moi voulait retourner en courant au supermarché en serrant Billy contre ma poitrine. Une autre moitié courait vers la jeep, jetait Billy à l'intérieur, s'y précipitait à sa suite. Puis Amanda cria. C'était un son perçant, qui montait et semblait s'élever en spirale jusqu'à la fréquence ultrasonique. Billy se pressa contre moi, cachant son visage contre ma poitrine.

Une araignée avait saisi Hattie Turman. Elle était grosse. Elle l'avait renversée. Sa robe avait glissé, découvrant des genoux osseux quand la chose s'accroupit sur elle, ses pattes poilues, hérissées de piquants, lui caressant les épaules. Elle se mit à filer sa toile.

Mme Carmody avait raison, pensai-je. *Nous allons mourir ici. Nous allons vraiment mourir ici.*

— Amanda ! hurlai-je.

Pas de réponse. Elle avait totalement disparu. L'araignée chevauchait ce qui restait de la baby-sitter de Billy, de cette dame qui avait adoré les puzzles et ces satanés mots croisés force 7 que personne ne pouvait faire sans devenir dingue. Les filaments entouraient son corps, leur blancheur virant au rouge tandis que l'enduit acide la pénétrait.

Cornell reculait lentement vers le supermarché, ses yeux larges comme des soucoupes derrière ses lunettes. Brusquement, il fit demi-tour et courut. Il agrippa la porte d'entrée, ouvrit et se précipita à l'intérieur.

Mon esprit retrouva son assiette lorsque Mme Reppler s'avança vivement et gifla Amanda, deux fois, un aller-retour. Amanda cessa de crier. J'allai à elle, la fis pivoter pour lui montrer la jeep et lui criai : « Vas-y ! » au visage.

Elle y alla. Mme Reppler passa brusquement devant moi. Elle poussa Amanda sur le siège arrière, monta après elle et claqua la portière.

Je défis l'étreinte de Billy et le jetai à l'intérieur. A l'instant où je grimpai, un fil d'araignée descendit du ciel et s'enroula autour de ma cheville. Ça brûlait comme une ligne de canne à pêche qui file dans le poing fermé. Et c'était puissant. Je secouai violemment le pied et le filament cassa. Je me glissai derrière le volant.

— Ferme, ferme la porte, je t'en prie, lança Amanda.

Je fermai. Une seconde plus tard, l'une des araignées heurtait doucement la portière. Je n'étais qu'à quelques centimètres de ses yeux rouges, d'une stupidité mauvaise. Ses pattes, larges comme mes poignets, allaient et venaient sur le capot carré. Amanda hurlait sans arrêt, comme une sirène d'incendie.

— Hé, bouclez-la ! lui dit Mme Reppler.

L'araignée abandonna. Elle ne pouvait plus nous sentir, donc nous n'étions plus là. Elle recula en se dandinant dans la pénombre sur ses jambes en nombre déroutant, devint un fantôme, et puis disparut.

Je jetai un coup d'œil par la vitre pour m'assurer qu'elle était partie et puis rouvris la portière.

— *Qu'est-ce que tu fais ?* cria Amanda, mais je savais ce que je faisais. J'aime à croire qu'Ollie aurait agi de même. Je sortis à moitié de la voiture, m'inclinai et saisis le revolver. Quelque chose fonça vers moi, mais je ne sus jamais ce que c'était. Je me rejetai en arrière et claquai la porte.

Amanda se mit à sangloter. Mme Reppler lui passa un bras autour de l'épaule et la réconforta avec des mots bourrus.

— On rentre à la maison, papa ? demanda Billy.

— Mon grand, on va essayer.

— Très bien, dit-il calmement.

J'examinai l'arme puis la plaçai dans la boîte à gants. Ollie l'avait rechargée après l'expédition au drugstore. Les autres cartouches avaient disparu avec lui, mais ça allait. Il avait tiré une balle sur Mme Carmody, une autre sur la chose à pinces, et un coup était parti quand le pistolet avait touché le sol. Nous étions quatre dans la jeep, mais s'il fallait en arriver là, je trouverais pour moi un autre moyen d'en finir.

Je connus un moment épouvantable quand je ne pus trouver mes clés. Je fouillai mes poches, vainement, et puis les refouillai, me contraignant au calme et à la lenteur. Elles étaient dans la poche de mon jean et s'étaient fourrées sous des pièces, comme il arrive souvent avec les clés. La jeep démarra sans mal. En entendant le rassurant rugissement du moteur, Amanda fondit de nouveau en larmes.

Je restai là, laissant tourner le moteur au ralenti, attendant de voir ce qui allait surgir, attiré par le bruit du moteur ou l'odeur du pot d'échappement. Cinq minutes, les plus longues de ma vie, passèrent. Rien.

— On reste ici ou on s'en va ? finit par me demander Mme Reppler.

— Allons-y, dis-je.

Je sortis de l'emplacement de parking et allumai les codes.

Une impulsion irréfléchie — et basse, sans doute — me poussa à longer le supermarché le plus près possible. Le pare-chocs avant droit heurta la poubelle sur le côté. Il était impossible de voir à l'intérieur sauf par les meurtrières — avec tous ces sacs de fertilisant et d'engrais pour gazon, l'endroit avait l'air plongé dans les affres de délirantes soldes de produits de jardinage — mais à chaque lucarne deux ou trois visages blêmes nous contemplaient.

Puis je donnai un coup de volant vers la gauche, et la brume se referma derrière nous, impénétrable. Que sont devenus ces gens ? Je n'en sais rien.

Je descendis Kansas Road à dix kilomètres-heure, cherchant mon chemin. Même avec les phares et les codes allumés ensemble, il était impossible de voir à plus de deux ou trois mètres.

La terre avait subi de terribles contorsions : là-dessus Miller ne s'était pas trompé. Par endroits, la route était simplement craquelée mais ailleurs le sol lui-même semblait s'être creusé, faisant basculer de larges portions de chaussée. Je réussis à passer grâce aux quatre roues motrices. Que Dieu en soit loué. Mais j'avais une peur terrible que nous ne nous trouvions bientôt face à un obstacle insurmontable même pour la 4 × 4.

Il me fallut quarante minutes pour effectuer un trajet qui d'ordinaire m'en prenait sept ou huit. Enfin le panneau qui indiquait notre route privée émergea de la brume. Billy, réveillé depuis 5 heures moins le quart, s'était profondément endormi dans cette voiture si familière qu'il s'y sentait déjà chez lui.

Amanda observait la route, inquiète.

— Tu vas réellement descendre par là ?

— Je vais essayer.

Mais c'était impossible. La tempête qui s'était abattue sur la région avait déraciné un grand nombre d'arbres et cette mystérieuse secousse avait achevé de les abattre. Je parvins à franchir les deux premiers, ils étaient assez petits. Puis je butai sur un vieux pin séculaire qui gisait en travers de la route comme une barricade de bandits. Nous étions encore à près de cinq cents mètres de la maison. Billy dormait à mes côtés, et je garai la jeep, plongeai mon visage dans mes mains et tentai de réfléchir à ce qu'il fallait faire ensuite.

Maintenant que je suis assis dans un restaurant Howard Johnson près de la sortie 3 de l'autoroute du Maine, et que je couche ceci sur du papier Hojo, je suppose que Mme Reppler, cette solide vieille bonne femme, aurait su exposer la futilité essentielle de la situation en quelques phrases bien senties. Mais elle avait la gentillesse de me laisser réfléchir seul.

Je ne pouvais pas sortir. Je ne pouvais pas les laisser. Je ne pouvais pas même me cacher que tous ces monstres de film d'horreur étaient retournés autour du supermarché ; quand je baissais la vitre, je les entendais dans les bois, qui piétinaient maladroitement et bruyamment dans les environs, sur les pentes raides qu'on appelle ici des « surplombs ». L'humidité tombait au goutte-à-goutte des feuilles au-dessus de nos têtes. La brume s'assombrissait momentanément quand quelque cerf-volant de cauchemar passait au-dessus de nous, à peine entrevu.

J'ai essayé de me dire — et j'essaie encore — que si elle a été très rapide, si elle s'est enfermée, elle a eu assez de nourriture pour dix à quinze jours. Ça ne me convainc pas longtemps. Ce qui s'interpose toujours dans ce beau raisonnement c'est le dernier souvenir que j'ai d'elle, avec son chapeau de paille trop large et ses gants de jardinage. Elle est en route pour notre petit potager tandis que dans son dos la brume roule inexorablement à travers le lac.

C'est à Billy que je dois penser maintenant. Je me répète ce nom : Billy. Le grand Bill, mon grand... je serais capable de l'écrire des centaines de fois sur cette feuille de papier, comme un gamin condamné à recopier : *Je ne lancerai plus de boulettes de papier en classe* tandis que la paix d'un après-midi ensoleillé entre par les fenêtres ; la maîtresse corrige des copies au bureau et le seul bruit est celui de son stylo ; quelque part, au loin, des gosses répartissent les équipes pour une partie de base-ball.

En tout cas, pour finir, j'ai fait là seule chose que je pouvais faire. Avec mille précautions, je suis revenu en marche arrière sur Kansas Road. Puis j'ai fondu en larmes.

Amanda m'a touché timidement l'épaule.

— David, je suis vraiment désolé.

— Oui, dis-je en essayant sans grand succès d'arrêter mes larmes, et moi donc.

J'ai roulé jusqu'à la 302 et j'ai tourné à gauche, vers Portland. Cette route était elle aussi craquelée et ravinée par endroits mais, dans l'ensemble, en meilleur état. Le territoire du Maine est creusé de nombreux cours d'eau et il y a des ponts partout, grands et petits. Mais le viaduc de Naples était intact, et de là la route était facile, sinon rapide, jusqu'à Portland.

La brume restait épaisse. Une fois je dus m'arrêter, croyant que des arbres gisaient en travers de la route. Puis les « arbres » se sont mis en mouvement et ont ondulé, et j'ai compris qu'il y avait encore des tentacules. Je me suis arrêté et au bout d'un moment, ils se sont retirés. Une fois une énorme chose verte avec un corps vert iridescent et de longues ailes transparentes a atterri sur le capot. Ça ressemblait à une libellule grossièrement contrefaite. Elle s'attarda là un moment, puis battit des ailes et disparut.

Billy se réveilla environ deux heures après que nous avions quitté Kansas Road et il me demanda si nous avions déjà retrouvé maman. Je lui dis que je n'avais pas réussi à descendre notre route à cause des arbres abattus.

— Elle va bien, papa ?
— Billy, je ne sais pas. Mais nous reviendrons voir.

Il ne pleura pas, mais se rendormit. J'aurais préféré des larmes. Il dormait beaucoup trop, bon Dieu, et je n'aimais pas ça.

La tension commençait à me donner la migraine, à force de conduire à dix ou quinze kilomètres-heure, à travers le brouillard, en sachant que n'importe quoi pourrait en surgir, absolument n'importe quoi — une inondation, un éboulement ou Ghidra le monstre à trois têtes. Je crois que j'ai prié. J'ai prié Dieu que Stephanie soit vivante, qu'Il ne fasse pas retomber mon adultère sur sa tête. J'ai prié Dieu ne me laisser conduire Billy en sûreté parce qu'il en avait déjà trop vu.

La plupart des voitures s'étaient garées au bord de la route quand la brume était arrivée, et à midi nous étions à North Windham mais six kilomètres plus bas environ. Un pont franchissant un petit et bruyant cours d'eau s'était effondré dans les flots. Je dus faire marche arrière pendant un bon kilomètre avant de trouver un endroit suffisamment large pour tourner. Finalement nous nous dirigeâmes vers Portland par la 302.

Quand nous y arrivâmes, je pris la bretelle de l'autoroute. Le net alignement des cabines du péage avait été transformé en une série de carcasses informes aux vitres brisées. Toutes étaient vides. Dans la porte coulissante de l'une d'entre elles se trouvait une veste déchirée avec l'insigne de la direction des autoroutes du Maine sur les manches. Elle était poisseuse de sang à demi séché. Nous n'avions pas vu âme qui vive depuis que nous avions quitté le supermarché.

— David, dit Mme Reppler, essayez la radio.

Je me frappai le front, frustré et furieux contre moi-même, me demandant comment j'avais pu être assez stupide pour oublier si longtemps la radio AM/FM de ma jeep.

— Ne faites pas ça, dit sèchement Mme Reppler. Vous ne pouvez pas penser à tout. Si vous essayez, vous deviendrez fou et vous ne serez plus utile à rien.

Je n'obtins qu'un crachotis de parasites tout le long de la bande AM et sur la FM régnait un silence lisse et menaçant.

— Est-ce que ça veut dire qu'il n'y a plus de radio qui émette ? demanda Amanda.

Je savais ce qu'elle avait peut-être en tête. Nous étions maintenant assez au sud pour pouvoir choisir parmi les postes de Boston les plus importants — WRKO, WBZ, WMEX. Mais si Boston avait disparu...

— On ne peut rien dire avec certitude, répondis-je. Ces parasites sur la bande AM, ce sont des interférences. Le brouillard étouffe aussi les signaux hertziens.

— Tu es sûr que c'est seulement ça ?

— Oui, dis-je, mais je n'en étais pas sûr du tout.

Nous continuâmes vers le sud. Les bornes se succédaient, j'en comptai environ quarante. Quand nous atteindrions le kilomètre 1, nous serions à la frontière du New Hampshire. On avançait lentement sur l'autoroute ; beaucoup de conducteurs n'avaient pas voulu renoncer, et il y avait eu des collisions par l'arrière en différents endroits. A plusieurs reprises je dus rouler sur le terre-plein central.

Vers 13 h 20 — je commençais à avoir faim — Billy m'agrippa le bras.

— Papa, qu'est-ce que c'est ? Qu'est-ce que c'est ?

Une ombre émergeait de la brume, comme une grande tache noire. C'était haut comme une falaise et ça avançait droit sur nous. J'enfonçai le frein. Amanda, qui sommeillait, fut projetée en avant.

Quelque chose venait ; de nouveau c'est tout ce que je puis dire avec certitude. Peut-être était-ce parce que la brume ne nous permettait d'avoir qu'un bref coup d'œil sur les objets, mais je crois plus vraisemblable qu'il y a certaines réalités que le cerveau refuse tout simplement d'admettre. Il y a des choses si sombres et si horribles — tout comme, je suppose, il y a des choses d'une si prodigieuse beauté — qu'elles ne peuvent passer par les chétifs sens humains.

Ça avait six pattes, voilà ce que je sais ; la peau était d'un gris ardoise marbré de brun par endroits. Ces taches brunes me rappelèrent absurdement les taches de vieillesse sur les mains de Mme Carmody. La peau était parcourue de rides et de creux profonds, et un grand nombre — des centaines — de ces « insectes » rosâtres aux yeux pédonculés étaient accrochés à la chose. Je ne sais pas quelle taille énorme ça avait, mais la chose passa directement au-dessus de nous. L'une de ses pattes grises et ridées s'abattit à côté de ma vitre et Mme Reppler raconta par la suite qu'elle n'avait pas pu voir le dessous de la bête bien qu'elle se soit démanché le cou pour essayer d'apercevoir quelque chose. Elle vit seulement deux pattes cyclopéennes qui se levaient et s'abaissaient et s'enfonçaient dans la brume comme deux tours vivantes jusqu'à ce qu'elles eussent disparu.

A l'instant où ce fut au-dessus de la jeep, j'eus l'impression d'une chose si grande qu'à côté une baleine aurait eu l'air d'une truite — en d'autres termes un être d'une taille défiant l'imagination. Puis la chose disparut, laissant derrière elle une série de secousses sismiques. Elle avait imprimé dans le ciment de l'inter-État des traces si profondes que je n'en voyais pas le fond. Chacune de ces traces était assez grande pour engloutir la jeep.

Pendant un moment, personne ne parla. Il n'y eut que le bruit de nos respirations et le grondement sourd, décroissant, qui signalait le passage de cette prodigieuse Chose.

Puis Billy me demanda :

— C'était un dinosaure, papa ? Comme l'oiseau qui est entré dans le supermarché ?

— Je ne crois pas. Je ne crois pas qu'il y ait jamais eu un animal aussi grand. Du moins pas sur terre.

Je repensai au projet Pointe-de-Flèche et me demandai de nouveau quelle satanée dinguerie ils avaient trafiquée là-bas.

— On peut y aller ? demanda timidement Amanda. Ça pourrait revenir.

Oui, et il pourrait y en avoir encore là où on allait. Mais inutile de le dire. Il fallait bien aller quelque part. Je redémarrai, zigzaguant entre ces terribles traces jusqu'à l'endroit où elles s'éloignaient de la route.

Voici ce qui s'est passé. Ou du moins presque tout — il y a un dernier point que j'aborderai dans un moment. Mais il ne faut pas vous attendre à une conclusion nette. Il n'y a pas de : *Et ils sortirent de la brume pour entrer dans la bonne lumière du soleil d'un jour nouveau ;* ou : *Quand ils se réveillèrent la Garde nationale était enfin arrivée ;* ou même la bonne vieille ficelle : *Tout cela n'était qu'un rêve.*

C'est, je suppose, ce que mon père appelait toujours avec un froncement de sourcils une « fin à la Hitchcock », c'est-à-dire pour lui, une conclusion ambiguë qui permet au lecteur ou au spectateur de se faire sa propre idée sur la manière dont l'aventure se termine. Mon père n'avait que mépris pour de telles histoires, disant que c'étaient des « trucs faciles ».

Nous nous sommes arrêtés à ce relais Howard Johnson près de la sortie numéro 3 à la tombée de la nuit, quand conduire devenait suicidaire. Avant cela, nous avions risqué le passage du pont qui enjambe le Saco. Il avait l'air salement déformé mais dans le brouillard, il était impossible de savoir s'il était encore entier. Nous avions gagné cette fois-là.

Mais il faut penser à demain, n'est-ce pas ?

J'écris ces lignes à une heure moins le quart du matin, le 23 juillet. Il n'y a que quatre jours qu'a éclaté la tempête qui semble avoir été le signal de tout cela. Billy dort dans le hall sur un matelas que j'ai traîné là pour lui. Amanda et Mme Reppler ne sont pas loin. J'écris à la lueur d'une grosse lampe Delco, et au-dehors les insectes roses grattent et se cognent contre la vitre. De temps à autre il y a un bruit sourd plus fort quand un oiseau en emporte un.

La jeep a assez d'essence pour nous emmener encore sur une trentaine de kilomètres. L'autre solution est d'essayer de faire le plein ici ; il y a une station sur l'aire de service un peu plus loin, et bien que le courant soit coupé, je crois que je pourrais siphonner du carburant pour remplir le réservoir. Mais...

Mais ça veut dire se tenir au-dehors.

Si nous arrivons à prendre de l'essence — ici ou plus loin — nous continuerons. Voyez-vous, j'ai une destination en tête. C'est la dernière chose dont je voulais vous parler.

Je ne peux pas être sûr. C'est le point délicat, sacrément délicat. C'était peut-être l'effet de mon imagination, rien qu'une façon de prendre mes désirs pour des réalités. Et même si ce n'est pas le cas, il y a tant de risques ! Combien de kilomètres ? Combien de ponts ? Combien de choses qui adoreraient déchiqueter mon fils et le manger en dépit de ses cris de terreur et de souffrance ?

Le risque que ce ne soit qu'un rêve éveillé est si grand que je n'en ai pas parlé aux autres... du moins pas encore.

Dans l'appartement du directeur, j'ai trouvé un gros poste de radio à piles multibande. De l'arrière de l'appareil partait un fil d'antenne qui passait par la fenêtre. Je l'ai allumé, l'ai mis sur piles, j'ai joué avec le bouton des stations et je n'ai obtenu que des parasites ou un silence de mort.

Et puis, tout au bout de la bande AM, au moment précis où je tendais la main pour éteindre, je crus entendre, ou je rêvai d'entendre, un seul mot.

Il n'y eut rien de plus. J'écoutai pendant une heure mais il n'y eut rien de plus. Si ce mot unique avait bien existé, il est passé à travers une lacune minuscule du brouillard isolant, une faille infinitésimale qui s'est immédiatement refermée.

Un seul mot.

Il faut que je dorme un peu... si je parviens à dormir et non à être hanté jusqu'à l'aube par les visages d'Ollie Weeks, de Mme Carmody et de Norm le manutentionnaire... et par le visage de Steff, à demi masqué par l'ombre de la large visière de son chapeau.

Il y a un restaurant ici, un restaurant Hojo typique avec une salle à manger et un long comptoir de restauration en forme de fer à cheval. Je vais laisser ces pages sur le comptoir et peut-être un jour quelqu'un les trouvera et les lira.

Un seul mot.

A condition que je l'aie bien entendu. A condition.

Je vais aller me coucher maintenant. Mais d'abord je vais

donner un baiser à mon fils et chuchoter deux mots à son oreille. Contre les rêves qui risquent de venir, vous comprenez.

Deux mots dont les sonorités sont voisines.

L'un d'eux est Hartford.

L'autre, espoir.

En ce lieu, des tigres

Charles avait très envie d'aller aux toilettes.

Inutile de faire semblant de croire que ça allait passer. Sa vessie le torturait, et Mlle Bird s'était rendu compte qu'il se tortillait sur sa chaise.

Trois institutrices avaient la charge des cours moyens première année de l'école primaire d'Acorn Street. Mlle Kinney était jeune, blonde et pleine d'allant; son petit ami venait la chercher après l'école dans une Camaro bleue. Mme Trask était bâtie comme un coussin maure, elle se faisait des nattes et avait un rire tonitruant. Et puis, il y avait Mlle Bird.

Charles avait toujours su qu'il finirait chez Mlle Bird. Il le savait. C'était inévitable. Parce que, de toute évidence, Mlle Bird voulait le détruire. Elle ne laissait pas les enfants aller aux cabinets. Les cabinets, disait Mlle Bird, sont des endroits où sont rangés les balais, et les jeunes gens et jeunes filles bien élevés ne vont jamais *là*, car les cabinets sont des endroits désagréables et noirs de poussière. Les jeunes filles et les jeunes gens ne vont pas dans les cabinets, disait-elle. Ils vont aux toilettes.

Charles se tortilla une nouvelle fois.

Mlle Bird lui jeta un regard en coin.

— Charles, dit-elle d'une voix bien nette, sans cesser de

désigner la Bolivie du bout de sa baguette, avez-vous envie d'aller aux toilettes ?

Cathy Scott, sa voisine de devant, pouffa à l'abri de sa main.

Kenny Griffen ricana et donna à Charles un coup de pied sous le bureau.

Celui-ci vira à l'écarlate.

— Répondez, Charles, continua vivement Mlle Bird. Avez-vous besoin d'...

(uriner, elle va dire uriner, elle dit toujours ça)

— Oui, mademoiselle.

— Comment, oui ?

— J'ai envie d'aller aux cabi... aux toilettes.

Mlle Bird eut un sourire.

— Très bien, Charles. Vous pouvez aller uriner aux toilettes. Est-ce bien ce que vous voulez faire ? Uriner ?

Charles baissa la tête, comme un condamné.

— Très bien, Charles. Vous pouvez y aller. Et la prochaine fois, soyez assez gentil pour ne pas attendre qu'on vous demande ce qui se passe.

Rire général. Mlle Bird frappa le tableau de sa baguette à coups secs et répétés.

Traînant les pieds, Charles se dirigea vers la porte, trente paires d'yeux vrillés sur son dos, et chacun de ces gosses, y compris Cathy Scott, savait qu'il allait uriner aux toilettes. Pour parvenir jusqu'à la porte, il lui fallait parcourir toute la longueur d'un terrain de football américain, pas moins. Mlle Bird ne continua pas la leçon ; elle garda le silence jusqu'à ce qu'il eût ouvert, pénétré dans le couloir miraculeusement vide et refermé derrière lui.

Il se dirigea vers les toilettes des garçons

(cabinets cabinets cabinets SI JE VEUX)

en laissant traîner ses doigts sur le carrelage froid du mur, en les laissant rebondir sur le panneau d'affichage couvert de punaises et en effleurant le coffret rouge

(BRISER LA GLACE EN CAS D'URGENCE)

du signal d'alarme.

Mlle Bird aimait ça. Oui, elle adorait le faire rougir. Devant Cathy Scott — qui n'avait jamais besoin d'aller aux cabinets, n'était-ce pas injuste ? — et tous les autres.

Sale g-a-r-c-e, pensa-t-il. Charles avait épelé car il avait décrété l'année précédente que Dieu ne précisait pas qu'il y avait péché si on épelait.

Il entra dans les toilettes des garçons.

Il y faisait frais et l'air était imprégné d'une légère odeur de chlore, pas déplaisante du tout. En pleine matinée, elles étaient propres et désertes, calmes et presque agréables, bien différentes de ce petit réduit enfumé et puant du cinéma L'Étoile au centre ville.

Les toilettes
(cabinets!)
étaient en forme de L, avec des petits miroirs carrés, des lavabos de porcelaine blanche et un distributeur d'essuie-mains alignés sur la largeur.

(NIBROC)

Deux urinoirs et trois cabinets sur la longueur.

Après avoir jeté dans l'un des miroirs un coup d'œil morose sur son visage mince et quelque peu blafard, Charles passa le coin.

Le tigre était couché à l'autre bout, juste sous la fenêtre à vitre dépolie. C'était un grand tigre, au pelage semblable à un store vénitien fauve barré de rayures sombres. Il releva vivement la tête et ferma à demi ses yeux verts. Une sorte de grognement douceureux et ronronnant sortit de sa gorge. Il banda ses muscles lisses et se redressa. Sa queue cinglait la porcelaine du dernier urinoir, produisant de légers tintements.

Le tigre avait l'air méchant et très affamé.

Charles rebroussa chemin en hâte. La porte pneumatique sembla mettre une éternité à se refermer derrière lui, mais lorsqu'elle le fut, il considéra qu'il était en sûreté. Cette porte ne s'ouvrait sous la poussée que pour entrer, et il n'avait jamais lu ou entendu dire que les tigres fussent assez intelligents pour tirer vers eux une porte.

Il s'essuya le nez du revers de la main. Son cœur cognait si fort qu'il pouvait l'entendre battre. Il avait toujours envie d'aller aux toilettes — plus que jamais.

Il se contorsionna, grimaça et s'appuya sur le ventre avec la main. Il fallait *absolument* qu'il aille aux cabinets. Si seulement il avait pu être sûr que personne n'allait venir, il serait allé dans les toilettes des filles. C'était juste de l'autre côté du couloir. Charles leur lança un regard nostalgique, tout en sachant très bien qu'il n'oserait jamais, non, pas même pour des millions. Et si Cathy Scott venait ? Ou — horreur sans nom ! — si Mlle Bird venait ?

Peut-être avait-il imaginé le tigre.

Il entrouvrit la porte tout juste assez pour pouvoir jeter un coup d'œil furtif dans la pièce.

De l'autre côté du décrochement formé par les cabinets le tigre l'observait lui aussi de ses prunelles vertes étincelantes. Au milieu de tout cet éclat, Charles pensa apercevoir une minuscule moucheture bleue comme si l'œil du tigre avait absorbé l'un des siens. Comme si...

Une main se posa sur son cou.

Il poussa un cri étouffé. Son cœur se serra, son estomac et sa gorge se contractèrent. Pendant quelques insupportables secondes, il crut qu'il allait mouiller son pantalon.

C'était Kenny Griffen, qui souriait d'un air suffisant.

— Mlle Bird m'a envoyé t' chercher. Ça fait des siècles que t'es parti. Qu'es' que tu vas prendre !

— Ouais, mais je ne peux pas aller aux toilettes, répondit Charles qui se sentait vraiment mal après la peur que lui avait faite Kenny.

— T'es constipé ! gloussa allégrement Kenny. Attends que je l' dise à Caaathy !

— T'as pas intérêt ! répliqua vivement Charles. En plus, c'est pas vrai. Y a un tigre là-d'dans.

— Qu'es' qu'y fait ? demanda Kenny. Y pisse ?

— Je n' sais pas, répondit Charles en tournant son visage vers le mur. J' voudrais juste qu'y parte.

Il se mit à pleurer.

— Hé ! s'écria Kenny, stupéfait et un peu effrayé. Hé !

— Et si je *dois* absolument y aller ? Si c'est pas possible autrement ? Mlle Bird dira...

— Allez, interrompit Kenny en l'agrippant d'une main et en poussant la porte de l'autre. Tu racontes des histoires.

Ils furent à l'intérieur avant que Charles, terrifié, ait eu le temps de se dégager pour se blottir contre la porte.

— Un tigre, jeta Kenny écœuré. Bon sang, Mlle Bird va te passer un de ces savons !

— Il est du côté des cabinets.

Kenny se mit à avancer le long des lavabos.

— Minou-minou-minou ? Minou ?

— N'y va pas ! souffla Charles.

Kenny tourna le coin et disparut.

— Minou-minou ? Minou-minou ? Min...

Charles se précipita dehors et s'appuya contre le mur. Il attendit, la main pressée sur la bouche, les yeux fermés ; il attendit, attendit le cri.

Il n'y eut aucun cri.

Il ne savait plus depuis combien de temps il était là, frigorifié, la vessie près d'éclater. Il jeta un coup d'œil à la porte des cabinets pour garçons. Il n'en tira aucune information. Ce n'était qu'une porte.

Il n'allait pas entrer.

Il ne *pouvait* pas.

Finalement, il se décida.

Les lavabos et les miroirs étaient impeccables, et la discrète odeur de chlore n'avait pas changé. Mais une autre odeur semblait mêlée à celle-ci. Une odeur presque imperceptible, mais désagréable, semblable à celle du cuivre fraîchement coupé.

Il étouffa un grognement, se précipita avec fébrilité jusqu'à l'angle du L et risqua un regard de l'autre côté.

Le tigre, allongé sur le sol, léchait ses grosses pattes du bout de sa longue langue rose. Il regarda Charles d'un air indifférent. Un morceau de chemise était pris entre les griffes d'une de ses pattes.

Son envie le mettait à présent au supplice et il n'y pouvait plus tenir. Cas de force majeure. Sur la pointe des pieds, il retourna jusqu'au lavabo de porcelaine blanche le plus proche de la sortie.

Mlle Bird fit claquer la porte au moment même où il remontait la fermeture Éclair de son pantalon.

— Oh! quel répugnant petit garçon, dit-elle d'un air presque pensif.

Charles surveillait toujours l'angle du mur.

— Je suis désolé, mademoiselle Bird... le tigre... je vais nettoyer le lavabo... avec du savon... je vous jure que je vais le faire...

— Où est donc Kenneth ? demanda Mlle Bird avec calme.

— Je ne sais pas.

Et c'était vrai, il ne le savait pas.

— Est-il là-bas ?

— *Non !* hurla Charles.

Mlle Bird se dirigea d'un air digne vers l'endroit où la pièce faisait un décrochement.

— Venez ici, Kenneth. Immédiatement.

— Mademoiselle Bird...

Mais Mlle Bird était déjà de l'autre côté. Elle s'apprêtait à bondir. Charles pensa qu'elle était sur le point de découvrir ce que ça voulait vraiment dire.

Il ressortit une nouvelle fois. Il but quelques gorgées d'eau à la fontaine. Il regarda le drapeau américain qui flottait au-dessus du gymnase. Il s'attarda devant le panneau d'affichage. La chouette des bois conseillait : NE VOUS EN MOQUEZ PAS ; NE LES POLLUEZ PAS. Le gentil gendarme recommandait : NE SUIVEZ JAMAIS LES ÉTRANGERS. Charles relut le tout deux fois.

Puis il retourna en classe, marcha les yeux baissés jusqu'à sa place et se glissa sur sa chaise. Il était onze heures moins le quart. Il sortit *En route pour le monde entier* et commença à lire l'histoire de Bill au rodéo.

Le singe

Lorsque Hal Shelburn le vit, lorsque son fils Dennis le sortit du carton Ralston-Purina moisi qui avait été poussé très loin sous une avancée du toit dans le grenier, il fut saisi d'un tel sentiment d'horreur et d'incrédulité qu'un instant il crut qu'il allait pousser un hurlement. Comme pour le ravaler, il porta son poing à sa bouche... et se contenta de tousser. Terry et Dennis ne remarquèrent rien mais Petey jeta un regard curieux autour de lui.

— Ça, c'est chouette, déclara Dennis, la voix pleine d'une admiration respectueuse.

L'enfant ne s'était pas adressé à son père sur ce ton-là depuis bien longtemps. Dennis avait douze ans.

— Qu'est-ce que c'est ? demanda Petey. (Il lança un nouveau coup d'œil à son père avant de revenir, fasciné, sur ce qu'avait trouvé son grand frère.) Qu'est-ce que c'est, papa ?

— C'est un singe, couillon, répondit Dennis. T'en as jamais vu ?

— Ne traite pas ton frère de couillon, intervint Terry machinalement en fouillant dans un carton plein de rideaux. (Ils étaient poisseux de moisissure et elle les lâcha aussitôt.) Pouah !

— Est-ce que je peux le prendre, papa ? demanda Petey.
Il avait neuf ans.

— Et quoi encore ? s'écria Dennis. C'est moi qui l'ai trouvé !

— Hé, les garçons, s'il vous plaît, intervint Terry. Vous me donnez la migraine.

Hal les entendait à peine. Le singe, entre les mains de son fils aîné, lui jetait ce sourire grimaçant qu'il connaissait bien. Celui-là même qui avait hanté les cauchemars de son enfance, qui les avait hantés jusqu'à ce qu'il...

Dehors s'éleva une bourrasque glacée et des lèvres décharnées sifflèrent longuement une note dans la vieille gouttière rouillée. Petey se rapprocha de son père. Il observait avec inquiétude la charpente grossière hérissée de têtes de clous.

— Qu'est-ce que c'était, papa ? demanda-t-il.

Le sifflement se mourut en un bourdonnement grave.

— Le vent, tout simplement, répondit Hal sans quitter le singe des yeux.

Les cymbales, dans la lumière avare de l'unique ampoule, croissants de cuivre plutôt que cercles pleins, restaient immobiles, à quelque trente centimètres d'écart.

— Le vent siffle mais il ne connaît pas la musique, ne put-il s'empêcher d'ajouter.

Et il réalisa qu'il s'agissait d'une de ces petites phrases qu'affectionnait oncle Will.

La note revint. Des rafales de vent déferlaient de Crystal Lake en longs vrombissements graves et s'engouffraient par vagues dans la gouttière. Une demi-douzaine de souffles glacés frappèrent Hal en plein visage. Seigneur, cet endroit ressemblait tant au débarras situé sur l'arrière de la maison de Hartford ! Il lui semblait qu'ils avaient tous été transportés trente ans plus tôt.

Il ne faut pas que j'y pense.

Mais, bien entendu, il ne pouvait penser qu'à ça.

Le débarras où j'avais trouvé ce foutu singe exactement dans le même carton.

Avançant à croupetons sous la pente raide du toit, Terry s'était éloignée pour fouiller dans une cagette remplie de bric-à-brac.

— Je n'aime pas ça, dit Petey en cherchant la main de Hal. Dennis peut l' prendre si y veut. On y va, papa ?

— T'as peur des fantômes, espèce de trouillard ? se moqua Dennis.

— Ça suffit, Dennis, lança Terry d'un air absent.

Elle avait déniché un plat à gâteaux à motif chinois.

— C'est joli, ça. C'est...

Hal venait de s'apercevoir que Dennis avait découvert dans le dos du singe la clé qui permettait de le remonter. Battant de ses ailes noires, la terreur fondit sur lui.

— Ne touche pas à ça !

Ça lui était venu plus brutalement qu'il ne l'aurait souhaité et il avait arraché le singe des mains de Dennis avant même de réaliser ce qu'il faisait. Dennis se tourna vers lui, sidéré. Terry elle aussi le regarda par-dessus son épaule et Petey leva les yeux. Pendant un moment ils firent tous silence ; et le vent siffla à nouveau, très faiblement cette fois, comme un appel déplaisant.

— C'est qu'il est certainement cassé, expliqua Hal.

Il était toujours cassé... sauf quand il décidait de ne plus l'être.

— C'était pas une raison pour me l'arracher, râla Dennis.

— La ferme, Dennis !

Celui-ci battit des paupières et, l'espace d'un instant, il eut presque l'air malheureux. Il y avait bien longtemps que Hal ne lui avait pas parlé si durement. Pas depuis qu'il avait perdu son emploi à la National Aerodyne, deux ans auparavant, et qu'ils avaient dû quitter la Californie pour s'installer au Texas. Dennis décida de ne pas faire d'histoires... pas pour l'instant en tout cas. Il se remit à fouiner dans le carton Ralston-Purina mais il n'y restait qu'un fouillis sans intérêt. Des jouets éventrés, ressorts et rembourrage à l'air.

Le vent était plus fort à présent. Il ne sifflait plus ; il hululait. Le grenier se mit à craquer doucement ; on aurait cru entendre des pas.

— Allez, papa, implora Petey à peine assez haut pour que son père puisse l'entendre.

— D'accord. Terry, on y va.

— Je n'ai pas fini...

— *On y va,* tu as entendu !

A son tour elle sembla stupéfaite.

Ils occupaient deux chambres contiguës dans un motel. A 10 heures les garçons dormaient dans la leur ; Terry s'était endormie elle aussi. Pendant le voyage du retour elle avait pris deux Valium. Pour se calmer et prévenir une migraine. Elle en absorbait beaucoup ces derniers temps. Ça avait commencé à peu près quand la National Aerodyne avait licencié Hal. Depuis deux ans il travaillait chez Texas Instruments... pour quatre mille dollars de moins sur l'année, mais au moins il travaillait. Il répétait souvent à Terry qu'ils avaient de la chance. Elle acquiesçait. « Il y a des tas de dessinateurs industriels au chômage », disait-il. Elle acquiesçait. « L'entreprise d'Arnette n'est pas plus mal que celle de Fresno », ajoutait-il. Elle acquiesçait toujours mais il savait bien qu'elle n'était pas convaincue. En plus, il perdait le contact avec Dennis. Il sentait que le gosse s'éloignait, qu'il manifestait très tôt un grand désir d'évasion — salut, Dennis, adieu, étranger, ça a été chouette de faire ce bout de chemin avec toi. Terry pensait que le gamin fumait de l'herbe. Elle en avait plusieurs fois reconnu l'odeur. « Il faut que tu lui parles, Hal. » A son tour il acquiesçait mais jusque-là il n'en avait encore rien fait. Les garçons dormaient, Terry aussi. Hal se rendit dans la salle de bains, ferma la porte à clé, s'assit sur l'abattant des w.-c. et contempla le singe.

Il l'avait en horreur, cette peluche brune et douce, râpée par endroits. Il détestait son sourire — *ce singe a un vrai sourire de nègre*, avait dit une fois oncle Will, mais il ne souriait pas comme un nègre ou qui que ce soit d'humain. Son sourire était tout en dents et si on tournait la clé ses lèvres se mettaient à bouger, ses dents semblaient plus grandes, comme des dents de vampire, ses lèvres se tordaient et les cymbales se mettaient en branle — singe odieux, odieux singe mécanique, odieux, odieux.

Il le laissa tomber. Ses mains tremblaient et il l'avait laissé tomber.

La clé cliqueta sur le carrelage de la salle de bains. Ce bruit lui parut très fort dans le silence. Le singe lui souriait, ses yeux d'ambre sombre fixés sur lui, des yeux de poupée, pleins d'une gaieté stupide, ses cymbales de cuivre prêtes à s'entrechoquer pour scander la marche de quelque fanfare venue de l'enfer. Sur son socle était inscrit MADE IN HONG KONG.

— Ce n'est pas possible que tu sois là, murmura-t-il. Je t'ai jeté dans le puits quand j'avais neuf ans.

Le singe lui souriait.

Dehors, dans la nuit, une noire bourrasque de vent secoua le motel.

Bill, le frère de Hal, et sa femme Collette les retrouvèrent le lendemain chez oncle Will et tante Ida.

— Ça t'a jamais traversé l'esprit qu'un décès dans la famille est une sale occasion pour renouer les liens ? lui demanda Bill avec un drôle de petit sourire.

On l'avait prénommé ainsi en l'honneur de l'oncle Will. « Will et Bill, les as du rodéééo », avait coutume de dire oncle Will en lui ébouriffant les cheveux. C'était une de ces petites phrases qu'il aimait à répéter... comme « le vent siffle mais il ne connaît pas la musique ». Oncle Will était mort six ans plus tôt et tante Ida avait vécu là, toute seule, jusqu'à ce qu'une attaque l'emporte, il y avait de ça une semaine. « Sans crier gare », avait dit Bill quand il avait appelé Hal pour lui annoncer la nouvelle. Comme s'il en savait quelque chose ; comme si quiconque pouvait savoir. Elle était morte, dans une solitude totale.

— Ouais, répondit Hal, j'y ai pensé.

Ils firent ensemble le tour de la maison, cette maison où ils avaient passé la fin de leur enfance. Leur père, un navigant de la marine marchande, avait disparu un jour — ils étaient tout jeunes encore — comme s'il avait été effacé de la surface de la terre ; Bill prétendait s'en rappeler vaguement mais, pour sa part, Hal n'en gardait aucun souvenir. Leur mère était morte quand Bill avait dix ans et Hal huit. Tante Ida les avait ramenés depuis Hartford par l'autocar Greyhound ; c'est ici qu'ils avaient grandi jusqu'à leur départ pour l'université. C'est à cet endroit qu'ils pensaient quand ils avaient la nostalgie de l'enfance. Bill n'avait pas quitté le Maine et avait monté à Portland un cabinet juridique aujourd'hui prospère.

Hal s'aperçut que Petey s'était éloigné vers le buisson de mûriers qui formait un enchevêtrement inextricable sur le côté est de la maison.

— Ne va pas par là, Petey ! s'écria-t-il.

Petey se retourna, étonné. Hal fut submergé par l'évidence de l'amour qu'il portait à son fils... et il repensa tout à coup au singe.

— Pourquoi, papa ?

— L'ancien puits se trouve quelque part par là, intervint Bill. J' sais pas où exactement. Ton père a raison, Petey, t'approche pas de ce coin. Y a bien trop d'épines. Pas vrai, Hal ?

— Ouais, répondit celui-ci machinalement.

Sans se retourner, Petey se dirigea vers la petite plage de galets. Dennis y était déjà, occupé à faire des ricochets. Le poids qui écrasait la poitrine de Hal se fit alors un peu moins lourd.

Bill avait peut-être oublié où était le vieux puits mais, à la fin de l'après-midi, Hal le retrouva sans la moindre hésitation en se frayant un chemin à travers les ronciers qui déchiraient sa vieille veste de flanelle et s'acharnaient sur ses yeux. Le souffle court, il s'immobilisa devant les planches gauchies et pourries qui le recouvraient. Après un instant d'hésitation, il s'agenouilla — ses genoux claquèrent comme des coups de feu — et repoussa deux d'entre elles.

Du fond de cette humide gorge de pierres un visage de noyé le contemplait, les yeux grands ouverts, la bouche grimaçante. Une plainte lui échappa. Elle était faible, mais au fond de son cœur elle éclata violemment.

C'était son propre visage qu'il voyait dans l'eau sombre. Pas celui du singe. Pendant un instant il avait cru que c'était celui du singe.

Il tremblait. Tout son corps tremblait.

Je l'ai jeté dans le puits. Je l'ai jeté dans le puits, ô, mon Dieu ! ne me laissez pas sombrer dans la folie, je l'ai jeté dans le puits.

Celui-ci s'était asséché l'été de la mort de Johnny McCabe, l'année qui avait suivie l'arrivée de Bill et Hal chez oncle Will et tante Ida. Oncle Will avait emprunté de l'argent à la banque pour faire creuser un puits artésien et le fouillis de ronces avait fait disparaître l'ancien. Le puits asséché.

Mais l'eau était revenue. Comme le singe.

Cette fois-ci, il ne chasserait pas les souvenirs. Hal s'assit là, impuissant, les laissa remonter, essayant seulement de les accompagner, de les chevaucher comme un surfer sur une vague géante qui l'écrasera s'il tombe de sa planche, essayant simplement de les traverser jusqu'à ce qu'ils se soient à nouveau estompés.

Il était venu là à la fin de l'été de la mort de Johnny McCabe en se frayant un chemin parmi les ronces couvertes de mûres ; leur odeur lourde l'avait écœuré. Personne ne les cueillait jamais sauf parfois tante Ida qui prenait les plus accessibles, en bordure des buissons, et en ramenait une poignée dans son tablier. Au plus épais de l'enchevêtrement, les fruits avaient dépassé le stade de la maturité, certains pourrissaient déjà, exsudant un liquide blanc épais comme du pus ; sous ses pieds, dans l'herbe haute, les criquets lançaient leur crissement obsédant et sans fin : *criii, criii, criii...*

Les épines l'avaient égratigné, faisant sourdre des gouttelettes de sang sur ses joues et ses bras nus. Il n'avait pas tenté de se protéger. La terreur l'aveuglait — à tel point qu'il avait failli trébucher sur les planches pourries qui obstruaient le puits ; il était passé à deux doigts de la chute qui aurait pu le précipiter dix mètres plus bas, sur le fond boueux. Il avait fait tournoyer ses bras pour retrouver l'équilibre et s'était déchiré davantage encore sur les ronces. C'est à cause de ce souvenir-là qu'il avait rappelé Petey si sèchement.

 C'était le jour de la mort de Johnny McCabe, son meilleur ami. Ce jour-là, Johnny avait grimpé jusqu'à la cabane qu'il s'était construite dans un arbre au fond de son jardin. Ils en avaient passé des heures, ensemble, cet été-là, à jouer aux pirates, à observer sur le lac des galions imaginaires, à faire tonner des canons, à prendre des *ris* dans les voiles (ils ne savaient d'ailleurs pas très bien ce que ça voulait dire), à préparer des abordages ! Johnny était monté dans l'arbre par l'échelle comme des milliers de fois auparavant et le dernier barreau avant la trappe d'accès à la cabane avait cédé sous ses mains ; il avait fait une chute de dix mètres et il s'était brisé la nuque, tout ça par la faute du singe, de ce singe, ce maudit singe ; quand le téléphone avait sonné, quand la bouche de tante Ida s'était ouverte d'un seul coup et avait formé un O horrifié parce que Milly, son amie du bas de la rue, venait de lui apprendre la nouvelle, quand elle avait dit : « Viens me rejoindre sous le porche, Hal, j'ai une mauvaise nouvelle à t'annoncer... », il avait pensé, étreint par un sentiment d'incontrôlable terreur : *Le singe ! qu'a encore fait ce singe ?*

 Aucun reflet de son visage ne s'était imprimé au fond du puits le jour où il avait jeté le singe ; il n'y avait que des pavés et une boue fétide. Il avait contemplé le singe qui gisait sur l'herbe drue entre les enchevêtrements de mûriers, ses cymbales immobilisées, son large sourire grimaçant dans sa bouche lippue, sa fourrure râpée, miteuse, arrachée par plaques, ses yeux vitreux.

 — Je te déteste, avait-il sifflé entre ses dents ; il avait serré dans sa main le corps détestable, avait senti crisser la peluche élimée. Il souriait pendant qu'il le tenait face à lui. Vas-y, lui avait-il lancé, provocateur, et pour la première fois de la journée il avait fondu en larmes.

 Il l'avait secoué. Les cymbales avaient imperceptiblement tremblé. Comme un ver, le singe pourrissait tout ce qui était bon. Tout.

 — Allez, vas-y, fais-les sonner ! fais-les sonner !

 Le singe avait continué à sourire.

 — Vas-y, fais-les sonner ! s'était-il écrié d'une voix maintenant hystérique. *Trouillard, trouillard, vas-y, fais-les sonner ! J' te défie d' le faire, j' suis sûr que t'oseras pas.*

Ses yeux d'un brun jaune. Son large sourire réjoui.

Alors, fou de colère et de terreur, il l'avait précipité au fond du puits. Il l'avait vu pirouetter, acrobate grotesque exécutant son numéro, et le soleil avait fait luire une dernière fois les cymbales. Il avait heurté le fond avec un bruit sourd et le choc avait sans doute enclenché le mécanisme, car soudain les cymbales s'étaient mises en branle. Le claquement ténu, régulier et entêté était monté jusqu'à ses oreilles, comme un écho venu de l'au-delà par la gorge de pierre du puits mort : *dzing-dzing-dzing-dzing...*

Hal avait plaqué sa main sur sa bouche ; un instant il avait cru le voir, là au fond — ce n'était peut-être qu'un effet de son imagination —, gisant dans la boue, ses yeux flamboyant de colère fixés sur le petit visage rond de l'enfant qui l'observait à la dérobée par la bouche du puits (comme s'il voulait marquer ce visage pour toujours), ses lèvres s'entrouvrant et se refermant sur son sourire grimaçant, ses cymbales s'entrechoquant, drôle de singe mécanique.

Dzing-dzing-dzing-dzing, qui est mort ? Dzing-dzing-dzing-dzing, est-ce que c'est Johnny McCabe qui est tombé les yeux grands ouverts, qui a fait sa propre pirouette quand il a fendu l'air de ce si bel été, les mains toujours crispées sur l'échelon cassé, pour se briser sur le sol dans un claquement sec et brutal, le sang giclant par son nez, sa bouche et ses yeux grands ouverts ? C'est Johnny, Hal ? C'est Johnny ou c'est toi ?

En gémissant, Hal avait repoussé les planches sur le trou ; il s'était enfoncé des échardes dans les mains mais ça ne comptait pas ; s'en était-il même aperçu sur le coup ? Toutefois, malgré les planches, il avait continué à entendre le bruit, assourdi maintenant et, curieusement, plus insupportable encore ; en bas, dans l'obscurité au visage de pierre, il faisait claquer ses cymbales en agitant par saccades son corps répugnant, et le bruit parvenait au garçon comme dans un cauchemar.

Dzing-dzing-dzing-dzing, qui est mort cette fois ?

Il s'était frayé avec difficulté un chemin à travers les ronciers qui s'agrippaient à lui. Les épines avaient tracé à vif sur son visage des lignes de sang frais, des boules de bardane s'étaient accrochées aux revers de ses jeans ; à un moment il s'était même étalé de tout son long. Et dans ses oreilles retentissait toujours ce claquement, comme s'il était lancé à sa poursuite. Oncle Will l'avait découvert bien plus tard, en larmes, assis sur un vieux pneu du garage ; il avait pensé que Hal pleurait la mort de son meilleur ami. C'était vrai ; mais il pleurait aussi sous le choc de la terreur qu'il avait éprouvée.

Il avait jeté le singe au fond du puits dans l'après-midi. Ce soir-là, alors que le crépuscule tombait sur le brouillard luisant qui recouvrait le sol comme un manteau, une voiture lancée trop vivement pour la visibilité réduite avait écrasé le chat de tante Ida et poursuivi sa route. Devant les entrailles répandues de l'animal, Bill s'était mis à vomir tandis que tante Ida sanglotait — la mort de son chat, après ce qui était arrivé au petit McCabe, avait provoqué chez elle une crise de larmes quasiment hystérique et il avait fallu près de deux heures à oncle Will pour réussir à la calmer tout à fait — mais Hal s'était contenté de se détourner, le visage pâle et fermé, comme s'il était à des miles de là. Son cœur était empli d'une jubilation glacée. Ça n'avait pas été son tour. Ça avait été celui du chat de tante Ida, pas le sien, ni celui de son frère Bill ou d'oncle Will (les deux as du rodéééo). Et maintenant, ils étaient débarrassés du singe ; il avait disparu au fond du puits, et ce n'était pas trop cher payé qu'un chat miteux aux oreilles galeuses. S'il voulait encore faire claquer ses cymbales infernales, qu'il le fasse ! Il pouvait bien les frapper et les faire sonner pour les punaises et les cafards, ces créatures noires et rampantes qui vivaient dans le boyau minéral du puits. Ses rouages, ses engrenages et ses ressorts haïs allaient rouiller en bas. Il allait mourir. Dans l'obscurité et la boue. Les araignées tisseraient son linceul.

Mais... il était de retour.

Lentement, Hal recouvrit le puits, comme il l'avait fait ce jour-là, et dans ses oreilles résonna l'écho fantomatique des cymbales du singe : *dzing-dzing-dzing-dzing, qui est mort, Hal ? Est-ce Terry ? ou bien Dennis ? Est-ce que c'est Petey, Hal ? C'est lui que tu préfères, n'est-ce pas ? Est-ce que c'est lui ? Dzing-dzing-dzing...*

— Pose ça !

Petey sursauta et laissa tomber le singe ; l'espace d'un insupportable instant, Hal crut que ça y était, que le choc allait déclencher le mécanisme, que les cymbales allaient se mettre à battre et à claquer.

— Tu m'as fait peur, papa !

— Excuse-moi. Je voulais seulement... Je ne veux pas que tu joues avec ça.

Les autres étaient allés au cinéma ; il avait pensé qu'il serait de retour au motel avant eux. Mais il s'était attardé plus longtemps qu'il ne l'avait cru ; les vieux souvenirs détestés semblaient vivre dans un espace temporel éternel qui leur était propre.

Il avait trouvé Terry assise à côté de Dennis ; elle regardait le feuilleton *Les Péquenots de Beverly Hills* à la télévision. L'attention hébétée qu'elle portait à ces images altérées par le temps révélait une récente prise de Valium. Dennis était plongé dans la lecture d'un magazine de rock qui affichait Culture Club en couverture. Petey, assis en tailleur sur le tapis, jouait avec le singe.

— De toute façon il ne marche pas, dit Petey.

Voilà donc pourquoi Dennis le lui a laissé. Cette pensée laissa Hal honteux et furieux contre lui-même. Il ressentait de plus en plus souvent une irrépressible hostilité envers Dennis mais, après-coup, il se sentait vil et mesquin... désespéré.

— Non, répondit-il. Il est trop vieux. Je vais le jeter.

Il tendait la main et Petey, l'air troublé, le lui remit.

— P'pa est en train de devenir complètement schizo, lança Dennis à sa mère.

Sans prendre le temps de réfléchir, tenant toujours à la main le singe qui semblait grimacer son approbation, Hal traversa la pièce. Il saisit Dennis par sa chemise et le souleva de son fauteuil. On entendit quelque chose se déchirer. L'expression choquée de Dennis était presque comique. *Rock Wave* tomba par terre.

— Hé !

— Toi, viens avec moi, s'écria Hal sévèrement en entraînant son fils vers la pièce voisine.

— Hal ! hurla presque Terry.

Petey roulait des yeux ronds.

Hal fit entrer Dennis dans la chambre. Il claqua la porte et envoya valser contre elle le garçon. Dennis commençait à avoir l'air effrayé.

— Tu as une sacrée grande gueule maintenant, lui dit Hal.

— Lâche-moi ! Tu déchires ma chemise, tu...

A nouveau Hal plaqua violemment l'enfant contre la porte.

— Oui, répéta-t-il, une sacrée grande gueule. C'est à l'école qu'on t'apprend ça ? A moins que ce ne soit là où tu te défonces ?

Dennis s'empourpra, défiguré un moment par la honte.

— Je ne serais pas dans cette école de merde si tu t'étais pas fait foutre à la porte ! éclata-t-il.

Une fois encore Hal le précipita contre la porte.

— J'ai pas été viré, j'ai été victime d'un licenciement économique, tu le sais bien, et j'ai pas besoin que tu m'emmerdes avec ça. T'as des problèmes ? T'es pas le seul. En tout cas ne me les balance pas dans la figure. Tu as de quoi manger. Tu as des fringues sur le cul. Tu as douze ans et c'est pas un gosse de douze ans qui... va m'emmerder... comme ça.

Il scandait chaque phrase en tirant brutalement le garçon vers lui, jusqu'à ce que leurs nez se touchent presque, puis il le projetait à nouveau contre la porte. Pas suffisamment fort pour lui faire mal, mais assez pour que Dennis ait peur — son père n'avait pas levé la main sur lui depuis qu'ils étaient arrivés au Texas — et il se mit à pleurer et à hoqueter comme un jeune garçon braillard et en bonne santé qu'il était.

— Allez, vas-y, frappe-moi ! lança-t-il à Hal, son visage tordu et rougi par plaques. Frappe-moi si ça peut te faire plaisir, je sais bien que tu me détestes !

— Tu sais bien que ce n'est pas vrai. Je t'aime fort, Dennis. Mais je suis ton père et tu vas me témoigner un peu plus de respect ou je te casse la figure.

Dennis tenta de se dégager. Hal l'attira contre lui et l'enferma dans ses bras. Le garçon se débattit un moment puis il se laissa aller, le visage blotti contre la poitrine de son père, et pleura, épuisé. Depuis des années Hal n'avait plus entendu l'un de ses fils sangloter ainsi. Il ferma les yeux et s'aperçut qu'il était, lui aussi, à bout de forces.

— Arrête, Hal ! Je ne sais pas ce que tu fais, mais arrête ! cria Terry en martelant la porte de ses poings.

— Je ne vais pas le tuer, répondit-il. Fiche-nous la paix !

— Ne...

— T'en fais pas, m'man, l'interrompit Dennis, d'une voix assourdie par la poitrine de son père.

Après un temps de silence perplexe elle se décida à s'éloigner. Hal regarda à nouveau l'enfant.

— J' m'excuse de t'avoir parlé comme ça, p'pa, lâcha Dennis sans conviction.

— Bon, ça va. J'accepte tes excuses. La semaine prochaine,

quand on sera de retour à la maison, je te laisserai deux ou trois jours avant de fouiller tes tiroirs, Dennis. Si l'un ou l'autre renferme quelque chose que tu ne souhaites pas que je voie, t'as intérêt à t'en débarrasser.

Nouvelle bouffée de honte. Dennis baissa les yeux et, du revers de sa main, essuya une coulée de morve.

— J' peux y aller maintenant ? demanda-t-il, renfrogné à nouveau.

— Bien sûr, répondit Hal, et il le lâcha.

Faut à tout prix que je l'emmène camper au printemps ; rien que nous deux. Pêcher un peu, comme oncle Will le faisait avec Bill et moi. Faut resserrer les liens. Essayer en tout cas.

Il s'assit sur le lit dans la chambre désertée et contempla le singe. *Vous ne serez plus jamais proches l'un de l'autre, Hal,* semblait grimacer son sourire. *Je te le garantis. Je suis de retour et je vais reprendre la situation en main, comme tu as toujours su que je le ferais un jour.*

Hal jeta le singe et posa la main sur ses yeux.

Cette nuit-là, dans la salle de bains, Hal réfléchissait en se brossant les dents. *Il était dans le même carton. Comment pouvait-il se trouver dans le même carton ?*

Il fit un faux mouvement et sa brosse à dents lui blessa les gencives. Il eut un rictus de douleur.

Il avait quatre ans, Bill six, la première fois qu'il avait vu le singe. Leur père si souvent absent avait acheté une maison à Hartford : elle était bien à eux, entièrement payée, avant qu'il ne meure ou ne disparaisse dans un trou quelque part dans le vaste monde, ou Dieu sait quoi d'autre. Leur mère était alors secrétaire à l'usine d'hélicoptères Holmes de Westville et, auprès des garçons, ou du moins, pendant la journée, auprès de Hal, car Bill était au cours préparatoire, c'était la valse des baby-sitters. Aucune d'elles ne restait bien longtemps. Elles tombaient enceintes et épousaient leur petit ami ou bien rentraient chez Holmes ou alors, un beau jour, Mme Shelburn découvrait qu'elles avaient bu un peu du madère réservé à la cuisine ou du cognac qu'elle gardait dans un buffet pour les grandes occasions.

La plupart étaient assez stupides et semblaient n'avoir qu'un but dans la vie, manger et dormir. Aucune ne lisait d'histoires à Hal comme le faisait sa mère.

Cet interminable hiver-là, la baby-sitter était une immense Noire très soignée prénommée Beulah. Elle déployait des trésors d'affection pour Hal quand sa mère était là mais n'hésitait pas à le pincer dès que celle-ci avait le dos tourné. Hal l'aimait bien malgré tout ; de temps en temps elle lui lisait l'un des récits hauts en couleur de ces magazines à l'eau de rose dont elle raffolait — « Alors pour la rousse voluptueuse, la mort s'en vint », entonnait-elle d'un ton sinistre dans le silence somnolent de l'après-midi et elle engouffrait un autre chocolat fourré de crème au beurre de cacahuètes pendant que Hal étudiait avec gravité les illustrations grenues en buvant une tasse de lait. L'affection qu'il éprouvait pour elle rendit plus tragique encore ce qui arriva.

Il avait trouvé le singe par un jour froid et nuageux de mars. La grêle frappait la vitre par intermittence ; Beulah était assoupie sur le canapé, un exemplaire du magazine *Mon histoire* ouvert sur sa poitrine superbe.

Hal s'était glissé dans le débarras pour fouiller dans les affaires de son père.

C'était un espace de rangement qui courait tout le long du côté gauche de la maison, au premier étage, espace inutilisé qui n'avait jamais été vraiment aménagé. On y entrait par une petite porte — un genre de trou de lapin — située dans la chambre des garçons, dans le coin de Bill. Ils aimaient tous deux y pénétrer, même s'il était glacial en hiver et assez chaud en été pour faire couler de vos pores un plein seau de sueur. Long et étroit mais assez douillet tout compte fait, le débarras était rempli d'un bric-à-brac fascinant. Quand on croyait avoir tout vu, il en restait encore. Bill et Hal avaient passé des après-midi entiers là-dedans ; ils se parlaient à peine, sortaient des objets de leurs boîtes, les examinaient, les tournaient et les retournaient afin de se pénétrer de la réalité unique de chacun, puis ils les remettaient en place. Hal se demandait à présent s'ils n'avaient pas tenté ainsi, du mieux qu'ils le pouvaient, d'établir le contact avec leur père disparu.

Titulaire d'un brevet de navigation, il avait travaillé dans la marine marchande et des monceaux de cartes marines étaient empilées dans le débarras ; sur certaines on avait dessiné de chouettes cercles (avec le petit trou de la pointe du compas au centre de chacun d'eux). Il y avait vingt volumes d'un truc appelé *Le Guide Barron de la navigation,* une série de paires de jumelles brouillées qui vous faisaient les yeux brûlants et bizarres si vous regardiez dedans trop longtemps. Il y avait des objets pour touristes, souvenirs rapportés d'une douzaine d'escales — des poupées hawaiiennes en caoutchouc, un chapeau melon en carton noir entouré d'un ruban déchiré sur lequel était écrit : T'AS VU MONTER PERSONNE, J'AI VU MONTE-CARLO, une boule de verre avec une petite tour Eiffel à l'intérieur. Il y avait des enveloppes contenant des timbres étrangers soigneusement classés, des pièces de monnaie de différents pays, des échantillons de roches rapportés de l'île Maui et de drôles de disques en langues étrangères — d'un noir aussi lisse qu'un miroir —, lourds et un peu inquiétants.

Ce jour-là, alors que la grêle criblait le toit juste au-dessus de sa tête, Hal s'était glissé tout au fond du débarras, avait écarté un carton et en avait aperçu un autre juste derrière celui-là : un carton Ralston-Purina. Deux yeux vitreux couleur noisette regardaient par-dessus bord ; il avait tressailli et s'était précipité vers la porte, le cœur battant, comme s'il venait de découvrir un Pygmée meurtrier. Puis il avait réalisé qu'il demeurait silencieux, avait noté l'immobilité de son regard et compris qu'il s'agissait d'un quelconque jouet. Il s'était approché à nouveau et l'avait sorti du carton avec précaution.

Le singe souriait de son sourire sans âge, toutes dents dehors sous la lumière jaune ; ses cymbales étaient écartées.

Enchanté de sa trouvaille, Hal l'avait tourné et retourné en tous sens et avait senti le crissement de sa fourrure pelucheuse. Son drôle de sourire lui avait plu. Pourtant n'avait-il pas ressenti autre chose encore ? Une sensation de dégoût presque instinctive qui était venue et repartie presque avant qu'il n'en prenne conscience ? Peut-être, mais s'agissant d'un souvenir aussi ancien que celui-ci, il fallait prendre soin de ne pas trop déformer les faits. Les souvenirs lointains peuvent mentir. Mais... n'avait-il pas remarqué la même expression sur le visage de Petey, dans le grenier de la maison de famille ?

Il avait vu la clé fixée dans le dos du singe et l'avait manœuvrée. Elle avait tourné bien trop facilement ; il n'y avait pas eu le moindre cliquetis. Cassé, alors. Cassé mais chouette quand même.

Il l'avait sorti du débarras pour jouer avec.

— C'est quoi c' truc-là, Hal ? avait demandé Beulah en se réveillant.

— Rien, avait-il répondu. J' l'ai trouvé.

Il l'avait posé près de son lit sur l'étagère, au-dessus de son album de coloriages *Lassie, chien fidèle*, souriant, le regard perdu dans l'espace, les cymbales écartées. Il était cassé mais souriait quand même. Cette nuit-là, Hal, la vessie pleine, avait émergé d'un rêve tourmenté et s'était levé pour se rendre aux toilettes dans le couloir. A l'autre bout de la chambre, Bill n'était qu'une masse informe de couvertures animées par une respiration.

Hal était revenu à demi endormi... et soudain, dans l'obscurité, le singe avait commencé à heurter ses cymbales.

Dzing-dzing-dzing-dzing...

L'enfant s'était réveillé tout à fait, comme si on l'avait frappé au visage avec une serviette humide et froide. Son cœur avait fait un bond vertigineux et un petit cri de souris s'était échappé de sa gorge. Les yeux écarquillés, les lèvres tremblantes, il avait regardé le singe fixement.

Dzing-dzing-dzing-dzing...

Le corps de celui-ci se balançait et s'arquait sur l'étagère. Ses lèvres s'ouvraient et se fermaient sur une joie hideuse révélant de monstrueuses dents carnivores.

— Arrête, avait murmuré Hal.

Son frère s'était retourné dans son lit et avait grogné bruyamment. Tout le reste était silencieux... sauf le singe. Les cymbales claquaient et résonnaient ; il allait sûrement réveiller son frère, sa mère, le monde entier. Il allait réveiller les morts.

Dzing-dzing-dzing-dzing...

Hal s'était approché de lui dans l'intention de le faire taire d'une façon ou d'une autre, peut-être en glissant la main entre les cymbales jusqu'à ce que le mécanisme se détende, mais il s'était arrêté tout seul. Les cymbales s'étaient réunies une dernière fois — *dzing !* — et s'étaient lentement écartées pour reprendre leur position initiale. Le cuivre luisait dans la pénombre. Le singe souriait de toutes ses dents d'un jaune sale.

La maison avait replongé dans le silence. Sa mère s'était retournée dans son lit et, en écho à celui de Bill, avait émis à son tour un grognement. Hal était retourné se coucher et, le cœur battant la chamade, il avait tiré bien haut les couvertures en pensant : *Demain je le remettrai dans le débarras. Je n'en veux pas.*

Mais le lendemain il avait oublié de ranger le singe car Mme Shelburn n'était pas allée travailler. Beulah était morte. Leur mère n'avait pas voulu leur raconter ce qui s'était passé exactement. « C'était un accident, un terrible accident », leur avait-elle seulement dit. Mais, cet après-midi-là, en rentrant de l'école, Bill avait acheté un journal et avait ramené dans leur chambre, cachée sous sa chemise, la page quatre. Pendant que leur mère préparait le dîner dans la cuisine, il avait, en butant sur les mots, lu l'article à son frère, mais Hal avait pu déchiffrer lui-même le gros titre : « DEUX JEUNES FEMMES ASSASSINÉES POUR UN DIFFÉREND DOMESTIQUE — Beulah McCaffery, 19 ans, et Sally Tremont, 20 ans, ont été abattues par le petit ami de Mlle McCaffery, Léonard White, 25 ans, alors qu'ils se disputaient pour savoir qui sortirait prendre livraison d'une commande passée chez le traiteur chinois... Mlle Tremont est décédée à l'hôpital de Hartford. Beulah McCaffery est trouvée morte sur le coup. »

C'est comme si Beulah avait disparu dans l'un de ses magazines à scandales, avait pensé Hal, et il avait senti un frisson glacé remonter le long de sa colonne vertébrale et lui enserrer le cœur. C'est alors qu'il avait réalisé que les coups de feu avaient été tirés à peu près au moment où le singe...

— Hal ? demanda Terry d'une voix somnolente, tu viens te coucher ?

Il cracha son dentifrice dans le lavabo et se rinça la bouche.

— Oui, acquiesça-t-il.

Plus tôt dans la soirée il avait rangé le singe dans sa valise soigneusement verrouillée. Ils reprenaient l'avion pour le Texas deux ou trois jours après. Mais auparavant il allait se débarrasser une bonne fois pour toutes de cet objet maudit.

D'une façon ou d'une autre.

— Tu n'y es pas allé de main morte avec Dennis cet après-midi, lui reprocha Terry dans le noir.

— Ça fait un bon moment qu'il a besoin d'être repris en main, il me semble. Il a perdu pied, je ne voudrais pas qu'il se casse la figure.

— Sur le plan psychologique, frapper un enfant n'a jamais été...

— Je ne l'ai pas *frappé*, Terry, nom d'un chien !

— ... le bon moyen d'affirmer son autorité.

— Oh, je t'en prie, arrête avec ces conseils sortis tout droit de tes groupes de réflexion de merde ! lança-t-il avec colère.

— Je vois, tu ne veux pas qu'on parle de ça.

Sa voix était glacée.

— Je lui ai dit aussi que je ne voulais pas de drogue sous notre toit.

— C'est vrai ? demanda-t-elle avec anxiété. Comment l'a-t-il pris ? Qu'a-t-il répondu ?

— Allons, Terry ! Que pouvait-il dire ? Que j'étais viré ?

— Hal, qu'est-ce qui te prend ? T'es pas comme ça d'habitude... Qu'est-ce qui ne va pas ?

— Rien, répondit-il en pensant au singe enfermé dans sa Samsonite.

Pourrait-il l'entendre s'il se mettait à faire claquer ces cymbales ? Oui, certainement. Faiblement, mais il l'entendrait. Sonnant le glas pour quelqu'un comme il l'avait fait pour Beulah, Johnny McCabe, Daisy, la chienne de l'oncle Will. *Dzing-dzing-dzing...*

— Tu es là, Hal ?

— Je suis un peu tendu en ce moment.

— J'espère qu'il n'y a pas autre chose. En tout cas, je n'aime pas quand tu es comme ça.

— Ah bon ? (La suite lui échappa avant qu'il ait pu la retenir — il ne chercha même pas à la retenir.) T'as qu'à prendre un Valium et tu verras à nouveau la vie en rose.

Il entendit son souffle oppressé tout à coup. Puis elle se mit à pleurer. Il aurait pu essayer de la réconforter (peut-être) mais il s'en sentait incapable. Il y avait trop de terreur en lui. Ça irait mieux quand le singe aurait disparu, disparu pour de bon. Seigneur, par pitié, pour de bon cette fois.

Il chercha le sommeil jusque tard dans la nuit, jusqu'aux premières lueurs grises du matin. Mais il pensait avoir trouvé ce qu'il fallait faire.

La deuxième fois, c'est Bill qui avait trouvé le singe. C'était environ un an et demi après que le décès de Beulah McCaffery eut été constaté sur les lieux du crime. C'était l'été. Hal venait d'achever sa dernière année d'école maternelle.

Il rentrait après un après-midi de jeux.

— Lave-toi les mains, jeune homme, tu es sale comme un petit cochon, s'était écriée sa mère.

Elle lisait en buvant un thé glacé, assise sous le porche. Elle était en congé, pour deux semaines.

Hal avait symboliquement passé ses mains sous l'eau froide et en avait laissé les empreintes crasseuses sur la serviette.

— Où est Bill ?

— Là-haut. Dis-lui de ranger son coin. Il y a une de ces pagailles !

Hal, toujours ravi de transmettre une nouvelle désagréable, avait gravi les escaliers quatre à quatre. Son frère était assis par terre. La petite porte d'accès au débarras était entrebâillée, semblable à l'entrée d'un terrier de lapin. Bill tenait le singe entre ses mains.

— Il est cassé, s'était écrié Hal précipitamment.

Il se souvenait à peine de cette nuit où il était revenu des toilettes et où le singe s'était mis à frapper ses cymbales, pourtant il était inquiet. Une semaine après environ, il avait fait un cauchemar à propos du singe et de Beulah — il ne se le rappelait plus précisément. Il s'était réveillé en hurlant avec l'impression que le poids léger qu'il sentait sur sa poitrine était celui du singe, et qu'en ouvrant les yeux il le verrait sourire devant lui. Bien entendu il ne s'agissait que de son oreiller qu'il étreignait éperdument. Pour le calmer, sa mère lui avait apporté un verre d'eau et deux cachets d'Aspirine pour bébé d'un orange crayeux, équivalents du Valium à l'usage des enfants perturbés. Elle avait mis ce cauchemar sur le compte de la mort de Beulah. C'était bien de cela qu'il s'agissait, mais pas exactement comme elle le croyait.

Ses souvenirs étaient très flous à présent, mais le singe l'effrayait toujours, surtout ses cymbales. Et ses dents.

— Je sais, avait répondu Bill en jetant le jouet. C'est bête.

Il avait atterri sur le lit de Bill, les yeux fixés sur le plafond, les cymbales immobiles. Hal n'aimait pas le voir là.

— Tu veux qu'on aille acheter des sucettes chez Teddy ?

— J'ai déjà dépensé tout mon argent de poche, avait répondu Hal. En plus, maman a dit que tu devrais ranger ton coin.

— Ça peut attendre, avait dit Bill. Tu veux que je te prête du fric ?

Bill lui infligeait bien parfois une brûlure indienne, ou alors il le faisait tomber, ou encore le frappait sans raison, mais dans l'ensemble il était sympa.

— D'ac, s'était écrié Hal plein de gratitude. Mais je vais d'abord remettre ce singe cassé dans le débarras.

— Laisse tomber. On y va-va-va.

Bill était déjà debout.

Son frère l'avait suivi. Les humeurs de Bill étaient changeantes et s'il perdait du temps à ranger le singe, Hal risquait de rater sa sucette. Ils étaient allés chez Teddy et en avaient acheté, et pas n'importe lesquelles : des super à la myrtille ! Puis ils avaient rejoint des gamins qui commençaient une partie de base-ball. Hal, trop petit pour jouer, s'était assis à l'écart, sur la touche, léchant sa sucette à la myrtille et courant derrière les balles perdues. Ils n'étaient pas rentrés à la maison avant la nuit et avaient tous les deux eu droit à une bonne tape sur les fesses : Hal à cause de la serviette sale et Bill parce qu'il n'avait pas rangé ses affaires. Après le dîner il y avait eu la télé et, en fin de compte, Hal avait complètement oublié le singe. Ce dernier s'était retrouvé, on ne sait comment, sur l'étagère de Bill, juste à côté de la photo dédicacée de Bill Boyd. Et il y était resté pendant presque deux ans.

Au fil du temps, Mme Shelburn avait eu de plus en plus de difficulté à payer des baby-sitters, et à partir du moment où Hal avait eu sept ans, elle les avait quittés chaque matin sur ces mots :

— Prends bien soin de ton frère, Bill.

Mais ce jour-là, son aîné ayant été retenu à l'école, Hal avait dû rentrer seul à la maison. Il s'était arrêté à chaque coin de rue, attendant qu'il n'y ait plus la moindre voiture à l'horizon avant de s'élancer pour traverser à toute vitesse, les épaules rentrées, comme un soldat franchissant un no man's land. Il avait pénétré dans la maison en prenant la clé sous le paillasson et s'était précipité sur le frigo pour se servir un verre de lait. Il avait saisi la bouteille, mais soudain, elle lui avait échappé des mains et s'était cassée sur le sol en mille morceaux. Il y avait eu des éclats de verre partout.

Dzing-dzing-dzing-dzing, avait-il entendu venant de leur chambre. *Dzing-dzing-dzing-dzing. Salut, Hal ! Bienvenue à la maison. Mais au fait, est-ce que ce n'est pas ton tour ? Ce ne serait pas à toi cette fois-ci ? Est-ce qu'à leur retour ils ne vont pas te trouver raide mort ?*

Il était resté là, immobile, à regarder le verre brisé et la mare de lait, plein d'une terreur qu'il ne pouvait ni nommer ni comprendre. Elle sourdait tout simplement de chacun de ses pores.

Il s'était précipité dans l'escalier. Le singe était toujours sur l'étagère de Bill, dans leur chambre. Il avait l'air de le dévisager. Il avait fait tomber la photo dédicacée de Billy Boyd, face contre le lit de Bill. Il s'agitait, souriait et faisait claquer ses cymbales. Hal s'en était doucement approché ; il n'avait pu s'en empêcher, ça avait été plus fort que lui. Les cymbales s'écartaient d'une brusque secousse, se heurtaient et s'écartaient une nouvelle fois. Arrivé près du singe, Hal avait entendu les rouages qui tournaient dans ses entrailles.

Brusquement, avec un cri de dégoût et de terreur, il l'avait fait valser de l'étagère comme on ferait avec un insecte. Le singe avait heurté l'oreiller de Bill puis avait atterri sur le sol, cymbales toujours en mouvement, *dzing-dzing-dzing*, lèvres étirées puis refermées, et il était resté là, couché sur le dos dans une flaque de soleil en cette fin avril.

Hal lui avait donné un coup de pied, il avait frappé aussi fort que possible et, cette fois-ci, le cri qui lui avait échappé était un cri de fureur. Le singe avait voltigé à travers la pièce au ras du sol, rebondi contre le mur et s'était immobilisé. Hal lui avait fait face, les poings serrés, le cœur battant. Le singe souriait, un éclat de soleil comme une pointe d'aiguille dans l'un de ses yeux de verre. *Donne-moi autant de coups de pied que tu veux*, semblait-il lui dire, *je ne suis fait que de rouages, de mécanismes et d'un engrenage à vis sans fin ou deux, donne-moi autant de coups de pied que tu en as envie, je ne suis pas réel, juste un drôle de singe mécanique, c'est tout ce que je suis. Qui est mort ? Il y a eu une explosion à l'usine d'hélicoptères ! Qu'est-ce qui s'élève ainsi dans le ciel comme une grosse boule de bowling ensanglantée avec des yeux là où devraient se trouver les trous pour les doigts ? Est-ce la tête de ta mère, Hal ? Ouh ! Quelle trajectoire emporte la tête de ta mère ! Ou alors au coin de Brook Street ! Regarde par là, la voiture roulait trop vite ! Le conducteur était saoul ! Il y a un Bill de moins sur terre ! As-tu entendu le craquement quand les roues sont passées sur son crâne et quand son cerveau a giclé par ses oreilles ? Oui ? Non ? Peut-être ? Ne me demande rien, je ne sais pas, je ne peux pas savoir, tout ce que je sais faire c'est frapper ces cymbales, dzing-dzing-dzing. Qui est mort sur le coup, Hal ? Ta mère ? **Ton frère ? Ou bien est-ce toi, Hal. Est-ce toi ?***

Il s'était précipité à nouveau sur lui dans l'intention de le piétiner, de l'écraser, de lui sauter dessus à pieds joints jusqu'à ce que mécanismes et rouages volent en éclats, que ces horribles yeux de verre roulent sur le sol. Mais au moment où il l'avait atteint, les

cymbales s'étaient rapprochées une fois de plus, très doucement...
(dzing)... Quelque part à l'intérieur un ressort venait de libérer un dernier cran... on aurait dit qu'une aiguille de glace s'était frayé un chemin jusqu'au plus profond de son cœur et le transperçait, brisant net sa fureur et le laissant une nouvelle fois malade de terreur. Le singe semblait le savoir — comme son sourire paraissait joyeux !

 Saisissant entre le pouce et l'index de sa main droite un de ses bras, Hal l'avait ramassé, la bouche tordue par la répulsion comme s'il avait tenu un cadavre. La fausse fourrure râpée semblait chaude et fiévreuse contre sa peau. Il avait ouvert fébrilement la petite porte du débarras et avait allumé la lumière. Tout le temps où il avait rampé le long des rangements entre les échafaudages de cartons, les livres de navigation, les albums de photos et leur odeur de produits chimiques éventés, les souvenirs et les vieux vêtements, le singe avait souri et Hal avait pensé : *S'il se met à frapper ses cymbales et à bouger dans ma main je vais hurler, et si je hurle il ne se contentera plus de sourire, il rira, il rira de moi et je deviendrai fou et on me retrouvera ici, bavant et riant comme un fou. Je serai fou. Mon Dieu, je t'en prie, Seigneur, par pitié ne me laisse pas devenir fou...*

 Il était arrivé au fond, avait repoussé deux boîtes de ses mains crispées et, renversant le contenu de l'une d'elles, il avait fourré le singe dans le carton Ralston Purina. Légèrement replié sur lui-même, celui-ci avait l'air de s'y trouver parfaitement à son aise, comme s'il était enfin de retour chez lui, cymbales écartées, son sourire simiesque semblant toujours se moquer de Hal. Ce dernier rampa à reculons, transpirant abondamment, chaud et froid, feu et glace à la fois ; il attendait que les cymbales s'ébranlent, et alors, lorsqu'elles auraient commencé, le singe sauterait hors du carton et se précipiterait vers lui à la manière d'un scarabée, mécanisme vrombissant, cymbales claquant furieusement, et... rien de tout cela ne s'était produit. Il avait éteint la lumière, claqué la petite porte-semblable-à-l'entrée-d'un-terrier et s'était appuyé dessus, haletant. Finalement, il s'était senti un peu mieux. Il était descendu, les jambes flageolantes, avait pris un sac vide et avait commencé à ramasser les tessons et éclats de la bouteille de lait brisée en se demandant s'il allait se couper et saigner jusqu'à ce que mort s'ensuive, si c'était là le sens du claquement des cymbales. Mais ça non plus ça n'avait pas eu lieu. Il avait pris une serviette, avait épongé le lait répandu, puis il s'était assis et avait attendu de voir si sa mère et son frère allaient revenir à la maison.

C'est sa mère qui était rentrée la première.

— Où est Bill ? avait-elle demandé.

Persuadé désormais que Bill devait être mort quelque part, Hal avait commencé à expliquer d'une voix basse que Bill avait été retenu à l'école par une réunion du groupe théâtral mais, au fond de lui, il savait bien que, même si la réunion avait duré très longtemps, il aurait dû être de retour à la maison depuis au moins une demi-heure.

Sa mère l'avait regardé avec curiosité, avait commencé à lui demander s'il y avait un problème, quand tout à coup la porte s'était ouverte et Bill était rentré... sauf qu'il ne s'agissait pas du tout de Bill, enfin pas vraiment. Devant eux se tenait un Bill fantomatique, pâle et silencieux.

— Que se passe-t-il ? s'était écriée Mme Shelburn. Bill, qu'est-ce qui ne va pas ?

Bill s'était mis à pleurer et ils avaient tant bien que mal réussi à démêler son récit à travers ses larmes. Il y avait eu une voiture. Lui et son copain Charlie Silverman rentraient de l'école après la réunion et la voiture avait pris le tournant de Brook Street beaucoup trop vite, et Charlie était resté cloué sur place ; Bill l'avait tiré par la main, mais il avait lâché prise et la voiture...

Bill avait éclaté en bruyants sanglots hystériques. Sa mère l'avait attiré contre elle, l'avait bercé. Hal avait regardé dehors et avait vu deux policiers sous le porche. La voiture de police dans laquelle ils avaient ramené Bill était garée devant la maison. Alors, il s'était mis à pleurer lui aussi... mais c'était des larmes de soulagement.

Bill, à son tour, avait fait des cauchemars... Devant ses yeux, Charlie Silverman ne cessait de mourir, encore et encore, projeté sur le capot de la Hudson Cornet rouillée que l'ivrogne conduisait, ses bottes de western rouges valsant loin de lui. La tête de Charlie Silverman et le pare-brise de la Hudson s'étaient percutés violemment. Ils avaient tous deux été fracassés. Le chauffard saoul, propriétaire d'une confiserie à Milford, avait eu une crise cardiaque peu après son arrivée au poste (peut-être à la vue de la cervelle de Charlie Silverman en train de sécher sur son pantalon), et son avocat s'en était assez bien sorti lors du procès avec une argumentation du genre « cet homme est déjà bien assez puni comme ça ». Il avait écopé de soixante jours (avec sursis) et on lui avait retiré le permis de conduire dans l'État du Connecticut pendant cinq ans... c'est à peu près ce qu'avaient duré les cauchemars de Bill Shelburn. Le singe était à nouveau caché dans le débarras. Bill ne remarqua jamais sa disparition... en tout cas il n'y fit jamais allusion.

Hal s'était senti quelque temps hors de danger. Il avait même commencé à oublier le singe, ou à croire que tout cela n'avait été qu'un mauvais rêve. Mais lorsqu'il était rentré de l'école, le jour où sa mère était morte, le singe était à nouveau sur son étagère, cymbales écartées, un sourire condescendant aux lèvres. Comme s'il s'était dédoublé, comme si son propre corps s'était transformé en automate à sa vue, Hal s'en était approché lentement. Il avait vu sa main se tendre et le saisir. Il avait senti crisser sous ses doigts la fourrure pelucheuse, mais cette sensation était très ouatée, un simple effleurement, comme si quelqu'un lui avait injecté une forte dose de novocaïne. Il percevait sa propre respiration, rapide et sèche comme le sifflement du vent dans la paille.

Il l'avait retourné, avait empoigné la clé et, des années après, il devait se rappeler cette fascination morbide qu'il avait ressentie, celle d'un homme qui place contre sa paupière fermée et tressaillante un pistolet à six coups chargé d'une balle et presse sur la gâchette.

Non, ne fais pas ça... laisse-le, jette-le, n'y touche pas...

Il avait tourné la clé et avait entendu, bien détachés sur le silence, une série de minuscules déclics. Lorsqu'il avait lâché la clé, le singe avait commencé à frapper ses cymbales et Hal avait senti son corps bouger par saccades, s'arquer puis se redresser, s'arquer puis se redresser, comme s'il était vivant. Et il était vivant, se contorsionnant entre ses mains comme un Pygmée répugnant, et les vibrations qu'il avait senties à travers la fourrure brune râpée n'étaient pas produites par des rouages mais par les battements d'un cœur.

Avec un grognement, Hal avait lâché le singe et avait reculé, les ongles fichés dans sa chair, sous ses yeux, les paumes de ses mains plaquées contre sa bouche. Il avait trébuché sur quelque chose et avait failli tomber (il se serait alors retrouvé sur le sol avec lui, ses yeux bleus exorbités plongés dans les yeux noisette vitreux). Tant bien que mal il s'était frayé un chemin jusqu'à la porte, l'avait passée à reculons, l'avait claquée et s'était appuyé contre elle. Soudain il s'était précipité vers la salle de bains et avait vomi.

C'est Mme Stukey de l'usine d'hélicoptères qui avait apporté la nouvelle. Jusqu'à ce que tante Ida arrive du Maine, pendant ces deux premières nuits qui avaient semblé ne jamais devoir finir, elle était restée avec eux. Leur mère était morte d'une embolie au cerveau en milieu d'après-midi. Elle se trouvait près de la fontaine, avec un gobelet en carton à la main, et s'était écroulée comme si on l'avait abattue d'une balle, le gobelet toujours dans une main. De l'autre, elle s'était agrippée à la fontaine et avait entraîné dans sa chute le grand réservoir d'eau de Cologne qui s'était fracassé par terre... mais le médecin de l'usine appelé d'urgence avait dit plus tard qu'il pensait que Mme Shelburn était morte avant que l'eau n'ait eu le temps de tremper sa robe et ses sous-vêtements et de mouiller sa peau. Personne ne répéta jamais rien de tout cela aux garçons, mais Hal le savait quand même. Cette scène, il l'avait vue si souvent dans ses rêves au cours des interminables nuits qui avaient suivi la mort de sa mère... *Tu n'arrives toujours pas à t'endormir, petit frère ?* lui avait demandé Bill et Hal avait supposé qu'il mettait cette agitation et ces cauchemars sur le compte de la mort si soudaine de leur mère, et il avait raison... mais en partie seulement. Il était surtout torturé par la culpabilité, rongé par la certitude implacable qu'il avait tué sa mère en remontant le mécanisme du singe par un bel après-midi ensoleillé.

Lorsque Hal s'endormit, son sommeil dut être très profond. Quand il se réveilla, il était presque midi. Petey, assis en tailleur sur une chaise à l'autre bout de la chambre, mangeait méthodiquement une orange, quartier par quartier, en regardant une émission de jeux à la télé.

Hal se jeta d'un bond hors du lit ; il avait l'impression d'avoir été endormi à coups de poings et d'avoir été réveillé de même. Il avait des élancements dans la tête.

— Où est ta mère, Petey ?

— Dennis et m'man sont partis faire des courses, répondit Petey en balayant la pièce du regard. J'ai préféré rester ici avec toi. Est-ce que tu parles toujours pendant ton sommeil, papa ?

— Non, dit Hal en regardant son fils avec inquiétude. Non, qu'est-ce que j'ai dit ?

— Je n'ai pas réussi à comprendre. J'ai eu peur, enfin, un peu.

— Eh bien, me voilà redevenu normal, déclara Hal, réussissant à esquisser un petit sourire.

Petey lui sourit en retour et Hal se sentit à nouveau envahi par cet amour qu'il portait à son fils : un sentiment joyeux, fort et sans complications. Il se demanda pourquoi il avait toujours éprouvé cette tendresse pour Petey, pourquoi il avait toujours eu l'impression de le comprendre, de pouvoir l'aider et pourquoi au contraire Dennis lui semblait une fenêtre trop opaque pour qu'il puisse regarder au travers, un mystère dans ses comportements et dans ses habitudes : le genre de garçon qui lui restait étranger parce que trop différent de ce que lui-même avait été. Il était facile d'expliquer le changement d'attitude de Dennis par le départ de Californie ou...

Soudain il se figea. Le singe se tenait sur le rebord de la fenêtre, cymbales écartées. Hal sentit son cœur s'arrêter net dans sa poitrine puis se mettre à battre à tout rompre. Sa vue se brouilla et sa tête déjà douloureuse le fit tout à coup souffrir atrocement.

Il s'était échappé de la valise et lui souriait à présent depuis l'appui de la fenêtre. *Tu croyais t'être débarrassé de moi, hein ? Mais tu avais déjà cru ça avant, n'est-ce pas ?*

Oui, pensa-t-il au bord de la nausée. Oui, je l'ai cru.

— Petey, c'est toi qui as sorti ce singe de ma valise ? demanda-t-il, sûr de la réponse.

Il avait fermé la valise à clé et avait placé cette dernière dans la poche de son pardessus.

Petey jeta un coup d'œil au singe et l'espace d'un instant l'expression de son visage changea — de la gêne, pensa Hal.

— Non, répondit-il, c'est m'man qui l'a mis là.
— C'est ta mère ?
— Ouais. Elle te l'a pris. Elle riait.
— Elle me l'a pris ? Qu'est-ce que tu racontes ?
— Tu le serrais contre toi dans le lit. Moi, j'étais en train de me brosser les dents, mais Dennis t'a vu. Ça l'a fait rire lui aussi. Il a dit que tu avais l'air d'un bébé avec son nounours.

Hal regarda le singe. Il avait la bouche tellement sèche qu'il ne pouvait déglutir. Il l'avait eu avec lui au lit ? Au lit ? Cette fourrure répugnante contre sa joue, peut-être même contre sa bouche, ces yeux furieux fixés sur son visage endormi, ce sourire grimaçant près de son cou ? sur son cou ? Seigneur...

Il se retourna brusquement et alla droit au débarras. La Samsonite était là, toujours verrouillée. La clé se trouvait toujours dans son pardessus.

Derrière lui, la télé s'arrêta brutalement. Il ressortit lentement du débarras. Petey le regardait d'un air sérieux.

— Papa, je n'aime pas ce singe, dit-il d'une voix à peine audible.

— Moi non plus, répondit Hal.

Petey le regarda avec attention pour voir s'il plaisantait et comprit qu'il n'en était rien. Il s'approcha de son père et se serra très fort contre lui. Hal sentit qu'il tremblait.

Petey lui parla alors à l'oreille, très rapidement, comme s'il avait peur de ne pas trouver une seconde fois le courage de le dire... ou comme s'il craignait que le singe ne l'entendît.

— On dirait qu'il nous regarde. Qu'il nous regarde où qu'on se trouve dans la pièce. Et si on va dans la chambre d'à côté, on dirait qu'il nous regarde à travers le mur. J'ai pas pu m'empêcher d'avoir l'impression... l'impression qu'il attendait quelque chose de moi.

Petey frissonna. Hal l'étreignit de toutes ses forces.

— Comme s'il voulait qu'on remonte son mécanisme, ajouta Hal.

Petey acquiesça précipitamment d'un grand mouvement de tête.

— Il n'est pas vraiment cassé, hein, papa ?

— Il l'est parfois, répondit Hal en regardant le singe par-dessus l'épaule de son fils, mais parfois il fonctionne.

— Quelque chose me poussait à venir par ici et à remonter le mécanisme. Tout était si calme, alors j'ai pensé : Je peux pas, ça va réveiller papa, mais j'en avais toujours envie, alors je me suis approché et je... je l'ai touché et j'ai détesté son contact... mais je l'ai aimé en même temps... On aurait dit qu'il me disait : Remonte-moi, Petey, nous pourrons jouer ensemble, ton père ne se réveillera pas, il ne se réveillera plus jamais, remonte-moi, remonte-moi... (Le garçon éclata soudain en sanglots.) Il est mauvais, je le sais. Il a quelque chose de bizarre. On pourrait pas le jeter, papa ? S'il te plaît ?

Le singe souriait de son perpétuel sourire. Entre eux coulaient les larmes de Petey. Le soleil de cette fin de matinée étincelait sur les cymbales de cuivre. La lumière, réfléchie vers le haut, dessinait des lignes sur le plafond de stuc blanc du motel.

— A quelle heure ta mère pensait-elle rentrer avec Dennis, Petey ?

— Vers une heure.

Gêné d'avoir pleuré, il essuya ses yeux rouges avec la manche de sa chemise. Mais pour rien au monde il n'aurait regardé le singe.

— J'ai allumé la télé, murmura-t-il. Et j'ai monté le son.
— Pas de problème, Petey.
Comment cela se serait-il produit ? se demanda Hal. *Crise cardiaque ? Une embolie, comme ma mère ? Quoi d'autre ? Est-ce que c'est vraiment important ?*

Et tout de suite après, une autre pensée, plus effrayante encore : *S'en débarrasser. Le jeter. Mais peut-on vraiment s'en débarrasser ? Est-il vraiment possible de s'en débarrasser ?*

Le singe lui souriait d'un air moqueur, cymbales écartées de trente centimètres. *S'était-il tout à coup mis en branle la nuit de la mort de tante Ida ?* se demanda-t-il soudain. Était-ce le dernier bruit qu'elle avait entendu, ce *dzing-dzing-dzing* assourdi du singe frappant ses cymbales dans le grenier sombre pendant que le vent sifflait dans les gouttières ?

— C'est peut-être pas si fou, dit lentement Hal à son fils. Va chercher ton sac, Petey.

— Qu'allons-nous faire, demanda Petey en lui jetant un regard indécis.

Peut-être qu'on peut s'en débarrasser. Pour toujours peut-être ou seulement pour un moment... un moment plus ou moins long. Peut-être qu'il ne cessera jamais de revenir et revenir, et qu'il n'y a rien à faire... mais peut-être que je — que nous pouvons lui dire au revoir pour très longtemps. Il lui a fallu vingt ans pour réapparaître cette fois-ci. Il lui a fallu vingt ans pour sortir du puits...

— On va aller faire un tour en voiture, expliqua Hal. (Il se sentait assez calme, mais son corps lui paraissait terriblement pesant. Même ses globes oculaires semblaient s'être alourdis.) Avant tout, prends ton sac, et va ramasser trois ou quatre grosses pierres sur le bord du parking. Mets-les dans le sac et rapporte-moi celui-ci, d'accord ?

Un éclair de compréhension brilla dans les yeux de Petey.
— D'accord, papa.
Hal regarda sa montre. Il était presque 12 h 15.
— Dépêche-toi, je veux être parti avant le retour de ta mère.
— Où allons-nous ?
— Chez oncle Will et tante Ida, répondit Hal. A la maison.

Hal se rendit à la salle de bains et attrapa la brosse derrière la cuvette des W.-C. La brandissant telle une baguette magique de bazar, il retourna près de la fenêtre et regarda Petey qui, dans sa veste Melton, traversait le parking, son sac de voyage sur lequel le mot DELTA se détachait clairement en lettres blanches sur fond bleu à la main. Lente et maladroite en cette fin de saison chaude, une mouche se cognait en vrombissant dans un des angles supérieurs de la fenêtre. Hal connaissait bien cette sensation.

Il vit Petey déterrer trois grosses pierres puis revenir à travers le parking. Une voiture surgit alors de derrière le motel ; elle allait trop vite, bien trop vite, et sans qu'il ait réfléchi, avec le genre de réflexe dont fait preuve un bon joueur de base-ball, il abattit la main qui tenait la brosse, comme pour porter un coup de karaté... et ne bougea plus.

Les cymbales se refermèrent sans bruit sur sa main et il perçut quelque chose dans l'air. Quelque chose qui ressemblait à de la rage.

Les freins de la voiture hurlèrent. Petey fit un bond en arrière. Le conducteur lui adressa un geste impatient, comme s'il était responsable de ce qui avait failli se produire. Son col battant comme une aile, le jeune garçon traversa le parking en courant et rentra dans le motel par l'arrière.

La sueur dégoulinait le long de la poitrine de Hal ; il la sentit couler sur son front comme une bruine huileuse. Les cymbales pesaient de leur métal froid contre sa main et l'engourdissaient.

Vas-y, pensa-t-il, lugubre. *Vas-y, je peux attendre toute la journée. Jusqu'à ce que l'enfer tout entier soit gelé, s'il le faut.*

Les cymbales s'écartèrent et s'immobilisèrent. Hal entendit un faible *clic!* à l'intérieur du singe. Il releva la brosse et l'examina. Quelques poils blancs avaient noirci, comme si on les avait flambés.

La mouche vrombissait et se cognait contre la vitre, à la recherche du froid soleil d'octobre qui semblait si proche.

Petey arriva en courant, la respiration rapide, les joues roses.

— J'en ai trouvé trois grosses, papa, je... Tout va bien, papa ?

— Ça va, répondit Hal. Apporte-moi le sac.

Hal attira avec son pied la table basse qui se trouvait près du canapé, l'amena juste sous le rebord de la fenêtre et posa le sac dessus. Comme des lèvres il écarta ses bords et vit luire à l'intérieur les pierres que Petey avait ramassées. Du bout de la brosse il déséquilibra le singe. Celui-ci chancela un instant et tomba dans le sac. On entendit un faible *ding!* lorsque les cymbales heurtèrent l'une des pierres.

— P'pa ? Papa ? interrogea Petey l'air effrayé.

Hal se retourna vers lui. Il s'était passé quelque chose ; quelque chose avait changé. Mais quoi ?

Alors, il suivit la direction du regard de Petey et comprit. Le vrombissement de la mouche avait cessé. Elle gisait morte sur le rebord de la fenêtre.

— Est-ce le singe qui a fait ça ? murmura Petey.

— Allons, répondit Hal en refermant la fermeture Éclair du sac de voyage. Je t'expliquerai pendant le voyage jusqu'à la maison.

— On va y aller comment ? Maman et Dennis ont pris la voiture.

— Ne t'en fais pas, dit Hal en lui ébouriffant les cheveux.

Il montra à l'employé son permis de conduire et un billet de vingt dollars. Après avoir accepté pour garantie la montre de Hal, une Texas Instruments digitale, l'employé tendit à Hal les clés de sa propre voiture, une AMC Gremlin toute cabossée. Ils prirent la direction de l'est vers Casco par la route 302 ; Hal se mit à parler, avec hésitation tout d'abord, puis un peu plus vite. Il commença par dire à Petey que son père avait probablement rapporté le singe d'un de ses voyages à l'étranger, comme cadeau pour ses fils. Ce n'était pas un jouet exceptionnel — il n'avait rien d'étrange ni de précieux. Il devait y avoir des centaines de milliers de singes mécaniques de par le monde, certains fabriqués à Hong Kong, d'autres à Taiwan, d'autres encore en Corée. Mais à un moment quelconque — ça avait peut-être même eu lieu dans le débarras sombre de la maison du Connecticut où les deux garçons avaient passé leurs premières années — il était arrivé quelque chose au singe. Un sale truc.

— Il se peut, expliqua Hal en essayant de persuader la Gremlin de l'employé de dépasser les cinquante à l'heure, que quelques-unes des forces mauvaises — la plupart d'entre elles si ça se trouve — ne soient pas vraiment conscientes de leur nature.

Il en resta là car Petey ne pouvait probablement pas en comprendre davantage, mais son esprit poursuivit son cheminement propre. Il pensa que beaucoup des forces malignes devaient être tout à fait semblables à un singe plein de mécanismes que l'on remonte : les rouages tournent, les cymbales commencent à battre, le sourire grimace, les stupides yeux de verre rient... ou semblent rire...

Il raconta à Petey comment il avait découvert le singe, mais n'alla pas plus loin — il ne voulait pas effrayer son fils plus qu'il ne l'était déjà. Son récit devint alors décousu, confus, mais Petey ne posa aucune question — peut-être remplissait-il lui-même les blancs, pensa Hal, de la même façon qu'il avait, lui-même, vu si souvent en rêve la mort de sa mère, alors qu'il n'y avait en réalité pas assisté.

Oncle Will et tante Ida étaient tous deux restés pour les funérailles. Ensuite, oncle Will était retourné dans le Maine — c'était la saison des récoltes — et tante Ida avait prolongé son séjour de deux semaines afin de ranger les affaires de sa sœur avant de ramener les garçons avec elle. Mais elle avait surtout consacré ce temps à se faire aimer d'eux — terriblement choqués par la mort soudaine de leur mère, ils étaient dans un état semi-comateux. Quand ils ne réussissaient pas à dormir, elle était là avec du lait chaud ; là encore quand un cauchemar réveillait Hal à 3 heures du matin (sa mère s'approchait de la fontaine sans remarquer, dans les profondeurs de saphir froid, le singe qui flottait, s'agitait, souriait et frappait ses cymbales, chaque couple de mouvements laissant une traînée de bulles derrière lui) ; elle était là quand Bill avait eu la fièvre, puis une éruption d'ulcérations douloureuses dans la bouche, et enfin, trois jours après l'enterrement, le croup. Elle était là ; elle s'était fait connaître des garçons, et avant qu'ils ne prennent avec elle le bus qui les avait emmenés de Hartford à Portland, Bill et Hal avaient été tour à tour la trouver et avaient pleuré sur ses genoux pendant qu'elle les étreignait et les berçait ; ç'avait été le point de départ de liens très forts.

La veille du jour où ils avaient quitté le Connecticut pour « descendre dans le Maine » (comme on disait alors), le chiffonnier était venu charger dans son vieux camion brinquebalant l'énorme monceau de trucs inutilisés que Bill et Hal avaient sortis du débarras. Quand tous ces vieux rebuts avaient été entassés au bord du trottoir, tante Ida leur avait demandé de retourner dans le débarras et de choisir quelque chose qu'ils auraient aimé garder en souvenir. « Nous ne pouvons pas tout conserver, les garçons, nous n'avons pas assez de place », avait-elle dit, et Hal avait supposé que Bill l'avait prise au mot et avait fouillé une dernière fois dans ces cartons fascinants que son père avait laissés derrière lui. Hal ne s'était pas joint à son frère. Il n'aimait plus le débarras. Il lui était venu une idée horrible pendant ces deux premières semaines de deuil : et si son père n'avait pas disparu, ou fui, brûlé par la passion du voyage ou par la conscience de n'être pas fait pour le mariage ?

Et s'il avait été victime du singe ?...

Quand, grondant et pétaradant, le camion du chiffonnier s'était annoncé dans la rue, Hal, rassemblant tout son courage, avait d'un geste brusque, saisi le singe sur l'étagère où il était resté depuis le jour de la mort de sa mère (il n'avait pas osé le toucher depuis ce jour-là, ni même le jeter dans le débarras), et il avait dévalé les escaliers en le tenant à la main. Ni Bill ni tante Ida ne l'avaient vu. Au sommet d'un tonneau rempli de souvenirs cassés et de livres moisis se trouvait le carton Ralston-Purina, rempli d'un tas de bric-à-brac du même genre. Le mettant au défi de faire claquer ses cymbales *(vas-y, vas-y, j' t'en défie, j' t'en défie, j' t'en défie)*, Hal avait jeté le singe dans le carton d'où il était sorti mais, son horrible sourire aux lèvres, celui-ci était demeuré immobile, penché nonchalamment en arrière, comme s'il attendait un bus.

Pendant que le chiffonnier, un Italien qui portait un crucifix autour du cou et sifflotait à travers l'espace de sa dent manquante, chargeait cartons et tonneaux dans son vieux camion à ridelles de bois, Hal était resté aux alentours, petit garçon en pantalon de velours lustré et gros souliers bruns abîmés. Il l'avait vu soulever le tonneau au sommet duquel le carton Ralston-Purina était posé en équilibre ; il avait vu disparaître le singe dans la benne ; il avait vu le chiffonnier remonter dans sa cabine, se moucher vigoureusement dans la paume de sa main, essuyer celle-ci avec un immense mouchoir rouge et mettre en marche le moteur dans un grondement et un nuage de fumée d'un bleu huileux ; il avait vu le camion s'éloigner. Il s'était alors senti soulagé d'un poids énorme — la sensation physique avait été nette. Bras écartés, paumes vers le ciel, il avait sauté deux fois sur place, aussi haut qu'il le pouvait ; si un voisin l'avait alors aperçu, il aurait trouvé ça bizarre, il aurait peut-être même cru à un blasphème — *pourquoi ce garçon saute-t-il de joie* (car il s'agissait sans aucun doute de cela — un saut de joie peut difficilement être pris pour autre chose), se serait-il sans doute demandé, *alors que sa mère n'est pas enterrée depuis un mois ?*

Il le faisait parce que le singe était parti, parti pour toujours.

C'est tout au moins ce qu'il avait cru.

Trois mois plus tard, à peine, tante Ida lui avait demandé de descendre du grenier les boîtes de décorations de Noël et comme il les cherchait, à quatre pattes dans la poussière, il s'était à nouveau trouvé face à lui ; son incrédulité et sa terreur avaient été si grandes qu'il avait dû mordre profondément le côté de sa main pour s'empêcher de hurler... ou de s'évanouir sur le coup. Il était là, souriant de toutes ses dents, cymbales écartées de trente centimètres, prêtes à claquer, appuyé nonchalamment dans un coin du carton Ralston-Purina comme s'il attendait le bus, l'air de dire : *Tu pensais en avoir fini avec moi, n'est-ce pas ? Mais on ne se débarrasse pas si facilement de moi, Hal. Je t'aime beaucoup, Hal. Nous sommes faits l'un pour l'autre, un simple petit garçon et son singe apprivoisé, un couple de vieux amis. Quelque part vers le Sud, un imbécile de vieux chiffonnier italien gît dans une baignoire à pieds de griffon, les yeux exorbités, les dents à moitié arrachées de sa bouche hurlante, un chiffonnier qui sent la vieille pile usée. Il me gardait pour son petit-fils, Hal, il m'avait placé sur l'étagère de la salle de bains avec son savon, son rasoir, sa crème à raser et la radio sur laquelle il écoutait la retransmission du match des Brooklyn Dodgers et je me suis mis à faire claquer mes cymbales, et l'une d'elles a heurté cette vieille radio qui est tombée dans la baignoire, et alors je suis revenu vers toi, Hal. Pendant la nuit je me suis frayé un chemin le long des routes de campagne et le clair de lune s'est réfléchi sur mes dents à 3 heures du matin et j'ai laissé un grand nombre de gens raides morts. Je suis revenu vers toi, Hal, je suis ton cadeau de Noël, alors, remonte-moi. Qui est mort ? Est-ce Bill ? oncle Will ? Est-ce toi, Hal ? Est-ce toi ?*

Hal avait reculé, le visage tordu par d'horribles grimaces, les yeux roulant dans leurs orbites, et il avait manqué tomber au bas des escaliers. Il avait raconté à tante Ida qu'il n'avait pas réussi à trouver les décorations de Noël — c'était la première fois qu'il lui mentait. Elle avait lu ce mensonge sur son visage mais ne lui avait demandé aucune explication, Dieu merci. Plus tard lorsque Bill était rentré, elle lui avait demandé d'aller les chercher et il les avait descendues. Lorsqu'ils s'étaient retrouvés seuls, Bill, d'une voix sifflante, l'avait traité d'imbécile incapable de trouver son cul avec ses deux mains et une lampe-torche. Hal n'avait pas répondu. Il était resté pâle et silencieux et avait continué à manger. Cette nuit-là il avait à nouveau rêvé du singe, il avait vu une de ses cymbales heurtant la radio dans laquelle Dean Martin susurrait « Whenna da moon hitta you eye like a big pizza pie *c'est l'a-moré* », la radio tombant dans la baignoire pendant que le singe souriait et frappait ses cymbales avec un *dzing !* et un *dzing !* et un *dzing !* sauf que ce n'était pas le chiffonnier italien qui se trouvait dans la baignoire lorsque l'eau s'était chargée d'électricité.

C'était lui.

Hal et son fils descendirent à quatre pattes le talus situé derrière la maison jusqu'au hangar à bateaux qui se dressait sur ses vieux pilotis. Dans la main droite Hal portait le sac de voyage. Sa gorge était sèche, ses oreilles attentives au moindre bruit. Le sac pesait très lourd.

Il le posa.

— N'y touche pas, ordonna-t-il.

Il fouilla dans sa poche, sortit le trousseau de clés que lui avait donné Bill et en trouva une, soigneusement étiquetée HANGAR À B. sur un morceau de Scotch.

C'était une journée claire et froide, avec du vent et un ciel d'un bleu étincelant. Les feuilles des arbres qui se serraient autour du lac offraient toute la gamme des teintes brillantes de l'automne, du rouge sang au jaune des cars de ramassage scolaire. Ils se parlaient par-dessus le vent. Des feuilles virevoltaient autour des mocassins de Petey qui attendait avec anxiété. Hal pouvait sentir novembre à vau-vent, et l'hiver qui se pressait juste derrière lui.

La clé tourna dans le cadenas et il ouvrit en grand les portes battantes. Ses souvenirs étaient vivants ; il n'avait même pas eu besoin de regarder pour abaisser le morceau de bois qui retenait la porte ouverte. Avec les odeurs de l'été, celles de l'épaisse toile et du bois vernis, une forte chaleur était restée enfermée là. La barque d'oncle Will était à sa place, ses rames soigneusement bordées, comme s'il l'avait chargée la veille avec son matériel de pêche et deux packs de six bières Black Label. Bill et Hal étaient souvent allés pêcher avec oncle Will, mais jamais en même temps. Oncle Will prétendait que le bateau était trop petit pour trois. La bordure rouge qu'oncle Will repeignait chaque printemps était cependant décolorée et écaillée, et des araignées avaient tissé leur soie à l'avant du bateau.

Hal laissa aller la barque et la guida le long de la rampe jusqu'à la petite plage de galets. Les parties de pêche sur le lac restaient parmi ses meilleurs souvenirs des années d'enfance passées avec oncle Will et tante Ida. Il ne doutait pas qu'il en fût de même pour

Bill. Une fois que le bateau était positionné comme il le souhaitait, à quelque cinquante ou soixante mètres de la rive, que les lignes étaient en place et que les vers se tortillaient à la surface de l'eau, oncle Will ouvrait deux boîtes de bière, une pour lui, l'autre pour Hal (celui-ci buvait rarement plus de la moitié de celle qu'oncle Will lui réservait après l'avoir rituellement mis en garde contre toute allusion à ce fait devant tante Ida, car « elle m'abattrait comme un étranger si elle savait que je vous fais boire de la bière, les garçons, vous le savez bien ») ; et lui qui était d'ordinaire le plus taciturne des hommes, il devenait alors très bavard. Il racontait des histoires, répondait aux questions tout en réamorçant l'hameçon de Hal quand il le fallait ; et la barque dérivait au gré du vent et du léger courant.

— Pourquoi est-ce que tu ne vas jamais au milieu, oncle Will ? lui avait demandé Hal un jour.

— Regarde par là-bas, avait répondu oncle Will. (Hal avait vu l'eau bleue et sa ligne de traîne s'enfoncer profondément dans le noir.) Tu vois, c'est là que Crystal Lake est le plus profond, avait dit oncle Will, écrasant sa boîte de bière vide d'une main et en saisissant une pleine de l'autre. Si à cet endroit il n'y a pas trois cent mètres de fond, il n'y en a pas un centimètre. La vieille Studebaker d'Amos Culligan se trouve quelque part là-dessous. Une année, début décembre, ce vieux cinglé est allé sur le lac avec sa voiture avant que la glace soit vraiment prise. L'a eu d' la chance de s'en sortir vivant. On n' récupérera jamais c'te Stud ; on n' la r'verra même pas jusqu'à c'que résonnent les trompettes du Jugement dernier. C'te putain d' lac est sacrément profond ici, ça c'est sûr. Les plus gros c'est là qu'on les prend, Hal. Pas la peine d'aller plus loin. Voyons voir c' que d'vient ton ver. Ramène donc ce fils de pute.

Hal avait obéi, et pendant qu'oncle Will accrochait à sa ligne un nouvel asticot sorti de la vieille boîte de Crisco qui lui servait à transporter ses appâts, il avait regardé l'eau fixement, fasciné, pour essayer d'apercevoir la vieille Studebaker d'Amos Culligan, rouille et algues s'échappant de la vitre ouverte du conducteur par laquelle Amos avait réussi à sortir au tout dernier moment, plantes aquatiques pendant en feston autour du volant comme un collier pourrissant, pendillant du rétroviseur et se balançant dans les courants comme un étrange rosaire. Mais tout ce qu'il avait pu voir, c'était un dégradé du bleu au noir et la forme de l'asticot d'oncle Will, le crochet caché dans ses replis, suspendu là au milieu des choses ; sa propre version ensoleillée de la réalité. L'espace d'un instant, pris de vertige, Hal s'était senti suspendu au-dessus d'un gouffre puissant ; il avait fermé les yeux un moment jusqu'à ce que cette sensation s'estompe. Il croyait se souvenir d'avoir bu toute sa boîte de bière ce jour-là.

... la partie la plus profonde de Crystal Lake... s'il n'y a pas là trois cents mètres, il n'y a pas un centimètre.

Il s'arrêta un instant, essoufflé, et regarda Petey qui l'examinait toujours avec anxiété.

— Tu as besoin d'aide, papa ?
— Dans un instant.

Il avait repris son souffle et, laissant un sillon derrière lui, il poussa le canot sur la petite bande de sable. La peinture s'écaillait mais l'embarcation était restée à l'abri et semblait solide.

Lorsqu'il sortait avec oncle Will, celui-ci poussait la barque le long de la rampe, et quand la proue touchait l'eau, il grimpait dedans, saisissait une rame pour s'écarter de la berge et disait : « Pousse-moi, Hal, montre-moi que tu es digne de confiance ! »

— Pose ce sac dans la barque, Petey, et pousse-moi, dit-il... Montre-moi que tu es digne de confiance, ajouta-t-il avec un léger sourire.

Petey ne lui rendit pas son sourire.

— Tu m'emmènes, papa ?
— Pas aujourd'hui ; une autre fois je t'emmènerai pêcher, mais... pas aujourd'hui.

Petey hésita. Le vent ébouriffait ses cheveux châtains et quelques feuilles jaunies, sèches et craquantes, passèrent au-dessus de ses épaules en tournoyant pour atterrir au bord de l'eau, oscillant comme de petits bateaux.

— Tu aurais dû les rembourrer, dit-il dans un souffle.
— Quoi ?

Mais Hal croyait savoir de quoi Petey avait voulu parler.

— Mettre du coton autour des cymbales. Les scotcher. Pour qu'y puisse pas... faire ce bruit.

Hal revit tout à coup Daisy qui s'approchait de lui — elle ne marchait pas, elle titubait ; du sang avait jailli soudain de ses deux yeux en un flot qui avait trempé son collier et s'était écoulé avec un petit bruit sur le sol de la grange ; elle s'était affaissée sur ses pattes de devant... et dans l'air tranquille de ce printemps pluvieux il avait entendu venant du grenier de la maison à cinquante mètres de là le bruit pas du tout assourdi mais curieusement clair : *dzing-dzing-dzing-dzing!*

Il s'était mis à hurler comme un fou, lâchant le chargement de bois qu'il était allé chercher. Il avait couru à la cuisine prévenir oncle Will qui, les bretelles encore pendantes, mangeait des œufs brouillés avec des toasts.

« C'était un vieux chien, Hal, avait dit oncle Will, le visage hagard, l'air âgé lui-même. Elle avait douze ans et c'est beaucoup pour un chien. Faut pas te mettre dans cet état, la vieille Daisy n'aimerait pas ça. »

Vieille, avait répété le vétérinaire en écho, mais il avait quand même eu l'air troublé, car les chiens, même âgés de douze ans, ne meurent pas d'une hémorragie cérébrale (« comme si quelqu'un lui avait mis un pétard dans la tête », c'est ce que Hal avait entendu le vétérinaire dire à oncle Will pendant que celui-ci creusait un trou derrière la grange pas loin de l'endroit où il avait enterré la mère de Daisy en 1950 ; « j'ai jamais rien vu de pareil, Will »).

Plus tard, fou de terreur mais incapable de s'en empêcher, Hal était monté au grenier.

Hello, Hal comment ça va? Le singe souriait dans son coin d'ombre. Ses cymbales étaient écartées, d'environ trente centimètres. Le coussin du canapé que Hal avait coincé entre elles se trouvait à présent à l'autre bout du grenier. Quelque chose — quelque force — l'avait lancé assez fort pour déchirer son enveloppe, et son rembourrage s'en échappait. *T'en fais pas pour Daisy*, murmurait le singe à l'intérieur de son crâne, ses yeux noisette plongés dans les immenses yeux bleus de Hal Shelburn. *T'en fais pas pour Daisy, elle était vieille, Hal, même le véto l'a dit, et au fait, t'as vu le sang jaillir de ses yeux, Hal? Remonte-moi, Hal. Remonte-moi et jouons. Qui est mort, Hal? Est-ce toi?*

Quand il avait repris ses esprits, il s'était aperçu qu'il s'était approché du singe, comme sous hypnose. L'une de ses mains était tendue vers la clé ; alors, il s'était précipité à reculons, et dans sa hâte avait failli trébucher au bas des escaliers — c'est sans doute ce qui lui serait arrivé si la cage d'escalier n'avait pas été si étroite. Un petit gémissement s'était échappé de sa gorge.

A présent, il était dans la barque, les yeux posés sur Petey.

— Emmitoufler les cymbales, ça ne marche pas, dit-il. J'ai déjà essayé.

Petey jeta un regard nerveux sur le sac de voyage.

— Que s'était-il passé, papa ?

— Rien dont j'aie envie de parler maintenant, répondit Hal, et rien que tu aies envie d'entendre. Allons, pousse-moi un peu.

Petey se pencha sur l'embarcation et l'arrière frotta sur le sable. Hal poussa avec une rame et tout à coup, la sensation d'être attaché à la terre disparut et la barque se mit à bouger légèrement, libre à nouveau après toutes ces années passées dans l'obscurité du hangar, bercée par les vagues légères. Hal détacha l'autre rame et referma les dames de nage.

— Sois prudent, papa ! lança Petey.

— Ça ne sera pas long, promit Hal, mais il regarda le sac de voyage d'un air interrogateur.

Il commença à ramer, penché dans l'effort. Il sentit bientôt la vieille douleur familière se réveiller au creux de ses reins et entre ses épaules. La rive s'éloigna. Comme par magie, Petey avait à nouveau huit ans, six ; c'était un petit garçon de quatre ans debout au bord de l'eau. Il abritait ses yeux derrière une menotte de nouveau-né.

Hal laissait son regard errer sur la rive mais ne s'accordait pas le droit de l'inspecter. Il n'était plus revenu là depuis quinze ans et, s'il se mettait à examiner le rivage, il noterait les changements plutôt que les similitudes et cela l'absorberait trop. Le soleil tapait sur son cou et il se mit à transpirer. Il regarda le sac de voyage et perdit un instant le rythme — se pencher en avant, tirer vers soi. Le sac semblait... semblait plein à craquer. Il accéléra ses mouvements.

Le vent se leva, séchant sa sueur et rafraîchissant sa peau. L'embarcation se souleva et lorsqu'elle retomba, des gerbes d'eau jaillirent des deux côtés de sa proue. Le vent ne s'était-il pas rafraîchi depuis une ou deux minutes ? Est-ce que Petey ne lui criait pas quelque chose ? Oui. Avec tout ce vent, Hal ne parvint pas à entendre. Ça n'avait pas d'importance. Se débarrasser du singe pour vingt ans — ou peut-être

(s'il vous plaît, mon Dieu, pour toujours)

pour toujours — voilà ce qui importait.

L'embarcation se cabra et retomba. Il jeta un coup d'œil sur sa gauche et vit de minuscules moutons qui se formaient à la surface de l'eau. Il regarda à nouveau vers la rive et aperçut Hunter's Point et une épave effondrée, certainement tout ce qui restait du hangar à bateaux des Burdon que Bill et lui avaient connu enfants. Il y était presque. Presque arrivé à l'endroit où la fameuse Studebaker d'Amos Culligan avait plongé sous la glace un jour de décembre, il y avait de cela bien longtemps.

Petey lui criait quelque chose ; il criait et montrait quelque chose du doigt. Hal ne l'entendait toujours pas. La barque roulait et tanguait, projetant des nuées de fines gouttelettes de part et d'autre de sa proue écaillée. L'une d'entre elles s'irisa d'un minuscule arc-en-ciel bientôt déchiqueté. Ombre et lumière se poursuivaient sur le lac, striant le ciel comme des persiennes ; les vagues n'étaient plus douces à présent ; le moutonnement avait grossi. La sueur de Hal s'était changée en chair de poule et les gouttes d'eau avaient trempé sa veste ; il ramait, le visage sombre, les yeux posés tour à tour sur la berge et sur le sac de voyage. L'embarcation fut à nouveau soulevée, si haut cette fois-ci que pendant un instant la rame gauche s'enfonça dans l'air et non dans l'eau.

Petey montrait le ciel du doigt ; son cri n'était plus à présent qu'un son à peine audible.

Hal regarda par-dessus son épaule.

Le lac était agité de vagues terribles. Il était maintenant d'un épouvantable bleu sombre ourlé de blanc. Dans le ciel, une ombre se précipitait vers la barque ; il y avait dans sa forme quelque chose de familier, de si terriblement familier que Hal leva les yeux et qu'un hurlement s'étrangla dans sa gorge nouée.

Le soleil brillant derrière le nuage le façonnait en un volume bossué qui tenait deux croissants d'or écartés. Par deux lambeaux arrachés à l'une de ses extrémités la lumière se déversait à flots.

Lorsque le nuage passa au-dessus de la barque, les cymbales du singe, à peine étouffées par le sac de voyage, se mirent à battre. *Dzing-dzing-dzing-dzing, ton tour est arrivé, Hal, ton tour est enfin arrivé, tu te trouves à l'endroit le plus profond du lac, c'est ton tour, ton tour, ton tour...*

Tous les repères nécessaires étaient en place sur le rivage. La carcasse rouillée de la Studebaker d'Amos Culligan gisait quelque part au fond, c'était là que se trouvaient les plus gros, il y était.

Hal borda les rames dans les dames de nage en un tour de main, se pencha en avant sans se soucier du roulis et empoigna le sac de voyage ; les cymbales s'obstinaient dans leur scansion barbare ; les côtés du sac mugissaient comme s'il s'en échappait une ténébreuse respiration.

— *Ici, espèce de fils de pute !* hurla Hal. *ICI !*

Il jeta le sac par-dessus bord.

Celui-ci s'enfonça rapidement. Hal le vit tomber, oscillant d'un côté puis de l'autre, et pendant un interminable instant il entendit encore le claquement des cymbales. Les eaux noires semblèrent s'éclaircir un peu et il put plonger son regard au fond des flots terribles là où se trouvaient les plus gros ; la Studebaker d'Amos Culligan était là ; la mère de Hal se tenait assise derrière le volant gluant, squelette souriant dont une des orbites, décharnée, abritait une perche qui le dévisageait froidement. Oncle Will et tante Ida étaient nonchalamment installés près d'elle et les cheveux gris de tante Ida flottaient vers le haut pendant que le sac tombait, tournant sur lui-même, et que de petites bulles argentées remontaient vers la surface : *dzing-dzing-dzing-dzing...*

Hal replongea précipitamment les rames dans l'eau en s'écorchant les jointures des doigts *(Seigneur ! l'arrière de la Studebaker d'Amos Culligan était plein d'enfants morts ! Charlie Silverman... Johnny McCabe...),* et il commença à faire virer l'embarcation.

Tout à coup il entendit entre ses pieds un craquement sec semblable à une détonation et soudain l'eau jaillit entre deux planches. La barque était vieille ; le bois avait sûrement un peu joué ; ça n'était qu'une minuscule voie d'eau. Mais elle n'y était pas quand il avait sorti l'embarcation. Il l'aurait juré.

La perspective qu'il avait de la rive et du lac changea. Petey était derrière lui à présent. Au-dessus de lui l'horrible nuage simiesque creva. Hal se mit à ramer. Il ne lui fallut pas plus de vingt secondes pour comprendre qu'il ramait pour sa vie. Il n'était qu'un médiocre nageur mais même un champion aurait été mis à rude épreuve dans ces eaux soudain déchaînées.

Deux nouvelles planches s'écartèrent soudain avec le même claquement de coup de feu. L'eau s'engouffra à flots dans la barque, trempant ses chaussures. Il entendit quelques légers cliquetis et se rendit compte qu'ils étaient le fait de clous arrachés. L'une des dames de nage fut emportée et se retrouva à l'eau — serait-ce ensuite le tour de l'émerillon ?

Le vent soufflait maintenant de la rive comme s'il essayait de le ralentir ou même de le repousser jusqu'au milieu du lac. Il était terrifié, mais au-delà de la terreur il éprouvait une sorte de joie de vivre. Le singe avait disparu pour de bon cette fois. Il en avait la certitude. Quel que dût être son propre destin, le singe ne reviendrait pas jeter son ombre sur la vie de Dennis ou sur celle de Petey. Le singe avait disparu, il gisait peut-être sur le toit de la Studebaker d'Amos Culligan au fond de Crystal Lake. Disparu pour de bon.

Il rama, penché sur l'avant puis sur l'arrière. Il entendit à nouveau un craquement révélateur et cette fois-ci la boîte de Crisco rouillée qui était rangée à l'avant de l'embarcation se mit à flotter dans dix centimètres d'eau. Hal reçut une gerbe d'eau en plein visage. Un craquement plus fort encore et le siège avant se cassa en deux morceaux qui flottèrent près de la boîte d'appâts. Une planche fut arrachée sur le côté gauche de l'embarcation, puis une autre, à droite, cette fois-ci au ras de l'eau. Hal ramait. Son souffle se faisait âpre dans sa bouche, chaud et sec, et sa gorge était enflée par le goût de cuivre de l'épuisement. Ses cheveux trempés de sueur flottaient autour de son visage.

A présent, une fente s'ouvrit directement au fond de l'embarcation, zigzagua entre ses pieds et se poursuivit jusqu'à l'avant. L'eau s'engouffra ; il en eut bientôt jusqu'aux chevilles, puis jusqu'à mi-mollets. Il ramait, mais le bateau semblait désormais comme embourbé. Il n'osait pas regarder derrière lui pour mesurer la distance qu'il lui restait à parcourir.

Encore une planche arrachée. La fente qui courait d'un bout à l'autre de l'embarcation se ramifia jusqu'à former un arbre. L'eau rentrait à flots.

Hal ramait comme un fou, respirant profondément par saccades. Il tira une fois... deux fois... et à la troisième, les émerillons s'arrachèrent. Il perdit une rame mais réussit à ne pas lâcher la seconde. Il se dressa et commença à godiller désespérément. L'embarcation roula, faillit se retourner et, avec un bruit sourd, il tomba à la renverse.

Quelques instants plus tard, d'autres planches furent arrachées, le banc s'effondra ; Hal, saisi par le froid, se retrouva gisant dans l'eau qui emplissait le fond de la barque. Réfléchissant à toute allure, il tenta de se mettre à genoux : *Il ne faut pas que Petey voie ça, il ne faut pas qu'il voie son père se noyer sous ses yeux, tu vas nager, patauger comme un chien s'il le faut, mais en tout cas tu vas faire quelque chose...*

Nouveau craquement — tout sembla se fracasser ; il se retrouva à l'eau, nageant vers la rive comme il n'avait jamais nagé de sa vie... et celle-ci était étonnamment proche. Une minute plus tard il se retrouva debout avec de l'eau jusqu'à la taille, à moins de dix mètres du bord.

Pleurant et riant à la fois, Petey se précipita vers lui dans une gerbe d'eau, les bras tendus. Hal s'avança en trébuchant. Petey, de l'eau jusqu'à la poitrine, tomba en avant.

Enfin, ils s'agrippèrent l'un à l'autre.

Hal, respirant à grand bruit, souleva son fils et le porta jusqu'à la rive où ils s'écroulèrent tous deux, haletants.

— Papa ? Il a disparu ? Le méchant singe ?

— Oui. Je pense qu'il a disparu. Pour de bon cette fois.

— Le bateau est tombé en morceaux. Il... s'est désintégré autour de toi.

Hal regarda les planches qui flottaient sur le lac à cent mètres de là. Il ne restait plus rien de la petite barque aux planches bien jointes qu'il avait tirée du hangar à bateaux.

— Tout va bien, à présent, dit Hal en s'appuyant sur ses coudes.

Il ferma les yeux et laissa le soleil lui réchauffer le visage.

— Tu as vu le nuage ? murmura Petey.

— Oui. Mais je ne l'aperçois plus maintenant... Et toi ?

Ils examinèrent le ciel. De petits nuages blancs étaient disséminés çà et là, mais il ne restait plus trace du gros nuage noir. Il avait disparu.

Hal aida Petey à se redresser.

— On arrivera bien à trouver des serviettes à la maison, allez, viens. (Mais il s'interrompit et regarda son fils.) C'était de la folie de courir comme ça dans l'eau.

— Tu as été drôlement courageux, papa, s'écria Petey en le regardant gravement.

— Tu crois ?

A aucun moment il n'avait eu l'impression de manifester un quelconque courage. C'est la peur seule qui l'avait poussé. Elle avait été trop forte pour qu'il puisse penser à autre chose. S'il y avait eu autre chose.

— Allez, viens, Petey.

— Qu'est-ce qu'on va raconter à maman ?

— J'en sais rien, mon grand, répondit Hal avec un sourire. On trouvera bien, va.

Un moment encore il regarda les planches qui flottaient sur le lac. Celui-ci, à peine parcouru de petites vaguelettes irisées, avait retrouvé sa sérénité. Soudain, Hal imagina ces vacanciers qu'il ne connaissait même pas — un homme et son fils peut-être, en train d'essayer d'en attraper des gros. « J'en ai un, papa ! » s'écrie le garçon. « Remonte-le, voyons », répond le père et, surgissant des profondeurs, des herbes prises dans ses cymbales, souriant de son terrible sourire de bienvenue... le singe.

Il haussa les épaules — ce n'était qu'une hypothèse gratuite.

— Allons, répéta-t-il à Petey.

A travers les bois flamboyants de l'automne, ils remontèrent l'allée qui menait vers la maison.

Bridgton News
24 octobre 1980

LE MYSTÈRE DES POISSONS MORTS
Betsy Moriarty

Des centaines de poissons ont été retrouvés flottant le ventre en l'air sur Crystal Lake dans la commune de Casco à la fin de la semaine dernière. Quoique les courants du lac compliquent toute tentative d'explication, on peut penser que la plupart d'entre eux ont trouvé la mort près de Hunter's Point.
Parmi les poissons morts on trouve toutes les espèces communes dans ces eaux — brochetons, tacauds cornus, carpes, poissons-lunes, truites brunes et truites arc-en-ciel et même un omble. Les autorités chargées de la pêche et de la chasse se déclarent intriguées.

La révolte de Caïn

Garrish quitta l'éclatante lumière de mai pour entrer dans la fraîcheur de la résidence universitaire. Il lui fallut un moment pour accommoder et Harry le Castor ne fut d'abord qu'une voix désincarnée dans l'ombre.

— C'était duraille, hein ? demanda le Castor. Ce coup-ci c'était vraiment duraille, hein ?

— Oui, dit Garrish, c'était dur.

Voilà, ses yeux débusquaient le Castor, la main frottant le front boutonneux, les joues dégoulinant de sueur. Il arborait un T-shirt orné du chiffre 69 et d'un badge disant que Howdy-Dowdy est un pervers. On distinguait vaguement son énorme incisive de lièvre dans la pénombre.

— En janvier, dit le Castor, j'étais sur le point de laisser tomber, je n'arrêtais pas de me dire qu'il fallait que je le fasse pendant qu'il était encore temps. Et après ça, c'était trop tard, il fallait soit y aller, soit finir l'année sans l'UV complémentaire. Je crois que je me suis planté, Curt, honnêtement.

La surveillante du bâtiment était dans le coin des boîtes aux lettres. Extrêmement grande, elle avait un petit quelque chose de Rudolph Valentino. D'une main glissée dans l'emmanchure de sa robe, elle essayait de remonter la bretelle de sa combinaison et de l'autre punaisait la liste des départs.

— Dur, répéta Garrish.

— Je voulais un peu pomper sur toi, mais, honnêtement, je n'ai pas osé. Ce type a des yeux d'aigle. Tu crois que tu vas avoir ton A sans problème ?

— J'ai peut-être bien foiré, dit Garrish.

Le Castor le considéra bouche bée :

— Tu crois que tu as foiré ? Toi, foirer ?

— Je vais prendre une douche, d'ac ?

— Ouais, bien sûr, Curt. C'était ton dernier examen ?

— Oui. C'était mon dernier.

Garrish traversa le salon, poussa les battants de la porte et commença à grimper. La cage d'escalier sentait le sous-vêtement d'athlète. Ces bons vieux escaliers... Sa chambre était au cinquième.

Quinn et un des membres du trio d'idiots, celui qui avait des bras velus, s'arrêtèrent pile à sa hauteur en se renvoyant une balle de base-ball. Un petit gars portant des lunettes à monture d'écaille et quelque chose qui s'efforçait vaillamment de ressembler à un bouc le doubla entre le quatrième et le cinquième étage, serrant comme une bible un livre de calcul sur sa poitrine, les lèvres articulant le rosaire des logarithmes. Ses yeux étaient vides comme un tableau noir.

Garrish s'arrêta pour le regarder, en se demandant s'il ne serait pas mieux mort, mais le petit gars n'était plus qu'une ombre sautillante sur le mur, bientôt disparue. Garrish arriva au cinquième et remonta le couloir jusqu'à sa chambre. Grosse Cloche l'avait quittée deux jours plus tôt. Quatre exams de fin d'année en trois jours, et hop ! au revoir et merci. Grosse Cloche savait arranger les choses. Il n'avait laissé derrière lui que ses pin-up, deux chaussettes de sport sales et dépareillées, et une parodie en céramique du *Penseur* de Rodin assis au bord d'un siège de toilettes.

Garrish engagea la clé dans la serrure et la tourna.

— Curt ! Hey, Curt !

Rollins, leur stupide conseiller d'étage, qui avait envoyé Jimmy Brody au bureau du doyen pour avoir contrevenu à l'interdiction des boissons alcoolisées, descendait le couloir en lui faisant de grands gestes. Grand, bien bâti, la coupe au carré, symétrique, il avait l'air ripoliné.

— Vous avez fini ? demanda Rollins.

— Ouais.

— N'oubliez pas de balayer le parquet de la chambre et de signaler par écrit les dégâts, n'est-ce pas ?

— Ouais.

— Je vous ai glissé le formulaire pour les dégâts sous la porte jeudi dernier, n'est-ce pas ?

— Ouais.

— Si je ne suis pas dans ma chambre, glissez donc le formulaire et la clé sous la porte.

— D'ac.

Rollins lui prit la main et la secoua deux fois, vite, hop, hop. La paume de sa main était sèche, sa peau granuleuse. Serrer la main de Rollins, c'était comme étreindre une poignée de sel.

— Passez un bon été, mon vieux.

— Oui.

— Ne travaillez pas trop.

— Non.

— Donnez-lui de l'exercice mais n'en abusez pas.

— D'accord, entendu.

Garrish parut un instant interloqué et puis il éclata de rire.

— Allez, portez-vous bien.

Il donna une claque dans le dos de Garrish puis descendit le couloir, s'arrêtant un instant pour dire à Ron Frane de baisser la stéréo. Garrish pouvait voir Rollins mort au fond d'une fosse, des asticots dans les yeux. Rollins ne s'en porterait pas plus mal. Les asticots non plus. Il faut manger le monde ou le monde vous mange et c'est très bien dans les deux cas.

Garrish considéra pensivement Rollins jusqu'à ce qu'il eût disparu, puis il pénétra dans sa chambre.

Le désordre chaotique de Grosse Cloche disparu avec lui, la pièce semblait nue et stérile. Autrefois amas tourbillonnant à la dérive, le lit de Grosse Cloche était maintenant défait jusqu'à la nudité — quelque peu souillée de taches douteuses — du matelas. Deux pages centrales de *Playboy* le contemplaient avec des invites glacées en deux dimensions.

Peu de changement dans la moitié de chambre réservée à Garrish. Il y avait toujours régné un ordre militaire. On pouvait laisser tomber une pièce sur le dessus-de-lit de Garrish, elle rebondirait. Tant de propreté tapait sur les nerfs de Grosse Cloche. Étudiant en anglais au parler raffiné, il avait baptisé

Garrish l'homme-casier. La seule image qui ornait le mur au-dessus du lit de Garrish était un immense cliché de Humphrey Bogart qu'il avait acheté à la librairie de l'université. Bogie tenait un automatique dans chaque main et portait des bretelles. Grosse Cloche assurait que pistolets et bretelles étaient des symboles d'impuissance. Garrish n'avait jamais rien lu sur le sujet mais il doutait que Bogie eût été impuissant.

Il marcha jusqu'au placard et ouvrant la porte, en tira l'imposant Magnum 352 à crosse de noyer que son père, pasteur méthodiste, lui avait offert pour Noël. Il avait acheté lui-même la lunette à longue portée en mars dernier.

Théoriquement, on n'avait pas le droit de détenir des armes dans les chambres, pas même des armes de chasse, mais cela n'avait pas été difficile. La veille, il avait retiré le fusil de la consigne de l'université avec un récépissé trafiqué. Après l'avoir placé dans une housse imperméable en cuir, il l'avait dissimulé dans les bois derrière le terrain de football, puis vers 3 heures du matin, il était sorti et l'avait porté chez lui à travers les étages endormis.

Il s'assit sur le bord du lit, le fusil en travers des genoux, et pleura un peu. Sur son siège de toilettes, le *Penseur* le regardait. Laissant l'arme sur le lit. Garrish traversa la pièce et d'un revers de main balança l'objet à terre, où il se brisa en morceaux. On frappa à la porte.

Garrish glissa le fusil sous le lit.

— Entrez.

Bailey parut sur le seuil, en caleçon long et tricot de corps. Il avait quelques brins de peluche dans le nombril, et pas d'avenir. Il épouserait une idiote et ils auraient des petits idiots. Plus tard il mourrait d'un cancer ou peut-être de troubles rénaux.

— Comment s'est passé l'exam de chimie, Curt ?

— Très bien.

— Je me demandais si je pouvais t'emprunter tes notes. J'en ai un demain.

— Je les ai brûlées avec le reste de ma poubelle ce matin.

— Ah bon. Oh, là ! C'est la Cloche qui a fait ça ?

Du doigt, il montrait les débris du *Penseur*.

— Je suppose.

— Qu'est-ce qui lui a pris ? J'aimais bien ce truc. Je comptais le lui acheter.

Bailey avait des traits aigus de rat. Ses sous-vêtements étaient usés jusqu'à la corde, le caleçon pendouillait aux fesses. Garrish voyait très bien de quoi il aurait l'air quand il agoniserait sous une tente à oxygène, victime d'un emphysème ou d'autre chose. Quel teint jaune il aurait à ce moment-là. Je pourrais t'aider, songea Garrish.

— Tu crois qu'il râlerait si je lui piquais ses pin-up ?
— Je ne crois pas.
— Parfait.

Bailey traversa la pièce, ses pieds nus évitant soigneusement les éclats de porcelaine, et il détacha les playmates du mur.

— Cette photo de Bogart est vraiment superbe, aussi. Pas de nichons, mais pas mal quand même, tu sais ?

Bailey jeta un coup d'œil à Garrish pour voir s'il souriait. Comme Garrish s'en abstenait, il poursuivit :

— Je suppose que tu n'as pas l'intention de la jeter, non ?
— Non. J'allais justement prendre une douche.
— Compris. Alors, passe un bon été, si je ne te revois pas.
— Merci.

Bailey retourna à la porte, le caleçon pendouillant sur ses fesses. Il s'arrêta sur le seuil :

— T'as encore eu un A, ce semestre, Curt ?
— Au moins.
— Bien joué. A l'année prochaine.

Il sortit et ferma la porte. Garrish s'assit un moment au bord du lit puis reprit le fusil, le tira de sa housse et le nettoya. Collant son œil à la gueule de l'arme, il observa le petit cercle de lumière à l'autre extrémité. Le canon était propre. Il le remit en place.

Le troisième tiroir de son bureau contenait trois lourdes boîtes de cartouches de Winchester. Il les posa sur le rebord de la fenêtre, poussa le verrou de la porte et revint à la croisée. Il tira les stores.

Éparpillés sur la promenade brillante et verte, des étudiants déambulaient. Quinn et son idiot d'ami s'étaient lancés dans une hasardeuse partie de base-ball. Ils couraient çà et là comme des fourmis estropiées fuyant la fourmilière dévastée.

— Laisse-moi te raconter quelque chose, dit Garrish à Bogie. Dieu s'était mis en colère contre Caïn parce que Caïn s'était imaginé que Dieu était végétarien. Son frère était mieux renseigné. Dieu a fait le monde à Son image et si tu ne manges pas le monde, c'est le monde qui te mange. Alors Caïn a dit à son frère : « Pourquoi ne m'as-tu rien dit ? Et son frère a répondu :

« Pourquoi ne m'as-tu pas écouté ? » Et Caïn a dit : « D'ac, j'écoute maintenant. » Alors il s'est excité contre son frère et il a dit : « Hé, Dieu tu veux de la viande ? En voilà ! Tu veux quoi, du rôti, de la côtelette ou des Abelburgers ? » Et Dieu lui a dit de mettre ses baskets. Voilà... qu'est-ce que t'en penses ?

Pas de réponse de Bogie.

Garrish ouvrit la fenêtre et posa ses coudes sur le rebord en veillant à ce que le canon du 352 n'accroche pas la lumière. Il regarda dans le viseur.

Il était dirigé sur la résidence d'étudiantes Carlton Memorial, de l'autre côté de la promenade. Carlton était plus communément appelé le Chenil. Garrish déplaça la mire jusqu'à une grosse Ford. Une jeune fille en blue-jean et chemise bleue bavardait avec sa mère tandis que le père rougeaud et déplumé embarquait des bagages par la hayon arrière.

On frappa à la porte.

Garrish ne bougea pas.

On frappa de nouveau.

— Curt ? Je te donne un demi-dollar pour l'affiche de Bogart. Bailey.

Garrish garda le silence. La fille et sa mère riaient pour une raison quelconque, sans savoir qu'il y avait des microbes dans leurs intestins qui se nourrissaient, se divisaient, se multipliaient. Le père de la jeune fille les rejoignit et ils restèrent ainsi ensemble, portrait de famille dans le collimateur.

— Oh, et puis zut ! dit Bailey.

Le bruit de ses pas s'éloigna dans le couloir.

Garrish pressa la détente.

Le fusil cogna durement son épaule. Le bon choc bien amorti qu'on encaisse lorsqu'on a placé correctement la crosse. Le visage souriant de la jeune fille blonde s'arracha de son champ de vision.

La mère continua de sourire pendant un instant et puis elle porta la main à la bouche. Elle cria à travers sa main. Garrish tira à travers la main. Tête et main disparurent dans une éclaboussure rouge. L'homme, qui avait porté les valises, se cassa en deux et courut, penché en avant.

Garrish le suivit et lui tira dans le dos. L'homme leva la tête, échappant un instant à sa vue. Quinn serrait la balle de base-ball, les yeux fixés sur la cervelle de la jeune fille blonde répandue sur le panneau de stationnement interdit, derrière le corps à terre. Quinn ne bougeait pas. Sur toute l'étendue de la promenade, les gens étaient pétrifiés, comme des enfants jouant à « un-deux-trois, soleil ».

On tambourina à la porte, on tourna la poignée. Encore Bailey.

— Curt ? Ça va, Curt ? J'ai l'impression que quelqu'un...

— Allez, par ici la bonne soupe et que Dieu nous bénisse ! s'exclama Garrish, et il tira sur Quinn.

Il tira sur la détente au lieu de la presser et manqua son coup. Quinn courait. Pas de problème. La deuxième balle cueillit Quinn au cou et il fit encore une vingtaine de pas en courant.

— Curt Garrish se suicide ! hurlait Bailey. Rollins ! Rollins ! Venez vite.

Le bruit de ses pas s'évanouit dans le couloir.

Maintenant, ils commençaient à courir. Garrish pouvait les entendre crier. Il entendit aussi le bruit léger de leurs chaussures piétinant les allées.

Il leva les yeux sur Bogie, Bogie brandissait ses deux pistolets et regardait au-delà de lui. Il considéra les débris du *Penseur* de Grosse Cloche en se demandant ce que ce dernier faisait aujourd'hui, s'il dormait ou regardait la télé ou mangeait un énorme et merveilleux repas. Mange le monde, Grosse Cloche, pensa Garrish. Avale-le tout cru, ce crétin.

— Garrish !

C'est Rollins, maintenant qui tambourinait à la porte.

— Ouvre, Garrish !

— C'est fermé, haleta Bailey. Il avait l'air d'aller mal. Il s'est tué, j'en suis sûr.

Garrish pointa de nouveau le bout du canon hors de la fenêtre. Un garçon en chemisier de madras était accroupi derrière un buisson, scrutant les fenêtres de la résidence avec l'intensité du désespoir. Il voulait courir jusqu'au bâtiment. Garrish le voyait, mais ses jambes étaient paralysées.

— Par ici la bonne soupe pour ce repas, merci, Seigneur, murmura Garrish et il recommença à presser la détente.

Le raccourci
de Mme Todd

— Voilà, Mme Todd, j'ai dit.
Homère Buckland regarda passer la petite Jaguar et hocha la tête. La conductrice salua Homère d'un geste de la main. En réponse, il inclina sa grosse tête hirsute mais n'alla pas jusqu'à lever la main. La famille Todd avait une grande résidence secondaire à Castle Lake, et Homère avait toujours été, de mémoire d'homme, leur gardien. J'avais dans l'idée qu'il détestait la seconde femme de Todd autant qu'il avait apprécié Phelia, la première.
C'était il y a tout juste deux ans et nous étions assis sur un banc devant Bell's Market, moi avec un soda à l'orange, lui avec un verre d'eau minérale. On était en octobre, une époque paisible à Castle Rock. Beaucoup de maisons sur le bord du lac sont encore habitées le week-end mais le rassemblement d'estivants alcoolisés et agressifs était fini et les chasseurs, avec leurs grands fusils et leurs coûteux permis de chasse de non-résidents fixés sur leurs casquettes orange, n'avaient pas encore commencé d'envahir la ville. Les récoltes étaient en grande partie engrangées. Les nuits étaient fraîches, on dormait bien et les vieilles articulations, les miennes par exemple, n'étaient pas encore douloureuses. En octobre le ciel au-dessus du lac prend une beauté particulière avec ses gros nuages blancs qui passent si lentement ; j'aime leur

dessous si plat et la trace de gris qui semble annoncer le coucher du soleil, et je peux observer le scintillement de celui-ci sur l'eau et échapper à l'ennui pendant quelques minutes. C'est en octobre, quand je suis assis sur un bac devant Bell's et que je contemple le lac au loin, que j'aimerais être fumeur.

Pour les habitants des petites villes du Maine, les estivants comme les Todd sont loin d'être aussi intéressants qu'ils le croient. Les autochtones préfèrent leurs propres intrigues amoureuses et détestent les histoires, les scandales et les rumeurs de scandale. Quand ce type d'Amesbury qui travaillait dans le textile s'est tué, Estonia Corbridge s'est rendu compte au bout d'une huitaine de jours que plus personne ne voulait l'inviter à déjeuner pour l'entendre raconter comment elle l'avait découvert, étreignant encore son pistolet d'une main roidie par la mort. Mais les gens parlent encore de Joe Camber, qui a été tué par son propre chien.

Bon, peu importe. Simplement, nous ne sommes pas dans la même course. Les estivants sont des trotteurs ; nous autres, les gars qui ne mettons pas une cravate pour aller travailler dans la semaine, on se contente d'aller l'amble. Malgré ça, en 1973, les gens du coin se sont beaucoup intéressés à la disparition d'Ophelia Todd. C'était une femme vraiment belle et qui avait beaucoup fait pour la ville. Elle s'occupait de la collecte pour la bibliothèque Sloan, donnait un coup de main pour le nettoyage du monument aux morts — ce genre de choses. Mais tous les estivants, vraiment tous, aiment l'idée de collecter de l'argent. Parlez-leur-en, leurs yeux se mettront à briller. Parlez-leur de collecte et ils seront tout prêts à réunir une commission, à désigner un secrétaire et à fixer l'ordre du jour. Ils aiment ça. Mais parlez-leur de donner du temps (hormis, bien sûr, une solide portion d'heures consacrée à un mélange de cocktails et de réunions de commissions) et vous serez à côté de la plaque. On dirait que le temps, c'est surtout ça que les estivants économisent. Ils en mettent de côté et s'ils pouvaient le serrer dans des pots comme des conserves, ma foi, ils n'hésiteraient pas. Mais Phelia Todd, elle, semblait vouloir dépenser son temps — pour la bibliothèque, elle pouvait aussi bien faire du travail de bureau que collecter de l'argent. Quand il a fallu sortir les chiffons à récurer et user de l'huile de coude pour nettoyer le monument aux morts, Phelia est venue tout de suite, en bleu de travail et un foulard sur la tête, prêter main-forte aux femmes de la ville qui avaient perdu leurs enfants dans trois guerres différentes. Et quand il fallait quelqu'un pour emmener les gosses faire de la natation au centre aéré, tout le monde pouvait la voir descendre Landing Road avec une bande de gosses à l'arrière de la grosse camionnette rutilante de Worth Todd. Une femme bien. Pas de chez nous, mais bien quand même. Et quand elle a disparu, on s'est inquiété. Ce n'était pas exactement du chagrin, parce qu'une disparition n'est pas comme une mort. Ce n'est pas comme retrancher une chose d'un coup de hachoir, mais plutôt comme si cette chose s'écoulait doucement de l'évier, si doucement qu'on ne savait pas si elle avait tout à fait disparu longtemps après qu'elle fut partie.

— C'était une Mercedes qu'elle conduisait, dit Homère, en réponse à une question que je n'avais pas posée. Une deux-places de sport. Todd la lui avait achetée en 64 ou 65, j'crois bien. Tu te souviens, quand elle emmenait les gosses au lac, à l'époque où il y avait les Grenouilles et les Têtards ?

— Mouais.

— Elle faisait pas plus de quarante parce qu'elle oubliait pas qu'elle les avait à l'arrière. Mais ça l'énervait. Cette femme avait du plomb dans le pied et un roulement à billes dans la cheville.

Autrefois Homère ne parlait jamais de ses estivants. Mais sa femme était morte. Il y avait cinq ans de ça. Elle labourait un champ en pente et le tracteur s'était renversé sur elle. Homère avait très mal encaissé le coup. Pendant deux ans environ il l'avait pleurée et puis il avait eu l'air d'aller mieux. Mais il n'était plus le même. Il semblait attendre que quelque chose arrive, attendre la suite. Parfois, on passait devant sa petite maison proprette à la tombée du jour et il était là, sous la véranda à fumer la pipe, un verre d'eau minérale posé sur la balustrade et le coucher de soleil était dans ses yeux, la fumée de la pipe autour de sa tête et on pensait — moi, en tout cas, je pensais : Homère attend la suite. Ça me tracassait plus, ça prenait plus de place dans ma tête que je ne voulais bien l'admettre et à la fin je conclus que si j'avais été à sa place, je n'aurais pas attendu la suite, comme un fiancé qui a mis son manteau de deuil et qui a terminé d'arranger sa cravate et qui se contente de rester là au bord du lit au premier étage de sa maison en se regardant dans le miroir puis en jetant un coup d'œil à la pendule de la cheminée, en attendant onze heures pour se marier. A sa place, je n'aurais pas attendu la suite, j'aurais attendu la fin.

Mais dans cette période d'attente — qui s'est achevée il y a un an, quand Homère est parti pour le Vermont —, il parlait de ces gens de temps en temps. A moi et à quelques autres.

— Même avec son mari, elle a jamais conduit vite, pour autant que je sache. Mais quand je conduisais avec elle, elle sortait le grand jeu avec la Mercedes.

Un type se gara devant les pompes et commença à faire le plein. La voiture avait une plaque du Massachusetts.

— C'était pas une de ces nouvelles bagnoles de sport qui roulent à l'essence sans plomb et sursautent à chaque fois qu'on monte dedans. C'était une ancienne et le compteur allait jusqu'à deux cent cinquante. Elle avait une drôle de teinte marron. Un jour je lui ai demandé comment elle appelait cette couleur et elle m'a dit : champagne. Ça n'a pas l'air aussi bon, j'ai dit, et elle est partie d'un grand rire. J'aime les femmes qui rient sans qu'on ait besoin de leur faire un dessin pour qu'elles comprennent que c'est une blague.

L'homme près des pompes avait fini de prendre de l'essence.

— Bon après-midi, messieurs, dit-il en montant les marches.

— Vous de même, répondis-je et il entra dans le magasin.

— Phelia passait son temps à chercher des raccourcis, poursuivit Homère comme s'il n'avait jamais été interrompu. C'était une dingue des raccourcis. Jamais vu quelqu'un d'aussi acharné. Elle disait que si on savait économiser assez sur la distance on économisait du temps. Elle disait que son père ne jurait que par ce précepte. C'était un représentant de commerce, toujours sur la route, et quand elle pouvait elle l'accompagnait et il cherchait toujours le plus court chemin. C'est comme ça qu'elle avait pris l'habitude. Une fois, je lui ai demandé si c'était pas un peu drôle : d'un côté, elle passait son temps à frotter cette vieille statue dans le square, elle emmenait les gosses à leurs leçons de natation au lieu de jouer au tennis, de nager et de picoler comme tout estivant normal, et de l'autre elle était si foutrement acharnée à gagner un quart d'heure entre ici et Fryeburg que rien que d'y penser elle devait pas en dormir la nuit. Là, pour moi, c'étaient deux choses qui allaient pas ensemble, si tu vois ce que je veux dire. Elle m'a juste regardé et puis elle a dit :

« J'aime bien me rendre utile, Homère. J'aime aussi conduire —

du moins quelquefois, quand il y a un défi à relever — mais je n'aime pas le temps que ça prend. C'est comme de raccommoder des habits. Parfois on serre les plis et parfois on agrandit les vêtements. Vous comprenez ? »

« Oui, je crois, m'dame », j'ai dit, pas très convaincu.

« Si ce que j'aimais vraiment tout le temps c'est de rester derrière un volant, je chercherais des détours, elle a dit, et ça m'a tellement amusé que je n'ai pas pu m'empêcher de rire.

Le type du Massachusetts sortit du magasin, un pack de six bières dans une main et des tickets de loterie dans l'autre.

— Vous avez passé un bon week-end ? dit Homère.

— Toujours, je suis toujours content de mon week-end, a répondu le type. Tout ce que j'aimerais c'est pouvoir me permettre de vivre ici toute l'année.

— Bon, nous garderons tout comme il faut pour quand vous pourrez venir, rétorqua Homère, et l'homme éclata de rire.

Nous le regardâmes partir pour un endroit quelconque, avec sa plaque du Massachusetts à l'arrière. C'était une verte. Marcy, ma femme dit que ce sont celles que l'administration du Massachusetts donne aux conducteurs qui depuis deux ans n'ont pas eu d'accident dans cet État étrange, furieux et enfumé. Si vous en avez un, dit-elle, on vous donne une plaque rouge et alors les gens se méfient quand ils vous voient rouler.

— Ils étaient de l'État, tu sais, tous les deux, dit Homère, comme si le type du Massachusetts lui avait rappelé ce fait.

— Je crois que je le savais.

— Les Todd étaient peut-être les seuls oiseaux qu'on avait par ici qui montaient vers le nord en hiver. La nouvelle, il me semble qu'elle n'aime pas trop voler au nord.

Il but une gorgée d'eau minérale et se tut un moment, songeur.

— Elle, ça la dérangeait pas, reprit-il. Du moins, c'est ce que j'estime, même si elle avait l'habitude d'en faire toute une histoire. Mais si elle se plaignait, c'était seulement pour expliquer pourquoi elle cherchait toujours un raccourci.

— Si tu veux dire que son mari ne s'inquiétait pas de la voir se perdre au diable, à traîner sur toutes les routes forestières entre ici et Bangor pour essayer de raccourcir le chemin de quelques centaines de mètres ?

— Il s'en foutait éperdument, dit Homère avec brusquerie et il se leva pour entrer dans le magasin.

Et voilà, mon vieux, je me suis dit, tu sais qu'il n'est pas sain de lui poser des questions quand il est lancé, et tu as foncé tête baissée, tu lui en as posé une et tu as bousillé une histoire qui s'annonçait juteuse.

Je restai assis là et tournai mon visage vers le soleil. Au bout d'une dizaine de minutes, il sortit, un œuf dur dans la main, et se rassit. Il le mangea et je fis attention de ne rien dire et l'eau de Castle Lake brillait du bleu qu'on pourrait décrire dans une histoire de trésor. Quand Homère eut fini son œuf et bu une gorgée d'eau minérale, il reprit son histoire. J'étais étonné mais ne dis toujours rien. Ça n'aurait pas été sage.

— Ils avaient deux ou trois tas de ferraille différents, il y avait la Cadillac et son camion à lui, et sa Mercedes à elle, cet engin de mort. Pendant deux hivers, il a laissé le camion parce qu'ils voulaient descendre faire du ski. C'était surtout quand l'hiver était fini qu'il ramenait en haut le Caddy et elle prenait son engin de mort.

Je hochai la tête sans piper mot. En fait, je n'aurais pas osé risquer un autre commentaire. Par la suite, je me suis dit qu'il aurait fallu beaucoup de commentaires pour arrêter Homère Buckland ce jour-là. Il avait besoin depuis longtemps de raconter l'histoire du raccourci de Mme Todd.

— Son petit engin de mort avait un compteur spécial qui te disait combien de kilomètres tu parcourais dans un voyage et chaque fois qu'elle partait de Castle Lake pour Bangor, elle le remettait à zéro et notait l'heure. Elle en avait fait un jeu, et elle me taquinait avec ça.

Il se tut, réfléchissant à ce qu'il venait de dire.

— Non, c'est pas vrai.

Il se tut de nouveau et des rides légères strièrent son front comme les barreaux d'une échelle de bibliothèque.

— Elle faisait comme si c'était un jeu, mais c'était une affaire sérieuse pour elle. Aussi sérieuse que le reste, en tout cas.

Il eut un geste de la main et je suppose qu'il voulait faire allusion au mari.

— La boîte à gants de son petit engin de mort était pleine de cartes, et il y en avait encore à l'arrière, là où dans les voitures normales il y a un siège. Des cartes qu'on achète dans les stations-service, des pages arrachées dans l'atlas routier Rand-McNally ; elle avait des cartes tirées des guides de randonnée des Appalaches et aussi tout un fouillis de relevés topographiques. C'était pas parce qu'elle avait toutes ces cartes que je pensais que c'était pas un jeu pour elle, mais parce qu'elle avait marqué au crayon les routes qu'elle avait prises ou du moins essayé de prendre. Il lui est arrivé aussi de s'embourber et elle avait dû se faire tirer par un paysan avec un tracteur et des chaînes. Un jour j'étais là-bas en train de poser du carrelage dans la salle de bains, avec le mortier qui dégoulinait de la moindre fente — on le voyait baver de partout —, après j'ai passé la nuit à rêver de carreaux et de fentes dégoulinant de mortier, elle est venue se planter dans l'encadrement de la porte et elle m'a parlé de ça pendant un bon moment. J'avais l'habitude de la titiller là-dessus mais ça m'intéressait aussi, plus ou moins, et pas seulement parce que mon frère Franklin vivait en bas à Bangor et que j'avais fait presque toutes les routes dont elle me parlait. J'étais intéressé seulement parce qu'un homme comme moi s'intéresse toujours de manière pas ordinaire aux raccourcis même s'il n'a pas envie de les prendre. Tu es comme ça, toi aussi ?

— Mouais, fis-je.

Ça donne une sensation de puissance de connaître le plus court chemin, même quand vous prenez le plus long parce que vous savez que votre belle-mère vous attend à la maison. Par ici, aller vite, c'est souvent bon pour les oiseaux, même si les gens qui ont un permis de conduire du Massachusetts n'ont pas l'air de le savoir. Mais connaître le moyen d'aller vite à tel endroit, ou même simplement un chemin que l'autre assis à côté de vous ignore, ça, c'est fort.

— Eh ben, elle avait ses routes, comme un boy-scout a ses nœuds secrets, dit Homère, et il sourit de son large sourire lumineux. Elle dit : « Une minute, attendez une minute », comme une petite fille et je l'entends derrière le mur qui farfouille dans son bureau et puis elle revient avec un petit carnet de notes qui avait l'air d'avoir beaucoup servi. La couverture était toute froissée, tu vois, et certaines pages s'étaient détachées des petites spirales qu'il y a sur le côté du cahier. « Le chemin de Worth — le chemin que tout le monde prend — c'est la route 97 jusqu'aux Mechanic Falls, puis la route 11 jusqu'à Lewiston, et puis l'inter-États pour Bangor. Deux cent quarante-neuf kilomètres six cents. »

Je hochai la tête.

— « Si on veut éviter l'autoroute et raccourcir un peu la

distance, il faut aller sur Mechanic Falls, la route 11 jusqu'à Lewiston, la route 202 pour Augusta et puis prendre la route 9 qui traverse China Lake et Unity et Haven jusqu'à Bangor. Ça, c'est l'itinéraire qui fait deux cent quarante-neuf kilomètres six cents. »

« Vous gagnerez pas de temps de cette façon, m'dame, je lui dis, pas en passant par Lewiston et aussi Augusta. Mais je dois admettre que monter la Old Derry Road pour Bangor, c'est vraiment pas mal. »

« Si tu économises assez sur les kilomètres, bientôt tu économiseras du temps, qu'elle me répond. Et je n'ai jamais prétendu que c'était le chemin que je suivais même si j'en ai pris un bon très souvent ; je fais comme tout le monde, je prends le chemin habituel. Vous avez envie que je m'en aille ? »

« Non, j'ai dit, laissez-moi seulement tout seul dans cette foutue salle de bains à regarder la bouche ouverte toutes ces foutues fentes jusqu'à ce que je devienne dingue. »

« En tout, il y a quatre grands itinéraires, qu'elle dit. Celui qui passe par la 2 fait deux cent soixante kilomètres huit cents. Je ne l'ai essayé qu'une fois. Trop long. »

« C'est celui que je prendrais si ma femme m'appelait pour me dire qu'il y a des restes », j'ai dit entre mes dents.

« Quoi ? »

« Rien. Je parlais au mortier. »

« Ah, bon, le quatrième — et il n'est pas trop connu, même si ce sont des bonnes routes — traverse la Speckled Bird Mountain par la 219 et la 202 après Lewiston. Ensuite, si vous prenez la 19, vous pouvez éviter Augusta. Et puis vous prenez la Old Derry Road. Cette route-là fait deux cent six kilomètres soixante-douze. »

J'ai rien dit pendant un petit moment et elle a peut-être pensé que je la croyais pas parce qu'elle a dit sur un petit ton effronté : « Je sais que c'est dur à avaler, mais c'est ainsi. »

Je lui ai dit qu'elle avait sans doute raison et en y repensant, je croyais que c'était probablement vrai. Parce que c'est le trajet que je prenais pour aller voir Franklin à Bangor quand il vivait encore. Mais ça faisait des années que j'étais pas passé par là. Tu crois qu'on peut tout simplement, hum, oublier une route, Dave ?

Je répondis que oui. C'est si facile de prendre l'autoroute. Au bout d'un certain temps, c'est devenu un réflexe et on ne se dit plus : Comment pourrais-je aller d'ici à là-bas mais : Comment faire pour aller d'ici à l'autoroute la plus proche ? Cette idée m'a donné à penser qu'il y avait peut-être des tas de routes un peu partout qui ne trouvaient pas preneurs ; des routes avec des murs de pierre sur les bords, des vraies routes avec des buissons de mûres sur leurs talus et personne d'autre que les oiseaux pour manger les mûres, avec des carrières de gravier dont la voie d'accès est barrée par une vieille chaîne rouillée qui pend près du sol, des carrières aussi oubliées qu'un vieux jouet de gosse, et dont les flancs abandonnés sont couverts d'herbes folles. Des routes dont seuls se souviennent encore ceux qui vivent au bord et qui ne songent qu'à trouver le chemin le plus rapide pour gagner l'autoroute qui permet de franchir une côte sans s'énerver. Dans le Maine on aime dire en plaisantant qu'on ne peut pas aller d'ici à là-bas, mais ce n'est peut-être pas une plaisanterie. La vérité c'est qu'il y a peut-être un millier de chemins possibles et qu'on s'en moque.

Homère continuait :

— J'ai posé du carrelage tout l'après-midi dans cette petite salle de bains où il faisait très chaud et elle est restée tout le temps plantée à l'entrée, un pied devant l'autre, jambes nues, en mocassins, jupe kaki et chemise plus sombre. Ses cheveux étaient ramenés en arrière, en queue de cheval. Elle devait avoir dans les trente-quatre trente-cinq ans à l'époque mais son visage était éclairé par ce qu'elle me racontait et je jure qu'elle ressemblait à une étudiante en vacances. Au bout d'un moment, elle a dû s'apercevoir qu'elle remuait beaucoup d'air depuis longtemps parce qu'elle m'a dit : « Je dois vous ennuyer à mourir, Homère. »

« Oui, m'dame, j'ai dit, je préférerais que vous vous en alliez et que vous me laissiez parler avec cette saleté de mortier. »

« Ne vous moquez pas, Homère. »

« Non, m'dame, vous m'ennuyez pas. »

Alors elle a souri et elle a continué, en feuilletant son petit carnet de notes comme un marin qui vérifie ses ordres. Elle avait ces quatre itinéraires principaux — bon, trois en fait, parce qu'elle a abandonné tout de suite la route 2 — mais elle avait peut-être quarante autres chemins qui étaient des variantes à partir des premiers. Des routes d'État, des routes sans numéro, des routes avec des noms, des routes sans. J'en avais la tête qui tournait. Et pour finir, elle m'a dit : « Vous voulez connaître le meilleur de tous, Homère ? »

« Je pense, oui. »

« En tout cas le meilleur pour l'instant. Savez-vous, Homère, que quelqu'un a écrit en 1923 un article dans *Science Today* prouvant qu'il était impossible pour l'homme de courir un kilomètre cinq cents en moins de quatre minutes ? Il le prouvait avec toutes sortes de calculs basés sur la longueur maximum des muscles de la cuisse masculine, la capacité cardiaque maximum et beaucoup d'autres facteurs. Cet article m'a vraiment frappée ! J'en ai été si frappée que je l'ai donné à Worth en lui demandant de le passer au professeur Murray du département de mathématiques de l'université du Maine. Je voulais faire vérifier ces chiffres parce que j'étais persuadée qu'ils étaient forcément basés sur des postulats faux, ou quelque chose de cc genre. Worth a probablement pensé que je devenais dingue — " une lubie qui lui prend ", c'est ce qu'il a dû se dire — mais il a accepté. Eh bien, le professeur Murray a vérifié très soigneusement tous les chiffres... et vous savez quoi, Homère ? »

« Non, m'dame. »

« Les chiffres étaient exacts. Les critères de l'auteur étaient solides. Il prouvait, en 1923, qu'il était impossible pour l'homme de courir un kilomètre cinq cents en moins de quatre minutes. Il le prouvait. Maintenant, ça se fait tous les jours, et vous savez ce que ça veut dire ? »

« Non, m'dame », j'ai dit, même si j'avais ma petite idée.

« Ça signifie que le meilleur ne le reste jamais longtemps. Un jour ; à moins que le monde n'explose entre-temps, quelqu'un aux jeux Olympiques courra un kilomètre cinq cents en deux minutes. Ça prendra cent ans, mille ans, mais ça viendra. Parce qu'il n'y a pas de record ultime. Il y a le zéro, l'éternité, la mortalité, mais l'ultime, ça n'existe pas. »

Et elle restait plantée là, son visage propre, récuré et brillant, ses cheveux noirs qu'elle avait tirés sur le front. Elle me regardait comme pour dire : Allez-y, dites que vous n'êtes pas d'accord si vous pouvez. Mais je ne pouvais pas. Parce que je crois quelque chose de ce genre. Ça ressemble plus à ce que le pasteur veut dire, je crois, quand il parle de la grâce. « Alors, vous êtes prêt à connaître le meilleur itinéraire pour l'instant ? » elle a dit. « Mouais », j'ai fait, et j'ai même décidé que ça suffisait pour le moment avec le mortier. De toute façon j'avais atteint la baignoire et il ne restait plus qu'un paquet de ces putains de petits coins tordus. Elle a respiré un grand coup et elle m'a craché ça aussi vite que le commissaire-priseur de Gates Falls quand il s'est envoyé un whisky, et je ne peux pas me rappeler tout, mais c'était quelque chose comme ça.

Homère Buckland ferma les yeux un moment, ses grandes mains parfaitement immobiles sur ses longues cuisses, le visage levé vers le soleil. Puis il ouvrit les yeux et un instant, je jure qu'il lui ressembla, à elle, oui, un homme de soixante-dix ans ressembla à une femme de trente-quatre ans qui à ce moment de sa vie ressemblait elle-même à une étudiante de vingt ans et pas plus qu'il n'était capable de se rappeler exactement ce qu'elle lui avait dit, je ne suis capable de me rappeler exactement ce qu'il dit alors, non seulement parce que c'était complexe mais aussi parce que j'étais ahuri de le voir ainsi, mais ce qu'il raconta, c'était à peu près quelque chose comme ça :

— « Vous partez par la 97 et puis vous coupez Denton Street jusqu'à la Old Townhouse Road et par là vous évitez le centre de Castle Rock et vous revenez sur la 97. Au bout de quatorze kilomètres, vous prenez une vieille piste forestière sur deux kilomètres et demi, elle vous mène à la Town Road 6, grâce à laquelle on rejoint la Big Anderson Road par Sites' Cider Mill. Il y a un raccourci que les anciens appellent route de l'Ours, jusqu'à la 21. Quand vous êtes de l'autre côté de Speckled Bird Mountain, vous attrapez la Stanhouse Road, tournez à gauche sur la Bull Pine Road — là il y a un passage submergé mais vous pouvez le franchir d'un coup si vous prenez assez de vitesse sur le gravier — et là vous débouchez sur la 106. La 106 coupe à travers la plantation Alton jusqu'à la Old Derry Road, et il y a deux ou trois routes forestières par là que vous suivez pour sortir sur la 3 juste après Derry Hospital. De là il n'y a que six kilomètres et demi jusqu'à la 2 à Etna, et vous continuez jusqu'à Bangor. » Elle s'arrêta pour reprendre sa respiration et me lança un regard :

« Vous savez quelle distance ça fait, en tout ? »

« Non, m'dame », j'ai fait, en pensant que ça devait être dans les trois cent quatre kilomètres.

« Cent quatre-vingt-six kilomètres deux cents », elle a dit.

J'ai ri. Le rire est sorti de moi avant que je me sois rappelé qu'il ne fallait pas que je me laisse aller si je voulais entendre son histoire jusqu'à la fin. Mais Homère lui-même a souri et hoché la tête.

— Je sais. Et toi, Dave, tu sais que je n'aime pas discuter. Avec personne. Mais il y a une différence entre se faire titiller et se faire secouer comme un prunier. « Vous ne me croyez pas », qu'elle a dit.

« Ma foi, m'dame, c'est dur à avaler », j'ai dit.

« Laissez sécher ce mortier et je vais vous montrer, elle a répondu. Vous finirez la baignoire demain. Venez, Homère. Je laisserai un mot à Worth — de toute façon, il ne devrait pas revenir avant ce soir — et vous n'avez qu'à passer un coup de fil à votre femme ! Nous dînerons au Pilot's Grille dans — elle jeta un coup d'œil à sa montre — deux heures et quarante-cinq minutes exactement. Gagne sur la distance et tu gagneras du temps, même s'il faut pour ça traverser tous les marais et toutes les fosses à purin du comté de Kennebec. Alors, qu'en dites-vous ? »

Elle braquait sur moi comme des lampes ses yeux marron, ils avaient une lueur diabolique qui disait : Mets ta casquette à l'envers, Homère, et grimpe donc sur ce canasson, je serai la première et tu seras le deuxième et que le diable emporte le dernier, et il y avait sur son visage un sourire qui disait exactement la même chose, et je te le dis, Dave, j'avais envie d'y aller, je n'avais même pas envie de couvrir cette saleté d'auge de mortier. Et ce qui est sûr, c'est que je n'avais pas envie non plus de conduire son engin de mort. Tout ce que je voulais, c'était m'asseoir sur le siège du passager et la regarder embarquer dans la voiture, voir sa jupe qui remontait un peu et elle qui la tirait ou ne la tirait pas au-dessous du genou, et regarder ses cheveux briller.

Sa voix mourut et tout à coup il émit un rire sarcastique étouffé. Ce rire si particulier qui faisait comme un bruit de cartouche à gros sel.

— « Appelez donc Megan et dites-lui : " Phelia Todd, tu vois cette femme que t'es pas loin d'être très jalouse d'elle au point que t'y vois plus clair et tu ne trouves pas un mot gentil à dire sur elle ? Eh ben, elle et moi on va rouler à tombeau ouvert jusqu'à Bangor dans son petit engin de mort, cette Mercedes couleur champagne, alors m'attends pas pour dîner. " Appelez-la donc et dites-lui ça. Oh oui. Oh, oui oui. »

Et il rit de nouveau, les mains posées sur les cuisses, toujours aussi naturel, et je vis sur son visage quelque chose qui ressemblait à de la haine. Au bout d'une minute, il prit le verre d'eau minérale sur la balustrade et but une gorgée.

— Tu n'y es pas allé, j'ai dit.

— Non, pas cette fois.

Il rit, d'un rire plus détendu.

— Elle a dû voir quelque chose dans mon expression, parce qu'elle a eu l'air de revenir à elle. Elle a cessé de ressembler à une étudiante et a repris l'apparence de Phelia Todd. Elle a baissé les yeux sur son carnet en le regardant comme si elle ne savait pas ce qu'elle tenait en main et elle a baissé le bras, en cachant presque le carnet dans son dos. J'ai dit : « J'aimerais vraiment faire ça, m'dame, mais faut que je finisse ici, et ma femme a fait un rôti pour dîner. »

« Je comprends, Homère, elle a dit, je me suis seulement laissé emporter par l'enthousiasme. Ça m'arrive souvent. Tout le temps, d'après Worth. » Puis elle s'est un peu redressée en ajoutant : « Mais l'offre tient toujours, quand vous voudrez. Vous pourriez même donner un coup d'épaule à l'arrière si on s'embourbe quelque part. Ça me ferait économiser cinq dollars. » Et elle a ri.

« Je vous prendrai au mot, m'dame », j'ai dit et elle a vu que j'étais sincère, que je ne disais pas ça seulement par politesse.

« Et avant de vous persuader qu'il est impossible de trouver un itinéraire de cent quatre-vingt-cinq kilomètres jusqu'à Bangor, sortez donc vos propres cartes et regardez ce que ça représente à vol d'oiseau. »

J'ai fini le carrelage et je suis rentré chez moi pour manger des restes — il n'y avait pas de rôti au menu et je pense que Phelia Todd le savait — et quand Megan s'est couchée, j'ai sorti mon mètre et un stylo et ma carte Mobil de l'État, et j'ai fait ce qu'elle m'avait dit... parce que ça me trottait un peu dans la tête, tu vois. J'ai tracé une ligne droite et j'ai calculé la distance par rapport à l'échelle. J'ai été assez surpris. Parce que si tu vas de Castle Rock à Bangor tout droit, comme un de ces petits Piper Cub pourrait le faire en volant par temps clair, sans que tu sois gêné par les lacs, ou par les sections de route barrées par les compagnies forestières, par les fondrières, par le passage des rivières sans pont, eh ben, ça fait seulement cent vingt-six kilomètres, crois-moi si tu veux.

J'eus un petit sursaut.

— Mesure toi-même si tu me crois pas, insista Homère. Jusqu'au jour où j'ai vu ça, j'aurais jamais cru que le Maine était si petit.

Il se servit à boire et releva les yeux vers moi.

— Et puis, au printemps suivant, ça a été le moment où Megan est partie dans le New Hampshire pour rendre visite à son frère. Il a fallu que je descende à la maison des Todd pour enlever les portes d'hiver et mettre celles d'été, et son petit engin Mercedes était là. Elle était venue seule. Elle ouvre la porte et me dit : « Homère ! Vous êtes venu mettre les portes d'été ? »

« Non, m'dame, que je lui balance comme ça, je suis venu voir si vous voulez me faire descendre jusqu'à Bangor par le plus court chemin. » Ma foi, elle m'a regardé avec un visage sans aucune expression et j'ai pensé qu'elle avait tout oublié là-dessus. J'ai senti que je rougissais, comme quand on fait une belle boulette. Et puis, juste comme j'allais m'excuser, elle s'est déridée, elle a eu son fameux sourire et elle m'a dit : « Ne bougez pas, je vais chercher les clés. Et ne changez pas d'avis, Homère ! » Elle revient une minute après, les clés à la main. « Si on s'embourbe, vous verrez des moustiques gros comme des libellules. »

« J'en ai vu gros comme des moineaux anglais à Rangely, m'dame, je dis, et je crois qu'on est tous les deux un peu trop lourds pour être enlevés. » Elle rit.

« Bon, je vous aurai prévenu. Venez, Homère. »

« Et si on est pas là-bas en deux heures quarante-cinq minutes, je dis en la taquinant, vous m'offrirez une bouteille de whisky irlandais. »

Elle me jette un regard un peu interloqué, un pied déjà à l'intérieur de l'engin de mort dont elle tenait la portière ouverte. « Bon sang, Homère, elle dit, ce que je vous ai expliqué c'était le meilleur chemin à l'époque. J'ai trouvé une autre route encore plus courte. On y sera dans deux heures et demie. Montez, Homère. On va rouler. »

Il se tut de nouveau, ses mains paisibles sur ses cuisses, le regard perdu dans le vague. Peut-être voyait-il la deux-places couleur champagne s'élançant sur l'allée raide du jardin des Todd.

— Elle s'est arrêtée juste au débouché sur la route pour me demander : « Vous êtes sûr ? »

« Allez, j'ai dit, pleins gaz. » Le roulement à billes qu'elle avait dans la cheville s'est mis en action et son pied lourd s'est enfoncé sur la pédale. Je n'ai pas grand-chose à raconter sur ce qui s'est passé ensuite. Sauf qu'au bout d'un moment, j'avais du mal à détacher mes yeux d'elle. Il y avait quelque chose de sauvage qui se répandait sur son visage, Dave — quelque chose de sauvage et aussi de libre, et au fond du cœur j'en étais effrayé. Elle était belle et j'étais plein d'amour pour elle, n'importe qui l'aurait été, n'importe quel homme en tout cas et peut-être n'importe quelle femme aussi, mais j'avais peur d'elle, aussi, parce qu'on aurait dit qu'elle pouvait te tuer si son regard quittait la route pour tomber sur toi et qu'elle décidait de t'aimer en retour. Elle portait un blue-jean et une vieille chemise blanche à manches retroussées — j'avais dans l'idée qu'elle était sur le point de peindre quelque chose sous la véranda de derrière quand je suis arrivé — mais après qu'on eut roulé un moment, on aurait dit qu'elle ne portait plus qu'un de ces machins blancs et flottants, comme les prêtres dans les vieux bouquins pleins de dieux et de déesses.

Il réfléchit un moment en regardant au-delà du lac, le visage très sombre.

— Comme la chasseresse qui était censée conduire la lune à travers le ciel.

— Diane ?

— Moui. La lune était son engin de mort. C'est comme ça que je voyais Phelia et je t'avoue honnêtement que j'avais le coup de foudre pour elle et que je n'aurais jamais fait un geste, même si j'avais été plus jeune à l'époque. Je n'aurais pas fait un mouvement, même si j'avais eu vingt ans, mais je suppose qu'à seize j'aurais bougé, et j'aurais été foudroyé — si elle m'avait regardé, j'aurais été foudroyé, c'était l'impression que ça donnait. Elle était comme cette femme qui conduit la lune à travers le ciel, penchée sur le garde-boue, ses voiles flottant derrière elle comme des fils de la Vierge, dans les toiles d'araignées argentées et les cheveux rejetés en arrière, découvrant les petites dépressions sombres de ses tempes, fouettant ses chevaux et me disant d'aller plus vite et peu importe s'ils s'effondrent, plus vite, plus vite, toujours plus vite.

On a pris un tas de routes forestières — je connaissais les deux ou trois premières, et après j'en connaissais plus aucune. On devait être un sacré spectacle pour ces arbres qui n'avaient jamais vu d'engin motorisé en dehors des vieux camions de bûcheron et des motoneiges ; ce petit bolide qui aurait sûrement été plus à sa place sur Sunset Boulevard que dans ces bois, il fonçait, forçait son chemin en rugissant jusqu'au sommet d'une côte avant d'en dévaler une autre à travers les rais poussiéreux et verts de la lumière de l'après-midi — elle avait baissé la capote et toutes les odeurs du bois me parvenaient, et tu sais comme ça peut être bon à sentir, c'est comme une chose qu'on a laissée à peu près totalement tranquille et qui est restée intacte jusque-là. On a pris des chemins de rondins qui avaient été installés dans certaines des zones les plus marécageuses, et parfois de la boue noire giclait entre les rondins et elle riait comme une gosse. Il y avait des bûches encore vieilles et pourries parce que sur quelques-unes de ces routes, personne, hormis elle, n'était passé depuis, je dirais, cinq ou dix ans. On était seuls, vraiment seuls, en dehors des oiseaux et des bêtes quelconques qu'on voyait. Le bruit du moteur du bolide, ronronnant d'abord et puis hurlant fort, férocement quand elle enfonçait la pédale d'embrayage et qu'elle rétrogradait... c'était le seul bruit de moteur que j'entendais. Et j'avais beau savoir pendant tout ce temps qu'on était toujours près d'un endroit ou d'un autre — je veux dire : de nos jours, on est toujours près d'un endroit habité — j'ai commencé à avoir l'impression que nous étions retournés en arrière dans le temps et qu'il n'y avait plus rien. Et que si nous nous étions arrêtés et que je sois monté sur un arbre je n'aurais aperçu dans toutes les directions que des bois à perte de vue. Et pendant tout ce temps, elle balançait son engin en avant, ses cheveux voltigeant autour d'elle, elle souriait, ses yeux lançaient des éclairs. Alors on a débouché sur la route de Spreckled Bird Moutain et pendant un moment j'ai reconnu l'endroit où on était, et puis elle a bifurqué et pendant un court instant j'ai cru que je connaissais les lieux et puis je me suis plus cassé la tête, j'ai arrêté de m'imaginer que je reconnaissais. On a de nouveau coupé brusquement sur une route forestière et puis on a débouché — je le jure — sur une jolie petite route pavée avec un panneau qui disait AUTOSTRADE B. Est-ce que t'as déjà entendu parler d'une route dans l'État du Maine qui s'appellerait autostrade B ?

— Non, j'ai dit, ça fait anglais.

— Eh oui. Et ça avait tout l'air de l'être, anglais. Il y avait des arbres du genre saules au-dessus de la route. « Maintenant faites attention à ça, Homère, elle m'a dit, un de ces machins a failli m'agripper il y a un mois et m'a brûlée. »

Je savais pas de quoi elle parlait et j'ai commencé à le lui dire et puis j'ai vu qu'il n'y avait pas de vent et que pourtant les branches de ces arbres s'abaissaient — elles tremblaient en s'abaissant. Sous la mousse verte qui les recouvrait elles paraissaient noires et humides. J'en croyais pas mes yeux. Et puis il y en a une qui m'a arraché ma casquette et j'ai compris que je ne rêvais pas. « Hé ! j'ai crié. Rends-moi ça ! »

« C'est trop tard maintenant, Homère, elle a dit en riant, la lumière du jour est juste là devant... tout va bien pour nous. »

Puis une autre de ces branches s'abaisse, de son côté cette fois, et essaie de l'agripper — je jure que c'est vrai. Elle a baissé la tête et la branche lui a saisi les cheveux et a tiré une mèche. « Ouch, bon Dieu, ça fait mal ! » elle a crié. Mais en même temps elle riait. La voiture a fait une embardée quand elle s'est baissée et j'ai jeté un coup d'œil dans les bois et Dieu du ciel, Dave ! tout, absolument tout bougeait là-dedans. Il y avait des herbes qui s'agitaient et des plantes qui étaient entremêlées entre elles tant et si bien qu'elles faisaient comme des visages, et j'ai vu quelque chose qui était accroupi sur une souche et on aurait dit un crapaud sauf que c'était aussi gros qu'un chat adulte. Et puis on émerge au sommet de la colline, on sort de l'ombre et elle dit : « Voilà ! C'était amusant, hein ? » comme si elle parlait d'un petit tour dans le château hanté à la fête de Fryeburg. Cinq minutes plus tard, on se jette dans une autre de ces routes forestières. A ce moment-là, je n'avais vraiment plus envie de forêts — ça, c'est sûr, je peux te le dire — mais cette fois, c'était seulement des bons vieux bois normaux. Une demi-heure après, on entrait sur le parc de stationnement du Pilot's Grille à Bangor. Elle me montre du doigt le compteur spécial en disant : « Jetez un coup d'œil, Homère. » J'obéis et il marquait cent soixante-dix-huit kilomètres cinq cents. « Alors, qu'en pensez-vous ? Vous y croyez, à mon raccourci ? »

Son expression sauvage s'était presque totalement évanouie et elle était redevenue la Phelia Todd de toujours. Mais l'autre expression n'avait pas complètement disparu. On aurait dit qu'il y avait deux femmes à la fois, Phelia et Diane, et que la moitié d'elle qui était Diane avait si bien le pouvoir quand elle conduisait sur les routes écartées que la partie qui était Phelia ne se rendait pas compte que son raccourci passait par des endroits... des endroits qui sont sur aucune carte du Maine, et pas même sur des relevés topographiques.

Elle répète : « Que pensez-vous de mon raccourci, Homère ? » Et je dis le premier truc qui vient à l'esprit, vraiment pas le genre de chose à dire à une dame comme Phelia Todd : « Un sacré putain de raccourci, m'dame. »

Elle a ri comme d'une bonne blague, et alors j'ai vu, clair comme de l'eau : elle ne se rappelait rien de ces drôles de trucs. Ni les branches de saule — sauf que c'était pas des saules, pas du tout, ça n'avait rien à voir, ni avec les saules ni avec autre chose — qui m'avaient fauché ma casquette, ni ce panneau AUTOSTRADE B, ni cet horrible machin qui ressemblait à un crapaud. Elle ne se souvenait de rien ! Soit c'était moi qui avait rêvé que ces trucs étaient là, soit c'était elle qui avait rêvé qu'ils n'étaient pas là. Tout ce que je savais, et ça j'en était sûr, Dave, c'était que nous avions roulé pendant seulement cent soixante-dix-huit kilomètres pour venir à Bangor et que ça, c'était pas une hallucination ; c'était bel et bien là, écrit noir sur blanc au compteur de ce petit bolide. « Eh oui, elle dit. C'est effectivement un sacré putain de raccourci. Parfois j'aimerais simplement pouvoir emmener Worth... mais pour qu'il sorte de son ornière, on aurait besoin d'une bombe et encore, pour y arriver, c'est un missile Titan II qu'il faudrait sans doute, parce qu'il s'est construit un abri antiatomique, au fond de son ornière. Venez, Homère, et allons voir s'il y a un dîner à vous faire avaler. »

Et elle m'a offert un dîner à tout casser, Dave, mais je ne mangeais pas grand-chose, ça passait pas. Je pensais sans arrêt au voyage du retour en me demandant à quoi il allait ressembler, maintenant qu'il commençait à faire noir. Et puis au milieu du repas, elle s'est excusée et elle est allée téléphoner. Quand elle est revenue, elle m'a demandé si ça ne me dérangerait pas de ramener le bolide à Castle Rock sans elle. Elle m'a dit qu'elle avait parlé à une femme membre de la même commission scolaire qu'elle et que la femme lui avait dit qu'elles avaient un problème quelconque. Elle a dit qu'elle se louerait une voiture Hertz si Worth ne pouvait pas venir la chercher. « Ça ne vous ennuie pas trop de conduire la nuit ? » elle m'a demandé. Elle me regardait avec un petit sourire et j'ai su qu'elle se rappelait très bien certains trucs — Dieu sait quoi exactement —, mais elle s'en souvenait assez pour deviner que j'avais pas envie d'essayer son chemin après la tombée de la nuit, ni jamais d'ailleurs... même si je voyais à une lueur dans ses yeux qu'elle, ça ne l'aurait pas dérangée le moins du monde.

Alors j'ai dit que ça m'ennuyait pas et j'ai recommencé à manger de meilleur appétit. Il faisait nuit quand on a terminé et elle a conduit jusqu'à la maison de la femme qu'elle avait appelée. Et quand elle est sortie, elle m'a jeté un regard avec cette même lueur dans l'œil, en disant : « Alors, vous êtes sûr que vous ne voulez pas attendre, Homère ? J'ai aperçu deux ou trois routes secondaires aujourd'hui, je ne les trouve pas sur mes cartes mais je crois qu'elles pourraient nous faire gagner quelques kilomètres. »

J'ai dit : « Ma foi, m'dame, ce serait volontiers, mais à mon âge le meilleur chemin pour aller me coucher, c'est encore le mien. Je ramènerai votre voiture sans le moindre gnon sur la carrosserie... même si je lui ferai faire probablement quelques kilomètres de plus que vous, je suppose. »

Alors elle a ri avec une sorte de douceur, et elle m'a donné un baiser. C'était le plus agréable que j'aie connu dans ma vie entière, Dave. Sur la joue, seulement. C'était le baiser chaste d'une femme mariée mais il était mûr comme une pêche, ou comme ces fleurs qui s'ouvrent la nuit, et quand ses lèvres ont touché ma peau, j'ai eu envie... je ne sais pas exactement de quoi parce que c'est pas facile pour un homme de garder ces choses qu'il a connues avec une fille qui était mûre quand le monde était jeune ou comment sentir ces choses... Je m'embrouille mais je crois que tu comprends. Ces choses, tu fais une croix dessus dans ta mémoire et tu ne peux plus voir à quoi elles ressemblent. « Vous êtes adorable, Homère, et je vous aime beaucoup parce que vous m'écoutez et que vous roulez avec moi, elle a dit. Bonne route. » Et puis elle est entrée dans la maison de cette femme. Moi, je suis retourné chez moi.

— Par quelle route ? demandai-je.

Il rit doucement.

— Par l'autoroute, espèce d'abruti, répliqua-t-il, et j'avais jamais vu jusque-là autant de rides sur son visage.

Il ne bougeait pas, son regard tourné vers le ciel.

— Et puis est arrivé l'été où elle a disparu. Je l'avais pas beaucoup vue... c'est l'été de l'incendie, tu te souviens, et puis il y a eu le gros orage qui a abattu tous les arbres. Une époque où les gardes forestiers avaient beaucoup à faire. Oh, en fait, je pensais à elle de temps en temps, et à ce jour et à ce baiser, et ça commençait à prendre pour moi l'allure d'un rêve. Comme un jour, quand j'avais seize ans et que j'avais qu'une chose en tête, les filles. J'étais en train de labourer le champ ouest de George Bascomb, celui qui est tourné vers le lac, dans les montagnes, et je rêvais à ce dont rêvent les gamins de cet âge. Et avec la herse j'ai sorti la pierre, elle s'est fendue en deux et elle a saigné. Du moins, j'ai eu l'impression qu'elle saignait. Un machin rouge s'est mis à couler de la fente de la pierre et a trempé le sol. Je ne l'ai jamais dit qu'à ma mère, et je ne lui ai jamais dit ce que ça a représenté pour moi, ou ce qui m'est arrivé, mais elle lavait mes caleçons et elle a peut-être su. En tout cas, elle m'a suggéré de prier pour ça. Ce que j'ai fait, mais ça ne m'a apporté aucun éclaircissement et au bout d'un moment quelque chose a commencé à me suggérer que c'était un rêve. C'est ainsi, parfois. Il y a des trous au milieu, Dave. Tu sais ça ?

— Oui, j'ai répondu, en pensant à une nuit où j'avais vu quelque chose.

C'était en 59, une mauvaise année pour nous, mais mes gosses ne savaient pas que c'était une mauvaise année ; ils voulaient manger comme d'habitude, voilà tout ce qu'ils savaient. J'avais vu une bande de daims au fond du champ de Henry Brugger et je me suis retrouvé après la tombée de la nuit en août, une lampe de poche à la main. On en tue facilement deux quand ils sont gavés du fourrage d'été, le second revient pour renifler le premier comme pour dire : « Qu'est-ce qui se passe bon Dieu ? Déjà l'automne ? » et on le déquille comme au bowling. T'en découpes assez pour nourrir la marmaille pendant six semaines et tu enterres le reste. Ces deux daims-là, les chasseurs qui viennent en novembre ne leur auraient pas tiré dessus, mais il fallait bien nourrir les gosses. Comme le type du Massachusetts l'a dit, lui, il aurait bien aimé pouvoir se permettre de vivre ici toute l'année, et tout ce que je peux dire, c'est que quelquefois, après la tombée de la nuit, il faut payer pour ce privilège. Donc j'étais là, et j'ai vu cette grande lumière orange dans le ciel, elle descendait, toujours plus près, et je restais là, bouche bée, le menton pendant jusqu'à la ceinture et quand la chose a touché le lac, elle a pris pendant une minute une couleur pourpre et il m'a semblé qu'elle filait en rayons vers le ciel. Personne ne m'a jamais rien dit à propos de cette lumière, et moi je n'en ai jamais parlé à personne, parce que j'avais peur qu'on se moque de moi, mais aussi parce qu'on m'aurait demandé pour commencer ce que j'étais allé foutre dehors après la tombée de la nuit. Et au bout d'un certain temps, c'était comme Homère a dit — comme un rêve que j'avais fait autrefois, et qui ne signifiait rien pour moi parce que je ne pouvais mettre la main sur lui pour en fabriquer quelque chose. C'était comme un rayon de lune. Ça n'avait pas de manche et ça n'avait pas de lame. Je ne pouvais pas m'en servir, alors je l'abandonnai, en homme qui sait que quoi qu'il arrive, demain il fera jour.

— Il y a des trous au milieu des choses, dit Homère et il se raidit sur son siège comme s'il était en colère. En plein milieu des choses, bon Dieu, pas même sur la gauche ou sur la droite, du côté de ta vision périphérique, quand tu te dis : bon sang, mais... Ils sont bien là, et tu tournes autour, tu les évites comme les nids-de-poule qui risqueraient de te péter un essieu. Tu vois ? Et tu les oublies. Ou comme quand tu laboures, et que tu tombes sur un trou. Mais s'il y a quelque chose comme une brèche dans la terre, où tu vois de l'obscurité, comme s'il y avait une caverne, tu dis : évite ça, vieux canasson. Laisse ça tranquille ! Je vois du bon terrain par là sur la gauche. Des trous dans le milieu des choses.

Il garda le silence un long moment et je respectai son silence. Inutile de le bousculer. Et à la fin, il dit :

— Elle a disparu en août. Je l'ai vue pour la dernière fois début juillet et elle était...

Homère se tourna vers moi et prononça chaque mot avec application, en détachant les syllabes :

— Dave Owens, elle était magnifique ! Magnifique et sauvage et presque indomptée. Les petites rides que j'avais commencé à remarquer autour de ses yeux avaient apparemment disparu. Worth Todd, lui, il était à une conférence, un truc de ce genre à Boston. Et elle se tenait là au bord de la véranda, au milieu de laquelle j'étais sorti, la chemise défaite — et elle dit : « Homère, vous ne me croirez jamais. »

« Non, m'dame, j'ai dit, mais je vais essayer. »

« J'ai trouvé deux nouvelles routes, elle a dit, et la dernière fois, j'ai fait exactement cent sept kilomètres pour aller à Bangor. »

Je me souvenais de ce qu'elle m'avait dit avant et j'ai dit : « C'est pas possible, m'dame. Je vous demande bien pardon, mais j'ai mesuré la distance sur la carte moi-même et le minimum c'est cent neuf kilomètres... à vol d'oiseau. »

Elle a ri et jamais elle n'avait été aussi jolie. Comme une déesse dans le soleil, sur une colline dans une de ces histoires où il y a que de l'herbe verte et des fontaines et pas la moindre bestiole pour vous piquer les avant-bras. « C'est vrai, elle a dit et on ne peut pas courir un kilomètre cinq cents en moins de quatre minutes. Ça a été prouvé, mathématiquement démontré. »

« C'est pas la même chose », j'ai dit.

« Si. Pliez la carte et alors, Homère, vous verrez combien de kilomètres ça fait. Ça peut être un peu plus court que la ligne droite si on plie un peu la feuille, et ça peut être bien plus court si on la plie beaucoup. »

Alors je me suis souvenu de notre voyage, comme on se souvient d'un rêve, et j'ai dit : « M'dame, vous pouvez plier une carte de papier, mais vous pouvez pas plier la terre. Ou du moins vous devriez pas essayer. Il faut que vous la laissiez tranquille. »

« Non monsieur, s'il y a une chose dans ma vie que je n'ai pas envie de laisser tranquille, c'est bien cela, parce que c'est là, et c'est à moi. »

Trois semaines plus tard — c'était à peu près quinze jours avant qu'elle disparaisse — elle m'a donné un coup de fil de Bangor. Elle m'a dit : « Worth est parti à New York et je reviens. J'ai égaré ces foutues clés, Homère. J'aimerais que vous ouvriez la maison pour que je puisse entrer. »

Bon, elle m'avait appelé à huit heures, juste avant que le soir commence à tomber. J'ai avalé un sandwich et une bière avant d'y aller. Ça m'a pris une vingtaine de minutes. Puis je suis descendu là-bas. En tout, je dirais que ça faisait quarante-cinq minutes. Quand je suis arrivé chez les Todd, j'ai vu qu'il y avait une lumière à l'office que j'avais pas remarquée en descendant l'allée de leur jardin. Je regardais ça et j'ai failli rentrer dans son petit engin de mort. Il était garé de travers, comme si le chauffeur était saoul, et il était éclaboussé de boue jusqu'aux vitres, et il y avait ces trucs dans la boue collée sur toute la carrosserie, qui ressemblaient à des algues... sauf qu'au moment où mes phares les ont éclairés, il m'a semblé qu'ils bougeaient. Je me suis garé derrière la bagnole et je suis sorti de mon camion. Ces machins, c'était pas des algues, mais des herbes, et ça bougeait vraiment... doucement, mollement, comme si c'était en train de mourir. J'en ai touché un brin et il a essayé de s'enrouler autour de ma main. C'était dégoûtant, infect. J'ai arraché ma main et je l'ai frottée contre mon pantalon. J'ai contourné la voiture et je suis arrivé devant le capot. On aurait dit qu'il avait traversé cent kilomètres de vase et de marais. La voiture avait l'air fatiguée, voilà. Y avait des insectes écrasés sur tout le pare-brise, mais des insectes comme ça, j'en avais jamais vu avant. Y avait un papillon de nuit gros quasiment comme un moineau, il battait encore un peu des ailes, faiblement, à l'agonie. Il y avait des sortes de moustiques, sauf qu'ils avaient de vrais yeux qui pouvaient regarder — et ils avaient vraiment l'air de me regarder, moi. J'entendais ces herbes racler la carrosserie du bolide, agoniser en essayant d'agripper quelque chose. Et tout ce que je pouvais me dire c'était : Bon Dieu, où est-ce qu'elle est allée ? Et comment a-t-elle fait pour arriver en trois quarts d'heure seulement ? Et puis j'ai vu autre chose. Une espèce d'animal à demi écrasé sur la grille du radiateur, juste en dessous du signe Mercedes — ce truc qui ressemble à une étoile dans un cercle, tu vois ? Aujourd'hui, la plupart des petits animaux qu'on tue sur la route se retrouvent sous la voiture parce qu'ils sont accroupis au moment où elle leur rentre dedans : ils espèrent qu'elle va juste leur passer au-dessus et les laisser en un seul morceau. Mais de temps en temps y en a un qui saute, et pas sur le côté, droit sur la bagnole, comme pour donner un bon coup de dents à cette saloperie qui va les tuer — je savais que c'était déjà arrivé. Cette chose-là avait dû faire ça. Et ça avait l'air assez mauvais pour faire bouger un char Sherman. Ça avait l'air d'un croisement entre une belette et une marmotte, mais y avait aussi des trucs fourrés dans ce bestiau, on n'avait pas vraiment envie de regarder. C'était pénible pour les yeux, Dave, pis, c'était pénible pour l'esprit. Sa fourrure était tachée de sang, et il y avait des griffes qui sortaient de dessous les coussinets de ses pattes, comme des griffes de chat, mais plus longues. Ça avait de gros yeux jaunâtres, mais ils étaient vitreux. Quand j'étais gosse, j'avais un jouet de porcelaine — un crapaud — qui avait des yeux comme ça. Et ça avait des dents. Des longues dents fines comme des aiguilles, presque comme des aiguilles à coudre, qui lui sortaient de la bouche. Y en avait qui étaient restées plantées dans la grille métallique du radiateur. C'est pour ça qu'elle pendait toujours après : la bête s'était suspendue par les dents. Je l'ai regardée de près et je savais que ça avait plein de poison comme un serpent à sonnette, et qu'elle avait bondi sur le bolide quand elle avait vu qu'il allait lui passer dessus, en essayant de le mordre à mort. Et c'était pas moi qui irais l'arracher de là parce que j'avais des coupures aux mains — j'avais fait les foins — et je me suis dit que ça me tuerait raide si un peu de poison pénétrait dans les coupures.

Je suis allé à la portière du conducteur et je l'ai ouverte. Le plafonnier s'est allumé, et j'ai jeté un coup d'œil au compteur spécial qu'elle avait pour les voyages... et j'ai vu qu'il marquait cinquante kilomètres cinq cents. Je suis resté un moment à regarder ça et puis je me suis approché de la porte arrière de la maison. Elle avait forcé le panneau de la porte d'été et casssé un carreau pour passer la main et entrer. Il y avait un mot qui disait : « Cher Homère, arrivée ici un peu plus tôt que prévu. Trouvé un raccourci, et drôlement rapide ! Vous n'étiez pas encore là, alors je me suis introduite dans les lieux comme un cambrioleur. Worth vient après-demain. Pouvez-vous remettre le panneau et changer le carreau avant ? J'espère. Ce genre de choses le tracasse toujours. Si je ne suis pas sortie pour vous dire bonjour, vous saurez que je dors. Le voyage était très fatigant mais je n'ai pas traîné ! Ophelia. »

Fatigant, tu parles ! J'ai jeté un autre coup d'œil sur cette chose diabolique qui pendait à la grille du radiateur et j'ai pensé : Pour sûr, ça a dû être salement fatigant. Bon Dieu, oui !

Il se tut encore et fit craquer nerveusement ses doigts.

— Je ne l'ai revue qu'une seule fois. Une semaine plus tard environ, Worth était là, mais il nageait dans le lac, il faisait des allers et retours, avec une régularité d'horloge, comme s'il sciait du bois ou signait des papiers. Plutôt comme s'il signait des papiers, il me semble.

« M'dame, j'ai dit, c'est pas mes oignons, mais vous devriez pas insister. La nuit où vous êtes revenue et où vous avez cassé le carreau de la porte pour entrer, j'ai vu un truc qui pendait devant votre voiture... »

« Ah, la marmotte ! Je m'en suis occupée. »

« Bon Dieu ! J'espère que vous avez fait attention ! »

« Je portais les gants de jardinage de Worth. De toute façon, c'était rien du tout, Homère, rien qu'une marmotte sauteuse et un peu venimeuse. »

« Mais m'dame, j'ai dit, là où y a des marmottes, y a des ours. Et si les marmottes ressemblent à ça le long de votre raccourci, qu'est-ce qui va se passer si un ours se pointe ? »

Elle m'a lancé un regard, j'ai vu que c'était l'autre femme en elle

— la Diane. Si les choses sont différentes le long de ces routes, Homère, peut-être que je suis différente, moi aussi. Regardez ça. »

Ses cheveux étaient retenus en arrière par une barrette, ça faisait comme un papillon, avec une épingle plantée dedans. Elle a défait sa coiffure. C'était le genre de chevelure qui émerveille un homme quand elle est étalée sur un oreiller. Elle m'a dit : « Ils étaient en train de grisonner. Vous voyez du gris, maintenant ? » Et elle les étalait avec ses doigts pour que le soleil les éclaire en plein.

« Non, m'dame », j'ai dit.

Elle m'a regardé et ses yeux n'étaient plus qu'une étincelle, et elle a dit : « Votre femme est quelqu'un de bien, Homère Buckland, mais on s'est vues au magasin et à la poste, et on a échangé deux-trois mots et j'ai vu qu'elle jetait un coup d'œil à mes cheveux avec l'air satisfait que les femmes connaissent. Je sais ce qu'elle a dit, et ce qu'elle raconte à ses amis... qu'Ophelia Todd a commencé à se teindre les cheveux. Mais non. Je me suis perdue plus d'une fois en cherchant mon chemin. Je me suis perdue... et j'ai retrouvé mes cheveux noirs. » Et elle a ri, non plus comme une étudiante, mais comme une collégienne. J'ai admiré sa beauté, elle m'a tout retourné mais j'ai vu cette autre beauté sur son visage comme la fois précédente... et j'ai eu peur, encore une fois. Peur pour elle, et peur d'elle.

« M'dame, j'ai dit, vous risquez de perdre plus d'une petite mèche de cheveux. »

« Non, je vous ai dit que j'étais différente là-bas... je suis complètement différente là-bas. Quand je suis cette route dans ma petite voiture, je ne suis plus Ophelia Todd, l'épouse de Worth Todd qui n'a pas réussi à porter un enfant à terme, la femme qui a essayé d'écrire de la poésie et n'a pas réussi, ou la femme qui prend des notes dans les réunions de la commission, ou n'importe quelle autre. Quand je suis sur cette route, je suis totalement moi-même, et je me sens comme si j'étais... »

« Diane », j'ai dit.

Elle m'a regardé mi-amusée, mi-étonnée, et puis elle a ri.

« Oh, comme une sorte de déesse, il me semble, Diane, ça irait plutôt mieux qu'une autre parce que je suis du genre nocturne — j'adore rester réveillée jusqu'à ce que j'aie fini mon livre ou jusqu'à ce que la mire apparaisse à la télé, et parce que je suis très pâle, comme la lune — Worth me dit toujours que j'ai besoin d'un fortifiant, ou d'examens sanguins, ce genre d'idioties. Mais dans son cœur toute femme désire être une sorte de déesse, je crois — les hommes perçoivent un lointain écho de ce désir et s'efforcent de les placer sur un piédestal (la femme, qui se mouillerait les jambes si elle ne s'accroupissait pas pour faire pipi ! C'est amusant, quand on essaie d'y penser) — mais ce que l'homme ressent, ce n'est pas ce que la femme désire. Une femme, ce qu'elle désire surtout, c'est ne rien devoir à personne. Se lever si elle en a envie, ou marcher... » Elle s'est tournée vers le petit bolide, en plissant les yeux, puis elle a souri. « Ou conduire, Homère. L'homme ne veut pas voir ça. Il pense que la déesse, elle n'a qu'une envie, se promener nonchalamment sur les coteaux au pied de l'Olympe et manger des fruits. Mais un dieu ou une déesse ce n'est pas fait pour ça. Une femme, ça ne désire pas moins qu'un homme — une femme, ça désire conduire. »

« Faites attention où vous conduisez, m'dame, en tout cas », j'ai dit.

Elle a ri et m'a donné un baiser en plein milieu du front.

« Entendu, Homère », elle a dit, mais ça n'engageait à rien, et je le savais parce qu'elle l'avait dit comme un homme qui promet à sa femme ou à sa petite amie qu'il fera attention, quand il sait qu'il ne le fera pas... qu'il ne pourra pas.

Je suis retourné à mon camion et je lui ai fait adieu de la main, et une semaine plus tard Worth signalait sa disparition. Et celle de son engin de mort. Todd a attendu sept ans et puis il l'a fait déclarer morte par la loi, et il a attendu encore un an pour faire bonne mesure — je lui reconnais ça, à ce crétin — et puis il a épousé la deuxième Mme Todd, celle qui vient de passer. Et je compte pas que tu croies un seul mot de tout ce que je viens de te débiter.

Dans le ciel un de ces gros nuages à fond plat a bougé assez pour découvrir le fantôme de la lune — à demi pleine et pâle comme le lait. Et dans mon cœur quelque chose a bondi à ce spectacle, moitié peur et moitié amour.

— Et pourtant, si, je te crois, dis-je. Je te crois jusqu'au dernier mot, bon Dieu ! Et même si c'était pas vrai, il faudrait que ça le soit.

Il m'a serré le cou avec son avant-bras, ce qui est le geste des hommes depuis que le monde ne permet plus qu'aux femmes de s'embrasser, il a ri et il s'est levé.

— Même si ça ne devrait pas être vrai, ça l'est, il a dit.

Il a sorti sa montre de son pantalon et l'a scrutée.

— Je vais descendre la route pour jeter un coup d'œil chez Scott. Tu veux venir ?

— Je crois que je vais rester là un moment, à réfléchir.

Il s'approcha des escaliers, puis se tourna vers moi avec un demi-sourire.

— Je crois qu'elle avait raison, dit-il. Quand elle était sur ces routes, elle était bel et bien différente... rien n'aurait osé la toucher, elle. Toi et moi, peut-être, mais pas elle. Et je crois qu'elle est jeune.

Puis il est monté dans son camion et il est allé jeter un coup d'œil à la maison de Scott.

C'était il y a deux ans, et Homère depuis est parti dans le Vermont, comme je crois vous l'avoir dit. Un soir il est venu me voir. Il s'était peigné, rasé et il sentait la bonne lotion. S'il avait le teint clair et les yeux pleins de vie, ce soir-là il paraissait soixante ans plutôt que soixante-dix, et j'étais heureux pour lui ; je l'enviais et je le détestais un peu aussi. L'arthrite c'est une sacrée saloperie, ça vous agrippe comme un champion de pêche à la ligne et ce soir-là on aurait pas dit que l'arthrite avait planté ses hameçons dans ses mains autant que dans les miennes.

— Je m'en vais, a-t-il dit.

— Ah ?

— Eh oui.

— Bon. Tu t'es occupé de faire suivre ton courrier ?

— Je ne veux pas qu'on fasse suivre. J'ai payé mes factures. Je vais me reposer bien tranquillement.

— Oui, bon, mais donne-moi ton adresse. Je t'enverrai un mot de temps en temps, vieille carne.

Je sentais déjà la solitude m'envelopper comme un manteau... et en l'examinant, je sus qu'il y avait anguille sous roche.

— J'en ai pas encore, d'adresse.

— D'accord. C'est vraiment dans le Vermont que tu vas, Homère ?

— Eh bien, dit-il, c'est ce qu'on dira aux gens qui veulent savoir.

Je faillis m'en tenir là mais finalement, je lui demandai :

— Comment est-elle maintenant ?

— C'est Diane, mais en plus gentille.
— Je t'envie, Homère, dis-je.
Et je le pensais.

Je restai sur le seuil. C'était le crépuscule, au cœur de l'été, quand les champs sont pleins d'odeurs et de fleurs de carottes sauvages. Une lune pleine traçait un chemin d'argent au milieu du lac. Il traversa ma véranda et descendit les marches. Une voiture attendait sur le bas-côté de la route, son moteur ronronnant au ralenti comme ces vieux modèles qui vous font la nique en fonçant comme des torpilles. Maintenant, en y repensant, la voiture ressemblait en fait à une torpille. Elle avait l'air un peu cabossée mais en même temps capable de se taper du cent cinquante à l'heure sans trop forcer. Il s'est arrêté au pied des marches et a ramassé quelque chose — c'était son bidon d'essence, le gros de trente litres. Il a suivi l'allée du jardin jusqu'à la voiture, il s'est penché du côté passager et a ouvert la portière. Le plafonnier s'est allumé et un bref instant je l'ai aperçue, elle, ses longs cheveux encadrant son visage, son front brillant comme une lampe. Comme la lune. Il est monté et elle a démarré. Je suis resté debout sous ma véranda en regardant la lueur rouge des feux arrière du petit bolide danser dans la nuit, diminuer de plus en plus. Ils étaient comme des braises, puis furent comme des lucioles, et puis il n'y eut plus rien.

Dans le Vermont, j'ai dit aux gens du coin, et le Vermont ils y croient parce que pour eux c'est l'endroit le plus éloigné qu'ils puissent imaginer dans leur tête. Parfois j'y crois presque moi-même parce que je suis fatigué et que j'oublie. Mais d'autres fois, je pense à eux — durant tout le mois d'octobre, j'y ai pensé, parce que, il me semble, le mois d'octobre est celui où les hommes pensent le plus aux contrées lointaines et aux routes qui pourraient y mener. Je reste assis sur le banc devant Bell's Market et je pense à Homère Buckland et à la belle fille qui s'est penchée pour ouvrir sa portière quand il a descendu le chemin avec un jerricane plein d'essence dans la main droite. Elle faisait seize ans, tout au plus, une fille qui prépare le permis de conduire, et elle était, c'est vrai, d'une beauté terrible, mais je ne crois pas qu'elle tuait encore celui qu'elle séduisait ; un instant ses yeux m'ont éclairé, je n'en suis pas mort, même si une part de moi-même est morte à ses pieds.

L'Olympe doit être une splendeur pour les yeux et le cœur. Sans doute y a-t-il ceux qui aspirent à elle et ceux qui trouvent un moyen simple de l'atteindre. Mais je connais Castle Rock comme ma poche et je serais incapable de quitter mon village pour je ne sais quels raccourcis où les routes mèneraient. En octobre le ciel au-dessus du lac n'est pas une splendeur mais il est pas mal quand même, avec ses gros nuages blancs qui se déplacent si lentement ; je reste assis sur le banc et je pense à Phelia Todd et à Homère Buckland et je n'aimerais pas forcément être là où ils sont... mais j'aimerais bien être fumeur.

L'excursion

« Dernier appel pour l'Excursion 701. »

L'agréable voix féminine résonnait dans le Hall Bleu de la gare routière de New York. Celle-ci n'avait pas beaucoup changé depuis quelque trois cents ans — elle était toujours aussi miteuse et un peu effrayante. La voix féminine mécanique était probablement ce qu'il y avait de plus plaisant en ces lieux.

« Service d'Excursion pour Whitehead City, sur Mars, poursuivit la voix. Tous les passagers munis de titres de transport doivent à présent se trouver en salle de sommeil du Hall Bleu. Assurez-vous que vos papiers de validation sont bien en règle. Merci. »

La salle de sommeil à l'étage n'était pas du tout miteuse. Elle était entièrement moquettée en gris coquille d'huître. Aux murs blanc cassé étaient accrochés d'agréables tableaux non figuratifs. Des couleurs fermes et douces à la fois se succédaient, se rencontraient et tourbillonnaient au plafond. La vaste pièce contenait cent couchettes alignées par rangées de dix nettement séparées. Cinq employés de l'Excursion circulaient entre elles, offrant des verres de lait et parlant à mi-voix sur un ton réconfortant. A une extrémité de la salle débouchait le couloir d'entrée, gardé par des vigiles armés et un autre employé de l'Excursion qui vérifiait les papiers de validation d'un retardataire, un homme d'affaires à l'air pressé qui tenait le *World-Times* sous le bras. Exactement à l'opposé, le plancher donnait sur une sorte de poutre d'un mètre cinquante de large et peut-être trois de long ; elle passait par une ouverture sans porte et n'était pas sans évoquer un toboggan.

Les membres de la famille Oates étaient étendus côte à côte sur quatre couchettes d'Excursion à l'extrémité de la salle. Mark Oates et son épouse, Marilys, encadraient les deux enfants.

— Papa, tu veux bien me raconter l'Excursion maintenant ? demanda Ricky. Tu nous a promis.

— Oui, papa, tu as promis, insista Patricia en éclatant d'un petit rire nerveux sans raison.

Un homme d'affaires trapu comme un taureau leur jeta un coup d'œil puis retourna au dossier qu'il était en train de compulser, couché sur le dos, ses chaussures brillantes comme des miroirs bien droites l'une près de l'autre. De toute part montait le bruissement des conversations à mi-voix et des passagers s'installant sur leurs couches.

Mark leva la tête pour regarder Marilys Oates et lui cligna de l'œil, mais elle était presque aussi nerveuse que le paraissait Patty. *Et pourquoi pas ?* songea Mark. C'était leur première Excursion, à eux quatre. Pendant six mois, Marilys et lui avaient discuté des avantages et des inconvénients d'un déménagement de toute la famille — en fait ils en parlaient depuis que la Texaco Water lui avait notifié son affectation à Whitehead City. Finalement ils avaient décidé qu'ils accompagneraient tous Mark sur Mars pour les deux ans qu'il y serait en poste. En considérant la pâleur de Marilys, il se demandait s'il ne regrettait pas sa décision.

Jetant un coup d'œil à sa montre, il constata qu'il leur restait une demi-heure avant l'Excursion. C'était assez pour raconter l'histoire... et celle-ci, supposait-il, apaiserait la nervosité des gosses. Qui sait, peut-être calmerait-elle un peu Marilys.

— Bon, d'accord, dit-il sous le regard sérieux de son fils de douze ans et de sa fille de neuf ans.

Une fois encore, il se dit que Ricky serait en plein dans les affres de la puberté et que les seins de Pat commenceraient à pousser au moment où ils reviendraient sur terre et, une fois encore, il eut du mal à le croire. Les enfants iraient à la minuscule école unique de Whitehead tout comme la centaine de rejetons des ingénieurs et employés de la compagnie installés là-bas, il n'était pas impossible que son fils aille en excursion géologique sur Phobos, qui n'était qu'à quelques mois de distance. Difficile à croire, mais vrai.

Qui sait ? se dit-il avec un sourire forcé. *Ce sera peut-être bon pour mes Excursions à moi aussi.*

— Pour autant que je sache, commença-t-il, l'Excursion a été inventée il y a environ trois cent vingt ans, vers 1987, par un type qui s'appelait Victor Carune. Cela faisait partie d'un projet de recherches privé qu'il avait lancé grâce à des subventions gouvernementales... et par la suite, bien sûr, le gouvernement s'en est emparé. Pour finir, ce furent soit le gouvernement soit les compagnies pétrolières qui le prirent en charge. Si nous ne savons pas la date exacte c'est parce que Carune était une sorte d'excentrique...

— Tu veux dire qu'il était fou, papa ? demanda Ricky.

— Excentrique, ça veut dire un petit peu fou, mon chéri, dit Marilys qui adressa un sourire à Mark par-dessus les enfants.

Elle lui parut un peu moins nerveuse.

— Ah.

— En tout cas, il a expérimenté le procédé un certain nombre de fois avant d'informer le gouvernement de ce qu'il avait fait, poursuivit Mark, et il ne s'est résolu à le leur raconter qu'au moment où il n'avait plus d'argent et où on n'allait plus lui en fournir.

— Votre argent m'intéresse, dit Pat et elle eut de nouveau son petit rire aigu.

— C'est cela, ma chérie, dit Mark et il lui ébouriffa gentiment les cheveux.

A l'extrémité de la pièce, il voyait une porte glisser sans bruit et livrer passage à deux autres employés vêtus de la blouse rouge vif du service d'Excursion qui poussaient une table roulante. Elle portait un tube d'acier inoxydable relié à un tuyau de caoutchouc ; sous le plateau, dissimulées avec tact, Mark savait qu'il y avait deux bonbonnes de gaz ; dans le sac très propre accroché sur le côté se trouvaient une centaine de masques adaptables. Mark continua de parler, désireux d'empêcher les siens de remarquer les représentants de Léthé tant que ce ne serait pas nécessaire. Et, si on lui laissait assez de temps pour leur raconter toute l'histoire, ils accueilleraient les dispensateurs de gaz à bras ouverts, étant donné le choix auquel ils seraient confrontés.

— Bien entendu, vous savez que l'Excursion, c'est de la téléportation, plus ou moins, dit-il. Parfois, dans les cours de chimie et de physique, à l'université, on appelle ça le procédé Carune mais c'est vraiment de la téléportation, et ce fut Carune lui-même — à ce qu'on raconte — qui l'appela l' « Excursion ». C'était un lecteur de science-fiction, et dans un récit d'un nommé Alfred Bester, ce type, Bester, a inventé le mot « Excursion » pour la téléportation. Sauf que dans son livre on pouvait partir en Excursion simplement en y pensant et nous ne savons pas vraiment faire ça.

Les employés fixèrent un masque au tuyau d'acier et le tendirent à une dame âgée à l'extrémité de la pièce. Elle le prit, inhala une fois et retomba silencieuse et inerte sur sa couche. Sa jupe avait un peu remonté, révélant une cuisse flasque parcourue de veines variqueuses décrivant comme un réseau de routes sur une carte. Un employé plein d'égards la lui rajusta tandis que l'autre retirait le masque usagé et en fixait un neuf. Ce procédé évoquait pour Mark les verres de plastique des chambres de motel. Il priait pour que Patty se calme un peu ; il avait vu des gosses qu'il fallait tenir, et parfois ils criaient quand le masque de caoutchouc se posait sur leur visage. Ce n'était pas, supposait-il, une réaction anormale chez un enfant, mais c'était déplaisant à voir et il ne voulait pas que cela arrive à Patty. Pour Rick, il avait plus confiance.

— Je crois qu'on peut dire que l'Excursion est arrivée vraiment juste à temps, reprit-il.

Il parlait à l'intention de Ricky, mais ce faisant, il tendit la main pour prendre celle de sa fille. Elle se referma sur la sienne immédiatement, l'étreignant avec la force de la panique. La paume était froide et transpirait un peu.

— Le monde manquait de pétrole et la plus grande partie des réserves appartenaient aux peuples des déserts du Moyen-Orient, qui s'étaient engagés à s'en servir comme d'une arme politique. Ils avaient formé un cartel du pétrole qu'ils avaient baptisé l'OPEP...

— Qu'est-ce que c'est un cartel, papa ? demanda Patty.

— Eh bien, un monopole, dit Mark.

— C'est comme un club, ma chérie, expliqua Marilys. Si tu avais beaucoup de pétrole, tu devais être dans ce club.

— Ah.

— Je n'ai pas le temps de vous expliquer en détail toutes ces complications, dit Mark. On vous en parlera à l'école, mais en tout cas, c'est vrai, il y avait de grosses complications — partons de là. Celui qui avait une voiture, il ne pouvait plus la conduire que deux jours par semaine, et l'essence coûtait quatre dollars de l'époque le litre...

— Ouf! fit Ricky, aujourd'hui, c'est un cent le litre, pas vrai, papa?

Mark sourit.

— C'est pour ça que nous allons là-bas, Rick. Il y a assez de pétrole sur Mars pour huit mille ans environ, et il y en a assez sur Vénus pour encore vingt mille ans... Mais l'essence ce n'est plus très important. Maintenant, ce dont nous avons le plus besoin, c'est...

— L'eau! cria Patty et l'homme d'affaires leva les yeux de ses papiers pour lui sourire un instant.

— C'est vrai, dit Mark. Parce que entre 1980 et 2030, nous avons pollué la plus grande partie de notre eau. Le premier transport d'eau à partir de la banquise martienne a été baptisé...

— L'opération Paille.

C'était Ricky.

— Oui. Vers 2054. Mais longtemps avant, l'Excursion était utilisée pour trouver des sources d'eau pure ici sur terre. Et maintenant l'eau est notre principal produit d'exportation martien, le pétrole est tout à fait secondaire. Mais à l'époque, c'était important.

Les gosses hochèrent la tête.

— La question c'est que les choses ont toujours été là où elles sont, mais nous n'avons réussi à les prendre qu'avec l'Excursion. Quand Carune a inventé son procédé, le monde était en train de glisser dans un nouvel âge des ténèbres. L'hiver précédent, plus de dix mille personnes étaient mortes de froid rien qu'aux États-Unis parce qu'on n'avait pas assez d'énergie pour les chauffer.

— Ben, flûte alors, dit Patty fort prosaïquement.

Mark jeta alors un coup d'œil à sa droite et vit que les employés discutaient avec un homme d'allure timide, pour le persuader de se laisser faire. Finalement, il prit le masque et quelques secondes plus tard, parut tomber raide mort sur sa couche. *C'est la première fois,* pensa Mark. *Ça se voit toujours.*

— Pour Carune, ça a commencé avec un crayon... des clés...

une montre-bracelet... et quelques souris. Les souris lui ont montré qu'il y avait un problème...

Victor Carune revint à son laboratoire dans un état d'excitation fébrile qui le faisait trébucher. Il croyait savoir maintenant ce qu'avaient éprouvé Morse, et Alexander Graham Bell, et Edison... mais c'était encore plus énorme que toutes leurs découvertes et à deux reprises il avait failli avoir un accident avec sa camionnette en revenant de la boutique d'animaux de New Paltz, il avait dépensé ses derniers vingt dollars dans l'achat de neuf souris blanches. Il ne lui restait plus au monde que quatre-vingt-treize cents dans sa poche avant droite et dix-huit dollars sur son compte épargne, mais l'idée ne lui vint même pas à l'esprit. Et s'il y avait songé, il n'en aurait été aucunement troublé.

Le laboratoire se trouvait dans une grange aménagée, au bout d'un kilomètre de chemin boueux à partir de la route 26. C'est en effectuant un virage pour prendre ce chemin qu'il avait manqué de peu pour la deuxième fois faire verser sa camionnette à ridelles. Le réservoir de la Brat était presque vide et il n'aurait plus d'essence pendant dix à quinze jours, mais de cela aussi il se moquait. Son esprit était en délire.

Ce qui était arrivé n'était pas totalement inattendu, pas du tout. Une des raisons pour lesquelles le gouvernement lui avait accordé une subvention, certes misérable, de vingt mille dollars par an était l'existence de possibilités encore inexploitées dans le domaine de la transmission des particules.

Mais que ce soit arrivé ainsi, soudain, sans crier gare, et en utilisant moins d'électricité qu'il n'en faut pour une télé couleur... Seigneur !

Avec un crissement de freins, il immobilisa la Brat dans la boue devant le portail de la cour, saisit par les poignées la boîte posée sur le siège crasseux à côté de lui (elle était décorée de chiens, de chats, de hamsters et de poissons rouges avec la légende JE VIENS DE CHEZ STACKPOLE, LA MAISON DES ANIMAUX DOMESTIQUES) et se jeta sur les énormes doubles portes. De l'intérieur de la boîte montaient les bruits de trottinement et de frottement de ses cobayes.

Il essaya de faire glisser l'une des immenses portes sur son rail et comme elle ne bougeait pas, il se souvint qu'il l'avait fermée à clé. Carune lança un « merde ! » retentissant et fouilla ses poches à la recherche des clés. Le gouvernement exigeait que le laboratoire soit constamment fermé — c'était l'une des conditions de la subvention — mais Carune ne cessait d'oublier.

Il extirpa les clés et pendant un moment se contenta de les fixer, en transe, tandis qu'il passait le pouce sur les encoches de la clé de contact de la Brat. De nouveau, il pensa : *Seigneur ! Bon Dieu !* Puis il fourragea parmi les clés accrochées à l'anneau pour saisir la Yale qui ouvrait la porte de la grange.

Tout comme le premier téléphone avait été utilisé par inadvertance — Bell criant dans l'appareil : « Watson, venez ici ! » quand de l'acide l'avait éclaboussé et taché ses papiers — la première action de téléportation était arrivée par accident. Victor Carune avait téléporté les deux premiers doigts de sa main gauche à travers la grange, sur les vingt-cinq mètres de sa largeur.

Carune avait disposé deux portiques des deux côtés de la grange. Près de lui se trouvait un simple canon à ions disponible pour cinq cents dollars dans n'importe quel magasin de matériel électronique. En face, immédiatement après le deuxième portique — ils étaient tous deux rectangulaires et de la taille d'un livre de poche — était placée une chambre d'ionisation. Entre eux on voyait ce qui semblait être un rideau de douche opaque, sauf que les rideaux de douche ne sont pas censés être en plomb. Il s'agissait de projeter les ions à travers le portique numéro 1 et puis de marcher jusqu'à la chambre d'ionisation derrière le portique numéro 2 pour en observer le flux, le rideau de plomb au milieu permettant de prouver qu'ils avaient été réellement transmis. Le hic, c'est que durant les deux dernières années, le procédé n'avait marché que deux fois. Pourquoi ? Carune n'en avait pas la moindre idée.

Tandis qu'il mettait le canon à ions en place, ses doigts avaient glissé à l'intérieur du portique — d'ordinaire, cela ne posait aucun problème, mais ce matin-là, sa hanche avait heurté l'interrupteur du tableau de contrôle sur la gauche du portique. Il ne s'était pas rendu compte de ce qui était arrivé — la machinerie n'avait émis qu'un ronronnement à peine audible — jusqu'à ce qu'il ressente un picotement dans les doigts.

« Ce n'était pas comme un choc électrique », écrivit plus tard Carune dans le seul et unique article qu'il fit paraître avant que le gouvernement ne lui intime le silence. L'article fut publié, en tout et pour tout, dans un magazine de vulgarisation, *Popular Mechanics*. Il le leur avait vendu sept cent cinquante dollars dans un dernier effort pour conserver à l'Excursion un caractère d'entreprise privée. « Ce n'était nullement le désagréable picotement qu'on éprouve par exemple en saisissant un fil de lampe mal isolé. Cela ressemblait plus à ce qu'on ressent quand on pose la main sur la paroi d'une petite machine quelconque qui tourne très vite. La vibration est si rapide et légère que c'est, littéralement, une sensation de picotement. Puis j'ai baissé les yeux sur le portique et j'ai vu que mon index avait disparu suivant un angle oblique vers l'articulation du milieu, de même que le majeur s'était effacé légèrement plus haut. En outre, la partie ongulée de l'annulaire avait elle aussi disparu. »

Carune avait retiré la main instinctivement, en poussant un cri. Il s'attendait tellement à voir du sang, écrivit-il plus tard, qu'il avait effectivement imaginé en voir pendant quelques instants. Son coude heurta le canon à ions et le fit tomber de la table.

Il resta immobile, les doigts dans la bouche, vérifiant qu'ils étaient toujours là, et entiers. La pensée qu'il avait peut-être trop travaillé lui traversa l'esprit. Et puis une autre idée lui vint : la dernière série de modifications avait peut-être... avait peut-être provoqué quelque chose.

Il n'avança pas les doigts une nouvelle fois vers le portique ; en fait, Carune ne subit qu'une seule fois dans sa vie l'Excursion.

D'abord, il ne fit rien. Il erra longuement à travers la grange, en agitant les mains dans le vide, en se demandant s'il devait appeler Carson dans le New Jersey ou peut-être Buffington à Charlotte. Carson, ce sale radin, n'accepterait pas de PCV, mais Buffington oui, probablement. Puis une idée le frappa et il courut jusqu'au portique numéro 2 en se disant que si ses doigts avaient effectivement voyagé à travers la grange, cela avait peut-être laissé des traces.

Il n'y en avait pas, bien sûr. Le portique numéro 2 était posé sur un échafaudage de trois cageots d'oranges Pomona, et ce à quoi il ressemblait surtout, c'était à une guillotine jouet dépourvue de lame. Sur un côté de sa structure d'acier inoxydable, d'une prise femelle partait un fil conduisant à un terminal de transmission, qui était un petit peu plus qu'un transformateur de particules relié à un ordinateur.

Ce qui lui rappelait...

Un coup d'œil à sa montre lui apprit qu'il était 11 heures un quart. Son accord avec le gouvernement comprenait, outre le versement de subventions, un court temps d'utilisation d'un ordinateur, ce qui était infiniment utile. La période de disponibilité de l'ordinateur durait pour lui jusqu'à 3 heures cet après-midi-là, et puis ce serait au revoir, à lundi. Il lui fallait bouger, faire quelque chose...

« J'ai jeté encore un coup d'œil à la pile de cageots, écrivit Carune dans son article de *Popular Mechanics*, et puis j'ai examiné la chair de mes doigts. Et voilà, assurément la preuve était là. Je ne convaincrai que moi-même, ai-je pensé, mais évidemment, c'est d'abord soi-même qu'il faut convaincre. »

— C'était quoi, la preuve, papa ? demanda Ricky.
— Oui ! insista Patty. C'était quoi ?

Mark eut un petit sourire. Maintenant, tous, y compris Marilys, étaient suspendus à ses lèvres. Ils en avaient presque oublié où ils étaient. Du coin de l'œil, il voyait les employés qui poussaient leurs carrioles aux roues chuintantes parmi les Excursionnistes et les endormaient. Dans une installation civile, le processus n'était jamais aussi rapide que chez les militaires, il s'en était rendu compte ; les civils s'inquiétaient et voulaient discuter. Le tube et le masque évoquaient trop les salles d'opération où le chirurgien était tapi avec ses bistouris derrière l'anesthésiste et son assortiment de gaz dans des réservoirs d'acier inoxydable. Il y avait parfois des réactions de panique, d'hystérie ; et il y en avait toujours qui perdaient simplement leur sang-froid. Mark avait observé deux cas de ce genre pendant qu'il parlait aux enfants : deux hommes qui s'étaient contentés de se lever de leur couchette et sans tambour ni trompette avaient gagné la porte, détaché les papiers de validation épinglés à leur revers, les avaient rendus et étaient sortis sans un regard en arrière. Les employés de l'Excursion avaient des consignes strictes à ce sujet : ils ne devaient pas discuter avec ceux qui s'en allaient ; il y avait toujours des candidats en liste d'attente, parfois jusqu'à quarante ou cinquante, qui espéraient contre tout espoir. Quand ceux qui étaient incapables de faire face s'en allaient, on introduisait les candidats au départ, avec leurs propres papiers de validation épinglés sur leur chemise.

— Carune a trouvé deux échardes dans son index, raconta-t-il aux enfants. Il les a retirées et mises de côté. L'une s'est perdue, mais vous pourrez voir l'autre à l'annexe Smithson à Washington. Elle est dans une boîte de verre hermétiquement scellée à côté des pierres ramenées de la lune par les premiers voyageurs de l'espace...

— De notre lune, papa, ou de celle de Mars ? demanda Ricky.

— De la nôtre, dit Mark avec un demi-sourire. Il n'y a eu qu'une seule fusée construite par les hommes qui ait atterri sur Mars, et c'était une expédition française, aux alentours de 2030. En tout cas, voilà pourquoi un vulgaire brin de bois issu d'un vieux cageot d'oranges se trouve à l'institut Smithsonian. Parce que c'est le premier objet qui ait été effectivement téléporté — envoyé en Excursion — à travers l'espace.

— Qu'est-ce qui s'est passé ensuite ? demanda Patty.

— Eh bien, à ce qu'on raconte, Carune retourna...

Carune retourna en courant au portique numéro 1 et y demeura immobile un moment, le cœur battant, hors d'haleine. *Faut te calmer,* se dit-il. *Faut y réfléchir. Tu tireras pas le maximum de ton temps si tu démarres mal.*

Délibérément, il négligea cette part de lui qui criait au premier plan de son esprit, qui le poussait à foncer pour faire quelque chose. Tirant de sa poche sa pince à ongles, il utilisa la pointe de l'instrument pour extirper les échardes de son index. Il les posa sur le transformateur blanc et pendant qu'il tentait d'élargir sa capacité connexe (il avait apparemment réussi au-delà de ses rêves les plus fous), l'une tomba à l'extérieur du boîtier et fut perdue, l'autre finit à l'institut Smithson, enfermée dans une vitrine de verre entourée d'un gros cordon de velours et surveillée de près pour l'éternité par un circuit télé intérieur commandé par ordinateur.

L'extraction de l'écharde terminée, Carune se sentit un peu plus calme. Un crayon — ça ferait l'affaire. Il en prit un près de la planche à dessin sur l'étagère au-dessus de lui et le fit rouler doucement vers le portique numéro 1. Il disparut doucement, centimètre par centimètre, comme par une illusion d'optique ou comme dans un tour de prestidigitation très réussi. Sur l'un de ses côtés était écrit EBERHARD FABER N° 2, en lettres noires imprimées sur le bois peint en jaune. Quand il eut poussé le crayon jusqu'à ce que les lettres EBERH eussent disparu, Carune fit le tour du portique numéro 1, pour regarder à l'intérieur.

Il eut une vue en coupe du crayon, comme si un couteau l'avait tranché en douceur. Carune passa les doigts là où aurait dû se trouver la partie manquante du crayon, et il n'y avait rien, bien sûr. Il traversa la grange en courant jusqu'au portique numéro 2 et le reste du crayon était là, sur le dessus du cageot. Son cœur battait si fort qu'il lui semblait ébranler sa poitrine entière. Saisissant la pointe du crayon, Carune acheva de le tirer vers lui.

Il le souleva, l'examina. D'un geste brusque, il écrivit : ÇA MARCHE ! sur un bout de planche de la grange. Il avait appuyé si fort que la mine cassa sur la dernière lettre. Carune éclata d'un rire aigu dans la grange vide, il rit si fort qu'il réveilla les hirondelles assoupies dans la charpente du toit.

« Ça marche ! » hurla-t-il et il retourna en courant au portique numéro 1. Il agitait les bras, le crayon cassé serré dans un poing. « Ça marche ! Ça marche ! Tu m'entends, Carson, espèce de tête de nœud, ça marche ET C'EST MOI QUI L'AI FAIT ! »

— Mark, fais attention à ce que tu dis aux enfants, lui dit Marilys sur le ton du reproche.

Mark haussa les épaules.

— C'est ce qu'il est censé avoir dit.

— Bon, mais tu ne peux pas en donner une version expurgée ?

— Papa, demanda Patty, est-ce que ce crayon est au musée aussi ?

— Est-ce que les coups de pied au cul, ça fait mal ? A ton avis ? répondit Mark et puis il se plaqua une main sur la bouche. Les deux enfants pouffèrent bruyamment — la nuance suraiguë avait disparu du rire de Patty, au grand plaisir de Mark — et après avoir vainement tenté de garder son sérieux, Marilys pouffa à son tour.

Ce furent ensuite les clés qui voyagèrent. Carune les poussa sans plus de précaution sous le portique. Il commençait à voir la marche à suivre à présent, et il lui semblait que la première chose à faire était de déterminer si le processus faisait apparaître de l'autre côté des objets inaltérés ou bien s'ils étaient en quelque façon changés par leur déplacement.

Il vit les clés passer dans le portique et disparaître ; au même moment exactement, il les entendit cliqueter sur le cageot à l'autre bout de la grange. Il courut pour voir — en fait, maintenant, il trottait seulement — et en chemin repoussa le rideau de plomb. Il n'en avait plus besoin, pas plus que du canon à ions. Il valait mieux, d'ailleurs, puisque le canon était cassé, irréparable.

Il ramassa les clés, s'avança jusqu'à la serrure que le gouvernement l'avait forcé à mettre sur la porte, et essaya la Yale. Elle marchait parfaitement. Il essaya la clé de la maison. Elle aussi marchait. De même que les clés des classeurs et celle du démarreur de la Brat.

Carune empocha les clés et retira sa montre de son poignet. C'était une Seiko à quartz LC avec calculatrice intégrée au-dessous de l'écran à affichage lumineux — vingt-quatre minuscules boutons qui lui permettaient de tout faire, de l'addition à la soustraction et aux racines carrées : une sorte de machine particulièrement délicate — et, ce qui était tout aussi important, un chronomètre. Carune le plaça devant le portique numéro 1 et le poussa avec un crayon.

Il courut la reprendre. Quand il l'avait poussée, la montre marquait 11 h 31 mn 07 s. A présent, elle annonçait 11 h 31 mn 49 s. Très bien. Ça correspondait parfaitement, sauf qu'il aurait dû avoir un assistant là-bas pour vérifier qu'il n'y avait eu aucune espèce de gain de temps. Bon, peu importait, le gouvernement le submergerait bien assez tôt d'assistants.

Il essaya la calculatrice, 2 et 2 faisaient toujours 4, 8 divisé par 4 égalait toujours 2, la racine carrée de 11 était toujours 3,3166247... etc.

Ce fut alors qu'il décida de passer à l'étape des souris.

— Qu'est-ce qui est arrivé aux souris, papa ? demanda Ricky.

Mark eut une brève hésitation. Il lui faudrait faire un peu attention à ce point-là, s'il ne voulait pas effrayer les enfants (sans parler de sa femme) et les plonger dans l'hystérie à quelques minutes de leur Excursion. Le plus important c'était de les rendre bien conscients du fait que tout était réglé maintenant, que le problème avait été résolu.

— Comme je disais, il y avait un petit problème...

Oui. Horreur, folie et mort. Pas mal comme petit problème, hein les gosses ?

Carune posa sur l'étagère la boîte qui portait l'inscription JE VIENS DE CHEZ STACKPOLE, LA MAISON DES ANIMAUX DOMESTIQUES et jeta un coup d'œil à sa montre. Bon sang ! il l'avait mise à l'envers. Après l'avoir replacée dans le bon sens, il constata qu'il était 2 heures moins le quart. Il n'avait plus qu'une heure et quart de temps d'ordinateur. *Comme le temps passe vite quand on s'amuse*, songea-t-il, et il s'esclaffa.

Il ouvrit la boîte, y plongea la main et attrapa une souris piaillante par la queue. Il la posa devant le portique numéro 1 et dit : « Vas-y, souris. » La bestiole fila sur le côté du cageot d'oranges sur lequel était posé le portique et trottina sur le plancher.

Avec un juron, Carune se lança à sa poursuite et ne parvint à la toucher vraiment qu'au moment où elle se glissait dans une fente entre deux planches avant de disparaître.

« MERDE ! » hurla Carune et il retourna en courant à la boîte de souris. Ce fut juste à temps pour repousser d'une claque deux candidates à l'évasion. Il attrapa une deuxième bestiole, celle-là en la tenant par le milieu du corps (il était physicien de son métier et les mœurs des souris lui étaient étrangères) et il referma vivement le couvercle de la boîte.

Cette souris-là, il la lança en avant. Elle voulut s'agripper à la paume de Carune, mais en vain. Elle courut sur ses petites pattes jusqu'au portique. Carune l'entendit immédiatement atterrir sur les cageots de l'autre côté de la grange.

Cette fois, il fonça en se souvenant de la facilité avec laquelle la première lui avait échappé. Il n'avait pas à s'inquiéter. La souris blanche était simplement recroquevillée sur le cageot, l'œil vague, les flancs bougeant faiblement. Carune se baissa et la considéra attentivement ; il n'avait pas l'habitude de faire mumuse avec des souris, mais il n'était nul besoin d'avoir quarante ans de pratique pour voir que les choses allaient terriblement mal pour elle.

(« La souris ne se sentait pas très bien après être passée sous le portique », avoua Mark Oates aux enfants avec un large sourire dont le caractère forcé ne fut perçu que par sa femme.)

Carune toucha la souris. C'était comme d'appuyer le doigt sur une chose inerte — disons un petit sac de paille ou de sciure — sauf que les flancs bougeaient. La souris ne regarda pas du côté de Carune, elle fixait un point droit devant elle. Il avait jeté en avant un petit animal plein de vivacité qui se tortillait ; c'était maintenant un être qui ressemblait plus à une figurine de cire vivante qu'à une souris.

Puis Carune claqua des doigts devant les petits yeux rose vif de la souris. Elle les cligna... et tomba sur le côté, morte.

— Alors Carune a décidé d'essayer avec une autre souris, dit Mark.
— Qu'est-ce qui est arrivé à la première souris ? demanda Ricky.

Mark arbora de nouveau son large sourire.
— Elle a été mise à la retraite avec tous les honneurs.

Carune trouva un sac en papier et y glissa la souris. Le soir même, il l'apporterait à Mosconi, qui, lui, avait une longue pratique de ces bêtes. Il la disséquerait et lui dirait si ses intérieurs avaient été réarrangés. Le gouvernement le désapprouverait d'avoir mêlé un simple particulier à un projet qu'il classerait « secret défense » dès qu'il en aurait connaissance. On s'en balance, comme disait la ménagère en agitant le panier à salade. Carune était décidé à tenir le plus longtemps possible le Grand Chef Blanc de Washington dans l'ignorance de ce qui était en train de se jouer. Pour l'aide que le Grand Chef Blanc lui avait apportée, il pouvait attendre. On s'en balance.

Puis il se souvint que Mosconi habitait au diable, à l'autre bout de New Paltz, et qu'il n'y avait pas assez d'essence dans la Brat pour faire ne fût-ce que la moitié du chemin, sans parler du retour.

Mais il était 14 h 03, il lui restait moins d'une heure d'ordinateur. Il s'occuperait de cette foutue dissection après.

Carune construisit avec des moyens de fortune une sorte de toboggan conduisant au portique numéro 1 (en fait la première rampe d'Excursion, expliquait Mark aux enfants, et Patty trouva l'idée d'une rampe d'Excursion pour souris délicieusement drôle) et il y laissa tomber une nouvelle souris blanche. Avec un gros livre il bloqua l'extrémité et, après avoir quelque peu trottiné et reniflé dans tous les sens, la souris passa le portique et disparut.

Carune traversa de nouveau la grange en courant.

La souris était HS, morte à l'arrivée.

Il n'y avait pas de sang, pas de tuméfaction signalant une hémorragie interne provoquée par une grave variation de pression. Carune supposa que la privation d'oxygène avait peut-être...

Il secoua la tête avec impatience. La souris blanche n'avait mis que quelques nanosecondes pour traverser ; sa propre montre lui confirmait que dans le processus le temps était resté, ou peu s'en fallait, une donnée constante.

La deuxième souris blanche rejoignit la première dans le sac en papier. Carune en sortit une troisième (une quatrième si on comptait la veinarde qui s'était enfuie par une fente du mur), en se demandant pour la première fois ce qui serait épuisé en premier, son temps d'ordinateur ou sa réserve de souris.

Il tint fermement la suivante par le milieu du corps et fit passer les hanches sous le portique. De l'autre côté de la pièce, il vit les hanches réapparaître... les hanches seules. Les petits pieds séparés du reste du corps griffaient frénétiquement le bois grossier du cageot.

Carune ramena vers lui la souris. Celle-là, elle n'avait rien de catatonique ; elle lui mordit la chair entre le pouce et l'index avec suffisamment d'énergie pour le faire saigner. Carune s'empressa de remettre la souris dans la boîte proclamant JE VIENS DE CHEZ STACKPOLE, LA MAISON DES ANIMAUX DOMESTIQUES et il se servit de la petite bouteille d'eau oxygénée de la pharmacie de son labo pour désinfecter la morsure.

Il y colla un pansement, puis fourragea dans ses affaires jusqu'à ce qu'il eût mis la main sur une paire de gros gants de chantier. Le temps filait, filait, filait. Il le sentait. Il était maintenant 14 h 11.

Il prit une autre souris, la poussa en arrière, jusqu'au bout, et se précipita au portique numéro 2. Cette souris-là vécut près de deux minutes ; elle fit même quelques pas, tant bien que mal. Elle avança d'un pas hésitant sur le cageot d'oranges Pomona, tomba sur le côté, tenta faiblement de se remettre sur ses pattes et puis se contenta de rester là, recroquevillée. Carune claqua des doigts près du museau de la bestiole et elle fit peut-être quatre pas titubants avant de se laisser tomber de nouveau sur le côté. Les halètements de ses flancs ralentirent... ralentirent encore... cessèrent. Elle était morte.

Carune eut un frisson.

Il retourna prendre une autre souris et la poussa à demi, tête la première. Il la vit réapparaître de l'autre côté, la tête seulement... puis le cou et le thorax. Précautionneusement, Carune relâcha son étreinte sur le corps de la souris, prêt à la ressaisir si elle bondissait. Elle n'en fit rien. La souris ne bougeait pas, une moitié d'elle d'un côté de la grange, l'autre moitié de l'autre.

Carune revint au pas de course au portique numéro 2.

La souris vivait, mais ses yeux rose vif étaient ternes et vitreux. En contournant le portique, Carune aperçut un curieux spectacle : il voyait la souris comme il avait vu le crayon, en coupe. La colonne vertébrale s'arrêtait abruptement sur un petit cercle blanc, le sang circulait dans les vaisseaux ; les tissus bougeaient doucement avec le battement de la vie autour de son minuscule œsophage. Ce procédé serait pour le moins, pensa-t-il (et il l'écrivit ensuite dans son article de *Popular Mechanics*), un merveilleux outil de diagnostic.

Puis il s'aperçut que le mouvement des vagues de la vie avait cessé dans les tissus. La souris était morte.

Carune sortit la souris en la tenant par le museau — il n'aima pas la sensation — et la laissa tomber dans le sac avec ses compagnes. *Suffit avec les souris*, décida-t-il. *Elles meurent. Elles meurent si on les fait voyager tout entières, et elles meurent si on les fait passer à demi, la tête la première. Si on les fait passer à moitié à reculons, elles restent en forme.*

Qu'est-ce qu'il y a là-dedans, bon Dieu ?

Des données sensorielles, se dit-il en laissant son esprit battre la campagne. *Quand elles traversent, les souris voient quelque chose, entendent quelque chose, touchent quelque chose. Bon Dieu, peut-être même sentent-elles quelque chose qui les tue, littéralement. Quoi ?*

Il n'en avait pas la moindre idée... mais il avait bien l'intention de le découvrir.

Carune avait encore près de quarante minutes devant lui avant que la société COMLINK ne mette la banque de données hors de sa portée. Il détacha le thermomètre du mur à côté de la porte d'entrée, retraversa au trot la grange et le plaça sous le portique. Le thermomètre marquait 83 degrés Fahrenheit en entrant ; il sortit en indiquant 83 degrés Fahrenheit. En farfouillant dans le débarras où il gardait quelques jouets pour amuser ses petits-enfants, il mit la main sur un paquet de ballons. Il en gonfla un, lia l'embout et le poussa sous le portique. Il ressortit intact, sans dommages, ce qui donnait un premier élément de réponse quant à la question d'un éventuel changement brusque de pression provoqué d'une façon ou d'une autre par ce processus qu'il commençait à appeler mentalement l'Excursion.

Cinq minutes avant la coupure de l'ordinateur, il courut chez lui, attrapa le bocal des poissons rouges (à l'intérieur, Percy et

Patrick agitèrent la queue et virevoltèrent vivement, très agités) et l'emporta en courant pour le pousser sous le portique numéro 1.

Il se précipita au portique numéro 2, où le bocal se trouvait posé sur le cageot. Patrick flottait ventre en l'air ; Percy nageait doucement près du fond du récipient, apparemment sonné. Un instant plus tard, lui aussi flottait ventre en l'air. Carune tendait la main vers le bocal lorsque Percy agita faiblement la queue et reprit ses déplacements apathiques. Peu à peu, il parut se dégager de ce qui l'avait affecté ; et quand, à 9 heures du soir, Carune revint de la clinique vétérinaire de Mosconi, Percy semblait aussi vif que d'habitude.

Patrick était mort.

Carune offrit à Percy double ration de nourriture à poissons et donna à Patrick une sépulture de héros dans le jardin.

Lorsque l'ordinateur se fut déconnecté, Carune décida d'aller en stop chez Mosconi. En conséquence, il se retrouva, à 4 h et quart cet après-midi-là, sur le talus de la route 26, vêtu d'un jean et d'un lourd manteau de sport en plaid, à lever le pouce, un sac en papier dans l'autre main.

Finalement, un gamin conduisant une Chevette à peine plus grosse qu'une boîte de sardines pila et Carune monta. « Qu'est-ce que vous transportez dans ce sac, mon vieux ? » « Une poignée de souris mortes », dit Carune. En fin de compte, une autre voiture s'arrêta. Quand le paysan au volant l'interrogea sur le sac, Carune lui raconta qu'il contenait des sandwiches.

Mosconi disséqua sur-le-champ l'une des souris, et accepta de disséquer les autres plus tard et de rappeler Carune pour lui donner les résultats. Les premières constatations n'étaient pas très encourageantes ; tout ce que Carune pouvait dire pour l'instant, c'était que la souris qu'il avait ouverte était en parfaite santé, hormis le fait qu'elle était morte.

Déprimant.

— Victor Carune était un excentrique, mais pas un imbécile, dit Mark.

Les employés de l'Excursion approchaient à présent, et il lui fallait, supposait-il, accélérer... ou alors il finirait son histoire dans la salle d'éveil de Whitehead City.

— Ce soir-là, en rentrant en stop chez lui — et l'histoire raconte qu'il fit presque tout le chemin à pied —, il se rendit compte qu'il avait peut-être, d'un seul coup, résolu pour un tiers la crise de l'énergie. Tous les objets qu'il fallait jusqu'à ce jour transporter par train, par camion, par bateau et par avion pouvaient être envoyés en Excursion. On écrirait une lettre à un ami à Rome, Londres ou au Sénégal et il l'aurait dès le lendemain — sans qu'il ait fallu brûler une seule goutte d'essence. Pour nous maintenant c'est une banalité mais c'était une grande chose pour Carune, croyez-moi. Et pour tout le monde, aussi.

— Mais qu'est-ce qui est arrivé aux souris, papa ? demanda Rick.

— C'est ce que Carune ne cessait de se demander, parce qu'il avait aussi compris que si des gens pouvaient utiliser l'Excursion, ce serait pratiquement la totalité de la crise de l'énergie qui serait résolue. Et nous pourrions aussi conquérir l'espace. Dans son article de *Popular Mechanics* il disait que même les étoiles seraient finalement à nous. Et la métaphore qu'il utilisait était que pour traverser un gué sans mouiller ses chaussures, il suffit de prendre une grosse pierre, la jeter dans l'eau, revenir en arrière, prendre une deuxième pierre, retourner sur la première pour jeter la deuxième, revenir en chercher une troisième qu'on jettera depuis la deuxième, et continuer ainsi jusqu'à ce qu'on ait construit un passage à sec sur des pierres échelonnées en travers du courant, ou, en l'occurrence, à travers le système solaire, ou peut-être même la galaxie.

— Je ne comprends pas du tout, dit Patty.

— C'est parce que tu as de la crotte de dinde à la place du cerveau.

— C'est pas vrai ! Papa, Ricky a dit...

— Allons, les enfants, dit doucement Marilys.

— Carune a très bien prévu ce qui est arrivé, expliqua Mark. Des vaisseaux spatiaux programmés pour atterrir, d'abord sur la lune, puis sur Mars, ensuite sur Vénus et les lunes extérieures de Jupiter, des vaisseaux programmés en fait pour faire une seule et unique chose après leur atterrissage...

— Installer une station d'Excursion pour les astronautes, compléta Ricky.

Mark hocha la tête.

— Et maintenant il y a des avant-postes scientifiques à travers tout le système solaire, et peut-être qu'un jour, longtemps après nous, il y aura même une autre planète pour nous. Il y a des vaisseaux d'Excursion en route pour différents systèmes d'étoiles qui ont leurs propres systèmes solaires, mais il faudra beaucoup, beaucoup de temps, avant qu'ils y arrivent.

— Je veux savoir ce qui est arrivé aux souris, s'impatienta Patty.

— Eh bien, finalement, le gouvernement s'en est mêlé, dit Mark. Carune les a tenus en dehors du coup le plus longtemps possible mais finalement ils ont eu vent de l'affaire et lui sont tombés dessus comme la misère sur le pauvre monde. Carune a gardé la direction théorique du projet Excursion jusqu'à sa mort dix ans plus tard, mais en fait il n'en a plus jamais assumé la responsabilité.

— Zut, alors, le pauvre ! s'exclama Rick.

— Mais il est devenu un héros, dit Patricia. Il est dans tous les livres d'histoire, comme le président Lincoln et le président Hart.

Je suis sûr que ce sera une grande consolation pour lui... où qu'il soit, songea Mark, et il reprit, en glissant soigneusement sur les parties déplaisantes.

Le gouvernement, que l'aggravation de la crise de l'énergie avait mis dos au mur, lui tomba effectivement dessus comme la misère sur le pauvre monde. Il voulait rentabiliser l'Excursion le plus tôt possible... disons hier. Face au chaos économique et aux perspectives de plus en plus probables d'anarchie et de disette de masse pour les années quatre-vingt-dix, il fallut plaider longuement et farouchement pour convaincre les dirigeants de différer l'annonce de la découverte jusqu'au moment où l'on aurait achevé une analyse spectrographique exhaustive des articles envoyés par l'Excursion. Quand elle fut terminée — et eut révélé l'absence de toute altération dans la structure des objets transférés par Excursion — l'existence de celle-ci fut annoncée par un grand barouf international. Faisant preuve pour une fois d'intelligence (la nécessité n'est-elle pas la mère de l'invention ?) le gouvernement des États-Unis chargea Young and Rubicam des relations publiques. Ce fut alors que commença la fabrication du mythe autour de Victor Carune, cet homme assez âgé, un peu particulier, qui prenait peut-être deux douches par semaine et se changeait quand il y pensait. Young and Rubicam et les agences qui prirent la suite transformèrent Carune en un mélange de Thomas Edison, Eli Whitney, Pecos Bill et Flash Gordon. Le plus marrant, dans tout cela (et Mark Oates s'abstint de le faire savoir à sa famille) c'était que Victor Carune aurait pu tout aussi bien être mort ou fou ; l'art imite la vie, dit-on, et Carune n'aurait pas été dépaysé dans le roman de Robert Heinlein où des doublures remplacent des personnages aux yeux du public.

Victor Carune posait un problème ; un problème agaçant dont on n'arrivait pas à se débarrasser. C'était une grande gueule, un traîne-savate, un écolo rescapé des années soixante — d'une époque où l'énergie jaillissait encore de partout, autorisant ce luxe : traîner la savate. Mais à présent, on était dans les sales années quatre-vingts, avec leurs cieux souillés de nuages charbonneux et de longues portions de la côte californienne rendues inhabitables pour, supposait-on, une soixantaine d'années, à la suite d'une bavure nucléaire.

Victor Carune demeura un problème jusqu'aux alentours de l'année 1991, et puis il devint une image d'Épinal, souriant, calme, une sorte de grand-père ; une silhouette qu'on voyait aux actualités lever les bras en haut des podiums. En 1993, trois ans avant la date de sa mort officielle, il participa, dans une voiture roulant au pas, à la parade inaugurale du grand tournoi de football de Californie.

Troublant. Et un peu inquiétant.

L'annonce, le 19 octobre 1988, de l'invention de l'Excursion — d'un système de téléportation utilisable, fit sensation dans le monde entier et donna un coup de fouet à l'économie. Sur les marchés des changes de la planète, le dollar américain, ce vieillard perclus, s'envola brusquement bien au-delà de son plafond. Ceux qui avaient acheté de l'or à huit cent six dollars l'once découvraient tout à coup qu'une once du métal précieux se revendait maintenant à moins de soixante-quinze dollars. Durant les années qui s'écoulèrent entre l'annonce de l'invention et l'installation des premières stations d'Excursion à New York et Los Angeles, la Bourse connut une progression d'un peu plus de mille points. Le prix du pétrole n'avait baissé que de soixante-dix cents par baril, mais en 1994, alors que des stations d'Excursion quadrillaient les États-Unis, installées aux points stratégiques, dans soixante-dix grandes villes, l'OPEP avait cessé d'exister et le prix du pétrole commença à dégringoler. En 1998, des stations avaient été créées dans toutes les villes du monde dit libre et les marchandises circulaient régulièrement par le canal de l'Excursion entre Tokyo et Paris, Paris et Londres, Londres et New York, New York et Berlin. Le prix du pétrole était descendu à quatorze dollars le baril. Vers 2006, quand l'utilisation de l'Excursion pour le transport de personnes se banalisa enfin, la Bourse avait atteint cinq mille points de plus que les niveaux de 1987, le pétrole se vendait à six dollars le baril et les compagnies pétrolières avaient commencé de changer leur raison sociale. Texaco prit le nom de Texaco Eau-Pétrole, et Mobil s'appela désormais Mobil H^2O. En 2045, la prospection hydraulique devint la grande affaire et le pétrole redevint ce qu'il était en 1906 : un jouet.

— Mais les souris, papa ? demandait Patty avec impatience. Qu'est-ce qui est arrivé aux souris ?

Mark décida qu'à présent il pouvait y aller et il attira l'attention de ses enfants sur les employés de l'Excursion qui étaient en train d'administrer le gaz à trois rangées d'eux seulement. Rick hocha simplement la tête, mais Patty parut s'inquiéter quand une dame à tête tondue et peinte suivant la dernière mode prit une inspiration dans le masque qu'on lui tendait et retomba en arrière, inconsciente.

— On ne peut pas faire une excursion quand on est réveillé, c'est ça, hein papa ? dit Ricky.

Mark opina du bonnet et adressa un sourire rassurant à Patricia.

— Carune avait compris avant même que le gouvernement ne s'en mêle, dit-il.

— Mais comment le gouvernement a-t-il pu s'en mêler, Mark ? demanda Marilys.

Son époux sourit.

— Le temps d'ordinateur. La banque de données. C'était la seule chose que Carune ne pouvait mendier, emprunter ou voler. L'ordinateur mène à bien la transmission dans sa particularité concrète — des milliards d'éléments d'information. C'est encore l'ordinateur, vous savez, qui fait en sorte qu'on ne réapparaît pas avec la tête au milieu de l'estomac.

Marilys sursauta.

— Ne t'inquiète pas. Il n'y a jamais eu de ratage de ce genre, jamais.

— Il y a toujours une première fois, marmonna-t-elle.

Mark se tourna vers Ricky.

— Comment est-ce qu'il a su ? demanda-t-il à son fils. Comment Carune a-t-il deviné qu'il fallait être endormi, à ton avis ?

— Quand il a introduit les souris à reculons, dit lentement Ricky. Elles allaient très bien. Du moins aussi longtemps qu'il ne les mettait pas tout entières. C'est seulement quand il les faisait passer tête la première qu'elles étaient — disons bousillées. C'est ça ?

— C'est ça, dit Mark.

A présent les employés de l'Excursion approchaient, poussant leur chariot silencieux et son chargement d'oubli. Finalement, il n'aurait pas le temps de terminer, peut-être cela valait-il mieux.

— Évidemment, il n'a pas fallu faire beaucoup d'expériences pour comprendre ce qui se passait. L'Excursion a liquidé la totalité du secteur des transports routiers, mais du moins, les enfants, la pression s'est relâchée sur les expérimentateurs...

Oui. Traîner la savate était redevenu un luxe et les essais se poursuivirent pendant plus de vingt ans, bien que les premières expériences de Carune avec des souris droguées l'eussent convaincu que les animaux inconscients n'étaient pas sujets à ce qu'on appela par la suite l'effet organique ou plus simplement l'effet de l'Excursion.

Mosconi et lui avaient endormi plusieurs souris, les avaient placées sous le portique numéro 1 avant de les récupérer au numéro 2 et avaient attendu dans l'anxiété que leurs cobayes se réveillent... ou meurent. Elles s'étaient réveillées et après une brève période de rétablissement, elles avaient repris leur vie de souris — mangeant, forniquant, jouant et déféquant — sans souffrir d'aucune espèce de trouble. Ces souris furent les ancêtres d'une série de générations qu'on étudia avec beaucoup d'intérêt. Leur espérance de vie ne fut pas diminuée, leurs petits ne vinrent pas au monde avec deux têtes ou une fourrure verte et ne présentèrent aucune séquelle à long terme.

— Quand est-ce qu'on a commencé avec les hommes, papa ? demanda Ricky. Raconte-nous ça.

— Je veux savoir ce qui est arrivé aux souris ! répéta Patty une nouvelle fois.

Bien que les employés de l'Excursion eussent atteint le début de la rangée (eux-mêmes se trouvaient à la fin), Mark Oates prit le temps de réfléchir. Sa fille, plus naïve, avait cependant écouté avec son cœur et posait la question cruciale. Ce fut donc à la question de son fils qu'il décida de répondre.

Les premiers praticiens de l'Excursion ne furent ni des astronautes ni des pilotes d'essai, c'étaient des détenus volontaires qu'on avait enrôlés sans même se préoccuper particulièrement de leur équilibre psychologique. En fait, l'opinion des scientifiques qui dirigeaient maintenant le projet (Carune n'était pas de leur nombre — il était devenu ce qu'on appelle un directeur honoraire) était que plus ils étaient dingues, mieux cela valait ; si un type dérangé entrait là-dedans et en sortait en forme — ou du moins, pas pire qu'avant — alors le procédé serait probablement sûr pour les cadres, les hommes politiques et les top-models du monde entier.
Une demi-douzaine de ces volontaires furent conduits à Province, dans le Vermont (un lieu qui est depuis devenu aussi célèbre que l'avait été Kitty Hawk, le village de Caroline du Nord d'où s'envolèrent les frères Wright), où on les endormit avant de les enfourner, l'un après l'autre, dans un portique distant de trois kilomètres du deuxième.
Mark le raconta à ses enfants, car bien entendu, tous les six réapparurent en pleine forme — ils se sentaient très bien, merci. Il ne leur parla pas d'un hypothétique septième volontaire. Ce personnage, peut-être un individu réel, peut-être un mythe ou (très probablement) une combinaison des deux, avait même un nom : Rudy Foggia. Il se serait agi d'un détenu condamné à mort par l'État de Floride pour l'assassinat de quatre vieillards au cours d'une partie de bridge à Saratosa. Selon le récit apocryphe, la CIA et le FBI unirent leurs forces pour présenter à Foggia une offre unique, à prendre ou à laisser, qui ne serait pas renouvelée et dont il ne fallait absolument pas parler : « Faites l'excursion les yeux grands ouverts. Si vous vous en sortez, nous vous remettrons en main propre votre grâce signée par le gouverneur Thurgood. Vous vous en irez, libre de suivre la Sainte Croix ou de faire passer à nouveau de vie à trépas quelques vieux en train de jouer au bridge en pantalon jaune et chaussettes blanches. Mais si vous sortez de là mort ou fou, tant pis, on s'en balance » — comme la ménagère disait, paraît-il, en agitant le panier à salade. « Qu'est-ce que vous en dites ? »

Foggia n'ignorait pas que la Floride était un État qui ne rechignait pas au boulot question peine de mort, et il avait appris de la bouche de son avocat que ce serait très probablement lui le prochain à griller sur la chaise. Il accepta.

En ce grand jour de l'été 2007, étaient présents assez de scientifiques pour composer un jury (avec quatre ou cinq jurés supplémentaires), mais si l'histoire de Foggia était vraie — et Mark Oates croyait qu'elle l'était probablement — il ne pensait pas que c'était l'un des scientifiques qui l'avait racontée. Plus vraisemblablement, ce devait être un des nombreux gardiens qui accompagnaient Foggia de Railford à Montpellier et qui l'avaient ensuite escorté de cette ville à Province dans un car blindé. « Si je sors de là vivant, aurait dit Foggia, je veux me taper un poulet avant de décarrer. »

Puis il franchit le portique numéro 1 et réapparut au portique numéro 2.

Il en sortit vivant, mais Rudy Foggia n'était pas en condition de se taper un poulet. Dans l'espace de temps qu'il lui fallut pour franchir trois kilomètres grâce à l'Excursion (évalué à 0,000000000067 seconde par l'ordinateur), les cheveux de Foggia étaient devenus blancs comme neige. Son visage n'avait pas subi de changement physique — il n'était ni ridé ni abîmé ni flasque — mais il donnait le sentiment d'être prodigieusement âgé, à un point presque incroyable. D'un pas traînant, Foggia sortit du portique, l'œil vide et exorbité, la bouche crispée, les mains pendant devant lui, paumes en avant. Bientôt il se mit à baver. Les scientifiques qui s'étaient rassemblés autour de lui battirent en retraite et non, Mark ne pensait vraiment pas que c'était l'un d'eux qui avait parlé ; n'étaient-ils pas au courant de ce qui arrivait aux rats, aux cochons d'Inde et aux hamsters ; à tout animal, en fait, possédant plus de cerveau qu'un ver solitaire moyen ? Ils ont dû se sentir un peu comme ces savants allemands qui avaient tenté de féconder des femmes juives avec du sperme de berger allemand. « Qu'est-ce qui s'est passé ? » cria (aurait crié) l'un des scientifiques. C'était la seule question à laquelle Foggia risquait de répondre. « C'est l'éternité là-dedans », dit-il et il s'effondra, victime d'une crise cardiaque, d'après ce qu'on diagnostiqua.

Aux scientifiques assemblés là ne restaient plus qu'un cadavre (dont la CIA et le FBI s'occupèrent avec diligence et cette étrange et épouvantable déclaration d'un mourant : *C'est l'éternité là-dedans.*

— Papa, je veux savoir ce qui est arrivé aux souris, répéta Patty.

Si elle avait le loisir d'insister ainsi, c'était à cause de l'attitude de l'homme en costume coûteux et chaussures passées au Miror. Il faisait quelques difficultés. Il n'était pas vraiment disposé à aspirer le gaz et le dissimulait derrière toutes sortes d'embarras, à grand renfort de baratin. Les employés faisaient leur boulot avec conscience — ils souriaient, le cajolaient, se voulaient persuasifs — mais cet incident les ralentissait.

Mark soupira. C'était lui qui avait abordé le sujet — il est vrai, il s'agissait seulement de distraire les enfants des festivités précédant l'Excursion —, mais c'était lui qui avait commencé sur ce terrain et il estimait qu'il lui fallait en finir en mentant le moins possible et sans les inquiéter ni les bouleverser.

Il ne leur parlerait pas, par exemple, du livre de C. K. Summer, *Politique de l'Excursion*, qui dans un chapitre intitulé « Secrets de l'Excursion » recensait les rumeurs les plus crédibles sur le sujet. L'histoire de Rudy Foggia, de ses meurtres dans le club de bridge et du poulet qu'il n'avait pas mangé y figurait. Il y avait aussi le récit du cas de quelque trente (ou plus, ou moins, qui sait...) volontaires, boucs émissaires ou fous qui avaient fait l'excursion en pleine conscience durant les trois cents dernières années. La plupart n'étaient pas arrivés vivants. Les autres étaient fous, sans espoir de guérison. Dans certains cas, le fait de réapparaître avait en fait semblé se traduire par un choc mortel.

Le chapitre des rumeurs et des histoires apocryphes sur l'Excursion contenait aussi d'autres renseignements troublants : il semblait qu'on s'en fût servi à plusieurs reprises comme d'une arme meurtrière. Dans l'affaire la plus célèbre (la seule sur laquelle on disposait de documents), qui remontait à un peu plus de trente ans, un chercheur en Excursion nommé Lester Michaelson avait ligoté son épouse avec les cordarêves en plexiplast de leurs filles et l'avait poussée, hurlante, sous le portique d'Excursion de Silver City, dans le Nevada. Mais avant cela, il avait appuyé sur la touche zéro du tableau de bord, effaçant ainsi toute possibilité pour Mme Michaelson d'émerger sous l'un des centaines de milliers de portiques disponibles — depuis celui, tout proche, de Reno jusqu'à la station d'Excursion expérimentale de Io, sur l'une des lunes de Jupiter. Ainsi Mme Michaelson était-elle en Excursion pour toujours quelque part là-bas dans l'ozone. Après que Michaelson eut été déclaré sain d'esprit et accessible à une sanction pénale (dans les étroites limites de la loi, il était peut-être sain d'esprit, mais d'un point de vue pratique, il était fou à lier), son avocat développa une défense digne d'un roman : son client, déclara-t-il, ne pouvait être jugé pour meurtre parce que personne n'était en mesure de prouver de manière irréfutable que Mme Michaelson était morte.

Cela avait fait lever le spectre terrible de l'épouse désincarnée mais d'une certaine façon toujours consciente, hurlant dans les limbes... pour l'éternité. Michaelson fut reconnu coupable et exécuté.

En outre, suggérait Summers, l'Excursion avait été utilisée par divers dictateurs de pacotille pour se débarrasser de leurs dissidents ou de leurs adversaires politiques, selon certaines sources, la Mafia disposait de ses propres stations d'Excursion illégales, reliées à l'ordinateur d'Excursion central grâce aux liens que l'organisation avait noués avec la CIA. On donnait à entendre que la Mafia utilisait la touche zéro pour faire disparaître des corps qui, à la différence de celui de la malheureuse Mme Michaelson, étaient déjà morts. Vue sous cet angle, l'Excursion devenait une machine à effacer bien plus efficace même que la carrière de gravier du coin.

Tout cela aboutissait aux théories et aux conclusions personnelles de Summer et cela ramenait, bien sûr, aux questions persistantes de Patty sur les souris.

— Eh bien, dit lentement Mark, tandis que sa femme l'invitait du regard à la prudence, aujourd'hui encore personne ne sait, Patty. Mais toutes les expériences avec les animaux, y compris les souris, ont donné à penser que si l'Excursion est physiquement presque instantanée, mentalement, elle dure très très très longtemps.

— Je comprends pas, annonça Patty, maussade. J'en étais sûre, que je comprendrais pas.

Mais Ricky considérait son père d'un air pensif.

— Ils continuaient à penser, les cobayes. Et nous aussi, on continuerait, si on nous endormait pas.

— Oui, acquiesça Mark. C'est ce qu'on croit maintenant.

Quelque chose s'éveillait dans le regard de Ricky. La peur ? L'excitation ?

— C'est pas simplement de la téléportation, hein papa ? Il y a une espèce de courbure du temps.

C'est l'éternité là-dedans, pensa Mark.

— En un sens, répondit-il. Mais c'est une expression de bande dessinée — ça sonne bien mais ça ne veut rien dire en fait, Ricky. Il semble que ça tourne autour de l'idée que la conscience ne se décompose pas en particules — elle reste entière et constante. Elle conserve aussi une sorte de sens bizarroïde du temps. Mais nous ne savons pas comment la conscience pure mesurerait le temps, ou même si ce concept a un sens pour un pur esprit. Nous ne pouvons pas même concevoir ce que pourrait être un pur esprit.

Mark se tut, troublé par les yeux de son fils, où brusquement était apparu un regard perçant et curieux. *Il comprend sans comprendre*, songea Mark. Votre esprit peut être votre meilleur ami, il peut vous distraire quand il n'y a rien à lire, rien à faire. Mais il peut aussi se retourner contre vous quand cela fait trop longtemps qu'il n'a pas été stimulé. Il peut se retourner contre vous, ce qui signifie qu'il se retourne contre lui-même, se saccage lui-même, peut-être se dévore-t-il lui-même dans un impensable acte d'autocannibalisme. Combien cela représente-t-il en années ? 0,000000000000067 seconde d'Excursion pour le corps, mais quelle durée pour une conscience d'un seul tenant ? Cent ans ? Mille ? Un million d'années ? Un milliard ? Combien de temps êtes-vous seul avec vos pensées dans un infini de blancheur ? Et ensuite, quand un milliard d'éternités ont passé, le brutal retour de la lumière, de la forme et du corps. Qui ne deviendrait fou ?

— Ricky..., commença-t-il mais les employés de l'Excursion étaient arrivés avec leur carriole.

— Prêts ? demanda l'un d'eux.

Mark hocha la tête.

— Papa, j'ai peur, dit Patty d'une petite voix. Ça fait mal ?

— Non, ma chérie, bien sûr que ça ne fait pas mal, dit Mark et sa voix était assez calme, même si son cœur battait un peu plus vite — c'était toujours ainsi, bien qu'il en fût à sa vingt-cinquième Excursion environ.

— J'y passe en premier. Vous allez voir comme c'est facile.

L'employé lui lança un regard interrogatif. Mark opina du chef et sourit. Le masque s'approcha. Mark le prit dans les mains et aspira profondément les ténèbres.

La première chose dont il prit conscience ce fut la dureté et la noirceur du ciel martien vu à travers le sommet du dôme entourant Whitehead City. Il faisait nuit ici et les champs d'étoiles brillaient avec une vivacité dont on ne pouvait rêver sur terre.

La deuxième chose dont il prit conscience ce fut une espèce d'agitation dans la salle de réveil — des murmures, puis des cris, et un hurlement aigu. *Oh, mon Dieu! c'est Marilys,* pensa-t-il et il se débattit pour se relever sur sa couchette d'Excursion, en luttant contre les vagues du vertige.

Il y eut un autre hurlement et il vit les employés de l'Excursion se ruer vers leurs couchettes, leurs blouses rouge vif voltigeant autour de leurs genoux. Marilys s'avança en chancelant vers lui et en pointant le doigt. Elle hurla une nouvelle fois puis s'effondra sur le sol ; sa main, qui essayait faiblement de s'agripper, envoya une couchette inoccupée rouler lentement le long de la rangée.

Mais Mark avait déjà suivi la direction du doigt qu'elle pointait. Il avait vu. Ce n'était pas de la peur qu'il avait aperçue tout à l'heure dans les yeux de Ricky, c'était de l'excitation. Il aurait dû le savoir, parce qu'il le connaissait, son Ricky, qui s'était jeté de la plus haute branche de leur arbre dans la cour de leur maison à Schenectady quand il n'avait que sept ans, qui s'était cassé un bras (et qui avait eu de la chance de ne se casser que cela) ; Ricky qui osait aller plus vite et plus loin sur sa planche que n'importe quel autre gamin du quartier ; Ricky qui était toujours le premier à relever les défis, Ricky et la peur n'allaient pas très bien ensemble.

Jusqu'à aujourd'hui.

A côté de Ricky, sa sœur dormait d'un sommeil miséricordieux. La chose qui avait été le fils de Mark sursautait et se tordait sur sa couche — garçon de douze ans aux cheveux d'un blanc de neige, aux yeux incroyablement anciens, avec la cornée d'un jaune malade. C'était là une créature plus vieille que le temps qui se déguisait en gamin ; et cependant elle sursautait et gigotait avec une sorte de joie affreuse, obscène. Devant son caquetage étranglé et dément, les employés de l'Excursion reculèrent avec terreur. Certains d'entre eux s'enfuirent, bien qu'ils aient été entraînés à affronter de telles éventualités impensables.

Les jambes vieilles et jeunes à la fois se crispaient et tremblaient, des mains griffues battaient le vide, se tordaient et voltigeaient, brusquement elles descendirent et la chose qui avait été son fils commença à se griffer le visage.

— C'est plus long que tu crois, papa ! caqueta-t-elle. Plus long que tu crois ! Retenu la respiration pendant qu'ils me donnaient le gaz ! Voulu voir ! J'ai vu ! J'ai vu ! Plus long que tu crois !

Caquetant et crissant, la chose sur la couchette de l'Excursion s'arracha soudain les yeux d'un coup de griffe. Le sang goutta. La salle de réveil n'était plus qu'une volière affolée pleine de hurlements.

— Plus long que tu crois, papa ! J'ai vu ! J'ai vu ! Longue Excursion ! Plus longue que tu crois...

Il dit d'autres phrases avant que les employés de l'Excursion ne parviennent à l'emmener, en poussant à toute vitesse sa couchette à l'extérieur pendant qu'il criait et griffait ces yeux qui avaient vu l'Invisible Éternel ; il dit d'autres phrases et puis il se mit à hurler, mais Mark Oates n'entendit rien parce qu'à ce moment il était déjà en train de hurler.

Le gala de noces

En l'an 1927, nous jouions du jazz dans un clandé de l'Illinois, tout au sud de Morgan, à une centaine de bornes de Chicago. C'était en pleine cambrousse, sans aucune autre ville importante à trente kilomètres à la ronde. Mais il y avait un tas de jeunes pedzouilles qui mouraient d'envie de s'envoyer quelque chose de plus fort qu'une limonade après une journée brûlante aux champs, et un tas de nanas qui jouaient les swingueuses et sortaient avec leurs petits amis, cow-boys de drugstore. Il y avait aussi des hommes mariés (oui, mon pote, on les reconnaît toujours ; c'est comme s'ils avaient ça écrit sur le front) qui faisaient tout un voyage pour venir dans un endroit où personne ne les reconnaîtrait pendant qu'ils guinchaient avec leur illégitime.

C'était quand le jazz était du jazz, pas du bruit. On avait un ensemble de cinq musiciens — batterie, cornet, trombone, piano, trompette — et on était drôlement bons. C'était encore trois ans avant que nous sortions notre premier disque et quatre avant le parlant.

On jouait « Bamboo Bay » quand ce grand type est entré, en complet blanc et avec à la bouche une pipe plus tarabiscotée qu'un cor musical. L'orchestre entier était passablement éméché mais tout le monde dans la foule était complètement bourré et chacun se démenait comme trente-six mille diables. Mais les gens étaient de bonne humeur, il n'y avait pas eu une seule bagarre de la soirée. Nous, on transpirait à flots et Tommy Englander, le type qui dirigeait la boîte, nous faisait porter sans arrêt un rye qui glissait en douceur comme sur une planche vernie. C'était un plaisir de travailler avec Englander, et il aimait notre musique. Bien sûr, pour cela, je le considérais comme un gars de première.

Le type en complet blanc s'est assis au bar et je l'ai oublié. On a fini notre passage avec « Aunt Hagar's Blues », un air que les habitants de la cambrousse trouvaient épatant à l'époque, et on a récolté pas mal d'applaudissements. Quand nous avons quitté la scène, Manny souriait de toutes ses dents. Il y avait une fille en robe du soir verte qui avait l'air seule et qui n'avait pas cessé de me mater de toute la soirée. Elle était rousse, et j'ai toujours eu un faible pour ce genre de filles. J'ai capté le signal de ses yeux et un mouvement de tête à mon intention, et j'ai donc commencé à me frayer un chemin dans la foule pour voir si elle voulait prendre un verre.

A mi-chemin, l'homme en complet blanc s'est dressé devant moi. De près, il avait l'air d'un sacré malfrat. Ses cheveux se hérissaient sur l'arrière de sa tête malgré l'emploi, à vue de nez, d'une pleine bouteille de crème Wildroot et il avait les yeux plats, bizarrement brillants de certains poissons des grandes profondeurs.

— Faut que je te parle dehors, dit-il.

La rousse regardait ailleurs avec une petite moue boudeuse.

— Ça peut attendre, j'ai dit. Laissez-moi passer.

— Je m'appelle Scollay. Mike Scollay.

Je connaissais ce nom. Mike Scollay était un petit racketteur de Chicago qui se payait ses bières et ses parties de quilles en important de la gnôle du Canada. De la superbibine en provenance du pays où les hommes portent des jupes et jouent de la cornemuse. Quand ils ne sont pas en train de s'occuper des cuves, bien sûr. Sa photo était parue quelquefois dans les journaux. La dernière, c'était quand un autre danseur mondain avait essayé de l'abattre.

— Vous êtes drôlement loin de Chicago, l'ami, j'ai dit.

— J'ai mes chaperons, vous bilez pas. Dehors.

La rousse me jeta un nouveau regard. Je montrai Scollay du doigt et haussai les épaules. Elle renifla et me tourna le dos.

— Voilà, dis-je. Vous m'avez fait rater cette occase.

— Des nénettes comme ça, on en trouve treize à la douzaine à Chi.

— Mais il ne m'en fallait pas une douzaine.

— Sortons.

Je le suivis. Après l'atmosphère enfumée du club, l'air était frais sur la peau et embaumait la luzerne fraîchement coupée. Les étoiles étaient de sortie et luisaient doucement. Les gangsters aussi étaient de sortie mais la seule chose qui luisait chez eux, c'étaient leurs cigarettes.

— J'ai un boulot pour toi, dit Scollay.

— Voyez-vous ça.

— C'est payé deux cents dollars. A partager avec l'orchestre, à moins que t'en gardes cent pour toi.

— Qu'est-ce que c'est ?

— Un gala, qu'est-ce que tu crois ? Ma frangine va se faire passer la bague au doigt. Je veux que vous jouiez à la réception. Elle aime le Dixieland. Deux de mes gars m'ont dit que vous jouiez bien le Dixieland.

Je vous ai raconté que c'était un plaisir de travailler pour Englander. Il nous payait dix-huit sacs la semaine. Ce type nous offrait vingt fois plus pour une seule soirée.

— C'est de cinq à huit, vendredi prochain, ajouta Scollay, au Sons of Erin Hall, sur Grover Street.

— C'est trop. Pourquoi ?

— Il y a deux raisons.

Il tira sur sa pipe. L'objet paraissait déplacé dans ce visage de voyou. Une Lucky Strike verte ou une Sweet Caporal, la cigarette des mauvais garçons, pendue à ses lèvres aurait été mieux à sa place. Avec la pipe, il n'avait pas l'allure d'un mauvais garçon. Elle lui donnait un drôle d'air triste.

— Deux raisons, répéta-t-il. Tu as peut-être entendu dire que le Grec essayait de me liquider.

— J'ai vu votre photo dans le journal. C'était vous le type qui rampait sur le trottoir.

— Petit malin, grogna-t-il, plutôt pour la forme. Je deviens trop gros pour lui. Le Grec vieillit. Il voit pas plus loin que le bout de son nez. Il faudrait le renvoyer au pays, boire de l'huile et contempler le Pacifique.

— Je crois que c'est la mer Égée.

— Je m'en tamponne le coquillard. Ça pourrait aussi bien être le lac Hudson. Le problème, c'est qu'il ne veut pas vieillir. Il veut toujours m'avoir. Il ne veut pas voir ce qui lui arrive dessus.

— C'est-à-dire vous.

— Tu as foutrement raison.

— En d'autres termes, vous nous payez deux cents sacs parce que notre dernier numéro pourrait être arrangé avec en fond sonore le chant des fusils Enfield.

La colère submergea son visage. Mais il y avait autre chose, aussi. J'ignorais alors ce que c'était, mais aujourd'hui je crois le savoir. Je pense que c'était du chagrin.

— Mon pote, j'ai la meilleure protection qu'on peut avoir avec de l'argent. Si un petit rigolo pointe le nez, il n'aura pas l'occasion de le pointer deux fois.

— Quelle est l'autre raison ?

Il répondit doucement :

— Ma sœur épouse un Italien.

— Un bon catholique comme vous.

De nouveau la colère le saisit, son visage s'empourpra et pendant une minute j'ai cru que j'avais poussé le bouchon trop loin.

— Moi, je suis un bon Irlandais. Je suis un bon vieux bouseux d'Irlandais, fiston, et t'as pas intérêt à l'oublier.

Et il ajouta, si bas qu'on l'entendait à peine :

— Même si j'en ai presque plus, mes cheveux sont roux.

J'ouvris la bouche pour parler mais il ne m'en laissa pas le temps. M'obligeant à me tourner vers lui, il approcha son visage du mien. Nos nez se touchaient presque. Je n'avais jamais vu tant de colère, d'humiliation, de rage et de détermination à la fois sur la face d'un homme. Vous ne verrez jamais ce genre d'expression sur un visage blanc de nos jours, il faut avoir été énormément blessé et rabaissé. Tant d'amour et de haine. Mais je vis ça cette nuit-là sur son visage, et je sus que si je faisais encore le malin deux ou trois fois, ça chaufferait pour mon matricule.

— Elle est grosse, dit-il dans un murmure et je sentis son haleine parfumée au bonbon à la menthe. Des tas de gens se moquent de moi dès que j'ai le dos tourné. Mais ils s'en abstiennent quand je peux les voir, ça tu peux me croire, monsieur le joueur de cornet à piston. Parce que ce Rital est peut-être bien tout ce qu'elle peut s'offrir. Mais tu ne vas pas te foutre de moi ou du Rital. Et personne ne va se foutre de nous, personne. Parce que tu joueras trop fort. Personne ne se foutra de ma frangine.

— On rit jamais quand on cachetonne. Ça gêne pour jouer.

Ma réponse détendit l'atmosphère. Il rit — d'un rire bref, comme un aboiement.

— Tu y seras, prêt à jouer pour 5 heures. Au Sons of Erin Hall, dans Grover Street. Je vous paierai le déplacement aussi.

Il ne me demandait pas, il affirmait. J'eus le sentiment de me faire forcer la main, mais il ne me laissa pas le temps de discuter davantage. Il s'en allait déjà à grandes enjambées et un de ses gardes du corps lui ouvrait la portière d'un coupé Packard.

Ils démarrèrent. Je restai un moment dehors pour en griller une. La soirée était douce et belle et Scollay semblait s'éloigner dans un rêve. J'étais en train de me dire que ce serait agréable si nous pouvions installer l'orchestre sur le parking et jouer dehors quand Biff m'a tapé sur l'épaule.

— Faut y aller, il a dit.
— D'ac.

On est rentrés. La rousse avait levé une espèce de marin poivre et sel qui paraissait le double de son âge. Je ne sais pas ce qu'un représentant de la marine des États-Unis fabriquait dans l'Illinois, mais en ce qui me concernait, elle pouvait se le garder si elle avait si mauvais goût, je ne me sentais plus très bien. Le rye m'était monté à la tête et Scollay semblait beaucoup plus réel ici, où l'odeur de ce que lui et les gens de son espèce vendaient était assez forte pour prendre à la gorge.

— On nous a demandé « Campton Race », dit Charlie.
— Laisse tomber, rétorquai-je sèchement. On jouera pas ces trucs de nègres avant minuit.

Je vis les traits de Billy-Boy se figer au moment où il s'asseyait à son piano. Puis son visage se radoucit. Je me serais flanqué des baffes pour ça, mais bon Dieu ! on finit toujours par se laisser aller, au bout d'une nuit, d'un an ou de dix ans. A cette époque « nègre » était un mot que je détestais et je le disais souvent.

Je m'approchai :
— Désolé, Bill — je suis pas en forme ce soir.
— Oui, oui, dit-il mais son regard me fuyait et je sentis que

mes excuses ne lui suffisaient pas. C'était déplaisant, mais il y avait pire, croyez-moi, c'était de savoir que je l'avais déçu.

A la pause suivante, je les ai mis au courant pour le gala et j'ai été réglo avec eux, pour l'argent et pour Scollay : je leur ai dit que c'était un voyou (mais je ne leur ai pas parlé de l'autre qui lui cherchait noise). Je leur ai également expliqué que la sœur de Scollay était grosse et qu'il était très chatouilleux sur ce sujet. Le premier qui ferait une blague à propos de péniches ou de poids lourd pourrait très vite se retrouver avec un troisième orifice pour respirer, quelque part au-dessus des deux autres.

Je ne quittai pas du regard Billy-Boy en parlant, mais on ne voyait rien sur le visage de ce type. Autant essayer de deviner les pensées d'une noix en examinant les sillons de la coquille. Billy-Boy était le meilleur pianiste qu'on ait jamais eu, et nous étions tous navrés par les petites vexations qu'il subissait quand nous voyagions d'un endroit à l'autre. C'est dans le Sud que c'était le plus dur, bien sûr — les voitures réservées aux Noirs, les places pour nègres au cinéma, des trucs comme ça — mais ce n'était pas non plus l'idéal, au Nord. Mais qu'est-ce que j'y pouvais, moi, hein ? Allez-y, dites-le-moi. A cette époque on vivait avec des discriminations.

On a débarqué au Sons of Erin Hall avec une heure d'avance, à quatre heures. On est arrivés dans le Ford spécial qu'on partageait, Biff, Manny et moi. L'arrière était tapissé entièrement de tissu, et il y avait deux couchettes fixées au plancher. On avait même un chauffe-plats électrique qui marchait sur la batterie, et le nom de l'orchestre était peint à l'extérieur.

C'était un jour juste comme il faut — comme un œuf cuit à point, si vous voyez ce que je veux dire, avec quelques petits nuages d'été qui projetaient leur ombre sur les champs. Mais on est arrivés en ville, et elle était brûlante et sinistre, envahie par le genre d'agitation à laquelle on échappe dans un endroit comme Morgan. Le temps qu'on arrive à la salle et mes vêtements me collaient et j'avais besoin d'aller aux toilettes. Je me serais bien envoyé une lampée du rye de Tommy Englander, aussi.

La salle des Sons of Erin occupait un grand bâtiment de bois qui dépendait de l'église dans laquelle la frangine de Scollay allait se marier. Vous connaissez ce genre d'endroits, je veux dire, s'il vous est arrivé un jour de bouffer de l'hostie — les réunions des jeunesses chrétiennes le mardi, le bingo le mercredi et une soirée pour les gosses le samedi.

On a défilé dans l'allée, chacun portant son instrument dans une main et une pièce de la batterie de Biff dans l'autre. Une dame maigre et désespérément plate faisait la circulation à l'intérieur. Deux hommes transpiraient en suspendant des guirlandes de papier crépon. Il y avait une estrade pour l'orchestre devant la salle et au-dessus étaient accrochées une banderole et deux grosses cloches de mariage en papier rose vif. Les lettres brillantes du calicot souhaitaient : DU BONHEUR POUR TOUJOURS À MAUREEN ET RICO.

Maureen et Rico. C'était pas sorcier de comprendre pourquoi Scollay était si à cran. Maureen et Rico. Ça alors.

La dame maigre fondit sur nous. Elle avait l'air d'avoir beaucoup à dire, alors je me suis empressé de lui couper le sifflet :

— On est l'orchestre.

— L'orchestre ?

Elle jeta un coup d'œil méfiant à nos instruments.

— Oh, j'espérais avoir affaire au traiteur.

Je souris comme si les traiteurs se trimbalaient toujours avec des caisses claires et des étuis à trombone.

— Vous pouvez..., commença-t-elle mais elle fut interrompue par un zozo qui devait avoir dans les dix-neuf ans et se donnait des airs de dur. Il s'avança vers nous, une cigarette au coin de la bouche mais l'objet, à ce qu'il me semblait, n'améliorait guère son image, et lui faisait surtout pleurer l'œil gauche.

— Ouvrez ces étuis de merde, dit-il.

Charlie et Biff me regardèrent. Je haussai les épaules. Nous ouvrîmes les étuis et il considéra les instruments. Ne voyant rien qu'on puisse charger pour tirer avec, il retourna dans son coin s'asseoir sur une chaise pliante.

— Vous pouvez installer tout de suite vos affaires, poursuivit la dame maigre, comme si elle n'avait pas été interrompue. Il y a un piano dans la pièce d'à côté. Je le ferai amener ici par mes hommes quand on en aura fini avec la décoration.

Biff était déjà en train de hisser sa batterie sur la petite estrade.

— J'ai cru que vous étiez les traiteurs, répéta-t-elle avec un certain désarroi. M. Scollay a commandé un gâteau de mariage et il y a des hors-d'œuvre et des rôtis de bœuf et...

— Ils vont arriver, m'dame, j'ai dit. On les paie à la livraison.
— ... deux rôtis de porc et un chapon et M. Scollay va être furieux si...

Elle aperçut un de ses hommes qui faisait une pause cigarette juste au-dessous d'une guirlande de papier crépon qui se balançait et poussa un cri perçant : « HENRY ! » L'homme sursauta comme si on lui avait tiré dessus. Je me réfugiai sur l'estrade.

On était tous fin prêts à 5 heures moins le quart, Charlie, le trombone, envoyait ses ouah-ouah en sourdine et Biff se dégourdissait les poignets. Les traiteurs étaient arrivés à 4 h 20 et Mlle Gibson (c'était le nom de la dame maigre ; elle gagnait sa vie avec ce genre de réceptions) leur avait quasiment sauté à la gorge.

Quatre longues tables avaient été installées et recouvertes de nappes blanches et quatre femmes noires avec coiffe et tablier mettaient le couvert. Le gâteau avait été transporté sur un chariot au milieu de la salle pour que tout un chacun pût le contempler. Il était à six étages, avec un couple de petits mariés au sommet.

Je sortis griller une cibiche et j'en étais à la moitié quand je les entendis arriver — ils klaxonnaient et faisaient du raffut. Je restai où j'étais jusqu'au moment où je vis la voiture de tête qui tournait au coin de la rue sous l'église. Alors j'éteignis ma sèche et rentrai.

— Ils arrivent, annonçai-je à Mlle Gibson.

Elle pâlit et vacilla littéralement sur ses pieds. Cette dame aurait dû embrasser une autre profession — faire de la décoration intérieure, peut-être, ou être bibliothécaire.

— Le jus de tomate ! hurla-t-elle. Apportez le jus de tomate !

Je remontai en scène et nous nous tînmes prêts. Nous avions si souvent cachetonné dans des circonstances semblables — comme tous les orchestres — et quand les portes s'ouvrirent, nous attaquâmes une version ragtime de la « Marche nuptiale », dans un arrangement de mon cru. Si vous pensez que ça ressemble à un cocktail à la limonade, je dois reconnaître que vous avez raison mais la plupart des réceptions pour lesquelles nous jouions avalaient ça tout rond, et celle-là n'était pas différente. Tout le monde applaudit, poussa des hourras et siffla, puis chacun se lança dans des conversations particulières. Mais je pouvais dire à la façon dont certains tapaient du pied tout en bavardant que nous arrivions à percer le brouhaha des conversations. On était bien partis — je pensai que ce serait une bonne soirée. Je sais tout ce qu'on raconte sur les Irlandais, et c'est presque toujours vrai, mais, bon Dieu ! pour ce qui est de s'amuser, quand ils sont lancés, ils s'y entendent !

En même temps, je dois admettre que j'ai failli tout foutre en l'air quand le marié et sa rougissante épouse sont entrés. Scollay, en manteau de jour et pantalon rayé, me lança un regard perçant et ne croyez pas que ça m'ait échappé. Je m'efforçai de rester aussi impassible qu'un joueur de poker, et le reste de la formation se contint aussi, personne ne laissa échapper un couac. Heureusement pour nous. La noce, composée presque entièrement, à ce qu'il semblait, de gorilles de Scollay accompagnés de leurs poules, était déjà au parfum. Il le fallait bien, puisqu'ils avaient été à l'église.

Vous avez sans doute entendu parler de Jack Sprat et de sa femme. Eh ben, c'était cent fois pire. La sœur de Scollay avait apparemment récupéré tous les cheveux roux qu'il perdait, et ils étaient longs et bouclés. Mais ils n'avaient pas cette jolie teinte auburn que vous imaginez. Non, c'était du vrai rouge du comté de Cork — rouge vif, rouge carotte, et ils étaient crépus comme une descente-de-lit. Son teint était couleur de lait caillé mais ses taches de rousseur le dissimulaient presque entièrement. Et est-ce que Scollay avait dit qu'elle était grosse ? Oh, mes amis ! C'était comme de dire qu'on peut trouver deux-trois trucs à acheter chez Macy'. Cette femme était un dinosaure humain — cent vingt-cinq kilos à elle toute seule ! Tout ça s'était mis dans la poitrine, les hanches, le derrière et les cuisses, comme c'est courant chez les grosses femmes, et ce qui aurait dû être sexy était en fait grotesque et terrifiant. Certaines grosses ont des visages d'une beauté pathétique mais la frangine de Scollay n'avait même pas ça. Les yeux étaient trop rapprochés, la bouche trop grande, les oreilles trop visibles. Et puis il y avait les taches de rousseur. Même mince elle aurait été laide à arrêter une horloge — bon Dieu ! une vitrine d'horloger tout entière.

Cela seul aurait suffi à faire rire n'importe qui, à moins d'être stupide ou d'avoir l'esprit pervers. C'était quand on ajoutait le marié, Rico, pour compléter le tableau, qu'on avait envie de rire aux larmes. Avec un chapeau haut de forme, il aurait encore disparu dans son ombre à elle. A vue de nez, il devait peser dans les trente-cinq kilos tout mouillé. Il était maigre comme un coucou, de teint olivâtre. Quand il adressait à l'assistance un sourire nerveux, ses dents ressemblaient à une barrière de piquets dans un quartier de taudis.

Nous avons continué à jouer.

Scollay a rugi :

— Voici les mariés ! Que Dieu leur donne toutes les joies du monde !

Et si Dieu ne le fait pas, proclamait son sourcil fulminant, *vous les gars, vous avez intérêt à le faire — en tout cas aujourd'hui.*

Tout le monde cria son approbation et applaudit. Nous finîmes sur un air de fanfare et cela déclencha de nouveaux applaudissements. La sœur de Scollay souriait. Seigneur ! qu'elle était grande, sa bouche. Rico grimaçait un sourire affecté.

Pendant un moment chacun déambula, en mangeant des canapés au fromage ou à la viande froide et en buvant le meilleur scotch de contrebande de Scollay. Moi-même je m'en tapai trois verres entre les morceaux et il battait le rye de Tommy Englander à plate couture.

Scollay a eu l'air de se rasséréner — un peu seulement.

A un moment, il passa devant la scène et dit :

— Vous jouez drôlement bien, les gars.

Venant d'un mélomane pareil, je compris que c'était un vrai compliment.

Juste avant que tout le monde s'assoie pour manger, ce fut au tour de Maureen de se pointer. Elle était encore plus vilaine de près et sa robe blanche (il devait y avoir assez de satin pour trois dessus-de-lit, autour de cette mémère) n'arrangeait rien. Elle nous demanda de jouer les « Roses de Picardie » à la manière de Mike Nichols et ses Five Pennies. C'était, nous expliqua-t-elle, sa chanson préférée. Si elle était grosse et laide, elle n'était pas prétentiarde comme certains des nullards qui étaient venus nous réclamer des airs. Nous jouâmes sa chanson, mais pas très bien. Elle nous adressa néanmoins un sourire doux qui suffisait presque à la rendre jolie et elle applaudit quand ce fut fini.

Ils s'assirent pour dîner vers 6 heures et quart et la serveuse embauchée par Mlle Gibson apporta la boustifaille. Ils se jetèrent dessus comme une horde de bêtes, ce qui n'était pas vraiment surprenant, et continuèrent de descendre régulièrement des bouteilles de leur alcool violent. Je ne pouvais m'empêcher d'observer Maureen en train de manger. J'essayais de regarder ailleurs mais mes yeux revenaient immanquablement à elle, comme pour vérifier que je voyais bien ce que je croyais voir. Les autres bâfraient comme des cochons, mais à côté d'elle, ils avaient l'air de vieilles dames dans un salon de thé. Elle n'avait plus le temps de sourire ou d'écouter les « Roses de Picardie », on aurait pu installer un panneau devant elle : ATTENTION TRAVAUX. Cette dame n'avait pas besoin d'un couteau et d'une fourchette, c'est une pelle et un tapis roulant qu'il lui fallait. C'était triste à voir. Et Rico (on apercevait seulement au ras de la table, à côté de la mariée, son menton et ses yeux marron, craintifs comme ceux d'une biche) ne cessait pas de l'approvisionner, sans jamais se départir de son sourire crispé.

Nous fîmes une pause de vingt minutes pendant que se déroulait la cérémonie du découpage du gâteau et Mlle Gibson nous servit à manger à la cuisine. Il y faisait une chaleur d'enfer à cause des fourneaux et aucun d'entre nous n'avait très faim. La soirée avait bien commencé pour nous et maintenant ça n'allait plus. Je le voyais sur le visage de mes musiciens... ou sur celui de Mlle Gibson, aussi.

Quand nous revînmes en scène, la beuverie avait pris une tournure sérieuse. Des pseudo-durs à cuire titubaient, un sourire stupide sur leur gueule d'empeigne, ou traînaient dans les coins en ergotant sur les performances de chevaux de course. Certains couples voulaient danser le charleston, nous jouâmes donc « Aunt Hagar's Blues » (ces abrutis en raffolèrent) et « I'm Gonna Charleston Back to Charleston » et d'autres airs du même tonneau. Des trucs pour nénettes fanas de jazz. Les gisquettes brûlaient le plancher, découvrant leurs bas roulés et claquant des doigts devant le visage en criant vou-dou-di-oh-dou, une phrase qui me donne encore aujourd'hui envie de rendre mon souper. Dehors il commençait à faire noir. Les moustiquaires de certaines fenêtres s'étaient détachées et les bestioles entrèrent et formèrent des nuages tourbillonnants autour des lampes. Et, comme dit la chanson, l'orchestre jouait toujours. Les nouveaux mariés faisaient tapisserie — ni l'un ni l'autre ne paraissait avoir envie de s'éclipser tôt — dans un abandon presque total. Même Scollay semblait avoir oublié leur existence. Il était passablement bourré.

Il était pas loin de 8 heures quand le petit bonhomme est entré en rasant les murs. Je l'ai repéré immédiatement parce qu'il n'était pas saoul et qu'il paraissait terrorisé, terrorisé comme un chat myope dans un chenil. Il s'approcha de Scollay qui parlait avec une quelconque pouffiasse à droite de la scène et lui tapa sur l'épaule. Scollay pivota sur lui-même et rien de ce qu'ils se dirent ne m'échappa. Croyez-moi, je m'en serais bien passé.

— Qui t'es, toi ? demanda brutalement Scollay.

— Je m'appelle Demetrius, répondit le type. Demetrius Katzenos. Je viens de la part du Grec.

Sur la piste, tout mouvement s'interrompit. Des mains défirent des vestes, disparaissant sous l'aisselle. Je vis l'inquiétude se peindre sur les traits de Manny. Bon Dieu, moi-même, je ne me sentais pas à l'aise non plus. Mais on a continué à jouer, évidemment.

— Voyez-vous ça, dit Scollay avec calme, presque pensivement.

Le type craqua :

— Je voulais pas venir, monsieur Scollay ! Le Grec, il a ma femme. Il dit qu'il la tuera si je vous donne pas ce message.

— Quel message ? grogna Scollay.

Les nuages d'orage étaient de retour sur son front.

— Il dit...

Le type se tut un instant. Il paraissait à la torture. Il força sur sa gorge comme si les mots étaient des objets physiques, qui y étaient coincés et qui l'étouffaient.

— Il a dit de vous dire que votre... votre sœur est une grosse truie. Il a dit... il a dit...

Il jetait des regards affolés sur le visage calme de Scollay. Il lança un coup d'œil vers Maureen. On aurait dit qu'elle venait de prendre une gifle.

— Il dit que ça lui a démangé. Il dit que si une grosse a des démangeaisons dans le dos, elle s'achète un gratte-dos. Il dit que si une femme a des démangeaisons au derrière, elle s'achète un homme.

Maureen poussa un grand cri étranglé et s'enfuit en pleurant. Le sol tremblait. Rico courut derrière elle sur ses petites jambes, la mine affolée, en se tordant les mains.

Scollay avait rougi au point que ses joues étaient vraiment pourpres. Je m'attendais à moitié — peut-être plus qu'à moitié — à ce que son cerveau explose et lui sorte par les oreilles. Je revoyais cette expression follement torturée déjà contemplée dans l'obscurité devant chez Englander. C'était peut-être un petit truand minable, mais je fus navré pour lui. Vous auriez ressenti la même chose, vous aussi.

Quand il parla, sa voix était très calme — presque aimable.

— C'est tout ?

Le petit Grec se décomposa. Sa voix était brisée par l'angoisse.

— Je vous en prie, ne me tuez pas, monsieur Scollay ! Ma femme, le Grec, il a pris ma femme ! Je ne veux pas dire ces choses. Il a pris ma femme, mon épouse...

— Je te ferai pas de mal. Dis-moi le reste.

— Il dit que toute la ville rit de vous.

Nous avions arrêté de jouer et il y eut un silence de mort pendant une seconde. Puis Scollay leva les yeux au plafond. Ses deux mains qu'il tenait fermées devant lui tremblaient. Ses poings étaient serrés si fort qu'il me semblait voir ses tendons saillir sous la chemise.

— TRÈS BIEN ! hurla-t-il, TRÈS BIEN !

Il se rua vers la porte. Deux de ses hommes tentèrent de l'arrêter, en essayant de lui dire que c'était du suicide, que c'était exactement ce que le Grec voulait, mais Scollay était comme fou. Il les repoussa à coups de poing et se rua dehors dans la noire nuit d'été.

Dans le silence de mort qui suivit, je ne perçus plus que la respiration torturée du messager et quelque part ailleurs, les sanglots étouffés de la mariée.

Alors le jeune gars qui nous avait fouillés quand nous étions entrés poussa un juron et s'approcha de la porte. Il fut le seul.

Avant même qu'il soit passé dans le hall d'entrée sous les grands trèfles de papier suspendus, des pneus crissèrent sur la chaussée et des moteurs s'emballèrent... un grand nombre de moteurs. On aurait pu croire que là-dehors, c'était le Brickyard pendant Memorial Day.

— Oh, bon Dieu de bon Dieu ! cria le gosse sur le seuil. Putain, c'est une vraie caravane ! Baissez-vous, chef ! Baissez-vous ! Baissez-vous...

La nuit explosa de coups de feu. Pendant une minute ou deux, là-dehors, ce fut la Première Guerre mondiale. Des balles passèrent en rafale à travers la porte ouverte et l'un des globes au plafond explosa. La nuit était illuminée par les flammes des Winchester. Puis les voitures repartirent en mugissant. Une des filles présentes fit tomber des éclats de verre de ses cheveux coupés à la Jane Brook.

Comme le danger était passé, les autres voyous se précipitèrent dehors. La porte de la cuisine s'ouvrit à la volée et Maureen en ressortit en courant. Tout sur elle ballottait. Son visage était plus bouffi que jamais, Rico suivait, comme un valet épouvanté. Ils sortirent.

Mlle Gibson surgit dans la salle vide, les yeux écarquillés et fixes, sous le choc. Le petit homme qui avait démarré toute l'affaire avec son télégramme chanté avait pris la poudre d'escampette.

— On a tiré, murmura Mlle Gibson. Qu'est-ce qui s'est passé ?

— Je crois que le Grec vient simplement de refroidir le grand argentier, dit Biff.

Elle me regarda, affolée, mais avant que j'aie pu traduire, Billy-Boy dit de sa voix douce et polie :

— Il veut dire que M. Scollay vient d'être liquidé, mademoiselle Gibson.

Elle le fixa, ses yeux s'écarquillant de plus en plus, et puis elle tomba dans les pommes. Moi-même je ne me sentais pas très bien.

Juste à cet instant, du dehors nous parvint le cri le plus angoissé que j'aie jamais entendu. L'épouvantable miaulement s'éternisa. Il était inutile d'aller jeter un coup d'œil à la porte pour savoir qui pleurait toutes les larmes de son corps dans la rue, qui chantait la mélopée funèbre de son peuple sur le corps de son frère, qui la chantait encore quand les flics et les journaleux rappliquèrent.

— Filons, marmonnai-je, en vitesse.

En moins de cinq minutes, on a remballé. Quelques-uns des gangsters rentrèrent, mais ils étaient trop bourrés et trop effrayés pour faire attention à nous.

Nous sortîmes par-derrière, chacun de nous transportant une pièce de la batterie de Biff. On devait faire un sacré spectacle pour qui nous aurait vus remonter la rue. J'ouvrais la marche avec mon étui sous le bras et une cymbale dans chaque main. Les gars restèrent au coin de la rue pendant que j'allais chercher le camion. Les flics ne s'étaient pas encore montrés. La grosse fille était toujours accroupie sur le corps de son frère au milieu de la chaussée, gémissant comme la Dame Blanche du folklore irlandais, avec son minuscule époux qui courait autour d'elle comme une lune en orbite autour d'une grosse planète.

Je ramenai la voiture jusqu'au coin de la rue et les gars s'engouffrèrent tous à l'arrière, tant bien que mal. Et puis on a décarré sans demander notre reste. On a fait une moyenne de soixante-dix kilomètres à l'heure pour rentrer à Morgan, routes secondaires comprises, et soit les gorilles de Scollay n'ont jamais songé à brancher les flics sur nous, soit ceux-ci n'ont pas pris la peine de nous chercher, en tout cas nous n'avons plus jamais entendu parler d'eux.

Mais par ailleurs nous n'avons jamais palpé nos deux cents sacs.

Elle est entrée chez Tommy Englander une dizaine de jours plus tard, grosse Irlandaise en robe de deuil noire. Le noir ne lui allait pas mieux que le satin blanc.

Englander devait savoir qui elle était (sa photo était parue dans les journaux de Chicago, à côté de celle de Scollay) car il la conduisit lui-même à une table et intima silence à deux ivrognes au comptoir qui avaient ricané sur elle.

J'étais malheureux pour elle, comme je l'étais parfois pour Billy-Boy. C'est dur d'être exclu. On n'a pas besoin de l'être pour le savoir, même si je dois reconnaître qu'on ne sait pas exactement comment c'est. Et elle avait été très gentille, pour le peu que j'avais parlé avec elle.

A la pause, j'allai à sa table.

— Je suis navré pour votre frère, dis-je maladroitement. Je sais qu'il avait beaucoup d'affection pour vous et...

— J'aurais pu tout aussi bien tirer avec ces fusils moi-même, dit-elle.

Elle baissait les yeux sur ses mains et en cet instant, comme je les considérais pour la première fois, je remarquai que c'était vraiment ce qu'elle avait de mieux, elles étaient petites et belles.

— Tout ce que ce petit homme a dit était vrai.

— Oh, allons, voyons, répondis-je.

Vraiment la phrase sans conséquence, mais que dire d'autre... Je regrettais d'être venu lui parler, elle tenait des propos si étranges. Comme si elle était totalement seule, et folle.

— Mais je ne vais pas divorcer, reprit-elle. Je me tuerai d'abord, et j'enverrai mon âme en enfer.

— Ne parlez pas comme ça.

— Est-ce que vous avez déjà eu envie de vous tuer ? demanda-t-elle en posant sur moi un regard passionné. Est-ce qu'il n'y a pas de quoi en avoir envie quand des gens vous maltraitent et se moquent de vous ? Ça ne vous est peut-être jamais arrivé ? Vous pouvez toujours me raconter ça mais excusez-moi, je ne vous croirai pas. Est-ce que vous imaginez ce que c'est de manger sans arrêt et de se haïr pour ça et puis de manger encore plus ? Est-ce que vous imaginez ce qu'on ressent quand on tue son propre frère parce qu'on est grosse ?

Des gens se retournaient et les ivrognes recommençaient à ricaner.

— Je suis désolée, murmura-t-elle.

Je voulus lui dire que moi aussi j'étais désolé. Je voulais lui dire... oh, tout à la fois, je me souviens, ce qui aurait pu l'aider à se sentir mieux. Lui crier quelque chose au fond de ce puits où elle était, au milieu de ce gâchis. Mais ma tête était vide.

Alors, j'ai dit seulement :

— Faut que j'y aille. On a un autre passage.

— Bien sûr, dit-elle doucement. Bien sûr, il faut... ou alors, ils commenceraient à rire de vous. Mais si je suis venue c'est... Voulez-vous jouer « Roses de Picardie » ? J'ai trouvé que vous l'aviez très joliment interprété à la réception. Voulez-vous faire ça pour moi ?

— Bien sûr. Avec plaisir.

Et on l'a fait. Mais elle est partie au milieu du morceau et comme dans une boîte comme celle d'Englander, c'était de la guimauve, nous avons arrêté et nous sommes passés à une version ragtime de « The Varsity Drag ». Celle-là marche à tous les coups. J'ai trop bu pendant le reste de la soirée et à la fermeture je l'avais complètement oubliée. Enfin, presque.

En partant, ça m'est venu. Ce que j'aurais dû lui dire : la vie continue — c'est ça que j'aurais dû lui dire. C'est ce qu'on dit aux gens qui viennent de perdre un être cher. Mais à la réflexion j'étais content de m'être abstenu. Parce que c'était peut-être ça, ce dont elle avait le plus peur.

Bien sûr, aujourd'hui tout le monde connaît Maureen Romano et son mari Rico, qui lui a survécu, logé aux frais des contribuables au pénitentier d'État de l'Illinois. Tout le monde sait comment elle a repris en main la minable organisation de Scollay et l'a transformée en un empire de la prohibition qui rivalisait avec celui d'Al Capone. Nul n'ignore comment elle a éliminé deux autres chefs de bande du North Side et avalé leurs activités. Comment elle s'est fait amener le Grec et comment elle l'aurait tué en lui enfonçant un bout de corde à piano dans l'œil gauche jusqu'au cerveau pendant qu'il la suppliait à genoux en pleurant comme un veau de lui laisser la vie. Rico, le valet affolé, devint son premier lieutenant et fut lui-même responsable d'une dizaine de coups réussis dans la pègre.

J'ai suivi les exploits de Maureen depuis la côte Ouest, où nous étions en train de faire quelques disques qui ont remporté un joli succès. Mais sans Billy-Boy. Il a créé un orchestre à lui peu après qu'on eut quitté la boîte d'Englander, une formation qui jouait du Dixieland et du ragtime. Ils se sont très bien débrouillés dans le Sud, et j'étais content pour eux. C'était aussi bien. Beaucoup d'endroits nous auraient été fermés avec un nègre dans le groupe.

Mais je vous parlais de Maureen. Elle a fait couler beaucoup d'encre et pas seulement parce qu'elle était une sorte de Ma Barker équipée d'une cervelle, même si ça jouait. Elle était épouvantablement grosse et épouvantablement mauvaise et les Américains, d'un bout à l'autre du continent, éprouvaient pour elle une étrange sorte d'affection. Quand elle est morte d'une crise cardiaque en 1933, certains journaux ont prétendu qu'elle faisait deux cent cinquante kilos. Mais j'en doute. C'est impossible de devenir si gros, non?

En tout cas, ses funérailles ont fait les premières pages des journaux. C'était plus que ce qu'on pouvait dire de son frère, qui n'avait jamais quitté la page quatre dans toute sa misérable carrière. Il a fallu dix personnes pour porter son cercueil. Il y avait une photo d'eux en train de transporter la chose dans une des feuilles de chou. C'était une image horrible à voir. Son cercueil avait la taille d'une chambre froide de boucherie — et, d'une certaine manière, c'en était une.

Rico n'était pas assez futé pour conserver intact l'héritage et il est tombé pour tentative d'homicide dès l'année suivante.

Je n'ai jamais réussi à la chasser de mon esprit, comme je n'ai jamais oublié la mine torturée, l'air de chien battu que m'a montré Scollay la première nuit quand nous avons parlé d'elle. Mais je n'arrive pas à me sentir trop malheureux pour elle, quand j'y repense. Les gros peuvent toujours s'arrêter de manger. Des types comme Billy-Boy Williams peuvent seulement s'arrêter de respirer. Je ne vois toujours pas de quelle manière j'aurais pu les aider, l'un ou l'autre, mais de temps en temps, je sens comme un malaise. Probablement parce que j'ai beaucoup vieilli et que je ne dors plus aussi bien qu'au temps de ma jeunesse. C'est tout, non?

Non?

Paranoïa : une mélopée

Je ne peux plus sortir.
Il y a un homme devant la porte
En imperméable
il fume une cigarette.

Mais

Je parle de lui dans mon journal
et les enveloppes sont toutes alignées
sur le lit, sanglantes dans la lumière
de l'enseigne au néon du bar voisin.

Il sait que si je meurs
(ou si tout simplement je disparais)
le journal circulera et chacun saura
que la CIA est en Virginie.

500 enveloppes achetées dans
500 drugstores tous différents
et 500 carnets
de 500 pages chacun.

Je suis prêt.

Je peux le voir d'ici.

Sa cigarette rougeoie juste
au-dessus du col de son pardessus
et quelque part dans le métro un homme
assis sous une pub pour Black Velvet pense à mon nom.

Des hommes ont parlé de moi dans les arrière-salles.
Quand le téléphone sonne il n'y a qu'une respiration morte.

Au bar d'en face un revolver
au nez camus a changé de mains dans les toilettes pour hommes.
Mon nom est gravé sur chaque balle.
Il est inscrit dans des archives
et on le cherche dans les rubriques nécrologiques.

On a enquêté sur ma mère ;
Dieu merci elle est morte.

Ils étudient des échantillons d'écriture
examinent la boucle des *p*
et la barre des *t*.

Mon frère est avec eux, est-ce que je vous l'ai dit ?

Sa femme est russe et il
ne cesse de me demander de remplir des formulaires.
J'ai tout noté dans mon journal.
Écoutez...
        écoutez
                mais écoutez donc :
                        il faut que vous m'écoutiez.

Sous la pluie, à l'arrêt d'autobus,
des corbeaux noirs à l'abri de parapluies noirs
font semblant de consulter leurs montres, mais
il ne pleut pas. Leurs yeux sont des dollars d'argent.
Certains sont des universitaires qui émargent au FBI
la plupart sont des étrangers qui envahissent
nos rues. Je les ai eus ;
suis descendu du bus au croisement de la 25e Rue et de la rue de
la Loi où un chauffeur de taxi m'a observé par-dessus son
journal.

Dans la chambre au-dessus une vieille femme
a placé une ventouse électrique sur son plancher.

Elle envoie des décharges dans mon lustre
et maintenant j'écris dans le noir
à la lumière de l'enseigne du bar.
Je vous dis que je sais.

Ils m'ont envoyé un chien tacheté de brun
avec un émetteur-récepteur dans la truffe.
Je l'ai noyé dans l'évier et ai consigné tout ça
dans le dossier Gamma.

Je ne regarde plus dans ma boîte aux lettres.
Les cartes de vœux sont piégées.

(Arrière ! Espèces d'ordures !
Arrière, je connais des gens de haute taille !
Je vous dis que je connais des gens de très haute taille !)

Le bistrot est truffé de micros
et la serveuse prétend qu'il s'agit de sel mais je sais reconnaître
l'arsenic quand on en pose devant moi. Et le goût jaune de la
moutarde qui dissimule l'amère saveur d'amande.

J'ai vu d'étranges lumières dans le ciel.
La nuit dernière un homme sombre sans visage a parcouru en
rampant quinze kilomètres d'égouts pour surgir dans la cuvette
des cabinets, écoutant avec ses oreilles chromées
mes conversations téléphoniques à travers la mince cloison
Je vous le dis, mon vieux, j'entends.

J'ai vu l'empreinte de ses mains boueuses
Sur la porcelaine.

Je ne réponds plus au téléphone,
Est-ce que je vous l'ai dit ?

Ils ont prévu d'envahir la terre de limaces.
Ils ont prévu des effractions.

Ils ont des médecins
Qui prescrivent d'étranges positions sexuelles.
Ils fabriquent des laxatifs dont on ne peut plus se passer
Et des suppositoires qui brûlent.
Ils savent chasser le soleil
à coups de fusil.

Je m'enveloppe de glace — vous l'ai-je dit ?
Ça protège de leurs infrascopes.
Je connais des mélopées et je porte des talismans.
Vous croyez peut-être m'avoir mais je pourrais vous détruire
à tout moment.

A tout moment.

A tout moment.

Voulez-vous du café, mon amour ?

Vous ai-je dit que je ne peux plus sortir ?
Il y a un homme devant la porte
en imperméable.

Le radeau

Une soixantaine de kilomètres séparent Horlicks University à Pittsburgh de Cascade Lake, et bien qu'en octobre la nuit descende tôt sur cette partie du monde et qu'ils ne soient pas partis avant six heures, un peu de lumière éclairait encore le ciel lorsqu'ils arrivèrent. Ils avaient pris la Camaro de Deke. Quand il était sobre Deke avait déjà tendance à conduire vite. Après quelques bières, il roulait à tombeau ouvert au volant de cette Camaro.

A peine eut-il garé la voiture devant la barrière de bois qui séparait le parking de la plage qu'il était déjà dehors et enlevait sa chemise. Il scruta la surface du lac à la recherche du radeau. Randy s'arracha un peu à contrecœur de son siège baquet. L'idée était de lui, c'est vrai, mais il n'avait pas pensé que Deke la saisirait au vol. Les filles s'agitaient sur le siège arrière, prêtes à descendre.

Les yeux de Deke continuaient à parcourir nerveusement la surface de l'eau, de tous côtés (*des yeux de tireur d'élite embusqué*, pensa Randy, mal à l'aise) ; ils s'arrêtèrent enfin sur un point.

— Il est là ! hurla-t-il en frappant le toit de la Camaro. Exactement comme tu nous l'avais dit, Randy ! Nom d'un chien ! Le dernier à l'eau est une poule mouillée !

— Deke..., commença Randy en rajustant ses lunettes sur son nez, mais il n'alla pas plus loin car Deke avait déjà franchi d'un saut la barrière et descendait la plage en courant, sans un regard pour Randy, Rachel ou Laverne, les yeux fixés sur le radeau ancré à quelque cinquante mètres du rivage.

Randy se retourna comme pour s'excuser auprès des filles de les avoir entraînées dans cette histoire, mais elles regardaient Deke — que Rachel le regarde, pas de problème. Rachel était la petite amie de Deke, mais Laverne elle aussi le regardait et Randy fut traversé par une bouffée de jalousie qui le décida à bouger. Il enleva son sweat-shirt, le laissa tomber à côté de celui de Deke et sauta la barrière.

— Randy, cria Laverne.

Mais il se contenta de lancer ses bras en avant dans l'air gris du crépuscule d'octobre comme pour dire : allons-y, tout en se détestant un peu pour ça — elle hésitait à présent, prête peut-être à pleurer et à renoncer. L'idée d'une baignade en octobre dans le lac désert n'était plus désormais une de ces provocations gratuites lancées au cours d'une réunion bien arrosée dans l'appartement qu'il partageait avec Deke. Il aimait bien Laverne, mais Deke était le plus fort. Bon sang, elle se comportait comme une vraie chienne en chaleur devant Deke, et bon sang ce que ça pouvait être exaspérant.

Sans cesser de courir Deke déboucla la ceinture de son jean et le fit descendre le long de ses hanches minces. Il réussit à l'enlever complètement sans s'arrêter, exploit que Randy n'aurait jamais pu imiter même au bout de mille ans. A présent vêtu seulement d'un mini-slip, Deke continuait à courir, les muscles de son dos et de ses fesses jouant magnifiquement. Randy était plus que conscient de la maigreur de ses propres jambes lorsqu'il laissa tomber son Levi's et s'en libéra maladroitement — avec Deke c'était un vrai ballet, avec lui, de la parodie.

Deke atteignit l'eau et brailla :

— Glacée ! Nom d'un chien !

Randy hésita, mais seulement dans sa tête, là où toute décision exigeait un certain temps — *l'eau fait cinq degrés, dix au plus,* lui disait son cerveau. *Ton cœur peut lâcher.* Il était en année préparatoire de médecine et savait que c'était vrai... mais physiquement il n'eut pas la moindre hésitation. Il plongea et l'espace d'un instant son cœur s'arrêta vraiment, ou sembla s'arrêter ; son souffle se coinça dans sa gorge et il dut forcer une bouffée d'air dans ses poumons alors que toute la surface immergée de sa peau était engourdie par le froid. C'est *ridicule*, pensa-t-il et puis : *mais c'est ton idée, Pancho*. Il se mit à nager derrière Deke.

Les deux filles échangèrent un coup d'œil. Laverne haussa les épaules et sourit.

— S'ils peuvent le faire, nous en sommes capables nous aussi, déclara-t-elle, enlevant sa chemise Lacoste pour se retrouver en soutien-gorge presque transparent. Les filles ne bénéficient-elles pas d'une couche de graisse supplémentaire ?

Puis elle passa la barrière et courut vers le lac en déboutonnant son pantalon de velours. Au bout d'un moment Rachel la suivit, de la même façon que Randy s'était lancé à la poursuite de Deke.

Les filles étaient arrivées à l'appartement au milieu de l'après-midi — le mardi, leur dernier cours avait lieu à une heure ; Deke venait de recevoir sa dotation mensuelle — un de ces anciens étudiants fanatiques de football (les joueurs les appelaient « les anges ») veillait à ce qu'il reçoive deux cents dollars par mois en liquide —, le frigo était bourré de bouteilles de bière et un nouveau disque de Night Ranger tournait sur la vieille platine stéréo de Randy. Ils s'étaient installés et avaient bu plaisamment. Au bout d'un moment ils en étaient venus à évoquer le long été indien dont ils avaient bénéficié. La radio annonçait une tempête de neige pour mercredi. Laverne avait déclaré d'une façon péremptoire que les météorologues qui annonçaient des rafales de neige en octobre auraient dû être passés par les armes et tout le monde avait été d'accord avec elle. Rachel avait dit que les étés lui semblaient éternels quand elle était enfant mais que maintenant qu'elle était adulte (une petite vieille tremblotante de dix-neuf ans, avait plaisanté Deke, et elle lui avait lancé un coup de pied dans la cheville) ils raccourcissaient chaque année. « On aurait dit que je passais ma vie à Cascade Lake », avait-elle continué, en se dirigeant à travers la cuisine au sol couvert d'un linoléum pourri vers le réfrigérateur. Elle avait fouillé dedans et avait trouvé une bière Iron City Light derrière une pile de boîtes Tupperware bleues (celle du milieu contenait un chili con carne quasiment préhistorique couvert d'un épais bouillon de culture — Randy était un étudiant brillant et Deke un bon joueur de football américain, mais aucun des deux ne valait trois pets de lapin en matière de soins ménagers) ; elle s'en était emparée.

— Je me souviens encore de la première fois où j'ai réussi à nager jusqu'au radeau. J'y suis restée deux bonnes heures, tellement j'avais peur de retourner au rivage.

Elle s'était assise près de Deke qui avait passé un bras autour de ses épaules. Elle souriait à l'évocation de ce souvenir et Randy avait soudain pensé qu'elle ressemblait à un personnage célèbre ou tout du moins connu. Il n'arrivait pas bien à voir qui. Il devait s'en souvenir plus tard, dans des circonstances beaucoup moins agréables.

— Finalement mon frère a dû me rejoindre à la nage et me tirer sur une chambre à air. Bon sang, il était furieux. Et j'avais attrapé un de ces coups de soleil !

— Le radeau est toujours là-bas, avait ajouté Randy, histoire de dire quelque chose.

Il s'était rendu compte que Laverne regardait à nouveau Deke ; elle le regardait beaucoup depuis quelque temps.

Mais à ce moment-là c'est vers lui qu'elle avait tourné son regard.

— C'est bientôt Halloween, Randy. Cascade Beach est fermée depuis Labor Day.

— Pourtant le radeau y est sûrement encore, avait répondu Randy. Il y a environ trois semaines, nous avons fait une sortie de l'autre côté du lac avec la classe de géologie et ce jour-là je l'ai vu. On aurait dit... (il avait haussé les épaules)... un petit morceau d'été que quelqu'un aurait oublié de remballer et de remiser au placard jusqu'à l'année prochaine.

Il avait cru les amuser, mais personne n'avait ri ; pas même Deke.

— Ce n'est pas parce qu'il y était l'année dernière qu'il y est toujours, avait raillé Laverne.

— J'en ai parlé avec un gars, avait ajouté Randy en finissant sa bière. Billy Delois, tu te souviens de lui, Deke ?

— Y jouait deuxième ligne avant d'être blessé, avait acquiescé Deke.

— Ouais, j'crois. En tout cas, il vient de par là et il m'a dit que le type à qui appartient la plage ne retire jamais le radeau avant que le lac ne soit sur le point de geler. Par paresse — enfin c'est ce qu'il dit. Il paraît aussi que certaines années ils attendent trop longtemps et que le radeau est coincé par la glace.

Il s'était tu, envahi par le souvenir du radeau, ancré là sur le lac — carré brillant de bois blanc sur le bleu étincelant de ces eaux automnales. Il s'était souvenu comment le clapotis de l'eau contre les tonneaux qui le soutenaient — ce léger *clunck-clunck* — était parvenu jusqu'à eux. C'était un bruit discret, mais les sons portaient loin dans l'air immobile autour du lac. A part celui-ci il n'avait perçu que le croassement des corbeaux qui se disputaient l'éteule du champ moissonné de quelque fermier.

— De la neige demain, avait dit Rachel, en se levant alors que la main de Deke s'égarait presque par inadvertance sur le renflement de ses seins.

Elle s'était approchée de la fenêtre et avait jeté un coup d'œil dehors.

— Quelle merde !

— Vous savez quoi ? s'était écrié Randy, on n'a qu'à aller à Crystal Lake. On nagera jusqu'au radeau, on dira au revoir à l'été, et puis on retournera sur le rivage.

S'il n'avait pas été à moitié bourré il n'aurait jamais lancé une telle idée ; en tout cas il ne s'attendait pas à ce que quiconque la prenne au sérieux. Mais Deke s'en était immédiatement emparé.

— Magnifique ! Génial, Pancho ! Fooutrement génial !

Laverne s'était dressée d'un bond en renversant sa bière. Mais elle souriait — un sourire qui avait mis Randy un peu mal à l'aise.

— Allons-y !

— Tu es fou, Deke, avait répondu Rachel, souriant elle aussi — mais son sourire semblait un peu forcé, un peu inquiet.

— Non, j'y vais, avait confirmé Deke en allant chercher son manteau et, partagé entre la consternation et l'excitation, Randy avait remarqué l'expression joyeuse de son ami... téméraire et un peu folle. Voilà deux ans qu'ils partageaient le même appartement — la tête et les jambes, Pancho et Cisco, Batman et Robin — et Randy connaissait bien cette expression ; Deke ne plaisantait pas ; il était bien décidé. Il était déjà en route.

— *Pas question, Cisco... pas moi.*

Les mots lui étaient montés aux lèvres, mais avant qu'il ait pu les prononcer Laverne s'était levée, avec le même visage joyeux et cinglé (ou peut-être était-ce simplement d'avoir bu trop de bière).

— J'suis pour, moi aussi !

— Alors, allons-y, s'écria Deke en regardant Randy. Qu'est'c'que t'en dis, Pancho ?

Il avait alors fixé Rachel pendant un instant et avait perçu quelque chose de presque délirant dans ses yeux — en ce qui le concernait, Deke et Laverne pouvaient bien aller ensemble à Cascade Lake et jouer la bête à deux dos toute la nuit ; ça ne l'aurait pas réjoui de savoir qu'ils s'envoyaient en l'air, mais ça ne l'aurait pas surpris non plus. Mais cette expression dans les yeux de l'autre fille, cette expression égarée...

— Ohhh, Cisco ! s'écria Randy.

— Ohhh, Pancho ! répliqua Deke, ravi.

Ils topèrent énergiquement.

Randy était à mi-chemin du radeau lorsqu'il aperçut la tache noire sur l'eau. Elle se trouvait au-delà de celui-ci, sur sa gauche, plus au large vers le milieu du lac. Cinq minutes plus tard la lumière aurait été trop faible pour qu'il puisse dire s'il s'agissait d'autre chose que d'une ombre... si même il l'avait aperçue. *Une nappe de pétrole ?* se demanda-t-il, en continuant à pousser sur ses bras de toutes ses forces, à peine conscient de la présence des filles clapotant derrière lui. Mais que ferait une nappe de pétrole sur un lac déserté en octobre ? Et puis, elle était curieusement circulaire, petite ; elle ne faisait certainement pas plus d'un mètre cinquante de diamètre...

— Hoooou ! hurla à nouveau Deke et Randy regarda dans sa direction.

Il était en train de grimper à l'échelle sur le côté du radeau, en s'ébrouant comme un chien.

— Ça boume, Pancho ?

— Ça va, répondit-il en tirant plus fort sur ses bras.

En fait, ça n'était pas aussi insupportable qu'il l'avait imaginé, non, pas une fois qu'on y était et qu'on avançait. Il ressentait des picotements de chaleur, son corps donnait à présent le maximum de sa puissance. Il sentait son cœur battre à plein régime, irradiant son énergie dans tout son organisme. Sa famille possédait une maison à Cape Cod, et là-bas, l'eau était bien plus fraîche à la mi-juillet.

— Si t'as froid maintenant, Pancho, attends un peu d'être ici ! hurla Deke allégrement.

Il sautillait en faisant tanguer le radeau, et en se frictionnant le corps.

Randy oublia la nappe de pétrole jusqu'à ce que sa main agrippe le bois rugueux de l'échelle peinte en blanc, du côté du radeau tourné vers le rivage. Alors il la vit à nouveau. Elle était un peu plus proche. Une sombre forme ronde sur l'eau, comme un gros grain de beauté, s'élevant et retombant sur les vagues légères. Lorsqu'il l'avait aperçue la première fois, la tache était à environ quarante mètres du radeau. A présent elle se trouvait à la moitié de cette distance.

Comment est-ce possible ? Comment...

Alors, il sortit de l'eau et l'air froid lui mordit la peau, le saisit encore plus vivement que l'eau lorsqu'il avait plongé.

— Ohhhhhh, merde ! hurla-t-il en riant, grelottant dans son caleçon.

— Pancho, t'es vraiment une espèce de grand saligaud, s'exclama Deke d'un air joyeux en aidant Randy à grimper sur le radeau. Tu la trouves assez froide pour toi ? T'as enfin dessoûlé ?

— J'ai dessoûlé ! J'ai dessoûlé !

Il se mit à sautiller comme l'avait fait Deke, claquant ses bras en croix sur sa poitrine et son ventre. Ils se tournèrent pour regarder les filles.

Rachel avait dépassé Laverne dont les mouvements ressemblaient au barbotage d'un chien mal coordonné.

— Ça va, les filles ? brailla Deke.

— Va-t'en au diable, Macho City ! répondit Laverne et Deke éclata à nouveau de rire.

Randy jeta un coup d'œil sur le côté et nota que l'étrange tache circulaire s'était encore rapprochée — elle était à moins de dix mètres à présent, et s'avançait encore. Elle flottait à la surface, ronde et régulière, comme le dessus d'un grand tonneau en acier, mais la souplesse avec laquelle elle chevauchait les ondulations du lac témoignait clairement qu'il ne s'agissait pas du sommet d'un objet plein. Une peur sans objet mais puissante s'empara soudain de lui.

— Accélérez ! hurla-t-il aux filles, et il se pencha pour saisir la main de Rachel qui atteignait l'échelle.

Il la souleva. Elle se cogna violemment le genou : il perçut très distinctement le choc.

— Ouh ! Eh ! Qu'est-ce...

Laverne se trouvait encore à une dizaine de mètres. Randy jeta un nouveau coup d'œil sur le côté et vit la chose ronde se coller contre le côté du radeau orienté vers le large. Elle était aussi noire que du pétrole, mais il était certain que ce n'était pas du pétrole : c'était trop sombre, trop épais, trop régulier.

— Tu m'as fait mal, Randy ! Qu'est-ce que tu fais ? T'essaies d'être drôle ?...

— Laverne ! Avance !

A présent, il n'éprouvait plus simplement de la crainte mais de la terreur.

Laverne leva les yeux ; si elle ne percevait peut-être pas la terreur, du moins sentait-elle l'urgence. Elle parut troublée mais pataugea plus rapidement, se rapprochant de l'échelle.

— Ça va pas, Randy ? demanda Deke.

Randy regarda une nouvelle fois sur le côté et vit la chose se couler autour de l'angle du radeau. L'espace d'un instant elle ressembla à un dessin de Pac-Man, ouvrant la bouche pour avaler des petits gâteaux électroniques. Puis elle passa complètement le coin et commença à glisser le long du radeau, un de ses bords rectiligne à présent.

— Aide-moi à la faire monter ! grogna Randy à Deke en tendant la main à Laverne. Vite !

Deke haussa les épaules, accommodant, et la saisit par l'autre main. Ils la tirèrent et la hissèrent sur la surface de planches du radeau juste avant que la substance noire ne glisse devant l'échelle, ses bords plissés cette fois comme elle passait en se coulant devant les barreaux.

— T'es devenu fou, Randy ? demanda Laverne hors d'haleine et un peu effrayée.

L'aréole de ses seins était parfaitement visible à travers le soutien-gorge. Les pointes froides et dures tendaient l'étoffe.

— Ce truc, dit Randy tendant le doigt. Deke ? C'est quoi ?

Deke la repéra. Elle avait atteint le coin gauche du radeau. Elle s'éloigna un peu sur un côté et reprit sa forme ronde. Elle resta là à flotter. Ils la regardèrent tous les quatre.

— Une nappe de pétrole, je suppose, répondit Deke.

— Tu m'as tout écorché le genou, dit Rachel en jetant un coup d'œil sur la matière sombre posée à la surface de l'eau.

Puis elle se tourna à nouveau vers Randy :

— Tu...

— Ce n'est pas une nappe de pétrole, continua Randy. T'as déjà vu une nappe de pétrole ronde ? Ce truc ressemble à un pion de jeu de dames.

— J' n'ai jamais vu de nappe de pétrole, répondit Deke.

Il parlait à Randy mais avait les yeux fixés sur Laverne. Le slip de la jeune fille était presque aussi transparent que son soutien-gorge, le delta de son sexe était sculpté très précisément dans la soie, chaque fesse dessinant un croissant ferme.

— Je n'y crois même pas. Je suis du Missouri.

— J' vais avoir un bleu, continua Rachel, mais sans colère cette fois.

Elle avait remarqué le regard que Deke posait sur Laverne.

— Seigneur ! c'que je peux avoir froid, dit Laverne, en frissonnant joliment.

— Elle était sur la trace des filles, dit Randy.

— Allons, Pancho. Je croyais que tu prétendais avoir dessoûlé.

— Elle était sur la trace des filles, répéta-t-il, têtu et il pensa : *personne ne sait que nous sommes ici. Personne.*

— T'as déjà vu une nappe de pétrole, Pancho ?

Deke avait passé un bras autour des épaules nues de Laverne de la même façon distraite avec laquelle plus tôt ce jour-là il avait caressé les seins de Rachel. Il ne touchait pas la poitrine de Laverne — pas encore, en tout cas — mais sa main n'en était pas loin. Randy se rendit compte qu'il se fichait pas mal qu'il le fasse ou pas. Cette tache noire, circulaire, sur l'eau. C'est cela qui le préoccupait.

— J'en ai vu une à Cape Cod, il y a quatre ans, répondit-il. Nous avons tous tiré des oiseaux du ressac et avons essayé de les nettoyer...

— Écologique, Pancho, s'écria Deke d'un air approbateur.

Mucho écologique, je peeense.

— Partout sur l'eau y avait ce truc collant. Des traînées et de grosses taches. Ça ne ressemblait pas à ça. Ça n'était pas, comment dirais-je ? *compact.*

Ça avait l'air d'être accidentel, aurait-il aimé ajouter. *Cette chose n'a pas l'air accidentelle ; elle a l'air d'être là exprès.*

— Je voudrais rentrer à présent, dit Rachel.

Elle regardait toujours Deke et Laverne. Randy vit la peine sourde sur son visage. Il pensa qu'elle ignorait sans doute que cela se remarquait.

— Eh bien, vas-y, répliqua Laverne.

Elle portait sur ses traits... *le rayonnement du triomphe absolu,* pensa Randy, et si la formulation semblait prétentieuse, elle semblait également exacte. Cette expression de triomphe ne s'adressait pas vraiment à Rachel... mais Laverne n'essayait pas non plus de la cacher à l'autre fille.

Elle s'approcha d'un pas de Deke ; un pas, c'est tout. Maintenant, leurs hanches se frôlaient. Pendant un bref instant, l'attention de Randy se détourna de la chose flottant sur l'eau pour se concentrer sur Laverne avec une haine presque exquise. Il n'avait jamais frappé une fille mais, à ce moment-là, il aurait pu le faire avec un réel plaisir. Ce n'était pas qu'il l'aimait (il avait été un peu amoureux d'elle, oui, et il l'avait beaucoup désirée, oui, et il avait été très jaloux lorsqu'elle avait commencé à s'intéresser à Deke, là-bas à l'appartement, oh oui, mais d'abord, il n'aurait jamais amené une fille qu'il aurait *vraiment aimée* à moins de vingt kilomètres de Deke) mais parce qu'il reconnaissait cette expression sur le visage de Rachel... il savait ce qu'elle cachait à l'intérieur.

— J'ai peur, dit Rachel.

— *D'une nappe de pétrole ?* s'exclama Laverne, incrédule, et elle éclata de rire.

L'envie de la gifler envahit à nouveau Randy ; juste lui envoyer un bon aller-retour pour effacer de son visage cette prétention imbécile et laisser sur sa joue une marque qui deviendrait un bleu en forme de main.

— Passe la première alors, suggéra Randy.

Laverne lui répondit par un sourire indulgent.

— Je n'ai pas encore envie de rentrer, dit-elle comme si elle expliquait quelque chose à un enfant. Je veux regarder poindre les étoiles, ajouta-t-elle en levant ses yeux vers le ciel.

Rachel était petite, jolie, mais comme une gamine peu sûre d'elle ; elle rappelait à Randy les jeunes New-Yorkaises — celles qu'on voyait le matin se précipiter à leur travail, vêtues de leurs élégantes jupes fendues sur le devant ou sur un côté, avec la même joliesse légèrement névrosée. Les yeux de Rachel étincelaient toujours, mais il était difficile de savoir si c'était la joie qui lui donnait ce regard plein de vivacité ou s'il était l'effet d'une perpétuelle angoisse.

Deke était en général plus attiré par les filles grandes, aux cheveux bruns et aux yeux de biche langoureux ; Randy vit que tout était fini entre Deke et Rachel... quelle qu'ait été la nature de leur relation, simple et peut-être ennuyeuse pour lui, profonde, complexe et sans doute douloureuse pour elle. Tout était fini si nettement et si soudainement que Randy crut presque entendre un craquement : un bruit semblable à celui d'un petit bout de bois sec que l'on casse sur un genou.

Il était timide, mais il alla vers Rachel et l'entoura de son bras. Elle lui lança un bref regard, le visage malheureux mais plein de gratitude pour son geste et il se sentit heureux d'avoir un peu amélioré la situation. Cette ressemblance le travailla à nouveau. Quelque chose dans son visage, dans son allure...

Il pensa d'abord à des jeux télévisés, puis à des clips publicitaires pour des biscuits à apéritif ou pour des gaufrettes ou Dieu sait quoi. Finalement ça lui revint... elle ressemblait à Sandy Duncan, l'actrice qui jouait dans l'adaptation théâtrale de *Peter Pan* à Broadway.

— Qu'est-ce que c'est ce truc ? demanda-t-elle. Randy, qu'est-ce que c'est ?

— Je ne sais pas.

Il jeta un coup d'œil à Deke et vit que celui-ci le regardait avec ce sourire bien connu qui dénotait de la familiarité affectueuse plutôt que du dédain... mais un peu de dédain aussi. Peut-être Deke n'en était-il même pas conscient, mais c'était indéniable. L'expression disait : *voici ce vieux trouillard de Randy, qui pisse une fois de plus dans son froc.* Elle était censée pousser Randy à ajouter en marmonnant : *c'est sûrement rien. Ne t'en fais pas, ça va s'en aller.* Quelque chose dans ce genre. Il n'en fit rien. *Laisse Deke sourire.* Il avait peur de la tache noire à la surface de l'eau. C'était vrai.

Rachel s'écarta de Randy et alla s'agenouiller gracieusement dans le coin du radeau le plus proche de la substance et pendant un instant elle lui rappela la fille de l'étiquette de White Rock. *Sandy Duncan sur les étiquettes de White Rock*, précisa-t-il. Ses cheveux d'un blond légèrement filasse, coupés très court, étaient collés par l'eau sur son crâne dont ils mettaient en valeur le modelé régulier. Elle avait la chair de poule, ça se voyait au-dessus de la bande blanche de son soutien-gorge, sur ses omoplates.

— Attention de ne pas tomber, Rachel, plaisanta perfidement Laverne.

— Ça suffit, Laverne, s'écria Deke, sans cesser de sourire.

Ils étaient debout au milieu du radeau, se tenant négligemment par la taille, leurs hanches s'effleurant ; Randy détourna d'eux son regard et le posa à nouveau sur Rachel. Le sentiment de l'imminence d'un danger courut le long de sa colonne vertébrale et se propagea comme un incendie dans chacun de ses nerfs. La tache noire avait réduit de moitié la distance qui la séparait du coin du radeau d'où Rachel agenouillée la regardait. Tout à l'heure à six ou huit mètres du radeau, elle n'était plus maintenant qu'à trois mètres de lui, si ce n'est moins. Il perçut une étrange expression dans les yeux de la jeune fille, une sorte de vide qui rappelait étrangement celui que la substance circulaire délimitait sur l'eau.

Maintenant c'est Sundy Duncan sur une étiquette de White Rock faisant semblant d'être hypnotisée par la saveur riche et délicieuse du miel Nabisco, pensa-t-il bêtement, alors que le battement de son cœur s'accélérait comme tout à l'heure dans l'eau et il cria :

— Tire-toi de là, Rachel !

Alors, tout alla très vite — aussi vite que l'explosion d'un feu d'artifice. Et pourtant il entendit et vit chaque détail avec une netteté parfaite et infernale comme si chacun était détaché des autres, enfermé dans sa propre petite capsule.

Laverne éclata de rire — sur l'esplanade du campus, à une heure ensoleillée de l'après-midi, ce rire aurait pu sonner comme celui de n'importe quelle étudiante, mais ici, dans l'obscurité grandissante, il résonnait comme le ricanement sinistre d'une sorcière qui prépare quelque philtre magique dans son chaudron.

— Rachel, tu ferais peut-être mieux de..., lança Deke, mais elle l'interrompit, presque certainement pour la première fois de sa vie et sans aucun doute pour la dernière.

— C'est plein de couleurs ! s'écria-t-elle, la voix tremblant d'un émerveillement extrême.

Extatique, elle fixait de ses yeux vides la tache noire, et l'espace d'un instant, Randy crut voir ce dont elle parlait — des couleurs, oh oui, des couleurs, qui tournoyaient en une large spirale. Puis elles disparurent, et il ne resta plus que ce noir triste et sans éclat.

— De si belles couleurs !

— Rachel !

Elle allongea le bras — hors du radeau et vers l'eau —, un bras blanc marbré par le froid, sa main tendue pour toucher la substance ; il vit qu'elle s'était rongé les ongles jusqu'au sang.

— Ra...

Il sentit le radeau s'incliner un peu sur l'eau au moment où Deke s'approchait d'eux. Au même instant il étendait le bras vers elle pour la tirer en arrière, à peine conscient de ne pas vouloir laisser ce geste à Deke.

Alors, la main de Rachel toucha l'eau — son index seulement, qui envoya sur la surface du lac une onde délicate en forme d'anneau — et la tache noire jaillit et se referma sur elle. Elle eut un hoquet de stupeur et le vide disparut tout à coup de ses yeux. Remplacé par l'horreur de la souffrance.

La substance noire et visqueuse monta le long de son bras comme de la boue... et là où elle passait, Randy voyait la peau se dissoudre. Rachel ouvrit la bouche et hurla. Au même instant elle commença à se pencher vers l'extérieur. A l'aveuglette, elle agita son autre main vers Randy et il essaya de l'agripper. Leurs doigts se frôlèrent. Les yeux de la jeune fille rencontrèrent les siens et elle ressemblait toujours terriblement à Sandy Duncan. Alors elle bascula en avant et disparut dans l'eau en faisant jaillir des éclaboussures.

La substance noire fondit sur l'endroit où elle venait de tomber.

— Que s'est-il passé ? cria Laverne derrière eux. Que s'est-il passé ? Est-elle tombée ? Que lui est-il arrivé ?

Randy s'apprêtait à plonger pour aller la chercher, mais Deke le poussa en arrière avec sa force habituelle.

— Non, dit-il d'une voix effrayée qui ne lui ressemblait pas du tout.

Ils la virent tous trois se débattre à la surface. Ses bras surgirent et s'agitèrent — non, pas ses bras, un bras. L'autre était recouvert d'une membrane noire qui pendait en plis et en pans autour de quelque chose de rouge lié de tendons, quelque chose qui ressemblait à un rôti de bœuf.

— Au secours ! hurla Rachel.

Ses yeux qui lançaient des éclairs se tournaient vers eux, puis s'en écartaient, puis revenaient — comme des lanternes balancées sans but précis dans l'obscurité. Elle se débattait dans une eau mousseuse.

— Au secours ! c'est atroce, au secours ! je vous en supplie, c'est atroce. C'EST ATROCE C'EST ATROOOO...

Randy était tombé lorsque Deke l'avait poussé. Il se releva sur les planches du radeau et trébucha de nouveau vers l'avant, incapable d'ignorer cet appel. Il tenta de plonger mais Deke le retint, emprisonnant de ses bras solides son torse maigre.

— Non, elle est morte, murmura-t-il d'un ton brusque. Nom de Dieu, tu ne le vois pas ? Elle est *morte*, Pancho.

Une épaisse substance noire drapa soudain comme un rideau le visage de Rachel et ses cris d'abord étouffés moururent complètement. A présent la matière noire semblait la ligoter avec des liens entrecroisés. Randy la vit attaquer la jeune fille comme de l'acide, et quand la veine jugulaire lâcha en un jet sombre et saccadé, il aperçut le tentacule qu'elle lançait à la poursuite du sang qui s'écoulait. Il ne pouvait en croire ses yeux, il n'y comprenait rien... pourtant il ne doutait pas de ce qu'il voyait, n'éprouvait aucune sensation de folie, n'avait ni l'impression de rêver ni celle d'être victime d'une hallucination.

Laverne hurlait. Randy se retourna juste à temps pour la voir poser de façon mélodramatique la main sur ses yeux, comme une héroïne de film muet. Il pensa qu'il allait rire et se moquer d'elle, mais il s'aperçut qu'il ne parvenait pas à émettre un son.

Il tourna de nouveau les yeux vers Rachel. Il n'y avait presque plus de Rachel.

Ses efforts s'étaient affaiblis au point de n'être plus guère que des spasmes. La substance noire l'imprégnait totalement — *elle a grossi*, pensa Randy, *pas de doute elle a grossi* — de sa puissante masse muette. Il vit la main de la jeune fille s'agiter dans sa direction ; puis se figer comme prise dans de la mélasse ou du papier tue-mouches ; être consommée. A présent seule l'idée de sa forme subsistait d'elle, non pas dans l'eau, mais dans la matière noire ; elle ne tournait pas sur elle-même, on la retournait. Sa forme était de moins en moins identifiable : un éclat blanc — *de l'os*, pensa-t-il, écœuré. Il se détourna et, incapable de se retenir, se mit à vomir sur le côté du radeau.

Laverne hurlait toujours. Il y eut alors un vlan ! mat ; elle cessa de hurler et commença à pleurnicher.

Il l'a frappée, pensa Randy. *C'est ce que je m'apprêtais à faire, n'est-ce pas ?*

Il fit quelques pas en arrière, s'essuya la bouche ; il se sentait faible et malade. Et terrorisé. A tel point que seule une infime partie de son cerveau fonctionnait encore. Bientôt il hurlerait lui aussi. Alors, Deke devrait le frapper, Deke ne s'affolerait pas, oh non, Deke avait assurément l'étoffe d'un héros. *Tu seras champion de football... les plus belles filles seront à tes pieds ;* ce refrain tournait joyeusement dans sa tête. Puis il entendit que Deke lui parlait ; il leva ses yeux vers le ciel, tenta de retrouver ses esprits, tenta désespérément de chasser la vision du corps de Rachel de plus en plus informe et inhumain au fur et à mesure que la substance noire l'absorbait ; il ne voulait pas que Deke le gifle comme il avait giflé Laverne.

Il leva ses yeux vers le ciel et vit le scintillement des premières étoiles — la constellation de la Grande Ourse était déjà bien visible alors que la dernière traînée de lumière s'effaçait à l'ouest. Il était près de 7 heures et demie.

— Oh Ceesco, réussit-il à articuler. J'ai l'iiiimpression qu'on est vrèèèèment dans la meeeerde c'te fois-ci.

— Qu'est-ce que c'est ?

La main de Deke s'abattit sur l'épaule de Randy, s'y accrocha et la tordit douloureusement.

— Cette chose l'a *mangée*, t'as vu ça ? Elle l'a mangée, nom de Dieu, elle l'a mangée ! Qu'est-ce que c'est ?

— Je ne sais pas. Tu ne m'avais pas entendu ?

— Tu *devrais* savoir, c'est toi le foutu cerveau, c'est toi qui suis tous ces foutus cours de sciences !

A présent, c'était Deke qui était au bord du hurlement ; du coup, Randy retrouva presque son contrôle.

— J'ai jamais rien rencontré de semblable dans les livres de sciences que j'ai lus, répondit Randy. La dernière fois que j'ai vu quelque chose comme ça, c'était au Rialto lors du grand spectacle d'Halloween et j'avais douze ans.

La matière avait repris sa forme arrondie à présent. Elle flottait dans l'eau à dix mètres du radeau.

— Elle a grossi, gémit Laverne.

Quand Randy l'avait aperçue pour la première fois, il avait estimé que son diamètre faisait environ cinq mètres. Maintenant il était d'au moins huit mètres.

— *Elle a grossi parce qu'elle a mangé Rachel !* cria Laverne et elle se remit à hurler.

— Arrête ou je vais te casser la figure, ordonna Deke et elle s'arrêta — pas d'un coup, mais en baissant progressivement la voix comme un disque lorsqu'on débranche la prise sans avoir enlevé au préalable l'aiguille du sillon. Ses yeux étaient exorbités.

Deke posa à nouveau les yeux sur Randy.

— Ça va, Pancho ?

— J' sais pas, j' suppose que oui.

— Mon pote, continua Deke en essayant de sourire... (Et Randy s'aperçut avec une certaine inquiétude qu'il y parvenait. Est-ce que, quelque part, Deke ne prenait pas un certain plaisir à tout cela ?) T'as pas la moindre idée de ce que ça peut être ?

Randy fit signe que non. Peut-être était-ce bien une nappe de pétrole, après tout... ou bien ça l'avait été, jusqu'à ce que quelque chose se passe. Des rayons cosmiques l'avaient peut-être frappée d'une certaine façon. Ou bien Arthur Godfrey* avait pissé dessus un quelconque mélange pour biscuit atomique, qui sait ? Qui *pouvait* bien, savoir ?

— Crois-tu qu'on peut s'enfuir à la nage ? insista Deke, en secouant l'épaule de Randy.

— Non ! hurla Laverne d'une voix aiguë.

— Arrête ou bien je vais te réduire en bouillie, Laverne, dit Deke en élevant la voix. Je ne plaisante pas.

— T'as bien vu comme elle s'est rapidement emparée de Rachel, répondit Randy.

— Peut-être qu'elle avait faim, à ce moment-là, répondit Deke. Mais elle est peut-être rassasiée maintenant.

Randy pensa à Rachel, agenouillée là au coin du radeau, si calme et si jolie en soutien-gorge et culotte, et il sentit à nouveau son cœur se soulever.

— Essaie donc, lança-t-il à Deke.

Celui-ci sourit sans plus aucun sens de l'humour.

— Oh, Pancho.

— Oh, Ceesco.

— J'veux rentrer, murmura furtivement Laverne. D'accord ?

Aucun des deux garçons ne répondit.

— Alors, attendons qu'elle s'en aille, reprit Deke. Elle est venue, elle repartira.

— Peut-être, répondit Randy.

Deke le regarda, le visage tendu à l'extrême par la concentration dans les ténèbres.

— Peut-être ? Qu'est-ce que c'est que ce peut-être de merde ?

— Nous sommes arrivés, et elle est arrivée. Je l'ai vue venir... comme si elle nous avait sentis. Si elle est rassasiée, comme tu l'as dit, elle partira. Si elle veut encore bouffer...

Il haussa les épaules.

---

* Animateur à la télévision américaine comparable à Guy Lux. (*N.d.T.*)

Deke resta pensif, la tête penchée. De l'eau dégoulinait encore un peu de ses cheveux courts.

— On va attendre, déclara-t-il. Laissons-la manger du poisson.

Un quart d'heure s'écoula. Ils n'échangèrent pas un mot. La température baissait. Il faisait peut-être dix degrés et tous trois étaient en sous-vêtements. Au bout de dix minutes, Randy entendit le clac-clac-clac vigoureux et intermittent de ses propres dents. Laverne essaya de se rapprocher de Deke ; il la repoussa... gentiment mais assez fermement.

— Laisse-moi tranquille pour le moment, lui dit-il.

Alors, elle s'assit, les bras croisés sur la poitrine, les mains refermées sur ses coudes, tremblante. Elle regarda Randy, lui signala du regard qu'il pouvait revenir, la prendre dans ses bras, que c'était d'accord à présent.

Au lieu de ça, il détourna les yeux et les arrêta à nouveau sur le cercle noir posé à la surface de l'eau. Il restait là, sans s'approcher, mais sans s'éloigner non plus. Randy regarda vers la rive et vit la plage, croissant d'un blanc fantomatique qui semblait flotter au loin. Derrière elle, les arbres formaient une ligne d'horizon sombre et épaisse. Il pensait apercevoir la Camaro de Deke mais n'en était pas sûr.

— On a juste pris les affaires et on est partis, dit Deke.

— Oui, répondit Randy.

— On n'a prévenu personne.

— Non.

— Alors personne ne sait que nous sommes ici.

— Non.

— Arrêtez ! hurla Laverne. Arrêtez, vous me faites peur !

— Ferme ton four à tarte, lança distraitement Deke, et Randy éclata de rire malgré lui... (Il avait beau avoir entendu cette expression des dizaines de fois dans la bouche de Deke elle lui faisait toujours le même effet.) Nous passerons la nuit ici, s'il le faut. Quelqu'un nous entendra bien crier demain. Nous ne sommes quand même pas perdus en plein cœur du bush australien, n'est-ce pas, Randy ?

Randy ne répondit rien.

— *N'est-ce pas ?*

— Tu sais bien où nous sommes, dit Randy. Tu le sais aussi

bien que moi. Nous avons quitté la route 41 et avons suivi douze kilomètres de petits chemins...

— Bordés de cottages tous les cinquante mètres...

— Des cottages *pour l'été*. On est en octobre. Ils sont vides, foutrement vides. Pour venir ici il t'a fallu contourner c'te foutue grille, des pancartes ENTRÉE INTERDITE tous les cinquante mètres...

— Et alors ? Un gardien...

Deke semblait un peu en colère à présent, il perdait un peu les pédales. Un peu effrayé ? Pour la première fois ce soir, pour la première fois ce mois-ci, cette année, peut-être pour la première fois de sa vie ? Une pensée incroyable venait de naître dans l'esprit de Randy... *Deke-sans-peur est en train de perdre sa virginité.* Randy n'en était pas entièrement sûr, mais ça lui paraissait possible... et il en éprouvait un plaisir pervers.

— Rien à voler, rien à saccager, interrompit-il. S'il y a un gardien, il se contente probablement de passer ici deux fois par mois.

— Des chasseurs...

— Le mois prochain, oui, répliqua Randy, et il referma vivement la bouche.

Il avait réussi à se faire peur.

— Peut-être qu'elle va s'en aller, dit Laverne en esquissant un petit sourire pathétique. Peut-être qu'elle... vous savez... qu'elle va partir.

— Peut-être que les petits cochons vont...

— Elle bouge, s'écria Randy.

Laverne se leva d'un bond. Deke s'approcha de Randy et le radeau s'inclina ; le cœur de Randy se mit à battre à tout rompre et Laverne recommença à hurler. Alors, Deke recula un peu et le radeau se stabilisa, le coin avant gauche (si on faisait face au rivage) enfoncé légèrement plus que le reste.

La substance s'approchait avec une fluidité et une vitesse effrayantes et Randy aperçut les couleurs qu'avait vues Rachel... des rouges, des jaunes et des bleus fantastiques en spirale sur une surface d'ébène semblable à un plastique flasque ou à du vinyle sombre et souple. Elle s'élevait et redescendait sur les vagues et les couleurs changeaient, tourbillonnaient et se mêlaient. Randy se rendit compte qu'il allait perdre l'équilibre, tomber en plein dedans ; il se sentait partir en avant...

Il rassembla ses dernières forces et se donna un grand coup de poing dans le nez... avec le geste d'un homme qui veut réprimer une quinte de toux, mais juste un peu plus haut et beaucoup plus fort. Son nez brûlait de douleur, il sentit du sang chaud couler le long de son menton ; alors, il fut capable de reculer et de crier :

— Ne la regarde pas ! Deke ! Ne la regarde pas en face, les couleurs rendent timbré !

— Elle est en train d'essayer de passer sous le radeau, lança Deke d'une voix lugubre. Qu'est-ce que c'est que cette merde, Pancho ?

Randy regarda... Il regarda très attentivement. Il vit la substance se serrer le long du bord du radeau, s'aplatissant jusqu'à prendre la forme d'une demi-pizza. Pendant un instant on aurait dit qu'elle s'amoncelait là, s'épaississait et il imagina avec effroi qu'elle s'amoncelait assez pour envahir ensuite la surface du radeau.

Puis elle se glissa en dessous. Il crut entendre un bruit... un bruit rude, semblable à celui d'un rouleau de grosse toile que l'on ferait passer par une fenêtre étroite... mais c'était peut-être un simple effet de sa nervosité.

— Elle est passée en dessous ? demanda Laverne. (Il y avait quelque chose d'étrangement calme dans sa voix, comme si elle essayait de toutes ses forces d'adopter le ton de la conversation, mais en même temps, elle criait.) Elle est passée sous le radeau ? Elle est en dessous de nous ?

— Oui, répondit Deke. Je vais partir tout de suite à la nage, ajouta-t-il en regardant Randy. Si elle est là-dessous j'ai mes chances.

— Non, hurla Laverne. Non, ne nous abandonne pas ici, ne nous...

— Je suis rapide, continua Deke en s'adressant toujours à Randy et en ignorant totalement Laverne. Mais il faut que j'y aille pendant qu'elle est en dessous.

Randy avait l'impression que son cerveau fonctionnait à l'allure Mach 2... et d'une certaine façon sournoise et écœurante c'était excitant, comme ce que l'on ressent durant les dernières secondes avant de gerber dans le sillage d'un tour de manège à bon marché. Il eut le temps d'entendre les tonneaux rendre un son creux en se cognant l'un contre l'autre sous le radeau, le temps d'entendre les feuilles des arbres derrière la plage bruire sèchement dans une petite saute de vent, le temps de se demander pourquoi elle s'était glissée sous le radeau.

— Oui, dit-il à Deke, mais je ne crois pas que tu réussiras.

— J'y arriverai, répliqua Deke et il s'approcha du bord du radeau.

Il fit deux pas et s'arrêta.

Sa respiration s'était accélérée, son cerveau avait mis en condition son cœur et ses poumons pour nager les cinquante mètres les plus rapides de sa vie, et à présent, sa respiration se bloquait comme tout le reste de sa personne, s'arrêtait tout simplement au milieu d'une inspiration. Il tourna la tête et Randy vit saillir les muscles de son cou.

— Panch..., s'écria-t-il d'une voix stupéfaite et étranglée ; puis il se mit à hurler.

Il hurlait avec une force étonnante, de grands braillements de baryton qui se terminaient en notes perçantes de soprano. Ils étaient assez forts pour être renvoyés en écho par la rive en demi-tons fantomatiques. Au début, Randy crut qu'il poussait des cris puis il réalisa qu'il s'agissait d'un mot... non, de deux mots, les deux mêmes mots répétés sans fin : *« Mon pied !* hurlait Deke. *Mon pied ! Mon pied ! Mon pied ! »*

Randy baissa les yeux. Le pied de Deke avait une étrange allure affaissée. La raison en était évidente, mais le cerveau de Randy refusa d'abord de l'accepter — c'était trop invraisemblable, trop follement grotesque. Pendant qu'il observait il vit que le pied de Deke était entraîné entre deux des planches formant la surface du radeau.

Puis il vit l'éclat sombre de la substance noire au-dessus du talon et des orteils, éclat sombre animé de couleurs tourbillonnantes et maléfiques.

La substance s'était emparée de son pied *(« Mon pied,* hurlait Deke, comme pour confirmer cette déduction élémentaire. *Mon pied, oh mon pied, mon PIEEEEED ! »)* Il avait posé le pied sur l'une des fentes, entre deux planches *(pose ton pied sur une fente, pousse ta mère sur la pente,* égrena mécaniquement Randy dans sa tête), et la substance était tapie là. Elle avait...

— Tire ! cria-t-il tout à coup. Tire, Deke, nom de Dieu, TIRE !

— Qu'est-ce qui se passe ? brailla Laverne, et Randy se rendit vaguement compte qu'elle ne se contentait pas de le secouer par l'épaule ; elle lui enfonçait comme des griffes ses ongles effilés dans la chair.

Elle ne lui serait d'aucune aide. Il lui donna un coup de coude dans l'estomac. Elle lâcha une sorte de toux proche de l'aboiement et tomba sur les fesses. Il bondit vers Deke et agrippa l'un de ses bras.

Il était aussi dur que du marbre de Carrare et chacun de ses muscles se dessinait comme les côtes du squelette sculpté d'un dinosaure. Tirer Deke c'était comme essayer d'arracher du sol un gros arbre retenu par ses racines. Les yeux de Deke, fixes et immobiles, étaient levés vers la splendeur pourpre des derniers instants du crépuscule, et il hurlait, hurlait toujours, hurlait...

Randy baissa les yeux et vit que le pied de Deke avait à présent disparu jusqu'à la cheville dans la fente entre les planches. Celle-ci ne faisait vraisemblablement pas plus d'un demi-centimètre de large, en tout cas elle ne dépassait pas le centimètre, mais son pied était passé à travers. Du sang courait sur les planches blanches en un épais réseau sombre. Une substance noire semblable à du plastique fondu gonflait puis retombait dans la fente, gonflait puis retombait comme un cœur qui bat.

Faut le sortir de là. Faut le sortir de là vite fait ou bien on pourra jamais l'en sortir... tiens bon, Cisco, tiens bon, j' t'en supplie.

Laverne se releva et s'écarta de Deke-l'arbre qui se tordait en hurlant au centre du radeau ancré sous les étoiles d'octobre sur Cascade Lake. Les bras croisés sur son ventre là où le coude de Randy l'avait frappée, elle secouait la tête, hébétée.

Deke s'appuyait de toutes ses forces contre Randy, ses bras battant l'air bêtement. Celui-ci le regarda et vit que le sang giclait au niveau de son tibia qui maintenant saillait comme un crayon bien taillé... à ceci près que la pointe n'était pas noire mais blanche, la pointe était un os, à peine visible.

La chose noire s'enfla à nouveau ; elle aspirait, dévorait.

Deke gémissait.

Il ne jouera plus jamais au football avec ce pied, QUEL pied, ah-ah, et Randy tira son ami de toutes ses forces et c'était toujours comme s'il avait tenté d'arracher un arbre solidement enraciné.

Deke vacilla une fois encore et poussa un long cri perçant ; Randy, ses deux mains plaquées sur les oreilles, en tomba à la renverse, avec une plainte aiguë. Du sang jaillit par les pores du mollet de Deke ; son genou s'était boursouflé et empourpré à tenter de résister à l'effroyable pression qu'il subissait, alors que, centimètre par centimètre, la matière noire faisait descendre sa jambe à travers l'étroite fente.

J' peux rien faire pour lui. Elle doit être sacrément forte ! J' peux plus rien faire pour lui à présent, j'suis désolé, Deke, tellement désolé...

— Serre-moi fort, Randy, hurla Laverne, en se cramponnant à lui désespérément, enfouissant sa tête dans la poitrine du jeune homme. (Son visage était si chaud qu'il semblait grésiller.) Serre-moi fort, je t'en prie, tu veux bien me serrer très fort...

Cette fois-ci, il le fit.

Ce n'est que plus tard que Randy s'aperçut d'une chose terrible : ils auraient presque sûrement pu regagner tous deux la rive à la nage pendant que la substance noire était occupée avec Deke et si Laverne avait refusé d'essayer, il aurait pu le tenter tout seul. Les clés de la Camaro étaient dans le jean de Deke sur la plage. Il aurait pu réussir... mais il ne s'en rendit compte que trop tard.

Deke mourut juste au moment où sa cuisse commençait à disparaître dans l'étroite fente, entre les planches. Il avait cessé de crier quelques minutes avant. Depuis, il n'avait émis que des râles gras et pâteux. Puis ils s'étaient tus, eux aussi. Lorsqu'il perdit connaissance et tomba en avant, Randy entendit ce qu'il restait du fémur de sa jambe droite se briser en une fracture incomplète.

Peu de temps après, Deke releva la tête, promena autour de lui un regard vacillant et ouvrit la bouche. Randy crut qu'il allait se remettre à crier. Au lieu de cela, il lâcha un grand jet d'un sang si épais qu'il en était presque solide. Randy et Laverne furent tous deux éclaboussés par le liquide chaud et elle se remit à hurler, d'une voix rauque cette fois-ci.

— *Ooooog !* criait-elle, le visage révulsé par un sentiment d'horreur à demi fou. *Ooooog !* du sang ! *Ooooog !* du sang ! *du sang !*

Elle se frottait sans autre effet que d'étaler le sang partout.

Du sang coulait à flots des yeux de Deke, avec une telle force qu'ils étaient sortis de leurs orbites presque comiquement sous la force de l'hémorragie. Randy pensa : *Quelle vitalité ! Seigneur, regardez-moi ça ! Il est semblable à une bouche d'incendie humaine ! Mon Dieu ! Mon Dieu ! Mon Dieu !*

Du sang jaillissait des deux oreilles de Deke. Son visage n'était plus qu'un hideux navet violet, gonflé et sans forme sous l'effet de la pression hydrostatique de quelque inimaginable intervention ; c'était le visage d'un homme prisonnier de l'étreinte d'ours d'une force monstrueuse et inconnue.

Et puis, Dieu merci, tout fut fini.

Deke s'effondra en avant, les cheveux pendant sur les planches ensanglantées du radeau et Randy vit avec une stupéfaction empreinte de nausée que même son crâne avait saigné.

Des bruits venaient de sous le radeau. Des bruits de mâchonnement.

C'est à ce moment-là que son esprit chancelant et accablé se rendit compte qu'il aurait pu tenter de fuir à la nage avec de bonnes chances de réussir. Mais Laverne s'était faite lourde dans ses bras, terriblement lourde ; il examina son visage flasque, souleva une de ses paupières et ne découvrit que du blanc ; il comprit qu'elle ne s'était pas évanouie, mais que sous l'effet du choc elle avait sombré dans une sorte d'état second.

Randy regarda la surface du radeau. Il aurait pu l'y allonger, mais les planches n'avaient qu'une trentaine de centimètres de large. En été, un plongeoir était fixé au radeau, mais ça au moins, ils l'avaient enlevé et entreposé quelque part. Il ne restait plus que la surface du radeau lui-même, quatorze planches, de trente centimètres de large et six mètres de long. Il n'y avait pas moyen de la poser sans que son corps inconscient repose sur l'une ou l'autre de ces fentes.

Pose ton pied sur une fente, pousse ta mère sur la pente.
Arrête.
Et alors, une pensée abominable s'insinua en lui : *Vas-y quand même. Pose-la et sauve-toi.*

Mais il n'en fit rien, il n'y parvint pas. Un énorme sentiment de honte s'empara de lui à cette pensée. Il la garda contre lui, éprouvant, sur ses bras et son dos, son poids doux et constant. Elle était lourde.

Deke disparut.

Tenant toujours Laverne entre ses bras douloureux, Randy observa toute la scène. Il ne voulait pas regarder, et pendant de longues secondes — peut-être même de longues minutes — il détourna complètement son visage ; mais ses yeux étaient sans cesse attirés vers l'arrière.

Après la mort de Deke, tout sembla s'accélérer.

Le reste de sa jambe droite disparut et sa jambe gauche s'étira de plus en plus jusqu'à ce qu'il ressemble à un danseur étoile unijambiste en train d'exécuter un impossible grand écart. Son pelvis se brisa avec un craquement de bréchet ; alors, comme le ventre commençait à enfler sinistrement sous l'effet de la pression, Randy détourna longuement les yeux, s'efforçant de ne pas entendre les bruits humides, essayant de se concentrer sur la douleur qui irradiait dans ses bras. Il envisagea de changer la jeune fille de côté mais pour l'instant il valait mieux ressentir cette douleur lancinante dans ses bras et ses épaules. Ça lui permettait de penser à quelque chose.

Derrière lui s'élevait un bruit semblable à celui que feraient des dents puissantes croquant une pleine bouchée de bonbons durs à vous décrocher la mâchoire. Lorsqu'il regarda à nouveau, la cage thoracique de Deke était en train de disparaître dans la fente. Ses bras, levés et écartés, le faisaient ressembler à une obscène parodie de Richard Nixon exécutant ce V de la victoire qui avait rendu fous les manifestants des années soixante et soixante-dix.

Il avait les yeux ouverts. Il tirait la langue en direction de Randy.

Randy détourna une nouvelle fois les yeux et les posa sur la rive, de l'autre côté du lac. *Cherche si y aurait pas des lumières*, se dit-il. Il savait bien qu'il n'y avait aucune lumière par là, mais il se le dit quand même. *Cherche si y aurait pas des lumières par là-bas, y a bien une maison habitée pendant la semaine, feuillage automnal, faut pas manquer ça, emporte ton Nikon, quand tu rentreras toute la famille va adorer tes diapos.*

Lorsqu'il regarda à nouveau, les bras de Deke étaient dressés vers le ciel. Ce n'était plus Nixon ; c'était un joueur de football signalant que le point supplémentaire était bon.

La tête de Deke semblait reposer sur les planches.

Il avait toujours les yeux ouverts.

Sa langue était encore sortie.

— Oh, Ciiisco, murmura Randy et il détourna à nouveau son regard.

Ses bras et ses épaules lui donnaient envie de hurler, mais il continua à tenir Laverne serrée contre lui. Il contempla la berge la plus éloignée du lac. Elle était plongée dans l'obscurité. Les étoiles laissaient sur le ciel noir une giclée de lait froid suspendue, on ne sait comment, haut dans l'air.

Quelques minutes s'écoulèrent. *A présent il aura disparu. Tu peux regarder maintenant. Allez, ouais, vas-y. Mais ne regarde pas. Pour être sûr, ne regarde pas. D'accord ? D'accord. Certai-*

nement. C'est ce que nous disons tous et c'est ce que dit chacun d'entre nous.

Il regarda quand même, juste à temps pour voir les doigts de Deke disparaître dans la fente. Ils bougeaient... le mouvement de l'eau sous le radeau était probablement communiqué à l'inconnaissable substance qui s'était emparée de Deke, et ce mouvement était ensuite imprimé à ses doigts. Probablement, probablement. Mais Randy avait l'impression que Deke lui adressait des signes d'adieu. Le môme Cisco disait adios. Il sentit pour la première fois une violente douleur lui tordre le cerveau... qui semblait s'enfoncer de la même façon que le radeau lui-même s'était enfoncé lorsqu'ils s'étaient tenus tous les quatre du même côté. Il se redressa de lui-même, mais Randy comprit tout à coup que la folie — la vraie démence — n'était peut-être pas loin du tout.

La chevalière de football de Deke — championnat national, 1981 — remonta lentement le long du troisième doigt de sa main droite. La clarté des étoiles faisait luire le cercle d'or et jouait dans les minuscules interstices entre les nombres gravés, 19 d'un côté de la pierre rougeâtre, 81 de l'autre côté. La bague se détacha du doigt. Trop large pour passer dans la fente, elle ne pouvait bien sûr pas se comprimer.

Elle reposait là. C'était désormais tout ce qui restait de Deke. Deke avait disparu. Finies les filles brunes aux yeux de biche, finis les coups de serviette mouillée sur le postérieur lorsque Randy sortait de la douche, finies les traversées de terrain sous les acclamations des supporters debout dans les tribunes, finies les gesticulations frénétiques des « cheerleaders » agitant leurs pompons en bordure de terrain. Finies les balades nocturnes à fond la caisse dans sa Camaro, avec Thin Lizzy gueulant « The Boys Are Back in Town » sur la stéréo. Fini le môme Cisco.

Le léger bruit de frottement avait repris — un rouleau de toile lentement tiré à travers une fenêtre à peine entrouverte.

Randy était pieds nus sur les planches. Il baissa les yeux et vit, de chaque côté de ses pieds, les fentes se remplir d'une substance noire et lisse. Ses yeux s'exorbitèrent. Il se souvint de la façon dont le sang avait giclé de la bouche de Deke en un jet presque solide, comment ses yeux avaient jailli de leurs orbites comme s'ils étaient montés sur ressorts alors que l'hémorragie due à la pression hydrostatique réduisait son cerveau en bouillie.

Elle me sent. Elle sait que je suis ici. Peut-elle monter ? Peut-elle monter par les fentes ? Le peut-elle ? Le peut-elle ?

Il regarda intensément en dessous, inconscient à présent du poids flasque de Laverne, fasciné par l'énormité de la question, se demandant ce qu'il ressentirait quand la substance coulerait sur ses pieds, quand elle s'emparerait de lui.

L'éclat noir s'enfla presque jusqu'au bord des fentes (Randy se dressa sur la pointe des pieds sans avoir du tout conscience de le faire) et redescendit. Le glissement de toile cessa. Et soudain Randy la vit à nouveau sur l'eau, gros grain de beauté sombre, à peut-être cinq mètres de là maintenant. Elle se soulevait et retombait sur les douces vaguelettes, se soulevait et retombait, se soulevait et retombait et lorsque Randy commença à voir les couleurs battre régulièrement il se força à regarder ailleurs.

Il posa Laverne ; ses muscles étaient à peine décrispés que ses bras se mirent à trembler violemment. Il les laissa trembler. Il s'agenouilla près d'elle ; ses cheveux formaient un éventail sombre et irrégulier sur les planches blanches. Il s'agenouilla et regarda sur l'eau le grain de beauté sombre, prêt à soulever d'un geste la jeune fille si la substance manifestait la moindre intention de bouger.

Il se mit à lui administrer de petites gifles, d'abord une joue, puis l'autre, aller et retour comme un soigneur qui essaie de ranimer un boxeur. Laverne ne tenait pas à être ranimée. Laverne ne tenait ni à passer par la case départ pour ramasser deux cents dollars ni à payer une amende en passant à la gare. Laverne en avait assez vu. Mais Randy ne pouvait pas la surveiller toute la nuit, la soulever comme un sac de patates à chaque fois que la substance se mettait à bouger (et en plus on ne pouvait pas regarder cette chose trop longtemps). Cependant, il connaissait un truc. Il ne l'avait pas appris à l'université. C'est un ami de son frère aîné qui le lui avait indiqué. Cet ami avait exercé une profession paramédicale au Viêt-nam et il connaissait toutes sortes de trucs — comment attraper des poux sur un crâne et leur faire faire la course dans une boîte d'allumettes, comment couper de la cocaïne avec un laxatif pour bébé, comment recoudre de grosses entrailles avec du fil et une aiguille ordinaires. Un jour ils avaient évoqué les différents moyens de ranimer les gens ronds comme des queues de pelle afin que les gens ronds comme des queues de pelle ne s'étouffent pas dans leur propre vomi au risque d'en mourir comme Bon Scott, le chanteur du groupe AC/DC.

— Tu veux ranimer rapidement quelqu'un ? avait demandé l'ami au catalogue de trucs intéressants. Essaie donc ça.

Et il lui avait indiqué celui que Randy utilisa alors.

Il se pencha et mordit le lobe de l'oreille de Laverne aussi fort qu'il le put.

Un sang chaud et amer jaillit dans sa bouche. Les paupières de Laverne s'ouvrirent d'un coup comme des stores. Elle poussa un cri rauque, animal, et lui lança une volée de coups. Randy leva les yeux et n'aperçut qu'un bout de la substance ; le reste était déjà sous le radeau. Elle s'était déplacée silencieusement avec une vitesse terrible et inquiétante.

Précipitamment, alors que ses muscles criaient en signe de protestation et tentaient de se nouer en une crampe, il souleva Laverne. Elle lui martela le visage. L'une de ses mains heurta son nez si sensible et il vit trente-six chandelles.

— Arrête, cria-t-il en traînant les pieds sur les planches. Arrête, espèce de salope, elle est en dessous, arrête ou je te lâche, nom de Dieu, j' te jure que j' le fais !

Les bras de Laverne cessèrent immédiatement de battre l'air et elle les referma calmement autour de son cou, comme une noyée. Ses yeux paraissaient blancs dans la lumière mouvante des étoiles.

— Arrête !

Elle continua.

— Arrête, Laverne, tu m'étrangles !

Plus étroitement. Une intense panique lui envahit le cerveau. Le son creux rendu par les tonneaux s'était assourdi, atténué — à cause de la substance qui est là-dessous, pensa-t-il.

— Tu m'étouffes !

L'étreinte se desserra un peu.

— A présent, écoute. Je vais te poser. Il n'y a aucun danger si tu...

Mais elle n'avait entendu qu'une chose : *te poser*. Elle resserra sa mortelle étreinte. La main droite de Randy était posée sur le dos de la jeune fille. Il la crispa comme une griffe et lui laboura les chairs. Elle agita les jambes avec un miaulement sauvage et pendant un instant il perdit presque l'équilibre. Elle le sentit. C'est la peur plutôt que la douleur qui lui fit abandonner la lutte.

— Mets-toi debout !

— Non !

Les cheveux de Laverne balayèrent sa joue d'un souffle chaud, comme le vent du désert.

— Elle ne peut pas t'attraper si tu te tiens debout sur les planches.

— Non, ne me pose pas par terre, elle va s'emparer de moi, je le sais, je sais...

Il lui laboura à nouveau le dos. Elle hurla de colère, de douleur et de peur.

— Pose les pieds par terre ou je te laisse tomber, Laverne.

Il la remit debout, délicatement, précautionneusement ; tous deux poussaient de petits gémissements âpres — hautbois et flûte. Ses pieds touchèrent les planches. Elle bondit comme sous l'effet d'une brûlure.

— *Pose-les !* lui souffla-t-il. Je ne suis pas Deke, je ne peux pas te porter toute la nuit !

— Deke...

— Mort.

Ses pieds se posèrent sur les planches. Il la lâcha petit à petit. Ils se faisaient face comme deux danseurs. Il vit qu'elle attendait le premier contact avec la substance. Elle demeurait la bouche ouverte, comme un poisson rouge.

— Randy, murmura-t-elle. Où est-elle ?

— En dessous. Regarde.

Elle baissa les yeux. Lui aussi. Ils virent la substance noire qui emplissait les fentes, qui les emplissait presque jusqu'à la surface du radeau à présent. Randy sentait son impatience ; Laverne, elle aussi, devait la percevoir.

— Randy, je t'en prie...

— Chuuut.

Ils restèrent ainsi.

Randy avait oublié d'enlever sa montre quand il s'était jeté à l'eau ; il put compter quinze minutes. A huit heures et quart, la substance noire sortit une nouvelle fois de sous le radeau. Elle s'éloigna de cinq mètres environ puis s'arrêta comme elle l'avait fait auparavant.

— Je vais m'asseoir, prévint-il.

— Non !

— Je suis fatigué, continua-t-il. Je vais m'asseoir et tu vas la surveiller. N'oublie pas qu'il ne faut pas garder trop longtemps les yeux posés sur elle. Et après, je me relèverai et tu t'assiéras à ton tour. Et ainsi de suite. Tiens. Il lui tendit sa montre. A tour de rôle, tous les quarts d'heure.

— Elle a englouti Deke, murmura-t-elle.
— Oui.
— Qu'est-ce que c'est ?
— Je ne sais pas.
— J'ai froid.
— Moi aussi.
— Serre-moi dans tes bras, alors.
— J' t'ai assez serrée comme ça.
Elle se tut.

C'était génial de s'asseoir ; ne pas avoir à surveiller cette chose, c'était idyllique. Au lieu de ça, il surveilla Laverne, pour s'assurer qu'elle détournait régulièrement les yeux de la substance qui flottait sur l'eau.

— Qu'allons-nous faire, Randy ?
Il réfléchit.
— Attendre, répondit-il.

Au bout d'un quart d'heure, il se leva, la fit d'abord asseoir puis la laissa s'allonger une demi-heure. Ensuite il la fit se relever et elle fit le guet pendant quinze minutes. Ils se relayèrent ainsi. A 10 heures moins le quart un froid quartier de lune apparut et commença sa route au-dessus du lac. A 10 heures et demie, un cri strident, solitaire retentit, renvoyé en écho par les eaux. Laverne poussa un hurlement.

— Ferme-la, s'écria-t-il. Ce n'est qu'un plongeon*.
— Je suis gelée, Randy... je suis tout engourdie.
— J' n'y peux rien.
— Prends-moi dans tes bras, supplia-t-elle. Tu peux pas refuser. On va se serrer l'un contre l'autre. On peut très bien s'asseoir tous les deux et la surveiller ensemble.

Il était partagé, mais le froid qui pénétrait sa chair le transperçait maintenant jusqu'aux os ; cela le décida.

— D'accord.

Ils s'assirent ensemble, serrés dans les bras l'un de l'autre et quelque chose se produisit — normal ou pervers, cela se produisit. Il se sentit durcir. L'une de ses mains rencontra ses seins moulés par le nylon humide et exerça une pression. Elle soupira et sa main chercha l'entrejambe de son caleçon.

---

* Oiseau palmipède. (*N.d.T.*)

Il fit descendre sa main le long du corps de sa compagne et découvrit un endroit un peu chaud. Il la renversa en arrière.

— Non, murmura-t-elle mais le mouvement de sa main entre ses cuisses s'accéléra.

— Je la vois, dit-il. (Son cœur s'était mis à battre plus vite, faisant affluer plus rapidement son sang sous sa peau, poussant la chaleur vers la surface de son corps nu et glacé.) Je peux la surveiller.

Elle murmura quelque chose et il sentit l'élastique de son caleçon glisser le long de ses hanches jusqu'en haut de ses cuisses. Il la surveillait. Il glissa en elle, profondément. Chaleur. Mon Dieu ! elle était chaude, là au moins. Elle émit un son guttural et ses doigts se refermèrent sur ses fesses froides et crispées.

Il la surveillait. Elle ne bougeait pas. Il la surveillait. Il la surveillait attentivement. Les sensations physiques qu'il éprouvait étaient incroyables, fantastiques. Il n'avait guère d'expérience mais n'était pas non plus vierge ; il avait déjà fait l'amour avec trois filles mais ça n'avait jamais été comme ça. Elle gémit et commença à soulever ses hanches. Le radeau se balançait doucement, comme le plus dur « waterbed » du monde. Les tonneaux, en dessous, renvoyaient un son creux.

Il la surveillait. Les couleurs se mirent à tournoyer... lentement cette fois, sensuellement, nullement menaçantes. Il la surveillait et il regardait les couleurs. Ses yeux étaient grands ouverts. Les couleurs étaient dans ses yeux. Il n'avait plus froid à présent ; il avait chaud à présent, chaud comme la première fois que vous retournez à la plage, début juin, quand vous sentez le soleil picoter votre peau blanchâtre de l'hiver, la rougir, lui donner un peu de

(couleurs)

couleurs, la teinter. Premier jour à la plage, premier jour d'été, on emporte les vieux tubes des Beach Boys, on emporte les Ramones. Les Ramones vous racontent que Sheena est une punk rocker, que vous pouvez faire du stop jusqu'à Rockaway Beach, le sable, la plage, les couleurs

(bouger elle commence à bouger)

et la sensation de l'été, la texture ; Gary US Bond*, l'école est finie et sur les gradins je peux encourager les Yankees, filles en

---

* Chanteur de rock. (*N.d.T.*).

bikini sur la plage, la plage, la plage, oh est-ce que tu aimes est-ce que tu aimes

(aimes)

la plage est-ce que tu aimes

(aimes j'aime)

seins fermes odorants d'huile Coppertone, et si la culotte du bikini est assez petite on peut apercevoir leur

(toison ses cheveux SES CHEVEUX SONT DANS L'... Ô Seigneur... DANS L'EAU SES CHEVEUX)

Il se retira brusquement, essaya de la relever mais la substance s'était approchée avec une fluidité rapide et s'était mêlée à ses cheveux comme un voile d'épaisse colle noire ; quand il la tira vers lui elle hurlait déjà et elle était lourde du poids de la substance ; celle-ci étirait hors de l'eau son immonde membrane torsadée où tournoyaient d'éclatantes couleurs chromatiques... violet, vermillon, émeraude flamboyant, ocre terne.

Elle inonda comme une marée le visage de Laverne, le fit disparaître.

Les pieds de la jeune fille battaient et tambourinaient. La substance tournoyait et s'affairait là où avait été son visage. Le sang coulait à flots le long de son cou. Hurlant, inconscient même de son hurlement, Randy courut jusqu'à elle, appuya son pied sur sa hanche et la repoussa. Elle roula lourdement et bascula par-dessus bord, ses jambes semblables à de l'albâtre sous la lune. Pendant quelques moments interminables, l'eau moussa et éclaboussa le bord du radeau, comme si là-dessous, quelqu'un avait ferré la plus grosse perche du monde et lui livrait un combat sans merci.

Randy hurla. Il hurla. Et puis, pour changer, il hurla encore.

Une demi-heure plus tard, longtemps après que les remous frénétiques de ce combat eurent cessé, le cri des plongeons s'éleva en écho à son hurlement.

Cette nuit était interminable.

Vers 4 heures moins le quart le ciel commença à s'éclairer à l'est et il eut un faible sursaut d'espoir. Celui-ci fut éphémère, comme cette fausse aurore. Il resta debout sur les planches, les yeux mi-clos, le menton affaissé sur sa poitrine. Une heure avant, assis sur le radeau, il avait soudain été réveillé — alors qu'il n'avait même pas eu conscience de s'endormir, c'était ça le plus terrible — par cet indescriptible bruit de toile froissée. Il s'était dressé d'un bond sur ses pieds nus quelques secondes avant que cette substance noire ne commence à essayer de l'aspirer avidement entre les planches. Il respirait par saccades en gémissant ; il se mordit la lèvre, jusqu'au sang.

Endormi, tu t'étais endormi, espèce de connard !

Une demi-heure après, la substance était ressortie de sous le radeau mais il ne s'était pas rassis. Il avait peur de s'asseoir, peur de se rendormir, peur que son cerveau ne l'alerte pas à temps.

Ses pieds étaient toujours bien carrés sur les planches quand, à l'est, apparut une lumière plus franche — cette fois c'était l'aube pour de bon — accompagnée des premiers chants d'oiseaux. Le soleil se leva et aux alentours de six heures il faisait assez clair pour qu'il puisse voir la plage. La Camaro jaune vif de Deke était toujours là où celui-ci l'avait garée, l'avant contre le piquet de la barrière. Un désordre de chemises, de pulls et quatre jeans entortillés en petits paquets le long de la plage attiraient le regard. Leur vue le remplit d'une horreur nouvelle, lui qui croyait avoir épuisé sa capacité à être horrifié. Il pouvait voir son propre jean, une jambe retournée sur l'envers, l'intérieur de la poche en évidence. Son jean paraissait tellement en sécurité là-bas sur le sable ; il semblait attendre qu'il revienne et remette la jambe dans le bon sens, en maintenant la poche comme il avait coutume de le faire afin que la monnaie ne s'en échappe pas. Il pouvait presque le sentir crisser le long de ses jambes ; il pouvait se voir en train d'attacher le bouton de cuivre au-dessus de la braguette...

(est-ce que tu aimes oui j'aime)

Il regarda vers la gauche et elle était là, noire, ronde comme un pion de jeu de dames, flottant, légère. Les couleurs commencèrent à tournoyer à sa surface et il détourna vivement les yeux.

— Retourne chez toi, croassa-t-il. Retourne chez toi ou va en Californie essayer de te faire engager pour un film de Roger Corman.

Un avion vrombit quelque part au loin et il sombra dans une rêvasserie : *on a signalé notre disparition à tous les quatre, les recherches s'organisent à partir de Horlicks. Un fermier se souvient avoir été dépassé par une Camaro jaune « qui fonçait comme une chauve-souris surgie tout droit des enfers ». Les recherches sont concentrées sur la région de Cascade Lake. Des pilotes privés se portent immédiatement volontaires pour des survols du secteur et un type, passant au-dessus du lac avec son Beechcraft Twin Bonanza, voit un môme debout, nu, sur un radeau, un seul môme, un seul survivant, un seul...*

Il se reprit au moment où il allait basculer et s'envoya à nouveau un coup de poing dans le nez qui le fit hurler de douleur.

La substance noire fila d'un trait vers le radeau et se glissa en dessous : elle pouvait entendre peut-être, à moins qu'elle ne sente... *ou autre chose.*

Randy attendait.

Cette fois, quarante-cinq minutes s'écoulèrent avant qu'elle ne ressorte.

Lentement, son esprit se mit en orbite dans la lumière montante.

(est-ce que tu aimes oui j'aime applaudir les Yankees et le poisson-chat est-ce que tu aimes le poisson-chat oui j'aime le

(route 66 souviens-toi de la Corvette Georges Maharis dans la Corvette Martin Milner dans la Corvette est-ce que tu aimes la Corvette

(oui j'aime la Corvette

(j'aime est-ce que tu aimes

(si chaud le soleil est comme un verre brûlant elle était dans ses cheveux et c'est la lumière ce dont je me souviens le mieux c'est la lumière la lumière de l'été

(la lumière de l'été de)

l'après-midi.

Randy pleurait.

Il pleurait parce qu'il y avait encore autre chose à présent... chaque fois qu'il essayait de s'asseoir la substance se glissait sous le radeau. Elle n'était donc pas complètement dénuée d'intelligence, alors ; que ce soit par intuition ou par déduction, elle s'était rendu compte qu'elle pouvait l'avoir s'il s'asseyait.

— Fiche le camp.

Randy sanglotait devant le grand point de beauté noir qui flottait sur l'eau. A cinquante mètres de là, ironiquement proche, un écureuil sautait sur le capot de la Camaro de Deke et redescendait en folâtrant.

— Fiche le camp, s'il te plaît, va-t'en n'importe où mais laisse-moi tranquille. Je ne t'aime pas.

La substance ne bougea pas. Les couleurs se mirent à traverser en tournoyant sa surface visible.

(est-ce que tu est-ce que tu m'aimes)

Randy s'arracha à ce spectacle et tourna les yeux vers la plage en quête d'un secours, mais il n'y avait personne, pas âme qui vive. Son jean gisait toujours là-bas, une jambe à l'envers, la doublure blanche d'une de ses poches bien visible. Il n'avait plus l'air d'attendre que quelqu'un vienne le ramasser. On aurait dit une relique.

Randy pensa : *si j'avais une arme à présent, je me tuerais.*

Il était debout sur le radeau.

Le soleil commençait à décliner.

Trois heures plus tard la lune apparut.

Peu après, les plongeons commencèrent à crier.

Peu après *cela*, Randy se retourna et regarda la substance noire posée sur l'eau. Il n'avait aucun moyen de se tuer, mais la substance noire pouvait peut-être s'en charger de telle sorte qu'il ne souffre pas ; peut-être que les couleurs étaient là pour ça.

(est-ce que tu est-ce que tu est-ce que tu aimes)

Il la chercha du regard et elle était là ; elle flottait, chevauchant les vagues.

— Chante avec moi, croassa Randy. Je peux, depuis les gradins, encourager les Yankees... je n'ai pas à m'en faire à propos des profs... je suis si heureux que l'école soit finie... je vais... chanter et chahuter.

Les couleurs se rassemblèrent et se mirent à tournoyer. Cette fois Randy ne détourna pas les yeux.

Il murmura :

— Est-ce que tu aimes ?

Quelque part au loin, de l'autre côté du lac désert, retentit le cri d'un plongeon.

Machine divine
à traitement de texte

Au premier coup d'œil ça ressemblait à une machine à traitement de texte Wang — il y avait un clavier Wang et un boîtier Wang. C'est seulement au deuxième coup d'œil que Richard Hagstrom vit que le boîtier avait été ouvert (et sans délicatesse particulière — il lui sembla que le boulot avait été fait avec une lame de scie à métaux) pour permettre l'introduction d'un tube cathodique IBM un peu plus grand. Les disquettes qui allaient avec cet étrange bâtard n'étaient pas du tout souples : elles étaient aussi rigides que les 45 tours que Richard écoutait quand il était jeune.

— Mon Dieu, qu'est-ce que c'est que ça ? demanda Lina pendant que M. Nordhoff et lui la transportaient pièce par pièce dans son bureau.

M. Nordhoff avait habité tout à côté de la famille du frère de Richard Hagstrom... de Roger, Belinda et leur fils, Jonathan.

— Quelque chose que Jon a fabriqué, dit Richard. Ça m'était destiné, d'après M. Nordhoff. On dirait une machine à traitement de texte.

— Eh oui, dit M. Nordhoff. (Il avait déjà largement passé la soixantaine et il était tout à fait hors d'haleine.) C'est ce qu'il disait que c'était, le pauvre garçon... on pourrait peut-être poser ça une minute, monsieur Hagstrom ? Je suis vanné.

— Bien sûr, dit Richard et il appela son fils Seth, qui tirait de bizarres accords atonaux de sa guitare Fender.

Les sons montaient de l'entresol, une pièce dont Richard voulait faire la « salle de séjour de la famille » et qui était devenue le « studio de répétition » de son fils.

— Seth, lança-t-il, viens nous donner un coup de main !

En bas, Seth continua imperturbablement à tirer des accords distordus de sa Fender. Richard jeta un coup d'œil à M. Nordhoff et haussa les épaules, honteux et incapable de dissimuler sa honte. Nordhoff haussa les épaules en retour comme pour dire : *les gosses ! De nos jours, on ne peut pas s'attendre à mieux, de leur part !* Sauf que tous deux savaient que de la part de Jon — le pauvre Jon Hagstrom marqué par le destin, le fils de son cinglé de frère — on pouvait sans crainte s'attendre à mieux.

— C'était aimable à vous de m'aider pour ça, dit Richard.

Nordhoff haussa les épaules.

— Un vieil homme comme moi, qu'est-ce que ça peut faire d'autre de son temps ? Et je suppose que je devais au moins ça à Jonny. Il tondait ma pelouse gratuitement, vous saviez ça ? Je voulais le payer mais il ne voulait pas de mon argent. Ça, c'était un gosse !

Nordhoff était toujours hors d'haleine.

— Est-ce que je pourrais avoir un verre d'eau, monsieur Hagstrom ?

— Bien sûr.

Devant l'immobilité de sa femme, qui lisait un livre de poche salace sur la table de la cuisine en mangeant d'épaisses friandises, il alla le chercher lui-même.

— Seth ! appela-t-il encore. Monte nous aider, tu veux ?

Mais Seth continua simplement à jouer en sourdine des accords plutôt aigres sur la Fender que Richard n'avait pas fini de payer.

Il invita Nordhoff à rester pour le dîner, mais celui-ci refusa poliment. Richard hocha la tête, de nouveau embarrassé mais le dissimulant peut-être mieux cette fois. *Qu'est-ce qu'un type bien comme toi fait avec une famille pareille ?* lui avait demandé un jour Bernie Epstein, et Richard n'avait pu que secouer la tête, en éprouvant le même morne embarras qu'il ressentait à présent. En effet, il était un type bien. Et pourtant, voilà ce qu'il avait fini par avoir sur les bras — une femme morose et empâtée qui avait le sentiment que les bonnes choses de la vie lui échappaient, qui pensait qu'elle avait enfourché le mauvais cheval (mais qui n'irait jamais jusqu'à l'avouer) et un fils peu communicatif qui faisait un boulot marginal dans l'école où lui-même enseignait... un fils qui jouait des accords inquiétants à la guitare matin, midi et soir (surtout le soir) et qui semblait penser que d'une manière ou d'une autre, ça lui suffirait pour s'en sortir.

— Alors, que diriez-vous d'une bière ? s'enquit Richard.

Il avait du mal à laisser Nordhoff partir — il voulait en entendre davantage sur Jon.

— Une bière, ça tomberait terriblement bien, dit Nordhoff, et Richard approuva du chef avec reconnaissance.

— Parfait, dit-il et il retourna leur chercher deux Bud.

Le bureau était une sorte de petite remise à part de la maison — comme la « salle de la famille », il l'avait construit de ses mains. Mais à la différence de ladite salle, il considérait cet endroit comme le sien, un endroit où il pouvait s'enfermer à l'écart de l'étrangère qu'il avait épousée et de l'étranger auquel elle avait donné naissance.

Bien entendu, Lina n'approuvait pas le fait qu'il eût un coin à lui, mais elle n'avait pas pu l'en empêcher — c'était l'une des rares petites victoires qu'il avait remportées sur elle. D'une certaine manière, songeait-il, elle avait effectivement enfourché le mauvais cheval — quand ils s'étaient mariés seize ans auparavant, ils croyaient tous deux qu'il écrirait de merveilleux et lucratifs romans et qu'ils rouleraient bientôt en Mercedes-Benz. Mais le seul roman qu'il eût publié n'avait rien eu de lucratif et les critiques n'avaient pas tardé à dire qu'il n'était pas merveilleux non plus. Lina avait adopté le point de vue des critiques, et cela avait été le début de leur éloignement.

Alors le poste de professeur de lycée qu'ils avaient d'abord considéré comme un simple point de départ pour leur envol vers la célébrité, la gloire et la richesse, était depuis maintenant quinze ans leur principale source de revenus — un point de départ qui dure salement, pensait-il parfois. Mais il n'avait jamais tout à fait renoncé à son rêve. Il écrivait des nouvelles et de temps à autres un article. Il était un membre respecté du syndicat des auteurs. Avec sa machine à écrire, il faisait rentrer cinq mille dollars par an de revenus supplémentaires, et Lina avait beau ronchonner, ça justifiait le privilège d'un bureau... surtout depuis qu'elle refusait de travailler.

— Vous vous êtes arrangé un joli coin ici, dit Nordhoff, en examinant d'un regard circulaire la petite pièce aux murs ornés d'un mélange de tableaux démodés.

La machine hybride était posée sur le bureau, l'unité centrale en dessous. La vieille Olivetti électrique de Richard était pour l'instant à l'écart sur l'un des classeurs.

— Ça fera l'affaire, dit Richard.

Du menton, il montra la machine.

— Vous ne croyez pas que ce truc marche vraiment, non ? Jon n'avait que quatorze ans.

— Ça a une drôle d'allure, hein ?

— Oui, bien sûr, approuva Richard.

Nordhoff rit.

— Et vous ne savez pas tout. J'ai jeté un coup d'œil à l'arrière de la visionneuse. Il y a des fils qui portent la marque IBM et d'autres Radio Shack. Il y a aussi beaucoup de pièces de téléphone de la Western Electric. Et croyez-moi si vous pouvez mais il y a aussi un petit moteur de Meccano.

Il but une gorgée de bière et dit comme si une idée lui venait après coup :

— Quinze ans. Il venait juste d'avoir quinze ans. Deux jours avant l'accident.

Il se tut un instant et répéta, les yeux baissés sur sa canette :

— Quinze ans.

Il n'avait pas parlé très fort.

— Un Meccano ? demanda Richard en lançant un regard incrédule au vieil homme.

— Exactement. Il avait pris un petit moteur sur un modèle réduit électrique à monter soi-même. Jon en avait un depuis... oh, peut-être l'âge de six ans. Je le lui avait offert une année pour Noël. Il était déjà fou de gadgets. Toutes les sortes de gadgets lui plaisaient, et cette petite boîte de Meccano avec ses moteurs électriques a dû l'amuser. Du moins je le suppose. Il l'a gardée pendant presque dix ans. Il n'y a pas beaucoup de gosses qui font ça, monsieur Hagstrom.

— Non, dit Richard, en pensant aux boîtes de jouets de Seth qu'il jetait d'année en année — abandonnés, oubliés ou cassés sans raison.

Il jeta un coup d'œil à la machine à traitement de texte.

— Alors, elle ne marche pas ?

— Je n'en jurerais pas avant d'avoir essayé, rétorqua Nordhoff. Le gosse était sacrément doué, c'était pas loin d'être un génie en électricité.

— En quelque sorte, oui. Je sais qu'il était bon pour les gadgets et il a gagné le prix scientifique de l'État quand il était en sixième...

— Il concourait contre des gosses beaucoup plus vieux — il y avait même des étudiants de l'université. C'est ce que disait sa mère, en tout cas.

— C'est vrai. Nous étions tous très fiers de lui.

Ce qui n'était pas l'exacte vérité. Richard était fier, et la mère de Jon aussi était fière, le père du gosse, lui, s'en fichait éperdument.

— Mais entre remporter un prix et construire de bric et de broc sa propre machine à traitement de texte...

Il haussa les épaules.

Nordhoff vida sa canette.

— Dans les années cinquante, il y a eu un gosse qui a fabriqué une bombe atomique avec deux boîtes de conserve et quelque chose comme cinq dollars de matériel électrique. Jon me l'a raconté. Et il disait qu'il y avait un autre gosse du côté du Nouveau-Mexique qui a découvert les tachyons, des particules négatives qui sont censées voyager en arrière dans le temps — en 1954. Un autre gamin, à Waterbury, dans le Connecticut — il avait onze ans — a fabriqué une bombe en grattant le Celluloïd au dos de cartes à jouer. Il a fait sauter une niche à chien vide avec. Les gosses sont marrants parfois. Les surdoués en particulier. Vous risquez d'être surpris.

— Peut-être. Peut-être pas.

— C'était un gosse formidable, en tout cas.

— Vous l'aimiez bien, hein ?

— Monsieur Hagstrom, je l'aimais beaucoup. C'était un gamin vraiment très bien.

Et Richard songea à l'étrangeté de la chose : son frère, qui était vraiment un pauvre con depuis l'âge de six ans, avait eu droit à une femme superbe et à un fils intelligent et beau. Et lui, qui avait toujours essayé d'être aimable et bon (quoi que signifie le mot « bon » dans ce monde de fous), avait épousé Lina, qui était devenue une femme taciturne et bovine et il avait reçu d'elle Seth en prime. Considérant le visage honnête et fatigué de Nordhoff, il se surprit à se demander comment exactement cela avait pu arriver et dans quelle mesure il était responsable, dans quelle mesure cela résultait naturellement de sa propre faiblesse silencieuse.

Après le départ de Nordhoff, Richard Hagstrom brancha la machine et mit le contact. Il y eut un ronronnement et il attendit pour voir si les lettres IBM apparaîtraient sur l'écran. Il n'en fut rien. A la place, mystérieusement, comme une voix surgie de la tombe, ces mots émergèrent, fantômes verts venus des ténèbres :

JOYEUX ANNIVERSAIRE, ONCLE RICHARD ! JON.

— Seigneur, murmura Richard en se laissant tomber sur une chaise.

L'accident qui avait tué son frère, la femme de ce dernier et leur fils remontait à une quinzaine. Ils revenaient d'une journée de balade et Roger était saoul. Être saoul était une situation extrêmement banale dans la vie de Roger Hagstrom. Mais cette fois la chance s'était tout simplement dérobée et il avait fait franchir à son vieux minibus poussiéreux la rambarde surplombant un à-pic de trente mètres. Le véhicule s'était écrasé et avait brûlé. *Jon avait quatorze ans — non quinze. Il a eu ses quinze ans juste deux jours avant l'accident, a dit le vieil homme. Encore trois ans et il se serait libéré de ce lourdaud, de cet ours stupide. Son anniversaire... et le mien juste après.*

Dans une semaine, la machine à traitement de texte était le cadeau d'anniversaire que Jon lui destinait.

D'une certaine manière, ça rendait les choses encore plus douloureuses. Richard n'aurait pas pu dire précisément pourquoi ou comment, mais c'était ainsi. Il tendit la main pour éteindre l'écran et puis la retira.

Un gosse a fabriqué une bombe atomique avec deux boîtes de conserve et cinq dollars de composants électriques.

Oui, c'est ça, et les égouts de New York sont peuplés d'alligators et l'armée de l'air des États-Unis garde un extraterrestre dans la glace quelque part dans le Nebraska. Raconte encore. C'est de la connerie. Mais peut-être ai-je envie d'y croire un peu.

Il se leva, contourna l'écran pour regarder à travers les fentes. Oui c'était bien comme Nordhoff avait dit. Des fils portant l'inscription RADIO SCHACK MADE IN TAIWAN. D'autres étiquetés WESTERN ELECTRIC et WESTREX et ERECTOR SET, avec le petit cercle entourant le *r* qui signale une marque réservée. Et il vit autre chose, que Nordhoff avait négligé ou qu'il n'avait pas voulu mentionner. C'était un transformateur de petit train, avec des fils partout comme la fiancée de Frankenstein.

— Seigneur, dit-il en riant d'un rire tout à coup très proche des larmes.

Seigneur, qu'est-ce que tu croyais faire, Jonny ?

Mais là aussi il connaissait la réponse. Il avait rêvé de posséder une machine à traitement de texte pendant des années, et il en avait souvent parlé et quand le rire de Lina s'était fait trop sarcastique, il en avait discuté avec Jon. « J'écrirais plus vite, je récrirais plus vite, et me résignerais encore plus vite », se souvint-il d'avoir raconté à Jon l'été précédent. Le garçon l'avait regardé avec sérieux, de ses yeux bleu clair, intelligents mais toujours sur leur garde, agrandis par les lunettes. « Ce serait formidable... vraiment formidable. »

« Alors pourquoi est-ce que tu n'en achètes pas, oncle Rich ? »

« C'est pas vraiment donné, avait répondu Richard avec un sourire. La Radio Shack est à trois mille dollars, premier prix. De là tu peux aller jusqu'à dix-huit mille dollars. »

« Eh bien, je t'en fabriquerai peut-être une un jour », avait dit Jon.

« Peut-être bien », avait répondu Jon en lui donnant une tape dans le dos.

Et jusqu'au coup de fil de Nordhoff, il n'y avait plus songé.

Des fils de modèles réduits.

Le transformateur d'un petit train.

Seigneur !

Il revint devant la machine dans l'intention de l'éteindre, comme si en tentant d'écrire sur son écran et en échouant il risquait de flétrir ce que son très sérieux et fragile neveu

(condamné)

avait voulu faire.

Au lieu de quoi, il appuya sur la touche EXÉCUTION. Ce faisant, un drôle de petit frisson lui parcourut la colonne vertébrale — c'était drôle d'utiliser un mot pareil : EXÉCUTION. On ne l'associait pas à l'écriture. C'était un mot qui évoquait les chambres à gaz et les chaises électriques... et peut-être les vieux minibus poussiéreux bondissant hors de la route.

EXÉCUTION.

Le ronronnement qui sortait de l'unité centrale se fit plus bruyant que tout ce qu'il avait jamais entendu quand il avait fait les boutiques de machines à traitement de texte ; en fait, c'était presque un rugissement. *Qu'est-ce qu'il y a dans cette bon Dieu de mémoire, Jon ? demanda-t-il mentalement. Des ressorts de lit ? Des transformateurs de petits trains rangés sur une file ? Des boîtes de conserve ?* Il revit les yeux de Jon, son visage délicat et tranquille. N'était-il pas étrange, et même malsain, d'envier à un autre homme son fils ?

Mais ç'aurait dû être le mien. Je le savais... et je crois qu'il le savait. Et puis, il y avait Belinda, la femme de Roger. Belinda qui portait trop souvent des lunettes noires par des journées sans soleil. Des grandes, parce que les bleus autour de l'œil ont une fâcheuse tendance à s'élargir. Mais il la regardait parfois, assise là, calme et attentive, sous l'aile pesante du rire de Roger, et il pensait presque exactement la même chose : *elle aussi aurait dû être mienne.*

C'était une pensée terrifiante, car ils avaient tous deux connu Belinda à l'université et tous deux étaient sortis avec elle, Roger et lui avaient deux ans de différence et Belinda se trouvait à égale distance de l'un et de l'autre, un an de plus que Richard et un an de moins que Roger. C'était Richard, en fait, qui avait fréquenté le premier celle qui allait devenir la mère de Jon. Puis Roger était entré dans la danse, Roger qui était plus grand et plus vieux, Roger qui obtenait toujours ce qu'il voulait. Roger qui faisait mal à quiconque se mettait en travers de son chemin.

J'ai eu peur. J'ai eu peur et je l'ai laissée partir. Était-ce si simple ? Bonté divine, je crois que oui. J'aimerais m'être conduit différemment, mais peut-être vaut-il mieux ne pas se mentir sur un sujet comme la lâcheté. Et la honte.

Et si ces choses étaient vraies — si Lina et Seth avaient d'une manière ou d'une autre formé la famille de son bon à rien de frère et si Belinda et Jon avaient été avec lui, qu'est-ce que ça prouverait ? Et comment une personne sensée devait-elle normalement se conduire face à un gâchis aussi absurdement réparti ? Faut-il en rire ? Faut-il crier ? Faut-il se tuer pour cette couardise ?

Ça ne m'étonnerait pas que ça marche. Ça ne m'étonnerait pas du tout.

EXÉCUTION.

Ses doigts se déplaçaient rapidement sur les touches. Il regarda l'écran et y vit flotter ces lettres vertes :

MON FRÈRE ÉTAIT UN VAURIEN IVROGNE.

Elles flottaient là et brusquement Richard pensa à un jouet qu'il avait quand il était gosse. Ça s'appelait la boule magique. On lui posait une question à laquelle on pouvait répondre par oui ou par non et puis on faisait tourner la boule magique pour voir ce qu'elle avait à dire sur le sujet — ses réponses idiotes, mais toujours pourvues d'une sorte de charme mystérieux, étaient du genre c'est presque certain, je n'y compterais pas, redemande plus tard.

Roger était jaloux de ce jouet, et pour finir, un jour, après avoir harcelé Richard pour qu'il le lui donne, Roger l'avait balancé contre le trottoir de toutes ses forces et l'avait cassé. Puis il avait ri. Aujourd'hui, pendant qu'il prêtait l'oreille au grondement étrangement saccadé du boîtier de l'unité centrale que Jon avait bricolé, Richard se rappelait qu'il s'était effondré en pleurs sur le trottoir, incapable d'admettre que son frère avait fait une chose pareille.

— Oh le bébé qui pleure, oh le bébé qui pleure ! le taquinait Roger. De toute façon c'était rien qu'un minable petit jouet de merde, Richie. Regarde ça, y avait rien d'autre qu'un tas de petites inscriptions et beaucoup d'eau.

— je vais le dire ! avait crié Richard de toute la force de ses poumons.

Le sang lui montait à la tête. Ses sinus étaient encombrés par des larmes d'indignation.

— Je vais dire ce que t'as fait Roger ! Je vais le dire à maman !

— Si tu le dis, je te casse un bras, avait dit Roger et Richard avait vu dans son sourire glacial qu'il pensait ce qu'il disait. Il s'était tu.

mon frère était un vaurien ivrogne.

Eh ben, cette machine était peut-être bizarrement fichue, mais l'écran marchait. Est-ce qu'elle enregistrait des informations dans son unité centrale ? C'était à voir. En tout cas, l'accouplement par Jon d'un clavier Wang et d'un écran IBM avait effectivement réussi. Pure coïncidence, il avait ramené quelques souvenirs passablement dégueulasses mais il ne pensait pas que c'était la faute de Jon.

Il jeta un regard circulaire sur le bureau et ses yeux s'arrêtèrent par hasard sur la seule photo qui ne s'y trouvait pas de son fait et qu'il n'aimait pas. C'était un portrait de Lina exécuté en studio, le cadeau qu'elle lui avait offert pour Noël deux ans plus tôt. *Je veux que tu l'accroches dans ton bureau,* lui avait-elle dit et donc, bien sûr, il s'était exécuté. C'était, supposait-il, sa façon à elle de garder un œil sur lui quand elle n'était pas là. *Ne m'oublie pas, Richard. Je suis là. J'ai peut-être bien misé sur le mauvais cheval, mais je suis toujours là. Et tu as intérêt à ne pas l'oublier.*

Le cliché de studio avec ses couleurs artificielles s'accordait mal avec l'aimable mélange de tableaux de Whistler, Homer et N. C. Wyeth. Les yeux de Lina étaient à demi fermés, sa bouche, épais arc de Cupidon, prenait une forme qui n'était pas tout à fait celle d'un sourire. *Je suis toujours là, Richard,* lui disait la bouche. *Et ne t'avise pas de m'oublier.*

Il tapa :

LA PHOTO DE MA FEMME EST ACCROCHÉE AU MUR OUEST DE MON BUREAU.

Il considéra ces mots et ils ne lui plurent pas plus que la photo elle-même. Il appuya sur la touche EFFACER. Les mots disparurent. Maintenant il n'y avait plus sur l'écran que la palpitation opiniâtre du curseur lumineux.

Il leva les yeux sur le mur et vit que la photo de son épouse avait elle aussi disparu.

Il resta là, immobile, un très long moment — du moins lui sembla-t-il — à contempler le mur où la photo avait été. Ce qui finit par le tirer de l'hébétude de ce choc totalement incroyable, ce fut l'odeur de l'unité centrale — une odeur qui lui rappela son enfance aussi clairement qu'il s'était rappelé la boule magique que Roger lui avait cassée parce qu'elle ne lui appartenait pas. L'odeur très particulière du transformateur d'un petit train électrique. Quand on sentait cela, on était censé éteindre pour laisser l'appareil refroidir.

Et ainsi ferait-il.

Dans une minute.

Il se leva pour marcher jusqu'au mur sur des jambes qui lui parurent engourdies. Il passa les doigts sur le panneau. La photo s'était trouvée là, très exactement là. Mais elle était partie maintenant et le crochet auquel elle était suspendue avait disparu et il n'y avait pas de trou là où il avait vissé le crochet.

Disparu.

Le mot brusquement vira au gris et il vacilla en arrière, en pensant vaguement qu'il allait s'évanouir. Il s'accrocha de toutes ses forces jusqu'à ce qu'il puisse de nouveau se concentrer sur le mot.

Son regard voyagea de l'espace vide sur le mur où s'était trouvée la photo de Lina à la machine à traitement de texte que son neveu mort avait confectionnée.

Vous risquez d'être surpris, entendit-il Nordhoff lui dire. *Vous risquez d'être surpris, vous risquez d'être surpris, oh oui, si un gosse des années cinquante a réussi à découvrir des particules qui voyagent en arrière dans le temps, vous risquez d'être surpris en voyant ce que votre génie de neveu arrive à faire avec une poignée d'éléments d'une machine à traitement de texte déglinguée, quelques fils et des composants électriques. Vous risquez d'être surpris au point d'avoir l'impression de devenir fou.*

L'odeur du transfo devenait plus forte, plus lourde et il aperçut des volutes de fumée qui s'échappaient des fentes d'aération de l'écran. Le bruit de l'unité centrale s'accentuait aussi. Il était temps d'éteindre — si intelligent que Jon ait été, il n'avait apparemment pas eu le temps de travailler sur toutes les puces de cette dingue de machine.

Mais savait-il ce que ça donnerait ?

Pris d'une inspiration, Richard se rassit devant l'écran et tapa :

LA PHOTO DE MA FEMME EST SUR LE MUR.

Il considéra la phrase un moment, baissa les yeux sur le clavier et appuya sur la touche EXÉCUTION.

Il regarda le mur.

La photo de Lina était revenue, à l'endroit précis où elle avait toujours été.

— Seigneur ! chuchota-t-il, ça alors.

Il se passa une main sur la joue, regarda l'écran (redevenu vide à l'exception du curseur lumineux) et puis pianota :

LE PLANCHER EST VIDE.

Puis il appuya sur la touche INSERTION et ajouta :

HORMIS DOUZE PIÈCES DE VINGT DOLLARS OR DANS UN PETIT SAC DE COTON.

Il poussa la touche EXÉCUTION.

Il jeta un coup d'œil au plancher, sur lequel gisait maintenant un petit sac de coton fermé par un cordon. Sur le sac était imprimée, en lettres d'une encre pâle, l'inscription WELL'S FARGO.

— Oh ! mon Dieu, s'entendit-il dire d'une voix qui ne lui appartenait pas. Oh ! mon Dieu, mon Dieu...

Il aurait pu continuer à invoquer le nom divin pendant des minutes et des heures si la machine ne l'avait rappelé à l'ordre d'un bip-bip impératif. En haut de l'écran clignotait l'avertissement SURCHAUFFE.

Richard se hâta de couper les contacts et quitta son bureau comme si tous les diables de l'enfer étaient à ses trousses.

Mais avant de partir il ramassa le petit sac et le glissa dans la poche de son pantalon.

Quand il appela Nordhoff ce soir-là, dehors un vent froid de novembre jouait dans les arbres d'une cornemuse désaccordée. Le groupe de Seth était au rez-de-chaussée, en train de massacrer un air de Bob Seger, Lina était allée à Notre-Dame-des-Douleurs-perpétuelles pour jouer au bingo.

— La machine marche ? s'enquit Nordhoff.
— Elle marche très bien, dit Richard.

Plongeant la main dans sa poche, il en sortit une pièce. Elle était lourde, plus lourde qu'une montre Rollex. Le fier profil d'un aigle était gravé sur une face, avec la date 1871.

— Elle marche à un point que vous aurez du mal à croire.
— Mais si, dit Nordhoff d'un ton neutre. C'était un gosse très brillant et il vous aimait tant, monsieur Hagstrom. Mais faites attention. Un gosse n'est qu'un gosse, brillant ou pas, et l'affection peut être mal employée. Vous comprenez ce que je veux dire ?

Richard ne comprenait pas du tout. Il se sentait brûlant et fiévreux. Le journal du jour fixait le cours de l'or à 514 dollars l'once. Sur son pèse-lettre, les pièces avaient un poids moyen de 4,5 onces. Au prix du marché, ça les faisait monter à 27 756 dollars. Et il supposait que ce n'était peut-être que le quart de ce qu'il pourrait tirer de ces pièces s'il les vendait à des numismates.

— Monsieur Nordhoff, pourriez-vous venir ? Maintenant ? Ce soir ?
— Non. Non, je ne crois pas que j'y tienne, monsieur Hagstrom. Je crois que ceci devrait rester entre Jon et vous.
— Mais...
— Souvenez-vous de ce que je vous ai dit, c'est tout. Pour l'amour du ciel, faites attention.

Il y eut un petit déclic et Nordhoff n'était plus là.

Une demi-heure plus tard, il se retrouvait dans le bureau, les yeux fixés sur la machine. Il toucha le bouton du contact mais ne le tourna pas encore. Quand Nordhoff l'avait dit pour la deuxième fois, Richard l'avait entendu. *Pour l'amour du ciel, faites attention.* Oui. Il lui faudrait faire attention. Une machine qui pouvait faire des trucs pareils...

Mais comment une machine pouvait-elle faire ça ?

Il n'en avait pas la moindre idée... mais en un sens, toute cette dinguerie en devenait plus facile à accepter. Il était professeur d'anglais et à l'occasion écrivain, il n'était nullement un technicien, depuis toujours il n'avait rien compris au fonctionnement des choses : les phonographes, les moteurs à essence, les téléphones, les télévisions, la chasse d'eau des toilettes. Toute sa vie, il n'avait compris que les opérations sans saisir leurs principes. Et là, en quoi était-ce différent ? N'était-ce pas une simple question de degré ?

Il mit la machine en marche. Comme auparavant, elle lui dit : BON ANNIVERSAIRE, ONCLE RICHARD ! JON. Il pressa la touche EXÉCUTION et le message de son neveu disparut.

Une idée le frappa : *Cette machine ne va pas marcher long-temps.* Il était sûr que Jon devait encore y travailler quand il était mort, persuadé d'avoir du temps devant lui. L'anniversaire d'oncle Richard n'était-il pas à trois semaines de là ?

Mais le temps avait fait défaut à Jon, et en conséquence cette machine à traitement de texte qui pouvait apparemment insérer de nouveaux objets ou en effacer d'autres dans le monde réel dégageait l'odeur d'un transfo de train électrique en train de griller et se mettait à fumer au bout de quelques minutes. Jon n'avait pas eu le loisir de la perfectionner. Il était...

Persuadé d'avoir le temps ?

Mais c'était faux. Tout était faux. Richard le savait. Le visage calme, attentif de Jon, les yeux graves derrière les épaisses lunettes... il n'y avait pas trace de confiance en eux, nulle conviction d'avoir tout le temps devant soi. Quel était le mot qui lui était venu un peu plus tôt dans la journée ? *Condamné.* Ce n'était pas vraiment un bon mot pour Jon, mais c'était le mot exact. Ce sentiment de la fatalité avait pesé sur le gosse de manière si palpable que parfois Richard aurait voulu le serrer contre lui, lui dire de sourire un peu, que parfois tout est bien qui finit bien et que le bon ne meurt pas toujours jeune.

Puis il songea à Roger jetant sur le trottoir la boule magique, la jetant de toutes ses forces ; il entendit le bruit du plastique qui casse et vit le liquide magique — ce n'était que de l'eau après tout — s'écouler sur le trottoir. Et cette image se superposa à celle du minibus bricolé de Roger, avec sur le côté l'inscription HAGSTROM GROSSISTE LIVRAISONS, plongeant par-dessus le bord d'une falaise effritée et poussiéreuse quelque part dans la campagne, encaissant un coup mortel à l'avant avec un bruit qui, comme Roger lui-même, n'était pas d'une grande importance. Il vit — contre son gré — le visage de la femme de son frère se désintégrer en un mélange de sang et d'os. Il vit Jon brûler dans la carcasse du camion, hurler, noircir.

Ni confiance ni véritable espoir. Il avait toujours émané de lui le sentiment du temps qui s'enfuit. Et à la fin, il avait eu raison.

— Qu'est-ce que ça signifie ? marmonna-t-il, les yeux fixés sur l'écran.

Qu'est-ce que la boule magique aurait répondu à cette question ? REDEMANDEZ PLUS TARD ? LE RÉSULTAT EST OBSCUR ? Ou peut-être C'EST CERTAINEMENT LE CAS ?

Le bruit de l'unité centrale recommençait à monter, et plus vite que dans l'après-midi. Il pouvait déjà sentir l'odeur du transfo placé par Jon dans la machinerie derrière l'écran. L'objet chauffait.

Magique machine de rêve.

Divine machine à traitement de texte.

Était-ce bien cela ? Était-ce cela que Jon avait l'intention d'offrir à son oncle pour son anniversaire ? L'équivalent, à l'âge de la conquête de l'espace, d'une lampe magique ou d'un puits à souhaits ?

Le bruit de la porte de derrière ouverte à la volée lui parvint, suivi par celui des voix de Seth et des autres membres de sa bande. Les voix étaient trop bruyantes, trop criardes. Ils devaient boire ou fumer de la drogue.

— Où est ton vieux, Seth ? entendit-il l'une d'elles demander.

— En train de faire des conneries dans son bureau, comme d'habitude, je suppose, dit Seth. Je pense qu'il...

Le vent tourna, brouillant le reste, mais non pas leur mauvais rire tribal.

Richard les écoutait, la tête légèrement penchée sur le côté, et brusquement il tapa :

MON FILS EST SETH ROBERT HAGSTROM.

Son doigt approcha de la touche EFFACER.

Qu'est-ce que tu fais ? hurla-t-il mentalement. *Tu es vraiment sérieux ? Tu as vraiment l'intention d'assassiner ton fils ?*

— Il doit faire quelque chose là-dedans, dit l'un des autres garçons.

— C'est un foutu crétin, répondit Seth. Demandez à ma mère par moments. Elle vous dira. Il...

Je ne vais pas l'assassiner. Je ne vais pas... l'EFFACER.

Son doigt s'abaissa sur le bouton.

— ... n'a jamais rien fait d'autre que...

Les mots MON FILS EST SETH ROBERT HAGSTROM disparurent de l'écran.

Au-dehors, les paroles de Seth disparurent aussi.

A l'extérieur il n'y avait plus d'autre bruit que celui du vent froid de novembre, sinistre annonciateur de l'hiver.

Richard éteignit la machine à traitement de texte et sortit. L'allée était vide. Le guitariste du groupe, Norm quelque chose, conduisait une camionnette monstrueuse et passablement affreuse dans laquelle le groupe transportait son matériel lors de leurs rares galas. Elle n'était pas garée dans l'allée. Peut-être était-elle quelque part ailleurs dans le monde, en train de rouler sur une autoroute ou garée sur le parc de stationnement d'une graillonneuse baraque à hamburgers, et Norm était aussi quelque part dans le monde, tout comme Davey, le bassiste aux yeux d'un vide terrifiant qui arborait une épingle à nourrice au lobe de l'oreille, tout comme le batteur qui n'avait pas de dent de devant. Ils étaient quelque part dans le monde, quelque part, mais pas ici, car Seth n'était pas ici, n'avait jamais été ici.

Seth avait été EFFACÉ.

— Je n'ai pas de fils, marmonna Richard.

Combien de fois avait-il lu cette phrase mélodramatique dans des mauvais romans ? Cent fois ? Deux cents ? Elle avait toujours sonné faux pour lui. Mais là elle était vraie. Maintenant elle était vraie. Oh oui.

Il y eut une rafale de vent, et Richard fut brusquement plié en deux par une mauvaise crampe d'estomac. Il hoqueta, rota bruyamment.

Quand les crampes passèrent, il entra dans la maison.

La première chose qu'il remarqua fut que les infectes chaussures de tennis de Seth — il en avait quatre paires et refusait d'en jeter une seule — avaient disparu de l'entrée. Il s'avança jusqu'à la rampe de l'escalier pour en caresser du pouce une portion. A dix ans (à un âge où il aurait dû se rendre compte, mais Lina avait interdit à Richard de lever la main sur le gosse), Seth avait gravé profondément ses initiales dans le bois de la rampe, sur laquelle Richard avait travaillé tout l'été. Il l'avait poncée et passée à l'enduit et revernie, mais le fantôme des initiales subsistait.

A présent, elles avaient disparu.

A l'étage. La chambre de Seth. Elle était propre et nette, inoccupée, sèche et impersonnelle. C'était comme s'il y avait eu sur la poignée de la porte l'inscription CHAMBRE D'AMIS.

Au rez-de-chaussée. Et ce fut là que Richard s'attarda le plus. Le fouillis de fils avait disparu, amplis et micros avaient disparu ; l'amas de disques que Seth était toujours sur le point de « ranger » avait disparu (il n'avait ni l'habileté manuelle ni la concentration de Jon). Au lieu de quoi la pièce portait l'empreinte profonde (sinon particulièrement plaisante) de la personnalité de Lina — des meubles lourds et tarabiscotés et des tapisseries de velours synthétique (l'une représentant la Cène donnait au Christ les traits de Wayne Newton, sur une autre un cerf se dressait avec en toile de fond un coucher de soleil en Alaska), un tapis brillant, aussi brillant qu'une tache de sang artériel. Il n'y avait plus la moindre indication du fait qu'un garçon nommé Seth Hagstrom eût un jour habité cette pièce. Cette pièce, pas plus qu'aucune autre de la maison.

Richard était toujours au pied de l'escalier en train de regarder autour de lui quand il entendit une voiture remonter l'allée.

Lina, pensa-t-il et il eut un accès de culpabilité presque frénétique. *C'est Lina, qui revient du bingo, et qu'est-ce qu'elle va dire quand elle verra que Seth a disparu ? Qu'est-ce que...*

Assassin ! Il entendait son cri. *Tu as assassiné mon fils.*

Mais il n'avait pas assassiné Seth.

— Je l'ai EFFACÉ, marmonna-t-il, et il monta la retrouver à la cuisine.

Lina était plus grosse.

Il avait envoyé au bingo une femme qui pesait dans les quatre-vingts kilos. L'épouse qui lui revenait en atteignait au moins cent cinquante, peut-être plus ; il lui fallut se tourner un peu sur le côté pour entrer par la porte de derrière. Sous un pantalon de polyester couleur d'olive pourrie, les hanches et les cuisses éléphantesques étaient parcourues d'ondes telluriques. Son teint, quelque peu jaune trois heures plus tôt, était maintenant d'une pâleur maladive. Sans être médecin, Richard croyait pouvoir deviner à la vue de cette peau de graves troubles hépathiques ou l'approche d'une affection cardiaque. Les yeux aux paupières lourdes considéraient Richard avec un mépris ferme et tranquille.

Dans une de ses mains flasques elle tenait le cadavre congelé d'une énorme dinde, qui tournoyait à l'intérieur de son enveloppe de Cellophane comme le corps d'un bizarre suicidé.

— Qu'est-ce que tu regardes comme ça, Richard ?

Toi, Lina, je te regarde toi. Parce que c'est ce que tu es devenue dans un monde où nous n'avons pas eu d'enfants. C'est ce que tu es devenue dans un monde où il n'y avait pas d'objet pour ton amour — perverti autant que ton amour pouvait l'être. Voilà à quoi ressemble Lina dans un monde où tout est pris et rien n'est donné. Toi, Lina. C'est ce que je regarde. Toi.

— Cette volaille, Lina, parvint-il à dire enfin. C'est vraiment l'une des plus grosses dindes que j'aie jamais vues, bon Dieu !

— Bon, ne reste pas là à la contempler, imbécile ! Aide-moi.

Il prit la volaille et la posa sur la tablette de la cuisine, éprouvant au passage les ondes d'un froid sinistre émanant de la bête. On aurait dit un bloc de bois.

— Pas là ! hurla-t-elle avec impatience et elle montra d'un geste l'office. Ça ne va pas là ! Mets-la au congélateur !

— Excuse-moi, murmura-t-il.

Ils n'avaient jamais eu de congélateur jusqu'alors. Jamais dans le monde où il y avait eu un Seth.

Il porta la dinde à l'office, où un long congélateur Amana gisait sous la froide lumière de tubes fluorescents comme un froid cercueil blanc. Il déposa la bête à l'intérieur, à côté des cadavres d'autres oiseaux et d'autres bêtes conservés par cryogénisation, puis il retourna à la cuisine. Lina avait pris le bocal de petits pots de beurre de cacahuètes Reese et en mangeait méthodiquement, un pot après l'autre.

— C'était le bingo de Thanksgiving. On l'a fait une semaine à l'avance parce que la semaine prochaine le père Philips doit aller à l'hôpital se faire retirer un calcul. J'ai gagné le gros lot.

Elle sourit. Un mélange brun de chocolat et de beurre de cacahuètes lui dégouttait des dents.

— Lina, est-ce que tu as jamais regretté que nous n'ayons pas eu d'enfants ?

Elle le regarda comme s'il était devenu complètement fou.

— Seigneur, pour quoi faire, j'aurais voulu un petit singe ?

Elle reposa dans le placard le bocal de pots de beurre de cacahuètes, à présent diminué de moitié.

— Je vais me coucher. Tu viens, ou tu vas retourner là-bas traînasser encore un moment autour de ta machine à écrire ?

— Je crois que je vais y retourner encore un petit peu.

Sa voix était d'une fermeté surprenante.

— Je ne serai pas long.

— Il marche, ce gadget ?

— Quel...

Puis il comprit et éprouva un autre sursaut de culpabilité. Elle connaissait l'existence de la machine à traitement de texte, bien évidemment. L'effacement de Seth n'avait pas affecté Roger ni le chemin que sa famille avait pris.

— Ah. Oh non, il ne marche pas du tout.

Elle eut un hochement de tête satisfait.

— Ton sacré neveu. Toujours la tête dans les nuages. Tout comme toi, Richard. Si t'étais pas si timide, je me demanderais si par hasard t'as pas trempé ta nouille là où il fallait pas, il y a quinze ans.

Elle rit, d'un rire graveleux, étonnamment fort — le rire cynique d'une vieille prostituée — et un instant, il faillit se jeter sur elle. Puis il sentit un sourire se dessiner sur ses lèvres — un sourire mince et sans joie, froid comme le congélateur Amana qui avait remplacé Seth dans cette nouvelle vie.

— Je ne serai pas long. Je veux seulement prendre quelques notes.

— Qu'est-ce que t'attends pour écrire une histoire qui remporte le prix Nobel, un truc de ce genre ? demanda-t-elle avec indifférence.

Les lattes du parquet de l'entrée craquèrent et gémirent tandis qu'elle déplaçait son énorme masse tanguante en direction des escaliers.

— On doit encore de l'argent à l'oculiste pour mes lunettes et on est en retard d'un versement pour le Betamax. Pourquoi tu nous fais pas rentrer un peu d'argent, bon Dieu ?

— Eh bien, dit Richard, je ne sais pas, Lina. Mais j'ai eu quelques bonnes idées ce soir. Vraiment.

Elle se tourna pour lui jeter un coup d'œil, avec semble-t-il une remarque sarcastique au bord des lèvres — quelque chose sur le fait qu'aucune de ses bonnes idées ne leur avait réussi mais qu'elle était liée à lui de toute façon — et pourtant elle s'abstint. Peut-être avait-elle aperçu une ombre dans son sourire qui l'avait dissuadée. Elle monta les escaliers. Richard resta en bas, écoutant s'éloigner le tonnerre de ses pas. Il sentait sur son propre front la transpiration couler. Il était à la fois écœuré et ragaillardi.

Il fit demi-tour et regagna son bureau.

Cette fois, quand il mit le contact, l'unité centrale ne ronronna ni ne gronda ; elle émit aussitôt un bruit énorme et irrégulier. L'odeur du transfo qui chauffait monta presque immédiatement de la boîte derrière l'écran, et dès qu'il eut pressé la touche EXÉCUTION, effaçant ainsi BON ANNIVERSAIRE ONCLE RICHARD ! l'unité centrale se mit à fumer.

Pas beaucoup de temps, pensa-t-il. *Non... ce n'est pas exact. Pas du tout de temps, Jon le savait, et maintenant, je le sais aussi.*

Il n'avait à présent qu'une alternative : ramener Seth avec le bouton INSÉRER (il était sûr de cette possibilité ; ce serait aussi facile que de créer les doublons espagnols) ou bien terminer le boulot.

La fumée s'épaississait, le temps pressait. Dans quelques instants, certainement pas plus, sur l'écran réapparaîtrait le message clignotant : SURCHAUFFE.

Il tapa :

MA FEMME S'APPELLE ADELINA MABEL WARREN HAGSTROM.

Il pressa la touche EFFACER.

Il tapa :

JE VIS SEUL.

Ça y était. Le mot commençait à clignoter impitoyablement dans le coin supérieur droit de l'écran : SURCHAUFFE SURCHAUFFE SURCHAUFFE.

S'il te plaît. S'il te plaît, laisse-moi finir. S'il te plaît, s'il te plaît...

La fumée qui s'échappait des fentes d'aération de l'écran s'épaississait et s'assombrissait. Baissant les yeux sur l'unité centrale, il vit que de la fumée en émanait aussi... et là au milieu de cette fumée, il distingua d'inquiétantes étincelles rouges.

Boule magique, aurai-je la santé, la richesse ou la sagesse ? Ou

bien vivrai-je seul et peut-être me tuerai-je de chagrin ? Est-il encore temps ?
   IMPOSSIBLE DE LE VOIR MAINTENANT. ESSAIE UNE AUTRE FOIS.
   Sauf qu'il n'y aurait pas d'autre fois.
   Il pressa le bouton INSÉRER et l'écran devint noir, hormis le message SURCHAUFFE qui persistait, clignotant à un rythme bégayant, frénétique.
   Il tapa :
   MIS À PART MON ÉPOUSE BELINDA ET MON FILS JONATHAN.
   S'il te plaît. S'il te plaît.
   Il appuya sur la touche EXÉCUTION.
   L'écran se vida. Pendant ce qui parut des siècles, il resta vide à l'exception du mot SURCHAUFFE, qui clignotait maintenant si vite qu'il paraissait fixe, avec seulement une ombre faible qui passait parfois. Cela ressemblait beaucoup à ce qui se passe quand un ordinateur est bloqué par des ordres en boucle. A l'intérieur de l'unité quelque chose claqua et grésilla, et Richard poussa un gémissement.
   Puis sur l'écran les lettres vertes apparurent, dans un flottement immatériel sur le fond noir :
   JE VIS SEUL MIS À PART MON ÉPOUSE BELINDA ET MON FILS JONATHAN.
   Il pressa deux fois le bouton EXÉCUTION.
   Bon, pensa-t-il. *Bon, maintenant, je vais taper :* TOUTES LES PUCES DE CETTE MACHINE ONT ÉTÉ TERMINÉES AVANT QUE M. NORDHOFF L'AMÈNE ICI. *Ou alors, je vais taper :* J'AI DES IDÉES POUR AU MOINS VINGT ROMANS À SUCCÈS. *Ou alors :* MA FAMILLE ET MOI ALLONS VIVRE HEUREUX POUR TOUJOURS. *Ou bien…*
   Mais il ne tapa rien. Ses doigts restaient stupidement suspendus au-dessus du clavier tandis qu'il sentait — qu'il sentait littéralement — que tous les circuits dans son cerveau se coinçaient comme des voitures prises au piège du plus grave embouteillage de Manhattan depuis l'invention du moteur à combustion interne.
   Tout à coup l'écran s'emplit du mot :
   SURCHAUFFESURCHAUFFESURCHAUFFESURCHAUFFESURCHAUFFE SURCHAUFFESURCHAUFFE.
   Il y eut un autre claquement et puis une explosion dans l'unité centrale. Des flammes jaillirent du boîtier et s'éteignirent. Richard se rejeta en arrière sur sa chaise en s'abritant le visage

dans les mains pour le cas où l'écran imploserait. Il n'en fut rien. Il vira au noir, c'est tout.

Richard resta là à contempler l'obscurité de l'écran.

ON NE PEUT EN ÊTRE SÛR, REDEMANDE UNE AUTRE FOIS.

— Papa ?

Il pivota sur sa chaise, le cœur battant à se rompre.

Jon était là, Jon Hagstrom, et son visage était bien le même, avec pourtant quelque chose de différent... la différence était subtile mais perceptible. Peut-être, songea Richard, était-ce la différence de paternité entre deux frères. Ou peut-être était-ce seulement à cause de la disparition de cette expression prudente, attentive de ses yeux agrandis par les épaisses lunettes (avec des montures de métal à présent, remarqua-t-il, et non point les laides montures industrielles en écaille que Roger achetait toujours au gamin parce qu'elles valaient quinze dollars de moins).

Peut-être quelque chose de plus simple : cette empreinte de la fatalité qui avait disparu des yeux du gamin.

— Jon ? dit-il d'une voix enrouée en se demandant s'il était possible qu'il eût jamais désiré davantage.

C'était donc vrai ? Cela paraissait ridicule, mais il supposait que oui. Il supposait que certaines personnes désiraient plus que cela.

— Jon, c'est toi, non ?

— Qui veux-tu que ce soit ?

Du menton, l'adolescent montra la machine à traitement de texte :

— Tu ne t'es pas fait mal quand ce bébé est monté au paradis des ordinateurs ?

— Non, je vais très bien.

Jon hocha la tête.

— Je suis désolé qu'il n'ait pas marché. Je ne sais pas ce qui a bien pu me prendre d'utiliser tous ces composants grossiers.

Il secoua la tête.

— Franchement, j'en sais rien. C'est comme si j'y avais été poussé. Un truc de gosse.

— Bon, dit Richard en se rapprochant de son fils pour lui passer un bras autour de l'épaule. Tu feras mieux la prochaine fois, peut-être.

— Peut-être. Ou j'essaierai de faire autre chose.

— Ce n'est pas une mauvaise idée.

— Maman dit qu'il y a du chocolat pour toi, si tu veux.

— J'en veux, dit Richard et tous deux quittèrent le bureau pour une maison où aucune dinde surgelée, gros lot d'un bingo, n'était jamais entrée.

— Une tasse de chocolat, ça passera très bien à cette heure-ci.

— Demain, je vais récupérer tout ce qui est récupérable dans ce truc et puis je jetterai le reste, dit Jon.

Richard hocha la tête.

— Efface-le de nos vies, dit-il, et ils entrèrent dans la maison baignée de l'odeur de chocolat chaud, en mêlant leurs rires.

L'homme qui refusait de serrer la main

Stevens servit les apéritifs et, peu après 8 heures, par cette nuit glaciale d'hiver, nous nous retirâmes tous dans la bibliothèque le verre à la main. Pendant un moment, personne ne parla ; on entendait seulement le craquement du feu dans l'âtre, le léger cliquetis des boules de billard et, venu du dehors, le sifflement du vent. Pourtant il faisait assez chaud, ici, au 249B de la 35e Rue Est.

Ce soir-là, je m'en souviens, David Adley était à ma droite et Emlyn McCarron, qui nous avait raconté un jour l'effrayante histoire d'une femme ayant accouché dans des circonstances inhabituelles, était installé à ma gauche. Près de lui se trouvait Johanssen, le *Wall Street Journal* plié sur les genoux.

Stevens entra, un petit paquet blanc à la main, et le tendit sans hésiter à George Gregson. Stevens est le type même du parfait maître d'hôtel en dépit de son léger accent de Brooklyn (ou peut-être à cause de lui), mais son plus grand talent, d'après moi, consiste à toujours savoir à qui doit échoir le paquet si personne ne le demande.

George le prit sans protester et resta assis un moment dans son fauteuil, entre les hauts accoudoirs, les yeux fixés sur la cheminée assez vaste pour que l'on puisse y faire rôtir un bœuf de bonne taille. Je surpris le léger tremblement momentané de ses paupières devant la maxime gravée sur la clé de voûte : C'EST LE RÉCIT, PAS LE RÉCITANT QUI RACONTE.

Il ouvrit le paquet de ses vieux doigts tremblotants et jeta son contenu dans le feu. L'espace d'un instant les flammes prirent les couleurs de l'arc-en-ciel et il y eut quelques rires discrets. Je me retournai et vis Stevens debout tout au fond, dans l'ombre, près de la porte du foyer. Ses mains étaient croisées derrière son dos. Son visage était soigneusement vidé de toute expression.

Je suppose que nous avons tous un peu sursauté lorsque sa voix grinçante, presque plaintive et maussade, résonna dans le silence ; moi, en tout cas, je sais que j'ai sursauté.

— Un jour, ici même, dans cette pièce, j'ai assisté à l'assassinat d'un homme, commença George Gregson, encore qu'aucun jury n'aurait condamné le meurtrier. Pourtant au bout du compte, il s'est condamné lui-même et a été son propre bourreau.

Il marqua une pause le temps d'allumer sa pipe. De la fumée s'éleva en volutes bleues autour de son visage marqué de cicatrices et il éteignit l'allumette de bois avec les gestes lents et accentués d'un homme que ses jointures font horriblement souffrir. Il lança dans la cheminée l'allumette qui atterrit sur les cendres du paquet. Il regarda les flammes réduire le bois en charbon. Ses yeux d'un bleu perçant étaient rêveurs sous la broussaille de ses sourcils poivre et sel. Il avait un grand nez crochu, des lèvres fines et volontaires, des épaules si voûtées qu'elles touchaient presque l'arrière de son crâne.

— Ne nous faites pas languir, George ! gronda Peter Andrews. Commencez donc !

— N'ayez pas peur. Un peu de patience.

Et, tous, nous avons dû attendre jusqu'à ce que la combustion de sa pipe lui donne entière satisfaction. Lorsqu'une bonne couche de braises brûla au fond du large fourneau de bruyère, George posa ses grandes mains légèrement paralysées sur l'un de ses genoux et commença :

— Très bien. J'ai quatre-vingt-cinq ans et ce que je vais vous raconter est arrivé quand j'en avais vingt, ou quelque chose comme ça. En tout cas, c'était en 1919 et je venais juste de rentrer de la Grande Guerre. Ma fiancée était morte cinq mois plus tôt, d'une grippe. Elle n'avait que dix-neuf ans et je crains fort d'avoir bu et joué aux cartes beaucoup plus que je ne l'aurais dû. Elle attendait depuis deux ans, voyez-vous, et pendant tout ce temps j'avais reçu fidèlement une lettre par semaine. Peut-être comprendrez-vous ainsi pourquoi je me suis tellement laissé aller. Je n'avais ni foi religieuse — les principaux dogmes et théories du christianisme m'apparaissant, du fond des tranchées, plutôt comiques — ni famille pour me soutenir. Mais je dois avouer que les bons amis qui m'ont assisté durant cette période douloureuse m'ont rarement abandonné. J'en avais cinquante-trois (plus que la plupart des gens!) : cinquante-deux cartes et une bouteille de whisky Cutty Sark. Je venais de m'installer dans l'appartement où j'habite encore à présent, sur Brennan Street. Mais c'était bien moins cher à l'époque et les étagères étaient considérablement moins encombrées de flacons, de pilules et de drogues qu'aujourd'hui. Cependant, je passais l'essentiel de mon temps ici, au 249B, car il y avait presque toujours une partie de poker en train.

David Adley l'interrompit et, bien qu'il sourît, je ne pense pas du tout qu'il plaisantait :

— Est-ce que Stevens était déjà ici à l'époque, George ?

— Était-ce vous, Stevens, ou bien votre père ? demanda George en se tournant vers le maître d'hôtel.

George se permit l'ombre d'un sourire.

— Puisque 1919 remonte à soixante-cinq ans, c'était mon grand-père, monsieur, si je peux me permettre.

— A vous en croire, vous occupez cet emploi de père en fils, murmura Adley d'un ton rêveur.

— Vous ne vous trompez pas, monsieur, répondit Stevens d'une voix douce.

— Maintenant que j'y réfléchis, dit George, vous ressemblez étonnamment à votre... vous avez bien dit grand-père, Stevens ?

— Oui, monsieur, c'est ce que j'ai dit.

— Si l'on vous mettait l'un à côté de l'autre, j'aurais bien du mal à dire qui est qui... mais cela n'a aucune importance, n'est-ce pas ?

— Non, monsieur.

— J'étais dans la salle de jeu — juste de l'autre côté de cette petite porte là-bas — en train de faire des réussites, la première et unique fois où j'ai rencontré Henry Brower. Nous étions quatre, prêts à prendre place pour une partie de poker ; nous attendions un cinquième pour commencer la soirée. Lorsque Jason Davidson m'avait annoncé que George Oxley, notre cinquième habituel, s'était cassé la jambe et gisait au lit avec un plâtre retenu par un foutu engin à poulie, j'avais bien cru que nous ne pourrions pas jouer du tout ce soir-là. J'envisageais l'éventualité de terminer la soirée sans rien qui puisse détourner le cours de mes pensées à part des réussites et le fait de m'imbiber de whisky comme une éponge, lorsque à l'autre bout de la pièce, un jeune homme a lancé d'une voix calme et agréable :

« Gentlemen, si c'est bien de poker que vous avez parlé, j'aimerais beaucoup, si, bien sûr, vous n'y voyez aucune objection particulière, être des vôtres. »

Jusque-là, il était resté dissimulé derrière un exemplaire du *New York World,* si bien que lorsque j'ai levé les yeux vers lui, c'était la première fois que je le voyais. C'était un jeune homme avec un vieux visage, si vous voyez ce que je veux dire. Certains des stigmates que j'observais sur son visage, j'avais commencé à les observer sur le mien depuis la mort de Rosalie. Quelques-uns... mais pas tous. Alors que si l'on en croyait ses cheveux, ses mains et sa façon de marcher, cet homme ne devait pas avoir plus de vingt-huit ans ; son visage semblait marqué par la vie et ses yeux, très sombres, semblaient plus que tristes ; ils paraissaient hallucinés. Il était assez beau, avec une courte moustache bien taillée et des cheveux blond foncé. Il portait un élégant costume brun et avait détaché le bouton du col de sa chemise.

« Je m'appelle Henry Brower », a-t-il déclaré.

Davidson s'est immédiatement précipité pour lui serrer la main ; en fait on aurait dit qu'il allait s'emparer des mains que Brower tenait posées sur ses genoux. Une chose bizarre s'est produite : Brower a laissé tomber son journal et a levé ses deux mains hors de portée. Il avait une expression horrifiée.

Davidson s'est arrêté, assez gêné, plus abasourdi que fâché. Il n'avait lui-même que vingt-deux ans — mon Dieu ! comme nous étions tous jeunes à cette époque ! — et se comportait un peu comme un jeune chien fou.

« Veuillez m'excuser, a dit Brower avec un profond sérieux, mais je ne serre jamais la main. »

« Jamais ? s'est écrié Davidson en clignant des paupières. Comme c'est étrange. Au nom du ciel, pourquoi donc ? »

Je vous ai dit qu'il se comportait un peu comme un jeune chien fou. Brower l'a pris aussi bien que possible, avec un grand sourire (légèrement trouble cependant).

« J'arrive juste de Bombay, a-t-il expliqué. C'est un endroit étrange, surpeuplé, sale, infesté de maladies et de peste. Les vautours, par milliers, se pavanent et se lissent les plumes sur les murs mêmes de la ville. J'y suis resté deux ans en mission commerciale et semble y avoir contracté l'horreur de notre coutume occidentale de la poignée de main. Je sais que c'est absurde et impoli ; pourtant je ne peux surmonter cette aversion. Alors, si vous vouliez bien me faire grâce sans m'en tenir rigueur... »

« A une seule condition », a répondu Davidson avec un sourire.

« Laquelle ? »

« Simplement que vous vous approchiez de cette table et que vous acceptiez un gobelet de whisky pendant que j'irai chercher Baker, French et Jack Wilden. »

Brower lui a souri, a acquiescé et a posé son journal. Davidson a joint impétueusement le pouce et l'index en un cercle pour ponctuer leur accord et s'en est allé à la recherche des autres. Brower et moi-même nous sommes approchés de la table couverte de feutre vert et quand je lui ai offert à boire il a décliné mon offre en remerciant et a commandé sa propre bouteille. J'ai pensé que c'était certainement en rapport avec sa drôle de manie et n'ai rien dit. J'ai connu des gens dont l'horreur des microbes et des maladies allait jusque-là et même plus loin... et vous êtes sans doute nombreux à en connaître aussi.

Quelques-uns ont acquiescé.

« Quel plaisir d'être ici, m'a dit Brower sur un ton grave. J'ai fui toute forme de compagnie depuis mon retour. La solitude n'est pas bonne pour l'homme, vous savez. Je pense que, même pour l'homme le plus indépendant, être isolé du reste de l'humanité doit être la plus horrible forme de torture. »

Il a dit cela avec une étrange insistance et j'ai acquiescé. J'avais fait l'expérience d'une solitude comme celle-là dans les tranchées, la nuit en général. J'en avais fait une nouvelle expérience, plus douloureuse, après avoir appris la mort de Rosalie. Je me suis senti attiré vers lui en dépit de l'excentricité qu'il revendiquait.

« Bombay doit être un endroit fascinant », ai-je dit.

« Fascinant... et atroce ! Il se passe là-bas des choses qui dépassent notre imagination. Leur réaction devant les voitures nous amuse : les enfants s'enfuient lorsqu'elles passent, puis ils les suivent sur des kilomètres. L'avion leur paraît terrifiant et incompréhensible. Bien sûr, nous Américains, nous considérons ces inventions avec une parfaite sérénité — avec suffisance même — mais je vous assure que ma réaction a été absolument semblable aux leurs lorsque, pour la première fois, j'ai vu, au coin d'une rue, un mendiant avaler tout un paquet d'aiguilles d'acier puis les retirer une à une des plaies ouvertes au bout de ses doigts. Pourtant, dans cette partie du monde, les gens considèrent ce phénomène comme allant totalement de soi. Peut-être, a-t-il ajouté l'air sombre, nos deux cultures n'étaient-elles absolument pas destinées à se rencontrer, mais auraient-elles dû garder chacune pour elle leurs propres prodiges ? Pour un Américain comme vous et moi, avaler un paquet d'aiguilles signifierait une mort lente et atroce. Quant à l'automobile... »

Sa voix s'est éteinte et la tristesse a encore assombri son visage.

J'allais répondre lorsque Stevens l'aîné est apparu avec la bouteille de scotch de Brower, immédiatement suivi de Davidson et des autres.

Davidson a commencé les présentations en précisant :

« Je leur ai tout dit de votre petite manie, Henry, vous n'avez donc rien à craindre. Voici Darrel Baker, cet effrayant jeune homme barbu est Andrew French, et enfin le dernier mais non le moindre, c'est Jack Wilden. Vous connaissez déjà George Gregson. »

Brower a souri et leur a adressé un signe de tête au lieu de leur serrer la main. Les jetons de poker et trois jeux de cartes neufs ont été sortis, l'argent changé contre des marques et le jeu a commencé.

Il a duré plus de six heures et j'ai gagné environ deux cents dollars. Darrel Baker, qui n'était pas un joueur particulièrement brillant, en a perdu à peu près huit cents (non pas que lui risquât un jour de tirer le diable par la queue : son père possédait trois des plus grandes fabriques de chaussures de la Nouvelle-Angleterre) et les autres ont partagé à peu près équitablement les pertes de Baker avec moi. Davidson avait quelques dollars de plus et Brower quelques-uns de moins ; cependant, que Brower soit presque à égalité n'était pas un mince exploit car il avait reçu un jeu incroyablement mauvais pendant presque toute la soirée. Il était habile à la fois au jeu traditionnel à cinq cartes et à la variante plus nouvelle à sept cartes et je pensais qu'il avait plusieurs fois gagné de l'argent sur des coups de bluff pleins d'aplomb que j'aurais moi-même hésité à essayer.

J'ai remarqué une chose : quoiqu'il ait beaucoup bu — au

moment où French s'apprêtait à distribuer la dernière donne, il avait ingurgité presque toute une bouteille de scotch — il n'a pas bredouillé une seule fois, son habileté aux cartes ne s'est jamais trouvée en défaut et son étrange obsession de ne pas toucher les mains ne s'est nullement relâchée. Lorsqu'il gagnait le pot il ne le touchait pas si quelqu'un avait des marques, de la monnaie ou des jetons à ajouter. A un moment, comme Davidson avait posé son verre tout près de son coude, Brower a reculé brusquement en sursautant et presque renversé son propre verre. Baker a eu l'air surpris, mais Davidson n'a pas fait un seul commentaire.

Quelques minutes auparavant, Jack Wilden avait expliqué qu'il devait, dans la matinée, partir en voiture pour Albany et que ce serait son dernier tour de table. C'était à French de distribuer et il a demandé que l'on joue avec sept cartes.

Je me souviens de ce dernier coup comme de mon propre nom, alors que j'aurais du mal à dire ce que j'ai pris hier au déjeuner et avec qui j'ai mangé. Les mystères de l'âge, je suppose, mais je pense que si l'un d'entre vous, messieurs, s'était trouvé là il s'en souviendrait lui aussi.

J'avais reçu deux cœurs à l'envers sur la table et un retourné. J'ignore ce qu'avaient Wilden et French, mais le jeune Davidson avait l'as de cœur et Brower le dix de pique. Davidson a misé deux dollars — nous avions fixé la limite à cinq — et on a procédé à une nouvelle distribution. J'ai eu un cœur, ce qui faisait quatre, Brower un valet de pique qui allait avec son dix. Davidson a hérité d'un trois qui ne semblait pas améliorer son jeu ; il a pourtant ajouté trois dollars dans le pot. « Dernier tour, s'est-il exclamé joyeusement. Pariez donc, les gars ! Je connais une dame qui aimerait sortir en ville avec moi, demain soir ! »

Je ne pense pas que j'aurais cru un diseur de bonne aventure s'il m'avait prédit que cette phrase reviendrait bien souvent me hanter à mes moments perdus, et cela jusqu'à aujourd'hui même.

French a effectué la troisième donne. Je n'ai rien reçu pour compléter ma quinte flush mais Baker qui était le grand perdant, a obtenu de quoi compléter une paire — des rois, il me semble. Brower venait d'avoir un deux de carreau qui ne semblait mener nulle part. Baker a parié le maximum sur sa paire et Davidson relancé de cinq. Tout le monde est resté dans le jeu et la dernière donne a eu lieu. J'ai reçu le roi de cœur, ce qui a complété ma couleur. Baker a transformé sa paire en brelan et Davidson a eu un deuxième as qui lui a fait légèrement briller les yeux. Brower a reçu une reine de trèfle et je ne comprenais vraiment pas pourquoi il restait dans le jeu. Ses cartes semblaient aussi mauvaises que toutes celles qu'il avait tenues en main depuis le début de la soirée.

Les enjeux ont commencé à s'emballer. Baker a posé cinq dollars, Davidson a relancé de cinq, Brower a égalisé. Jack Wilden s'est écrié : « J'ai l'impression que ma paire ne fait pas tout à fait le poids », et il a déclaré forfait. J'ai égalisé et relancé de cinq. Baker a égalisé et relancé à nouveau.

L'énumération de toutes les relances serait fastidieuse. Je vous préciserai simplement qu'il avait été décidé une limite de trois relances par joueur et que Baker, Davidson et moi avons fait chacun à trois reprises une relance de cinq dollars. Brower se contentait d'égaliser et de relancer, très attentif à ce que toutes les mains soient loin du pot quand il y mettait son argent. Et il y avait beaucoup d'argent — un peu plus de deux cents dollars — lorsque French nous a distribué la dernière carte fermée.

Il y a eu un silence pendant que nous regardions tous, encore que cela n'ait eu aucune importance pour moi ; j'avais ma donne et d'après ce que je pouvais voir sur la table, elle était bonne. Baker a misé cinq dollars, Davidson a relancé et nous avons attendu pour voir ce qu'allait faire Brower. Son visage était légèrement rougi par l'alcool, il avait retiré sa cravate et déboutonné le second bouton de sa chemise mais semblait assez calme. « Je suis... et je relance de cinq », a-t-il annoncé.

J'ai légèrement sursauté car j'étais persuadé qu'il allait abandonner. Cependant, les cartes me poussaient à croire que je devais jouer pour gagner, et j'ai relancé de cinq. Nous jouions sans limites du nombre de relances que pouvait faire un joueur sur la dernière carte et le pot a gonflé extraordinairement. Je me suis arrêté le premier, me contentant d'égaliser car j'étais de plus en plus sûr que l'un des autres devait avoir en main le grand jeu. Baker s'est arrêté ensuite, son regard passant de la paire d'as de Davidson à la main hétéroclite et mystificatrice de Brower. Baker n'était pas suffisamment bon pour sentir qu'il y avait quelque chose dans l'air.

A eux deux, Davidson et Brower ont fait monter au moins dix fois encore les enjeux, peut-être plus. Baker et moi étions entraînés, incapables d'abandonner les sommes importantes que nous avions investies. Nous avions tous épuisé nos jetons et les billets flottaient sur l'énorme tas de plaques.

« Eh bien, a lancé Davidson, à la suite de la dernière relance de Brower, je pense que je vais simplement égaliser. Si vous nous avez bluffés tout du long, Henry, je vous félicite. Mais je suis sûr de vous battre et Jack doit faire un long voyage demain. »

Sur ce, il a posé un billet de cinq dollars au sommet du tas et s'est écrié :

« J'appelle ! »

Je ne sais pas ce qu'ont éprouvé les autres, mais pour ma part, j'ai ressenti un réel soulagement sans grand rapport avec l'énorme somme d'argent que j'avais engagée dans la partie. Le jeu avait tourné au traquenard et si, le cas échéant, Baker et moi avions les moyens de perdre, il n'en allait pas de même pour Jase Davidson. Il était actuellement sans emploi et vivait d'un fonds de dépôts — pas bien gros — légué par sa tante. Quant à Brower... que représentait pour lui une telle perte ? N'oubliez pas, messieurs, qu'à ce moment-là, il y avait plus de mille dollars sur la table.

Là-dessus, George s'arrêta. Sa pipe s'était éteinte.

— Et alors, que s'est-il passé ? demanda Adley en se penchant en avant. Ne vous moquez pas de nous, George. Nous sommes tous sur les charbons ardents. Poussez le feu ou éteignez-le.

— Un peu de patience, répondit George, impassible.

Il sortit une nouvelle allumette, la gratta sur la semelle de sa chaussure et tira sur sa pipe. Nous attendîmes avec une attention soutenue, sans dire un mot. Dehors le vent gémissait et hululait dans les gouttières.

Quand sa pipe rougeoya et que tout lui sembla au point, George reprit :

— Comme vous le savez, les règles du poker stipulent que celui à qui l'on a dit « j'appelle » doit étaler son jeu le premier. Mais Baker était trop impatient de mettre un terme à cette insupportable tension ; il a tiré l'une de ses trois cartes retournées et a montré quatre rois.

« Je suis battu, ai-je dit. Carré. »

« Je fais mieux », a lancé Davidson à Baker et il nous a montré deux de ses cartes retournées.

Deux as, ce qui faisait quatre.

« Sacrément bien joué. »

Et il s'est mis à ramener vers lui l'énorme pot. « Attendez », a interrompu Brower.

Il n'avait pas tendu la main pour arrêter celle de Davidson comme auraient fait la plupart des gens, mais sa voix avait suffi. Davidson s'est arrêté pour le regarder et sa mâchoire s'est affaissée... littéralement, elle s'est *affaissée* comme si tous ses muscles à cet endroit-là s'étaient liquéfiés. Brower avait retourné ses cartes, *toutes les trois*, pour dévoiler une quinte, du huit à la reine.

« Je pense que vos as sont battus », a-t-il dit poliment.

Davidson a rougi puis pâli.

« Oui, a-t-il articulé lentement comme s'il découvrait cette règle pour la première fois. Oui, en effet. »

Je donnerais cher pour connaître les motivations qui ont poussé Davidson à ce qui a suivi. Il savait l'aversion extrême de Brower pour tout contact ; celui-ci l'avait manifestée ce soir-là de cent manières différentes. Peut-être Davidson l'avait-il tout simplement oubliée, dans son désir de montrer à Brower (et à nous tous) qu'il pouvait encaisser ses pertes au jeu et savait prendre d'une manière sportive un revers aussi grave que celui-ci. Je vous ai dit qu'il tenait un peu du jeune chiot et un tel geste était certainement bien dans son caractère. Mais les jeunes chiots peuvent parfois mordiller quand on les provoque. Ce ne sont pas des tueurs — un jeune chien ne cherche pas la gorge ; mais nombreux sont ceux qui se sont retrouvés avec des points de suture aux doigts pour avoir trop longtemps agacé un petit chien avec une pantoufle ou un os en caoutchouc. Ça aussi c'était bien dans le caractère de Davidson, tel que je me souviens de lui.

Je donnerais, assurément, beaucoup pour savoir... mais ce qui compte, c'est le résultat, je suppose.

Lorsque Davidson a retiré ses mains du pot, Brower a avancé les siennes pour s'en emparer. Au même moment, le visage de Davidson a été coloré par une sorte de chaleureuse camaraderie, il a saisi la main de Brower sur la table et lui a donné une vigoureuse poignée de main.

« Jeu époustouflant, Henry, vraiment époustouflant. Je ne crois pas avoir jamais... »

Brower l'a interrompu par un cri aigu aux accents féminins, un cri effrayant dans le silence déserté de la salle de jeu et il a bondi en arrière. Jetons et argent sont tombés en cascade de tous côtés alors que la table vacillait et se renversait presque.

Nous étions tous pétrifiés par la tournure qu'avaient soudain pris les événements et quasi incapables de bouger. Brower s'est éloigné de la table en titubant, les mains tendues devant lui, telle une version masculine de Lady Macbeth. Il était pâle comme un mort et la terreur noire inscrite sur son visage était au-delà de tout ce que je pourrais décrire. J'ai senti une onde d'effroi me parcourir comme je n'en avais jamais ressenti avant ni depuis, même pas lorsque l'on m'avait apporté le télégramme annonçant la mort de Rosalie.

Puis il s'est mis à gémir. C'était une plainte horrible, sourde, cryptique, je me souviens d'avoir pensé : *Mon Dieu, cet homme est complètement fou ;* puis, il a crié une chose tout à fait étrange : « Le contact... j'ai laissé le contact sur la voiture... Ô, mon Dieu, je suis tellement désolé ! » Et il a dégringolé quatre à quatre les escaliers vers l'entrée principale.

C'est moi qui ai réagi le premier. J'ai bondi de ma chaise et me suis lancé à sa poursuite, laissant Baker, Wilden et Davidson autour de l'énorme tas d'argent qu'avait gagné Brower. Ils ressemblaient à de graves statues incas montant la garde autour d'un trésor tribal.

La porte d'entrée battait encore d'avant en arrière et quand j'ai surgi dans la rue j'ai tout de suite aperçu Brower debout au bord du trottoir, attendant vainement un taxi. Quand il m'a vu il s'est recroquevillé d'une façon si misérable que je n'ai pu m'empêcher d'être étreint par un sentiment de pitié mêlé d'ébahissement.

« Hé, me suis-je écrié, attendez ! je suis désolé de ce qu'a fait Davidson et je suis sûr qu'il n'était animé d'aucune mauvaise intention ; de toute façon, si vous devez partir à cause de cela, faites-le. Mais vous avez laissé une grosse somme d'argent et elle vous appartient. »

« Je n'aurais jamais dû venir, a-t-il gémi. Mais j'éprouvais un besoin de contacts humains tellement désespéré que je... je... »

Instinctivement, j'ai tendu la main pour le toucher — réaction la plus élémentaire d'un être humain envers un autre quand celui-ci est écrasé de chagrin — mais Brower a eu un mouvement de recul et il a hurlé :

« Ne me touchez pas ! Un, ce n'est donc pas assez ? Ô, Seigneur, pourquoi ne puis-je pas tout simplement mourir ? »

Il a soudain porté un regard fiévreux sur un chien errant efflanqué, à la fourrure miteuse et pelée, qui remontait l'autre côté de la rue dans le petit matin désert. La langue du roquet pendait et il marchait en boitillant sur trois pattes, d'un air las. Il était sans doute en quête de poubelles à renverser et à fouiller.

« Ça pourrait être moi, là-bas, a remarqué Brower d'un air pensif, comme s'il se parlait à lui-même. Fui de tous, obligé de marcher seul et ne pouvant s'aventurer au-dehors que lorsque tout être vivant est bien à l'abri derrière ses portes verrouillées. Chien paria ! »

« Allons ! me suis-je écrié, un rien sévère, car de tels propos sonnaient d'une façon quelque peu mélodramatique. Vous avez subi un méchant choc et de toute évidence il vous est arrivé quelque chose qui a mis vos nerfs à vif, mais pendant la guerre j'ai assisté à des milliers de scènes qui... »

« Vous ne me croyez pas, n'est-ce pas ? Vous pensez que je suis la proie d'une sorte d'hystérie, n'est-ce pas ? »

« Mon vieux, j'ignore totalement de quoi vous êtes la proie ou quelle est votre proie, mais ce dont je suis *sûr*, c'est que si nous restons ici, dans l'air humide de la nuit, nous allons tous les deux *attraper* la grippe. Alors, si vous vouliez bien retourner à l'intérieur avec moi — ne serait-ce que jusqu'au hall d'entrée, si vous préférez — je demanderais à Stevens de... »

Ses yeux étaient suffisamment fous pour me mettre extrêmement mal à l'aise. Ils ne recelaient plus la moindre lueur de bon sens et Brower me rappelait ces psychotiques traumatisés par les batailles que j'avais vu évacuer sur des brancards loin des lignes de front : écorces d'hommes gémissant et poussant des cris inarticulés, leurs effrayants yeux vides semblables à des nids-de-poule sur les chemins de l'enfer.

« Est-ce que ça vous intéresserait de voir comment un intouchable répond à un autre intouchable ? m'a-t-il demandé sans prêter la moindre attention à ce que je venais de dire. Alors, regardez et voyez ce que j'ai appris dans d'étranges ports d'escale ! »

Tout à coup, il a élevé la voix et s'est écrié avec autorité :
« Chien ! »

Le chien a dressé la tête, l'a regardé en roulant des yeux méfiants (l'un étincelait d'une sauvagerie féroce ; l'autre était voilé par la cataracte), a soudain obliqué et, de mauvaise grâce, a traversé la rue en boitillant jusqu'à l'endroit où se trouvait Brower.

Il n'avait aucune envie de s'approcher ; ça au moins, c'était évident. Il gémissait, grognait et serrait entre ses jambes le bout de ficelle pelée qui lui tenait lieu de queue ; il était néanmoins irrésistiblement attiré vers lui. Il est allé droit aux pieds de Brower, et il est resté là, couché sur le ventre, aplati, geignant et tremblant. Ses flancs décharnés se gonflaient et se dégonflaient comme un soufflet et son œil encore bon roulait horriblement dans son orbite.

Brower, avec un rire affreux et désespéré qui hante encore mes rêves, s'est accroupi près de lui.

« Voilà, a-t-il dit, vous voyez ? Il me reconnaît comme l'un des siens... et sait ce que je lui apporte ! »

Il a tendu la main vers le chien et le roquet a eu un grognement fort et lugubre. Il a montré les dents.

« Attention ! me suis-je écrié d'un ton sec. Il va vous mordre ! »

Brower ne m'a accordé aucune attention. Dans la lumière du réverbère son visage était livide, hideux, ses yeux semblables à des trous noirs brûlés dans du parchemin.

« Absurde, a-t-il gémi plaintivement, absurde. Je veux simplement lui serrer la main... comme votre ami me l'a serrée ! »

Tout à coup, il a attrapé la patte du chien et la lui a serrée. Le chien a poussé un horrible hurlement mais n'a pas fait un mouvement pour le mordre.

Brower s'est redressé vivement. Ses yeux semblaient s'être un peu éclaircis et si l'on exceptait sa pâleur excessive, il aurait très bien pu être à nouveau l'homme qui, la nuit précédente, avait offert courtoisement d'être notre partenaire de jeu.

« A présent, je m'en vais, a-t-il dit calmement. Veuillez m'excuser auprès de vos amis et leur dire que je suis désolé de m'être comporté comme un imbécile. Peut-être aurai-je la chance de... me racheter une autre fois. »

« C'est nous qui vous devons des excuses, ai-je répondu. Au fait avez-vous oublié l'argent ? Il y a plus de mille dollars. »

« Ah oui ! l'argent ! »

Et sa bouche s'est arrondie en l'un des sourires les plus amers que j'aie jamais vus.

« Ne vous faites aucun souci, si vous allez dans le hall d'entrée, ai-je dit. Si vous me promettez de ne pas bouger d'ici, je vous l'apporte. Vous êtes d'accord ? »

« Oui, a-t-il répondu. Si vous y tenez. (Il a regardé, pensif, le chien qui gémissait à ses pieds.) Peut-être aimerait-il me suivre jusque chez moi pour faire, une fois dans sa vie misérable, un repas digne de ce nom. »

Et le sourire amer a réapparu.

Alors, avant qu'il ne change d'avis, je l'ai quitté et suis descendu au sous-sol.

Quelqu'un, Jack Wilden sans doute — c'était un homme ordonné —, avait échangé les plaques pour des billets qu'il avait rangés en liasses soigneuses au centre du tapis vert. Aucun d'eux n'a prononcé un mot pendant que je les ramassais. Baker et Jack Wilden fumaient sans rien dire ; Jason Davidson baissait la tête et fixait ses pieds. Son visage exprimait la détresse et la honte. Comme je retournais vers l'escalier je lui ai effleuré l'épaule et il m'a regardé avec gratitude.

Quand je me suis retrouvé une nouvelle fois dans la rue, celle-ci était parfaitement déserte. Brower avait disparu. Je suis resté là, un paquet de billets de banque dans chaque main, me tournant en vain de tous côtés, mais il n'y avait âme qui vive. J'ai appelé une fois, à tout hasard, au cas où il se serait tenu dans l'ombre non loin de là, mais il n'y eut pas de réponse. Tout à coup, mon regard s'est posé sur le sol. Le chien errant était toujours là mais c'en était fini de son existence de fouilleur de poubelles. Il était mort et bien mort. Par colonnes, puces et tiques abandonnaient son corps. J'ai fait un bond en arrière, écœuré, et en même temps empli d'une terreur étrange, irréelle. J'ai eu l'intuition que je n'en avais pas encore fini avec Henry Brower, et celle-ci s'est vérifiée ; mais je ne l'ai jamais revu.

Le feu dans l'âtre avait agonisé en traînées rougeoyantes et le froid avait commencé à sortir de l'ombre, mais il n'y eut pas un mot ni un geste pendant que George allumait une nouvelle fois sa pipe. Il soupira, recroisa les jambes, faisant craquer ses vieilles jointures et il reprit :

— Inutile de dire que tous les autres ayant participé au jeu étaient unanimes : nous devions trouver Brower et lui donner son argent. Je suppose que certains pourraient trouver que nous étions idiots de penser ainsi, mais c'était une époque pleine d'honneur. Quand il est parti, Davidson avait une horrible peur au ventre ; j'ai tenté de le prendre à part pour lui dire un ou deux mots de réconfort, mais il a simplement hoché la tête et est sorti en traînant le pas. Je l'ai laissé partir. Il verrait tout cela d'un autre œil après une bonne nuit de sommeil et nous pourrions nous mettre ensemble à la recherche de Brower. Wilden s'absentait quelque temps et Baker était pris par une série d'activités sociales. Je pensais que ce serait un bon moyen pour Davidson de reprendre confiance en lui. Mais quand je suis passé par chez lui le lendemain matin, il n'était pas encore levé. J'aurais pu le réveiller, mais il était jeune et j'ai décidé de le laisser dormir le restant de la matinée pendant que je décortiquais quelques faits. J'ai d'abord appelé ici, et j'ai parlé au...

Il se tourna vers Stevens, et leva un sourcil.

— A mon grand-père, monsieur, rappela Stevens.

— Merci.

— Je vous en prie, monsieur, à votre service.

— J'ai parlé au grand-père de Stevens. En fait, je lui ai parlé à l'endroit précis où se tient à présent Stevens. Il m'a dit que Raymond Greer, un homme que je connaissais vaguement, avait dit du bien de Brower. Greer travaillait à la chambre de commerce de la ville et je me suis immédiatement rendu à son bureau dans le Flatiron Building. Il était là et m'a reçu sur-le-champ. Quand je lui ai raconté ce qui s'était produit la nuit précédente, une expression faite à la fois de pitié, d'angoisse et de frayeur a assombri son visage.

« Pauvre vieil Henry ! s'est-il exclamé. Je savais que ça devait arriver, mais je n'aurais jamais cru que ce serait si rapide. »

« Quoi ? » ai-je demandé.

« Sa dépression, a répondu Greer. Tout a commencé durant son année à Bombay et je crois que personne mis à part Henry ne connaîtra jamais toute l'histoire. Mais je vais vous raconter ce que j'en sais. »

Ce que Greer m'a raconté ce jour-là dans son bureau a accru à la fois ma sympathie et ma compréhension. J'ai appris qu'Henry Brower avait été malencontreusement impliqué dans une réelle tragédie. Et comme dans toute tragédie classique, elle était née d'un défaut aux conséquences fatales : dans le cas de Brower, la négligence.

En tant que membre du groupe d'études sur les échanges commerciaux à Bombay, il avait bénéficié de l'utilisation d'une voiture, privilège rare là-bas. Greer m'a dit que Brower prenait un plaisir quasi puéril à la conduire à travers les rues étroites et les ruelles de la ville, effrayant les troupes caquetantes de poulets et faisant tomber à genoux hommes et femmes pour des suppliques à leurs dieux païens. Il allait partout avec, attirant l'attention de tous et provoquant d'énormes rassemblements d'enfants en haillons qui le suivaient mais reculaient dès qu'il offrait de faire un tour dans ce merveilleux engin, ce qu'il ne manquait jamais de proposer. C'était une Ford A commerciale, et l'une des toutes premières voitures que l'on pouvait faire démarrer soit à la manivelle, soit en appuyant sur un bouton. N'oubliez surtout pas ce détail.

Un jour, Brower s'est rendu en voiture très loin à l'autre bout de la ville pour rencontrer un des grands pontes de l'endroit au sujet d'une éventuelle grosse commande de fil de jute. La Ford, grondant et pétaradant à travers les rues, avec le bruit d'un barrage d'artillerie au cœur de la bataille, attira l'attention habituelle et, bien entendu, des cohortes d'enfants la suivaient.

Brower devait dîner avec le patron de la manufacture, repas très formel et cérémonieux, et, installés sur une terrasse en plein air surplombant la rue grouillante, ils avaient à peine entamé le second plat quand le grondement familier, tapageur et hoquetant du moteur a retenti dans la rue, au milieu de hurlements et de cris aigus.

L'un des gamins les plus hardis — le fils d'un obscur saint homme — s'était hissé dans la voiture, convaincu que le dragon, quel qu'il soit, logé sous le capot de fer, ne pouvait pas être éveillé si l'homme blanc n'était pas au volant. Et Brower, absorbé par les proches négociations, avait laissé le contact.

On peut imaginer le gosse de plus en plus audacieux devant ses petits camarades, tripotant le rétroviseur, agitant le volant et imitant les bruits du klaxon. Chaque fois qu'il faisait un pied-de-nez au dragon logé sous le capot, il devait voir sur le visage des autres s'amplifier la crainte respectueuse.

Son pied avait dû enfoncer la pédale d'embrayage, peut-être pour prendre appui, au moment où il avait poussé le starter. Le moteur était chaud ; il avait démarré immédiatement. Dans sa terreur extrême, l'enfant avait dû réagir en retirant immédiatement le pied de la pédale, prêt à sauter dehors. Si la voiture avait été plus vieille ou en moins bon état, elle aurait calé. Mais Brower l'entretenait avec un soin scrupuleux et elle s'était mise à avancer, hoquetante et vrombissante. Brower s'était rué hors de la maison du fabricant juste à temps pour voir cela.

L'erreur fatale du gamin n'avait guère dû être plus qu'un accident. Peut-être dans ses efforts désespérés pour sortir avait-il heurté du coude le levier de vitesses. Peut-être l'avait-il tiré avec l'espoir éperdu que l'homme blanc jugulait ainsi le dragon pour l'endormir. Quoi qu'il en soit, c'était arrivé... c'était arrivé. L'auto avait pris une vitesse folle et avait dévalé la rue populeuse, grouillante, rebondissant sur balles et ballots, écrasant les cages d'osier du marchand d'animaux, mettant en miettes une charrette de fleurs. Elle avait foncé en rugissant le long de la pente vers le virage du bout de la rue, avait fait une embardée dans la courbe, s'était écrasée contre un mur de pierres et avait explosé en une boule de feu.

George fit passer sa pipe de bruyère d'un côté à l'autre de sa bouche.

— C'est tout ce qu'avait pu me dire Greer car c'est tout ce que Brower lui avait raconté d'un peu cohérent. Le reste était une sorte de discours confus sur la folie qu'il y avait à vouloir mêler deux cultures aussi différentes. Le père de l'enfant mort s'était bien sûr dressé face à Brower avant qu'il ne soit rappelé et lui avait jeté un cadavre de poulet à la figure. C'était une malédiction. Arrivé à ce point de son récit, Greer m'avait adressé un sourire qui signifiait que nous étions tous deux hommes du monde, avait allumé une cigarette et avait observé : « On parle toujours de malédiction dans ce genre d'affaire. Les misérables païens doivent à tout prix sauver les apparences. C'est une affaire de survie. »

« Quelle est la malédiction ? » avais-je demandé.

« Je pensais que vous l'auriez deviné, avait répondu Greer. Le père du garçonnet avait dit à Brower qu'un homme qui exerçait la sorcellerie sur un petit enfant ne méritait que le sort de paria, de hors-caste. Puis il avait ajouté que tout être vivant qu'il toucherait de sa main mourrait. Dans les siècles des siècles, amen », avait ricané Greer.

— Brower y a cru ?

— Greer pensait que oui. « N'oubliez pas que cet homme venait de subir un choc terrible. Et à présent, d'après ce que vous me dites, son obsession, loin de s'atténuer, s'est plutôt aggravée. »

« Pouvez-vous me donner son adresse ? »

Greer avait cherché dans ses dossiers et avait fini par en tirer une fiche.

« Je ne garantis pas que vous le trouverez là, avait-il ajouté. Bien entendu les gens se sont montrés réticents pour l'embaucher et je crois savoir qu'il ne roule pas sur l'or. »

En entendant ceci, je me suis senti envahi par la culpabilité. Greer me semblait un peu trop pompeux et un peu trop suffisant pour mériter d'entendre le peu que je savais sur Henry Brower. Mais, au moment de partir, quelque chose m'a poussé à dire :

« J'ai vu Henry Brower serrer la main à un cabot errant la nuit dernière. Un quart d'heure plus tard le chien était mort. »

« Vraiment ? Comme c'est intéressant ! » s'est-il exclamé en soulevant les sourcils, comme si ma remarque n'avait eu aucun rapport avec tout ce dont nous venions de parler.

Je me suis levé pour partir et m'apprêtais à serrer la main de Greer quand sa secrétaire a ouvert la porte du bureau.

« Je vous prie de m'excuser, vous êtes bien M. Gregson ? »

J'ai acquiescé.

« Un certain Baker vient tout juste d'appeler. Il vous demande de vous rendre immédiatement au 23 de la 19ᵉ Rue. »

J'ai eu un tressaillement de peur car une fois déjà ce jour-là j'étais allé là-bas... C'était l'adresse de Jason Davidson. Quand j'ai quitté le bureau de Greer il était en train de reprendre sa pipe et le *Wall Street Journal*. Je ne l'ai jamais revu et ne considère pas cela comme une grosse perte. J'étais empli d'une appréhension bien particulière... une de celles qui ne se cristallisent cependant pas entièrement en une vraie peur avec un objet bien déterminé, parce que celui-ci est trop horrible, trop incroyable pour qu'on ose l'envisager vraiment.

J'interrompis ici son récit :

— Doux Jésus, George ! vous n'allez pas nous dire qu'il était mort ?

— Bel et bien mort, confirma George. Je suis arrivé presque en même temps que le médecin légiste. Sa mort était mise sur le compte d'une thrombose coronaire. Il aurait fêté son vingt-troisième anniversaire seize jours plus tard.

Les jours suivants, j'ai essayé de me convaincre qu'il ne s'agissait que d'une tragique coïncidence et qu'il valait mieux ne plus y penser. Je ne parvenais pas à dormir, même avec l'aide de mon fidèle ami M. Cutty Sark. J'ai essayé de me convaincre qu'il ne nous restait plus qu'à partager entre nous trois l'argent du pot de cette nuit-là et à oublier jusqu'à l'irruption même d'Henry Brower dans notre vie. Mais je n'y suis pas parvenu. Au lieu de cela j'ai fait émettre un chèque au porteur du montant de la somme en question et me suis rendu à l'adresse que m'avait indiquée Greer, à Harlem.

Il n'était pas là. L'adresse laissée pour la réexpédition de son courrier était celle d'un appartement de l'East Side, dans un quartier un peu moins prospère mais néanmoins bâti de maisons de grès. Il avait quitté ce logement un bon mois avant la partie de poker et la nouvelle adresse était dans l'East Village, une zone de taudis.

Le gardien de l'immeuble, un homme maigre flanqué d'un énorme molosse noir qui grondait à ses pieds, m'apprit que Brower avait déménagé le 3 avril, le lendemain de notre partie. Je lui demandai son adresse ; il rejeta la tête en arrière et poussa un gloussement criard qui lui tenait apparemment lieu de rire.

« La seule adresse qu'y donnent quand y part' d'ici c'est l'enfer, chef. Mais quèqu' fois en ch'min y s'arrêtent d'abord au Bowery. »

Le Bowery était vraiment en ce temps-là ce que seuls les étrangers à la ville imaginent qu'il est aujourd'hui : l'abri des sans-abri, le dernier arrêt d'hommes sans visage pour qui seules comptent encore une autre bouteille de mauvais vin ou une autre ligne de cette poudre blanche qui provoque de longs rêves. J'y suis allé. A cette époque il y avait des dizaines d'hôtels borgnes, quelques missions de bienfaisance accueillant pour la nuit les ivrognes et des centaines de ruelles où cacher un vieux matelas infesté de poux. J'ai vu une foule d'hommes, dont il ne restait guère plus que l'enveloppe, rongés par la boisson et la drogue. On ne connaissait ni n'employait aucun nom. Lorsqu'un homme a touché le fond, le foie miné par l'alcool de bois, une plaie ouverte et suppurante en guise de nez à force de sniffer de la cocaïne et de la potasse, les doigts rongés par le gel, les dents pourries dont il ne reste que des chicots noirs, il n'a plus besoin d'un nom. Mais j'ai décrit, sans succès, Henry Brower à tous ceux que j'ai rencontrés. Les tenanciers de bar secouaient la tête et haussaient les épaules. Les autres fixaient le sol et poursuivaient leur chemin.

Je ne l'ai pas trouvé ce jour-là, ni le lendemain, ni le surlendemain. Au bout de deux semaines, j'ai parlé à un homme qui m'a dit qu'un type comme ça avait logé au Devarney's Rooms trois nuits plus tôt.

Je m'y suis rendu ; ça n'était qu'à deux pâtés de maisons de la zone que j'avais explorée. L'homme assis à la réception était un vieillard bourru, au crâne chauve et pelé et aux yeux chassieux et luisants. Sur la fenêtre maculée de chiures de mouches qui donnait sur la rue, un panneau annonçait des chambres à dix cents la nuit. Tout le temps où je lui ai décrit Brower, le vieil homme a hoché la tête. Quand j'ai eu fini, il a dit :

« J' le connais, jeune meûssieur. J' le connais bien. Mais j' peux pas m' rapp'ler... J'ai les idées bien pus nettes avec un dollar d'vant les yeux. »

J'ai sorti un dollar et il l'a fait disparaître en un tour de main, en dépit de son rhumatisme articulaire.

« Il était ici, jeune meûssieur, mais il est parti. »

« Savez-vous où ? »

« J' m'en rappel' pas bien, a-t-il répondu. J' pourrais p't'être bien pourtant avec un dollar d'vant les yeux. »

J'ai sorti un second billet qu'il a fait disparaître aussi vivement que le premier. Sur ce, quelque chose de délicieusement drôle a semblé le frapper et une toux rauque et tuberculeuse s'est arrachée de sa poitrine.

« Vous vous êtes bien diverti, ai-je dit, et vous en avez tiré un bon prix. A présent savez-vous où se trouve cet homme ? »

Le vieil homme a éclaté d'un nouveau rire joyeux.

« Oui... Potter's Field est sa nouvelle résidence ; l'éternité est la longueur de son bail ; et le diable son compagnon de chambre. Qu'est-ce que vous dites de ça, jeune meûssieur ? Il a dû mourir hier matin car quand je l'ai trouvé à midi, il était encore chaud et craquant. Assis droit comme un piquet près d' la f'nêtre, qu'il était. J'étais monté pour qu'i m' donne ses dix cents pour la nuit ou lui assigner la porte. En fait, c'est la ville qui lui a assigné deux mètres de terre. »

Cette dernière réflexion a provoqué un nouvel accès de joie sénile.

« Avez-vous remarqué quelque chose d'inhabituel ? ai-je demandé, sans oser m'interroger sur le sens de ma propre question. Quelque chose d'extraordinaire ? »

« J' pens' que j' me souviens d' qu'qu' chose... voyons voir... »

J'ai sorti un dollar pour l'aider à retrouver la mémoire, mais cette fois celui-ci n'a suscité aucun rire, même s'il a disparu avec la même célérité.

« Oui, y avait qu'qu' chose de vraiment bizarre, a dit le vieillard. J'ai assez souvent appelé pour eux le corbillard de la ville pour savoir. Seigneur Jésus, si j' lai ap'lé souvent ! J' les ai trouvés suspendus au portemanteau d' la porte, j' les ai trouvés raides dans leur lit, j' les ai trouvés sur l'escalier de secours en janvier, une bouteille entre les genoux, gelés et aussi bleus que l'Atlantique. J'ai même trouvé un mec qui s'était noyé dans le lavabo, encore que ça remonte à plus de trente ans. Mais ce type, assis droit comme un piquet dans son costume marron, comme un aristo des beaux quartiers, avec ses cheveux bien peignés. L'avait attrapé son poignet droit avec sa main gauche, voilà c' qu'il avait fait. J'en ai vu de toutes sortes, mais c'est l' seul qu' j'aie jamais vu mourir en se serrant lui-même la main. »

Je suis parti et j'ai marché jusqu'aux docks ; les derniers mots du vieil homme semblaient passer et repasser sans cesse dans ma tête comme un disque rayé. *C'est l' seul qu'j'aie jamais vu mourir en se serrant lui-même la main.*

J'ai marché jusqu'au bout d'un des quais, à l'endroit où l'eau grise et sale vient lécher les piliers encroûtés. Et là, j'ai déchiré en mille morceaux le chèque au porteur et l'ai jeté dans l'eau.

George Gregson bougea et se racla la gorge. Le feu avait agonisé et il n'en restait plus que des braises hésitantes ; le froid envahissait la salle de jeu déserte. Les tables et les chaises semblaient fantomatiques et irréelles, comme des meubles aperçus dans un rêve où se mêlent passé et présent. Les flammes soulignaient d'une sombre lueur orange les lettres gravées sur la clef de voûte de la cheminée : C'EST LE RÉCIT, PAS LE RÉCITANT QUI RACONTE.

— Je ne l'ai vu qu'une seule fois et une fois a suffi ; je n'ai jamais oublié. Mais cette histoire m'a permis de sortir de ma propre période d'affliction, car celui qui bénéficie de la présence de ses frères humains n'est pas complètement seul.

— Si vous vouliez bien m'apporter mon manteau, Stevens, je crois que je trottinerais jusque chez moi ; je me suis attardé bien après mon heure de coucher habituelle.

Quand Stevens le lui eut apporté, George sourit et désigna un petit grain de beauté juste en dessous du coin gauche de la bouche de celui-ci.

— La ressemblance est vraiment remarquable, vous savez ; votre grand-père avait un grain de beauté exactement au même endroit.

Stevens sourit mais ne répondit pas. George sortit et peu après, nous en fîmes tous autant.

Sables

Le vaisseau fédéral ASN/29 tomba du ciel et s'écrasa sur le sol. Au bout d'un moment deux hommes glissèrent de son crâne fendu, comme des cervelles. Ils marchèrent un peu, s'arrêtèrent casque sous le bras, et observèrent l'endroit où ils avaient échoué. C'était une plage qui n'avait pas besoin d'océan : elle était son propre océan ; une mer de sable sculptée, une mer en instantané noir et blanc figée pour toujours en creux et bosses et toujours plus de creux et de bosses.

Des dunes.

Des basses, des escarpées, des régulières, des plissées. Des dunes au sommet en lame de couteau, des dunes au sommet plat, des dunes au sommet irrégulier qui avaient l'air de dunes empilées sur des dunes : dunes-dominos.

Des dunes mais pas d'océan.

Les vallées constituées par les creux entre ces dunes serpentaient en un noir dédale de galeries de rats. Si l'on regardait ces lignes tortueuses suffisamment longtemps on pouvait croire qu'elles formaient des mots : mots noirs errant sur les dunes blanches.

— Foutre merde, lança Shapiro.
— Amène ton cul, dit Rand.

Shapiro commença à cracher puis il se ravisa. La vue de tout ce sable l'incita à se raviser. Ça n'était peut-être pas le moment de gaspiller l'humidité. A demi enseveli sous le sable, ASN/29 n'avait plus l'air d'un oiseau à l'agonie ; il ressemblait à une courge qui s'est brisée et dévoile un intérieur pourri. Un incendie s'était déclaré. Les réservoirs à essence de tribord avaient tous explosé.

— Dommage pour Grimes, déclara Shapiro.
— Ouais.

Les yeux de Rand erraient toujours sur la mer de sable, allant jusqu'à la ligne d'horizon, puis revenaient.

C'était dommage pour Grimes. Grimes était mort. Grimes n'était plus que morceaux, gros et petits, dans la réserve arrière. Shapiro y avait jeté un coup d'œil et avait pensé : *on dirait que Dieu a décidé de manger Grimes, a découvert qu'il n'avait pas bon goût et l'a recraché.* C'en avait été trop pour l'estomac de Shapiro. Ça et la vision des dents de Grimes disséminées sur le sol du compartiment.

Shapiro attendait à présent que Rand dise quelque chose d'intelligent mais Rand restait silencieux. Ses yeux parcouraient les dunes, suivaient entre elles les sinuosités en ressort d'horloge des creux profonds.

— Hé ! s'écria finalement Shapiro. Qu'allons-nous faire ? Grimes est mort ; c'est toi le chef. Qu'allons-nous faire ?

— Faire ? (Les yeux de Rand allaient et revenaient, allaient et revenaient sur la paix des dunes. Un vent sec et régulier soulevait le col caoutchouté de sa combinaison de la Protection de l'environnement.) Si tu n'as pas de ballon de volley, je ne sais pas.

— Qu'est-ce que tu racontes ?

— N'est-ce pas ce que l'on fait à la plage ? demanda Rand. Jouer au volley ?

Shapiro s'était égaré de nombreuses fois dans l'espace et il avait presque connu la panique lorsque le feu s'était déclaré ; à présent, en regardant Rand, il percevait une terreur telle qu'elle le dépassait.

— C'est immense, déclara Rand d'un air rêveur, et pendant un instant Shapiro pensa que Rand parlait de sa peur à lui, Shapiro. Une plage foutrement grande. Un truc comme ça, ça peut ne pas avoir de fin. On pourrait faire cent cinquante kilomètres à pied avec sa planche à voile sous le bras et en être toujours au point de départ, ou presque, avec rien derrière soi à part six ou sept traces de pas. Et si on s'arrêtait cinq minutes, les six ou sept dernières traces auraient, elles aussi, disparu.

— As-tu obtenu un compscan topographique avant que nous ne tombions ?

Il décida que Rand était en état de choc. Rand était en état de choc mais Rand n'était pas fou. Il pourrait donner une pilule à Rand si c'était nécessaire. Et si Rand continuait à débloquer il lui ferait une piqûre.

— Est-ce que tu as regardé où sont...

— Quoi ? lança Rand en lui jetant un bref regard.

Les vertes vallées. C'est ce qu'il avait failli dire. On aurait cru une citation tirée des Psaumes, et il n'avait pas pu achever. Le vent faisait résonner un carillon d'argent dans sa bouche.

— Quoi ? demanda à nouveau Rand.

— Compscan ! *Compscan !* hurla Shapiro. T'as jamais entendu parler de compscan, espèce de débile ? A quoi ça ressemble ici ? Où se trouve l'océan qui borne cette foutue *plage* ? Où sont les lacs ? Où est la ceinture verte la plus proche ? Dans quelle direction ? Où est donc la fin de cette plage ?

— La fin ? Oh, je vois. Elle n'a pas de fin. Pas de ceinture verte, pas de calottes de glace. Pas d'océan. C'est une plage en quête d'océan, mon pote. Des dunes et des dunes et des dunes et ceci sans fin.

— Alors, qu'est-ce qu'on va faire pour l'eau ?

— On peut rien faire.

— Le vaisseau... il est hors d'usage !

— *T'as tout pigé, Sherlock.*

Shapiro se tut. A présent, c'était se taire ou piquer une crise d'hystérie. Il avait l'impression — presque la certitude — que s'il **se** laissait aller à l'hystérie, Rand continuerait à contempler les **dunes** jusqu'à ce que lui, Shapiro, trouve une solution, ou jusqu'à **ce** qu'il n'en trouve pas.

Comment appelle-t-on une plage sans fin ? Eh bien on appelle ça un désert ! Le plus grand désert de merde de l'univers, n'est-ce pas ?

Dans sa tête repassait la réponse de Rand : *t'as tout pigé, Sherlock.* Shapiro resta quelques instants immobile à côté de Rand, à attendre que l'homme se réveille, qu'il *fasse* quelque chose. Au bout d'un moment il perdit patience. Il commença à redescendre, glissant et trébuchant, le flanc de la dune sur laquelle ils avaient dû monter pour regarder autour d'eux. Il sentait le sable aspirer ses bottes. *J' veux t'engloutir*, Bill, croyait-il entendre dire le sable. Dans sa tête résonnait la voix sèche et éraillée d'une femme âgée mais encore terriblement forte. *J' veux t'engloutir ici même et te faire un gros... un énorme câlin.*

Ça lui rappela comment, à la plage, ils se laissaient enterrer jusqu'au cou l'un après l'autre lorsqu'il était gosse. A l'époque, c'était amusant... aujourd'hui ça lui faisait peur. Il chassa alors cette voix — ce n'était pas le moment d'évoquer des souvenirs, nom de Dieu, non — et se mit à avancer sur le sable à hautes enjambées courtes et saccadées, essayant inconsciemment de gâcher la perfection symétrique de ses pentes et de sa surface.

— Où vas-tu ?

Pour la première fois la voix de Rand était chargée d'une note de conscience et d'inquiétude.

— La balise de détresse, répondit Shapiro. Je vais la mettre en marche. Nous sommes dans un couloir de circulation pour lequel existent des cartes. On sera repérés, captés. Ce n'est qu'une question de temps. Je sais que nos chances sont merdiques, mais peut-être que quelqu'un viendra avant que...

— La balise de détresse est en bouillie, interrompit Rand. Ça s'est produit pendant la descente.

— Peut-être est-elle réparable, répondit Shapiro par-dessus son épaule.

Il franchit le seuil de l'écoutille en baissant la tête et se sentit réconforté malgré les odeurs — câbles grillés et bouffée amère de fréon gazeux. Il se dit qu'il se sentait réconforté parce qu'il avait pensé à la balise de détresse. Aussi misérable soit-elle, elle offrait un peu d'espoir. Pourtant ce n'était pas d'avoir pensé à la balise de détresse qui l'avait réconforté ; si Rand avait affirmé qu'elle était foutue, elle était très probablement foutue. Mais il ne voyait plus les dunes... il ne voyait plus cette immense plage sans fin.

C'est *cela* qui le réconfortait.

Quand une nouvelle fois il se fut hissé avec peine au sommet de la première dune, haletant, les tempes battant sous l'effet de la chaleur sèche, il trouva Rand à la même place, regardant fixement, fixement, fixement. Une heure s'était écoulée. Le soleil était à la verticale au-dessus d'eux. Le visage de Rand était trempé de sueur. Elle perlait dans ses sourcils. Des gouttelettes coulaient le long de ses joues comme des larmes. D'autres gouttes ruisselaient le long des muscles de son cou et dans le col de la combinaison de la PE comme des gouttes d'huile incolore circulent dans les entrailles d'un androïde de bonne qualité.

Je l'ai traité de débile, pensa Shapiro avec un léger frisson, *Seigneur, c'est exactement à ça qu'il ressemble... pas à un androïde mais à un débile auquel on vient juste de faire, avec une longue aiguille, une injection dans le cou.*

Tout compte fait, Rand s'était trompé.

— Rand ?

Pas de réponse.

— La balise de détresse n'était pas foutue.

Une lueur vacilla dans les yeux de Rand. Puis, fixés sur les montagnes de sable, ils se vidèrent à nouveau d'expression. Tout d'abord, Shapiro les avait crues figées, mais en fait, il pensait qu'elles bougeaient. Le vent était incessant. Elles bougeaient sûrement. Sur des décades et des siècles elles devaient..., eh bien, elles devaient marcher. N'était-ce pas ainsi qu'on appelait les dunes sur une plage ? Dunes en marche ? Ça lui revenait comme un souvenir d'enfance. Ou d'école. De quelque part en tout cas, et puis, qu'est-ce que ça pouvait bien foutre ?

A ce moment même, il vit un délicat ruisselet de sable glisser le long du flanc de l'une d'entre elles. Comme si elle avait entendu.

(*entendu ce que je pensais*).

Nouvelle coulée de sueur à l'arrière du cou. C'est bon, il voyait un peu le topo. Qui ne l'aurait pas vu ? Ils étaient dans un sale pétrin, un très sale pétrin. Et Rand ne semblait pas s'en rendre compte... ou s'en soucier.

— Il y avait du sable à l'intérieur et un des circuits était fendu, mais il y en avait bien une soixantaine dans la boîte à malice de Grimes.

Est-ce qu'au moins il m'entend ?

— Je ne sais pas comment le sable a pénétré à l'intérieur... elle était exactement là où elle devait être, dans le compartiment de rangement, derrière la couchette, avec trois sas fermés mais...

— Oh, le sable se répand. Il s'insinue partout. Te souviens-tu quand, enfant, tu allais à la plage, Bill ? Quand tu rentrais à la maison, ta mère te disputait parce qu'il y avait du sable partout : Du sable sur le canapé, du sable sur la table de la cuisine, du sable au pied de ton lit : Le sable de la plage est (il esquissa un geste imprécis et ce sourire vague et troublant réapparut)... doué d'ubiquité. Mais ça ne l'a pas du tout abîmé, continua Shapiro. Le périphérique de sortie du système de secours tourne au ralenti et j'ai branché le nouveau circuit. J'ai coiffé les écouteurs une minute et j'ai demandé une lecture équivalant à cinquante parsecs. Ça faisait le même bruit qu'une scie électrique. C'est mieux que tout ce que nous aurions pu espérer.

— Personne ne viendra. Pas même les Beach Boys. Les Beach Boys sont tous morts depuis huit mille ans. Bienvenue à Surf City, Bill. Surf City *sans* surf.

Shapiro fixait les dunes. Il se demandait depuis combien de temps le sable était là. Un trillion d'années ? Un quintillion ? Y avait-il eu un jour de la vie ici ? peut-être même une créature douée d'intelligence ? des rivières ? de la végétation ? des océans qui en faisaient une vraie plage et non pas un désert ?

Shapiro se tenait à côté de Rand, la tête envahie par ces questions. Le vent incessant ébouriffait ses cheveux. Et brusquement il fut certain que tout cela avait bien existé ; il pouvait même s'en représenter la fin.

Le lent recul des villes alors que leurs voies d'eau et leurs régions périphériques recevaient d'abord quelques grains de sable, puis une vraie pluie pour enfin être recouvertes et étouffées par le sable rampant.

Il imaginait les boueux cônes d'alluvions d'un brun scintillant, tout d'abord luisants comme de la peau de phoque puis de plus en plus ternes au fur et à mesure qu'ils s'éloignaient de l'embouchure des rivières... de plus en plus loin, loin, jusqu'à se rejoindre. Il voyait la boue luisante comme de la peau de phoque devenir un marais envahi de roseaux, puis du till gris et sablonneux et enfin du sable blanc.

Il voyait les montagnes rapetisser comme des crayons que l'on taille, leur neige fondre au fur et à mesure que la montée du sable amenait des courants ascendants d'air chaud ; il voyait les derniers rochers escarpés pointant vers le ciel comme l'extrémité de doigts d'hommes ensevelis vivants ; il les voyait recouverts et immédiatement engloutis dans l'oubli par ces dunes profondément stupides.

Comment Rand avait-il dit déjà ?

Douées d'ubiquité.

Si c'est une vision que tu viens d'avoir, Billy-Boy, elle était foutrement horrible.

Oh mais non, elle ne l'était pas. Elle n'était pas horrible ; elle était apaisante. Elle était calme comme la sieste le dimanche après-midi. Peut-il y avoir quelque chose de plus paisible que la plage ?

Il chassa ces pensées. Ça aidait de regarder le vaisseau, en arrière.

— On ne nous enverra pas la cavalerie ; le sable nous recouvrira et au bout d'un moment nous serons le sable et le sable sera nous. Surf City sans surf... Tu comprends, Bill ?

Et Shapiro eut peur car il *comprenait*. Il n'était pas possible de voir toutes ces dunes sans comprendre.

— Saloperie de merde ! s'écria-t-il.

Il retourna au vaisseau.

Et se cacha de la plage.

Le soleil se coucha enfin. Moment où sur la plage — sur toute vraie plage — on arrête de jouer au volley, on met son pull pour aller chercher les nanas et la bière. Pas encore l'heure des petits câlins, mais presque. L'heure de jouir *à l'avance* des petits câlins.

Les nanas et la bière ne faisaient pas partie des réserves de l'ASN/29.

Shapiro avait passé l'après-midi à mettre soigneusement en bouteilles toute l'eau du vaisseau. Il avait utilisé un porta-vac pour aspirer ce qui s'était écoulé des canalisations rompues de la réserve d'eau du vaisseau et avait épongé le sol. Il avait récupéré le peu d'eau resté au fond du système hydraulique brisé du réservoir. Même le petit cylindre dans les boyaux du système de purification d'air qui pulsait l'air dans les zones de stockage n'avait pas été oublié.

A la fin, il s'était rendu dans la cabine de Grimes.

Grimes gardait des poissons rouges dans un bocal sphérique spécialement conçu pour l'apesanteur. Celui-ci, moulé en plastique polymère transparent résistant aux chocs, avait supporté la catastrophe sans problèmes. Les poissons, eux — tout comme leur propriétaire —, n'y avaient pas résisté. Ils flottaient, terne masse orange, à la surface de la boule qui était venue se loger sous la couchette de Grimes, à côté de trois sous-vêtements très crasseux et d'une demi-douzaine de cubes holographiques porno.

Il avait tenu un moment entre ses mains l'aquarium sphérique et avait regardé fixement à l'intérieur.

— Hélas, pauvre Yorick, je l'ai bien connu, s'était-il soudain écrié et il avait éclaté d'un rire tonitruant et éperdu.

Puis il avait pris l'épuisette que Grimes rangeait dans sa cantine et l'avait plongée dans le réservoir. Il en avait retiré les poissons et s'était demandé ce qu'il allait en faire. Au bout d'un moment il les avait portés près du lit de Grimes et avait soulevé l'oreiller.

Il y avait du sable dessous.

Il avait déposé les poissons sans nulle émotion puis il avait versé très soigneusement l'eau dans le jerricane qu'il utilisait pour la recueillir. Il faudrait la purifier, mais même si les purificateurs ne fonctionnaient pas, il avait pensé qu'au bout de quelques jours il n'hésiterait certainement pas à boire l'eau d'un aquarium juste parce qu'elle contenait peut-être quelques écailles et un peu de merde de poisson rouge.

Il avait purifié l'eau, l'avait partagée en deux et avait escaladé à nouveau la dune pour porter sa part à Rand. Celui-ci était toujours au même endroit, comme s'il n'avait absolument pas bougé.

— Rand, je t'apporte ta ration d'eau.

Il ouvrit la fermeture à glissière de la poche ventrale de la combinaison de la PE de Rand et y glissa la flasque de plastique plate. Il allait appuyer du bout du pouce pour la refermer lorsque Rand balaya son geste de la main. Il ressortit la flasque. Sur le devant était inscrit : FLASQUE N° 23196755 RÉSERVE DU VAISSEAU ASN STÉRILE TANT QUE LA CAPSULE EST INTACTE. La capsule n'était bien sûr plus intacte ; Shapiro avait dû remplir la flasque.

— J'ai purifié...

Rand écarta ses doigts. La flasque tomba sur le sable avec un bruit mou.

— J'en veux pas.

— Pas... Rand, qu'est-ce qui ne va pas ? Nom de Dieu, t'as pas bientôt fini ?

Rand ne répondit pas.

Shapiro se pencha et ramassa la flasque n° 23196755. Il balaya d'un revers de la main les grains de sable restés accrochés, comme s'il s'était agi d'énormes microbes bouffis.

— Qu'est-ce qui ne va pas ? répéta Shapiro. C'est le choc ? Tu crois qu' c'est ça ? Parce que je peux te donner une pilule... ou te faire une piqûre. Mais ça commence à me taper sur le système, si tu veux savoir. Toi en train de contempler les soixante kilomètres de vide que tu as devant les yeux ! C'est du sable ! Seulement *du sable*.

— C'est une plage, répondit Rand d'un air rêveur. Tu veux faire un château de sable ?

— Bon, ça va, déclara Shapiro, je vais aller chercher une aiguille et une ampoule de calmant. Si tu veux te comporter comme un débile profond, je vais te traiter comme on les traite...

— Si tu tentes de m'injecter quoi que ce soit tu as intérêt à être silencieux quand tu t'amèneras derrière moi, dit Rand avec douceur. Sinon je te casse le bras.

Il en était bien capable. Shapiro, l'astronavigateur, pesait soixante-cinq kilos et mesurait un mètre soixante-huit. Le corps à corps n'était pas sa spécialité. Il marmonna un juron, fit demi-tour et reprit le chemin du vaisseau, la flasque de Rand à la main.

— Je pense que ça vit, lança Rand. En fait, j'en suis presque sûr.

Shapiro se retourna vers lui puis regarda les dunes. Le soleil couchant avait orné d'un filigrane d'or leurs sommets lisses et élancés, un filigrane qui s'ombrait délicatement jusqu'à un noir d'ébène dans les creux ; sur la dune voisine l'ébène redevenait or. De l'or au noir. Du noir à l'or. De l'or au noir et du noir à l'or et de l'or au...

Shapiro cligna rapidement des yeux et se les frotta de la main.

— J'ai senti plusieurs fois cette dune bouger sous mes pieds, dit Rand à Shapiro. Elle bouge avec beaucoup de grâce. On dirait la marée. Je sens son odeur dans l'air, et c'est une odeur saline.

— Tu es piqué, déclara Shapiro.

Il était tellement terrifié qu'il avait l'impression que son cerveau était devenu de verre.

Rand ne répondit pas. Ses yeux parcouraient les dunes, qui passaient de l'or au noir à l'or au noir dans le soleil couchant.

Shapiro retourna au vaisseau.

Rand resta toute la nuit sur la dune et puis toute la journée suivante.

Shapiro regarda et le vit. Il avait enlevé sa combinaison de la PE et le sable l'avait presque recouverte. Une seule manche dépassait, pitoyable et suppliante. Le sable au-dessus et en dessous d'elle rappelait à Shapiro des lèvres aspirant avec une avidité édentée un morceau de quelque chose de tendre. Shapiro se sentit envahi par le désir fou de pelleter le flanc de la dune pour sauver le costume de Rand.

Il n'en fit rien.

Il s'assit dans sa cabine pour attendre le vaisseau de secours.

L'odeur de fréon s'était dissipée. Elle avait été remplacée par l'odeur encore moins plaisante du corps en décomposition de Grimes.

Le vaisseau de secours ne vint pas ce jour-là, ni cette nuit-là, ni le troisième jour.

D'une façon ou d'une autre du sable apparut dans la cabine de Shapiro, bien que le sas ait été fermé et que le joint d'étanchéité semblât parfaitement hermétique. Il aspira les petits tas de sable avec le porta-vac comme, le premier jour, il avait aspiré les petites flaques d'eau répandue.

Il avait constamment soif. Sa flasque était déjà presque vide.

Il avait l'impression de commencer à sentir du sel dans l'air ; dans son sommeil il entendait le cri des mouettes.

Et il entendait le sable.

Le vent incessant rapprochait la première dune du vaisseau. Sa cabine était encore utilisable — grâce au porta-vac — mais le sable envahissait déjà le reste. Des mini-dunes s'étaient introduites par les serrures éclatées et avaient pris possession de l'ASN/29. Le sable filtrait en vrilles et membranes à travers les bouches d'aération. Il s'amoncelait dans l'un des réservoirs éclatés.

Le visage de Shapiro était maintenant hâve et rugueux, ombré de barbe.

Le troisième jour, un peu avant le coucher du soleil, il grimpa sur la dune pour voir où en était Rand. Il envisagea d'emporter une piqûre hypodermique mais y renonça. C'était bien plus qu'un état de choc ; il en était sûr à présent. Rand était fou. Il vaudrait mieux qu'il meure rapidement. Et c'était apparemment exactement ce qui allait se produire.

Shapiro était hâve ; Rand était émacié. Son corps n'était plus qu'une brindille décharnée. Ses jambes, auparavant fortes et solides avec leurs muscles d'acier, étaient à présent molles et affaiblies. Leur peau pendait comme des chaussettes trop grandes qui ne cessent de glisser. Il n'était vêtu que de son slip en nylon rouge absurdement semblable à un maillot de bain qui moule les couilles. Une barbe légère avait commencé à ombrer son visage, couvrant d'un duvet ses joues et son menton creux. Sa barbe avait la couleur d'un sable de plage. Ses cheveux décolorés, auparavant d'un châtain terne, étaient désormais presque blonds. Ils pendaient sur son front. Seuls ses yeux, qui

scrutaient à travers sa frange avec une intensité d'un bleu perçant, vivaient encore pleinement. Ils observaient la plage.
(les dunes nom de Dieu les DUNES)
sans répit.
A présent, Shapiro s'apercevait d'un sale truc. C'était vraiment un très sale truc. Il se rendait compte que le visage de Rand était en train de se changer en dune de sable. Sa barbe et ses cheveux étouffaient sa peau.

— Tu vas mourir, commença Shapiro. Si tu ne viens pas jusqu'au vaisseau pour boire, tu vas mourir.

Rand ne répondit pas.

— C'est ce que tu désires ?

Rien. Il y avait le reniflement vide du vent, mais rien de plus. Shapiro vit que les plis du cou de Rand se comblaient de sable.

— La seule chose que je désire, répondit Rand d'une voix faible et lointaine comme le vent, ce sont mes cassettes des Beach Boys. Elles sont dans ma cabine.

— Va te faire foutre ! cria Shapiro, furieux. Mais tu sais ce que j'espère ? J'espère qu'un vaisseau va venir avant que tu ne meures. Je veux t'entendre brailler et hurler quand ils te tireront de ta putain de plage de merde. Je veux voir ce que tu feras alors !

— La plage finira par t'avoir toi aussi, dit Rand.

Sa voix était vide et elle résonnait comme le vent dans une courge brisée : une courge oubliée à la fin de la dernière récolte d'octobre.

— Écoute voir, Bill. Écoute la vague.

Rand redressa la tête. Sa bouche, à demi ouverte, laissait voir sa langue. Celle-ci était aussi fripée qu'une éponge sèche.

Shapiro entendit quelque chose.

Il entendit les dunes. Elles fredonnaient les rengaines du dimanche après-midi à la plage ; sieste sur la plage, vide de rêve. Longues siestes. Paix insouciante. Grincement du cri des mouettes. Particules mouvantes, aveugles. Dunes en marche. Il entendit... et fut irrésistiblement attiré. Attiré par les dunes.

— Tu entends, dit Rand.

Shapiro leva deux doigts et se les plongea dans le nez jusqu'à se faire saigner. Alors il put fermer les yeux ; il retrouva lentement et maladroitement ses esprits. Son cœur battait à tout rompre.

J'étais presque comme Rand. Seigneur !... elles ont failli m'avoir moi aussi !

Il ouvrit à nouveau les yeux et vit que Rand s'était changé en une conque marine reposant sur une longue plage déserte, tendue vers tous les mystères d'une mer vivante, contemplant les dunes et les dunes et les dunes.

Arrêtez, gémit Shapiro intérieurement.

Oh, mais écoute cette vague, répondit le murmure des dunes.

Contrairement à ce que lui dictait son bon sens, Shapiro écouta.

Puis il perdit son bon sens.

Shapiro pensa : *j'entendrais mieux si je m'asseyais.*

Il s'assit aux pieds de Rand, posa ses talons sur ses cuisses comme un Indien Yaqui et écouta.

Il entendit les Beach Boys et la chanson des Beach Boys parlait de joie, de joie, de joie. Il les entendit chanter que les filles à la plage sont toutes à votre portée. Il entendit...

... un soupir sourd du vent, pas dans son oreille, mais dans le canyon qui sépare l'hémisphère droit de l'hémisphère gauche du cerveau : il entendit ce soupir quelque part dans l'obscurité que franchit seulement le pont suspendu du corps calleux, celui qui relie la pensée consciente à l'infini. Il ne sentit plus ni la faim, ni la soif, ni la chaleur, ni la peur. Il entendit seulement cette voix dans le vide. Et un vaisseau surgit.

Il jaillit du ciel en piqué, la post-combustion laissant de droite à gauche une longue traînée orange. Un grondement de tonnerre ceintura les ondes delta du sol et plusieurs dunes s'affaissèrent comme les circonvolutions d'un cerveau sur le trajet d'une balle. Le tonnerre déchira la tête de Billy Shapiro et l'espace d'un instant il fut écartelé, déchiré, écartelé jusqu'aux entrailles.

Puis il se remit sur pied.

— *Un vaisseau*, s'écria-t-il, *Foutre Dieu ! un vaisseau ! un vaisseau ! UN VAISSEAU !*

C'était un vaisseau marchand de la ceinture astrale, sali et cabossé par cinq cents — ou cinq mille — années au service d'un clan. Il bondit à travers l'espace, heurta brutalement le sol droit devant lui, et fit une embardée. Le capitaine éteignit les gaz dont la chaleur fondit le sable en verre noir. Shapiro se réjouit de cette blessure.

Rand regarda autour de lui comme un homme qui émerge d'un rêve profond.

— Dis-lui de s'en aller, Billy.

— Tu ne comprends pas, dit Shapiro en avançant à pas traînants, ses poings tremblants levés vers le ciel. Tout ira bien...

Il se précipita vers le vaisseau marchand crasseux, en progressant à longues enjambées, comme un kangourou fuyant un incendie. Le sable s'agrippait à lui. Shapiro s'en débarrassa d'une secousse brutale. Tu peux aller te faire foutre, le sable. Une petite m'attend à Hansonville. Le sable n'a jamais eu de petite. Le sable n'a jamais bandé.

La coque du vaisseau marchand s'ouvrit. La passerelle de débarquement surgit comme une langue. Un homme la descendit à grands pas suivi de trois androïdes et d'un type monté sur roulements à billes qui était certainement le capitaine. En tout cas il portait un béret orné du symbole d'un clan.

L'un des androïdes brandit un bâton en direction de Shapiro. Celui-ci l'envoya valser au loin. Il tomba à genoux devant le capitaine et embrassa les roulements qui remplaçaient ses jambes mortes.

— Les dunes... Rand... pas d'eau... vivant... l'a hypnotisé... monde de con... je... merci mon Dieu...

Un tentacule d'acier vint s'enrouler autour de la taille de Shapiro et le tira en arrière d'un coup net. Le sable sec murmurait sous lui comme s'il riait.

— Ça va, lança le capitaine. *Bai-à chel! Mi, Mi! Gat!*

L'androïde lâcha Shapiro et recula, l'air affolé en cliquetant.

— Tout ce chemin pour un foutu Fed! s'exclama le capitaine avec amertume.

Shapiro se mit à pleurer. Il avait mal, pas seulement à la tête, mais aussi au foie.

— Dud! *Gü-yat! Gat!* Eau-pour-lui-de dieu!

L'homme qui était descendu le premier lui jeta une bouteille spécialement conçue pour la basse gravité, et munie d'une tétine. Shapiro la renversa au-dessus de lui et téta goulûment, déversant dans sa bouche, le long de son menton, en coulées qui assombrissaient sa tunique à ce point décolorée qu'elle avait pris la teinte d'ossements, une eau froide comme le cristal. Il s'étrangla, vomit puis se remit à boire.

Dud et le capitaine le regardaient avec attention. Les androïdes cliquetaient.

Enfin, Shapiro s'essuya la bouche, se redressa et s'assit. Il se sentait à la fois malade et bien mieux.

— Vous êtes Shapiro ? demanda le capitaine.
Shapiro acquiesça.
— Affiliation à un clan ?
— Non.
— Numéro d'ASN ?
— 29.
— Équipage ?
— Trois. Un mort. L'autre... Rand... là-haut.
Il leur montra du doigt sans regarder.
Le visage du capitaine resta impassible. Pas celui de Dud.
— La plage l'a eu, expliqua Shapiro. (Il remarqua leurs regards voilés et interrogateurs.) Le choc... peut-être. Il semble en état d'hypnose. Il ne cesse de parler des... des Beach Boys... oui, je sais, vous ne connaissez pas. Il ne veut ni boire ni manger. Il est mal en point.
— Dud, emmène avec toi l'un des andies et redescends-moi ce type de là-haut. Seigneur, un vaisseau fédéral, poursuivit-il en hochant la tête. Pas de prime de sauvetage.
Dud acquiesça. Quelques instants plus tard, accompagné de l'un des andies, il escaladait péniblement le flanc de la dune. L'andy avait l'air d'un véliplanchiste de vingt ans qui se ferait peut-être un peu d'argent de poche en offrant ses services à des veuves mortes d'ennui, mais sa démarche le dénonçait plus encore que les tentacules articulés qui lui sortaient des aisselles. Cette démarche, commune à tous les androïdes, était celle, lente, réfléchie et presque douloureuse d'un maître d'hôtel vieillissant affligé d'hémorroïdes.
Le tableau de bord du capitaine se mit à bourdonner.
— J'écoute.
— Ici Gomez, capitaine. On est dans de sales draps. Le compscan et la télémétrie de surface révèlent un sol très instable. Pas le moindre soubassement rocheux sur lequel prendre appui. Nous reposons sur la plaque durcie par la chaleur de l'atterrissage et en ce moment c'est peut-être ce qu'il y a de plus solide sur la planète tout entière. Le problème, c'est qu'elle aussi commence à disparaître.
— Recommandation ?
— Il faut s'en aller.
— Quand ?
— On a cinq minutes.

— Vous êtes hilarant, Gomez.

Le capitaine appuya sur un bouton et la radio s'éteignit.

Les yeux de Shapiro roulaient dans leurs orbites.

— Écoutez, laissez tomber Rand. Il est foutu.

— Je vous ramène tous les deux. Je n'aurai pas de prime de sauvetage, mais la Fédération paiera bien quelque chose pour vous deux... non pas que vous valiez grand-chose l'un ou l'autre, autant que je puisse en juger. Il est toqué et vous êtes une poule mouillée.

— Non... vous ne comprenez pas. Vous...

Les yeux jaunes et rusés du capitaine étincelèrent.

— Est-ce que vous transportez de la marchandise de contrebande ? demanda-t-il.

— Capitaine... écoutez... s'il vous plaît...

— Parce que si c'est le cas, il serait absurde de la laisser ici. Dites-moi ce que c'est et où elle est. Je partage soixante-dix/trente. Récompense standard pour un sauveteur. Vous ne pourriez pas mieux vous en tirer, pas vrai ? Vous...

La plaque durcie par la fusion se mit soudain à osciller sous leurs pieds. A osciller de façon sensible. Une corne quelque part à l'intérieur du vaisseau marchand se mit à résonner avec une régularité assourdie. Le communicateur sur le tableau de bord du capitaine s'alluma à nouveau.

— *Là*, hurla Shapiro. *Là, vous voyez ce que vous affrontez ? Vous voulez vraiment parler de contrebande maintenant ? IL FAUT ABSOLUMENT FOUTRE LE CAMP D'ICI !*

— La ferme, mon coco, ou bien j'envoie un d'ces gars te calmer, répondit le capitaine.

Sa voix était calme mais son regard avait changé. Il pianota sur le communicateur.

— Capitaine, j'enregistre dix degrés d'inclinaison et ça continue. Le gouvernail de profondeur descend, mais prend de l'angle. Il nous reste encore un peu de temps mais pas beaucoup. Le vaisseau va se renverser.

— Les pieds vont le soutenir.

— Non, monsieur. Que le capitaine veuille bien m'excuser, mais ils ne vont rien soutenir du tout.

— Mettez en route les séquences de mise à feu, Gomez.

— Merci, monsieur.

Dans la voix de Gomez le soulagement était évident.

Dud et l'androïde redescendaient le flanc de la dune. Rand

n'était pas avec eux. L'andy prenait de plus en plus de retard. Tout à coup un phénomène étrange se produisit. L'andy tomba tête la première. Le capitaine fronça les sourcils. Il ne tomba pas comme tombe normalement un andy... c'est-à-dire, plus ou moins comme un être humain. On aurait dit que quelqu'un venait de pousser un mannequin dans un grand magasin. Il tomba comme ça. *Boum !* et un petit nuage de sable jaune s'éleva autour de lui.

Dud revint en arrière et s'agenouilla près de lui. Les jambes de l'andy se mouvaient toujours comme si, dans le 1,5 million de microcircuits réfrigérés au fréon qui constituaient son cerveau, il rêvait qu'il marchait encore. Mais elles bougeaient lentement, en craquant. Elles s'immobilisèrent. De la fumée commença à sortir des pores de l'andy et ses tentacules tremblèrent dans le sable. C'était aussi horrible que d'assister à la mort d'un humain. Un terrible grincement monta de ses entrailles : *Graaaaagggg !*

— Plein de sable, murmura Shapiro. Il est atteint de la fièvre des Beach Boys.

Le capitaine lui jeta un coup d'œil irrité.

— Ne soyez pas ridicule, mon vieux. Ce truc peut traverser une tempête de sable sans qu'un seul grain pénètre à l'intérieur.

— Pas dans *ce* monde-ci !

La plaque durcie par la fusion se stabilisa à nouveau. Le vaisseau était à présent nettement incliné. Un grondement grave retentit : le train d'atterrissage supportait un poids plus important.

— Laisse-le ! brailla le capitaine à Dud. Laisse-le, laisse-le ! *Gü, Yat ! Viens-moi-de dieu !*

Dud le rejoignit, laissant l'andy ramper face contre le sable.

— Quelle merde, murmura le capitaine.

Dud et lui se mirent à parler une sorte de petit-nègre rapide que Shapiro arrivait plus ou moins à comprendre. Dud expliqua au capitaine que Rand avait refusé de le suivre. L'andy avait essayé d'agripper Rand, mais il n'avait plus de force. A ce moment-là, déjà, il bougeait par saccades et d'étranges grincements sortaient de ses entrailles. Il s'était mis aussi à réciter un méli-mélo de coordonnées galactiques et d'extraits d'un inventaire des cassettes de musique folk du capitaine. Dud lui-même s'était alors approché de Rand. Le combat avait été bref. Le capitaine dit à Dud que si un homme resté debout trois jours sous le soleil brûlant avait pu avoir raison de lui, lui-même devrait peut-être se procurer un nouveau second.

Le visage de Dud fut assombri par la gêne, mais son regard grave et inquiet ne s'altéra pas. Il tourna lentement la tête, révélant quatre sillons profonds dans ses joues. Elles enflaient lentement.

— *Lui-eu gros-indics*, déclara Dud. *Fort de dieu. Lui-eu force-umby.*

— *Umby-lui de dieu ?* demanda le capitaine en regardant Dud d'un air sévère.

Dud acquiesça.

— *Umby. Beyat-chel. Umby-de dieu.*

Shapiro avait froncé les sourcils, interrogé son cerveau fatigué et effrayé pour retrouver le sens de ce mot. A présent, ça lui revenait. *Umby.* Ça voulait dire fou. *Il est fort, nom de Dieu. Fort parce qu'il est fou. Il a la manière forte, une force surhumaine. Parce qu'il est fou.*

Manière forte... ou peut-être maniaque fort. Il n'était pas sûr. Que ce soit l'un ou l'autre, ça revenait au même.

Umby.

Le sol s'inclina à nouveau sous leurs pieds, et le sable recouvrit les bottes de Shapiro.

De derrière eux s'éleva le *ka-thud, ka-thud, ka-thud* caverneux des bouches de ventilation qui entraient en action. Shapiro pensa que c'était l'un des sons les plus délicieux qu'il ait jamais entendus.

Le capitaine était profondément absorbé par ses pensées, étrange centaure dont la moitié inférieure n'était pas chevaline mais toute de roulements à billes et de plaques de métal. Puis il leva les yeux et manœuvra le communicateur.

— Gomez, envoyez-nous ici Excellent Montoya avec **un** pistolet tranquillisant.

— Bien reçu.

Le capitaine se tourna vers Shapiro.

— Alors, par-dessus le marché, j'ai perdu un androïde qui vaut dix ans de votre salaire. Je suis fou de colère. Je veux emmener votre copain.

— Capitaine.

Shapiro ne pouvait s'empêcher de passer sa langue sur ses lèvres. Il savait que c'était tout à fait inopportun. Il ne voulait pas avoir l'air fou, hystérique ou lâche, et le capitaine avait apparemment décidé qu'il était les trois à la fois. Se passer ainsi la langue sur les lèvres ne pouvait que le conforter dans son jugement... mais il ne pouvait tout simplement pas s'en empêcher.

— Capitaine, je ne voudrais trop insister sur la nécessité de quitter ce monde le plus vite poss...

— Ferme-la, espèce de con, coupa le capitaine, non sans une certaine gentillesse.

Un faible hurlement s'éleva du sommet de la dune la plus proche.

— *Ne me touchez pas! Ne m'approchez pas! Laissez-moi tranquille! Tous autant que vous êtes!*

— *Grand indics gat umby*, déclara Dud d'un air grave.

— *Ma-lui, yeah-mon*, répondit le capitaine puis il se tourna vers Shapiro :

— Il ne va *vraiment* pas bien, n'est-ce pas ?

La plaque durcie par la fusion se stabilisa à nouveau. Le train d'atterrissage gronda plus fort que jamais. Le communicateur grésilla. La voix de Gomez était ténue, légèrement mal assurée.

— Il faut partir immédiatement, capitaine !

— C'est bon.

Un homme brun apparut sur la passerelle de débarquement. Il tenait un long pistolet dans l'une de ses mains gantées. Le capitaine désigna Rand du doigt.

— *Ma-lui, de dieu. Peux ?*

— *Gat ! Gat-de dieu !*

Excellent Montoya que ne dérangeait pas le sol penché qui n'était pas un sol mais simplement du sable que la fusion avait changé en verre (et Shapiro remarquait qu'à présent de profondes craquelures couraient à sa surface), que ne troublaient nullement les grondements du train d'atterrissage ou la vision étrange d'un androïde qui semblait désormais creuser sa propre tombe avec ses pieds, contempla un instant le visage émacié de Rand.

— *Peux*, dit-il.

— *Gat, Gat-pour-pleurer !* répondit le capitaine en envoyant un jet de salive sur le côté. Tire-lui dans la bite, je m'en fous, s'écria-t-il. Du moment qu'il respire encore quand nous démarrerons.

Excellent Montoya leva le pistolet. Le geste était apparemment deux tiers d'habitude, un tiers de nonchalance mais Shapiro, même dans l'état de demi-panique dans lequel il se trouvait, remarqua la façon dont la tête de Montoya s'inclinait sur le côté pour viser. Comme un grand nombre de membres d'un clan, son arme faisait quasiment partie de lui, et il la pointait comme on pointerait un doigt.

Il appuya sur la gâchette et la flèche du tranquillisateur jaillit du canon avec un *pan!* sourd.

Une main sortit de la dune et l'intercepta.

C'était une grande main brune, onduleuse, faite de sable. Elle sortit, au mépris du vent, et fit disparaître l'éclat momentané de la flèche. Puis le sable retomba avec un lourd *sssrrrrap*. Plus de main. Impossible de croire qu'il y en *avait vraiment eu* une. Mais ils l'avaient tous vue.

— *Giddy-hum,* déclara le capitaine presque sur le ton de la conversation.

Excellent Montoya tomba à genoux.

— *Aidy-peux-de dieu, petit-gat vient! vu-hoh a ventre-gat-de dieu!...*

Dans un demi-brouillard, Shapiro comprit que Montoya était en train de réciter un rosaire en petit-nègre.

Là-haut sur la dune, Rand sautait sur place, brandissant ses poings vers le ciel, poussant de faibles cris de triomphe d'une voix perçante.

Une main. C'était une main. Il a raison; c'est vivant, vivant, vivant...

— *Indic!* cria le capitaine à Montoya d'un ton brusque. *Cannit! Gat!*

Montoya se tut. Il effleura des yeux la silhouette de Rand en train de faire des cabrioles puis les détourna. Son visage était empreint d'une terreur superstitieuse quasi médiévale.

— C'est bon, s'écria le capitaine. J'en ai assez. J'abandonne. On s'en va.

Il enfonça deux des boutons de son tableau de bord. Le moteur qui aurait dû le faire pivoter adroitement afin qu'il se retrouve face à la passerelle de débarquement ne ronronna pas ; il grinça et crissa. Le capitaine poussa un juron. La plaque durcie par la fusion s'inclina une nouvelle fois.

— Capitaine !

Gomez. Dans un état de panique.

Le capitaine frappa un autre bouton et les roulements à billes commencèrent à l'entraîner à reculons le long de la passerelle de débarquement.

— Guidez-moi, ordonna le capitaine à Shapiro. Je n'ai aucun putain de rétroviseur. C'était bien une main, n'est-ce pas ?

— Oui.

— Je veux déguerpir d'ici, continua le capitaine. Voilà quatorze ans que je n'ai plus de pine mais en ce moment j'ai l'impression de me pisser dessus.

Sssrrap ! Une dune s'effondra soudain sur la passerelle de débarquement. Mais ce n'était pas vraiment une dune ; c'était une main.

— Merde, oh merde, s'écria le capitaine.

Sur sa dune Rand bondissait et poussait de petits cris.

Soudain, les roulements à billes de la moitié inférieure du capitaine se mirent à grincer. Le mini-tank dont sa tête et ses épaules formaient la tourelle se mit à partir en arrière en trépidant.

— Que...

Les roulements à billes se bloquèrent. Du sable jaillissait entre eux.

— *Soulevez-moi,* brailla le capitaine aux deux androïdes restants. *Vite ! VITE !*

Leurs tentacules s'enroulèrent autour des galets des roulements à billes et ils le soulevèrent ; il ressemblait ridiculement à un professeur d'université qu'un groupe d'étudiants chahuteurs s'apprête à faire sauter en l'air sur une couverture. Il pianota le communicateur.

— Gomez ! Dernière séquence de mise à feu ! Vite ! Vite !

La dune au pied de la passerelle de débarquement s'inclina. Devint une main. Une grande main brune qui commença à grimper la pente de la passerelle.

Avec des cris perçants, Shapiro fonça pour lui échapper.

On souleva hors de sa portée le capitaine qui poussait des jurons.

La passerelle fut relevée. La main retomba et redevint sable. Le sas se ferma comme un iris. Les moteurs hurlèrent. Pas le temps de s'installer sur une couchette ; pas le temps pour quoi que ce soit de semblable. Shapiro se jeta, roulé en boule, sur le sol et fut rapidement aplati par l'accélération. Avant de sombrer dans l'inconscience il eut l'impression de sentir du sable s'agripper au vaisseau avec des bras bruns et musclés, et tirer pour les retenir.

Le vaisseau s'éleva ; ils étaient partis.

Rand les regarda s'éloigner. Il s'était assis. Quand la traînée des propulseurs se fut enfin effacée du ciel, il tourna les yeux vers l'infinité sereine des dunes.

— Nous avons une bagnole qui date de 34 ; nous l'appelons vieille caisse, croassait-il pour le sable vide et mouvant. Elle ne roule pas très bien ; c'est une vieillerie mais elle est si chouette.

Lentement, d'un air réfléchi, il se mit à s'enfoncer du sable, poignée après poignée, dans la bouche. Il avala... avala... avala.

Bientôt, son ventre fut un tonneau enflé et le sable commença à s'amonceler le long de ses jambes.

L'image de la Faucheuse

— Nous l'avons déplacé l'année dernière, et c'était aussi une sacrée entreprise, dit M. Carlin pendant qu'ils montaient l'escalier. Il a fallu le faire à la force des bras, bien sûr. Aucun autre moyen. Nous l'avons assuré auprès de la Lloyd contre tout accident avant même que nous l'ayons tiré de sa caisse dans le placard. C'était la seule société à laquelle nous avons pensé, pour une telle somme.

Spangler ne dit mot. Cet homme était un imbécile. Spangler avait appris depuis longtemps que le meilleur moyen de traiter avec un imbécile était de l'ignorer.

— On l'a assuré pour un million de dollars, reprit M. Carlin quand ils atteignirent le palier du deuxième étage. (Ses lèvres se plissèrent en un sourire aigre-doux.) Et il coûte cher aussi.

C'était un petit homme pas vraiment gros, avec des lunettes sans monture et une tête chauve bronzée qui brillait comme un ballon de volley-ball verni. Une armure qui gardait les ombres acajou du corridor de l'étage les fixait, impassible.

Le couloir était long et Spangler examina les murs et les tapisseries de l'œil froid d'un professionnel. Samuel Claggert avait acheté en quantités démesurées, mais il n'avait pas bien acheté. Comme tant d'empereurs industriels de la fin du XIXe, il avait été un petit peu plus qu'un chineur de brocante qui avait endossé les oripeaux du collectionneur, un connaisseur en monstruosités picturales, en collections de romans de pacotille et de poésie aux coûteuses reliures en peau de vache, et en sculptures atroces, le tout considéré par lui comme de l'Art.

Aux murs étaient accrochées — suspendues comme des guirlandes pour mieux dire — des imitations de tentures marocaines, d'innombrables (et sans aucun doute, anonymes) madones serrant contre elles d'innombrables bébés porteurs d'auréoles tandis que d'innombrables anges voletaient çà et là à l'arrière-plan, des personnages grotesques portant des candélabres, et un lustre monstrueux obscènement décoré et surmonté d'une nymphette au sourire salace.

Bien entendu le vieux pirate avait mis la main sur quelques objets intéressants — c'était statistiquement inévitable. Et si le musée privé Samuel Claggert (visites guidées d'une heure — adultes 1 dollar, enfants 50 cents — à vomir) était composé de 98 % de camelote pure, il y avait aussi les deux pour cent restants, des choses comme le fusil Coombs au-dessus du foyer de la cuisine, l'étrange petite *camera oscura* du salon, et bien sûr, le...

— Le miroir de Delver a été enlevé du rez-de-chaussée après un... hum, un incident assez malheureux, lâcha tout à trac M. Carlin, poussé sans doute par la vision d'un portrait d'anonyme luisant fantomatiquement au bas de l'escalier suivant.

Il y avait déjà eu des incidents — des paroles déplaisantes, des déclarations furieuses — mais cette fois-là, c'était bel et bien une tentative de destruction du miroir. La femme, une certaine Mlle Sandra Bates, est venue avec une pierre dans la poche. Heureusement elle a mal visé et elle n'a réussi qu'à écorner l'encadrement. La glace n'a pas été touchée. Cette Bates avait un frère...

— Inutile de me faire la visite à un dollar, dit calmement Spangler. Je connais l'histoire du miroir de Delver.

— Fascinant, n'est-ce pas ?

Carlin lui jeta un regard oblique, bizarre.

— Il y a eu cette duchesse anglaise en 1709.. et le marchand de tapis de Pennsylvanie en 1746... sans parler...

— Je connais l'histoire, répéta Spangler toujours aussi calme. C'est le travail de l'artisan qui m'intéresse. Et puis, bien sûr, il y a la question de l'authenticité...

— L'authenticité !

M. Carlin gloussa, c'était un son sec comme si des os avaient cliqueté dans la soupente de l'escalier.

— Il a été examiné par des experts, monsieur Spangler.

— Comme le Stradivarius de Lemlier.

— C'est vrai, soupira M. Carlin. Mais aucun Stradivarius n'a jamais eu tout à fait le... l'effet troublant du miroir de Delver.

— Oui, jamais tout à fait, répéta Spangler de sa voix doucement méprisante.

Il comprenait maintenant qu'il n'y aurait pas moyen d'arrêter Carlin, il avait un esprit parfaitement en accord avec l'époque.

— Tout à fait, répéta-t-il encore.

Ils montèrent au troisième puis au quatrième en silence. Tandis qu'ils approchaient du toit de ce bâtiment plein de coins et de recoins, la chaleur se faisait de plus en plus oppressante dans les galeries supérieures. Avec la température élevée, une odeur s'immisçait, que Spangler connaissait bien, car il avait passé toute sa vie d'adulte à travailler dans cette atmosphère — une odeur de mouches mortes depuis longtemps gisant dans des coins ombreux, de pourriture humide et de vers de bois rampant derrière le plâtre. L'odeur du temps. Une odeur que seuls les musées et les mausolées possédaient en commun. Il imaginait que c'était une odeur très semblable à celle qui devait monter de la tombe d'une jeune vierge, morte depuis quarante années.

Ici, à cet étage, les reliques étaient empilées pêle-mêle dans un capharnaüm de boutique de brocanteur. M. Carlin conduisit Spangler à travers un fouillis de statues, de portraits aux cadres brisés, de pompeuses cages à oiseaux plaqué or, où l'on apercevait le squelette démembré d'un vieux tandem. Il le guida jusqu'au mur du fond où une échelle de meunier était disposée sous une trappe au plafond. Un cadenas poussiéreux pendait de la trappe.

Sur la gauche, une reproduction d'Adonis les fixait inexorablement de ses yeux sans pupilles. L'un de ses bras était tendu et au poignet était accroché un écriteau : ENTRÉE STRICTEMENT INTERDITE.

De la poche de sa veste, M. Carlin tira un trousseau de clés, en choisit une et escalada l'échelle. Il s'arrêta au troisième barreau, sa tête chauve luisant faiblement dans l'ombre.

— Je n'aime pas ce miroir, dit-il. Je ne l'ai jamais aimé. J'ai peur de le regarder. J'ai peur de le regarder un jour et d'y voir... ce que les autres ont vu.

— Ils n'ont fait que s'y voir eux-mêmes, dit Spangler.

M. Carlin ouvrit la bouche pour répondre, s'arrêta, secoua la tête et tâtonna devant lui en tendant le cou pour insérer correctement la clé dans le cadenas.

— Faudrait la remplacer, marmonna-t-il. Elle est... Bon sang !

Le cadenas s'ouvrit brusquement et glissa hors du loquet. M. Carlin tenta de le rattraper dans un geste hasardeux et manqua tomber de l'échelle. Spangler le saisit adroitement au vol et leva les yeux vers son compagnon. Il s'accrochait en tremblant au sommet de l'échelle, le visage pâle dans la pénombre brune.

— Ce miroir vous inquiète vraiment, on dirait ? dit Spangler sur un ton doucement interrogateur.

M. Carlin ne dit rien. Il semblait paralysé.

— Descendez, dit Spangler. S'il vous plaît. Vous allez tomber.

Carlin s'exécuta lentement, en s'agrippant à chaque barreau comme un homme qui titube au-dessus d'un gouffre sans fond. Quand ses pieds touchèrent le plancher, il se remit à bavarder, comme si dans le sol était passé un courant qui l'avait rallumé.

— Un quart de million, dit-il. Un quart de million de prime d'assurance pour emmener cette... chose d'en bas à là-haut. Cette satanée chose. Il leur a fallu installer spécialement un palan pour le hisser ici sous les combles. Et j'espérais — je priais, presque — que quelqu'un aurait les doigts glissants... que la corde aurait été mal choisie... que la chose tomberait et se briserait en millions de morceaux...

— Des faits, coupa Spangler. Des faits, Carlin. Pas du roman à deux sous, pas du feuilleton bon marché ou du film d'horreur d'aussi piètre qualité. Des faits. Premièrement : John Delver était un artisan anglais d'origine normande qui fabriquait des miroirs durant ce que nous appelons la période élisabéthaine. Sa vie et sa mort n'ont rien de remarquable. Pas de pentacle gribouillé sur le sol, que le propriétaire aurait dû effacer, pas de documents sentant le soufre avec une tache de sang à l'endroit où il faut mettre le nom. Deuxièmement : Ses miroirs sont recherchés par les collectionneurs principalement en raison de la beauté du travail et du cristal qu'il a utilisé, un cristal qui agrandit et distord légèrement l'image aux yeux de celui qui le regarde — une marque de fabrique très particulière. Troisièmement : en l'état actuel de nos connaissances, il n'existe plus que cinq Delver, dont deux en Amérique. Ils sont d'une valeur inestimable. Quatrièmement : ce Delver et un autre qui a été détruit pendant le Blitz de Londres se sont attiré une réputation plutôt usurpée fondée en grande partie sur l'exagération, le mensonge et les coïncidences...

— Cinquièmement, dit M. Carlin, vous êtes un prétentieux connard, non ?

Spangler considéra avec une haine tranquille l'Adonis au regard aveugle.

— C'est moi qui ai guidé le groupe de visiteurs dont faisait partie le frère de Sandra Bates quand il a regardé dans votre précieux miroir, Spangler. Il devait avoir dans les seize ans, c'était un groupe de lycéens. Je racontais l'histoire du miroir et j'en étais à la partie que vous, vous apprécieriez — je vantais la perfection du travail, celle du miroir lui-même — quand le garçon a levé la main. « Mais qu'est-ce que c'est, cette tache noire dans le coin supérieur gauche ? a-t-il demandé. On dirait un défaut. » Et l'un de ses amis lui a demandé ce qu'il voulait dire, alors le jeune Bates a commencé à répondre puis il s'est arrêté. Il a regardé le miroir de très près, en se frayant un chemin jusqu'au cordon de velours qui entourait la vitrine, et puis il a regardé derrière lui comme s'il avait vu le reflet de quelqu'un — ou l'ombre de quelqu'un — qui se tenait derrière son épaule. « On dirait une femme, a-t-il dit. Mais je n'arrive pas à voir son visage. C'est parti maintenant » et c'est tout.

— Continuez, dit Spangler. Ça vous démange de me dire que c'était la Faucheuse... je crois que c'est l'explication habituelle, non ? Que parfois des gens marqués par le destin voient l'image de la Faucheuse dans le miroir ? Allez, mon vieux, sortez-le. Le *National Enquirer* adorerait ça ! Racontez-moi les conséquences horrifiques et mettez-moi au défi de les expliquer. Qu'est-ce qui lui est arrivé par la suite ? Il a été renversé par une voiture ? Il s'est jeté d'une fenêtre ? Alors ?

M. Carlin émit un sinistre petit gloussement.

— Vous devriez être mieux renseigné, Spangler. Ne m'avez-vous pas dit deux fois que vous... heu... connaissiez l'histoire du miroir de Delver ? Il n'y a pas eu de conséquences horribles. Il n'y en a jamais eu. Ce qui explique qu'on ne retrouve pas le miroir de Delver dans les suppléments du dimanche des journaux, à côté du Diamant Koh-i-noor ou de la malédiction de la tombe du dieu Toth. Il est banal, comparé à ceux-là. Vous pensez que je suis un imbécile, n'est-ce pas ?

— En effet, dit Spangler. On peut monter maintenant ?
— Certainement, dit M. Carlin avec emportement.

Il grimpa à l'échelle et poussa la trappe. Il y eut un cliquetis suivi d'un bruit sourd tandis que celle-ci se soulevait sous l'effet d'un contrepoids et puis M. Carlin disparut dans l'ombre. Spangler le suivit. L'Adonis aveugle continuait de les fixer sans le savoir.

Il faisait une chaleur explosive sous les combles éclairés par une seule fenêtre aux multiples carreaux, couverte de toiles d'araignées, qui filtrait la lumière crue de l'extérieur pour en faire une sale lueur laiteuse. Dans un angle, le miroir était dressé vers la lumière ; il en captait la plus grande partie et renvoyait une tache perle sur le mur opposé. Par sécurité on l'avait enserré dans un cadre de bois. M. Carlin ne le regarda pas. Évita très soigneusement de le regarder.

— Vous ne lui avez même pas mis un chiffon dessus, dit Spangler, visiblement en colère pour la première fois.

— Dans mon esprit, c'est un œil, dit M. Carlin. (Sa voix était encore épuisée, parfaitement vide d'intonation.) Si on le laisse ouvert, toujours ouvert, il finira peut-être par devenir aveugle.

Spangler ne lui prêta aucune attention. Il ôta sa veste, en la pliant avec soin de manière à mettre les boutons à l'intérieur, et avec une infinie douceur il essuya la poussière sur la surface convexe du miroir. Puis il se redressa et y plongea son regard.

Une pièce authentique. Il n'y avait aucun doute là-dessus, et il n'y en avait jamais eu, en réalité. La pièce encombrée derrière eux, son propre reflet, la silhouette à demi tournée de Carlin — tout cela était clair, net, presque en trois dimensions. Le léger effet d'agrandissement donnait à toute chose une courbure légère qui ajoutait comme une quatrième dimension. C'était...

Ses pensées s'interrompirent et il éprouva un nouveau sursaut de colère.

— Carlin.

Carlin ne dit rien.

— Carlin, pauvre imbécile, je croyais que vous aviez dit que cette fille n'avait pas abîmé le miroir.

Pas de réponse.

Dans le miroir Spangler lui lança un regard glacial.

— Il y a un bout de chatterton dans le coin supérieur gauche.

Est-ce qu'elle l'a fêlé ? Pour l'amour de Dieu, mon vieux, répondez !

— Vous êtes en train de voir la Faucheuse, dit Carlin. (Sa voix était morte et sans passion.) Il n'y a pas de chatterton sur le miroir. Posez votre main dessus... mon Dieu !

Spangler enroula soigneusement la manche de sa veste autour de sa main, tendit le bras et appuya doucement contre le miroir.

— Vous voyez ? Rien de surnaturel. C'est parti. Ma main le couvre.

— Le couvre ? Vous pouvez sentir le chatterton ? Pourquoi ne l'enlevez-vous pas ?

Spangler écarta la main avec précaution et regarda dans le miroir. Tout y paraissait un peu plus distordu ; les angles inhabituels de la pièce semblaient s'élargir comme s'ils étaient sur le point de se dérober dans quelque invisible éternité. Il n'y avait pas de coin d'ombre dans cette glace. Elle était sans défaut. Brusquement une crainte morbide surgit en lui et il se méprisa pour ce sentiment.

— On dirait que c'est elle, hein ? demanda M. Carlin. (Le visage très pâle, il fixait le plancher. Un muscle battait spasmodiquement dans son cou.) Admettez-le, Spangler. On dirait qu'il y a derrière vous une silhouette à capuchon, non ?

— On dirait qu'il y a un chatterton masquant une petite fêlure, rétorqua Spangler très fermement. Rien de plus, rien de moins.

— Le jeune Bates était très costaud, dit rapidement Carlin. (Ses paroles semblaient tomber dans l'atmosphère brûlante et immobile comme des pierres dans une eau noire.) Comme un joueur de football. Il portait un chandail avec une inscription et un pantalon gris foncé. Nous étions à mi-chemin de l'exposition des étages intermédiaires quand...

— La chaleur me rend malade, dit Spangler d'une voix un peu incertaine.

Il avait sorti un mouchoir et s'essuyait le cou. Ses yeux fouillaient vivement la surface convexe du miroir.

— Quand il m'a dit qu'il lui fallait un verre d'eau... un verre d'eau, pour l'amour de Dieu !

— Est-ce qu'il y a des toilettes ? Je crois que je vais...

— Son chandail... je n'ai plus... aperçu que son chandail pendant qu'il descendait l'escalier... puis...

— ... être malade.

Carlin secoua la tête, comme pour s'éclaircir l'esprit et baissa de nouveau les yeux vers le sol.

— Bien sûr. Troisième porte à gauche, deuxième étage en allant vers l'escalier. (Il leva un regard suppliant.) Comment pouvais-je savoir ?

Mais Spangler avait déjà commencé à descendre l'échelle. Elle trembla sous son poids et pendant un instant Carlin crut — espéra — qu'il tomberait. Il n'en fit rien. Par l'ouverture carrée dans le plancher, Carlin le regarda descendre, une main posée sur sa bouche, sans appuyer.

— Spangler ?

Mais il était parti.

Carlin écouta l'écho de ses pas diminuer, puis mourir au loin. Quand ils eurent disparu, un frisson violent le secoua. Il essaya de déplacer ses propres pieds pour se rapprocher de la porte, mais ils étaient pétrifiés. Rien que cette dernière vision vite escamotée, le chandail du garçon... Bon Dieu !

C'était comme si d'énormes mains lui prenaient la tête, la lui relevaient de force. Contre son gré, Carlin fixa les profondeurs luisantes du miroir de Delver.

Il n'y avait rien là.

La pièce se reflétait pour lui fidèlement, ses confins poussiéreux transformés en infini luisant. Un bout d'un poème de Tennyson dont il se souvenait à demi lui revint et il le marmonna : « Les ombres me donnent des nausées, dit la dame de Shalott... »

Et il ne pouvait toujours pas regarder plus loin, et le silence haletant l'étreignit. Près de l'un des coins du miroir une tête de taureau mangée par les mites le regardait avec des yeux plats d'obsidienne.

Le jeune homme avait voulu un verre d'eau et la fontaine était dans le hall du rez-de-chaussée. Il était descendu et...

Et n'était jamais revenu.

Jamais.

Nulle part.

Comme la duchesse qui après s'être mise en grande toilette pour une soirée s'était arrêtée pour se mirer dans sa glace et avait décidé de retourner chercher son collier de perles au salon. Comme le marchand de tapis qui était parti en carriole et n'avait laissé derrière lui qu'une carriole vide et deux chevaux.

Et le miroir de Delver était resté à New York de 1897 à 1920, il était là quand le juge Crater...

Carlin fixait, comme hypnotisé, les profondeurs vides du miroir. Au-dessous, l'Adonis aux yeux aveugles regardait toujours.

Il attendit Spangler tout comme la famille Bates dut attendre le garçon. Au-dessous, l'Adonis aux yeux aveugles regardait toujours.

Il attendit Spangler tout comme la famille Bates avait dû attendre son fils, tout comme l'époux de la duchesse avait dû attendre que sa femme revienne du salon. Il fixa le miroir et attendit.

Et attendit.

Et attendit.

Nona

Tu m'aimes ?
J'entends sa voix prononcer ces mots... je l'entends encore parfois. Dans mes rêves.
Tu m'aimes ?
Oui, je réponds. Oui... et l'amour véritable ne meurt jamais.
Alors je me réveille en hurlant.

Je ne sais comment l'expliquer, même aujourd'hui. Je ne pourrais pas vous dire pourquoi j'ai fait tout ça. Je n'ai pas pu pendant le procès non plus. Pourtant, ici, un tas de gens me posent des questions à ce propos. Un psychiatre m'en pose. Mais je reste silencieux. Mes lèvres sont scellées. Sauf ici dans ma cellule. Ici je ne reste pas silencieux. Je me réveille en hurlant.

Dans le rêve je la vois s'avancer vers moi. Elle porte une robe blanche, presque transparente, et arbore une expression faite d'un mélange de désir et de triomphe. Elle traverse pour venir vers moi une pièce sombre au sol de pierre et je sens son odeur de roses sèches d'octobre. Elle a les bras grands ouverts et je m'approche d'elle bras tendus pour l'enlacer.

Quand nous nous rejoignons dans le rêve ma peur augmente, pourtant il m'est impossible de m'éloigner d'elle. Mes mains appuient sur la surface lisse de son dos, sa peau si proche sous la soie. Elle sourit de ses yeux noirs, profonds. Son visage se lève vers le mien et ses lèvres s'écartent dans l'attente d'un baiser.

C'est alors qu'elle se transforme, se ratatine. Ses cheveux soudain rêches et emmêlés virent du noir à un horrible marron et pendent sur la blancheur crémeuse de ses joues. Ses yeux rétrécissent jusqu'à n'être plus que des billes. Le blanc disparaît et ses deux tout petits yeux semblables à des morceaux de jais poli me jettent des regards furieux. Sa bouche devient une gueule d'où saillent des chicots jaunes et tordus.

J'essaie de hurler. J'essaie de me réveiller.

Je ne peux pas. Je suis à nouveau pris. Je serai toujours pris.

Je suis à la merci d'un énorme rat de cimetière répugnant. Des lumières oscillent devant moi. Roses d'octobre. Quelque part sonne, lancinante, une cloche morte.

« Tu m'aimes ? murmure cet être. Tu m'aimes ? » Le parfum des roses est son haleine comme il rampe vers moi, fleurs mortes dans un charnier.

« Oui, dis-je à l'être-rat. Oui... et l'amour véritable ne meurt jamais. » Alors je me mets à hurler, et je suis réveillé.

Ils pensent que ce que nous avons fait ensemble m'a rendu fou. Mais mon cerveau est toujours d'une façon ou d'une autre au travail et je n'ai jamais cessé de chercher les réponses. Je cherche toujours à savoir comment c'était et ce que c'était.

Ils ont accepté de me laisser du papier et un stylo feutre. Je vais tout consigner par écrit. Je vais peut-être répondre à quelques-unes de leurs questions et ce faisant je pourrai peut-être répondre à quelques-unes des miennes. Et quand j'aurai fini, il restera encore quelque chose. Quelque chose qu'ils ne savent pas en ma possession. Quelque chose que j'ai pris. C'est là, sous mon matelas. Un couteau de la cantine de la prison.

Il faut que je commence mon récit par Augusta.

A l'heure où j'écris il fait nuit, une douce nuit d'août piquetée d'étoiles étincelantes. Par les mailles de ma fenêtre qui donne sur le terrain d'exercices, je les aperçois avec un lambeau de ciel que je peux cacher de mes deux doigts. Il fait chaud et je suis nu à l'exception de mon caleçon. J'entends le doux chant d'été des grenouilles et des criquets. Mais je peux ramener l'hiver rien qu'en fermant les yeux. Le froid mordant de cette nuit-là, la tristesse, les lumières crues et inamicales d'une ville qui n'était pas ma ville. C'était le 14 février.

Vous voyez, je me souviens de tout.

Et regardez mes bras... couverts de sueur, ils se sont hérissés de chair de poule.

Augusta...

Quand je suis arrivé à Augusta j'étais plus mort que vif, il faisait si froid. J'avais choisi un bon jour pour dire adieu à la scène universitaire et partir en stop vers l'ouest ; je courais le risque de mourir gelé avant même d'avoir franchi les limites de l'État.

Un flic m'avait viré de la bretelle de l'autoroute et avait menacé de m'embarquer s'il me reprenait à faire du stop au même endroit. J'avais été tenté de le pousser à bout afin qu'il mette sa menace à exécution. Sur la surface plane de l'autoroute à quatre voies, semblable à la piste d'atterrissage d'un aéroport, le vent sifflait et poussait des voiles d'une neige poudreuse qui crissait sur l'asphalte. Et pour tous les *Eux* anonymes derrière leurs pare-brise en verre Securit, quiconque se tient sur la bande d'urgence par une nuit sombre est soit un violeur soit un meurtrier et s'il a les cheveux longs vous pouvez ajouter un pédophile sadique et pédé par-dessus le marché.

J'ai tenté le coup un moment sur la route d'accès, rien à faire. Vers 8 heures moins le quart j'ai compris que, si je ne me trouvais pas rapidement un endroit chaud, j'allais crever.

J'ai marché pendant deux kilomètres et demi avant de trouver sur la 202, juste à l'entrée de la ville, un routier qui faisait aussi station-service. CHEZ JOE, A LA BONNE BOUFFE, disait l'enseigne au néon. Trois gros semi-remorques étaient garés sur le parking gravillonné à côté d'une berline neuve. Il y avait sur la porte une couronne de Noël que personne n'avait pris la peine de retirer et juste à côté un thermomètre qui affichait quinze degrés au-dessous de zéro seulement. Je n'avais rien pour couvrir mes oreilles, si ce n'est mes cheveux, et mes gants de cuir étaient en lambeaux. Le bout de mes doigts était dur comme du bois.

J'ai ouvert la porte et je suis entré.

La première chose à m'avoir frappé ça a été la température, chaude et bonne. Ensuite la chanson de péquenot du juke-box, la voix reconnaissable entre toutes de Merle Haggard : *Nous, on n'a pas les cheveux longs et hirsutes comme les hippies de San Francisco.*

La troisième chose à m'avoir frappé ça a été l'Œil. Vous faites connaissance avec l'Œil le jour où vous vous laissez pousser les cheveux au-dessous des oreilles. A partir de ce moment-là les gens savent que vous n'appartenez ni au Lion's Club, ni aux Elks, ni au VFW. Vous connaissez l'Œil, mais vous n'arrivez jamais à vous y faire.

Ce jour-là, c'est quatre camionneurs assis dans un box, deux autres accoudés au comptoir, une paire de vieilles aux manteaux de fourrure bon marché et aux cheveux bleus, le cuistot-serveur et un môme à l'air godiche aux mains pleines de mousse de savon qui posèrent l'Œil sur moi. Il y avait une fille au bout du comptoir, mais elle, tout ce qu'elle regardait, c'était le fond de sa tasse de café.

Elle a été la quatrième chose à m'avoir frappé.

Je suis assez grand pour savoir que le coup de foudre n'existe pas. C'est un truc inventé un jour par Rodgers et Hammerstein pour aller avec lune et juin. C'est pour les mômes qui se tiennent par la main à la fête de fin d'année du lycée, pas vrai ?

Mais rien que de la regarder ça m'a fait tout chose. Vous pouvez rire mais vous ne l'auriez pas fait si vous l'aviez vue. Elle était d'une beauté presque insupportable. Je savais sans l'ombre d'un doute que tous les autres chez Joe pensaient la même chose que moi. Tout comme je savais que l'Œil l'avait dévisagée avant que j'arrive. Elle avait les cheveux noirs comme une aile de corbeau, si noirs qu'ils en paraissaient presque bleus dans la lumière des néons. Ils flottaient librement sur les épaules de son manteau jaune élimé. Sa peau était d'un blanc crémeux, à peine teintée d'une touche de rose qui affleurait à sa surface... le froid qu'elle avait fait entrer avec elle. Des cils sombres, d'un noir de charbon. Des yeux graves qui s'étiraient un tout petit peu vers les tempes. Une bouche pleine et mobile sous un nez droit, patricien. Je ne pouvais pas dire à quoi ressemblait son corps. Je m'en fichais. Vous vous en seriez fichu aussi. Ce visage lui suffisait, ces cheveux, cette allure. Elle était exquise. C'est le seul mot de notre langue qui lui convenait.

Nona.

Je me suis assis à deux tabourets d'elle et le serveur s'est approché de moi et m'a regardé :

— Ce sera quoi ?

— Un café noir, s'il vous plaît.

Il est parti le chercher. Derrière moi quelqu'un a dit :

— J'ai l'impression que le Christ est revenu, comme ma maman avait toujours dit qu'il le ferait.

Le plongeur à l'air godiche s'est mis à rire, un bref *yarf-yarf*. Les camionneurs du comptoir ont fait chorus.

Le serveur m'a apporté mon café, l'a posé brutalement sur le comptoir et en a renversé un peu sur la chair en voie de décongélation de ma main. Je l'ai repoussé violemment.

— Désolé, a-t-il dit avec indifférence.

— Y va s' cicatriser ça lui-même, a lancé un des camionneurs du box.

Les jumelles teintes en bleu ont réglé leur addition et se sont dépêchées de sortir. L'un des chevaliers de la route s'est dirigé nonchalamment vers le juke-box et y a glissé une autre pièce. Johnny Cash s'est mis à chanter « Un garçon prénommé Sue ». J'ai soufflé sur mon café.

Quelqu'un m'a tiré par la manche. J'ai tourné la tête et elle était là ; elle s'était déplacée jusqu'au tabouret inoccupé. Ce visage vu de près était presque aveuglant. J'ai renversé encore un peu de mon café.

— Je suis désolée.

Sa voix était grave, presque monocorde.

— De ma faute. J' sens pas encore très bien ce que je fais.

— Il...

Elle s'est interrompue, comme égarée. J'ai compris tout à coup qu'elle avait peur. J'ai senti ma première réaction à son égard m'envahir à nouveau : la protéger, prendre soin d'elle, lui épargner la peur.

— Il faut que je trouve une voiture, a-t-elle achevé précipitamment. Je n'ai osé le demander à aucun d'entre eux.

Elle a désigné d'un geste à peine perceptible les camionneurs du box.

Comment puis-je vous faire comprendre que j'aurais donné n'importe quoi — *n'importe quoi* — pour pouvoir lui répondre : *Pas de problème, finissez votre café, je suis garé juste devant*. Ça paraît fou de dire que j'en étais là après qu'une demi-douzaine de mots furent sortis de sa bouche, et autant de la mienne, mais c'était le cas. La regarder, c'était comme regarder Mona Lisa ou la Vénus de Milo douées soudain de vie. Et je ressentais autre chose encore. On aurait dit qu'un projecteur puissant et inattendu venait d'être braqué sur l'obscurité confuse de mon cerveau. Ça serait tellement plus simple de pouvoir dire que c'était une allumeuse et que moi, j'étais un tombeur, rapide à trouver un bon mot et plein de bagou, mais elle n'en était pas une et je n'en étais pas un. Tout ce que je savais c'est que je ne disposais pas de ce qu'il lui fallait et ça me déchirait.

— Je fais du stop, ai-je répondu. Un flic m'a viré de l'autoroute et je ne suis entré ici que pour échapper au froid. Je suis désolé.

— Vous êtes étudiant ?

— Je l'étais. J'ai abandonné avant qu'on ne me mette dehors.

— Vous rentrez chez vous ?

— Je n'ai pas de chez-moi où aller. J'étais pupille de l'État. J'ai eu une bourse pour continuer mes études. J'me suis planté. A présent je ne sais pas où aller.

Toute ma vie en cinq phrases. Je suppose que ça m'a fichu le moral à plat.

Elle a ri ; j'ai été parcouru de frissons froids et chauds.

— J'ai l'impression que nous sommes chats de la même portée.

J'ai *cru* qu'elle avait dit chats. Je l'ai *cru*. A ce moment-là. Mais, ici, j'ai eu le temps de réfléchir, et j'ai de plus en plus l'impression qu'elle a peut-être dit *rats*. *Rats* de la même portée. Oui. Et ce n'est pas la même chose, n'est-ce pas ?

J'étais sur le point de jouer mon va-tout en matière de conversation avec quelque chose de spirituel du genre « Croyez-vous ? » quand une main s'est abattue sur mon épaule.

Je me suis retourné. C'était l'un des routiers du box. Il avait au menton une barbe blonde de plusieurs jours et mâchonnait une allumette de bois qui dépassait de sa bouche. Il dégageait une odeur d'huile de moteur et ressemblait à un dessin de Steve Ditko.

— J'ai l'impression que vous avez terminé votre café, a-t-il dit.

Ses lèvres s'écartaient en un sourire autour de l'allumette. Sa bouche était pleine de dents étincelantes.

— Quoi ?

— T'empuantis l'endroit, mon gars. T'*es bien* un gars, n'est-ce pas ? C'est un peu difficile à dire.

— Toi non plus tu sens pas la rose, ai-je répondu. C'est quoi ton eau de toilette, ma beauté ? *Eau de Carter* ?

Il m'a envoyé de sa main ouverte un bon coup en travers de la figure. J'ai vu trente-six chandelles.

— Ne vous battez pas ici, a dit le serveur. Si vous voulez le réduire en bouillie, allez dehors.

— Allez, espèce de sale communiste, a repris le camionneur.

C'est le moment où la fille doit dire quelque chose comme « Lâchez-le » ou « Espèce de brute ». Elle, elle ne disait rien. Elle nous dévisageait tous deux avec une intensité fiévreuse. C'était effrayant. Je crois que c'était la première fois que je remarquais à quel point ses yeux étaient immenses.

— Faut qu' j' te file une autre mandale ?

— Non. Laisse tomber, bouseux.

Je ne sais pas comment ça m'est sorti. Je n'aime pas la bagarre. Je ne sais pas bien me battre. Je suis encore plus mauvais pour lancer des injures. Mais, à ce moment précis j'étais en colère. Ça m'est venu tout d'un coup : j'avais envie de le tuer.

Ça lui a peut-être fichu un coup au moral. L'espace d'un instant une vague incertitude a flotté sur son visage, son inconscient a semblé traversé par un doute : avait-il mal choisi son hippie ? Et puis plus rien. Il n'allait pas se dégonfler devant un chevelu snob, élitiste et efféminé qui se torchait le cul avec le drapeau... tout du moins pas devant ses potes. Pas un sacré nom de Dieu de costaud conducteur de bahut comme lui.

La colère m'a submergé à nouveau. *Pédé ? Pédé ?* J'ai perdu tout contrôle et ça faisait du bien. Ma langue était épaisse dans ma bouche. Mon estomac dur comme du bois.

Nous avons traversé la salle jusqu'à la porte et les potes de mon pote se sont presque rompu le dos en se relevant pour suivre les réjouissances.

Nona ? J'ai pensé à elle, mais d'une façon absente, à l'arrière-plan. Je savais qu'elle serait là. Nona prendrait soin de moi. Je le savais de la même façon que je savais qu'il ferait froid dehors. C'était étrange de savoir ça d'une fille que je n'avais rencontrée que cinq minutes plus tôt. Étrange mais ce n'est que plus tard que j'y ai pensé. Mon cerveau était occupé — non, presque obscurci — par l'épais nuage de la rage. Je me suis senti homicide.

Le froid était si clair et si vif qu'on avait l'impression de le couper avec nos corps comme avec un couteau. Les graviers givrés du parking crissaient durement sous ses gros brodequins et sous mes chaussures. La lune, pleine et boursouflée, nous regardait d'un œil insipide. Elle était entourée d'un léger anneau, annonciateur de mauvais temps. Le ciel était aussi noir qu'une nuit infernale. Dans l'éclat monochrome de la lampe au sodium fixée à un haut poteau au-delà de l'endroit où étaient garés les semi-remorques, nous laissions derrière nous de minuscules ombres naines. Nos respirations s'élevaient dans l'air en courtes rafales. Le camionneur s'est tourné vers moi, ses poings gantés en garde.

— Allons, espèce de fils de pute, m'a-t-il dit.

J'ai eu l'impression d'enfler... mon corps tout entier a semblé enfler. D'une certaine façon, de manière floue, je savais que mon intelligence était sur le point d'être éclipsée par quelque chose d'invisible que je n'avais jamais soupçonné en moi. C'était terrifiant... mais en même temps je m'en réjouissais, le souhaitais, l'appellais de tous mes vœux. En un dernier éclair de pensée cohérente j'ai eu l'impression que mon corps était devenu une pyramide de pierres ou un cyclone qui pouvait, sur son passage, tout balayer comme des allumettes colorées. Le camionneur semblait petit, chétif, insignifiant. J'ai ri de lui. J'ai ri et ce son était aussi noir et aussi triste que le ciel halluciné au-dessus de nos têtes.

Il s'est approché de moi en balançant les poings. J'ai rabattu le droit, j'ai reçu sans rien sentir son gauche sur le coin de la figure et je l'ai frappé à l'estomac. Il s'est vidé de son air dans un nuage blanc. Il a tenté de reculer, les mains crispées sur le ventre et toussant.

J'ai couru pour le prendre à revers, riant toujours comme le chien d'un fermier aboyant à la lune et je l'ai encore frappé trois fois avant qu'il ait pu effectuer ne serait-ce qu'un quart de tour... au cou, à l'épaule, sur l'une de ses oreilles rouges.

Il a poussé un cri et l'une de ses mains m'a frôlé le nez. La fureur qui s'était emparée de moi a de nouveau explosé et j'ai recommencé à le frapper, portant mon pied haut et fort comme un joueur qui tire un coup franc. Il a hurlé dans la nuit et j'ai entendu le claquement sec d'une côte. Il s'est cassé en deux et je lui ai sauté dessus.

Au procès l'un des autres camionneurs a témoigné que j'étais une véritable bête fauve. Et j'en étais une. Je ne me souviens plus de grand-chose mais je me souviens de ça, de mes grondements et de mes grognements de chien sauvage.

Je suis monté sur lui à califourchon, j'ai empoigné à pleines mains ses cheveux graisseux et j'ai commencé à lui frotter le visage sur le gravier. Dans l'éclat cru de la lampe au sodium, son sang semblait noir, comme celui d'un scarabée.

— Seigneur, arrêtez! a hurlé quelqu'un.

Des mains ont empoigné mes épaules et m'ont tiré en arrière.

J'ai aperçu des visages qui tourbillonnaient et je me suis mis à les frapper.

Le camionneur a tenté de fuir en rampant. Son visage n'était plus qu'un masque sanglant et hébété dans lequel on ne voyait plus que des yeux exorbités. J'ai commencé à lui donner des coups de pied en esquivant les autres et en grognant de satisfaction chaque fois que je lui rentrais dedans.

Il était hors d'état de répliquer. Il n'avait qu'une idée : essayer de m'échapper. Chaque fois que je lui tapais dessus ses yeux se fermaient, paupières crispées, comme ceux d'une tortue et il s'arrêtait. Puis il se remettait à ramper. Il avait l'air idiot. J'ai décidé que j'allais le tuer. J'allais le frapper à mort. Ensuite, je tuerais tous les autres... tous sauf Nona.

J'ai recommencé à lui donner des coups de pied, il s'est affalé sur le dos et a levé vers moi des yeux ahuris.

— Pitié, a-t-il grogné. Je demande pitié. J't'en prie. J't'en prie...

Je me suis agenouillé près de lui et j'ai senti le gravillon mordre mes genoux à travers la toile fine de mon jean.

— Tiens, prends ça, mon joli, ai-je murmuré. La voilà, ma pitié.

De mes deux mains j'ai agrippé sa gorge.

Trois d'entre eux m'ont soudain sauté dessus et m'ont arraché à lui. Je me suis relevé toujours souriant et me suis avancé vers eux. Ils ont reculé, ces trois grands types, tous verts de peur.

Et ça s'est arrêté.

Comme ça, ça s'est arrêté et je me suis retrouvé, debout sur le parking de « Chez Joe, à la Bonne Bouffe », respirant bruyamment, me sentant malade et horrifié.

Je me suis retourné et j'ai regardé le restaurant derrière moi. La fille était là ; son beau visage illuminé par le triomphe. Elle a dressé le poing à la hauteur de son épaule en un salut semblable à celui de ces Noirs lors des fameux jeux Olympiques.

Je me suis retourné vers l'homme au sol. Il essayait toujours de fuir en rampant et quand je me suis approché de lui ses globes oculaires ont roulé avec effroi.

— Ne le touchez pas, a crié un de ses amis.

Je les ai regardés, honteux.

— Je suis désolé... Je n'avais pas l'intention de... de lui faire si mal. Laissez-moi aider...

— Tu te tires d'ici, voilà c' que tu vas faire, a dit le cuistot-serveur.

Il se tenait devant Nona au pied des escaliers, une spatule graisseuse dans sa main crispée.

— J'appelle les flics.

— Eh, mon vieux, c'est lui qui *a commencé* tout ça ! C'est lui...

— M' raconte pas d' salades, espèce de tantouze pouilleuse, a-t-il répondu en reculant. Tout c' que j' sais c'est qu' t'as failli tuer ce gars. J'appelle les flics.

Il est rentré précipitamment.

— D'accord, ai-je dit sans m'adresser à quiconque en particulier. D'accord, c'est bon, d'accord.

J'avais laissé mes gants de cuir à l'intérieur mais ça ne semblait pas une bonne idée de retourner les chercher. J'ai mis mes mains dans mes poches et je suis reparti vers la route d'accès à l'autoroute. Je me disais que j'avais une chance sur dix d'être pris par une voiture avant que les flics me ramassent. J'avais les oreilles gelées et mal au cœur. Sacrée nuit.

— Attends ! Hé, attends !

J'ai fait volte-face. C'était elle, elle courait pour me rattraper, ses cheveux flottant derrière elle.

— Tu as été magnifique ! a-t-elle dit. Magnifique !

— Je l'ai salement amoché, ai-je répondu sourdement. Je n'avais jamais fait un truc comme ça avant.

— J'aurais aimé que tu le tues !

Je l'ai regardée en clignant des yeux dans la lumière glacée.

— T'aurais entendu ce qu'ils disaient sur moi avant que tu n'arrives. S'esclaffant de leurs gros rires sales de bravaches... waf, waf, visez la petite fille encore dehors bien après la tombée de la nuit. Tu vas où, chérie ? Tu veux monter ? J' te fais faire un tour si tu m'en fais faire un. *Salauds !*

Elle a lancé par-dessus son épaule un coup d'œil furieux comme si elle pouvait les étendre raides morts d'un trait soudain de ses yeux noirs. Puis elle les a tournés vers moi, et à nouveau on aurait dit qu'une lampe-torche venait d'être allumée dans mon cerveau.

— Je m'appelle Nona. Je pars avec toi.

— Où ? En prison ?

J'ai saisi mes cheveux à deux mains.

— Avec ça, le premier mec qui va nous prendre est bien capable d'être un flic. Le cuisinier ne plaisantait pas quand il a dit qu'il allait les appeler.

— C'est moi qui ferai du stop. Tu te tiendras derrière moi. Ils s'arrêteront pour moi. Ils s'arrêtent toujours pour une fille quand elle est jolie.

Je ne pouvais pas la contredire sur ce point et ne le souhaitais pas. Le coup de foudre ? Peut-être pas. Mais quelque chose comme ça. Vous voyez le genre de vibration ?

— Tiens, a-t-elle dit, tu avais oublié ça.

Elle m'a tendu mes gants.

Elle n'était pas retournée à l'intérieur et ça voulait dire qu'elle les avait eus avec elle tout du long. Elle avait toujours su qu'elle viendrait avec moi. Ça m'a donné le frisson. J'ai enfilé mes gants et nous avons remonté la route d'accès jusqu'à l'autoroute.

Elle avait raison à propos du stop. Nous avons été pris par la première voiture qui s'est engagée sur la bretelle.

Nous ne nous sommes pas parlé davantage pendant que nous attendions mais c'était comme si nous l'avions fait. Je ne me lancerai pas dans un tas de discours sur la perception extrasensorielle et toutes ces salades. Vous voyez de quoi je parle. Vous l'avez déjà expérimenté si vous avez déjà été avec quelqu'un dont vous étiez vraiment très proche ou si vous avez pris une de ces drogues qui a des initiales pour nom. Vous n'avez pas besoin de parler. La communication semble transférée sur quelque canal à haute fréquence émotionnelle. En un clin d'œil tout est fait. Nous étions deux étrangers. Je ne connaissais que son prénom et maintenant que j'y pense je ne crois pas lui avoir jamais dit le mien. Mais nous en étions là. Ce n'était pas de l'amour. Je déteste le répéter mais je sens qu'il le faut. Je ne voudrais pas salir ce mot avec ce qu'il a pu y avoir entre nous, quoi que ce soit... pas après ce que nous avons fait, pas après Castle Rock, pas après les rêves.

Un hurlement aigu et intermittent a rempli le silence froid de la nuit, s'enflant et retombant.

— C'est une ambulance il me semble, ai-je dit.

— Oui.

Le silence à nouveau. La lumière de la nuit s'affaiblissait derrière une couche de nuages de plus en plus dense. J'ai pensé que l'anneau qui encerclait la lune n'avait pas menti ; il neigerait avant la fin de la nuit.

Au-dessus de la colline, des phares ont troué la nuit.

Je me suis mis derrière elle sans qu'elle ait eu besoin de me le dire. Elle a rejeté ses cheveux en arrière et a levé son beau visage.

Pendant que je regardais le clignotant de la voiture signaler qu'elle s'engageait sur la rampe j'ai été emporté par un sentiment d'irréalité : il était irréel que cette fille superbe ait choisi de me suivre, il était irréel que j'aie frappé un homme au point que l'on doive appeler une ambulance pour lui, il était irréel de penser que d'ici le lendemain matin je serais peut-être en prison. Irréel. Je me sentais pris dans une toile d'araignée. Mais qui était l'araignée ?

Nona a tendu le pouce. La voiture, une berline Chevrolet, est passée devant nous et j'ai cru qu'elle allait continuer sans s'arrêter. Puis, les feux arrière se sont allumés et Nona m'a agrippé la main.

— Viens vite, il va nous prendre !

Elle m'a souri pleine d'une joie enfantine et je lui ai répondu par un sourire.

Le type était en train de se pencher avec enthousiasme par-dessus le siège pour lui ouvrir la porte. Quand le plafonnier s'est allumé j'ai pu le voir : un homme assez grand vêtu d'un coûteux manteau en poil de chameau, des cheveux grisonnants dépassant de son chapeau, des traits prospères arrondis par des années de bons repas. Un homme d'affaires ou un représentant de commerce. Seul. Quand il m'a vu il a eu un mouvement de recul mais c'était une ou deux secondes trop tard pour redémarrer et foutre le camp. Et c'était plus facile pour lui ainsi. Plus tard il pourrait se persuader qu'il nous avait vus tous les deux, qu'il était vraiment un homme au grand cœur en train de filer un coup de main à un jeune couple.

— Froide nuit, a-t-il dit alors que Nona s'installait près de lui et que je m'asseyais à côté d'elle.

— C'est bien vrai, a répondu gentiment Nona. Merci !

— Ouais, ai-je ajouté, merci.

— Y a pas de quoi.

Et nous étions partis, laissant sirènes, camionneurs en déroute et « Chez Joe, à la Bonne Bouffe », derrière nous.

J'avais été viré de l'autoroute à 7 heures et demie. Il n'était maintenant que 8 heures et demie. C'est incroyable tout ce qu'on peut faire en peu de temps ou tout ce qu'on peut vous faire.

Nous approchions du feu clignotant jaune qui signale le péage d'Augusta.

— Vous allez où ? a demandé le conducteur.

C'était une question piège. J'avais espéré pousser jusqu'à Kittery et m'affaler chez quelqu'un que je connaissais, instituteur là-bas. Ça semblait une réponse aussi bonne qu'une autre et j'ouvrais la bouche pour la donner quand Nona a dit :

— Nous allons à Castle Rock. C'est une petite ville juste au sud-ouest de Lewiston-Auburn.

Castle Rock. Ça m'a fait tout drôle. Dans le temps j'avais été en assez bons termes avec Castle Rock. Mais c'était avant qu'Ace Merrill me casse la gueule.

Le type a arrêté sa voiture, a pris un ticket au péage, et nous étions repartis.

— Moi, je ne vais pas plus loin que Gardiner, a-t-il lancé, mentant effrontément. La prochaine sortie. Mais ça vous avance un peu.

— C'est sûr, a dit Nona, toujours aussi gentiment. C'était gentil à vous de vous arrêter par une nuit si froide.

Et comme elle disait cela je percevais, sur cette longueur d'onde à haute fréquence émotionnelle, sa colère, nue et venimeuse. Ça m'a fait peur, comme me ferait peur le tic-tac sorti d'un paquet bien emballé.

— Je m'appelle Blanchette, s'est-il présenté. Norman Blanchette.

Il a tendu sa main dans notre direction pour que nous la serrions.

— Cheryl Craig, a enchaîné Nona gracieusement.

J'ai suivi son exemple et j'ai donné un faux nom.

— 'chanté, ai-je marmonné.

Sa main était molle et flasque. On aurait dit une bouillotte en forme de main. Ça m'a rendu malade. Ça me rendait malade d'avoir dû quémander une place dans la voiture de ce type condescendant qui pensait avoir trouvé une occasion de ramasser une jolie fille faisant du stop toute seule, une fille qui accepterait peut-être de passer une heure dans une chambre de motel contre assez d'argent pour acheter un ticket de car. Ça me rendait malade de savoir que si j'avais été seul ce type qui venait de me tendre sa main flasque et chaude aurait filé comme une flèche sans plus m'accorder d'attention. Ça me rendait malade de savoir qu'il allait nous larguer à la sortie de Gardiner, repartir en sens inverse et retourner à toute allure sur l'autoroute, passant sans un regard devant nous sur la rampe d'accès sud en se félicitant de l'aisance avec laquelle il avait réglé une situation ennuyeuse. Tout en lui me rendait malade. L'affaissement porcin de ses bajoues, ses cheveux plaqués sur ses tempes, l'odeur de son eau de Cologne.

Et au nom de quoi avait-il tous ces droits ? Au nom de quoi ?

Le malaise s'est épaissi et des fleurs de rage ont commencé à s'épanouir de nouveau. Les phares avant de sa luxueuse Impala trouaient la nuit avec une aisance fluide et ma rage voulait exploser et tordre le cou à tout ce qui l'entourait... le genre de musique qu'il écoutait, j'en étais sûr, dans son fauteuil inclinable La-Z-Boy*, le journal du soir dans les bouillottes qui lui servaient de mains, le rinçage que sa femme utilisait pour se teindre les cheveux, la marque des sous-vêtements que je savais qu'elle portait, les enfants toujours expédiés au cinéma, expédiés à l'école, expédiés en camp — du moment qu'ils étaient expédiés quelque part —, ses amis snobs et les soirées très alcoolisées que le couple passait avec eux.

Mais son eau de Cologne... c'était le comble. Elle empestait la voiture d'une senteur doucereuse, écœurante. Elle rappelait le désinfectant parfumé que l'on utilise dans les abattoirs à chaque changement d'équipe.

La voiture fonçait à travers la nuit et Norman Blanchette tenait le volant de ses mains bouffies. Ses ongles manucurés luisaient doucement dans la lumière du tableau de bord. J'avais envie d'entrouvrir une des vitres latérales pour échapper à cette odeur suffocante. Non, plus que ça — j'avais envie de baisser complètement la vitre et de plonger ma tête dans l'air froid, de me baigner dans la fraîcheur glacée, mais j'étais figé, figé dans la poche hébétée d'une haine sans mot, indicible.

C'est alors que Nona m'a glissé le coupe-papier dans la main.

Quand j'avais trois ans, j'ai attrapé une mauvaise grippe et j'ai dû être hospitalisé. Pendant que j'étais là-bas, mon père s'est endormi en fumant au lit et la maison a été réduite en cendres avec mes parents et mon frère aîné Drake. J'ai des photos d'eux. Ils ressemblent aux acteurs d'un vieux film d'horreur tourné par American International en 1958, des visages dont on ne conserve pas plus de souvenir que de ceux de ces grandes stars comme Elisha Cook Jr., Mara Corday et cet enfant vedette dont on se rappelle vaguement : Brandon de Wilde, peut-être.

---

* Marque connue ; littéralement : garçon paresseux. (*N.d.T.*)

Je n'avais aucune famille pour m'accueillir, alors on m'a envoyé pendant cinq ans dans un home d'enfants à Portland. Puis je suis devenu pupille de l'État. Ça signifie qu'une famille vous prend chez elle et que l'État lui paie trente dollars par mois pour votre garde. Je ne pense pas qu'aucun pupille de l'État ait jamais pris goût à la langouste. En général, un couple prend deux ou trois pupilles : non pas que le lait de la tendresse humaine coule dans les veines de ces gens-là mais parce que c'est un investissement financier. Ils vous nourrissent. Ils prennent les trente dollars de l'État et ils vous nourrissent. Quand un gamin est engraissé il peut gagner son pain en effectuant des corvées pour la maison. Ces trente billets se changent en quarante, cinquante, soixante-cinq peut-être. Le capitalisme appliqué aux sans-famille. Le plus beau pays du monde, pas vrai ?

Les « miens » s'appelaient Hollis et vivaient à Harlow, de l'autre côté de la rivière, en face de Castle Rock. Ils possédaient une ferme de trois étages et quatorze pièces. Il y avait un chauffage au charbon dans la cuisine et la chaleur montait aux étages comme elle le pouvait. En janvier on se couchait avec trois couvertures molletonnées et on n'était jamais sûr d'avoir encore ses pieds quand on se levait le matin. Il fallait les poser sur le sol où on pouvait les voir pour s'en assurer. Mme Hollis était grosse. M. Hollis était chiche et avare de paroles. Tout le long de l'année il portait une casquette de chasse rouge et noir. La maison était un fouillis confus de vieux rossignols, de trucs achetés dans des braderies, matelas moisis, chiens, chats et pièces de rechange de voiture étalées sur des journaux. J'avais trois « frères », tous des pupilles. Nous nous connaissions vaguement comme des voyageurs qui passent trois jours dans le même bus.

J'ai eu de bonnes notes à l'école et en deuxième année de lycée j'ai participé aux matches de sélection de printemps de l'équipe de base-ball. Hollis criaillait constamment après moi pour que j'abandonne mais je me suis accroché jusqu'à cette affaire avec Ace Merrill. Alors je n'ai plus voulu y mettre les pieds, pas avec ce visage gonflé et couturé, pas avec ces histoires que Betsy Malenfant colportait partout. J'ai donc quitté l'équipe, et Hollis m'a trouvé un emploi de serveur de soda au drugstore du coin.

En février de ma troisième année, je me suis présenté à l'examen d'entrée à l'université en versant pour cela les douze dollars d'inscription que j'avais planqués dans mon matelas. J'ai été accepté avec une petite bourse d'études et un bon boulot à la bibliothèque du campus. L'expression du visage des Hollis quand je leur ai montré les papiers de l'aide financière reste le meilleur souvenir de ma vie.

Un de mes « frères », Curt, s'est sauvé. Je n'aurais pas pu faire ça. J'étais trop passif pour franchir un tel pas. Je serais rentré après avoir passé deux heures sur la route. L'école était la seule issue pour moi et je l'ai empruntée.

La dernière chose que Mme Hollis m'a dite quand je suis parti a été : « Envoie-nous un petit quelque chose quand tu le pourras. » Je ne les ai jamais revus, ni l'un ni l'autre. J'ai obtenu de bonnes notes pendant ma première année d'université et, cet été-là, j'ai décroché un emploi à plein temps à la bibliothèque. Cette première année je leur ai adressé une carte pour Noël mais il n'y en a pas eu d'autre.

Pendant le premier trimestre de ma seconde année, je suis tombé amoureux. C'était la plus grande chose qui me soit jamais arrivée. Jolie ? Elle vous aurait fait tomber à la renverse. Aujourd'hui encore je n'ai pas la moindre idée de ce qu'elle a bien pu me trouver. Je ne sais même pas si elle m'a ou non aimé. Je pense que si, au début. Après, ça n'était plus qu'une habitude difficile à rompre, comme de fumer ou de conduire avec le coude à la fenêtre. Elle m'a gardé un moment, peut-être pour ne pas rompre l'habitude. Peut-être m'a-t-elle gardé par indécision, à moins que ce ne soit par vanité. Bon garçon, couché, assis, va chercher le journal. Voilà un bisou, bonne nuit. Ça n'a pas d'importance. Un moment ça a été de l'amour, et puis ça a ressemblé à de l'amour, et puis c'était fini.

J'ai couché deux fois avec elle, les deux fois après qu'autre chose eut remplacé l'amour. Ça a nourri l'habitude pendant un petit moment. Puis elle est revenue des vacances de Thanksgiving et m'a annoncé qu'elle était amoureuse d'un type de Delta Tau Delta*, originaire de la même ville qu'elle. J'ai essayé de la reprendre et ça a presque marché une fois, mais elle avait à présent quelque chose qu'elle n'avait pas auparavant : une perspective.

Tout ce que j'avais construit au long de ces années depuis que le feu avait fait disparaître les acteurs de films de série B qui autrefois

---

* Nom d'une fraternité. (*N.d.T.*)

avaient constitué ma famille s'est effondré. L'insigne* de ce mec sur son chemisier.

Après ça j'ai fricoté avec trois ou quatre filles qui voulaient bien coucher avec moi. Je pourrais mettre ça sur le compte de mon enfance, dire que je n'avais jamais disposé de bons exemples en matière de sexualité, mais ce n'était pas ça. Je n'avais jamais eu aucun problème avec la fille. Sauf à présent que la fille était partie.

J'ai commencé à avoir peur des filles, un petit peu. Et ce n'était pas tant de celles avec lesquelles j'étais impuissant que de celles avec lesquelles je ne l'étais pas, celles avec lesquelles je pouvais le faire. Elles me mettaient mal à l'aise. Je ne cessais de me demander quels buts elles poursuivaient et quand elles allaient me laisser les découvrir. Je ne suis pas si singulier que ça dans ce domaine. Montrez-moi un homme marié ou un homme qui a une relation stable avec une femme et je vous montrerai quelqu'un qui se demande (peut-être seulement aux heures blanches du petit matin ou le vendredi après-midi pendant qu'elle fait les courses à l'épicerie) : *que fait-elle quand je ne suis pas là ? Que pense-t-elle vraiment de moi ?* Et peut-être surtout : *Quelle part de moi a-t-elle prise ? Que reste-t-il de moi ?* Une fois que j'ai eu commencé à penser à tout ça, j'y ai pensé tout le temps.

Je me suis mis à boire et mes notes ont fait un sacré plongeon. Pendant les vacances de fin de semestre, j'ai reçu une lettre d'avertissement : si je ne progressais pas dans les six semaines, le chèque de ma bourse du second trimestre me serait supprimée. Moi et quelques gars que je fréquentais, nous avons pris une bonne cuite et sommes restés bourrés pendant tout le reste des vacances. Le dernier jour nous sommes allés au bordel et j'ai bien fonctionné. Il faisait trop sombre pour qu'on voie les visages.

Mes notes sont restées à peu près stationnaires J'ai appelé la fille une fois et j'ai pleuré au bout du fil. Elle a pleuré elle aussi et dans une certaine mesure je crois que ça lui a fait plaisir. Je ne la détestais pas alors et je ne la déteste pas aujourd'hui. Mais elle me faisait peur. Elle me faisait très peur.

Le 9 février j'ai reçu une lettre du doyen du collège des Arts et Sciences m'informant que j'étais recalé dans deux ou trois cours de ma matière principale. Le 13 février j'ai reçu une lettre quelque peu hésitante de la fille. Elle souhaitait que tout s'arrange entre

---

* Insigne : marque d'appartenance à une fraternité. (*N.d.T.*)

nous. Elle allait épouser le type de Delta Tau Delta en juillet ou en août et je pouvais être invité si je le voulais. C'était presque drôle. Qu'aurais-je bien pu lui offrir comme cadeau de mariage ? Mon cœur enserré d'un ruban rouge ? Ma tête ? Ma bite ?

Le 14, jour de la Saint-Valentin, j'ai décidé qu'il était temps de changer de décor. Après, Nona est apparue, mais ça, vous êtes au courant.

Il faut que vous compreniez ce qu'elle était pour moi si cela doit aider d'une façon ou d'une autre. Elle était plus belle que la fille, mais ce n'était pas ça. La beauté est banale dans un pays riche. C'était ce qu'elle était à l'intérieur. Elle était sexy, mais d'une façon quelque peu végétale — une sexualité aveugle, une sorte de crampon, une sexualité-à-ne-pas-nier mais pas si importante que ça parce qu'aussi instinctive que la photosynthèse. Pas comme un animal, mais comme une plante. Vous voyez ce que je veux dire ? Je savais que nous ferions l'amour, que nous le ferions comme le font les hommes et les femmes, mais que notre accolement serait aussi émoussé, séparé et vide de sens que le lierre enfonçant ses crampons sur une treille sous le soleil d'août.

Le sexe était important dans la seule mesure où il n'avait pas d'importance.

Je pense — non, je suis sûr — que la violence était la réelle force motrice. La violence était réelle et pas simplement imaginaire. Elle était aussi puissante, rapide et dure que la Ford 52 d'Ace Merrill. La violence « Chez Joe, à la Bonne Bouffe », la violence envers Norman Blanchette. Mais même là il y avait quelque chose d'aveugle et de végétal. Peut-être n'était-elle qu'une vigne vierge après tout, car si la Vénus gobe-mouches fait partie des vignes elle est aussi plante carnivore et fait des mouvements animaux quand une mouche ou un morceau de viande est placé à portée de ses mâchoires. Et tout cela était bien réel. La vigne sporulée se contente peut-être de rêver qu'elle fornique, mais je suis sûr que la Vénus gobe-mouches déguste cette mouche, savoure sa lutte faiblissante alors que ses mâchoires se referment sur elle.

Le dernier élément, c'était ma propre passivité. Je ne parvenais pas à combler le vide de ma vie. Pas le vide laissé par la fille quand elle m'avait dit au revoir — je ne veux pas lui faire porter le chapeau — mais le vide qu'il y avait toujours eu, ce tournoiement sombre et confus qui jamais ne s'apaisait au plus profond de moi. Nona remplissait ce vide. Elle m'a fait bouger et agir.

Elle m'a rendu noble.

A présent vous comprenez peut-être un peu. Pourquoi je rêve d'elle. Pourquoi demeure la fascination malgré le remords et la répulsion. Pourquoi je la hais. Pourquoi je la crains. Et pourquoi même maintenant je l'aime encore.

Il y avait une douzaine de kilomètres entre la rampe d'Augusta et Gardiner et nous les avons parcourus en quelques courtes minutes. La main crispée sur le coupe-papier posé à côté de moi j'ai vu la pancarte d'un vert phosphorescent — POUR LA SORTIE 14 GARDEZ VOTRE DROITE — clignoter dans la nuit. La lune avait disparu et de la neige fondue avait commencé à tomber.

— Je regrette de ne pas aller plus loin, a dit Blanchette.

— Ça ne fait rien, a répondu Nona chaleureusement, et j'ai senti sa rage vrombir et fouir la chair de mon crâne comme le foret d'une perceuse. Laissez-nous simplement en haut de la rampe.

Il a monté celle-ci en observant la vitesse limite de quarante-cinq kilomètres-heure. Je savais ce que j'allais faire. On aurait dit que mes jambes s'étaient soudain changées en du plomb en fusion.

Le sommet de la rampe était éclairé par une lampe dont l'éclat tombait à la verticale. On pouvait voir sur la gauche, contre l'épaisse couche de nuages, les lumières de Gardiner. A droite, rien d'autre que l'obscurité. D'un côté ou de l'autre, il n'y avait pas une voiture à l'horizon le long de la route d'accès.

Je suis sorti. Nona s'est glissée le long du siège, adressant à Norman Blanchette un dernier sourire. Je n'étais pas inquiet. Elle orchestrait le spectacle.

Blanchette souriait de son exaspérant sourire porcin, soulagé d'être débarrassé de nous.

— Eh bien, bons...

— Oh, mon sac ! Ne partez pas avec mon sac !

— J'y vais, ai-je lancé.

Je me suis penché à l'intérieur de la voiture. Blanchette a vu ce que je tenais à la main et le sourire porcin de son visage s'est figé.

Des phares sont apparus au sommet de la côte mais il était trop tard pour arrêter. Rien n'aurait pu m'arrêter. J'ai saisi le sac de Nona de la main gauche. De la droite j'ai plongé le coupe-papier en acier dans la gorge de Blanchette. Il a poussé un seul geignement.

Je suis sorti de la voiture. Nona était en train de faire signe au véhicule qui approchait. Dans l'obscurité et la neige je ne pouvais pas voir ce que c'était ; je pouvais seulement discerner les deux cercles brillants de ses phares avant. Je me suis accroupi derrière la voiture de Blanchette et j'ai regardé furtivement à travers les vitres arrière.

Les voix se perdaient presque dans la gorge du vent.

— ... problèmes, mademoiselle ?

— ... père... vent... a eu une crise cardiaque ! Pourriez-vous...

J'ai fait précipitamment le tour de l'Impala de Blanchette et me suis penché en avant. Je les voyais à présent. La mince silhouette de Nona et une forme plus grande. Ils étaient debout près d'un pick-up. Ils se sont retournés et se sont approchés de la fenêtre du conducteur de la Chevrolet, là où Norman Blanchette était effondré sur le volant avec le coupe-papier de Nona dans la gorge. Le conducteur de la camionnette était un jeune gars vêtu de ce qui semblait être une parka des Forces de l'Air. Il s'est penché à l'intérieur. Je me suis avancé derrière lui.

— Nom de Dieu, mademoiselle ! s'est-il écrié. Ce type est couvert de sang ! Qu'est-ce...

J'ai enserré sa gorge de mon bras droit et j'ai agrippé mon poignet droit avec ma main gauche. J'ai tiré de toutes mes forces vers le haut. Sa tête s'est affaissée sur le haut de la porte avec un *toc !* sourd. Il est devenu flasque entre mes bras.

J'aurais pu m'arrêter là. Il n'avait pas vraiment bien regardé Nona, ne m'avait pas du tout vu. J'aurais pu m'arrêter. Mais c'était un indiscret, un touche-à-tout, un de plus en travers de notre chemin, qui essayait de nous faire du mal. J'en avais assez d'avoir mal. Je l'ai étranglé.

Quand ça a été fini j'ai levé les yeux et j'ai vu Nona sous les feux croisés des phares de la voiture et de ceux de la camionnette, avec sur le visage un grotesque rictus de haine, d'amour, de triomphe et de joie. Elle m'a tendu les bras et je m'y suis glissé. Nous nous sommes embrassés. Sa bouche était froide mais sa langue était chaude. J'ai plongé les deux mains dans les replis secrets de sa chevelure et le vent hurlait autour de nous.

— A présent, arrange ça, m'a-t-elle dit. Avant que quelqu'un d'autre n'arrive.

J'ai tout arrangé. C'était du travail bâclé mais je savais que c'était tout ce dont nous avions besoin. Un peu plus de temps. Après, ça n'aurait pas d'importance. Nous serions en sûreté.

Le môme était léger. Je l'ai pris dans mes bras, l'ai transporté jusqu'à l'autre côté de la route et l'ai jeté dans le ravin par-dessus la rambarde de sécurité. Son corps désarticulé a dégringolé la pente jusqu'au fond, cul par-dessus tête, comme l'épouvantail que M. Hollis me faisait installer dans le champ de maïs en juillet. Je suis retourné chercher Blanchette.

Il était plus lourd, et saignait comme un porc écorché. J'ai essayé de le soulever, ai reculé de trois pas en titubant ; il m'a alors glissé des mains et s'est écroulé sur la route. Je l'ai retourné. La neige fraîche était restée collée sur son visage, transformant celui-ci en un masque de skieur.

Je me suis penché, l'ai attrapé sous les bras et l'ai tiré jusqu'au ravin. Ses pieds laissaient des traînées derrière lui. Je l'ai balancé par-dessus la rambarde et l'ai regardé glisser sur le dos le long du remblai, les bras dressés au-dessus de la tête. Ses yeux grands ouverts fixaient avec une profonde attention les flocons de neige qui leur tombaient dedans. Si la neige continuait à tomber, ils ne seraient tous deux que de vagues monticules lorsque passeraient les chasse-neige.

Je suis retourné de l'autre côté de la route. Nona était déjà montée dans le pick-up sans que j'aie eu besoin de lui dire quel véhicule nous utiliserions. J'ai pu discerner la tache pâle de son visage, les trous sombres de ses yeux et c'est tout. Je suis monté dans la voiture de Blanchette, me suis assis sur les traces de son sang qui maculait le siège de vinyle usé et l'ai conduite sur le bas-côté. J'ai éteint les phares avant, ai déclenché les feux de détresse et suis sorti. Si quelqu'un passait par là il croirait qu'un automobiliste, en panne, était parti à pied jusqu'à la ville, à la recherche d'un garage. J'étais très satisfait de mon improvisation. On aurait dit que j'avais passé toute ma vie à assassiner des gens. Je suis retourné en trottant jusqu'au pick-up dont le moteur tournait au ralenti, me suis mis au volant et me suis dirigé vers la rampe d'accès à l'autoroute à péage.

Elle était assise près de moi, pas à me toucher mais très proche. Lorsqu'elle bougeait, je sentais parfois une mèche de ses cheveux contre mon cou. C'était comme si on m'effleurait avec une minuscule électrode. J'ai dû une fois étendre la main et tâter sa jambe pour m'assurer qu'elle était réelle. Elle a ri doucement. Tout était réel. Le vent hurlait autour des fenêtres, poussant de grosses rafales de neige voltigeante.

Nous nous sommes enfuis vers le sud.

Juste de l'autre côté du pont en face de Harlow lorsque vous empruntez la 126 vers Castle Heights, vous aboutissez à une énorme ferme restaurée connue sous le nom risible de Ligue des jeunes de Castle Rock. On y trouve un bowling à douze pistes avec un système capricieux de mise en place automatique des quilles qui s'abstient en général de marcher les trois derniers jours de la semaine, quelques vieux flippers, un juke-box avec les grands succès de 1957, trois tables de billard et un comptoir à Coke et chips où l'on peut également louer des chaussures de bowling qui ont l'air d'avoir été enlevées des pieds de cadavres d'alcooliques. Le nom de l'endroit est risible car la plupart des jeunes de Castle Rock, le soir, vont soit au cinéma en plein air de Jay Hill, soit aux courses de stock-cars d'Oxford Plain. Les gens qui fréquentent vraiment cet endroit sont des durs de Gretna, Harlow et Rock. Il éclate, en moyenne, une bagarre par soirée sur le parking.

En seconde année de lycée, j'ai commencé à traîner là-bas. L'un de mes potes, Bill Kennedy, y travaillait trois soirs par semaine et quand il y avait une table de libre il me laissait tirer gratuitement quelques boules de billard. Ça n'était pas le bout du monde mais c'était mieux que de rentrer chez les Hollis.

C'est là que j'ai rencontré Ace Merrill. Personne ne contestait qu'il était la terreur du coin. Il conduisait un coupé Ford 52 et on racontait qu'il pouvait le pousser jusqu'à deux cents s'il le fallait. Il faisait une entrée royale, les cheveux luisants et plaqués en arrière par la gomina avec une queue de canard à la Pompadour, jouait quelques parties doubles pour dix cents la boule (était-il bon ? Je vous le laisse deviner), offrait un Coca à Betsy lorsqu'elle arrivait et alors, partait avec elle. On pouvait presque entendre le soupir de soulagement gêné de ceux qui étaient présents quand gémissait la porte d'entrée défoncée. Personne ne s'est jamais hasardé sur le parking avec Ace Merrill.

Enfin, personne, sauf moi.

Betsy Malenfant était sa nana, la plus jolie nana de Castle Rock, je crois. Je ne pense pas qu'elle ait été extrêmement brillante, mais, dès que vous lui aviez jeté un coup d'œil, ça ne comptait plus. Elle avait le teint le plus parfait que j'aie jamais vu, et il ne sortait pas d'un flacon de cosmétique. Des cheveux noirs comme le jais, des yeux sombres, une bouche généreuse, un corps époustouflant... et ça la gênait pas de l'exhiber. Qui aurait osé l'entraîner dehors pour essayer de lui enfoncer un wagon dans le tunnel quand Ace était dans le coin ? Personne d'un tant soit peu sensé, ça c'est sûr.

Je suis tombé fou amoureux d'elle. Pas comme de la fille ou de Nona, même si Betsy avait l'air d'une version plus jeune de cette dernière, mais c'était tout aussi désespéré et tout aussi sérieux dans son genre. Si vous avez jamais été terrassé par une terrible crise d'amour juvénile, vous savez ce que j'ai pu éprouver. Elle avait dix-sept ans, deux ans de plus que moi.

J'ai commencé à me rendre là-bas de plus en plus souvent, même les soirs où Billy ne travaillait pas, pour simplement l'entr'apercevoir. J'avais l'impression d'être un observateur d'oiseaux, sauf qu'il s'agissait pour moi d'une distraction désespérée. Je rentrais à la maison, racontais un mensonge quelconque aux Hollis sur l'endroit où j'étais allé et montais dans ma chambre. Je lui écrivais de longues lettres enflammées, lui racontant tout ce que j'aurais aimé lui faire et puis je les déchirais. Dans les salles d'étude du lycée je rêvais de la demander en mariage afin de fuir avec elle au Mexique.

Elle a dû deviner ce qui se passait et ça a dû la flatter un peu parce qu'elle se montrait gentille avec moi quand Ace n'était pas là. Elle s'approchait pour me parler, me laissait lui offrir un Coca, s'asseyait sur un tabouret, et faisait un peu de frotti-frotta avec sa jambe contre la mienne. Ça me rendait fou.

Un soir de début novembre, je traînaillais, tirant quelques boules avec Bill en attendant qu'elle arrive. L'endroit était désert car il n'était pas encore 8 heures et un vent solitaire reniflait au-dehors, annonciateur de l'hiver.

— Tu ferais mieux de laisser tomber, a dit Bill en envoyant la neuf tout droit dans le trou.

— Laisser tomber quoi ?

— Tu sais bien.

— Non, j' sais pas.

J'ai frappé la mauvaise boule et Billy en a remis une sur la table. Il en a tiré six et pendant ce temps je suis allé mettre dix cents dans le juke-box.

— Betsy Malenfant. (Il a soigneusement visé la une et l'a envoyée au-dessus du rebord.) Charlie Hogan a raconté à Ace que tu lui tournais autour. Charlie disait que c'était vraiment tordant, que tu étais plus jeune qu'elle et tout ça, mais Ace n'a pas trouvé ça drôle.

— Elle n'est rien pour moi, ai-je murmuré, les lèvres sèches.

— Vaut mieux, a répondu Bill ; et alors quelques types sont entrés, il est allé au comptoir et leur a donné des boules noires.

Ace est arrivé vers neuf heures et il était seul. Il n'avait jamais fait attention à moi avant et j'avais presque oublié ce que m'avait dit Billy. Quand on est invisible on pense être invulnérable. J'étais en train de jouer au flipper et j'étais assez absorbé. Je n'avais même pas remarqué que tout devenait silencieux car les gens s'étaient arrêtés de jouer au bowling ou au billard. Avant que j'aie eu le temps de comprendre quoi que ce soit, quelqu'un m'avait balancé par-dessus le flipper. Je suis tombé comme une masse. Je me suis relevé effrayé et malade. La machine avait fait tilt, annulant mes trois balles gratuites. Il se tenait là et me regardait, pas une seule mèche de cheveux décoiffée, la fermeture Éclair de son blouson militaire à demi ouverte.

— T'arrêtes de la tripoter, m'a-t-il dit à voix basse ou j' te fais une grosse tête.

Il est sorti. Tout le monde me regardait et j'avais envie de disparaître dans un trou de souris jusqu'à ce que je réalise qu'il y avait une sorte d'admiration réticente sur la plupart des visages. Alors, impassible, je me suis époussété, et j'ai remis dix cents dans le flipper. La lumière du TILT s'est éteinte. Quelques gars se sont approchés et, sans un mot, m'ont asséné une bourrade dans le dos avant de sortir.

A onze heures, au moment de la fermeture, Billy a offert de me raccompagner.

— Tu vas te casser la figure si tu fais pas gaffe.

— T'en fais pas pour moi, ai-je dit.

Il n'a rien répondu.

Deux ou trois soirs plus tard Betsy est arrivée vers sept heures, seule. Il y avait là un autre môme, ce drôle de petit binoclard appelé Vern Tessio, qui s'était fait virer du lycée quelques années auparavant. Je l'avais à peine remarqué. Il était encore plus invisible que moi.

Elle s'est dirigée tout droit vers l'endroit où je jouais au billard, assez près pour que je puisse sentir l'odeur fraîche du savon sur sa peau. Ça m'a donné le tournis.

— On m'a raconté ce que t'a fait Ace, m'a-t-elle déclaré. Je ne dois plus te parler et je ne le ferai pas, mais j'ai quelque chose pour faire passer tout ça.

Elle m'a embrassé. Puis elle est sortie avant que j'aie pu décoller ma langue de mon palais. J'ai repris ma partie, hébété. Je n'ai même pas vu Tessio sortir pour colporter l'histoire. Je ne voyais rien d'autre que ses yeux sombres, sombres.

Alors, plus tard ce soir-là, je me suis retrouvé sur le parking avec Ace Merrill et il m'a laissé sur le carreau. Il faisait froid, un froid de loup, et à la fin je me suis mis à sangloter sans me soucier de qui pouvait voir ou entendre ; à ce moment-là, tout le monde. L'unique lampe à arc au sodium jetait une lumière impitoyable sur tout ça. Je n'ai même pas réussi à lui porter le moindre coup.

— C'est bon, a-t-il lancé en s'accroupissant près de moi.

Sa respiration n'avait même pas changé de rythme. Il a sorti de sa poche un couteau à cran d'arrêt et a appuyé sur le bouton chromé. Vingt centimètres d'argent inondé de lune ont surgi.

— Voilà ce que je te réserve la prochaine fois. Je graverai mon nom sur tes couilles.

Alors, il s'est levé, m'a lancé un dernier coup de pied et il est parti. Je suis resté allongé là une dizaine de minutes, agité de tremblements, sur la poussière dure et compacte du sol. Personne n'est venu m'aider ou me donner une bourrade dans le dos, pas même Bill. Betsy n'est pas venue pour faire passer tout ça.

J'ai fini par me relever tout seul et par rentrer en stop à la maison. J'ai raconté à Mme Hollis que j'avais été pris par un ivrogne qui était sorti de la route. Je ne suis jamais retourné au bowling.

J'ai appris qu'Ace avait laissé tomber Betsy peu après et qu'à partir de ce moment-là elle avait dévalé la mauvaise pente à vitesse grand V... comme le camion d'un dépulpeur dont les freins auraient lâché. Elle a attrapé une blenno en cours de route. Billy m'a raconté qu'il l'avait vue un soir au Manoir, à Lewingston, en train de harceler des mecs pour se faire payer un verre. Elle avait perdu presque toutes ses dents et son nez avait été cassé quelque part en chemin, a-t-il ajouté. Il m'a dit que je ne l'aurais jamais reconnue. A ce moment-là, je me fichais pas mal de ça ou d'autre chose.

Le pick-up n'avait pas de pneus neige et avant d'atteindre la sortie pour Lewingston j'avais commencé à déraper dans la poudreuse. Il nous a fallu plus de cinquante-cinq minutes pour parcourir les trente-cinq kilomètres.

A la sortie pour Lewinston le préposé a pris ma carte de péage et mes soixante cents.

— Ça glisse ?

Aucun de nous deux n'a répondu. Nous étions désormais tout près d'où nous voulions aller. Si je n'avais pas eu cette étrange façon de communiquer avec elle sans mot dire, j'aurais pu le deviner rien qu'à sa façon de se tenir assise sur le siège poussiéreux du pick-up, les mains étroitement serrées sur son sac, ses yeux fixant tout droit la route devant eux avec une intensité sauvage. J'ai senti un frisson me traverser.

Nous avons pris la route 136. Il n'y avait guère de voitures ; le vent fraîchissait et la neige tombait plus dru que jamais. A la sortie de Harlow Village nous sommes passés devant une grosse Buick Riviera qui s'était mise en travers et avait grimpé le talus dans le virage. Ses feux de détresse étaient en marche et j'ai eu une vision fantomatique de l'Impala de Norman Blanchette. Elle était certainement recouverte de neige à présent, plus rien qu'une masse spectrale dans l'obscurité.

Le conducteur de la Buick m'a fait signe de m'arrêter mais je suis passé devant lui sans ralentir, l'aspergeant de neige à moitié fondue. Mes essuie-glaces étaient chargés de neige ; j'ai sorti le bras et j'ai secoué celui qui était de mon côté. Un peu de neige s'est détaché et j'y ai mieux vu.

Harlow était une ville fantôme, tout était sombre et fermé. J'ai mis mon clignotant à droite pour prendre le pont qui mène à Castle Rock. Les roues arrière ont fait mine de glisser mais j'ai contrôlé le dérapage. Plus haut devant nous, de l'autre côté de la rivière, j'ai aperçu l'ombre noire de la Ligue des jeunes de Castle Rock. Ça avait l'air fermé et abandonné. Je me suis senti soudain désolé, désolé qu'il y ait eu tant de souffrance. Et la mort. C'est alors que Nona m'a parlé pour la première fois depuis la sortie pour Gardiner.

— Il y a un policier derrière toi.

— Il est... ?

— Non, son gyrophare est éteint.

Mais ça m'a rendu nerveux et peut-être est-ce pour cela que c'est arrivé. La route 136 fait un virage à quatre-vingt-dix degrés du côté Harlow de la rivière, puis continue tout droit à l'autre extrémité du pont jusqu'à Castle Rock. J'ai négocié le premier virage mais il y avait du verglas côté Castle Rock.

— *Merde...*

L'arrière du pick-up a chassé et avant que j'aie pu redresser il était rentré dans l'une des lourdes piles d'acier du pont. Nous avons fait un tour complet en glissant comme des enfants sur une luge en plastique, et ce que j'ai vu tout de suite après, ce sont les phares avant éblouissants de la voiture de police derrière nous. Il a freiné — j'ai vu les reflets rouges dans la neige qui tombait — mais le verglas l'a eu lui aussi. Il nous est rentré tout droit dedans. Il y a eu un froissement grinçant sous le choc lorsque nous sommes entrés pour la seconde fois dans les poutrelles. J'ai été projeté sur les genoux de Nona et même dans cette fraction de seconde pleine de confusion j'ai eu le temps de goûter la douce fermeté de sa cuisse. Puis tout s'est arrêté. *A présent* le gyrophare du flic était en action. Il envoyait des ombres bleues tournoyantes sur le capot du pick-up et sur l'assemblage d'acier couvert de neige du pont qui relie Harlow et Castle Rock. Le plafonnier du véhicule s'est allumé quand le flic est sorti.

S'il n'avait pas été derrière nous ça ne serait pas arrivé. Cette pensée passait et repassait dans mon cerveau comme l'aiguille d'un phonographe coincée sur le même sillon rayé. J'avais un sourire tendu et figé en cherchant à tâtons sur le plancher du pick-up quelque chose pour le frapper.

Il y avait une boîte à outils ouverte. J'en ai sorti une clé à douille et l'ai posée sur le siège entre Nona et moi. Le flic s'est penché à la fenêtre, son visage changeant comme celui d'un démon dans la lumière du gyrophare.

— Vous alliez un peu vite, par le temps qu'il fait, pas vrai, mon gars ?

— Vous suiviez d'un peu trop près, pas vrai ? ai-je répliqué. Par le temps qu'il fait ?

Il s'est peut-être empourpré. C'était difficile à dire, avec cette lumière intermittente.

— Est-ce que vous oseriez me contredire, mon garçon ?

— Oui, si vous essayez de me rendre responsable des bosses de votre véhicule.

— Montrez-moi votre permis et votre carte grise.

J'ai sorti mon portefeuille et lui ai tendu mon permis.

— La carte grise ?

— C'est le pick-up de mon frère. Il a gardé la carte grise dans son portefeuille.

— C'est vrai tout ça ?

Il m'a regardé fixement essayant de m'obliger à baisser les yeux. Quand il a vu que ça risquait de prendre un certain temps, il a détourné les siens vers Nona. J'aurais pu les lui arracher pour ce que j'y ai lu.

— Vous vous appelez comment ?

— Cheryl Craig, monsieur.

— Que faites-vous dans le pick-up de son frère au beau milieu d'une tempête de neige, Cheryl ?

— Nous allons chez mon oncle.

— A Rock ?

— C'est exact, oui.

— Je ne connais aucun Craig à Castle Rock.

— Il s'appelle Edmonds. De Bowen Hill.

— C'est vrai tout ça ?

Il a fait le tour du pick-up pour regarder la plaque arrière. J'ai ouvert la porte et me suis penché au-dehors. Il était en train de noter le numéro. Il est revenu alors que j'étais toujours penché, éclairé à partir de la taille par l'éclat cru de ses phares avant.

— Je vais... Qu'est-ce que c'est que ces taches partout, mon garçon ?

Je n'avais pas besoin de baisser les yeux pour savoir ce qu'étaient ces taches. J'ai longtemps cru que je m'étais penché ainsi par distraction, mais en écrivant tout ceci j'ai changé d'avis. Je ne crois plus du tout qu'il s'agissait de distraction. Je crois que j'ai voulu qu'il les voie. J'ai empoigné la clé à douille.

— De quoi parlez-vous ?

Il s'est approché de deux pas.

— Vous êtes blessé... vous vous êtes coupé, on dirait. Feriez mieux...

Je lui ai balancé un coup. Il avait perdu sa casquette pendant l'accident et avait la tête nue. Je l'ai tué net, d'un seul coup, juste au-dessus du front. Je n'ai jamais oublié le bruit que ça a fait, comme une livre de beurre qui s'écrase sur un sol dur.

— Dépêche-toi, a dit Nona.

Elle a posé une main calme sur mon cou. Elle était très fraîche, comme l'air qui règne dans un cellier. Il y avait un cellier chez ma nourrice.

C'est drôle que je me souvienne de ça. L'hiver elle m'envoyait y chercher des légumes. Elle les mettait elle-même en boîtes. Pas dans de vraies boîtes, bien sûr, mais dans les épais bocaux Mason avec ces caoutchoucs que l'on place sous le couvercle.

J'y suis descendu un jour pour aller chercher les haricots beurre de notre souper. Les conserves étaient toutes rangées dans des cartons, soigneusement étiquetés de la main de Mme Hollis. Je me souviens qu'elle faisait toujours une faute d'orthographe à « framboise » et ça me remplissait d'un secret sentiment de supériorité.

Ce jour-là je suis passé devant les cartons marqués « Franboises » et suis allé dans le coin où elle gardait les haricots. Il y faisait frais et sombre. les murs étaient en terre sombre et lisse et par temps pluvieux l'humidité suintait goutte à goutte en filets sinueux. Il s'en dégageait un effluve sombre et secret fait d'organismes vivants et de légumes entreposés, une odeur remarquablement semblable à celle des parties intimes d'une femme. Il y avait dans un coin une vieille presse à imprimer fracassée que j'avais toujours connue là, et parfois je jouais avec et faisais semblant de la mettre à nouveau en marche. J'adorais le cellier. A cette époque — j'avais neuf ou dix ans — c'était mon endroit favori. Mme Hollis refusait d'y mettre les pieds et il était indigne de son mari de descendre chercher les légumes. Alors j'y allais, respirais cette odeur spécifique et secrète de la terre et jouissais de son confinement de matrice. Il était éclairé par une ampoule couverte de toiles d'araignées que M. Hollis avait suspendue probablement avant la guerre des Boers. Parfois j'agitais les mains et dessinais sur le mur d'immenses lapins allongés.

J'ai pris les haricots et m'apprêtais à partir quand j'ai entendu un bruissement sous l'un des vieux cartons. Je me suis approché et l'ai soulevé.

En dessous se trouvait un rat brun, couché sur le côté. Il a levé la tête vers moi et m'a regardé fixement. Ses flancs se soulevaient violemment et il montrait les dents. C'était le plus gros rat que j'avais jamais vu et j'ai regardé de plus près. Il était en train de mettre bas. Deux petits, nus et aveugles, tétaient déjà à ses mamelles. Un autre était déjà à demi de ce monde.

La mère, impuissante, me foudroyait du regard, prête à mordre. J'ai eu envie de la tuer, de les tuer tous, de les écrabouiller, mais je ne pouvais pas. C'était la chose la plus horrible que j'aie jamais vue. Pendant que je l'observais, une petite araignée brune — un faucheux, je crois — a traversé rapidement la pièce. La mère l'a saisie d'un mouvement brusque et l'a avalée.

Je me suis enfui. A mi-hauteur de l'escalier, je suis tombé et j'ai cassé le bocal de haricots. Mme Hollis m'a flanqué une bonne volée et je ne suis jamais retourné dans le cellier à moins d'y être obligé.

Je suis resté à regarder le flic et à me souvenir.

— Dépêche-toi, a répété Nona.

Il était beaucoup plus léger que Norman Blanchette, à moins que ma sécrétion d'adrénaline n'ait été plus rapide. Je l'ai soulevé dans mes bras et l'ai transporté jusqu'au bord du pont. En aval je discernais à peine les chutes d'eau et en amont le pilier de chemin de fer GS & WM n'était qu'une ombre désolée, semblable à un échafaud. Le vent nocturne hurlait et ululait et la neige me frappait le visage. J'ai tenu un moment le flic contre ma poitrine comme un nouveau-né endormi et puis je me suis rappelé qui il était vraiment et je l'ai balancé par-dessus la rambarde du pont, dans l'obscurité.

Nous sommes retournés au pick-up et sommes montés dedans mais il n'a pas démarré. J'ai essayé de relancer le moteur jusqu'à ce que monte du carburateur noyé l'odeur douceâtre de l'essence et puis j'ai renoncé.

— Allez, viens, ai-je lancé.

Nous avons pris le véhicule de patrouille. Le siège avant était jonché de contraventions, de formulaires et de deux planchettes sur lesquelles s'appuyer pour écrire. Le poste à ondes courtes, sous le tableau de bord, grésillait et crachotait.

— Unité quatre, répondez, quatre. Vous me recevez ?

Je me suis baissé et l'ai arrêté, cognant mes articulations sur quelque chose en cherchant le bon interrupteur. C'était un fusil de chasse, à pompe. Probablement l'arme personnelle du flic. Je l'ai détaché et l'ai tendu à Nona. Elle l'a placé sur ses genoux. J'ai fait démarrer la voiture en marche arrière. Elle était cabossée mais la mécanique fonctionnait bien. Ses pneus neige mordaient agréablement, une fois passé la plaque de verglas qui avait provoqué l'accident.

Puis nous sommes arrivés à Castle Rock. Les maisons, sauf çà et là une bicoque mobile installée loin de la route, avaient disparu. La route elle-même n'avait pas été déneigée et on n'y voyait aucune trace excepté celles que nous laissions derrière nous. Des sapins monolithiques, chargés de neige, nous diminuaient de leur haute taille et me donnaient la sensation d'être minuscule et insignifiant, un simple petit morceau coincé dans la gorge de la nuit. Il était maintenant plus de 10 heures.

Je n'ai pas connu grand-chose de la vie sociale estudiantine pendant ma première année à l'université. J'étudiais sérieusement et travaillais à la bibliothèque où je rangeais les livres, rafistolais les couvertures et apprenais à établir un catalogue. Au printemps j'ai participé aux championnats de base-ball junior.

Vers la fin de l'année scolaire, juste avant les examens, un bal a eu lieu au gymnase. J'avais du temps devant moi puisque j'avais révisé mes deux premiers tests et je m'y suis rendu. Comme je possédais le dollar requis pour l'admission, je suis entré.

C'était sombre, bourré de monde, imprégné de sueur et frénétique comme seule peut l'être une soirée universitaire juste avant que ne tombe le couperet des examens. Il y avait du sexe dans l'air. Pas besoin de le sentir ; on pouvait presque tendre la main et l'attraper à pleines poignées comme un morceau d'épais tissu mouillé. On devinait que plus tard ils feraient l'amour, ou ce qui passait pour de l'amour. Ils le feraient sous les gradins, dans le parking de la chaufferie, dans les appartements et les dortoirs. Ce serait fait par des hommes-enfants désespérés, talonnés par la conscription et par de jolies étudiantes qui abandonneraient leurs études dans l'année pour rentrer chez elles fonder un foyer. Ce serait fait dans les larmes ou les rires, la sobriété ou l'ivresse, la crispation ou l'absence totale d'inhibition. Mais surtout, ce serait vite fait.

Il y avait quelques mecs seuls mais pas beaucoup. Ce n'était pas une soirée ou vous aviez besoin de rester entre hommes. J'ai poussé jusqu'à l'estrade de l'orchestre. Au fur et à mesure que je me rapprochais du son, du tempo, la musique se faisait tangible. Le groupe était cerné par des amplificateurs d'un mètre cinquante disposés en demi-cercle derrière lui et vous sentiez battre vos tympans au rythme des basses.

Je me suis appuyé contre le mur pour regarder. Les danseurs accomplissaient les figures réglementaires (comme s'ils évoluaient par trios et non par couples, le troisième, invisible, au milieu, arqué sur l'avant et sur l'arrière), leurs pieds s'agitant dans la sciure de bois dont on avait saupoudré le plancher verni. Je n'ai pas rencontré qui que ce soit que je connaisse et j'ai commencé à me sentir seul, mais c'était une sensation agréable. J'en étais à ce moment de la soirée où vous imaginez que tout le monde vous regarde du coin de l'œil, vous, l'étranger romantique.

Environ une demi-heure plus tard je suis sorti boire un Coca dans le hall. Quand je suis retourné à l'intérieur quelqu'un avait donné le signal d'un cercle de danse dans lequel j'ai été poussé, mes bras autour des épaules de deux filles que je n'avais jamais vues avant. Il y avait peut-être deux cents personnes dans la ronde qui couvrait la moitié du gymnase. Puis, une partie de la chaîne s'est effritée ; vingt ou trente personnes ont formé un autre cercle au centre du premier et se sont mises à tourner en sens inverse. Ça m'a donné le vertige. J'ai vu une fille qui ressemblait à Betsy Malenfant, mais je savais que c'était le fruit de mon imagination. Quand je l'ai cherchée à nouveau je ne l'ai plus vue ni quiconque lui ressemblant.

Lorsque le cercle s'est enfin rompu je me suis senti faible et pas bien du tout. Je me suis frayé un chemin jusqu'aux gradins et me suis assis. La musique était trop forte, l'air trop épais. Mon esprit ne cessait de rebondir et de faire des embardées. J'entendais les battements de mon cœur dans ma tête, comme on les entend après la plus grosse cuite de sa vie.

Je pensais auparavant que ce qui s'est produit ensuite s'est produit parce que j'étais fatigué et que j'avais un peu mal au cœur d'avoir tourné ainsi, mais comme je l'ai déjà dit, ce récit a jeté une lumière nouvelle sur tous ces événements. Je ne peux plus croire cela désormais.

Je les ai à nouveau regardés, tous ces gens beaux qui se bousculaient dans la pénombre. Il me semblait que tous les hommes avaient l'air terrifiés, le visage étiré en un masque grotesque, figé comme dans un ralenti. Rien d'étonnant. Les femmes — des étudiantes en chandail, jupe courte, pantalon à pattes d'éléphant — se changeaient toutes en rats. Au début, ça ne m'a pas fait peur. J'ai même ri sous cape. Je savais que ce que je voyais était une sorte d'hallucination, et pendant un moment j'ai pu y poser un regard presque clinique.

Puis une fille s'est dressée sur la pointe des pieds pour

embrasser son compagnon et là, ça a passé les bornes. Visage poilu et déformé aux yeux comme des chevrotines noires, bouche qui s'entrouvre pour montrer les dents...

Je suis parti.

Je suis resté un moment dans le hall, à demi fou. Il y avait des toilettes au bout du couloir mais je suis passé devant et je suis monté à l'étage.

Le vestiaire était au deuxième et j'ai dû gravir l'escalier en courant jusqu'au dernier étage. J'ai ouvert la porte et me suis précipité dans un des cabinets. J'ai vomi au milieu des odeurs mêlées, liniment, uniformes imprégnés de sueur, cuir graissé. La musique était loin au-dessous, le silence qui régnait ici, en haut, était virginal. Je me suis senti réconforté.

Nous devions arriver à un panneau de stop à Southwest Bend. Le souvenir de la danse m'avait laissé excité pour une raison que je ne comprenais pas. Je me suis mis à trembler.

Elle m'a regardé, souriant de ses yeux sombres.

— Maintenant ?

Je n'ai pas pu lui répondre. Je tremblais trop pour cela. Elle a acquiescé lentement pour moi.

Je me suis engagé sur un sentier de la route 7, sûrement chemin forestier en été. Je ne m'y suis pas avancé trop profondément car j'avais peur de rester bloqué. J'ai éteint les phares avant et les flocons de neige ont commencé à s'amonceler sur le pare-brise.

— Tu m'aimes ? m'a-t-elle demandé, presque gentiment.

Un son ne cessait de m'échapper, de m'être arraché. Je pense que ça devait être l'équivalent oral le plus proche des pensées d'un lapin pris au lacet.

— Ici, a-t-elle dit. Ici même.

Ça a été l'extase.

Nous avons failli ne pas pouvoir regagner la route principale. Le chasse-neige était passé, avec ses lumières orange clignotantes et vacillantes dans la nuit, rejetant un énorme mur de neige devant nous.

Il y avait une pelle dans le coffre de la voiture de police. Il m'a fallu une demi-heure pour nous dégager et quand j'ai eu fini il était presque minuit. Elle a allumé la radio de la police pendant que je m'occupais de ça et nous avons appris ce que nous avions à savoir.

Les corps de Blanchette et du môme au pick-up avaient été trouvés. Ils nous soupçonnaient d'avoir pris la voiture de patrouille. Le flic s'appelait Essegian ; c'est un drôle de nom. Il y avait dans le temps un joueur de football professionnel nommé Essegian ; je crois qu'il jouait pour les Dodgers. J'avais peut-être tué quelqu'un de sa famille. Ça ne me tourmentait pas de connaître le nom du flic. Il nous avait suivis de trop près et s'était mis en travers de notre chemin.

Nous avons regagné la route.

Je sentais mon excitation, violente, chaude et brûlante. Je me suis arrêté assez longtemps pour nettoyer le pare-brise avec le bras et nous sommes repartis.

Nous avons traversé la zone ouest de Castle Rock et j'ai su où tourner sans qu'elle ait besoin de me le dire. Une pancarte couverte de neige indiquait Stackpole Road.

Le chasse-neige n'était pas passé ici mais un véhicule nous avait précédés. Les traces de ses pneus étaient encore fraîchement dessinées sur la neige qui tourbillonnait sans trêve.

Un kilomètre et demi, moins d'un kilomètre. Je percevais sa brutale impatience, son besoin, et j'ai recommencé à avoir les nerfs à vif. A la sortie d'un virage nous sommes tombés sur le camion de la compagnie d'électricité, avec sa cabine d'un orange vif et ses feux de détresse qui envoyaient des pulsations de la couleur du sang. Il nous bloquait la route.

Vous ne pouvez pas imaginer sa rage — notre rage, en fait — car à présent après ce qui s'était passé nous ne faisions vraiment plus qu'un. Vous ne pouvez pas imaginer le sentiment d'intense paranoïa qui nous soulevait, cette conviction que chaque main était désormais tournée contre nous.

Ils étaient deux. L'un était une ombre penchée dans l'obscurité devant nous. L'autre tenait une lampe-torche. Il s'est approché de nous, avec sa lampe qu'il agitait comme un œil blafard. Il y avait plus que de la haine. Il y avait la peur... peur que tout nous soit arraché au dernier moment.

Il a crié quelque chose et j'ai baissé ma vitre.

— Vous ne pouvez pas passer par là ! Retournez en arrière et prenez Bowen Road ! Il y a une ligne électrique sous tension là-bas sur la route ! Vous ne pouvez pas...

Je suis sorti de la voiture, j'ai levé le fusil et je lui ai décoché les deux coups. Il a été projeté en arrière contre le camion orange et j'ai chancelé contre la voiture de patrouille. Il a glissé vers le sol, centimètre par centimètre, les yeux fixés sur moi, incrédule, et puis il s'est écroulé dans la neige.

— Y a-t-il d'autres munitions ? ai-je demandé à Nona.

— Oui.

Elle me les a données. J'ai ouvert le fusil, j'ai éjecté les cartouches utilisées et j'en ai placé de nouvelles.

Le copain du type s'était redressé et me regardait, l'air incrédule. Il m'a hurlé quelque chose qui s'est perdu dans le vent. On aurait dit une question mais ça n'avait aucune importance. J'allais le tuer. J'ai marché vers lui et il est resté sur place à me regarder. Il n'a pas fait un geste, même quand j'ai levé le fusil. Je ne pense pas qu'il ait eu la moindre idée de ce qui se passait. Je crois qu'il pensait que c'était un rêve.

J'ai tiré un coup trop bas. La neige a jailli autour de lui et l'a recouvert. Il a alors poussé un immense hurlement de terreur et s'est enfui en courant, franchissant d'un gigantesque bond le câble électrique tombé sur la route. J'ai tiré la deuxième cartouche et l'ai à nouveau manqué. Puis il avait disparu dans l'obscurité et je pouvais l'oublier. Il n'était plus sur notre chemin. Je suis retourné au véhicule de patrouille.

— Il va falloir marcher, ai-je dit.

Nous sommes passés devant le corps écroulé, avons enjambé la ligne électrique d'où jaillissait le courant et avons remonté la route en suivant les traces largement espacées de l'homme en fuite. Certaines congères lui arrivaient presque aux genoux mais elle me précédait toujours un peu. Nous étions tous deux essoufflés.

Nous avons franchi le sommet d'une colline et sommes descendus dans une étroite vallée. D'un côté se trouvait une baraque penchée et déserte avec des fenêtres sans vitres. Elle s'est arrêtée et m'a saisi le bras.

— Ici, a-t-elle déclaré, et elle a désigné l'autre côté. (Son étreinte était puissante et douloureuse même sous l'épaisseur de mon manteau. Son visage était éclairé par un rictus de triomphe.) Ici, ici.

C'était un cimetière.

Nous avons gravi le remblai en glissant et trébuchant et avons escaladé un mur de pierre couvert de neige. J'étais déjà venu là moi aussi, bien sûr. Ma vraie mère était de Castle Rock et quoique mon père et elle n'y aient jamais vécu, c'est là que se trouvait la concession funéraire familiale. C'était un cadeau fait à ma mère par ses parents qui avaient vécu et étaient morts à Castle Rock. Pendant l'épisode avec Betsy j'y étais souvent venu pour lire des poèmes de John Keats et de Percy Shelley. Je suppose que vous pensez qu'il s'agissait d'une démarche idiote et prétentieuse mais pas moi. Même aujourd'hui. Je me sentais proche d'eux, réconforté. Après la correction que m'avait flanquée Ace Merrill je n'y étais plus jamais revenu. Pas jusqu'à ce que Nona me conduise ici.

J'ai glissé et suis tombé dans la neige fraîche, me tordant la cheville. Je me suis relevé et j'ai continué à marcher en utilisant le fusil comme béquille. Le silence était infini et incroyable. La neige tombait en lignes droites et douces, s'amoncelant sur les tombes et les croix penchées, recouvrant tout sauf le sommet des portedrapeaux rouillés qui ne portaient de drapeaux que pour Memorial Day et Veterans Day. Le silence dans son immensité avait perdu sa sainteté et pour la première fois j'ai été terrifié.

Elle m'a conduit vers une construction de pierre située sur la pente de la colline au fond du cimetière. Un caveau. Un sépulcre blanchi par la neige. Elle avait la clé. Je savais qu'elle aurait la clé, et elle l'avait. Elle a dispersé la neige et a trouvé le trou de la serrure. Le bruit de la clé a semblé écorcher l'obscurité. Elle s'est appuyée contre la porte qui s'est ouverte vers l'intérieur.

L'odeur qui nous parvenait était aussi fraîche que l'automne, aussi fraîche que l'air dans le cellier des Hollis. Je ne voyais pas très loin à l'intérieur. Il y avait des feuilles mortes sur les dalles de pierre du sol. Elle est entrée, s'est arrêtée et m'a regardé par-dessus son épaule.

— Non, ai-je dit.

— Tu m'*aimes* ? a-t-elle demandé, et elle a ri de moi.

Je me tenais dans l'obscurité, sentant que tout commençait à se mélanger : passé, présent, futur. Je voulais m'enfuir, m'enfuir en hurlant, m'enfuir assez vite pour effacer tout ce que j'avais fait.

Nona ne bougeait pas et me regardait, la plus belle fille du monde, la seule chose qui ait jamais été mienne. Elle a esquissé un geste avec ses mains sur son corps. Je ne vous dirai pas ce que c'était. Vous le sauriez si vous l'aviez vu.

Je suis entré. Elle a fermé la porte.

Il faisait sombre mais j'y voyais parfaitement. L'endroit était éclairé par un feu follet vert. Il courait sur les murs et ses langues serpentaient sur le sol jonché de feuilles mortes. Il y avait une bière au centre du caveau, mais elle était vide. Elle m'a fait signe et m'a montré une petite porte au fond. Petite, sans aucune inscription. J'ai été terrifié. Je pense que je savais alors. Elle s'était servie de moi, s'était moquée de moi. A présent elle allait me détruire.

Mais je ne pouvais pas m'arrêter. Je me suis approché de cette porte parce qu'il le fallait. Le télégraphe mental marchait toujours pour ce que je pensais être la joie — une joie terrible et démente — et le triomphe. Mes mains se sont tendues vers la porte en tremblant. Elle était léchée par les flammes vertes.

J'ai ouvert la porte et j'ai vu ce qui se trouvait là.

C'était la fille, la mienne. Morte. Ses yeux vides d'expression étaient plongés dans ce caveau d'octobre, plongés dans les miens. Elle sentait les baisers volés. Elle était nue et avait été ouverte de la gorge à l'entrejambe, son corps tout entier devenu une matrice. Et quelque chose y vivait. Les rats. Je ne les voyais pas mais je les entendais bruire en elle. Je savais que dans un moment sa bouche desséchée allait s'ouvrir et qu'elle allait me demander si je l'aimais. J'ai reculé, le corps engourdi, le cerveau flottant sur un nuage sombre.

Je me suis tourné vers Nona. Elle riait, me tendait les bras. Et dans un éclair de compréhension soudain, j'ai compris, j'ai compris, j'ai compris. Le dernier test. Le dernier examen. Je l'avais réussi et *j'étais libre !*

Je me suis tourné à nouveau vers la porte et bien entendu ce n'était rien qu'une chambre de pierre vide avec des feuilles mortes sur le sol.

Je suis allé vers Nona. Je suis allé vers ma vie.

Ses bras se sont noués autour de mon cou et je l'ai attirée vers moi. C'est alors qu'elle s'est mise à changer, à se plisser et à couler comme de la cire. Les grands yeux noirs ont commencé à devenir petits et ronds comme des boutons de bottine. Ses cheveux sont devenus rêches et bruns. Son nez a raccourci, ses narines se sont dilatées. Son corps est devenu pesant et voûté contre moi.

J'étais enlacé par un rat.

— Tu m'aimes ? a-t-il couiné. Tu m'aimes, tu m'aimes ?

Sa bouche sans lèvres s'est étirée à la recherche de la mienne.

Je n'ai pas crié. Il ne me restait plus un cri. Je ne crois pas pouvoir crier à nouveau un jour.

Il fait si chaud ici.

La chaleur ne me dérange pas, pas vraiment. J'aime transpirer si je peux prendre une douche. J'ai toujours pensé que la transpiration était une bonne chose, quelque chose de *masculin*, mais parfois, quand il fait chaud, il y a des insectes qui mordent... des araignées par exemple. Saviez-vous que les femelles araignées piquent et tuent leurs mâles ? C'est ce qu'elle font, juste après la copulation.

J'ai aussi entendu des galopades dans les murs. Je n'aime pas ça.

J'ai attrapé la crampe de l'écrivain et le bout de mon stylo feutre est mou et spongieux. Mais j'ai fini à présent. Et tout a l'air différent. Ça n'a plus du tout l'air d'être la même chose.

Vous vous rendez compte que pendant un moment ils ont presque réussi à me persuader que j'avais fait tout cela tout seul. Ces hommes du routier, le type du camion de la compagnie d'électricité qui s'est enfui. Ils ont dit que j'étais seul. J'étais seul quand ils m'ont trouvé, presque mort de froid dans ce cimetière près des tombes de mon père, de ma mère, et de mon frère Drake. Mais ça veut simplement dire qu'elle était partie, vous comprenez bien. N'importe quel idiot comprendrait. Et je suis heureux qu'elle soit partie. Sincèrement. Mais il faut que vous compreniez qu'elle était avec moi tout le temps, à chaque pas du chemin.

A présent, je vais me tuer. Ça sera bien mieux. J'en ai assez de toute cette culpabilité et de cette angoisse et des cauchemars et puis, je n'aime pas les bruits dans les murs. Il pourrait y avoir n'importe qui là-dedans. Ou n'importe quoi.

Je ne suis pas fou. Ça je le sais et je suis sûr que vous le savez aussi. Si on dit qu'on *n'est pas* fou c'est supposé vouloir dire qu'on l'est, mais je n'en suis pas à tous ces petits jeux. Elle était avec moi, elle était réelle, je l'aimais. L'amour véritable ne meurt jamais. C'est ainsi que je terminais toutes mes lettres à Betsy, celles que je déchirais.

Mais Nona est la seule que j'aie vraiment aimée.

Il fait si chaud ici. Et je n'aime pas les bruits dans les murs.

Tu m'aimes ?

Oui, je t'aime.

Et l'amour véritable ne meurt jamais.

Pour Owen

Sur le chemin de l'école tu me demandes
Si dans d'autres écoles on note aussi les enfants.

Quand j'en arrive à la rue des Fruits ton regard s'y échappe.

Nous avançons sous des arbres jaunes
Tu portes sous un bras la mallette de l'armée qui contient ton
déjeuner et tes jambes courtes, vêtues d'un pantalon de treillis,
font de ton ombre des ciseaux
qui ne coupent rien sur le trottoir.

Tu me dis tout à coup que là tous les élèves sont des fruits

Tout le monde embête les myrtilles car elles sont si petites.
Les bananes, dis-tu, sont des boy-scouts.
Dans tes yeux je vois des préaux pleins d'oranges,
des assemblées de pommes.

Tous, dis-tu, ont des bras et des jambes

et les pastèques sont souvent en retard.
Elles se dandinent ; elles sont grosses.
« comme moi », dis-tu.

Je pourrais te dire bien des choses mais il ne vaut mieux pas.

Que les enfants-pastèques ne peuvent lacer eux-mêmes leurs chaussures ;
les prunes le font pour eux.
Ou comment je dérobe ton visage
je le dérobe, je le dérobe pour le mettre à la place du mien ;
Il s'use vite sur mon visage.

C'est parce qu'il m'a fallu l'étirer.

Je pourrais te dire que mourir est un art
et que je suis en train de l'apprendre rapidement.
Dans cette école tu as sans doute déjà
choisi ton propre stylo
et tu commences à écrire ton nom.

Entre aujourd'hui et alors je pense que nous pourrions faire
un jour ensemble ton école buissonnière et aller jusqu'à la rue des Fruits ;
je me garerais sous une pluie de feuilles d'octobre
et nous regarderions une banane aider la dernière pastèque en retard à franchir ces hautes portes.

Le goût de vivre

Tôt ou tard, au cours des études de médecine, surgit une question inévitable : à partir de quelle intensité le choc traumatique n'est-il plus supportable pour le patient ? Chaque professeur a sa réponse, mais dans le fond on aboutit toujours à une nouvelle question : quelle est la volonté réelle de survie du patient ?

26 janvier
La mer m'a rejeté il y a deux jours. J'ai arpenté l'île ce matin. Et quelle île ! Elle fait cent quatre-vingt-dix pas dans sa plus grande largeur et deux cent soixante-sept d'une extrémité à l'autre dans sa longueur.

Autant que je puisse en juger jusqu'à présent, il n'y a rien à manger.

Je m'appelle Richard Pin. Voici mon journal. Si on me retrouve (quand ?), il me sera facile de le détruire. Je ne manque pas d'allumettes. Ni d'allumettes ni d'héroïne. Les deux en abondance. Et dire qu'ici, ça ne vaut pas un clou, ha ! ha ! Alors, je vais écrire. Au moins ça fera passer le temps.

Si je veux dire toute la vérité — et pourquoi pas ? En tout cas j'ai le temps — il faut que je commence par dire que je suis né Richard Pinzetti dans le quartier italien de New York. Mon père était un vieux jeton de l'Ancien Monde. Je voulais devenir chirurgien. Il riait, me disait que j'étais fou et me demandait de lui apporter un autre verre de vin. Il mourut d'un cancer à quarante-six ans. Bon débarras.

Au lycée, je jouais au football américain. J'étais le meilleur footballeur qu'ait jamais connu ce putain d'établissement. Capitaine. Les deux dernières années j'ai fait partie de l'équipe vedette de la ville, les All-City. Je détestais le football. Mais quand on est un pauvre Rital des cités et qu'on veut faire des études, pour obtenir un billet d'entrée, il n'y a que le sport. Alors, j'ai joué, et j'ai décroché la bourse réservée aux athlètes.

A l'université, j'ai cessé de jouer dès que mes notes furent assez bonnes pour me permettre d'obtenir une bourse d'études. Années préparatoires à médecine. Mon père est mort six semaines avant la cérémonie de remise des diplômes. Tant mieux. Pensez-vous que j'avais envie de traverser l'estrade, de prendre mon parchemin et de baisser les yeux pour voir cette grosse boule de graisse assise là ? Qu'est-ce qu'un dindon peut bien avoir à foutre d'une peau d'âne ? J'ai aussi réussi à intégrer une fraternité*. Pas une des meilleures, bien sûr, non, pas avec un nom comme Pinzetti, mais c'était quand même une fraternité.

Pourquoi est-ce que j'écris tout ça ? C'est presque drôle. Non, je retire ce que j'ai écrit. C'*est* drôle. Le célèbre Dr Pin, assis sur un rocher en pantalon de pyjama et T-shirt, sur une île presque assez petite pour qu'un crachat puisse la traverser de bout en bout et rédigeant l'histoire de sa vie. Ce que j'ai faim ! Tant pis, j'écrirai l'histoire de ma foutue vie si ça me fait plaisir. En tout cas ça m'évite de penser à mon estomac. Enfin, en partie.

J'ai changé mon nom en Pin avant de commencer médecine. Ma mère m'a dit que je lui brisais le cœur. Elle en avait donc un ? Le lendemain du jour où mon père a cassé sa pipe, elle s'est précipitée en frétillant chez cet épicier juif du bout de la rue. Pour quelqu'un qui aimait tant son nom, elle était foutrement pressée de l'échanger contre celui de Steinbrunner.

J'ai toujours voulu faire chirurgie. Même au lycée. Déjà à ce moment-là je bandais soigneusement mes mains avant chaque match et je les faisais tremper ensuite. Quand on veut être chirurgien on doit prendre soin de ses mains. Certains mômes se

---

* Mode de vie communautaire et « fraternel » sur les campus universitaires américains avec des règles très strictes. Le recrutement par cooptation tient largement compte de l'appartenance sociale. (*N.d.T.*)

moquaient de moi et me traitaient de femmelette. Je ne me battais jamais contre eux. Je courais déjà assez de risques comme ça au football. Mais j'avais d'autres moyens pour me venger. Celui qui m'emmerdait le plus, Howie Plotsky, était une grande brute niaise au visage couvert de pustules. Je distribuais les journaux et en profitais pour vendre des billets de loto clandestin. J'avais plein de petites combines pour faire rentrer du fric. J'ai connu alors un tas de gens, j'ai ouvert toutes grandes mes oreilles, je me suis fait des relations. On y est bien forcé quand on est pris dans la jungle des rues. Le premier connard venu sait mourir. Ce qu'il faut apprendre c'est comment survivre, vous voyez ce que je veux dire ? J'ai offert dix dollars au gosse le plus costaud du lycée, Ricky Brazzi, pour qu'il démolisse Howie Plotsky. « Casse-lui la gueule, je lui ai dit. Tu auras un dollar de plus pour chacune de ses dents. » Rico m'en a rapporté trois enveloppées dans une serviette en papier. Il s'était démis deux jointures en faisant ce boulot ; vous voyez ce que je risquais.

Pendant mes années de médecine, alors que les autres gogos s'échinaient à jouer les serveurs de restaurant, à vendre des cravates ou à faire briller les parquets, je continuai mes combines. Paris sur les matches de football, de basket-ball ; un petit peu de politique. Je cultivais mes relations dans ce bon vieux quartier. Et j'ai réussi à terminer mes études sans me fouler.

C'est pendant mes années de clinicat que je suis vraiment passé aux choses sérieuses. Je travaillais dans l'un des plus importants hôpitaux du centre de New York. Au début, c'étaient juste des ordonnances vierges. J'en vendais un bloc de cent à un mec du quartier qui contrefaisait les noms de quarante ou cinquante médecins d'après des modèles d'écriture que je lui avais aussi vendus. Le type revendait alors les ordonnances vierges dix ou vingt dollars pièce. Les accros aux amphétamines et aux euphorisants étaient ravis.

Au bout de quelque temps, j'ai découvert que la pharmacie de l'hôpital était un vrai foutoir. Personne ne savait ce qui y entrait et ce qui en sortait. Certains se servaient par poignées. Pas moi. J'ai toujours été prudent. Je n'ai jamais eu d'ennuis, jusqu'à ce que je devienne négligent... et malchanceux. Mais je vais retomber sur mes pieds. Comme toujours. Peux plus écrire maintenant. Mon poignet est fatigué et mon crayon usé. De toute façon, je ne sais pas pourquoi je m'en fais. On va sûrement me trouver bientôt.

27 janvier
Le canot a dérivé la nuit dernière et a coulé dans trois mètres d'eau au large de la côte nord de l'île. Personne n'en a rien à foutre. De toute façon après son passage sur le récif, la coque ressemblait à du gruyère. J'avais déjà récupéré tout ce qui pouvait être utile. Vingt litres d'eau. Un nécessaire à couture. Une trousse d'urgence. Ce cahier dans lequel j'écris, registre d'inspection du canot de sauvetage. Laissez-moi rire. Qui a jamais entendu parler d'un canot de sauvetage sans NOURRITURE à son bord ? Le dernier rapport là-dedans date du 8 août 1970. Ah oui, deux couteaux, l'un émoussé, l'autre assez aiguisé, et un jeu de fourchettes et cuillères de camping. Je les utiliserai pour le repas de ce soir. Rocher rôti. Ha ! ha ! En tout cas j'ai taillé mon crayon. Quand je quitterai ce roc couvert de guano, je vais faire rendre gorge devant les tribunaux à cette foutue saloperie de Compagnie des Lignes du Paradis. Rien que pour ça, ça vaut le coup de vivre. Et je vais vivre. Je vais m'en sortir. Vous gourez pas. Je vais m'en sortir.

(plus tard)
Quand j'ai dressé mon inventaire, j'ai oublié une chose : deux kilos d'héroïne pure valant environ cent vingt-cinq mille dollars dans les rues de New York. Ici ça ne vaut pas un pet. Assez comique, non ? Ha ! ha !

28 janvier
Eh bien, j'ai mangé — si on peut appeler ça manger. Une mouette était perchée sur un des rochers au centre de l'île. Ils sont empilés là en une sorte de montagne miniature — elle aussi couverte de merde d'oiseau. J'ai ramassé un caillou de la grosseur de ma main et je me suis approché de la mouette aussi près que j'ai osé. Elle est restée là, sur son rocher, à me regarder de ses yeux noirs et brillants. Étonnant que les gargouillis de mon estomac ne l'aient pas fait s'envoler.
J'ai jeté ma pierre le plus fort possible et je l'ai touchée de plein fouet. Elle a poussé un grand cri et a essayé de s'envoler mais je lui avais brisé l'aile droite. Je l'ai poursuivie tant bien que mal mais elle s'est enfuie en sautillant. Je voyais le sang couler goutte à goutte sur ses plumes blanches. Cette salope m'a obligé à une

sacrée poursuite ; à un moment, de l'autre côté du monticule central, je me suis pris le pied entre deux rochers et me suis presque fracturé la cheville.

Elle a fini par se fatiguer, et j'ai réussi à l'attraper du côté est de l'île. En fait, elle essayait d'arriver jusqu'à l'eau pour s'enfuir à la nage quand je l'ai agrippée par la queue. Elle s'est retournée et m'a donné des coups de bec. J'ai fini par saisir d'une main une de ses pattes. De l'autre j'ai brisé son cou pitoyable. Ça a fait un bruit tout à fait réjouissant. Le déjeuner est servi, en quelque sorte. Ha ! ha !

Je l'ai ramenée jusqu'à mon « campement », mais avant de la plumer et de la vider, j'ai nettoyé à l'iode les plaies dues à ses coups de bec. Les oiseaux sont porteurs de toutes sortes de microbes, et la dernière chose à attraper maintenant, c'est bien une infection.

Pas de problème pour préparer la mouette. Hélas, pas moyen de la faire cuire. Pas la moindre trace de végétation ou de bois flotté sur l'île, et le canot avait coulé. Alors, je l'ai mangée crue. Mon estomac a immédiatement voulu régurgiter le tout. J'ai sympathisé avec lui, mais je ne pouvais pas le laisser faire ça. J'ai compté à rebours jusqu'à ce que la nausée disparaisse. Ça marche presque toujours.

Vous vous rendez compte que cet oiseau m'a presque brisé la cheville et qu'en plus il m'a attaqué à coups de bec ? Si j'en attrape un autre demain, je vais le torturer. Celui-là s'en est tiré à trop bon compte. Tout en écrivant, je vois sur le sable sa tête coupée. Ses yeux noirs, même vitreux, semblent se moquer de moi.

Les mouettes ont-elles une bribe d'intelligence ? Sont-elles comestibles ?

29 janvier
Rien à bouffer aujourd'hui. Une mouette s'était posée non loin du sommet de l'amas rocheux, mais elle s'est envolée avant que j'aie pu m'approcher assez près pour lui « expédier son billet pour l'au-delà » ha ! ha ! Ma barbe pousse. Bon Dieu que ça démange ! Si la mouette revient, et que je l'attrape je lui arrache les yeux avant de la tuer.

Comme je pense l'avoir déjà dit, j'étais un sacré chirurgien. Ils m'ont jeté. C'était vraiment risible. Ils le font tous, et deviennent si foutrement moralisateurs quand l'un d'entre eux se fait avoir.

Va te faire foutre, Jack, c'est pas mon affaire. Le deuxième serment d'Hippocrate et Hypocrite.

J'avais fait suffisamment de bénef avec mon trafic pendant mon internat puis mon clinicat (selon le serment d'Hypocrite, un interne est à la fois un flic et un gentleman ; mais n'en croyez surtout pas un mot) pour pouvoir m'installer sur Park Avenue. Une bonne chose pour moi, bien sûr, puisque je n'étais ni fils à papa, ni le protégé d'un patron à la réputation bien établie comme bon nombre de mes « collègues ». Ça faisait neuf ans que mon père était mort quand j'ai enfin pu accrocher ma plaque. Ma mère est morte un an avant qu'on ne me suspende.

Ça a été un retour de manivelle. J'avais mis sur pied un petit trafic avec une demi-douzaine de pharmaciens de l'East Side, deux grossistes en médicaments, et au moins vingt autres médecins. On m'envoyait des patients et j'en envoyais aux autres. Je les opérais et prescrivais les médicaments post-opératoires. Toutes les opérations n'étaient pas nécessaires, mais je n'ai jamais opéré contre le gré du malade. Pas un seul non plus après avoir lu l'ordonnance ne m'a dit : « Je ne veux pas de ça. » Écoutez : ils peuvent avoir eu une hystérectomie en 1965 ou une ablation partielle de la thyroïde en 1970, et prendre encore des analgésiques cinq ou dix ans plus tard si on les laisse faire. Parfois, c'est ce que je faisais. Je n'étais pas le seul, vous savez. Ils avaient bien assez de fric. Parfois, un patient avait des insomnies après une petite intervention. Ou bien il n'arrivait pas à se procurer de pilules pour maigrir. Ou du Librium. On pouvait tout arranger. Eh oui ! Si je ne le leur avais pas procuré, ils seraient allés chez quelqu'un d'autre.

Un beau jour, les inspecteurs des impôts ont débarqué chez Lowenthal. Ce mouton. Ils l'ont menacé de cinq ans et il a craché une demi-douzaine de noms. Parmi lesquels le mien. Ils m'ont surveillé quelque temps, et quand ils m'ont cueilli, j'étais passible de bien plus de cinq ans. Je n'avais pas complètement interrompu un certain nombre d'affaires ; entre autres, les ordonnances vierges. C'est drôle, je n'avais plus vraiment besoin de faire tous ces trucs, mais c'était devenu une habitude. Difficile d'abandonner cet argent de poche facile.

J'avais des relations. J'ai tiré quelques sonnettes. J'ai donné aussi quelques noms. Aucun toutefois de mes amis. Tous ceux que j'ai dénoncés étaient de vrais fils de pute.

Nom de Dieu, ce que j'ai faim !

30 janvier
Pas de mouette aujourd'hui. Ça me rappelle les pancartes qu'on voyait parfois jadis dans le quartier sur les voitures des marchandes des quatre-saisons : PAS DE TOMATES AUJOURD'HUI. Je suis entré dans l'eau jusqu'à la taille, le couteau le plus aiguisé à la main. Je suis resté totalement immobile au même endroit pendant quatre heures, le soleil tapant sur mes épaules. Par deux fois j'ai cru m'évanouir, mais j'ai compté à rebours jusqu'à ce que ça passe. Je n'ai pas vu un poisson. Pas un seul.

31 janvier
Ai tué une autre mouette, de la même façon que la première. J'étais trop affamé pour la torturer comme je me l'étais promis. Je l'ai vidée et mangée. Ai pressé les tripes et les ai mangées aussi. C'est drôle comme on peut sentir sa vitalité resurgir. Je commençais à avoir vraiment peur. Couché à l'ombre du monticule central, je pensais entendre des voix. Mon père. Ma mère. Mon ex-femme. Et pire que tout, celle du grand Chink qui me vendit l'héroïne à Saigon. Il zézayait ; peut-être à cause d'un bec-de-lièvre.

Sa voix est sortie de nulle part :

« Allez-y, allez-y, sniffez un peu. Ze vous garantis que vous ne penserez plus à la faim. C'est zénial. »

Mais je n'ai encore jamais pris aucune drogue, pas même un somnifère.

Lowenthal s'est suicidé, est-ce que je vous l'ai déjà dit ? Un vrai mouton. Il s'est pendu dans son ancien bureau. Moi, ce que j'en pense, c'est qu'on est bien débarrassé.

Je voulais rouvrir mon cabinet. Certains m'ont affirmé que c'était possible — mais que ça coûterait un max. Plus de blé que je n'avais jamais rêvé amasser. J'avais quarante mille dollars dans un coffre à la banque. J'ai décidé de prendre des risques et de leur faire faire des petits. Les doubler ou les tripler.

Je suis allé voir Ronnie Hanelli. Ronnie et moi avions tous deux joué au football à l'université et lorsque son jeune frère avait décidé de faire son clinicat, je l'avais aidé. Ronnie lui-même préparait son entrée à la fac de droit — quelle ironie, n'est-ce pas ? Quand nous étions plus jeunes, dans le quartier, on l'appelait Ronnie le Justicier parce qu'il arbitrait tous les matches de base-ball et de hockey. Si vous n'appréciiez pas ses rappels à l'ordre, vous aviez le choix : la fermer ou prendre un coup de poing dans la gueule. Les Portoricains l'appelaient Ronnil'métèqu'. D'une seule traite, comme ça. Ça ne lui déplaisait pas. Et ce mec a été à l'université, il a fait son droit, a été reçu au barreau les doigts dans le nez puis s'est installé dans le coin au-dessus du Fish Bowl Bar. Quand je ferme les yeux, je le revois traînant dans le quartier au volant de sa Continental blanche.

Je savais que Ronnie pourrait me brancher sur un coup.

« C'est risqué, me prévint-il, mais t'es capable de t'en sortir. Et si tu réussis à ramener la camelote, je te filerai des contacts. L'un des mecs est député. »

Il me donna deux noms. L'un était celui du grand Chinetoque Henri Li-Tsu. L'autre celui du Vietnamien Solom Ngo. Un chimiste. Contre un peu d'argent il analyserait la marchandise du Chinois. Le Chinetoque était connu pour faire des « blagues » de temps à autre. Les fameuses « blagues » se présentaient sous forme de sachets de plastique remplis de talc, de détergent, de Maïzena. Ronnie disait que les petites blagues de Li-Tsu finiraient par lui attirer des ennuis.

1er février

Un avion est passé. Juste au-dessus de l'île. J'ai essayé de grimper au sommet du monticule pour lui faire signe. Je me suis pris le pied dans un trou. Le même foutu trou dans lequel je me l'étais coincé le jour où j'ai tué le premier oiseau, je pense. Je me suis brisé la cheville : fracture multiple. Ça m'a fait l'effet d'un coup de feu. Une douleur incroyable. J'ai hurlé, perdu l'équilibre, fait tournoyer mes bras comme un dément, mais je suis tombé, ma tête a cogné le sol et ça a été le trou noir. Je ne suis pas revenu à moi avant le crépuscule. Je m'étais blessé à la tête et avais perdu un peu de sang. Ma cheville était enflée comme un pneu et j'avais pris un méchant coup de soleil. Une heure de soleil de plus et j'étais couvert de cloques.

Me suis traîné jusqu'ici et ai passé toute la nuit dernière à trembler et à pleurer de frustration. J'ai désinfecté ma plaie à la tête — juste au-dessus du lobe temporal droit — et l'ai bandée comme j'ai pu. Une blessure superficielle du cuir chevelu plus une légère commotion, je pense, mais ma cheville... c'est une mauvaise fracture, en deux endroits, peut-être même trois.

Comment vais-je chasser les oiseaux à présent ?

L'avion était sûrement à la recherche de survivants du *Callas*. Dans l'obscurité et avec la tempête, le canot de sauvetage a dû être emporté à des milles du lieu du naufrage. Ils ne reviendront peut-être pas par ici.

Bon Dieu, ce que je peux avoir mal à la cheville !

2 février
J'ai tracé un message sur la plage de petits galets au sud de l'île, là où s'était échoué le canot de sauvetage. Ça m'a pris toute la journée, avec quelques pauses pour me reposer à l'ombre. Mais même comme ça, je me suis évanoui deux fois. J'ai dû perdre une quinzaine de kilos, surtout par déshydratation. Maintenant, d'où je suis assis, je peux voir ces quatre lettres que j'ai passé la journée à former ; des pierres noires sur le sable blanc, HELP, en caractères d'un mètre vingt de hauteur. Un autre avion ne manquera pas de me repérer.

Si jamais il en passe un autre.

Je souffre d'élancements permanents dans le pied. Il est toujours enflé et présente une décoloration inquiétante au niveau de la double fracture. Je le comprime étroitement avec ma chemise et soulage ainsi le plus gros de la douleur mais elle reste encore trop vive et je m'évanouis plutôt que je ne m'endors.

Je commence à penser qu'il va me falloir amputer.

3 février
L'enflure et la décoloration ont encore empiré. Je vais attendre jusqu'à demain. Si l'opération s'avère nécessaire, je pense pouvoir la mener à bien. J'ai des allumettes pour stériliser le couteau effilé, l'aiguille et le fil du nécessaire à couture. Ma chemise pour le bandage.

J'ai aussi deux kilos d' « analgésique », même si ce n'est pas celui que je prescrivais d'ordinaire. Mais elles aussi en auraient pris volontiers si elles avaient pu en trouver. Ça, vous pouvez en être sûr. Ces vieilles dames à cheveux bleus auraient sniffé du désodorisant Clairière si elles avaient su pouvoir planer avec ça. Croyez-moi !

4 février
J'ai décidé de m'amputer le pied. Ça fait quatre jours que je n'ai pas mangé. Si j'attends plus longtemps, je cours le risque, sous

l'effet combiné du choc traumatique et de la faim, de m'évanouir et de faire une hémorragie fatale. Et même si je suis dans un piètre état, j'ai encore envie de vivre. Je me souviens de ce que Mockridge disait toujours pendant le cours d'anatomie. Le vieux Mockie, comme nous l'appelions. « Tôt ou tard, disait-il, pendant les études de médecine, une question inévitable surgit : à partir de quelle intensité le choc traumatique n'est-il plus supportable pour le patient ? » Et il frappait de sa baguette le schéma du corps humain, désignant tour à tour le foie, les reins, le cœur, la rate, les intestins. « Dans le fond, jeunes gens, disait-il, on débouche toujours sur une nouvelle question : quelle est la volonté réelle de survie du patient ? »

Je pense que je peux y arriver.

J'en suis convaincu.

Je suppose que j'écris tout ça pour différer l'inévitable, mais je viens de me rappeler que je n'ai pas fini d'expliquer comment je me suis retrouvé ici. Peut-être devrais-je aller jusqu'au bout au cas où l'opération tournerait mal. Cela ne prendra que quelques minutes et je suis certain d'avoir assez de temps avant la nuit pour opérer car, d'après ma Pulsar, il n'est que 9 h 09 du matin. Ah !

J'ai pris l'avion pour Saigon, comme touriste. C'est bizarre ? Pas tant que ça. Malgré la guerre de Nixon, des milliers de gens visitent encore ce pays chaque année. Il y en a bien qui se déplacent pour voir des accidents de voiture ou des combats de coqs.

Mon ami chinois avait bien la marchandise. Je l'ai apportée à Ngo qui m'a dit que c'était de la came de première qualité. Il m'a rapporté que Li-Tsu avait joué un de ses tours quatre mois auparavant et que sa femme avait sauté avec son Opel en essayant de faire démarrer la voiture. Ça lui avait fait passer le goût de la plaisanterie.

Je suis resté trois semaines à Saigon. J'avais réservé une place pour San Francisco sur un paquebot. Première classe. Aucun problème pour monter à bord avec la camelote. Ngo avait fait en sorte que les deux douaniers ne jettent qu'un rapide coup d'œil sur mes valises avant de me faire signe de monter. La came se trouvait dans un sac de voyage qu'ils ne regardèrent même pas. « Ça sera nettement moins facile avec la douane américaine, me dit Ngo. Mais ça, c'est ton problème. »

Je n'avais nullement l'intention de faire passer la douane à la marchandise. Ronnie Hanelli avait déniché un plongeur qui pour trois mille dollars acceptait un boulot plutôt délicat. J'avais rendez-vous avec lui (il y a deux jours, maintenant que j'y pense) dans un asile de nuit de San Francisco, le Saint Regis Hotel. La combine consistait à placer la dope dans une boîte étanche. En haut de celle-ci étaient fixés un minuteur et un paquet de teinture rouge. Juste avant l'accostage le tout devait être jeté par-dessus bord — mais pas par moi bien sûr.

J'étais encore à la recherche d'un cuisinier ou d'un steward susceptible d'accepter un peu d'argent de poche et assez malin — ou assez stupide — pour se taire, quand le *Callas* a coulé.

J'ignore comment et pourquoi. Il y avait de la tempête, mais le bateau semblait tenir assez bien le coup. Le soir du 25, vers huit heures, une explosion s'est produite quelque part dans l'entrepont. A ce moment-là, j'étais dans le salon ; le *Callas* s'est mis aussitôt à gîter. Sur la gauche... comment ça s'appelle, déjà : bâbord ou tribord ?

Les gens hurlaient et couraient en tous sens. Les bouteilles du bar tombaient et éclataient sur le sol. Un homme est remonté en titubant d'un des ponts inférieurs, la chemise brûlée, la peau carbonisée. Les haut-parleurs nous ont demandé de nous rendre aux postes de canots de sauvetage qui nous avaient été assignés pendant l'exercice au début de la croisière. Les passagers ont continué à courir à l'aveuglette. Ils étaient très peu nombreux à avoir pris la peine d'assister aux exercices de sauvetage. Moi, non seulement j'y étais allé, mais je m'étais présenté en avance — je voulais être au premier rang, voyez-vous, afin de voir parfaitement. Je suis toujours très attentif quand ma peau est en jeu.

Je suis redescendu dans ma cabine de luxe, j'ai sorti les sacs d'héroïne et j'en ai mis un dans chacune de mes poches de devant. Puis je me suis rendu au canot de sauvetage 8. J'étais dans les escaliers menant au pont principal lorsque deux nouvelles explosions ont eu lieu et le bateau a pris encore plus de gîte.

En haut c'était une vraie panique. Une femme qui portait un bébé est passée à toute allure près de moi en poussant des cris stridents ; elle a dévalé le pont glissant et incliné puis, au bout de sa course, elle a heurté violemment le bastingage à la hauteur des cuisses et a basculé dans le vide. Je l'ai vue tournoyer deux ou trois fois sur elle-même avant de disparaître. Assis au centre de la piste du jeu de galets un homme entre deux âges s'arrachait les cheveux. Un autre, en tenue de cuisinier, le visage et les mains horriblement brûlés, titubait en hurlant : « Au secours ! J' n'y vois plus rien ! Au secours ! J' n'y vois plus rien ! »

La panique était quasi générale : comme une traînée de poudre, elle s'était propagée des passagers à l'équipage. N'oubliez pas qu'il ne s'était écoulé qu'une vingtaine de minutes entre la première explosion et le début du naufrage du *Callas*. Certains canots de sauvetage étaient pris d'assaut par des passagers qui hurlaient tandis que les autres demeuraient vides. Le mien, placé du côté de la gîte, était totalement inoccupé. Il n'y avait pas âme qui vive aux alentours si ce n'est moi-même et un marin au visage boutonneux et blême.

« Jetons à l'eau cette vieille pute à cul renflé, a-t-il crié, tandis que ses yeux déments roulaient dans leurs orbites. Ce foutu rafiot va aller tout droit au fond. »

L'appareillage du canot était assez simple, mais le marin a tâtonné avec une telle nervosité qu'il a emmêlé les cordes du palan. L'embarcation est tombée de deux mètres puis elle est restée suspendue, l'avant cinquante centimètres plus bas que l'arrière.

Je me suis approché de lui pour l'aider mais il s'est mis à brailler. Il avait réussi à démêler l'enchevêtrement mais s'était coincé la main en même temps. La corde a sifflé, lui a déchiqueté la paume et une secousse brusque l'a précipité par-dessus bord.

J'ai lancé l'échelle de corde, l'ai descendue précipitamment et ai détaché le canot. Puis j'ai ramé. J'avais déjà eu l'occasion de pratiquer ce sport de temps à autre lors de vacances à la campagne chez des amis ; là, c'était pour sauver ma vie. Je savais que si je ne m'éloignais pas du *Callas* en perdition avant qu'il ne coule, j'allais être entraîné vers le fond avec lui.

Il s'est enfoncé à peine cinq minutes plus tard. Je n'avais pas pu m'éloigner assez pour éviter totalement le phénomène d'aspiration. J'ai dû ramer comme un fou rien que pour rester sur place. Il a très vite disparu sous l'eau. Des gens hurlaient à la proue, encore accrochés au bastingage. On aurait dit des singes.

La tempête a redoublé de violence. J'ai perdu une rame, mais ai réussi à sauver l'autre. J'ai passé toute la nuit dans une sorte d'état second, tout d'abord à écoper, puis à pagayer frénétiquement pour maintenir l'avant du canot face aux énormes vagues qui déferlaient.

Juste avant l'aube du 26 janvier, les vagues sont soudain devenues gigantesques. Le canot était projeté en avant. C'était tout à la fois terrifiant et exaltant. Soudain, presque toutes les planches ont été arrachées sous mes pieds, mais avant que l'embarcation ait pu couler, elle a été rejetée sur ce tas de rochers oublié de Dieu. Je ne sais pas où je suis ; n'en ai pas la moindre idée. La navigation n'est pas mon point fort, ha ! ha !

Je sais pourtant ce que j'ai à faire. C'est peut-être la dernière fois que j'écris dans ce carnet, mais dans le fond, je pense que je vais m'en tirer. Cela ne s'est-il pas toujours passé ainsi ? Et puis, de nos jours, on fait de merveilleuses prothèses. Je peux très bien me débrouiller avec un seul pied.

Le moment est venu de vérifier si je suis aussi bon que je le pense. Chance.

5 février
J'ai réussi.

Ce qui m'inquiétait le plus, c'était la douleur. En général, je la supporte assez bien, mais affaibli comme je l'étais, j'avais peur que la faim alliée à l'atrocité de la souffrance ne me fasse perdre conscience avant la fin.

Mais l'héroïne a réglé assez agréablement ce problème.

J'ai ouvert l'un des sacs et sniffé deux bonnes lignes sur la surface d'un rocher plat — d'abord la narine droite, puis la gauche. C'était comme si j'avais aspiré de la glace merveilleusement engourdissante qui montait dans mon cerveau de bas en haut et s'y répandait. J'ai pris cette poudre tout de suite après avoir écrit hier dans mon journal — il était 9 h 45. Lorsque j'ai à nouveau regardé l'heure, l'ombre s'était déplacée, et j'étais à moitié au soleil ; il était 12 h 41. J'avais somnolé. Je n'avais jamais pensé que cela pouvait être à ce point extraordinaire et je n'arrive pas à comprendre comment j'ai pu être si méprisant par le passé. La douleur, la terreur, la détresse... tout disparaît, laissant place à une calme euphorie.

C'est dans cet état d'esprit que j'ai pratiqué l'opération.

J'ai eu très mal, bien sûr, surtout au début. Mais la douleur semblait détachée de moi, comme si elle appartenait à quelqu'un d'autre. C'était un peu inquiétant, mais aussi très intéressant. Vous voyez ce que je veux dire ? Si vous avez déjà pris un quelconque médicament fortement dosé en morphine, peut-être pouvez-vous comprendre. Ça ne se contente pas d'alléger la douleur. Ça induit un certain état d'esprit. Une forme de sérénité. Je comprends pourquoi les gens restent accros, bien qu' « accros » semble un mot terriblement excessif, employé le plus souvent, évidemment, par ceux qui n'ont jamais essayé.

A la moitié de l'opération, la souffrance est devenue plus personnelle. La faiblesse m'a assailli par vagues. J'ai jeté des regards d'envie sur le sac de poudre blanche, mais je me suis forcé à détourner les yeux. Si je m'étais laissé aller à somnoler à nouveau, j'aurais perdu tout mon sang, aussi sûrement que si je m'étais évanoui. Alors, j'ai compté à rebours à partir de cent.

C'est l'hémorragie que je craignais le plus. Un chirurgien sait que le risque est là. Pas une goutte de sang ne devait être répandue sans absolue nécessité. A l'hôpital, pendant une opération, on peut transfuser. Celui que je perdais — et lorsque j'ai eu fini, le sable entre mes jambes était noir de sang — était perdu jusqu'à ce que mon organisme le remplace. Je n'avais ni clamp, ni pinces hémostatiques, ni fil chirurgical.

J'ai commencé l'opération à 12 h 45 exactement. Je l'ai terminée à 1 h 50, et me suis bourré d'héroïne, une plus forte dose que la première fois. J'ai plongé dans un univers gris et indolore. J'y suis resté jusqu'à 5 heures. Quand j'en ai émergé, à l'ouest le soleil approchait de l'horizon, laissant une traînée d'or au-dessus du Pacifique bleu. Je n'avais jamais rien vu d'aussi beau... Cet instant me récompensait de toute cette souffrance. Une heure plus tard j'ai sniffé un peu encore afin de pouvoir jouir du coucher de soleil.

Peu après la tombée de la nuit j'ai...

J'ai...

Un instant. Ne vous ai-je pas dit que je n'avais rien mangé depuis quatre jours ? Et que pour regagner mes forces perdues, je ne pouvais compter que sur mon propre corps ? Et ne vous ai-je pas répété sans cesse que la survie est affaire d'état d'esprit ? D'esprit supérieur ? Je ne me justifierai pas en disant que vous auriez fait la même chose. D'abord, vous n'êtes certainement pas chirurgien. Et même si vous connaissez la technique de l'amputation, vous auriez sans doute tellement saboté le boulot que vous auriez de toute façon fait une hémorragie fatale. Et même si vous aviez survécu à l'opération et au choc traumatique, cette pensée n'aurait peut-être jamais effleuré votre cerveau bourré de préjugés. Aucune importance. Personne ne le saura. Avant de quitter l'île mon dernier geste sera de détruire ce carnet.

Je me suis entouré de précautions.

Je l'ai soigneusement lavé avant de le manger.

7 février

Le moignon me fait mal... c'est parfois insupportable. Mais je pense que la démangeaison interne provoquée par la cicatrisation en cours est encore pire. Je me suis souvenu cet après-midi de tous les patients qui m'avaient raconté ne pouvoir supporter cette démangeaison horrible de la chair en plein travail de régénération. Je souriais et leur disais qu'ils se sentiraient bien mieux le lendemain sans pouvoir m'empêcher de penser que j'avais à faire à une bande de geignards, de mollusques, de bébés pleins d'ingratitude. Maintenant je comprends. J'ai failli plusieurs fois arracher la chemise qui bande mon moignon pour me gratter, plonger mes doigts dans la tendre chair à vif, arracher les points de suture grossiers, laisser le sang couler goutte à goutte sur le sable, n'importe quoi, n'importe quoi, pour faire cesser cette atroce *démangeaison* qui me rend fou.

Lorsque cela arrive, je compte à rebours à partir de cent. Et je sniffe de l'héroïne.

J'ignore quelle quantité j'en ai absorbé, tout ce que je sais c'est que je suis presque continûment « stoned » depuis l'opération. Ça coupe l'appétit, vous savez. J'ai l'impression de ne plus avoir faim. Je ressens encore un faible tiraillement très loin dans mon ventre et c'est tout. Je pourrais l'ignorer. Cependant, je ne dois pas le faire. L'héroïne n'a aucune valeur calorique. J'ai testé mon énergie en rampant çà et là. Elle décline.

Mon Dieu, j'espère l'éviter, mais... une nouvelle opération risque de s'avérer nécessaire.

(plus tard)

Un autre avion a survolé l'île. Trop haut pour pouvoir m'être utile ; tout ce que j'ai pu apercevoir, c'est sa fumée s'étirant sur le ciel. J'ai quand même fait de grands signes. Signes et cris. Quand il a eu disparu, j'ai pleuré.

A présent, il fait trop sombre pour y voir. Aliments. J'ai pensé à un tas d'aliments. Les lasagnes de ma mère. Pain à l'ail. Escargots. Langouste. Côtes premières. **Pêche Melba**. **Steak** grillé. L'énorme

morceau de quatre-quarts et la boule de glace à la vanille qu'on vous donne comme dessert chez la Mère Crunch sur la 1re Avenue. Bretzels chauds, saumon d'Alaska au four, jambon au four avec des tranches d'ananas. Oignons grillés. Mousse à l'oignon avec des chips, thé glacé à longues longues gorgées, frites qui font claquer vos lèvres.
100 99 98 97 96 95 94
Dieu Dieu Dieu

8 février
Une nouvelle mouette s'est posée sur le monticule rocheux ce matin. Une mouette énorme. J'étais assis à l'ombre du rocher, que je considère comme mon camp, mon moignon bandé bien calé. Dès que je l'ai vue, j'ai commencé à saliver. Comme le chien de Pavlov. Je ne pouvais m'empêcher de baver, comme un bébé. Comme un bébé.

J'ai ramassé une pierre de la dimension exacte de ma main et j'ai rampé vers la mouette. Dernière mi-temps. Nous avons trois points de retard. Troisième essai et une longue distance à couvrir. Pinzetti recule pour lancer la balle. (Pin, je veux dire *Pin*.) Je n'avais guère d'espoir. J'étais sûr qu'elle allait s'envoler. Mais il fallait que j'essaie. Si j'avais pu attraper un oiseau aussi gras et insolent que celui-ci, j'aurais pu retarder une nouvelle opération indéfiniment. J'ai rampé vers elle ; mon moignon heurtait de temps à autre un rocher, irradiant de douleur mon corps tout entier. Je m'attendais à tout instant à ce qu'elle s'envole.

Elle est restée. Elle a fait les cent pas en se pavanant, son bréchet dodu en avant, comme un général passant ses troupes en revue. De temps à autre, elle me regardait de ses petits yeux noirs et méchants ; je me suis figé telle une statue et j'ai compté à rebours à partir de cent jusqu'à ce qu'elle reprenne sa parade. Chaque fois qu'elle battait des ailes, mon estomac se glaçait. Je salivais toujours. Je ne pouvais m'en empêcher. Je bavais comme un bébé.

Je ne sais combien de temps a duré la traque. Une heure ? Deux ? Plus je m'approchais d'elle, plus mon cœur battait et plus la mouette me paraissait appétissante. On aurait dit qu'elle me narguait, et j'ai pensé qu'elle allait s'envoler dès que je serais assez près pour lancer mon projectile. Mes bras et mes jambes se sont mis à trembler. J'avais la bouche sèche. Mon moignon vibrait violemment. Je crois en fait que j'étais en état de manque. Déjà ? Je n'absorbe pourtant ce truc que depuis moins d'une semaine !

Tant pis. J'en ai besoin. Il en reste beaucoup, vraiment beaucoup. A mon retour aux États-Unis, si une cure de désintoxication s'impose, j'irai dans la meilleure clinique de Californie, et je ferai ça avec le sourire. Mais vous ne croyez pas qu'il y a plus urgent pour le moment ?

Arrivé tout près d'elle, je n'ai pas pu me résoudre à jeter ma pierre. J'étais obsédé par l'idée que j'allais la rater, d'un cheveu seulement sans doute. Il fallait que j'approche encore. J'ai continué à me traîner sur le monticule rocheux, la tête rejetée en arrière, la sueur ruisselant le long de mon corps déglingué à faire peur. Est-ce que je vous ai dit que mes dents pourrissaient ? Si j'étais superstitieux, je dirais que c'est parce que j'ai mangé...

Mais on ne nous la fait pas, n'est-ce pas ?

Je me suis arrêté une nouvelle fois. J'étais bien plus près d'elle que je ne l'avais jamais été des autres mouettes. Mais je ne pouvais toujours pas me résoudre à lancer ma pierre. J'ai serré les doigts à me faire mal, sans réussir à me décider. Parce que je savais exactement ce que cela signifierait si je la manquais.

Je me moque de bouffer toute la came ! Je leur foutrai la justice au cul. Je serai cousu d'or pour le reste de ma vie ! *Ma longue, longue vie !*

Je pense que j'aurais rampé jusqu'à elle si elle n'avait pas fini par s'envoler. Je me serais traîné, aurais bondi et l'aurais étranglée. Mais elle a déployé ses ailes et a pris son vol. J'ai hurlé, me suis dressé sur les genoux et de toutes mes forces j'ai jeté la pierre. Et je l'ai touchée !

Elle a poussé un cri étouffé, est tombée de l'autre côté du monticule. Riant, bafouillant et me fichant à présent de heurter mon moignon ou d'ouvrir ma blessure, j'ai escaladé les rochers en rampant. J'ai perdu l'équilibre et me suis cogné la tête. Je n'y ai prêté aucune attention sur le moment, non, pourtant, j'avais récolté une méchante bosse. Je ne pouvais penser qu'à cet oiseau, au fait que je l'avais touché, chance insensée ; même si ce n'était qu'à l'aile, je l'avais touché !

De l'autre côté des rochers, la mouette était en train de se traîner vers la plage, une aile brisée, le ventre rouge de sang. J'ai rampé aussi vite que j'ai pu, pourtant, elle était plus rapide que moi. Une course d'estropiés ! ha ! ha ! ha ! J'aurais peut-être réussi à l'avoir — je reprenais du terrain — si je n'avais pas fait aussi attention à mes mains. Je dois en prendre soin. J'en aurai certainement encore besoin. Malgré tout, lorsque je suis arrivé à la petite plage de galets, mes paumes étaient tout écorchées et j'avais brisé le verre de ma montre sur l'arête rugueuse d'un rocher.

La mouette s'est laissée tomber à l'eau en poussant des cris horribles et j'ai tenté de l'agripper. Je n'ai pu retenir qu'une poignée de plumes de sa queue au creux de ma main crispée. Alors, je me suis écroulé, j'ai avalé de l'eau, et j'ai suffoqué à demi étouffé.

J'ai continué à avancer. J'ai même tenté de la poursuivre à la nage. Le pansement de mon moignon est tombé. J'ai commencé à couler. J'ai rejoint la plage avec peine, tremblant d'épuisement, transpercé par une douleur atroce, pleurant, hurlant et maudissant la mouette. Elle a flotté longtemps, de plus en plus loin du rivage. Je crois même l'avoir suppliée de revenir. Mais, lorsqu'elle est passée de l'autre côté du récif, je pense qu'elle était morte.

Ce n'est pas juste.

Il m'a fallu près d'une heure pour me traîner jusqu'à mon camp. J'ai sniffé une grande quantité d'héroïne, mais je reste malgré tout dans une colère noire contre la mouette. Puisque je n'ai pas réussi à l'attraper, pourquoi a-t-il fallu qu'elle se moque tant de moi ? Pourquoi ne s'est-elle pas envolée tout de suite ?

9 février

Je me suis amputé du pied droit et j'ai confectionné un pansement avec mon pantalon. Étrange. J'ai bavé pendant toute l'opération. Baaaavé. Comme lorsque j'ai vu la mouette. Bavé sans pouvoir me contrôler. Mais je me suis forcé à attendre la nuit tombée. J'ai compté à l'envers en partant de cent... vingt ou trente fois ! ha ! ha !

Alors...

Je n'ai pas cessé de me répéter : rosbif froid, rosbif froid, rosbif froid.

11 février (?)

Pluie pendant deux jours. Et vents violents. J'ai réussi à déplacer assez de rochers du monticule central pour aménager un trou dans lequel je peux m'abriter. Ai trouvé une petite araignée. L'ai écrasée entre mes doigts avant qu'elle ait pu s'échapper et l'ai mangée. Très agréable. Savoureux. Ai pensé que les rochers du dessus pourraient tomber et m'enterrer vivant. M'en suis foutu.

Étais « stoned » pendant toute la tempête. Peut-être qu'il a plu trois jours et non deux. Mais je pense qu'il a fait deux fois nuit. J'aime sommeiller. Plus aucune douleur ni démangeaison alors. Je sais que je vais survivre à tout ça. On ne peut pas endurer tout ça pour rien.

Il y avait un prêtre à Sainte-Famille quand j'étais môme, un avorton, qui parlait toujours d'enfer et de péchés mortels. C'était vraiment son dada. On ne peut pas racheter un péché mortel, c'était son avis. J'ai rêvé de lui la nuit dernière. Le père Hailley dans son peignoir de bain noir, avec son nez piqué par le whisky, brandissait vers moi un doigt accusateur en disant :

« Honte, honte à vous, Richard Pinzetti... un péché mortel... enfer et damnation mon garçon... enfer et damnation... »

Je me suis moqué de lui. Si l'enfer n'est pas ici, où est-il ? Et le seul péché mortel serait d'abandonner la partie.

Je délire la moitié du temps ; l'autre moitié, mes moignons me démangent et l'humidité me fait horriblement souffrir.

Mais je ne vais pas craquer. Je le jure. Pas pour rien. Pas tout ça pour rien.

12 février
A nouveau du soleil, une belle journée. J'espère qu'ils se les gèlent dans mon quartier.

J'ai passé une bonne journée, aussi bonne que possible sur cette île. La fièvre qui me dévorait pendant la tempête semble être tombée. J'étais faible et tremblant lorsque j'ai rampé hors de mon terrier, mais après deux ou trois heures au soleil je me suis à nouveau senti presque humain.

Me suis traîné le long de la côte sud, ai trouvé quelques morceaux de bois rejetés par la tempête parmi lesquels plusieurs planches de mon canot de sauvetage. Sur certaines il y avait du varech et des algues. Je les ai mangés. Goût épouvantable. Comme celui d'un rideau de douche en vinyle. Mais je me suis senti bien plus solide cet après-midi.

Afin qu'il sèche, j'ai tiré le bois aussi haut que j'ai pu. J'ai encore un tube étanche plein d'allumettes. Je pourrai faire un feu de détresse si quelqu'un vient bientôt. Sinon je ferai cuire quelque chose avec. Bon, je vais aller sniffer un peu à présent.

13 février
Ai trouvé un crabe. L'ai tué et fait rôtir sur un petit feu. Ce soir, je pourrais à nouveau presque croire en Dieu.

14 fév
C'est ce matin seulement que j'ai remarqué que la tempête avait emporté presque toutes les pierres de mon message de détresse. Mais la tempête est finie depuis... trois jours ? J'ai vraiment plané tout ce temps ? Il faut que je fasse attention ; que je réduise les doses. Et si un bateau est passé pendant que je somnolais ?

J'ai reformé les lettres mais il m'a fallu presque toute la journée et maintenant je suis vidé. Ai cherché un autre crabe là où j'avais trouvé le premier, mais rien. Me suis coupé les mains sur les pierres avec lesquelles j'ai écrit mon message, mais les ai vite désinfectées à l'iode malgré ma fatigue. Faut prendre soin de mes mains. A tout prix.

15 fév
Aujourd'hui une mouette s'est posée sur le monticule. S'est envolée avant que j'aie pu m'approcher assez près. Je l'ai vouée aux enfers, là où elle pourrait, pour l'éternité, crever à coups de bec les yeux du père Hailley.
Ha ! Ha !
Ha ! Ha !
Ha !

17 fév (?)
Coupé ma jambe droite au genou, mais perdu beaucoup de sang. Douleur insupportable malgré l'héroïne. Le choc traumatique aurait tué un autre homme que moi. Laissez-moi répondre par une question : *quelle est la volonté réelle de survie du patient ?*

Mains tremblantes. Si elles me trahissent, je suis fichu. Elles n'ont pas le droit de me lâcher. Aucun droit. J'ai pris soin d'elles toute leur vie. Aux petits soins. Elles n'ont pas intérêt. Ou elles le regretteront.

Au moins, je n'ai pas faim.

Une des planches du canot s'était fendue par le milieu. Une extrémité devenue pointue. C'est ce que j'ai utilisé. Je salivais, mais je me suis forcé à attendre. Puis je me suis mis à penser à... oh, aux barbecues du bon vieux temps. Cette maison qu'avait Will Hammersmith sur Long Island, avec un barbecue assez grand pour y cuire un porc tout entier. Dans la semi-obscurité, nous nous asseyions sous le porche, un grand verre d'apéritif à la main et nous discutions de techniques chirurgicales, de succès, de choses et d'autres. Et le vent se levait et portait jusqu'à nous le savoureux parfum du porc grillé. Judas Iscariot, le savoureux parfum du porc grillé.

Fév (?)
Coupé l'autre jambe au genou. Somnolé toute la journée. « Docteur, l'opération était-elle vraiment nécessaire ? » Haha ! Mains tremblantes, comme un vieillard. L'ai mangée. Sang sous les ongles. Croûtes. Vous vous souvenez à l'école de médecine, cet écorché au ventre de verre ? J'ai l'impression d'être comme lui. Sauf que je ne veux pas regarder. Pas possible. Dom disait toujours ça. Vous étiez au coin d' la rue, y s'approchait de vous d'un pas joyeux dans son blouson du club des Rebelles de l'autoroute. Vous lui disiez : « Dom tu l'as sautée ? » Et Dom répondait : « Pas possible. » Zut. Ce bon vieux Dom. J' voudrais tant être resté tout bêtement dans mon quartier. Tout ça c'est vraiment la merde, comme dirait Dom. Haha.

Mais vous savez, je crois qu'avec les soins appropriés et des prothèses, je pourrais redevenir flambant comme un sou neuf. Je pourrais revenir ici et dire aux gens : « C'est. Où tout ceci. Est arrivé. »

Hahaha !

23 février
Trouvé un poisson mort. Pourri et puant. L'ai mangé quand même. Avais envie de vomir, pouvais pas laisser faire ça. *Je vais survivre.* Plane complètement, les couchers de soleil.

Février

J'n'ose pas mais faut. Comment ligaturer si haut l'artère fémorale ? C'est aussi gros qu'une putain d' barrière de péage là-haut.

J'dois. J'ai tracé une ligne le long du haut de la cuisse, là où c'est encore charnu. Avec ce crayon.

Je voudrais pouvoir arrêter de saliver.

Fé

Tu... as droit... à un répit aujourd'hui... alooors... lève-toi et va... chez McDonald... deux épaisseurs de viande... sauce spéciale... laitue... pickles... oignons... sur un... petit pain aux graines de sésame...

Tra... lala... lalaire...

Févvi

Ai regardé mon visage dans l'eau aujourd'hui. Un crâne recouvert de peau. Suis-je déjà fou ? Sûrement. Je suis un monstre maintenant, un phénomène. Plus rien en dessous de l'aine. Un phénomène. Une tête attachée à un torse se traînant sur le sable à l'aide des coudes. Un crabe. Un crabe *planant*. N'est-ce pas justement comme ça qu'ils se nomment eux-mêmes ? Hé, mon vieux, je ne suis qu'un pauvre crabe planant, t'as pas cent balles ?

Hahahaha

On dit qu'on est ce qu'on mange et dans CE CAS JE N'AI PAS CHANGÉ D'UN IOTA !

Mon Dieu choc traumatique choc traumatique LE CHOC TRAUMATIQUE N'EXISTE PAS

bAh

Fé / 40 ?

Rêvé de mon père. Quand il était saoul il en oubliait son anglais. C'est pas qu'il ait eu grand-chose d'intéressant à dire de toute façon. Putain de débile. J'étais si heureux de foutre le camp de chez toi papa espèce de boule de graisse débile rien nullité zilcho zéro. Je savais que j'allais réussir. J'ai filé loin de toi, t'as vu ? Je marchais sur les mains.

Mais y n'auront plus rien à couper. Hier j'ai pris mes lobes d'oreilles

main gauche lave la droite ne laisse pas ta main gauche savoir ce que fait la droite une patate deux patates trois patates quatre notr' porte de frigo est assez grande pour quatre.
    hahaha
    Quelle importance, cette main-ci ou celle-là ? Bonne nourriture bonne viande bon Dieu mangeons.

des fingers*, c'est bon comme des fingers

---

* Petits gâteaux allongés en forme de doigts. (*N.d.T.*)

Le camion d'oncle Otto

Coucher tout ceci sur le papier m'apporte un grand soulagement.

Je ne dors plus très bien depuis que j'ai trouvé le cadavre de mon oncle Otto ; certains jours je me suis même demandé si j'étais devenu fou — ou si j'allais le devenir. Tout aurait été certainement plus facile si l'objet lui-même n'était pas ici dans mon bureau, constamment à portée de mes regards et de ma main. Je ne veux ni le prendre ni le soupeser ; je ne veux pas toucher ce truc. C'est pourtant ce que je fais parfois.

Si je ne l'avais pas emporté lorsque je me suis enfui de sa petite maison d'une seule pièce, je pourrais commencer à me persuader que tout cela n'a jamais été qu'une hallucination — création pure et simple d'un cerveau surmené et exalté. Mais il est là. Il pèse un certain poids. On peut le tenir dans la main.

Tout cela a vraiment eu lieu, voyez-vous.

Vous qui lirez ce mémoire, la plupart d'entre vous ne me croiront pas, non, à moins qu'une chose semblable ne leur soit déjà arrivée. Je pense cependant que votre adhésion et mon soulagement s'excluent mutuellement, aussi c'est bien volontiers que je vais raconter mon histoire. Vous en penserez donc ce que vous voudrez.

Tout récit macabre doit avoir une origine ou un secret. Le mien est doté des deux. Laissez-moi commencer par l'origine — je vais vous expliquer comment mon oncle Otto, qui était riche selon les critères du comté de Castle Rock, passa cependant les vingt dernières années de sa vie dans une maisonnette d'une seule pièce, sans eau, située sur une route non loin d'une petite ville.

Otto, l'aîné des cinq enfants Schenk, était né en 1905. Mon père, né en 1920, était le plus jeune. Né en 1955, je suis moi-même le plus jeune des enfants de mon père et, par conséquent, oncle Otto m'a toujours paru très vieux.

Comme un grand nombre d'Allemands laborieux, mon grand-père et ma grand-mère arrivèrent en Amérique munis d'un petit pécule. Mon grand-père s'installa à Derry à cause de l'industrie du bois qu'il connaissait un peu. Il réussit bien et ses enfants naquirent dans un milieu aisé.

Mon grand-père mourut en 1925. Oncle Otto, alors âgé de vingt ans, fut le seul enfant à recevoir tout son héritage. Il alla s'installer à Castle Rock et commença à spéculer dans l'immobilier. En cinq ans il s'enrichit dans le commerce des forêts et des terres. Il acheta une grande maison sur Castle Hill, engagea des domestiques et profita pleinement de son statut de jeune célibataire assez séduisant (« assez » seulement à cause de ses lunettes) et très beau parti. Personne ne le trouvait étrange. Ça n'a commencé que plus tard.

Il pâtit de la crise de 29 — pas autant que certains, mais pâtir c'est pâtir. Contre vents et marées, il s'accrocha à sa grande maison de Castle Hill, puis la vendit lorsqu'un terrain boisé qu'il désirait éperdument acquérir fut mis en vente à un prix dérisoire par la Compagnie de papier de la Nouvelle-Angleterre.

La Compagnie de papier de la Nouvelle-Angleterre existe encore aujourd'hui et si vous vouliez acheter de ses actions je vous conseillerais de ne pas hésiter. Mais, en 1933, la Compagnie mettait en vente d'énormes parcelles de terre à des prix sacrifiés, dans un effort ultime et désespéré pour maintenir l'affaire à flot.

Quelle était exactement l'étendue de cette terre que convoitait mon oncle ? Le fabuleux contrat original a été perdu et les versions diffèrent... mais toutes pourtant s'accordent à reconnaître qu'elle faisait au moins quatre mille acres. Si sa plus grande partie était située sur Castle Rock, le domaine s'étendait jusqu'à Waterford et Harlow. Lorsqu'elle décida de le mettre sur le marché, la

Compagnie offrit l'ensemble pour environ deux dollars et demi l'acre... à condition que l'acheteur prenne le tout.

Ça mettait le total à dix mille dollars à peu près. Oncle Otto ne pouvait réunir une telle somme, alors il trouva un partenaire — un Yankee du nom de George McCutcheon. Si vous vivez en Nouvelle-Angleterre vous connaissez certainement ce nom, Schenk et McCutcheon ; la société a été rachetée il y a longtemps déjà, mais on trouve encore des quincailleries Schenck et McCutcheon dans une quarantaine de villes de Nouvelle-Angleterre et des chantiers de scieries Schenck et McCutcheon de Central Falls à Derry.

McCutcheon était un grand gaillard à grosse barbe noire. Comme mon oncle Otto, il portait des lunettes. Comme oncle Otto aussi, il avait hérité d'une certaine somme d'argent. Ça devait être une somme assez conséquente, car oncle Otto et lui réussirent sans problème à conclure l'achat de cette terre. Dans le fond, c'étaient l'un et l'autre des forbans et ils s'entendaient assez bien. Leur association dura vingt-deux ans — en fait, jusqu'à l'année de ma naissance — et ils ne connurent que la prospérité.

Mais tout commença avec l'achat de ces quatre mille acres. Avec le camion de McCutcheon — celui-ci au volant la moitié du temps, oncle Otto le relayant le reste du temps — ces deux jeunes gens, soudain promus au rang de propriétaires terriens de la Nouvelle-Angleterre au plein cœur de la grande dépression, explorèrent leurs terres, sillonnèrent les routes forestières et les pistes des défibreurs, presque toujours en première, trépidant sur les planches et soulevant des gerbes d'eau quand ils passaient dans les fondrières.

J'ignore où McCutcheon avait déniché ce camion. C'était un Cresswell, si ça vous intéresse — un modèle qui ne se fait plus. Il avait une énorme cabine rouge vif, de larges marchepieds et un démarreur électrique, mais si le démarreur présentait des défaillances, on pouvait utiliser la manivelle — quoique celle-ci fût toujours susceptible de revenir en arrière et de vous casser l'épaule si votre attention se relâchait. La carlingue à ridelles faisait six mètres de long, mais ce qui m'a le plus marqué dans ce camion c'est son museau. Comme la cabine, il était rouge sang. Pour parvenir au moteur il fallait soulever deux panneaux d'acier, un de chaque côté. Le radiateur était placé aussi haut que la poitrine d'un homme adulte. C'était un engin laid et monstrueux.

Le camion de McCutcheon tombait en panne, on le réparait, il tombait à nouveau en panne et de nouveau on le réparait. Lorsqu'il expira tout à fait, il le fit d'une façon spectaculaire. Comme le cabriolet à un seul cheval du poème d'Holmes.

Un beau jour de 1953, McCutcheon et oncle Otto — tous deux « complètement bourrés », de l'aveu même d'oncle Otto — gravissaient la Black Henry Road. Oncle Otto rétrograda en première pour grimper Trinity Hill. Jusque-là, aucun problème, mais, saoul comme il l'était, il ne pensa jamais à passer ses vitesses pour redescendre de l'autre côté. Le vieux moteur fatigué du Cresswell surchauffa. Ni oncle Otto ni McCutcheon ne virent l'aiguille passer dans la zone rouge, sur la lettre C du côté droit du cadran. Au pied de la colline une explosion déploya les côtés articulés du compartiment moteur comme les ailes d'un dragon rouge. Le bouchon du radiateur monta en chandelle dans le ciel d'été. De la vapeur s'échappa en panache comme du Old Faithful*. L'huile jaillit, inondant le pare-brise. Oncle Otto écrasa la pédale de frein mais le Cresswell avait pris depuis près d'une année la mauvaise habitude de perdre son liquide de freins et la pédale s'enfonça sans effet jusqu'au plancher. Mon oncle ne voyait plus où il allait ; il quitta la route, alla d'abord dans un fossé puis hors du fossé. Si le Cresswell avait calé tout cela n'aurait pas été bien grave. Mais le moteur continua à tourner et fit sauter un piston puis deux autres comme des pétards du 14 Juillet. Oncle Otto racontait que l'un d'eux avait, en sifflant, traversé sa porte qui s'était effondrée. Le trou était de la taille d'un poing. Ils s'arrêtèrent enfin dans un pré envahi de gerbes d'or. Ils auraient pu profiter d'une vue magnifique sur les White Mountains si le pare-brise n'avait été couvert d'huile Diamond Gem.

Ce fut le dernier round pour le Cresswell de McCutcheon ; il ne bougea jamais plus de ce pré. Ça ne provoqua aucune indignation de la part du propriétaire ; le pré bien sûr appartenait aux deux hommes. Considérablement dégrisés par l'aventure, ils sortirent pour inspecter les dégâts. Aucun des deux n'avait de connaissances en mécanique, mais elles n'étaient pas nécessaires pour diagnostiquer une blessure mortelle. Oncle Otto fut très éprouvé — en tout cas c'est ce qu'il raconta à mon père — et offrit de dédommager

---

* Célèbre geyser dans l'État du Wyoming. (*N.d.T.*)

son ami. George McCutcheon lui demanda d'arrêter ses bêtises. McCutcheon était en fait dans une sorte d'extase. Il avait jeté un coup d'œil au pré, à la vue qu'il offrait sur les montagnes, et avait décidé qu'il construirait là la maison dans laquelle il se retirerait le moment venu. Il l'annonça à oncle Otto sur un ton réservé en général aux conversions religieuses. Ils regagnèrent ensemble la route et retournèrent à Castle Rock dans le camion du boulanger Cushman qui passait par là. McCutcheon expliqua à mon père qu'il fallait voir dans tout cela la main de Dieu — il l'avait si souvent cherché, l'endroit idéal, et de toute éternité il était là, dans ce pré devant lequel, sans jamais y jeter un regard, ils passaient trois ou quatre fois par semaine. La main de Dieu, répéta-t-il, sans savoir qu'il mourrait dans ce champ deux ans plus tard, écrasé par l'avant de son propre camion — le camion qui, après sa mort, devint celui d'oncle Otto.

McCutcheon demanda à Billy Dodd d'accrocher sa dépanneuse au Cresswell et de tirer celui-ci face à la route. Afin, expliqua-t-il, de pouvoir le voir, à chaque fois qu'il passerait par là et de se rappeler que, lorsque Dodd le tirerait à nouveau et l'emporterait pour de bon, ce serait pour que les ouvriers puissent venir creuser. Il était du genre sentimental mais pas assez cependant pour ne pas saisir l'occasion de gagner un dollar quand celle-ci se présentait. Lorsqu'un défibreur nommé Baker se présenta un an plus tard et offrit d'acheter les roues et les pneus du Cresswell car ils convenaient parfaitement à son derrick, McCutcheon accepta sans hésitation les vingt dollars du bonhomme. Il était pourtant, ne l'oubliez pas, à la tête d'une fortune de plus d'un million de dollars. Il n'omit pas de recommander à Baker de placer le camion sur cales. Il expliqua qu'il ne voulait pas passer devant et le voir enfoui sous les herbes, les fléoles des prés et les gerbes d'or comme une vieille ruine ; Baker respecta ce souhait. Un an plus tard le Cresswell dégringola des cales et écrasa McCutcheon. Les anciens racontaient l'histoire avec ravissement et concluaient toujours en disant qu'ils espéraient que ce sacré Georgie McCutcheon avait bien profité des vingt dollars qu'il avait tirés de ses roues.

J'ai passé mon enfance à Castle Rock. Quand je suis né mon père travaillait pour Schenck et McCutcheon depuis presque dix ans et le camion, passé aux mains d'oncle Otto comme tous les autres biens de McCutcheon, fut un point de repère important dans ma vie. Ma mère faisait ses courses chez Warren à Brighton et devait, pour s'y rendre, emprunter la Black Henry Road. Ainsi, à chaque voyage passions-nous devant le camion qui gisait là, avec les White Mountains en toile de fond. Il n'était plus sur cales — oncle Otto avait dit qu'un accident suffisait — mais la simple pensée de ce qui s'était passé était suffisante pour provoquer les frissons d'un petit garçon en culottes courtes.

Il était là en été ; il y était en automne, entouré de chênes et d'ormes qui flamboyaient comme des torches sur trois côtés du champ ; en hiver, où des amoncellements de neige qui atteignaient le niveau de ses phares le faisaient ressembler à un mastodonte luttant pour se dégager de sables mouvants blancs ; au printemps, lorsque le pré n'était plus qu'un bourbier et qu'on se demandait s'il n'avait pas disparu sous terre. C'est peut-être d'ailleurs ce qui se serait passé s'il n'y avait pas eu cette couche de bonne roche du Maine. Traversant saisons et années il était là.

Une fois je suis même monté dedans. Un jour en effet, comme nous nous rendions à la foire de Fryeburg, mon père s'arrêta sur le bord de la route, me prit par la main et me conduisit jusqu'au champ. J'avais entendu raconter comment il avait glissé en avant et avait écrasé l'associé de mon oncle. C'est chez le coiffeur, caché aussi discrètement qu'une souris derrière *Life Magazine* que je ne savais pas lire, que j'avais écouté ces hommes expliquer comment il avait été écrasé et combien ils espéraient que ce sacré Georgie avait bien profité des vingt dollars que lui avaient rapportés ces roues. L'un d'eux — c'était peut-être Billy Dodd, le père de Franck le Fou — ajouta que McCutcheon ressemblait à « une citrouille écrabouillée par la roue d'un tracteur ». Ça m'avait hanté pendant des mois... mais bien entendu, mon père l'ignorait.

Mon père avait cru que je serais heureux de m'asseoir dans la cabine de ce vieux camion ; il avait remarqué de quelle manière je le regardais à chaque fois que nous passions devant, prenant je suppose ma terreur pour de l'admiration.

Je me souviens des gerbes d'or, dont le jaune éclatant était terni par le froid d'octobre. Je me souviens de la grisaille de l'air, un peu amer, un peu âpre, et de l'allure argentée de l'herbe morte ; je me souviens du *whisssh-whisssh* de nos pas. Mais ce dont je me souviens le mieux c'est du camion dressé devant nous, de plus en plus gros, des dents menaçantes de son radiateur, du rouge sang de sa peinture, du regard trouble de son pare-brise. Je me souviens de la peur qui m'envahit en une vague plus froide et plus grise que le goût de l'air lorsque mon père me saisissant sous les bras me hissa jusqu'à la cabine et me dit : « Conduis-le jusqu'à Portland, Quentin... vas-y ! » Je me souviens du souffle d'air sur mon visage au fur et à mesure que je montais, et puis, de cette sensation fraîche, à laquelle s'était substituée l'odeur de vieille huile Diamond Gem, de cuir déchiré, de crottes de souris et... je le jure... de sang. Je me rappelle avoir désespérément essayé de ne pas pleurer pendant que mon père me souriait, convaincu qu'il m'offrait une sacrée émotion (et c'était vrai, mais pas dans le sens où il le pensait). J'eus alors la certitude qu'il allait m'abandonner là, ou tout au moins tourner le dos et que ce camion allait me manger, me dévorer tout vif. Et que ce qu'il recracherait aurait l'air mâchonné et cassé et... et éclaté. Comme une citrouille écrabouillée par la roue d'un tracteur.

Je fondis en larmes et mon père qui était le meilleur des hommes me redescendit, me consola et me ramena à la voiture.

Il me porta dans ses bras et je regardai par-dessus son épaule le camion qui disparaissait dans le lointain, là au milieu du champ, son énorme radiateur menaçant, le trou sombre où s'enfonçait la manivelle ressemblant à l'orbite d'un œil horriblement placé, et j'avais envie de lui dire que j'avais senti l'odeur du sang et que c'était pour ça que j'avais pleuré. Je ne savais pas comment le lui expliquer. Je pense que de toute façon il ne m'aurait pas cru.

Comme un petit garçon de cinq ans qui croit encore au Père Noël, à la petite souris et au père Fouettard, je croyais aussi que l'affreuse sensation d'effroi qui m'avait submergé quand mon père m'avait hissé dans la cabine du camion venait du camion *lui-même*. Il me fallut vingt-deux ans pour décider que ce n'était pas le Cresswell qui avait assassiné George McCutcheon ; que c'était mon oncle Otto.

Le Cresswell était un point de repère dans ma vie, mais il appartenait aussi à l'inconscient collectif de toute la région. Si vous expliquiez à quelqu'un comment se rendre de Brighton à Castle Rock, vous lui disiez qu'il était sur la bonne route si à environ cinq kilomètres après l'embranchement avec la route 11 il apercevait un vieux camion rouge à gauche dans un pré herbeux. Des touristes se garaient souvent sur le bord de la route (ils restaient parfois embourbés là, ce qui nous offrait une bonne occasion de rire) pour prendre des photos des White Mountains avec le camion d'oncle Otto au premier plan pour la note pittoresque — pendant longtemps mon père appela le Cresswell « Le haut-lieu touristique de Trinity Hill » mais au bout d'un moment il arrêta. L'obsession d'oncle Otto était devenue trop forte pour que ce soit encore drôle.

Voilà pour l'origine. Et maintenant passons au secret. Qu'il ait tué McCutcheon, j'en suis absolument certain. « Écrabouillé comme une citrouille », avaient dit les sages du salon de coiffure. L'un d'entre eux avait ajouté : « j' parie qu'il était à g'noux d'vant c' camion, en train d' prier comm' un d' ces Arab' graisseux priant Arlah. J' peux vraiment m' l'imaginer com'ça. Y z' étaient cinglés, tous les deux, vous savez. Si vous m' croyez pas, r'gardez comment qu'il a fini Otto Schenck. Just' de l'aut' côté d' la rue dans c'te p'tit' maison qu'i' voulait donner à la ville pour faire une école, et aussi fou qu'un rat dans un chiotte. »

Tout ceci accueilli par des signes d'approbation et des regards entendus, parce que tous pensaient *alors* qu'oncle Otto était assez bizarre — ouh là là ! — mais pas un de ces sages du salon de coiffure n'avait été fichu de réaliser que cette vision — McCutcheon à genoux devant le camion « comme un d' ces Arab' priant Arlah » était aussi douteuse qu'extravagante.

Les ragots vont toujours bon train dans les petits villages ; voleurs, adultères, braconniers, escrocs, autant de qualificatifs décernés sur la foi du plus mince témoignage ou des déductions les plus farfelues. La plupart du temps, d'après moi, ces racontars n'ont pas d'autre origine qu'un profond ennui. Ce qui leur évite de tomber dans la vraie méchanceté — telle qu'on la rencontre chez la plupart des romanciers qui ont dépeint les petites villes, depuis Nathaniel Hawthorne jusqu'à Grace Metalious — c'est que la plupart de ces commérages, au téléphone, à l'épicerie ou chez le coiffeur, sont d'une naïveté singulière — comme si les gens pouvaient bien imaginer la méchanceté et la bêtise chez les autres mais étaient incapables de voir le mal délibéré quand il flottait juste devant leurs yeux comme le tapis magique sorti du conte d'un de ces Arab' graisseux.

Comment est-ce que je peux savoir qu'il l'a fait ? Vous demandez-vous. Uniquement parce qu'il était avec McCutcheon ce jour-là ? Non. A cause du camion. Le Cresswell. Quand son obsession a commencé à l'envahir tout à fait, mon oncle s'est installé en face, dans cette minuscule maison... même si les dernières années de sa vie, il avait une peur atroce de ce camion échoué de l'autre côté de la rue.

Je pense qu'oncle Otto attira McCutcheon dans le pré où le camion reposait sur ses cales sous prétexte de le faire parler de sa future maison et de sa retraite toute proche. Une société beaucoup plus importante que la leur leur avait fait une excellente offre d'achat — je ne vous dirai pas son nom, mais si je vous le disais, il est certain que vous la connaîtriez — et McCutcheon voulait accepter. Oncle Otto n'était pas d'accord. Une lutte pacifique avait lieu entre eux depuis le printemps. Je pense que c'est ce différend qui décida oncle Otto à se débarrasser de son associé.

Il avait dû préparer son coup de deux façons : d'abord en déséquilibrant les cales sur lesquelles reposait le camion, ensuite en posant quelque chose sur le sol ou peut-être en le fichant dans le sol, juste devant le camion, là où McCutcheon ne pourrait manquer de le voir.

Quelle sorte de chose ? Je l'ignore. Un objet brillant. Un diamant ? Un simple morceau de verre brisé ? Ça n'a pas d'importance. Il clignote et étincelle sous le soleil. McCutcheon le voit peut-être. Sinon, vous pouvez être certain qu'oncle Otto le lui montre. *Qu'est-ce que c'est qu' ce truc ?* demande-t-il. *J' sais pas,* répond McCutcheon en se précipitant.

McCutcheon tombe à genoux devant le Cresswell, exactement comme l'un de ces Arab' priant Arlah, il essaie de dégager l'objet du sol pendant que mon oncle contourne discrètement l'arrière du camion. Une bonne poussée et voilà l'engin qui s'effondre en écrasant l'associé de mon oncle. En l'écrabouillant comme une citrouille.

Je pense qu'il était trop filou pour mourir sur le coup. Je l'imagine allongé sous le mufle incliné du Cresswell, du sang coulant à flots de son nez, de sa bouche et de ses oreilles, le visage aussi blanc qu'une feuille de papier, les yeux ténébreux, plaidant auprès de mon oncle pour obtenir de l'aide, pour obtenir de l'aide très rapidement. Plaidant... puis suppliant... et finalement couvrant mon oncle de malédictions, lui promettant qu'il l'aurait, qu'il le tuerait, qu'il l'achèverait... pendant que mon oncle reste là, à regarder, mains dans les poches, jusqu'à ce que tout soit terminé.

C'est peu après la mort de McCutcheon que mon oncle se mit à agir d'une façon que les sages du salon de coiffure qualifièrent de curieuse... puis de singulière... et enfin de « foutrement bizarre ». Des bizarreries qui lui valurent finalement d'être déclaré, dans l'argot imagé du salon de coiffure, « aussi fou qu'un rat dans un chiotte » apparurent au fil du temps — mais tout le monde s'accorde à dire qu'elles commencèrent peu après la mort de McCutcheon.

En 1965, oncle Otto fit construire une petite maison d'une seule pièce en face du terrain sur lequel se trouvait le camion. Tout le monde se demanda ce que le vieil Otto Schenck pouvait bien avoir l'intention de faire sur la Black Henry près de Trinity Hill, mais la surprise fut totale quand oncle Otto donna la touche finale à son bâtiment en demandant à Chuckie Barger de le couvrir d'une couche de peinture rouge puis annonça qu'il en faisait cadeau à la ville — une belle école neuve, expliqua-t-il, et tout ce qu'il demandait c'était qu'on lui donnât le nom de son associé décédé.

Les notables de Castle Rock en furent abasourdis. Tous les autres aussi. Presque tout le monde dans la petite bourgade avait fréquenté une école à classe unique (ou pensait qu'il en avait été ainsi, ce qui revient pratiquement au même). Mais, en 1965, il n'y avait plus aucune école à classe unique à Castle Rock. La dernière, celle de Castle Ridge, avait été fermée l'année précédente. Elle abrite désormais la « Pizzaville » de Steve là-bas sur la route 117. La ville avait alors une nouvelle école en verre et parpaing sur le terrain communal et un beau lycée tout neuf rue Carbine. Cette offre excentrique fit passer d'un seul coup oncle Otto du qualificatif de « curieux » à celui de « foutrement bizarre ».

Les notables lui envoyèrent une lettre (aucun d'entre eux n'eut vraiment le courage d'aller le voir en personne) dans laquelle ils le remerciaient gentiment en espérant qu'il penserait de nouveau à la ville dans le futur, mais refusaient la petite école en expliquant que les besoins éducatifs des enfants de la ville étaient déjà amplement satisfaits. Oncle Otto entra dans une colère noire. Ne pas oublier la ville dans le futur ? tonna-t-il devant mon père. Il allait vraiment se souvenir d'eux, mais pas comme ils le souhaitaient. *Lui*, il n'était pas né de la dernière pluie. Il appelait un chat un chat et les gens de cette ville, de sinistres crétins. Et s'ils voulaient jouer à qui pisserait le plus loin, il leur montrerait qu'il pouvait pisser comme un putois qui vient de boire un tonneau de bière.

— Et à présent, que vas-tu faire ? lui demanda mon père.

Ils étaient assis à la maison autour de la table de la cuisine. Ma mère était allée coudre au premier. Elle disait qu'elle n'aimait pas oncle Otto ; qu'à le sentir on avait l'impression — que ce soit vrai ou non — qu'il ne se baignait qu'une fois par mois — « et il est riche » ! ajoutait-elle en se pinçant les narines. Je pense que son odeur la gênait vraiment mais qu'elle avait surtout peur de lui. Dès 1965, oncle Otto avait commencé à adopter une apparence aussi foutrement bizarre que son comportement. Il se baladait vêtu d'un pantalon de travail vert retenu par des bretelles, d'une chemise de corps en thermolactyl et de grosses chaussures de chantier jaunes. Ses yeux roulaient dans leurs orbites lorsqu'il parlait.

— Hein ?

— Alors, qu'est-ce que tu vas en faire ?

— M'installer dans c'te putain d' baraque, s'écria oncle Otto sur un ton brusque.

Et c'est ce qu'il fit.

L'histoire de ses dernières années est vite résumée. Il souffrit de ce genre de folie effrayante dont les journaux à sensations nous offrent régulièrement l'illustration. *Le millionnaire meurt de malnutrition dans son taudis. La vieille mendiante était riche, révèle la banque. Un ancien magnat de la banque s'éteint abandonné de tous.*

Il emménagea dans la petite maison rouge — dont la couleur au fil des années passa et se changea en un rose terne — dès la semaine suivante. Aucun des arguments de mon père ne parvint à l'en dissuader. Un an plus tard il vendit l'affaire qui l'avait, je crois, poussé au meurtre. Ses excentricités s'étaient multipliées mais son sens du commerce ne l'avait pas abandonné et il réalisa un joli profit — un profit stupéfiant devrais-je plutôt dire.

Ainsi, mon oncle, dont la fortune s'élevait certainement à plus de sept millions de dollars, vivait-il dans cette petite construction sur la Black Henry Road. La maison qu'il possédait en ville était fermée à clé, volets clos. Il était alors passé de « foutrement bizarre » à « fou comme un rat dans un chiotte ». L'étape suivante est d'ordinaire marquée par une expression plus plate, moins colorée, mais nettement plus inquiétante : « dangereux peut-être ». Elle est souvent suivie d'un internement.

A sa façon, bien que je doute qu'aucun touriste ait jamais voulu prendre sa photo, oncle Otto fit partie du paysage tout comme le camion échoué de l'autre côté de la route. Il s'était laissé pousser une barbe qui tirait sur le jaune comme si elle avait été contaminée par la nicotine de ses cigarettes. Il avait énormément grossi. Ses bajoues pendouillaient en deux fanons ridés incrustés de crasse. On pouvait souvent le voir debout sur le seuil de sa drôle de petite maison, immobile, observant la route et l'autre côté.

Observant le camion — *son* camion.

Quand oncle Otto cessa de se rendre en ville, mon père se chargea de son ravitaillement pour l'empêcher de mourir de faim. Il lui apportait chaque semaine des vivres qu'il payait de sa propre poche, car oncle Otto ne lui remboursait jamais rien — cette idée ne l'effleurait même pas, je suppose. Papa mourut deux ans avant oncle Otto dont tout l'argent fut finalement légué au département Forêt de l'université du Maine. D'après ce que je sais ils furent enchantés. Avec une telle somme, c'était bien le moins.

Quand j'eus obtenu mon permis, en 1972, je lui portai souvent son ravitaillement hebdomadaire. Au début, il me dévisageait avec une méfiance bornée, mais au bout d'un moment il se dégela. C'est trois ans plus tard, en 1975, qu'il me confia pour la première fois que le camion rampait vers la maison.

Cette année-là je fréquentais l'université du Maine, mais j'étais revenu à la maison pour l'été et j'avais repris l'habitude de porter chaque semaine ses provisions à oncle Otto. Il restait assis à sa table, une cigarette à la bouche, me regardait ranger les boîtes de conserve et écoutait mon bavardage. J'avais l'impression qu'il avait peut-être oublié qui j'étais... ou du moins faisait semblant. Une fois, alors que je m'avançais vers la maison, il m'avait glacé jusqu'au sang en s'écriant par la fenêtre :

— C'est toi, George ?

Un certain jour de juillet 1975 il interrompit mon bavardage insignifiant et me demanda avec une âpre brusquerie :

— Qu'est-ce que tu penses de ce camion là-bas, Quentin ?

Cette brutalité fit jaillir une réponse honnête :

— Quand j'avais cinq ans, j'ai mouillé mon pantalon dans sa cabine, répondis-je. Je crois que j'en ferais autant si j'y remontais aujourd'hui.

Oncle Otto éclata d'un rire bruyant et interminable. Je me tournai vers lui et le regardai avec étonnement. Je ne me souvenais pas de l'avoir déjà entendu rire. Il fut interrompu par une longue quinte de toux qui le fit virer au rouge écarlate. Alors il me dévisagea, les yeux étincelants

— De plus en plus proche, Quent, me dit-il.

— Quoi, oncle Otto ? demandai-je.

Je pensais qu'il avait fait un de ses fameux coq-à-l'âne — peut-être voulait-il parler de Noël, du prochain millénaire ou du retour du Christ-Roi.

— Ce camion sournois, répondit-il en me regardant avec un air de confidence calme et bornée que je n'aimais guère. L'est de plus en plus proche chaque année.

— Vraiment ? demandai-je avec circonspection, pensant qu'il s'agissait là d'une nouvelle idée particulièrement déplaisante.

Je jetai un coup d'œil de l'autre côté de la route au Cresswell qui émergeait des hautes herbes sur fond de White Mountains... L'espace d'une fraction de seconde je crus devenir fou : il me parut vraiment plus proche. Je clignai des yeux et l'illusion s'évanouit. Le camion se trouvait exactement là où il avait toujours été.

— Oh, ouais, dit-il. L'est de plus en plus proche chaque année.

— Ben mince, peut-être as-tu besoin de lunettes. Je ne peux pas voir la moindre différence, oncle Otto.

— Bien sûr que tu peux pas ! s'écria-t-il brusquement. Tu peux pas voir non plus la grosse aiguille de ta montre avancer, n'est-ce pas ? Les êtres sournois avancent toujours trop lentement pour qu'on puisse les voir... à moins qu'on ne les quitte pas des yeux. Exactement comme je le fais avec le camion.

Il m'adressa un clin d'œil qui me fit frissonner.

— Pourquoi avancerait-il ? demandai-je.

— Y veut ma peau, voilà pourquoi, répondit-il. Y m'a dans la tête, ouais, c'est ça qu'il a. Un d' ces jours y va débouler ici, et ça s'ra la fin. Y m'écras'ra comme Mac, et ça s'ra la fin.

Tout ceci m'effraya pas mal — ce qui m'effraya le plus c'était je crois le ton raisonnable sur lequel il avait parlé. Les jeunes répondent en général à la peur en prodiguant de sages conseils ou en feignant la désinvolture.

— Faut retourner habiter en ville, si ça vous inquiète, oncle Otto, lui dis-je, et vous n'auriez jamais soupçonné au timbre de ma voix que mon dos était couvert de chair de poule.

Il tourna les yeux vers moi... puis vers le camion, de l'autre côté de la route.

— J' peux pas, Quentin, répondit-il. Un homme doit parfois rester là où il est, à attendre ce qui doit se produire.

— Attendre quoi, oncle Otto ? demandai-je tout en sachant qu'il voulait sans doute parler du camion.

— Le destin, dit-il avec un nouveau clin d'œil... mais il avait l'air effrayé.

En 1979, mon père attrapa une maladie des reins qui après le court intermède d'un apparent répit l'emporta finalement. Pendant les nombreuses visites que je lui rendis cet automne-là à l'hôpital, nous parlâmes souvent d'oncle Otto. Il avait quelques doutes sur ce qui s'était vraiment passé en 1955 — de légers soupçons qui furent à l'origine des soupçons sérieux que je nourris par la suite. Mon père ignorait à quel point l'obsession d'oncle Otto pour le camion s'était aggravée. Moi, non. Le vieil homme restait presque toute la journée sur le seuil à observer l'engin. A l'observer comme un homme regarderait sa montre pour voir avancer la grande aiguille.

Dès 1981, oncle Otto avait perdu ses derniers boulons. Plus pauvre que lui aurait été interné depuis longtemps, mais, dans une petite ville, des millions en banque peuvent faire pardonner une grande folie — surtout si bon nombre de gens pensent qu'il y a peut-être quelque chose pour la municipalité dans le testament du pauvre fou. Malgré tout, en 1981, on commençait à parler sérieusement de faire interner oncle Otto pour son propre bien. L'expression plate et implacable « dangereux, peut-être » avait commencé à supplanter « fou comme un rat dans un chiotte ». Il s'était mis à uriner sur le bord de la route au lieu d'aller derrière la maison dans les bois où se trouvaient ses cabinets. Tout en se soulageant, il brandissait parfois le poing en direction du Cresswell et nombreux furent ceux qui, passant par là en voiture, pensèrent que les menaces d'oncle Otto s'adressaient à *eux*.

Le camion sur fond des pittoresques White Mountains, c'était une chose ; oncle Otto pissant sur le bord de la route avec ses bretelles qui pendaient sur ses genoux, c'en était une autre. Ça n'avait rien de très attrayant pour les touristes.

A cette époque, lorsque je livrais à oncle Otto ses provisions hebdomadaires, je portais plus souvent un complet-veston que le blue-jean qui avait été ma seule tenue tout au long de mes études à l'université — cependant, je le livrais toujours. J'essayai de le convaincre qu'il devait cesser de se soulager sur le bord de la route, tout au moins pendant l'été, quand tous ceux du Michigan, du Missouri ou de Floride qui passaient par là pouvaient le voir.

Je n'y parvins jamais. Il ne pouvait en aucun cas se soucier de choses aussi insignifiantes quand il avait à s'occuper du camion. Son inquiétude au sujet de l'engin était devenue une véritable manie. Il prétendait à présent que celui-ci s'était installé de son côté de la route — au beau milieu de son jardin, en fait.

— La nuit dernière je me suis réveillé aux environs de 3 heures et il était là, juste derrière la fenêtre, Quentin, me raconta-t-il un jour. J' l'ai vu là, avec le clair de lune qui brillait sur son pare-brise, à moins de deux mètres de l'endroit où j'étais couché, et mon cœur s'est presque arrêté de battre. Il s'est presque *arrêté*, Quentin.

Je le conduisis dehors et lui montrai du doigt le Cresswell, là où il avait toujours été, de l'autre côté de la route, dans le pré où McCutcheon avait prévu de bâtir une maison. Ça ne changea rien.

— C'est *ta* perception des choses, mon garçon, répliqua-t-il avec un mépris farouche et total ; une cigarette tremblait dans sa main, ses yeux roulaient dans leurs orbites. C'est *ta* perception des choses.

— Oncle Otto, répondis-je en tentant de faire de l'esprit, ma perception devient la chose elle-même.

On aurait dit qu'il n'avait pas entendu.

— Il a failli avoir ma peau, le copain, murmura-t-il.

Je frissonnai. Il n'avait pas l'air fou. Pitoyable, oui, et terrifié, certainement... mais pas fou. Je me souvins alors de mon père me hissant dans la cabine de ce camion. Je me souvins de l'odeur d'huile, de cuir... et de sang.

— Il a failli avoir ma peau, répéta-t-il.

C'est exactement ce qui arriva trois semaines plus tard.

C'est moi qui le retrouvai. C'était un mercredi soir et comme presque tous les mercredis soir, je m'étais rendu là-bas avec deux sacs de vivres sur le siège arrière. Il faisait chaud et lourd. De temps à autre le tonnerre grondait au loin. Au volant de ma Pontiac sur la Black Henry Road, je me rappelle m'être senti nerveux et avoir été sûr que d'une façon ou d'une autre quelque chose allait se produire, mais j'essayai de me convaincre qu'il ne s'agissait que des effets des basses pressions atmosphériques.

Je pris le dernier virage et, au moment où j'aperçus la petite maison de mon oncle, j'eus la plus étrange des hallucinations — pendant un instant je crus que ce damné camion *était* vraiment sur le seuil, énorme et lourdaud avec sa peinture rouge et ses ridelles pourries. Je voulus freiner, mais avant même que mon pied se fût posé sur la pédale, je clignai des yeux et l'illusion disparut. Mais je savais qu'oncle Otto était mort. Pas de trompettes, pas de signal lumineux ; une simple certitude, comme savoir où se trouve un meuble dans une pièce familière.

Je me garai en hâte, sortis de la voiture et me précipitai vers la maison sans me donner la peine de décharger le ravitaillement.

La porte était ouverte — il ne la fermait jamais à clé. Un jour je lui avais demandé pourquoi et il m'avait expliqué, patiemment, comme on expliquerait à un niais un fait d'une totale évidence, que fermer la porte à clé n'aurait pas empêché le Cresswell d'entrer.

Il était allongé sur son lit qui se trouvait sur la gauche de l'unique pièce — le coin cuisine étant à droite. Il gisait là, dans son pantalon vert et sa chemise de corps en thermolactyl, les yeux ouverts et vitreux. Je ne pense pas que sa mort ait remonté à plus de deux heures. Il n'y avait ni mouches ni odeur alors qu'il régnait une chaleur torride.

— Oncle Otto ? dis-je doucement sans attendre de réponse — on ne gît pas sans raison sur un lit, les yeux ouverts et exorbités comme ça.

Si j'éprouvai un quelconque sentiment, c'était du soulagement. C'était fini.

— Oncle Otto ? demandai-je encore en m'approchant de lui. Oncle...

Je m'arrêtai en remarquant combien le bas de son visage était étrangement déformé — combien il était enflé et tordu. Ses yeux n'étaient pas simplement fixes, mais ils *lançaient des éclairs* dans leurs orbites. Ils ne regardaient pas vers la porte ou vers le plafond. Ils étaient renversés vers la petite fenêtre au-dessus du lit.

Je me suis éveillé la nuit dernière vers 3 heures et il était là, juste devant ma fenêtre, Quentin. Il a failli avoir ma peau.

Écrabouillé comme une citrouille, avais-je entendu dire les sages du salon de coiffure pendant que je faisais semblant de lire *Life Magazine* au milieu des odeurs de crèmes Vitalis et Wildroot.

Il a failli avoir ma peau, Quentin.

Il régnait une forte odeur dans la pièce — pas une odeur de salon de coiffure, et pas seulement la puanteur d'un vieillard sale.

Il y avait une odeur d'huile, comme dans un garage.

— Oncle Otto ? murmurai-je, et au fur et à mesure que je m'approchais du lit sur lequel il gisait j'eus l'impression de diminuer, pas seulement en taille, mais en âge... j'avais à nouveau vingt ans, quinze, dix, huit, six... et finalement cinq. Je vis ma menotte tremblante s'approcher de son visage bouffi. Au moment où je pris son visage dans le creux de ma main, je levai les yeux et vis le pare-brise éblouissant du Cresswell qui occupait toute la fenêtre — et quoique ce ne fût que pour un instant, je jurerais sur la Bible qu'il ne s'agissait pas d'une hallucination. Le Cresswell était là, à la fenêtre, à moins de deux mètres de moi.

J'avais placé mes doigts sur l'une des joues d'oncle Otto, mon pouce sur l'autre, pour examiner, je pense, cette étrange boursouflure. Lorsque je vis le camion à la fenêtre, je crispai la main et tentai de fermer le poing oubliant que je tenais le bas du visage du cadavre.

A cet instant, le camion disparut de la fenêtre comme de la fumée — ou comme le fantôme qu'il était sans doute. Au même instant, j'entendis un horrible *giclement.* Un liquide chaud me remplit la main. Je baissai les yeux, sentant non seulement de la chair molle et de l'humidité, mais quelque chose de dur et angulaire. Je baissai les yeux et vis, et c'est alors que je commençai à hurler. De l'huile coulait à flots de la bouche et du nez d'oncle Otto. De l'huile suintait du coin de ses yeux comme des larmes. De l'huile Diamond Gem — ce truc recyclé qu'on achète par bidons de plastique de vingt litres, le truc que McCutcheon avait toujours mis dans le Cresswell.

Mais il n'y avait pas *que* de l'huile ; quelque chose dépassait de sa bouche.

Je continuai à hurler mais pendant un moment je fus incapable de bouger, incapable de détacher ma main pleine d'huile de son visage, incapable de détourner les yeux de cet énorme objet graisseux qui dépassait de sa bouche — l'objet qui déformait tant son visage.

Finalement, je m'arrachai à ma paralysie et m'enfuis de la maison sans cesser de hurler. Je franchis la porte du jardin et courus jusqu'à ma Pontiac, je me jetai dedans et continuai à hurler. Les provisions destinées à l'oncle Otto tombèrent du siège arrière et s'écrasèrent sur le plancher. Les œufs se cassèrent.

Il est assez miraculeux que je ne me sois pas tué pendant les premiers kilomètres — je jetai les yeux sur le compteur et vis que je roulais à plus de cent vingt. Je m'arrêtai et respirai profondément jusqu'à ce que j'aie retrouvé un minimum de contrôle de moi-même. Je commençais à réaliser que je ne pouvais pas laisser oncle Otto comme je l'avais trouvé ; cela susciterait trop de questions. Il allait falloir que j'y retourne.

De plus, je dois l'avouer, une sorte de curiosité morbide m'avait envahi. Si seulement je ne l'avais pas éprouvée, ou si je lui avais résisté ; en fait, aujourd'hui, je voudrais bien les avoir laissés poser leurs questions. Mais, *j'y suis retourné*. Je suis resté sur le seuil cinq bonnes minutes durant — à peu près dans la même position qu'oncle Otto et presque à l'endroit où il s'était si souvent et si longtemps tenu pour observer le camion. Je suis resté là et en suis arrivé à la conclusion suivante : le camion de l'autre côté de la rue avait changé de position, d'une façon presque imperceptible.

Puis je suis rentré.

Les premières mouches tournoyaient et vrombissaient autour de son visage. Je vis des empreintes huileuses sur ses joues : pouce sur la gauche, trois doigts sur la droite. Je jetai un coup d'œil nerveux à la fenêtre où j'avais vu se dresser, menaçant, le Cresswell... et me dirigeai vers le lit. Je sortis mon mouchoir et effaçai mes empreintes. Puis j'ouvris la bouche d'oncle Otto.

Il en sortit une bougie Champion — un de ces vieux modèles pour usage intensif, presque aussi grosse que le poing d'un lutteur de foire.

Je l'ai emportée. A présent j'aimerais bien ne pas l'avoir fait, mais j'étais en état de choc. Tout aurait été plus facile si je n'avais pas eu l'objet ici, dans mon bureau où je peux le regarder, le prendre en main et le soupeser si je le désire — la bougie des années 1920 qui tomba de la bouche d'oncle Otto.

Si elle n'était pas ici, si je ne l'avais pas emportée lorsque je me suis enfui pour la deuxième fois de sa petite maison d'une seule pièce, je pourrais peut-être commencer à me persuader que tout cela — pas seulement au sortir du dernier virage, la vision du

Cresswell pressé contre le flanc de la petite maison comme un énorme renard rouge, mais *tout* le reste aussi — n'était qu'une hallucination. Mais elle est là ; elle capte la lumière. Elle est réelle. Elle pèse un certain poids. *Le camion se rapproche chaque année,* avait-il dit, et il semble à présent qu'il ait eu raison... mais oncle Otto lui-même ignorait à quel point le camion pouvait s'approcher.

Le verdict de la ville fut qu'oncle Otto s'était suicidé en avalant de l'huile et pendant neuf jours on se posa bien des questions à Castle Rock. Carl Durkin, l'entrepreneur des pompes funèbres de la ville, un homme peu économe de ses paroles, racontait que lorsque les médecins l'avaient ouvert pour l'autopsie, ils avaient trouvé plus de trois litres d'huile dans son corps... et pas seulement dans son estomac. Elle avait envahi son organisme tout entier. Une question intriguait tout le monde : qu'avait-il fait du bidon en plastique ? Car on n'en avait retrouvé aucun.

Comme je l'ai dit, la plupart de vous qui lirez ce mémoire ne me croiront pas... en tout cas pas à moins qu'une chose semblable ne leur soit arrivée. Mais le camion est toujours là-bas dans son pré... et quel qu'en soit le sens, tout cela a bien eu lieu.

Livraisons matinales (laitier n° 1)

L'aube prenait lentement possession de Culver Street.
    Pour ceux qui étaient éveillés chez eux, la nuit paraissait encore noire, mais depuis déjà presque une demi-heure l'aurore progressait sur la pointe des pieds. Juché sur le gros érable au carrefour de Culver Street et Balfour Avenue, un écureuil roux cligna des yeux et tourna son regard d'insomniaque vers les maisons endormies. Plus loin, dans la vasque à oiseaux des Mackenzies, un moineau frétillait de joie et s'aspergeait de gouttes perlées. Une fourmi qui allait son petit bonhomme de chemin dans le caniveau trouva au creux d'un papier de bonbon jeté là une minuscule miette de chocolat. La brise nocturne qui avait fait bruire les feuilles et gonfler les rideaux s'apaisa. Au carrefour, l'érable murmura une dernière fois en frissonnant et s'immobilisa dans l'attente de l'ouverture qui suivrait ce prologue paisible.
    A l'orient, une traînée de lumière pâle colora le ciel. Le sombre engoulevent se retira et les mésanges lancèrent quelques trilles encore timides, comme si elles avaient peur de célébrer seules la venue du jour.
    L'écureuil disparut dans un faux pli, à la fourche de l'érable.
    Le moineau voleta jusqu'au bord de la vasque et resta posé là.
    La fourmi aussi se figea devant son trésor comme un bibliothécaire en arrêt sur une édition rare.

Culver Street frémissait silencieusement sur le bord éclairé de la planète — que les astronomes dans leur langage rigoureux nomment la ligne terminatrice.

Un bruit se détacha insensiblement du silence, s'enfla imperceptiblement jusqu'à sembler avoir toujours été là, tapi derrière les sons plus puissants de la nuit si proche encore. Il grossit, se fit plus distinct, et s'affirma comme celui du moteur convenablement assourdi du camion du laitier.

Débouchant de Balfour Avenue, celui-ci s'engagea sur Culver Street. C'était un beau camion beige portant des inscriptions rouges sur les côtés. L'écureuil surgit comme une langue de la bouche plissée de son trou et observa le véhicule, puis il repéra quelque chose qui ferait bien l'affaire pour tapisser son nid. Tête la première, il se précipita au bas du tronc pour s'en emparer. Le moineau s'envola. La fourmi se chargea d'autant de chocolat qu'elle le pouvait et se dirigea vers sa fourmilière.

Les mésanges se mirent à gazouiller plus fort.

Une rue plus loin, un chien aboya.

En lettres rouges sur les côtés du camion on pouvait lire : LAITERIE CRAMER. Sous le dessin d'une bouteille de lait était écrit : SPÉCIALISTE DE LA LIVRAISON MATINALE !

Le laitier portait un uniforme bleu-gris et un calot. Sur sa poche un nom était brodé au fil d'or : SPIKE. Il couvrait de son sifflotement le cliquetis des bouteilles qui s'entrechoquaient doucement derrière lui dans la glace.

Il se gara le long du trottoir devant la maison des Mackenzies, prit sur le plancher à côté de lui son casier à bouteilles et sauta d'un bond sur le trottoir. Il s'arrêta un instant pour humer l'air frais et infiniment mystérieux puis il s'avança à grands pas dans l'allée qui menait à la porte.

Un petit carré de papier blanc était fixé à la boîte aux lettres par un aimant en forme de tomate. Spike lut lentement et attentivement ce qui y était écrit comme on déchiffrerait un message trouvé dans une vieille bouteille couverte de sel.

1 l de lait
1 crème écon
1 jus ornge
Merci

Nella M.

Le laitier Spike regarda son casier d'un air pensif, le posa par terre et en sortit le lait et la crème. Il examina à nouveau la feuille de papier, souleva l'aimant pour s'assurer qu'il n'avait pas oublié un point, une virgule ou un tiret qui auraient pu changer la couleur des choses, hocha la tête, replaça l'aimant, souleva son casier et repartit vers son camion.

L'arrière du véhicule était humide, sombre et froid. L'air y était chargé d'une lourde odeur d'insecte qui se mêlait difficilement à celle des produits laitiers. Le jus d'orange se trouvait derrière la belladone. Le laitier sortit un carton de la glace, hocha à nouveau la tête et remonta encore une fois l'allée. Il posa le carton de jus d'orange avec la crème et le lait et s'en retourna au camion.

Non loin de là, à la blanchisserie industrielle où travaillait Rocky, le vieil ami de Spike, le coup de sifflet de cinq heures retentit. Il pensa à Rocky en train de mettre en marche ses machines dans la vapeur chaude et étouffante et sourit. Peut-être le verrait-il un peu plus tard. Peut-être ce soir... quand il aurait terminé ses livraisons.

Spike démarra et continua sa journée. Un petit poste de radio à transistor était suspendu par une lanière en simili-cuir au croc de boucher taché de sang qui pendait du plafond de la cabine. Il alluma et, alors qu'il se dirigeait vers la maison McCarthy, une musique douce vint apporter un contrepoint au bruit du moteur.

Le mot de Mme McCarthy était à l'endroit habituel, coincé dans la fente de la boîte aux lettres. Il était bref et sans fioriture :

Chocolat

Spike sortit son stylo, griffonna *Livraison effectuée* en travers, et glissa le papier dans la boîte aux lettres. Puis il retourna au camion. Le lait chocolaté était rangé tout au fond dans deux glacières, très accessibles près des portes arrière, car il se vendait bien au mois de juin. Le laitier jeta un coup d'œil aux glacières, se pencha et prit à l'intérieur l'un des cartons de lait chocolaté vides qu'il gardait dans un coin. Le carton était marron, bien sûr, et un enfant joyeux gambadait au-dessus d'inscriptions informant le consommateur qu'il s'agissait de la BOISSON LACTÉE CRAMER   SAINE ET DÉLICIEUSE   A BOIRE CHAUDE OU FROIDE   LES ENFANTS L'ADORENT !

Il posa le carton vide sur un casier à bouteilles. Puis il écarta les glaçons pour chercher le pot de mayonnaise. Il le prit et regarda à l'intérieur. La tarentule remua un peu, lentement. Le froid l'avait engourdie. Spike dévissa le couvercle du pot et retourna celui-ci au-dessus du carton vide. La tarentule tenta vainement de remonter le long du pot de verre : il n'offrait aucune prise. Elle tomba dans le carton de lait chocolaté vide avec un *floc* sourd. Le laitier referma soigneusement le carton, le posa dans son panier et avança en hâte le long de l'allée des McCarthy. Les araignées étaient ses *préférées* et, en toute objectivité, c'était vraiment ce qu'il avait de mieux. Les jours où il livrait des araignées Spike était heureux.

Pendant qu'il progressait ainsi lentement le long de Culver Street, la symphonie de l'aube se poursuivait. A l'est, la traînée de lumière opalescente céda la place à une lueur rose plus intense qui, à peine visible tout d'abord, s'intensifia rapidement pour se changer en un éclat flamboyant qui vira presque immédiatement au bleu de l'été. Aussi jolis que s'ils avaient été dessinés dans un cahier d'enfant à l'école du dimanche, les premiers rayons du soleil attendaient à présent dans les coulisses.

Chez les Webber, Spike laissa une bouteille de crème fraîche remplie d'un gel acide. Chez les Jenner, il déposa cinq litres de lait. Il y avait là des garçons en pleine croissance. Il ne les avait jamais vus, mais il avait aperçu une cabane dans un des arbres sur l'arrière de la maison et des vélos et des battes de base-ball traînaient parfois dans le jardin. Pour les Collin, deux litres de lait et un carton de yaourt. Chez Mlle Ordway, un carton de lait de poule dans lequel il avait injecté de la belladone.

En bas de la rue, une porte claqua. M. Webber, qui se rendait au centre ville, ouvrit la porte à lamelles du garage et entra en balançant sa mallette. Le laitier attendit le bourdonnement que faisait la petite Saab en démarrant et sourit lorsqu'il l'entendit. *La variété c'est le piment de la vie,* aimait à répéter la mère de Spike — Dieu ait son âme ! —, *mais nous sommes irlandais et les Irlandais préfèrent manger leurs pommes de terre natures. Mène une vie ordinaire, Spike, et tu seras heureux.* Il s'était rendu compte, en roulant sur le chemin de la vie dans son beau camion laitier beige, qu'elle avait parfaitement raison.

Il ne restait plus que trois maisons.

Chez les Kincaid il trouva un mot sur lequel il lut « Rien aujourd'hui, merci » ; il déposa une bouteille de lait bouchée qui avait l'air vide mais contenait un gaz mortel à base de cyanure. Chez les Walker il livra deux litres de lait et un demi-litre de crème fraîche.

Lorsqu'il atteignit la maison des Merton, au bout de la rue, les rayons du soleil brillaient à travers les arbres et mouchetaient le tracé à demi effacé d'un jeu de marelle dessiné sur le trottoir devant leur jardin.

Spike se pencha, ramassa une pierre qui lui parut pouvoir faire un sacré bon palet — bien plate sur une face — et la lança. Le caillou atterrit sur une ligne. Il hocha la tête, sourit et monta l'allée en sifflotant.

La brise légère lui apporta l'odeur de savon de la blanchisserie industrielle et il pensa à Rocky. Il était de plus en plus sûr qu'il le verrait. Le soir même.

Chez les Merton, le message était fixé au porte-journaux.

Annulé

Spike ouvrit la porte et entra.

Il régnait dans la maison un froid de crypte et il n'y avait plus le moindre meuble. Entièrement vide, dépouillée. Même la cuisinière avait disparu ; un petit carré de linoléum plus brillant rappelait l'emplacement qu'elle avait occupé.

On avait arraché des murs de la salle de séjour jusqu'aux plus petits morceaux de papier peint. Le globe du plafonnier avait disparu. L'ampoule noircie était grillée. Une énorme éclaboussure de sang séché couvrait l'un des murs. On aurait dit la tache d'encre d'un psychiatre. En son centre on avait creusé dans le plâtre un cratère profond. On apercevait dans celui-ci une touffe de cheveux emmêlés et quelques fragments d'os.

Le laitier hocha la tête, ressortit et resta un instant debout sous le porche. Ce serait une belle journée ; le ciel était déjà plus bleu que les yeux d'un bébé et tacheté de petits nuages candides, annonciateurs de beau temps... ces nuages que les joueurs de base-ball appellent « anges ».

Il retira le mot du porte-journaux et en fit une boulette. Il la glissa dans la poche avant gauche de son pantalon blanc de laitier.

Il retourna à son camion et au passage donna un coup de pied à la pierre du jeu de marelle. Elle roula dans le caniveau. Le camion du laitier tourna le coin de la rue en bringuebalant et disparut.

Le jour brillait d'un vif éclat.

Un garçonnet sortit d'une maison en claquant la porte derrière lui, adressa au ciel un sourire et rentra la bouteille de lait.

Grandes roues : où l'on lave son linge sale en famille (laitier n° 2)

Rocky et Léo, tous deux saouls comme des barriques, descendirent lentement Culver Street puis Balfour Avenue vers Crescent. Ils étaient vautrés au creux des sièges de la Chrysler 1957 de Rocky. Entre eux, jeté avec un soin d'ivrogne sur la bosse monstrueuse de l'arbre d'entraînement de la Chrysler, se trouvait un pack de bières Iron City. C'était leur second pack de la soirée — la soirée avait en fait commencé à 4 heures de l'après-midi, heure du pointage de la sortie à la blanchisserie.

— Merde en bâton ! s'écria Rocky, en s'arrêtant au feu rouge clignotant suspendu au-dessus de l'intersection de Balfour Avenue et de la voie 99. Il ne regarda ni d'un côté ni de l'autre mais jeta un coup d'œil furtif derrière eux. Une boîte d'IC à moitié pleine, ornée du portrait coloré de Terry Bradshaw, était coincée entre ses jambes. Il en but une lampée et tourna à gauche sur la 99. Quand il démarra en seconde, le joint universel émit un lourd grognement. La première vitesse de la Chrysler s'était cassée environ deux mois plus tôt.

— File-moi un bâton et je chie dessus, lança complaisamment Léo.

— Quelle heure est-il ?

Léo leva sa montre à toucher presque le bout de sa cigarette et aspira de profondes bouffées jusqu'à ce qu'il réussisse à lire :

— Presque 8 heures.

— Merde en paquet !

— Personne ici n'accordera le contrôle technique à ce fleuron de Detroit, dit Léo. Personne d'un peu sensé en tout cas.

Rocky passa la troisième avec difficulté. Le joint universel gémit et la Chrysler fut prise de l'équivalent automobile d'une crise d'épilepsie petit mal. Le spasme finit par s'apaiser et l'aiguille du compteur de vitesse poussa avec difficulté jusqu'à soixante. Elle resta là à osciller, indécise.

Lorsqu'ils atteignirent l'intersection de la voie 99 et de Devon Stream Road (la rivière Devon traçait la frontière entre les communes de Crescent et de Devon sur une quinzaine de kilomètres), Rocky s'engagea sur cette dernière presque par caprice — encore qu'à ce moment-là déjà une bribe de souvenir du vieux Jus-d' chaussettes avait peut-être commencé à surgir au plus profond de ce qui lui tenait lieu d'inconscient.

Léo et lui erraient plus ou moins au hasard depuis qu'ils étaient sortis du travail. C'était le dernier jour de juin et le matin suivant, à zéro heure zéro une exactement, l'autocollant du contrôle technique de la Chrysler de Rocky serait périmé. Dans quatre heures. Dans moins de quatre heures. Rocky trouvait presque insupportable d'envisager cette éventualité et Léo s'en foutait. Ce n'était pas sa voiture. En plus, il avait bu assez d'Iron City pour sombrer dans un état de paralysie cérébrale profonde.

Devon Road serpentait à travers la seule région fortement boisée de Crescent. De gros massifs d'ormes et de chênes se pressaient des deux côtés de la route, luxuriants, vivants, peuplés d'ombres mouvantes dans la nuit qui commençait à s'étendre sur la Pennsylvanie du Sud-Ouest. La région était connue, en fait, sous le nom de forêt du Devon. Elle était devenue très célèbre en 1968 à la suite du meurtre sadique d'une jeune fille et de son petit ami. Ils s'étaient garés par là et on les avait retrouvés dans la Mercury 1959 du petit ami. La Merc avait des sièges en vrai cuir et une grande figurine chromée à l'avant du capot. On avait retrouvé les occupants sur le siège arrière. Sur le siège avant, dans le coffre et dans la boîte à gants également. L'assassin, lui, n'avait jamais été retrouvé.

— Vaudrait mieux pas qu' c'te vieille caisse rende l'âme ici, lança Rocky. Y a pas un chat à cent cinquante kilomètres à la ronde.

— Foutaises. (Cet intéressant vocable s'était récemment classé au Top 50 du vocabulaire de Léo.) Y'a une ville par là-bas.

Rocky soupira et avala une lampée de bière. La lueur n'était pas vraiment celle d'une ville mais le gamin était suffisamment près de la vérité pour que toute discussion soit inutile. C'était le nouveau centre commercial. Les lampes au sodium de forte puissance émettaient une lumière sacrément violente. En regardant dans cette direction, Rocky fit un écart sur la gauche ; il redressa brusquement, plongea presque dans le fossé de droite et revint finalement sur sa file.

— Ooouh ! s'écria-t-il.

Léon rota et gloussa.

Ils travaillaient ensemble à la blanchisserie New Adams depuis septembre, époque à laquelle Léon avait été embauché pour aider Rocky. Léo était un jeune homme de vingt-deux ans, au faciès de rongeur, dont on se disait qu'il avait sans doute pas mal d'années de prison devant lui. Il prétendait épargner vingt dollars par semaine sur sa paye afin de s'acheter une Kawasaki d'occasion. Il disait qu'il partirait vers l'Ouest sur sa moto lorsque le froid viendrait. Léo était parvenu au score impressionnant de vingt boulots depuis que, d'un commun accord, l'univers scolaire et lui avaient rompu, sitôt qu'il avait atteint l'âge minimum légal de seize ans. Il aimait bien la blanchisserie. Rocky l'initiait aux différents cycles de lavage et Léo pensait développer enfin une compétence qui lui serait bien utile lorsqu'il atteindrait Flagstaff.

Rocky, plus âgé, était manœuvre à la New Adams depuis quatorze ans. Ses mains sur le volant, fantomatiques et décolorées par l'eau de Javel, en portaient témoignage. Il avait fait quatre mois pour port d'arme prohibée en 1970. Sa femme, alors enceinte jusqu'aux yeux de leur troisième enfant, venait de lui annoncer : 1. que cet enfant n'était pas le sien, à lui Rocky, mais celui du *laitier;* et 2. qu'elle voulait divorcer pour cruauté mentale.

Deux choses là-dedans avaient poussé Rocky à ce port d'arme prohibée : 1. il avait été fait cocu ; et 2. il avait été fait cocu par ce sacré nom de Dieu de *laitier,* cet avorton aux yeux de truite et aux cheveux longs nommé Spike Milligan. Spike conduisait le camion de la laiterie Cramer.

Par tous les saints, le laitier ! *Tu pourrais pas crever ? Tu pourrais pas tout simplement te casser la gueule dans le caniveau et crever ?* Même pour Rocky qui n'était jamais allé au-delà de la lecture des dessins humoristiques qu'on trouvait sur les emballages du chewing-gum qu'il mâchonnait infatigablement au boulot, la situation avait des relents d'un classicisme évident.

En conséquence, il avait dûment informé sa femme de deux choses : 1. pas de divorce ; et 2. il allait faire en sorte qu'un gros rai de lumière traverse Spike Milligan de part en part. Environ dix ans auparavant il avait acheté un P.32 qu'il utilisait à l'occasion pour tirer sur des bouteilles, des boîtes de conserve et des petits chiens. Ce matin-là, il avait quitté sa maison d'Oak Street et avait pris la direction de la laiterie, dans l'espoir de surprendre Spike à la fin de ses livraisons matinales.

Il s'était arrêté en chemin à la Four Corners Tavern pour boire quelques bières — six, huit, peut-être vingt. Il n'en gardait qu'un vague souvenir. Pendant qu'il buvait, sa femme avait appelé les flics. Ils l'attendaient à l'intersection d'Oak Street et de Balfour. On avait fouillé Rocky et l'un des flics lui avait arraché son P.32 de la ceinture. « Je pense que vous allez disparaître quelque temps, mon ami », lui avait dit le flic qui avait trouvé le pistolet et c'est exactement ce qu'avait fait Rocky. Il avait passé les quatre mois suivants à laver des draps et des taies d'oreiller pour l'État de Pennsylvanie. Pendant ce temps sa femme avait obtenu le divorce au Nevada et, quand Rocky était sorti de tôle, elle vivait avec Spike Milligan dans un appartement d'une maison de Dakin Street dotée d'un flamant rose sur la pelouse. En plus de ses deux aînés (Rocky supposait encore plus ou moins qu'ils étaient de lui), le couple était désormais nanti d'un nouveau-né aux yeux de truite exactement semblables à ceux de son papa. Il était également nanti d'une pension alimentaire de quinze dollars par semaine.

— Rocky, je crois que j'ai mal au cœur, dit Léon. On pourrait pas simplement s'arrêter et boire ?

— Faut que je foute un autocollant sur mon engin à roues, répondit Rocky. C'est important. Un homme ne vaut rien sans ses roues.

— Y'a pas un mec un peu sain d'esprit qui t'accordera le contrôle technique... j' t' l' dis. Y'a pas d' clignotants.

— Ils s'éteignent si j'appuie sur le frein en même temps et si on freine pas avant de tourner on est sûr de faire un tonneau.

— La vitre est fêlée de ce côté.

— Je la baisserai.

— Et si le contrôleur te demande de la relever pour l'inspecter ?

— Je trouverai une solution le moment venu, répliqua Rocky avec assurance.

Il jeta sa boîte de bière dehors et en prit une autre. Celle-ci était décorée d'un portrait de Franco Harris. Apparemment, cet été-là, la société Iron City mettait en images toutes les célébrités de l'équipe des Cuirassés. Il arracha la capsule. La bière gicla.

— J'aimerais bien avoir une femme, dit Léo les yeux fixés sur l'obscurité.

Il avait un drôle de sourire.

— Si t'avais une femme, c'en serait fini de ton départ vers l'Ouest. C' que fait une bonne femme, c'est qu'elle empêche un homme de partir plus loin vers l'Ouest. C'est comme ça qu'elles font. Elles sont faites pour ça. Tu n' m'as pas dit qu' tu voulais partir vers l'Ouest ?

— Ouais, et c'est bien c' que j' vais faire.

— T' iras jamais, lança Rocky. Bientôt t' auras une femme. Ensuite les emmerdements. *Pension alimentaire*. Enfin tu vois. Les bonnes femmes ça t'amène toujours à la pension alimentaire. Les voitures c'est bien mieux. Tiens-t'en aux voitures.

— Pas facile de baiser une voiture.

— Tu s'rais surpris, dit Rocky, et il éclata de rire.

La forêt avait commencé à s'éclaircir autour de nouveaux lotissements. Des lumières scintillaient sur la gauche et Rocky enfonça brusquement la pédale de frein. Les feux de freinage et les clignotants se mirent en marche en même temps ; c'était du bricolage maison. Léo fut projeté en avant et répandit de la bière sur le siège.

— Qu'est-ce qu'y a ? qu'est-ce qu'y a ?

— Regarde, répondit Rocky. J' pense que j' connais c' type.

Du côté gauche de la route se trouvait l'excroissance d'une station-service Citgo délabrée. Devant, sur la pancarte, on pouvait lire :

CHEZ BOB, ESSENCE ET RÉPARATIONS
PROP. BOB DRISCOLL
SPÉCIALISTE DE L'ÉQUILIBRAGE DES ROUES
DÉFENDEZ VOTRE DROIT SACRÉ AU PORT D'ARME !

Et, tout en bas :

CONTRÔLE TECHNIQUE OFFICIEL N° 72

— Y a pas un mec sensé..., recommença Léo.

— C'est Bobby Driscoll ! cria Rocky. Moi et Bobby Driscoll on a été en classe ensemble ! Voilà notre affaire ! Qu'est'c'que tu paries ?

Il s'arrêta maladroitement, illuminant la porte ouverte du garage avec ses phares. Il fit sauter l'embrayage et fonça, moteur rugissant. Un homme aux épaules voûtées, vêtu d'une salopette verte, se précipita dehors, gesticulant frénétiquement pour qu'il s'arrête.

— C'eeest Bob ! hurla Rocky avec une joie triomphante. Héee ! Jus-d'chaussettes !

Ils enfoncèrent le côté du garage. La Chrysler fut saisie d'une nouvelle crise, grand mal cette fois-ci. Une petite flamme jaune apparut à l'extrémité du pot d'échappement affaissé, suivie d'une bouffée de fumée bleue. La voiture cala avec reconnaissance. Léo fut projeté en avant et renversa encore un peu de bière. Rocky redémarra et recula pour une nouvelle tentative.

Bob Driscoll se précipita vers eux, des bordées d'injures hautes en couleur s'échappant à flots de sa bouche. Il agitait les bras.

— ... *Qu'est'c'que tu fous, espèce de nom de Dieu de fils de pu...*

— Bobby ! cria Rocky avec un enchantement quasi orgasmique. Hé, Jus-d'chaussettes ! Qu'est'c'que t'en dis, mon poteau ?

Bob scruta l'intérieur de la voiture par la fenêtre de Rocky. Son visage tordu, fatigué, était presque entièrement dissimulé par l'ombre que projetait la visière de sa casquette.

— Qui c'est qui m'a appelé Jus-d' chaussettes ?

— *Moi !* s'écria honnêtement Rocky. C'est *moi,* espèce de vieux peloteur ! C'est ton vieux pote !

— Par tous les diables, qui...

— Johnny Rockwell ! T'es d'venu aveugle et idiot ?

Avec circonspection :

— Rocky ?

— Ouais, 'spèce d' fils d' put ?

— Christ Jésus. (Lentement, à contrecœur, une expression de plaisir se répandit sur le visage de Bob.) J' t'ai pas r'vu depuis... euh... depuis le match des Catamounts, en tout cas...

— Waooouh ! C'était t'y pas qu'qu' chose ?

Rocky se frappa les cuisses, ce qui projeta une giclée de bière. Léo rota.

— Pour sûr. La seule fois qu'on a gagné dans notre catégorie. Même alors on n'arrivait pas à remporter le championnat. Eh dis, t'as sacrément arrangé le mur de mon garage, Rocky. Tu...

— Ouais, toujours le même ce vieux Jus-d'chaussettes. Toujours le même vieux pote. T'as pas changé d'un poil.

Rocky, un peu tard, inspecta aussi loin qu'il le put sous la visière de la casquette de base-ball en espérant que ce fût vrai. Il s'avéra cependant que ce vieux Jus-d'chaussettes était devenu presque, si ce n'est complètement, chauve.

— Seigneur ! C'est'y pas qu'q' chose de t' rencontrer com' ça ! Es'ce que t'as fini par épouser Marcy Drew ?

— Pour sûr, sacré nom d'un chien. En 70. T'étais où ?

— En prison, très probablement. Écoute, tête d'œuf, tu peux faire passer le contrôle technique à cette poupette ?

Circonspection à nouveau :

— Tu veux dire ta voiture ?

Rocky fit entendre un rire saccadé.

— Non... ma vieille bite. *Bien sûr*, ma voiture ! T' peux ?

Bob ouvrit la bouche pour dire non.

— Voici un de mes vieux potes. Léo Edwards. Léo voulait rencontrer le seul joueur de basket-ball du lycée de Crescent à n'avoir pas changé de chaussettes pendant quatre ans.

— 'chanté d' fair' vot' connaissance, dit Léo exactement comme lui avait appris sa mère l'une des rares fois où cette dame n'avait pas été ivre.

— T' veux un' bière, Jus-d' chaussettes ? reprit Rocky avec un petit rire cassé.

Bob ouvrit la bouche pour dire non.

— *Voici* le petit chasseur de crabes ! s'exclama Rocky.

Il ouvrit la boîte. La bière, secouée par son élan impétueux contre le mur du garage de Bob Driscoll, déborda en moussant de la boîte et se répandit sur le poignet de Rocky. Rocky la fourra dans la main de Bob. Celui-ci but à petites gorgées rapides afin que sa propre main ne soit pas mouillée.

— Rocky, on ferme à...

— Une seconde, une seconde, laisse-moi reculer. J'ai quelque chose d'insensé.

Rocky tira le levier de vitesses jusqu'en haut en marche arrière, relâcha l'embrayage, rasa une pompe à essence et fit entrer en cahotant la Chrysler à l'intérieur. En une minute il était dehors et comme un politicien serrait la main restée libre de Bob. Bob avait l'air hébété. Léo était resté dans la voiture et avalait une nouvelle bière. Il pétait aussi. Une grande quantité de bière le faisait toujours péter.

— Hé! s'écria Rocky en contournant d'un pas titubant un tas d'enjoliveurs rouillés. Tu t'souviens d' Diana Rucklehouse?

— Pour sûr, répondit Bob. (Un sourire involontaire se dessina sur ses lèvres.) C'était celle avec les... il plaça ses deux mains arrondies devant sa poitrine.

Rocky se mit à hurler.

— C't'*elle*! Tu y es, crâne de piaf! Elle vit toujours ici?

— Je pense qu'elle est partie pour...

— M'en doute, interrompit Rocky. Celles qui restent pas partent toujours. Tu peux mettre un autocollant sur c'te saloperie, s' pas?

— Euh, ma femme m'a dit qu'elle m'attendrait pour dîner et on ferme à...

— Seigneur, ça m' tirerait une sacrée épine du pied si t' pouvais. J' t'en s'rais vach'ment r'connaissant. J' pourrais faire un blanchissage tout ce qu'il y a de personnalisé pour ta femme. C'est mon boulot. J' lave. Chez New Adams.

— Et moi j'apprends, dit Léo, et il péta derechef.

— Laver ses p'tits d'sous, tout c' que tu voudras. Qu'es' t'en dis, Bobby?

— Ben, j' s'pose que j' pourrais y j'ter un coup d'œil.

— Bien sûr, s'écria Rocky en assenant à Bob une bonne bourrade dans le dos et en adressant un clin d'œil à Léo. L'a pas changé c' bon vieux Jus-d'chaussettes. Quel mec!

— Ouais, dit Bob en soupirant.

Il ingurgita sa bière, ses doigts graisseux cachant la plus grande partie du visage de Mean Joe Green.

— T'as sacrément arrangé ton pare-chocs, Rocky.

— Ça lui donne de la classe; c'te foutue voiture a *besoin* d'une touche de classe. Mais c't' un sacré nom de Dieu d'engin à roues, t'vois c' que j' veux dire?

— Ouais, sans doute...

— Hé! J' veux qu' tu fasses connaissance avec le gars avec qui j' travaille! Léo, voilà le seul joueur de basket du...

— Tu nous as déjà présentés, interrompit Bob avec un doux sourire désespéré.

— Howdy doody*, dit Léo.

Il farfouilla à la recherche d'une nouvelle boîte d'Iron City. Des lignes argentées semblables à des rails de chemin de fer aperçus au soleil de midi par un jour chaud et clair commençaient à traverser son champ de vision.

— ... lycée de Crescent à n'avoir pas changé de...

— Tu veux bien me montrer tes phares, Rocky ? demanda Bob.

— Bien sûr. Excellents phares. Halogènes ou oxygènes ou qu'qu' chose d'autre en *gèn*. Y'z'ont d' la classe. Ouvr'-moi ces foutus p'tits pièges à hérissons, Léo.

Léo mit les essuie-glaces en mouvement.

— C'est bon, dit patiemment Bob. (Il avala une grande lampée de bière.) A présent, les phares.

Léo alluma les codes.

— Les phares longs ?

Léo chercha à tâtons l'interrupteur avec son pied droit. Il était presque certain que c'était par là en bas, et il finit par trouver. Les phares exposèrent Rocky et Bob en pleine lumière crue, comme des suspects assemblés par la police.

— Foutus phares à azote, qu'est-c'que j' t'avais dit ? s'écria Rocky, puis il ajouta avec un petit rire saccadé : Nom de Dieu, Bobby ? T' revoir c'est bien mieux que d' recevoir un chèque par la poste !

— Et les clignotants ? demanda Bob.

Léo lança à Bob un sourire incertain et ne bougea pas.

— Vaut mieux qu' j' le fasse moi-même, dit Rocky. (Il se cogna la tête un bon coup en se mettant au volant.) Le môme ne s' sent pas très bien, j' crois.

Il enfonça le frein en même temps qu'il levait le clignotant.

— C'est bon, dit Bob, mais est-ce qu'ils marchent sans le frein ?

— Est-ce qu'il est dit où que ce soit dans le manuel d'inspection des véhicules à moteur qu'il le *fô* ? demanda artificieusement Rocky.

Bob soupira. Sa femme l'attendait pour dîner. Sa femme avait de grands seins flasques et des cheveux blonds aux racines noires. Sa femme avait un faible pour les Donuts à la douzaine, vendus à la succursale du magasin l'Aigle Géant de la ville. Quand sa femme venait le jeudi soir au garage chercher de l'argent pour ses parties

---

* Scie verbale d'un show télévisé.

de bingo, ses cheveux étaient en général enroulés sur de gros bigoudis verts sous un foulard de mousseline verte. Sa tête ressemblait ainsi à une radio AM/FM futuriste. Une fois, vers 3 heures du matin, il s'était réveillé et avait contemplé son visage de papier mâché dans la lumière sans âme de cimetière que jetait le réverbère placé devant la fenêtre de leur chambre. Il avait pensé à quel point ce serait facile... juste la frapper d'un bon coup de couteau, simplement lui enfoncer un genou dans l'estomac afin qu'elle suffoque et ne puisse pas crier, simplement serrer les deux mains autour de son cou. Puis la mettre dans la baignoire, la débiter en morceaux de premier choix et l'expédier quelque part à Robert Driscoll, c/o Poste Restante. N'importe où. Lima, Indiana. North Pole, New Hampshire. Intercourse, Pennsylvanie. Kunkle, Iowa. N'importe où. C'était possible de le faire. Dieu sait que ça avait déjà été fait par le passé.

— Non, répondit-il à Rocky, je suppose qu'il n'est précisé nulle part dans le règlement qu'ils doivent nécessairement fonctionner de manière autonome. Comme ça précisément. Avec ce nombre exact de mots.

Il souleva sa boîte et ingurgita le reste de sa bière à grands glouglous. Il faisait chaud dans le garage et il n'avait pas dîné. Il sentit la bière lui monter directement au cerveau.

— Hé, Jus-d'chaussettes vient juste de faire cul sec, s'écria Rocky. File-lui une bière, Léo.

— Non, Rocky, vraiment je...

Léo qui n'y voyait plus très bien finit par trouver une boîte.

— J' te fais une passe ? demanda-t-il, et il lança la boîte à Rocky.

Rocky la tendit à Bob, dont les hésitations s'évanouirent en sentant dans sa main la froide réalité de la boîte. Le visage souriant de Lynn Swann éclatait dessus. Il ouvrit la boîte. Léo péta en toute simplicité pour conclure l'affaire.

Pendant quelques instants ils burent tous en se prenant pour des footballeurs.

— Le klaxon marche ? demanda finalement Bob en brisant le silence avec l'air de s'excuser.

— Bien sûr. (Rocky enfonça le volant avec son coude. Il émit un faible *couic*.) La batterie est un peu déchargée, cependant.

Ils burent en silence.

— Ce foutu rat était aussi gros d'un cocker ! s'exclama Léo.

— Le môme est sacrément bourré, expliqua Rocky.
Bob réfléchit un peu à ce qu'il venait de dire.
— Ouah, dit-il.
Ça chatouilla la plante des pieds de Rocky et il rit, la bouche pleine de bière ; un peu de liquide lui remonta par le nez et cela fit rire Bob. Rocky fut content de l'entendre, car il avait l'air bien sinistre quand ils étaient arrivés.
Ils burent encore un peu, en silence.
— Diana Rucklehouse, dit Bob d'un air pensif.
Rocky ricana.
Bob gloussa et plaça ses deux mains devant sa poitrine.
Rocky éclata de rire et fit un geste plus ample encore.
Bob pouffa.
— T'r'appelles c'te photo d'Ursula Andress que Tinker Johnson avait collée sur la tableau d'affichage de la vieille Lady Freemantle ? (Rocky se mit à rire à gorge déployée.) Et il avait dessiné dessus ces deux énormes vieux nichons... elle avait presque fait une crise cardiaque...
— Tous les deux, vous pouvez rire, dit Léo d'un air morose et il péta.
— Hein ? dit Bob en clignant des paupières.
— Rire, continua Léo. J'ai dit que *vous* deux vous pouvez *rire*. Aucun de vous n'a un *trou* dans le dos.
— L'écoute pas, lança Rocky (un rien mal à l'aise). L' môme est plein comme une outre.
— T'as un trou dans l' dos ? demanda Bob à Léo.
— Tu vois, répondit Léo en souriant, à la blanchisserie on a ces grosses machines. Sauf qu'on les appelle roues. C'est des roues à blanchir. C'est *pour ça* qu'on les appelle roues. J' les charge, j' les décharge, j' les charge à nouveau. J' mets d'dans tout c' merdier sale, je r'sors tout c' merdier propre. C'est ça mon boulot et j' le fait avec classe. (Il regardait Bob avec l'assurance d'un fou.) Mais j'ai attrapé un trou dans l' dos à faire ça.
— Ah ouais ?
Bob regardait Léo d'un air fasciné. Rocky, mal à l'aise, changea de place.
— Y a un trou dans le *toit*, reprit Léo. Juste au-dessus de la troisième roue. Elles sont rondes, tu comprends, c'est pour ça qu'on les appelle des roues. Quand il pleut, l'eau s'écoule. *Plic-plic-plic.* Chaque goutte me frappe... *vlam !*... dans le dos.

Maintenant j'ai un trou là. (D'une main il esquissa une forme incurvée.) Tu veux voir ?

— Y veut pas voir une *difformité* comme ça ! hurla Rocky. On est en train d' parler du bon vieux temps et puis il existe pas c' putain d' trou dans ton dos *d' toute façon* !

— J' veux l' voir, dit Bob.

— Elles sont rondes c'est pour ça qu'on les appelle blanchisseries, continua Léo.

Rocky sourit et frappa Léo sur l'épaule.

— Arrête ton char ou bien tu vas rentrer à pied à la maison, mon p'tit pote. Pourquoi tu m' passes pas plutôt mon homonyme s'il en reste un ?

Léo baissa la tête et chercha dans le pack de bières ; au bout d'un moment il lui tendit une boîte ornée du portrait de Rocky Blier.

— Ça c'est la belle vie, dit Rocky, à nouveau joyeux.

Une heure plus tard le pack était vide et Rocky envoya Léo titubant en acheter un autre à la supérette de Pauline. A présent les yeux de Léo étaient rouges comme ceux d'une fouine et sa chemise était sortie de son pantalon. Il tentait avec une concentration de myope d'extraire ses Camel de la manche roulée de sa chemise. Bob était aux toilettes ; il urinait et fredonnait une chanson d'école.

— Veux pas marcher jusqu'à là-bas, marmonna Léo.

— Ouais mais t'es bien trop bourré pour conduire.

Léo effectua un demi-cercle d'ivrogne en essayant toujours de sortir ses cigarettes de sa manche de chemise.

— Leueu noir. Et frisquet.

— Tu veux qu'on aie un autocollant sur cette voiture ou pas ? lui lança Rocky d'une voix sifflante.

Il avait commencé à voir de drôles de choses aux limites de son champ de vision. La plus persistante était, dans le coin le plus éloigné, un énorme insecte enveloppé dans de la soie d'araignée.

Léo le regarda de ses yeux rouges.

— C'est pas ma voiture, lança-t-il, satisfait de sa feinte.

— Et tu monteras plus jamais d'dans si tu vas pas chercher c'te bière, répliqua Rocky. (Il jeta un coup d'œil craintif dans le coin, à l'insecte mort.) Essaie si tu veux, tu verras si j' plaisante.

— D'ac, répondit Léo d'un ton geignard. D'ac, t'as pas besoin d' te mettre en rogne.

Il sortit deux fois de la route en se rendant au magasin et une fois en revenant. Quand il regagna enfin la chaleur et la lumière du garage, les deux autres chantaient l'hymne du lycée. Bob était parvenu, d'une manière ou d'une autre, à hisser la Chrysler sur le pont. Il tournait en dessous, examinant le pot d'échappement rouillé.

— Y a qu'qu' trous dans ton tuyau d'échap'ment, annonça-t-il.
— Y a pas d' tuyau d'échap'ment là-d'sous, répondit Rocky.
Ils trouvèrent tous deux cela drôle à se rouler par terre.
— V'là la bière ! annonça Léo.

Il posa le pack par terre, s'assit sur la jante d'une roue et sombra immédiatement dans une semi-somnolence ; il avait ingurgité trois bières en chemin pour alléger la charge.

Rocky en tendit une à Bob et s'en prit une pour lui.
— Le premier qu'a fini, comme au bon vieux temps ?
— D'accord, répondit Bob.

Il sourit d'un air entendu. Il s'imaginait sur le siège du conducteur d'une formule un surbaissée, une main posée avec suffisance sur le volant dans l'attente du moment où s'abaisserait le drapeau, l'autre touchant son porte-bonheur, l'ornement du capot d'une Mercury 1959. Il avait oublié le pot d'échappement de Rocky et sa mollassonne de femme avec ses bigoudis transistorisés.

Ils décapsulèrent leurs bières et les burent cul sec. C'était un coup pour rien ; ils jetèrent tous deux leur boîte sur le ciment craquelé et dressèrent leur majeur au même moment. Leurs rots résonnèrent ensemble contre les murs comme des coups de fusil.

— Tout comme au bon vieux temps, dit Bob d'une voix désespérée ; *rien* n'est plus comme au bon vieux temps, Rocky.
— Je sais, acquiesça Rocky. (Il tenta désespérément de trouver une pensée profonde et lumineuse et y parvint.)
— On devient plus vieux tous les jours, vieux Jus.

Bob soupira et rota derechef. Léo péta dans son coin et commença à fredonner « Get Off My Cloud ».

— On essaie encore ? demanda Rocky en tendant à Bob une nouvelle bière.
— Pourquoi pas, dit Bob ; pourquoi pas, Rocky, m' garçon.

A minuit, le pack qu'avait ramené Léo était terminé et le nouvel autocollant était placé, légèrement de guingois, sur le côté gauche du pare-brise de Rocky. Celui-ci avait recopié lui-même le renseignement nécessaire avant d'apposer l'autocollant du plat de la main, s'appliquant soigneusement à recopier les chiffres de la feuille d'enregistrement du véhicule, en loques et toute graisseuse, qu'il avait finalement trouvée dans la boîte à gants. Il *avait dû* beaucoup s'appliquer car il y voyait triple. Bob était assis en tailleur sur le sol comme un yogi, une boîte d'IC à demi vide devant lui. Il fixait obstinément le néant.

— Ben, tu m'as vraiment sauvé la vie, déclara Rocky.

Il décocha à Léo un bon coup de pied dans les côtes pour le réveiller. Léo grogna, la respiration coupée. Il battit un peu des paupières, les referma puis les ouvrit tout grand lorsque Rocky lui assena un deuxième coup de pied.

— On est d'jà rendus, Rocky ? On...

— Continue à bien la ramoner, Bobby, s'écria joyeusement Rocky.

Il plaça ses doigts en crochet sous les aisselles de Léo et tira d'un coup sec. Léo se retrouva sur pied, hurlant. Rocky lui fit faire le tour de la Chrysler en le portant à demi et le fourra sur le siège du passager.

— On r'viendra s'occuper d'elle un d' ces jours.

— C'était l' bon temps, dit Bob. (Il avait les yeux humides.) Depuis, tout n'a fait qu'aller de mal en pis, tu sais.

— Je sais, répondit Rocky. Tout a été changé et salopé. Mais perds pas courage et ne fais rien que je ne ferais moi-m...

— J'ai pas baisé avec ma femme d'puis un an et d'mi, continua Bob, mais ses paroles furent étouffées par les ratés hoquetants du moteur de Rocky.

Il se releva et regarda la Chrysler qui reculait en arrachant un peu de bois au côté gauche de la porte.

Léo se pencha à la fenêtre en souriant comme un saint idiot :

— Un d' ces jours passe à la blanchisserie, écorcheur. J' te montrerai l' trou qu'y a dans mon dos. J' te montrerai mes roues ! J' te montr'...

Le bras de Rocky se tendit soudain comme pour un coup de poing de vaudeville et il ramena Léo dans l'ombre.

— Salut, vieux frère ! hurla Rocky.

La Chrysler effectua un slalom ivre autour des trois pompes à essence et disparut dans la nuit en cahotant. Bob les regarda s'éloigner jusqu'à ce que les feux arrière ne soient plus que des points tremblotants, puis il rentra dans son garage avec précaution. Sur son établi encombré se trouvait l'ornement chromé d'une vieille voiture. Il se mit à jouer avec, et bientôt commença à verser des larmes faciles sur le bon vieux temps. Plus tard, vers trois heures du matin, il étrangla sa femme et fit brûler la maison pour que ça ait l'air d'un accident.

— Seigneur, dit Rocky à Léo alors que le garage de Bob n'était plus qu'un point de lumière blanche derrière eux. Qu'es'que tu dis d'ça ? Bon vieux Jus-d'chaussettes.

Rocky avait atteint ce stade de l'ivresse où chaque partie de lui-même s'était désagrégée à l'exception d'une minuscule braise incandescente, quelque part au cœur de son cerveau.

Léo ne répondit rien. Dans la lumière vert pâle du tableau de bord il ressemblait au loir de la tea-party d'Alice.

— Il en avait un sacré coup dans l'aile, continua Rocky. (Il conduisit du côté gauche de la route pendant un moment puis la Chrysler revint du bon côté.) Heureusement pour toi... y s' souviendra sûr'ment pas de c' que tu lui as dit. Une aut' fois ça s'ra p'têt différent. Combien d' fois faut que j' t' le dise ? Faut la fermer sur c'te foutue histoire de trou dans ton dos.

— Tu sais bien qu' j'ai un trou dans l' dos.

— Bon, et après ?

— C'est mon trou, v'là c' qu'y a après. Et j' parl'rai d' mon trou quand j'... (Il se retourna brusquement.) Y a un camion derrière nous. Y vient just' de sortir de c' chemin latéral. Aucun phare.

Rocky leva les yeux vers le rétroviseur. Oui, le camion était là, et sa silhouette était caractéristique. C'était un camion laitier. Il n'avait pas besoin non plus de lire LAITERIE CRAMER sur le côté pour savoir à qui il appartenait.

— C'est Spike, s'écria Rocky avec frayeur. C'est Spike Milligan ! Seigneur, je croyais qu'il ne livrait que le *matin*.

— Qui ?

Rocky ne répondit pas. Un petit sourire crispé gagna le bas de son visage. Il ne toucha pas ses yeux qui étaient à présent immenses et rouges, comme des lampes à alcool.

Il écrasa soudain le champignon de la Chrysler qui cracha des vapeurs d'huile bleue et réussit de mauvaise grâce à monter en grinçant jusqu'à cent kilomètres-heure.

— Hé, t'es trop bourré pour aller aussi vite que ça ! t'es...

Léo laissa s'effilocher sa phrase comme s'il perdait le fil de son message. Les arbres et les maisons défilaient de chaque côté, flou vague dans le cimetière de minuit et quart. Ils grillèrent un stop et décollèrent sur un dos-d'âne, abandonnant quelques instants la surface de la route. Quand ils atterrirent, le pot d'échappement pendouillant fit jaillir une étincelle sur l'asphalte. A l'arrière les boîtes tintaient et cliquetaient. Les visages des Cuirassés* de Pittsburgh roulaient d'avant en arrière, parfois dans la lumière, parfois dans l'ombre.

— C'était une *blague* ! s'écria éperdument Léo. Y a pas d' camion !

— C'est lui et c'est un tueur, hurla Rocky. J'ai vu son insecte dans le garage ! *Nom de Dieu !*

Ils grimpèrent Southern Hill du mauvais côté de la route. Une familiale qui arrivait face à eux fit pour les éviter une folle embardée sur les gravillons du bas-côté et tomba dans le fossé. Léo regarda derrière lui. La route était vide.

— Rocky...

— *Attrape-moi donc Spike !* hurla Rocky. *Allez, vas-y, attrape-moi !*

La Chrysler venait de monter à cent vingt kilomètres-heure, vitesse que Rocky un peu moins ivre n'aurait pas crue possible. Ils prirent le virage qui menait à la Johnson Flat Road, de la fumée jaillissant des pneus lisses de Rocky. La Chrysler hurlait dans la nuit comme un fantôme, ses phares scrutant la route vide devant elle.

Tout à coup une Mercury 1959 vrombit devant eux dans le noir, à cheval sur la ligne médiane. Rocky hurla et se couvrit le visage des deux mains. Avant que ne se produise l'accident, Léo eut juste le temps de voir que la Mercury avait perdu l'ornement de son capot.

Huit cents mètres plus loin, à l'intersection avec une route transversale, des clignotants entrèrent en action et un camion laitier sur le côté duquel était inscrit LAITERIE CRAMER déboîta et s'avança vers la colonne de flammes et la carcasse tordue et noircie qui occupaient le centre de la route. Il avançait lentement. Le transistor qui dansait au bout de sa lanière sur le croc de boucher diffusait du rhythm and blues.

---

* Nom de l'équipe de football américain de Pittsburgh. (*N.d.T.*)

— Voilà, dit Spike. A présent, chez Bob Driscoll. Il croit avoir de l'essence dans son garage, mais je ne suis pas sûr qu'il en ait. Quelle longue journée, n'est-ce pas ?

Mais quand il se retourna, l'arrière du camion était vide. Même l'insecte avait disparu.

Mémé

La mère de George approcha de la porte, hésita sur le seuil, revint et ébouriffa les cheveux de son fils :
— Je ne veux pas que tu t'inquiètes. Ça va très bien se passer, pour toi, et pour mémé aussi.
— Bien sûr, ça ira très bien. Dis à Buddy de garder son sang au frigo.
— Pardon ?
George sourit.
— De garder son sang-froid.
— Ah, très amusant.
Elle lui sourit en retour, d'un sourire préoccupé, qui partait dans six directions à la fois.
— George, tu es sûr...
— Ça ira très bien.
Tu es sûr de quoi ? Tu es sûr de ne pas avoir peur de rester seul avec mémé ? C'est ça qu'elle allait lui demander ?
Si tel était le cas, la réponse était non, il n'avait pas peur. Voyons, il n'avait plus six ans, on n'était plus à l'époque où ils étaient venus dans le Maine pour s'occuper de mémé et où il criait de terreur chaque fois qu'elle tendait vers lui ses gros bras du fond de ce siège de vinyle blanc qui sentait toujours les œufs pochés qu'elle mangeait et le talc doux que la maman de George frottait

sur la peau molle et ridée ; elle tendait ses bras d'éléphant blanc, elle voulait qu'il vienne près d'elle pour le presser contre son énorme et lourd corps de vieil éléphant blanc. Buddy s'était approché d'elle, il avait été enveloppé dans l'étreinte aveugle de mémé et il en était revenu vivant... mais Buddy avait deux ans de plus.

Maintenant Buddy s'était cassé une jambe et était à l'hôpital des Compagnons-de-l'Ordre-de-Saint-Michel-et-Saint-George à Lewiston.

— Tu as le numéro du docteur au cas où il se passerait quelque chose. Mais il ne se passera rien. Pas vrai ?

— Bien sûr, dit-il et il avala quelque chose de sec dans sa gorge.

Il sourit. Est-ce que son sourire passait bien ? Oui, oui, bien sûr. Il n'avait plus peur de mémé. Après tout, il n'avait plus six ans. Maman allait voir Buddy à l'hôpital et il allait simplement rester là, garder son sang au frigo. Passer un moment avec mémé. Aucun problème.

Maman retourna à la porte, hésita de nouveau et revint une nouvelle fois, avec son sourire distrait, qui partait dans six directions à la fois.

— Si elle se réveille et demande son thé...

— Je sais, dit George, qui voyait combien elle était effrayée et inquiète sous ce sourire distrait.

Elle était inquiète pour Buddy, Buddy et son championnat idiot ; l'entraîneur avait appelé pour dire que Buddy avait été blessé pendant une partie et George l'avait compris (il venait juste de rentrer de l'école et il était attablé devant des biscuits et un verre de Nesquik) quand sa mère avait fait un drôle de bruit avec sa bouche et dit : « Blessé ? Buddy ? C'est grave ? »

— Je sais tout ça, maman. Je me le suis bien fourré dans le crâne. Te cogne pas pour ça. Vas-y maintenant.

— Tu es un brave garçon, George. N'aie pas peur. Tu n'as plus peur de mémé, n'est-ce pas ?

— Meu non.

Il sourit. Le sourire semblait très bien, c'était celui d'un type qui gardait son sang au frigo et se cognait pas pour ça, le sourire d'un type qui s'était bien fourré tout ça dans le crâne, le sourire d'un type qui n'avait plus six ans, définitivement. Il déglutit. C'était un sourire superbe, mais derrière, dans l'ombre derrière ce sourire, il y avait une gorge très sèche. On aurait dit qu'elle était doublée de laine tricotée.

— Dis à Buddy que je suis désolé qu'il se soit cassé la jambe.
— Je lui dirai, acquiesça-t-elle et elle revint à la porte.
Les fenêtres laissaient passer la lumière oblique de 4 heures de l'après-midi.
— Remercie le Seigneur que nous ayons une assurance pour les activités sportives, Georgie. Je ne sais pas comment nous nous en sortirions autrement.
— Dis-lui que j'espère qu'il a démoli l'abruti qui lui a fait ça.
— Et n'oublie pas, le Dr Arlinder...
— Non, non, tu ferais mieux d'y aller, sinon sa jambe sera guérie avant que tu y sois.
— Mémé va probablement dormir tout le temps. Je t'adore, Georgie, tu es un brave garçon.
Sur ces mots, elle referma la porte.
George gagna la fenêtre pour la regarder se précipiter en fouillant son sac à la recherche des clés, vers la vieille Dodge 69 qui brûlait trop d'essence. Maintenant qu'elle était sortie de la maison, inconsciente du regard de George, le sourire préoccupé s'effaçait et elle n'avait plus l'air que préoccupée — et malade d'inquiétude au sujet de Buddy. George était triste pour elle. Il ne gaspillait pas des sentiments similaires pour son frère, qui aimait le jeter par terre et s'asseoir sur lui en lui coinçant les épaules avec les genoux pour lui tapoter le milieu du front avec une cuillère jusqu'à le rendre à moitié dingue (Buddy appelait cela la Torture de la Cuillère du Barbare chinetoque et riait comme un fou et continuait parfois jusqu'à ce que George éclate en sanglots), Buddy qui parfois lui infligeait le Pinçon Indien avec tant de vigueur que le sang affleurait sur l'avant-bras de George, perlant sur les pores comme la rosée sur les brins d'herbe au point du jour, Buddy qui lui avait prêté une oreille si attentive le soir où il lui avait chuchoté dans le noir qu'Heather MacArdle lui plaisait et qui le lendemain matin avait foncé à travers la cour de l'école comme une voiture de pompiers en criant : OH-LES-AMOUREU-EUX ! OH-LES-AMOUREU-EUX ! GEORGE ET HEATHER Y VONT SE MARIER-ER ! Y VONT SE MARIER ET Y ZAURONT UN BÉBÉ-É ! Une jambe cassée, ça ne calme pas très longtemps un frère aîné comme Buddy, mais George préférait songer au long moment de tranquillité qui l'attendait. *Allez, Buddy, fais-moi donc la Torture de la Cuillère du Barbare chinetoque, avec ta jambe dans le plâtre. Bien sûr, mon vieux... vas-y, quand tu veux.*

La Dodge sortit de l'allée et s'arrêta le temps que sa mère jette un coup d'œil des deux côtés, bien qu'aucun véhicule ne soit en vue. Il n'y en avait jamais. Sa mère avait trois kilomètres de tôle ondulée et d'ornières à franchir avant de trouver l'asphalte et après, c'était trente kilomètres jusqu'à Lewiston.

Elle s'engagea sur la piste et s'éloigna. Un moment la poussière resta suspendue dans l'atmosphère de cet après-midi d'octobre, et puis elle commença à retomber.

Il était seul dans la maison.

Avec mémé.

Il déglutit.

Eh ! Te cogne pas pour ça ! Contente-toi de garder ton sang au frigo, d'ac ?

— D'ac, dit George à voix haute et il traversa la petite cuisine baignée de soleil.

Le cheveux blond cendré, les joues et le nez criblés de taches de rousseur, c'était un bel enfant, avec une étincelle de gaieté dans ses yeux gris clair.

L'accident de Buddy était arrivé ce 5 octobre pendant le championnat des cadets. Deux semaines plus tôt, l'équipe de George, les Tigres, avait été éliminée dès le premier jour du championnat des poussins (« Quelle bande de bébés ! s'était écrié Buddy, exultant, pendant que George quittait en larmes le terrain. Quelle bande de trouillards ! »)... et maintenant Buddy s'était cassé la jambe. Si maman n'avait été si inquiète et effrayée, George aurait été presque heureux.

Il y avait un téléphone au mur, et tout à côté un bloc-notes et un crayon gras qui pendaient tout près.

En haut du bloc-notes, on voyait une gentille grand-mère campagnarde aux joues roses, ses cheveux blancs relevés en chignon ; une mémé de BD qui montrait du doigt le bloc-notes. Dans le phylactère qui sortait de la bouche de la gentille mémé campagnarde était écrit : N'OUBLIE PAS ÇA, FISTON ! Sur le bloc sa mère avait gribouillé : *Dr Arlinder 681-4330*. Maman n'avait pas écrit le numéro aujourd'hui ; cela faisait presque trois semaines maintenant qu'elle l'avait noté parce que mémé avait un nouvel « accès malin ».

George souleva le combiné et prêta l'oreille.

« ... alors je lui ai dit : bon, Mabel, s'il te menace de cette façon... »

Il raccrocha. Henrietta Dodd. Henrietta était toujours pendue au téléphone, et l'après-midi on entendait toujours à l'arrière-plan, les feuilletons télé pour ménagères. Un soir, après avoir pris un verre de vin avec mémé (depuis que ses « accès malins » l'avaient reprise, le Dr Arlinder avait défendu à mémé de boire du vin au souper, aussi maman s'en abstenait-elle aussi — au grand regret de George, le vin rendant maman d'humeur folâtre, et l'incitant à raconter des histoires de sa jeunesse), maman avait dit que chaque fois qu'Henrietta Dodd ouvrait la bouche, tous ses boyaux en dégoulinaient. Buddy et George s'étaient esclaffés bruyamment et maman s'était plaqué une main sur la bouche puis leur avait lancé : « Ne dites JAMAIS à personne ce que j'ai dit », et ensuite elle s'était mise à rire elle aussi, tous trois riaient autour de la table du souper, et à la fin le vacarme avait réveillé mémé, qui dormait de plus en plus, et elle s'était mise à crier : « Ruth ! Ruth ! Ruuuuuth ! » de cette voix grêle et geignarde qu'elle avait, et maman s'était arrêtée de rire et était allée dans sa chambre.

Aujourd'hui Henrietta Dodd pouvait parler tout son saoul, George s'en moquait bien. Tout ce qu'il voulait, c'était s'assurer que le téléphone marchait. Quinze jours plus tôt, il y avait eu un gros orage et depuis lors l'installation flanchait parfois.

Il se surprit à revenir contempler la charmante mémé de BD et se demanda quel effet ça faisait d'en avoir une pareille. Sa mémé à lui était énorme et grasse et aveugle ; l'hypertension la rendait aussi sénile. Parfois, quand elle avait ses « accès malins », elle se conduisait (disait maman) « comme une mégère », appelant des gens qui n'étaient pas là, tenant des conversations d'un vide total, marmonnant des mots étranges qui n'avaient aucun sens. Une fois qu'elle agissait ainsi, maman avait blêmi et lui avait dit : « Ferme-la, ferme-la, *ferme-la !* » George se souvenait très bien de cette fois-là, non seulement parce que c'était la seule fois où maman avait hurlé contre mémé, mais encore parce que c'était le lendemain que quelqu'un avait découvert que le cimetière Birches sur la route du Sirop-d'Érable avait été saccagé — les pierres tombales renversées, les vieilles portes du XIXe siècle jetées par terre et une ou deux des tombes bel et bien retournées, pillées ou autre chose. Profanées, c'était le mot qu'avait employé M. Burdon, le principal, quand il avait convoqué le lendemain les huit classes en assemblée pour faire un discours à l'école tout entière sur le Mal malicieux et le fait qu'il y avait des choses-qui-n'étaientpas-drôles. En rentrant à la maison ce soir-là, George avait demandé à Buddy ce que ça voulait dire, profaner, et ce dernier avait répondu que cela signifiait retourner les tombes et pisser sur les cercueils, mais George ne l'avait pas cru... jusqu'à une heure tardive. Jusqu'à ce qu'il fît noir.

Mémé était bruyante quand elle avait ses « accès malins » mais la plupart du temps elle gisait sur le lit où elle s'était installée trois ans plus tôt comme une grosse limace portant des couches et une culotte de caoutchouc sous sa chemise de nuit de flanelle, le visage raviné de rides et de gerçures, les yeux vides et aveugles — l'iris d'un bleu usé flottant sur la cornée jaune.

Au début, mémé n'était pas tout à fait aveugle. Mais elle l'était devenue, et il lui avait fallu deux personnes, une à chaque coude, pour la soutenir pendant qu'elle trottinait de son siège de vinyle blanc qui sentait l'œuf et le talc de bébé jusqu'à son lit ou aux toilettes. A cette époque, il y a cinq ans, mémé pesait plus de cent kilos.

Elle tendait les bras et Buddy, qui avait alors huit ans, s'approchait d'elle. George restait en arrière. Et pleurait.

Mais je n'ai pas peur maintenant, se dit-il, en traversant la cuisine. *Pas du tout. Ce n'est qu'une vieille dame qui a de temps en temps des « accès malins ».*

Remplissant une bouilloire à thé d'eau, il la posa sur un brûleur éteint. Dans une tasse, il mit une pincée de la tisane spéciale de mémé. Au cas où elle se réveillerait et en réclamerait une tasse. Il espérait de toutes ses forces qu'elle ne le ferait pas, parce qu'il lui faudrait alors lui redresser son lit d'hôpital et s'asseoir à côté d'elle pour lui faire boire sa tisane à petites gorgées, les yeux fixés sur la bouche édentée qui se collait au bord de la tasse, et écouter les bruits de succion qu'elle émettait en aspirant la tisane dans ses boyaux agonisants, humides et froids. Parfois elle glissait sur le côté du lit et il fallait la tirer, la ramener sur la couche et sa chair était molle, pour ainsi dire branlante, comme si elle était pleine d'eau brûlante, et ses yeux aveugles vous fixaient...

George se passa la langue sur les lèvres et retourna à la table de la cuisine. Son dernier biscuit et un demi-verre de Nesquik s'y trouvaient toujours, mais il n'en voulait plus. Sans enthousiasme, il considéra ses livres de classe, recouverts de papier montrant les Cougars de Castle Rock.

Il devrait lui jeter un coup d'œil.

Il n'en avait pas envie.

Il déglutit et il avait toujours l'impression que sa gorge était en laine tricotée.

Je n'ai pas peur de mémé, se dit-il. Si elle tendait les bras, je m'approcherais d'elle sans hésiter et je la laisserais m'embrasser parce que ce n'est qu'une vieille dame. Elle est sénile et c'est pour ça qu'elle a des « accès malins ». C'est tout. La laisser serrer et ne pas crier. Comme Buddy.

Il traversa le petit couloir pour gagner la chambre de mémé, le visage fermé comme s'il allait prendre un mauvais remède, les lèvres pressées si fort qu'elles blanchissaient. Il regarda à l'intérieur et mémé gisait là, ses cheveux d'un blanc jaunâtre répandus en couronne autour de sa tête ; elle dormait, la bouche édentée béant, la poitrine sous le dessus-de-lit bougeant de manière presque imperceptible, si lentement qu'il fallait la regarder un moment pour être sûr qu'elle n'était pas morte.

Oh, mon Dieu, et si elle mourait pendant que maman est à l'hôpital ?

Non, elle mourra pas. Elle mourra pas.

Ouais, mais si elle mourait ?

Elle mourra pas, alors arrête d'avoir la trouille.

L'une des mains jaunes, l'une de ses mains qui paraissaient se dissoudre, bougea doucement sur le couvre-lit : les ongles longs traînèrent sur le drap et produisirent un bruit infime de grattage. George se rejeta brusquement en arrière, le cœur battant.

Elle est tranquille comme une vache, abruti, tu vois bien. Garde ton sang au frigo.

Il retourna à la cuisine pour le cas où sa mère serait partie pour une heure seulement, ou peut-être une heure et demie. Si cette dernière éventualité était la bonne, alors il pourrait raisonnablement commencer à attendre son retour. En levant les yeux sur l'horloge, il fut étonné de voir qu'il ne s'était pas même écoulé vingt minutes. Maman n'était sans doute pas même encore arrivée en ville — sans parler de son retour ! Il resta immobile, écoutant le silence. Il entendait à peine le ronronnement du réfrigérateur et le tic-tac de l'horloge électrique, et la brise nasillarde de l'après-midi qui tournait autour de la petite maison. Et puis, à la limite de l'audible, le chuchotis râpeux de la peau frottant le tissu... la main ridée et suiffeuse de mémé bougeant sur le couvre-lit.

Il pria dans un souffle, en rafale mentale :

S'il-vous-plaît-mon-Dieu-ne-la-laissez-pas-se-réveiller-jusqu'à-ce-que-maman-rentre-à-la-maison-pour-l'amour-du-ciel-amen.

Il s'assit pour finir son biscuit et boire son Nesquik. Il pensa à allumer la télé pour regarder quelque chose mais il avait peur que le bruit ne réveille mémé et que sa voix grêle, geignarde, inéluctable ne commence à appeler : « Ruuth ! RuUUTH ! APPORTE-MOI MA TISANE ! MA TISANE ! RUUUUUUUUTH ! »

Il passa une langue sèche sur ses lèvres encore plus sèches et se dit ne pas être aussi trouillard. C'était une vieille dame clouée au lit, ce n'était pas comme si elle pouvait se lever et lui faire du mal, et elle avait quatre-vingt-trois ans, elle n'allait pas mourir cet après-midi.

George alla au téléphone et le décrocha.

« ... le même jour ! Et elle savait bien qu'il était marié. Gory, je déteste ces petites traînées de rien du tout qui se croient si fortes ! Alors j'ai dit à Grange... »

George devina qu'Henrietta téléphonait à Cora Simard. Presque tous les après-midi Henrietta était pendue au téléphone avec en fond sonore *L'Espoir de Ryan*, et puis *Une seule vie à vivre*, puis *Tous mes enfants*, puis *Ainsi va le monde* et puis *Quête pour demain* et puis Dieu sait quoi encore, et Cora Simard était l'une de ses plus fidèles interlocutrices téléphoniques, l'essentiel de leurs conversations portant sur : 1. qui allait faire une réunion Tupperware et quels rafraîchissements il conviendrait de servir ; 2. les petites traînées de rien du tout ; 3. ce qu'elles avaient dit à différentes personnes ; 3 a. Grange ; 3 b. la kermesse mensuelle de l'église ; 3 c. le bingo de la maison des Chevaliers de Pythias.

« ... que si je la revoyais jamais se conduire de cette façon, je crois que je saurai être une bonne citoyenne et appeler... »

Il reposa le combiné sur la fourche. Buddy et lui, comme tous les autres gosses, se moquaient de Cora quand ils passaient devant sa maison — elle était grosse, molle et cancanière et ils chantonnaient : *Cora-Cora de Bora-Bora, elle a mangé de la crotte de chien, une autre part elle voudrait bien !* et si elle avait appris ça, maman les aurait tués tous les deux, mais maintenant George était heureux de savoir qu'Henrietta Dodd et elle bavardaient au téléphone. En ce qui le concernait, elles pouvaient bien bavarder tout l'après-midi. De toute façon, il n'avait rien contre Cora. Un jour qu'il était tombé devant chez elle et qu'il s'était écorché le genou — Buddy lui courait après — Cora lui avait mis un sparadrap et leur avait donné à chacun un biscuit en parlant sans arrêt. George avait eu honte pour toutes les fois où il avait chanté la comptine sur la crotte de chien et le reste.

George alla prendre son livre de lecture sur le buffet. Il le tint dans sa main un moment, puis le reposa. Il avait déjà lu toutes les histoires qu'il contenait, bien que l'école n'eût commencé que depuis un mois. Il lisait mieux que Buddy, et Buddy était meilleur en sport. *Pendant un moment, il ne sera pas le meilleur*, songea-t-il avec un plaisir éphémère, *pas avec une jambe cassée.*

Prenant son livre d'histoire, il s'assit à la table de la cuisine et se mit à lire le chapitre où Cornwallis rendait son épée devant Yorktown. Ses pensées dérivaient. Il se leva, retraversa le couloir. La main jaunâtre était immobile. Mémé dormait, l'ovale gris de son flasque visage sur l'oreiller, soleil mourant entouré par la couronne désordonnée et jaunâtre de ses cheveux. Aux yeux de George, elle ne correspondait pas à l'image que devaient offrir les gens qui vieillissent et s'apprêtent à mourir. Elle n'avait rien d'un paisible coucher de soleil. Elle avait l'air folle et...

(*et dangereuse*)

... oui, d'accord, et dangereuse — comme une ourse décrépite qui conserverait dans les pattes assez d'énergie pour quelques bons coups de griffe.

George ne risquait pas d'oublier qu'ils étaient venus à Castle Rock pour s'occuper de mémé après la mort de pépé. Avant, maman était employée à la blanchisserie Stratford, à Stratford, dans le Connecticut. Pépé avait trois ou quatre ans de moins que mémé. Charpentier, il avait travaillé jusqu'au jour de sa mort. Une crise cardiaque.

Dès lors mémé était devenue sénile, et avait eu ses « accès malins ». Elle avait toujours été une charge pour sa famille. C'était une femme volcanique qui avait enseigné pendant quinze ans, entre ses grossesses successives et ses disputes avec l'Église congrégationniste que pépé, mémé et leurs neuf enfants fréquentaient. Maman disait que pépé et mémé avaient quitté l'Église congrégationniste de Scarborough en même temps que mémé démissionnait de son poste d'enseignante, mais un jour, il y avait environ un an, quand ils habitaient encore à Salt Lake City, tante Flo était venue leur rendre visite ; George et Buddy avaient écouté par la grille du chauffage la conversation de maman et de sa sœur qui étaient restées tard à bavarder, et ils avaient entendu une version différente. Pépé et mémé avaient été virés de l'Église et mémé avait perdu son boulot parce qu'elle avait fait quelque chose de mal. Ça tournait autour d'une histoire de livres. Pourquoi et comment pouvait-on virer quelqu'un de son boulot et le mettre à la porte d'une Église pour une simple question de livres, George ne le comprenait pas, et quand Buddy et lui retournèrent en rampant dans leurs lits jumeaux sous les combles, George avait interrogé son frère.

« Il y a livres et livres, hé ! banane », avait chuchoté Buddy.

« Ouais, mais quels livres c'était ? »

« Comment tu veux que je sache ? Va dormir ! »

Silence, George réfléchissait.

« Buddy ? »

« Quoi ? »

Un soupir irrité.

« Pourquoi est-ce que maman nous a dit que mémé a démissionné de l'Église et de son boulot ? »

« Parce que mémé a un squelette dans son placard, voilà pourquoi ! Maintenant, dors ! »

Mais il n'avait pas dormi, pas avant un long moment. Ses yeux ne cessaient de s'égarer du côté de la porte du placard, que la lumière de la lune détachait faiblement de l'obscurité, et il se demandait sans cesse quel effet ça lui ferait si la porte s'ouvrait brusquement, révélant un squelette à l'intérieur du placard, un squelette souriant de toutes ses dents de pierres tombales, avec le puits béant de ses orbites et la cage à perroquet de son thorax ; la lumière blanche de la lune glissant délirante et presque bleue sur des os encore plus blancs. Est-ce qu'il crierait ? Qu'est-ce que Buddy avait voulu dire : un squelette dans le placard ? Qu'est-ce que les squelettes ont à voir avec les livres ? A la fin, il avait sombré dans le sommeil sans même s'en rendre compte et rêvé qu'il avait de nouveau six ans et mémé tendait les bras vers lui, ses yeux aveugles le cherchaient ; la voix ténue et grêle de mémé disait : *où est le petit, Ruth ? Pourquoi pleure-t-il ? Je veux seulement le mettre dans le placard... avec le squelette.*

George avait tourné et retourné ces questions pendant longtemps et finalement, près d'un mois après le départ de tante Flo, il était allé dire à sa mère qu'il avait entendu sa conversation avec la tante. Il savait désormais ce que signifiait un squelette dans le placard, parce qu'il l'avait demandé à Mme Redenbacher à l'école. Elle disait que cela signifiait avoir un scandale dans la famille et un scandale, c'était quelque chose dont tout le monde parlait beaucoup. « Parler beaucoup, comme Cora Simard ? » avait demandé George et le visage de Mme Redenbacher avait eu des crispations bizarres et ses lèvres tremblaient et elle avait dit : « Ce n'est pas gentil, George mais... oui, quelque chose comme ça. »

Quand il avait demandé à maman, son visage s'était figé et ses mains s'étaient immobilisées au-dessus des cartes qu'elle avait disposées en cercle.

« Tu crois que c'est bien de faire ça, Georgie ? Ton frère et toi vous avez l'habitude d'écouter les conversations à travers la grille du chauffage ? »

George, qui n'avait alors que neuf ans, avait baissé la tête.

« Nous aimons bien tante Flo, maman. Nous voulions écouter encore un petit moment. »

C'était la vérité.

« C'était une idée de Buddy ? »

Tel était le cas, mais George n'allait pas avouer une chose pareille. Il ne voulait pas être traîné la tête en arrière, ce qui pourrait arriver si Buddy découvrait qu'il avait cafté.

« Non, une idée à moi. »

Maman garda le silence un long moment et puis lentement, elle se remit à étaler ses cartes. « Il est peut-être temps pour toi de savoir, avait-elle dit. Mentir est pire qu'écouter aux portes, je suppose et nous mentons tous à nos enfants au sujet de mémé. Et je suppose aussi que nous nous mentons tous à nous-mêmes. La plupart du temps en tout cas. » Et puis elle avait parlé avec une amertume soudaine et malsaine, qui jaillissait d'elle comme un acide giclant d'entre ses dents de devant — il lui sembla que ses paroles étaient si virulentes qu'elles lui auraient brûlé le visage s'il ne s'était reculé. « Sauf en ce qui me concerne. Je dois vivre avec elle, et je ne peux plus m'offrir le luxe de mentir. »

Alors maman lui avait raconté qu'après leur mariage, pépé et mémé avaient eu un bébé mort-né et puis un an après un autre bébé, mort-né lui aussi et le médecin avait dit à mémé qu'elle ne pourrait jamais porter un enfant à terme et que tout ce qu'elle pouvait faire, c'était continuer à avoir des bébés mort-nés ou des bébés qui mourraient dès qu'ils respireraient à l'air libre. Cela continuerait, disait-il, jusqu'à ce que l'un d'entre eux meure en elle et reste trop longtemps dans son corps, y pourrisse et qu'elle meure aussi.

Voilà ce que le docteur lui avait dit.

Peu de temps après, *les livres* ont commencé.

« Des livres sur la façon d'avoir des enfants ? »

Mais maman ne lui avait pas expliqué — ou n'avait pas voulu lui expliquer — de quelle sorte de livres il s'agissait, ni où mémé les avait trouvés, ni comment elle savait où les trouver. Mémé avait été de nouveau enceinte et cette fois le bébé n'était pas mort-né et il n'était pas mort après deux ou trois inspirations ; cette fois le bébé était en excellente forme, et c'était l'oncle Larson. Et après cela, mémé avait continué d'être enceinte et d'avoir des enfants. Un jour pépé avait essayé d'obtenir qu'elle se débarrasse des livres pour voir s'ils auraient des enfants sans eux (ou même s'ils ne pouvaient en avoir, pépé estimait peut-être qu'ils avaient assez de marmaille désormais, alors peu importait) et mémé n'avait pas voulu. George demanda à sa mère pourquoi et elle répondit :

« Je crois que la possession de ces livres était devenue aussi importante pour elle que d'avoir des enfants. »

« Je comprends pas », dit George.

« Hum, fit sa mère, je ne suis pas sûre de comprendre moi non plus, si... j'étais très petite, n'oublie pas. Tout ce que je sais avec certitude c'est que ces livres ont acquis un pouvoir sur elle. Elle a dit qu'on ne reviendrait pas là-dessus et on n'y est pas revenu. Parce que c'était mémé qui portait la culotte dans la famille. »

George referma d'un coup sec son livre d'histoire. Il vit à la pendule qu'il était près de 5 heures. Son estomac gargouillait doucement. Tout à coup, avec un sentiment bien proche de l'horreur, il se rendit compte que si maman n'était pas à la maison vers 6 heures, mémé se réveillerait et braillerait pour avoir son souper. Maman avait oublié de lui donner des instructions à ce sujet, sans doute parce qu'elle était si inquiète pour la jambe de Buddy. Il pensait être capable de préparer pour mémé un de ces dîners surgelés spéciaux. C'était des repas spéciaux parce que mémé suivait un régime sans sel. Elle prenait aussi un bon millier de cachets de différentes sortes.

Et pour lui-même, il pouvait se réchauffer le reste de macaronis au fromage de la veille. En les inondant de ketchup, ce serait exquis.

Il sortit les pâtes du frigo, les fit glisser avec une cuillère dans une casserole qu'il plaça sur le brûleur près de la bouilloire à thé, toujours en place au cas où mémé se réveillerait et voudrait ce qu'elle appelait parfois « un petit coup de remontant ». George commença à se verser un verre de lait, s'interrompit et décrocha de nouveau le téléphone.

« ... et vraiment, je n'en ai pas cru mes yeux quand... »

La voix d'Henrietta Dodd mourut et puis elle reprit, sur un ton suraigu :

« J'aimerais bien savoir qui est-ce qui nous écoute sans arrêt sur cette ligne ! »

George reposa précipitamment le combiné, le visage brûlant de honte.

Elle ne sait pas que c'est toi, crétin ! Il y a six postes sur cette ligne !

De toute façon, ce n'est pas bien d'écouter les conversations, même si c'est seulement pour entendre une voix quand tu es seul à la maison, seul avec mémé, une grosse chose endormie dans le lit médical dans la pièce voisine ; même s'il te semble presque nécessaire d'entendre une autre voix humaine parce que maman est à Lewiston et qu'il va bientôt faire noir et que mémé est dans l'autre chambre et que mémé ressemble...

(oui oh oui, elle y ressemble)

à une ourse qui pourrait bien avoir dans ses vieilles pattes figées l'énergie de flanquer un bon coup de griffe.

George retourna à son verre de lait.

Quant à maman, elle était née en 1930, puis il y avait eu tante Flo en 1932 et oncle Franklin en 1934. Ce dernier était mort en 1948, d'une péritonite aiguë, et maman parfois en avait encore les larmes aux yeux et elle gardait sa photo. Frank avait été son préféré parmi tous ses frères et sœurs, et elle disait qu'il n'aurait pas dû mourir ainsi, d'une péritonite. Elle disait que Dieu leur avait joué un sale tour en prenant la vie de Frank.

George jeta un coup d'œil par la fenêtre au-dessus de l'évier. La lumière prenait maintenant des teintes dorées, au ras de la colline. L'ombre de la remise derrière la maison couvrait toute la pelouse. Si Buddy ne s'était pas cassé sa fichue jambe, maman serait là en ce moment, en train de faire du chili ou autre chose (plus le dîner sans sel de mémé), et ils parleraient et riraient tous ensemble et peut-être qu'après ils joueraient au gin rummy.

George alluma la lampe de la cuisine, bien qu'en réalité il ne fît pas encore assez noir pour cela. Puis il mit le feu des macaronis au minimum. Ses pensées revenaient sans cesse à mémé, assise dans son siège de vinyle blanc comme un grand gros ver en robe, sa couronne de cheveux emmêlés tombant sur les épaules de sa robe de rayonne rose, tendant les bras pour le faire venir près d'elle, lui qui se recroquevillait contre sa maman en braillant.

« Envoie-le-moi, Ruth. Je veux l'embrasser. »

« Il a un peu peur, mamie. Il viendra tout à l'heure. »

Mais sa mère elle-même paraissait effrayée.

Effrayée, maman ?

George s'arrêta sur cette idée. Était-ce vrai ? Buddy disait que la mémoire pouvait jouer des tours. Avait-elle réellement l'air effrayée ?

Oui.

La voix de mémé, s'élevait, péremptoire :

« Ne dorlote pas ce gamin, Ruth ! Envoie-le tout de suite ici, je veux le serrer dans mes bras. »

« Non. Il pleure. »

Et quand mémé avait baissé ses lourds bras d'où pendait la chair en gros paquets mous comme de la pâte à pain, un sourire rusé, sénile lui avait envahi le visage et elle avait dit :

« Il ressemble vraiment à Franklin, Ruth ? Je me souviens que Franklin était ton chouchou. »

Doucement, George tournait les macaronis, le fromage et le ketchup. Il ne s'était jamais rappelé l'incident aussi clairement jusque-là. Peut-être était-ce le silence qui réveillait les souvenirs. Le silence, et d'être seul avec mémé.

Ainsi mémé avait eu des bébés et avait enseigné et les médecins étaient proprement stupéfaits, et pépé faisait le charpentier et en gros, il ne cessa de prospérer, trouvant même du travail au cœur de la dépression, et finalement, expliquait maman, les gens se sont mis à parler.

« Qu'est-ce qu'ils disaient ? » demanda George.

« Rien d'important, répondit maman mais d'un geste brusque, elle ramassa les cartes. Ils disaient que mémé et pépé avaient trop de chance pour des gens ordinaires. Et c'est peu après que les livres ont été découverts. »

Maman ne voulut pas en dire davantage, sauf que la direction de l'école en avait découvert et qu'un homme embauché pour cela en avait trouvé d'autres. Il y avait eu un grand scandale. Pépé et mémé avaient déménagé à Buxton et il était retombé.

Les enfants avaient grandi et avaient eux-mêmes eu des enfants, se transformant mutuellement en oncles et tantes ; maman s'était mariée et était allée vivre à New York avec papa (dont George ne se souvenait pas). Buddy était né, et puis ils avaient déménagé à Stratford et en 1969. George était né, et papa avait été renversé et tué par une voiture conduite par l'homme-saoul-qui-aurait-dû-aller-en-prison.

Quand pépé avait eu sa crise cardiaque il y avait eu un important échange de lettres entre les tantes et les oncles. Ils ne voulaient pas mettre la vieille dame dans un asile de vieillards. Et elle ne voulait pas y aller. Quand mémé ne voulait pas quelque chose, il valait mieux ne pas aller contre sa volonté. La vieille dame voulait aller chez l'un d'entre eux pour y vivre jusqu'à la fin de ses jours. Mais ils étaient tous mariés et aucun d'entre eux n'avait d'épouse désireuse de partager sa maison avec une vieille dame sénile et souvent déplaisante. Tous étaient mariés sauf, en fait, Ruth.

L'échange de lettres se poursuivit, et à la fin la mère de George céda. Elle abandonna son travail et vint dans le Maine s'occuper de la vieille dame. Les autres s'étaient cotisés pour acheter une petite maison près de Castle View, où le prix du terrain était bas. Tous les mois ils lui envoyaient un chèque pour qu'elle puisse s'en sortir, avec la vieille dame et les garçons.

Ce qui s'est passé, c'est que mes frères et sœurs m'ont transformée en paysanne miséreuse, avait-elle dit un jour. George s'en souvenait et, s'il n'était pas très sûr de savoir ce qu'elle voulait dire, elle avait l'air amère quand elle avait prononcé cette phrase, comme si c'était une plaisanterie qui ne pouvait sortir en douceur de ses lèvres et lui restait comme un os coincé dans la gorge. George savait (Buddy le lui avait dit) que maman avait fini par céder parce que tout un chacun dans la grande famille aux nombreuses ramifications lui avait assuré que mémé n'en avait pas pour longtemps. Elle avait trop de choses qui n'allaient pas — hypertension, urémie, obésité, palpitations cardiaques — pour durer. C'était une affaire de huit mois, assuraient tante Flo, tante Stéphanie et oncle George (dont George avait pris le prénom), d'une année tout au plus. Mais cela faisait maintenant cinq ans, et George trouvait le temps drôlement long.

Elle durait longtemps, c'est vrai. Comme une ourse en hibernation, qui attend... quoi ?

(C'est toi Ruth qui sais comment faire avec elle, tu sais comment lui clouer le bec.)

George, qui allait vérifier dans le frigo les consignes de préparation d'un repas surgelé de mémé, s'arrêta net dans son mouvement. D'où cela venait-il ? Cette voix qui parlait dans sa tête ?

Brusquement, il eut la chair de poule sur le ventre et la poitrine. Glissant une main à l'intérieur de sa chemise, il toucha le bout d'un de ses seins. C'était comme un petit caillou, et il retira vivement sa main.

L'oncle George, l'oncle-qui-lui-avait-donné-son-nom, qui travaillait chez Sperry-Rand à New York. C'était sa voix. Il avait dit cela quand sa famille et lui étaient venus pour Noël, il y avait de cela deux — non, trois ans.

Elle est plus dangereuse maintenant qu'elle est sénile.

George, tais-toi. Les garçons ne sont pas loin.

George restait debout près du réfrigérateur, une main sur la froide poignée de chrome, il réfléchissait, il se souvenait, il fouillait du regard l'obscurité montante. Ce jour-là, Buddy était loin, en fait, Buddy était déjà dehors parce qu'il avait voulu prendre la bonne luge, voilà pourquoi, ils allaient faire de la luge sur la côte de Joe Camber et l'autre traîneau avait un patin tordu. Alors Buddy était dehors et George était là, en train de fouiller dans la boîte aux chaussures et chaussettes dans l'entrée, à la recherche de deux grosses chaussettes qui fassent la paire, et était-ce sa faute à lui, si sa mère et oncle George bavardaient dans la cuisine ? George ne le croyait pas. Comme sa mère l'avait déclaré en plusieurs occasions (en général après avoir bu un ou deux verres de vin), Dieu parfois s'amusait à jouer de vilains tours.

« Tu sais ce que je veux dire », disait oncle George.

Sa femme et ses trois filles étaient parties à Gates Falls pour faire quelques achats de Noël de dernière minute et oncle George avait un bon coup dans le nez, tout comme l'homme-saoul-qui-aurait-dû-aller-en-prison. George s'en rendait compte en entendant l'élocution embrouillée de son oncle.

« Tu te souviens de ce qui est arrivé à Franklin quand il l'a contrariée. »

« George, tais-toi, ou je vide le reste de ta bière dans l'évier. »

« Bon, elle ne voulait pas vraiment faire ça. Ses paroles ont dépassé sa pensée. Une péritonite... »

« George, ferme-la ! »

George se souvint d'avoir pensé vaguement : *peut-être Dieu n'est-il pas le seul à jouer de vilains tours.*

Il brisa enfin l'étreinte de ces vieux souvenirs et jetant un coup d'œil dans le congélateur, il en tira un des dîners spéciaux de mémé. Du veau. Avec des pois en garniture. Préchauffer le four et cuire ensuite vingt minutes à trois cents degrés. Facile. Il était fin prêt. Le thé attendait sur le fourneau pour le cas où mémé en voudrait. Il était en mesure de faire du thé ou de préparer le dîner dans les meilleurs délais si mémé se réveillait et réclamait l'un ou l'autre. Thé ou dîner, il avait son fusil à deux coups. Le numéro du Dr Arlinder était sur le bloc-notes, en cas d'urgence. Tout était calme. Alors pourquoi s'inquiétait-il ?

Il n'était jamais resté seul avec mémé, voilà pourquoi il s'inquiétait.

Envoie-moi le gamin, Ruth. Envoie-le-moi ici.

Non, il pleure.

Elle est plus dangereuse maintenant... tu sais ce que je veux dire.

Nous mentons tous à nos enfants au sujet de mémé.

Ni lui ni Buddy. Aucun des deux garçons n'avait jamais été laissé seul avec mémé. Jusqu'à ce jour.

D'un coup, la bouche de George s'asséchа, il alla à l'évier prendre un verre d'eau. Il se sentait... drôle. Ces pensées. Ces souvenirs. Pourquoi son cerveau les tirait-il de l'ombre aujourd'hui ?

Il lui semblait que quelqu'un avait jeté toutes les pièces d'un puzzle devant lui et qu'il n'arrivait pas tout à fait à les réunir, parce que l'image finale risquerait d'être, hum, une espèce de diablerie. Ça risquerait...

De la pièce où mémé vivait nuit et jour, un son étouffé, mélange de râle et de gargouillis, monta soudain.

En avalant une goulée d'air, George émit un bruit sifflant. Il se tourna vers la chambre de mémé et découvrit qu'il avait les pieds solidement cloués au sol. Son cœur était en barbelés dans sa poitrine. Ses yeux écarquillés, exorbités. *Vas-y maintenant*, disait son cerveau à ses pieds et ses pieds répondaient : *Pas question, mon commandant !*

Mémé n'avait jamais fait un bruit pareil jusque-là.

Jamais, jamais mémé n'avait fait un bruit pareil.

Il se fit de nouveau entendre, un son étouffé, bas et puis descendant encore plus bas, se transformant en bourdonnement d'insecte avant de mourir tout à fait. Enfin George réussit à bouger. Il marcha jusqu'au couloir séparant la cuisine de la chambre de mémé. Il le traversa et plongea son regard dans la chambre, son cœur battant la chamade. Maintenant sa gorge était bourrée de laine tricotée, il n'arriverait pas à déglutir.

Mémé dormait toujours et tout allait bien, pensa-t-il d'abord. Après tout, c'était seulement un bruit inquiétant qu'il y avait eu ; peut-être en faisait-elle constamment de semblables quand Buddy et lui étaient à l'école. Rien qu'un ronflement. Mémé allait très bien. Elle dormait.

Ce fut sa première pensée. Puis il remarqua que la main jaunâtre qui avait été sur le couvre-lit pendait maintenant mollement sur le côté du lit, les longs ongles effleurant le parquet. Et sa bouche béait, ridée et sans contour comme un orifice creusé dans un fruit pourri.

Timidement George approcha d'une démarche hésitante.

Il resta à son côté un long moment, les yeux baissés sur elle, sans oser la toucher. L'imperceptible mouvement du couvre-lit montant et descendant avait apparemment cessé.

Apparemment.

C'était le mot clé. *Apparemment.*

Mais tu as la berlue, c'est tout, George. Tu es simplement en train de te faire bananer, comme dit Buddy — c'est un jeu. Ton cerveau joue des tours à tes yeux, elle respire très bien, elle...

— Mémé ? dit-il mais ce n'était qu'un chuchotis qui passait ses lèvres.

Il s'éclaircit la gorge et se rejeta en arrière, effrayé par le son. Mais sa voix était un petit peu plus forte.

— Mémé ? Tu veux ta tisane maintenant ? Mémé ?

Rien.

Les yeux étaient clos.
La bouche ouverte.
La main pendait.
Au-dehors, l'or rouge du soleil couchant luisait derrière les arbres.

Il la vit alors dans une plénitude positive ; il la vit avec cet œil puéril d'une perspicacité sans garde-fou qui est le propre d'une réflexion immature et non formée ; il la vit non pas là, maintenant, dans son lit, mais assise sur le siège de vinyle blanc, tendant les bras, le visage en même temps triomphant et stupide. Il se retrouva en proie aux souvenirs des « accès malins », quand mémé se mettait à crier des mots qui paraissaient appartenir à des langues étrangères... *Gyaagin ! Gyaagin ! Hastur degryon Yos-soth-oth !* — et maman les avait envoyés dehors, avait hurlé : « SORS, je te dis ! » à l'adresse de Buddy lorsqu'il s'était arrêté devant la boîte près de l'entrée pour y chercher ses gants, et Buddy avait regardé par-dessus son épaule, écarquillant les yeux de terreur, car leur mère ne hurlait jamais, et ils étaient sortis tous les deux et avaient attendu dans l'allée, sans rien dire, mains enfoncées dans les poches pour se réchauffer, en se demandant ce qui se passait.

Plus tard, maman les avait appelés pour le souper comme si de rien n'était.

(*C'est toi Ruth qui sais comment faire avec elle, tu sais comment lui clouer le bec.*)

Depuis ce jour, George n'avait plus repensé à cet « accès malin » en particulier. Mais aujourd'hui, tandis qu'il observait mémé dormant d'un sommeil si étrange dans son lit médical articulé, il lui vint à l'esprit, avec un sentiment d'horreur naissante que c'était arrivé la veille du jour où il avait appris que Mme Harham, qui vivait plus haut sur la route et rendait parfois visite à mémé, était morte dans son sommeil durant la nuit.

Les « accès malins » de mémé.
Malins.
C'étaient les sorcières qui étaient censées savoir évoquer le Malin. N'était-ce pas ce qui faisait d'elles des sorcières ? Des pommes empoisonnées. Des princes changés en crapauds. Des maisons de pain d'épice. Abracadabra. Presto-chango. Le Malin. Les maléfices.

Les pièces éparpillées d'un puzzle inconnu se rassemblèrent prestement dans l'esprit de George, comme par magie.

Magie : le mot le frappa et il gémit.

Quelle image apparaissait donc ? Mémé, bien sûr. Mémé et ses fameux livres, mémé qui avait été chassée de la ville, qui ne pouvait avoir des enfants et puis qui avait pu, mémé qui avait été chassée de l'Église en même temps que de la ville. L'image qui apparaissait était celle de mémé, jaune et grasse et ridée et molle comme une limace, sa bouche édentée tordue dans un sourire sinistre, ses yeux éteints, aveugles et d'une certaine façon rusés et sournois ; et sur sa tête se dressait un chapeau noir, conique, piqueté d'étoiles d'argent et de croissants babyloniens étincelants ; à ses pieds glissaient, furtifs, des chats noirs aux yeux d'un jaune d'urine et cela sentait le porc et la cécité, le porc et la brûlure, les étoiles anciennes et les bougies noires comme la terre qui enserre les cercueils ; il entendit des mots lus dans d'anciens livres, et chaque mot était comme une pierre et chaque phrase comme une crypte au fond de quelque puant champ d'ossements et chaque paragraphe comme une caravane cauchemardesque de victimes de la peste qu'on portait au bûcher ; les yeux de George étaient ceux d'un enfant et en cet instant, ils s'écarquillaient dans leur découverte éberluée des ténèbres.

Mémé avait été une sorcière, exactement comme la Sorcière Méchante du *Magicien d'Oz*. Et maintenant elle était morte. Ce gargouillis, se disait George avec une horreur croissante, ce ronflement, c'était un... un... « râle d'agonie ».

— Mémé ? chuchota-t-il, et follement, il songea : *ding-dong, la méchante sorcière est morte.*

Pas de réponse. Il plaça une main pliée en forme de coupe devant la bouche de mémé. Nulle brise n'émanait de mémé. C'était le calme plat, les voiles étaient flasques et derrière la coque nul sillage ne s'élargissait. Un peu de sa peur commençait de refluer et George s'efforça de réfléchir. Il se rappela qu'oncle Fred lui avait montré comment mouiller un doigt pour repérer d'où vient le vent et il se lécha donc la paume tout entière avant de la mettre devant la bouche de mémé.

Toujours rien.

Il fit un mouvement pour aller téléphoner au Dr Arlinder et puis s'immobilisa. Et s'il appelait le médecin et qu'elle ne soit pas vraiment morte ? Ça irait mal pour lui, certainement.

Prends-lui le pouls.

Arrêté au seuil de la chambre, il considérait d'un air dubitatif la main qui pendait. La manche de la chemise de nuit de mémé avait remonté, découvrant le poignet. Mais ce n'était pas le bon moyen. Un jour, après une visite chez le médecin, au cours de laquelle l'infirmière avait pressé un doigt contre son poignet pour lui prendre le pouls, George avait essayé de l'imiter et n'avait rien senti. S'il avait fallu en croire ses doigts inexpérimentés, il était mort.

En outre, il ne voulait pas vraiment... hum... toucher mémé. Même si elle était morte. Surtout si elle était morte.

George restait planté sur le seuil, son regard allait de la forme gisante et calme de mémé au téléphone mural à côté duquel était inscrit le numéro du Dr Arlinder, avant de revenir à mémé. Il n'avait qu'à téléphoner... Il n'avait qu'à...

... prendre un miroir !

Bien sûr ! Quand on souffle sur un miroir, il se trouble. Une fois, il avait vu dans un film un médecin examiner de cette façon une personne inconsciente. La chambre de mémé possédait une salle de bains et maintenant George se précipitait pour prendre la glace de toilette de mémé. D'un côté elle était normale, de l'autre elle grossissait, pour qu'on puisse s'arracher des poils ou des trucs de ce genre.

George revint auprès du lit et tint l'un des côtés du miroir tout près de la bouche béante de mémé, presque à la toucher. Il compta jusqu'à soixante en surveillant la vieille dame. Rien ne bougea. Il était sûr qu'elle était morte avant même d'avoir ramené le miroir à lui pour en observer la surface, parfaitement claire, sans la moindre trace de buée.

Mémé est morte.

Avec soulagement et un peu de surprise George s'aperçut que maintenant, il pouvait être navré pour elle. Peut-être avait-elle été une sorcière. Peut-être pas. Peut-être croyait-elle seulement l'être. Quoi qu'elle eût été, à présent elle n'était plus là. Avec une compréhension d'adulte, il se rendit compte que la question des réalités concrètes ne perdait pas toute importance, mais qu'elle était moins vitale quand on l'envisageait face au silence inerte d'une dépouille mortelle. Il comprit cela comme un adulte et l'accepta avec un soulagement adulte. C'était une marque de pas, une empreinte de pied dans son esprit. Ainsi sont toutes les impressions adultes des enfants ; ce n'est que bien des années plus tard que l'enfant découvre qu'il a été *fabriqué, formé,* structuré par des expériences de hasard ; tout ce qui demeure *dans l'instant* au-delà de l'empreinte de pas, c'est cette âcre odeur de poudre qui signale la mise à feu d'une idée au-delà des années d'enfance.

Il ramena le miroir dans la salle de bains puis retraversa la chambre en jetant un coup d'œil au passage sur le corps. Le soleil couchant avait peint la vieille face morte de teintes barbares, rouge-orange, et George détourna promptement le regard.

Passant du couloir à la cuisine, il s'avança vers le téléphone, déterminé à agir au mieux. Dans son esprit il avait déjà acquis un certain avantage sur Buddy ; chaque fois qu'il commencerait à le taquiner, il lui dirait simplement : *j'étais tout seul à la maison quand mémé est morte et j'ai fait tout ce qu'il fallait.*

Appeler le Dr Arlinder, dans un premier temps. L'appeler et lui dire : « Ma mémé vient de mourir. Pouvez-vous me dire ce que je dois faire ? La recouvrir ou bien quoi ? »

Non.

« Je *crois* que ma mémé vient de mourir. »

Oui. Oui, c'était mieux. Personne ne croit qu'un petit garçon sait vraiment de quoi il parle, alors c'était mieux.

Et pourquoi pas :

« *Je suis tout à fait sûr que ma mémé vient de mourir...* »

Exactement ! C'était encore mieux.

Et parle-lui du miroir et du râle d'agonie et tout. Et le docteur viendrait tout de suite et quand il aurait examiné mémé, il dirait : « *Je vous déclare morte, mémé* », et puis il dirait à George : « *Tu as gardé ton sang extrêmement froid dans une situation difficile, George. Je tiens à te féliciter.* » Et George ferait une réponse d'une modestie appropriée.

George lut le numéro du Dr Arlinder et prit une ou deux inspirations profondes avant de saisir le combiné. Son cœur battait à toute vitesse, mais ce douloureux grondement barbelé avait maintenant disparu. Mémé était morte. Le pire était arrivé et en fait ce n'était pas aussi pénible que d'attendre qu'elle se mette à beugler pour que maman lui apporte sa tisane.

La ligne était coupée.

Il écouta le néant, la bouche encore prête à articuler les mots : « Excusez-moi, m'dame Dodd, mais ici c'est George

Bruckner et je dois téléphoner au docteur pour ma mémé. » Pas de voix. Pas de tonalité. Le néant de la mort. Semblable au néant de la mort dans le lit à côté.

Mémé garde...

... garde...

(oh oui elle garde)

son sang très froid.

De nouveau la chair de poule, douloureuse, glaçante. Les yeux fixés sur la bouilloire de Pyrex sur le fourneau, la tasse sur le comptoir avec le sachet de tisane. Plus de tisane pour mémé. Plus jamais.

(si froid)

George frissonna.

Il tapota la fourche du téléphone mais la ligne était morte. Tout aussi morte que...

(tout aussi froide)

Comme il reposait brutalement le combiné, la sonnerie émit un faible tintement et il le ressouleva précipitamment pour voir si ce bruit signifiait que la tonalité était magiquement de retour. Mais il n'y avait rien, et cette fois, il raccrocha doucement.

Son cœur s'était remis à battre plus fort.

Je suis seul dans cette maison avec un cadavre.

Il traversa lentement la cuisine, s'arrêta une minute devant la table, puis alluma. Il commençait à faire sombre dans la maison. Bientôt le soleil aurait disparu ; la nuit serait là.

Attendre. C'est tout ce que j'ai à faire. Attendre jusqu'à ce que maman soit de retour. C'est mieux ainsi, en fait. Si le téléphone est cassé, il vaut mieux qu'elle soit simplement morte plutôt que d'avoir une attaque quelconque, avec de l'écume à la bouche, elle serait peut-être tombée du lit...

Ah, ça c'était le sale coup. Il s'en serait si bien sorti sans cette connerie.

C'est comme d'être seul dans le noir et de penser aux choses mortes qui vivent encore... de voir des formes dans les ombres sur les murs et de penser à la mort, aux morts, à ces choses, à leur puanteur et à leur mouvement vers toi dans le noir ; penser ceci ; penser cela ; penser aux insectes s'attaquant à la chair, creusant la chair ; des yeux qui bougeaient dans le noir. Ouais. Tout ça, quoi. Penser à des yeux qui bougeaient dans l'ombre et au craquement du parquet quand quelque chose s'avance à travers la pièce et les zébrures que la lumière extérieure fait dans l'ombre. Ouais.

Dans l'obscurité les idées forment un cercle parfait et peu importe ce à quoi tu essayais de penser — aux fleurs, ou à Jésus ou au base-ball ou à gagner la médaille d'or au 400 mètres olympique — tu aboutiras d'une manière ou d'une autre à la forme dans l'ombre, avec ses griffes et ses yeux qui ne clignent jamais.

Tu chies dans ton froc! siffla-t-il et brusquement il se gifla. Durement. Il se faisait des émotions tout seul, il était temps que cela passe. Il n'avait plus six ans. Elle était morte, c'était tout, morte. A présent, il n'y avait pas plus de pensée en elle que dans un morceau de marbre ou un plancher ou une poignée de porte ou le cadran de la radio ou...

Et une puissante voix étrangère, inattendue, peut-être simplement la voix impitoyable et sans entrave du seul besoin de survivre cria en lui : *ferme-la, Georgie, et fais ton boulot, bon Dieu !*

Ouais, d'accord. D'accord, mais...

Il retourna à la porte pour vérifier.

Là gisait mémé, une main hors du lit et la bouche béante. Désormais elle faisait partie du mobilier. On pouvait ramener sa main sur le lit ou lui tirer les cheveux, lui verser un verre d'eau dans la bouche ou lui mettre des écouteurs sur les oreilles et lui passer du Chuck Berry à plein tube, ça ne lui ferait ni chaud ni froid. Mémé était, comme Buddy disait parfois, hors du coup. Mémé avait fait son temps.

Brusquement un battement sourd et rythmique se fit entendre, non loin de George sur sa gauche, et il sursauta en laissant échapper un petit cri. C'était la porte tempête, que Buddy avait posée la semaine précédente. Seulement la porte tempête dont le loquet n'était pas fermé et qui allait et venait dans la brise fraîchissante.

George ouvrit la porte intérieure, se pencha et attrapa la porte tempête à l'instant où elle revenait. Le vent — ce n'était plus une brise — s'empara de ses cheveux et les ébouriffa. Il fixa fermement le loquet en se demandant d'où venait tout à coup ce vent. Quand maman était partie, c'était quasiment le calme plat. Mais quand maman était partie, le jour brillait et maintenant le crépuscule était là.

De nouveau George jeta un coup d'œil sur mémé et puis revint au téléphone. Toujours coupé. Il s'assit, se releva et arpenta la cuisine en essayant de réfléchir.

Une heure plus tard, il faisait nuit noire.

Le téléphone était toujours coupé, George supposait que le vent, qui n'était pas loin à présent de souffler en tempête, avait abattu certaines lignes, notamment près de la frontière du Castor, où les arbres poussaient partout dans un fouillis de troncs morts et d'eau croupie. De temps à autre, le téléphone émettait un cliquetis fantomatique et lointain mais la ligne restait morte. Au-dehors, le vent gémissait sous l'avant-toit de la petite maison et George reconnut qu'il aurait une histoire à raconter au prochain rassemblement scout, c'était très bien… lui assis dans la maison avec une mémé morte et le téléphone coupé et le vent poussant des trains de nuages dans le ciel, des nuages noirs sur le dessus et au-dessous, couleur de suif pourri, comme les mains griffues de mémé.

C'était, comme Buddy disait aussi parfois, un *classique*.

Il aurait aimé en être déjà à le lui raconter, la réalité de la chose derrière lui pour sa sécurité. Il était assis à la table de la cuisine, le livre d'histoire posé devant lui, sautant en l'air à chaque bruit… et maintenant que le vent était levé, il y avait toutes sortes de sons, la maison craquait dans toutes ses secrètes jointures oubliées et non huilées.

Elle sera de retour très bientôt. Elle va rentrer et puis tout ira bien. Tout.

(*tu ne l'as jamais couverte*)

ira très b

(*jamais couvert son visage*)

George bondit comme si quelqu'un avait parlé à voix haute et fixa, l'œil écarquillé, le téléphone inutile de l'autre côté de la cuisine. On était censé tirer le drap sur le visage des personnes mortes. C'était dans tous les films.

Je m'en fous ! Je ne vais pas aller là-bas !

Non ! Et aucune raison de se sentir obligé de le faire ! Maman saurait s'en occuper quand elle reviendrait ! Ou bien le Dr Arlinder ! Ou *le croque-mort* !

Quelqu'un, n'importe qui mais pas lui.

Aucune raison pour qu'il soit obligé de le faire.

Ce n'était pas pour lui, et ce n'était rien pour mémé.

La voix de Buddy dans sa tête :

Si t'avais pas peur, alors comment ça se fait que tu ne lui as pas couvert le visage ?

Ce n'était pas à moi de le faire.
Poule mouillée !
Ce n'était rien pour mémé.
TROUILLARD, poule mouillée !

Assis à la table devant le livre d'histoire qu'il ne lisait pas, en considérant les choses, George se dit que s'il ne tirait pas la courtepointe sur le visage de mémé, il ne pourrait prétendre avoir tout fait au mieux, et ainsi tout ce qu'il raconterait à Buddy, ça lui ferait une belle jambe (même si elle était plâtrée).

Maintenant il se voyait raconter la sombre histoire de la mort de mémé devant le feu de camp scout à la veillée, et à l'instant où il arrivait à la réconfortante conclusion où les phares de la voiture maternelle balayaient l'allée du jardin — à la réapparition des adultes qui rétablissait et reconfirmait le concept d'Ordre — tout à coup, dans l'ombre, une sombre silhouette se levait, et une pomme de pin explosait dans les flammes et George pouvait voir que c'était Buddy qui se tenait là dans l'ombre, Buddy qui disait : *si tu as été si courageux, comment se fait-il, espèce de poule mouillée, que tu n'aies pas osé lui couvrir LE VISAGE ?*

George se leva, en se souvenant que mémé était hors du coup, qu'elle était hors d'usage, qu'elle avait le sang très froid. Il pouvait lui remettre la main sur le lit, lui fourrer un sachet de tisane dans le nez, lui coller des écouteurs jouant Chuck Berry à plein tube, etc., et rien de tout cela n'aurait le moindre effet sur mémé parce que c'était ça, être mort, il n'y avait pas moyen d'embêter une personne morte, une personne morte était tout ce qu'il y avait de plus tranquille dans son coin et le reste n'était que songes, rêves fiévreux, apocalyptiques et inéluctables, peuplés de portes de placard qui s'ouvraient brusquement sur la bouche béante de la nuit, rien que des rêves sur la lumière de la lune mettant un bleu délirant sur les os d'un squelette exhumé, rien...

Il chuchota : « Arrête, tu veux. Arrête d'être aussi... »
(grossier)

Il s'arma de courage. Il irait là-bas lui couvrir le visage et Buddy ne pourrait plus prétendre que ça lui faisait une belle jambe. Il exécuterait les quelques petits rituels simples de la mort de mémé à la perfection. Il lui couvrirait le visage et puis — son visage s'éclaira devant le symbolisme de la chose — il enlèverait le sachet de tisane et la tasse inutilisés. Oui.

Il entra et chaque pas était un acte conscient. La chambre de mémé était obscure, son corps formait une vague bosse sur le lit, et il tâtonna frénétiquement à la recherche de l'interrupteur, ne le trouvant pas pendant ce qui lui parut une éternité. Enfin, il alluma, emplissant la pièce de la faible lumière jaune émanant du lustre de verre biseauté.

Mémé gisait là, main pendante, bouche ouverte. George la regarda, à peine conscient des minuscules gouttes de sueur qui perlaient à présent sur son front et se demanda s'il entrait aussi dans ses responsabilités de prendre cette main qui se refroidissait et de la remettre dans le lit avec le reste de mémé. Il décida que non. La main pouvait être tombée à n'importe quel moment. C'était trop. Il ne pouvait la toucher. Tout ce qu'on voulait, mais pas ça.

Doucement, comme s'il se déplaçait non dans de l'air mais dans un fluide épais, George approcha de mémé. Il se tint debout au-dessus d'elle, en l'examinant. Mémé était jaune. C'était en partie dû à la lumière que filtrait le vieux lustre, mais en partie seulement.

En respirant par la bouche, le souffle bruyant, George saisit le couvre-lit et le tira sur le visage de mémé. Comme il le lâchait, il glissa un peu, révélant la limite des cheveux et le front de parchemin jaune plissé. S'armant de courage, il ressaisit le bord du couvre-lit, les mains bien éloignées de part et d'autre de la tête pour ne pas avoir à la toucher même à travers le tissu, et il le retendit. Cette fois ça tenait. C'était satisfaisant. Un peu de sa peur disparut. Il l'avait enterrée. Oui, c'est pour cela qu'on couvrait les personnes mortes, et pour cela qu'il fallait le faire : c'était comme de les enterrer. Une déclaration.

Baissant les yeux sur la main qui pendait, non encore enterrée, il découvrit qu'il pouvait la toucher, la replier et l'enterrer avec le reste de mémé.

Il se pencha, saisit la main froide et la souleva.

La main se tordit dans la sienne et lui saisit le poignet.

George hurla. Il se rejeta en chancelant en arrière, hurlant dans la maison vide, hurlant contre le vent qui errait sous l'avant-toit, hurlant par-dessus le bruit des jointures craquantes de la maison. Il recula, tirant le corps de mémé et le laissant de travers sous le couvre-lit, et la main se balançait, en se tordant, se tournant, agrippant le vide... et se détendant de nouveau, redevint inerte.

Je vais très bien, ce n'était rien, rien qu'un réflexe.

George hochait la tête avec beaucoup de conviction, et puis il se souvint de la main qui tournait et l'agrippait et il poussa un cri perçant. Ses yeux s'exorbitaient. Ses cheveux se dressèrent, parfaitement droits, en cône. Son cœur était une presse d'imprimerie tournant à plein régime dans sa poitrine. Le monde vacilla follement, reprit son assiette et puis se remit à bouger, penchant dans l'autre sens. Chaque fois qu'une pensée rationnelle commençait à pointer, la panique l'anéantissait. Il pivota, ne désirant plus que quitter la chambre pour aller dans une autre pièce —, ou peut-être à quatre ou cinq kilomètres sur la route, s'il le fallait —, là où il pourrait retrouver la maîtrise de tout cela. Donc il pivota et fonça droit dans le mur, manquant la porte ouverte d'un bon mètre.

Il rebondit et chut sur le sol, la tête résonnant d'une douleur aiguë, coupante, qui perça profondément à travers la panique. Il se toucha le nez et ramena une main sanglante. Des gouttes fraîches tachèrent sa chemise verte. Il se mit à quatre pattes puis se releva et jeta autour de lui un regard affolé.

La main pendait près du plancher comme auparavant, mais le corps de mémé n'était plus de travers ; il avait lui aussi repris sa position initiale.

Il avait tout imaginé. Il était entré dans la chambre, et pour tout le reste, il s'était fait du cinéma.

Non.

Mais la douleur lui avait éclairci les idées. Les gens morts ne vous agrippent pas le poignet. La mort était la mort. Quand on est mort, on peut se servir de vous comme d'un portemanteau ou vous fourrer dans un pneu de tracteur et vous faire rouler jusqu'au bas de la côte, et caetera, et caetera, et caetera... Quand vous êtes mort, on peut agir sur vous (comme, par exemple, les petits garçons qui essaient de remettre dans le lit la main du mort qui pend) mais l'époque où vous pouviez agir sur quelqu'un — pour ainsi dire — est terminée.

A moins d'être une sorcière. A moins de choisir son moment pour mourir de manière à ce qu'il ne reste plus dans le coin qu'un enfant, parce que c'est mieux ainsi, pour pouvoir...

Pouvoir quoi ?

Rien. C'était stupide. Il avait imaginé tout cela parce qu'il avait peur et voilà tout. Il s'essuya le nez de l'avant-bras et se crispa sous la douleur. Il y avait une traînée sanglante à l'intérieur de son avant-bras.

Il ne s'approcherait plus d'elle, c'était tout. Réalité ou hallucination, il ne se mêlerait plus de ce qui concernait mémé. Il lui fallait un chiffon humide pour son nez et brusquement il eut l'impression qu'il allait vomir. Courant jusqu'à l'évier en quête d'eau froide, il se pencha et prit un chiffon sous l'évier — un bout de vieille couche de mémé — et le mit sous l'eau froide du robinet en reniflant du sang. Il laissa le vieux morceau carré de coton mou s'imbiber d'eau jusqu'à ce que sa main s'engourdisse puis ferma le robinet et tordit le tissu.

Il se le mettait contre le nez quand la voix lui parvint de la chambre.

« Viens ici, mon garçon, appelait mémé d'une voix ronflante et morte. Viens ici, *mémé veut te serrer dans ses bras.* »

George essaya de hurler et aucun son ne sortit. Pas le moindre son. Mais il y avait des bruits dans l'autre pièce. Des bruits qu'il entendait quand maman était avec mémé et qu'elle lui faisait sa toilette, la soulevant comme un paquet, la laissant retomber, la retournant, la laissant de nouveau retomber.

Sauf que ces bruits maintenant semblaient avoir une signification légèrement différente et néanmoins extrêmement spéciale — c'était comme si mémé essayait de... de sortir du lit.

« Allons, gamin ! Viens ici ! Tout de suite ! IMMÉDIATEMENT ! Approche ! »

Horrifié, il vit que ses pieds répondaient à cet ordre. Il leur dit de s'arrêter ils continuèrent sans faiblir, pied gauche, pied droit, une-deux, une-deux, sur le linoléum ; son cerveau était le prisonnier terrifié de son corps — otage dans une tour.

C'est VRAIMENT une sorcière. C'est une sorcière et elle a un de ses « accès malins », oh oui, c'est exactement ça, elle m'envoûte, et c'est malin, c'est RÉELLEMENT malin. Ô mon Dieu. Ô Seigneur Jésus, aidez-moi, aidez-moi, aidez-moi...

George traversa la cuisine et le couloir et entra dans la chambre de mémé et oui, elle ne s'était pas contentée d'essayer de sortir du lit, elle l'avait bel et bien quitté, elle était assise dans le siège de vinyle blanc où elle ne s'était plus mise depuis quatre ans, depuis qu'elle était devenue trop lourde pour marcher et trop sénile pour savoir où il se trouvait de toute façon.

Mais mémé ne paraissait plus du tout sénile maintenant.

Son visage était flasque et terreux mais la sénilité avait disparu... si elle y avait jamais été, si elle n'avait pas été un simple masque qu'elle portait pour abuser les petits gamins stupides et les femmes seules épuisées. Maintenant le visage de mémé brillait d'une intelligence intacte — il luisait comme une vieille bougie de cire puante. Ses yeux étaient baissés, ternes et morts. Sa poitrine ne bougeait pas. Sa chemise de nuit s'était relevée, exposant ses cuisses éléphantesques. Le couvre-lit de son lit de mort était rejeté en arrière.

Mémé tendit ses énormes bras vers lui.

« Je veux t'embrasser, Georgie, dit cette voix de morte ronflante et sans intonation. Ne fais pas ton grand bébé pleurnicheur. Laisse ta mémé te serrer dans ses bras. »

George se crispa, essayant de résister à cette traction presque irrésistible. Au-dehors, le vent hurlait et grondait. Le visage de George s'allongeait, tordu par l'exacerbation de sa peur : c'était un visage de gravure sur bois enserrée dans un livre ancien.

George marcha vers elle. Il ne pouvait s'en empêcher. Un pas traînant après l'autre, toujours plus près de ces bras tendus. Il montrerait à Buddy qu'il n'avait pas peur de mémé, non plus. Il s'approcherait de mémé pour qu'elle le serre dans ses bras parce qu'il n'était pas une poule mouillée et un pleurnicheur. Il allait vers mémé maintenant.

Il était presque à l'intérieur du cercle de ses bras quand la fenêtre à sa gauche s'ouvrit brutalement et tout à coup, poussée par le vent, une branche où subsistaient quelques feuilles d'automne fut dans la pièce avec eux. Le fleuve du vent se déversa dans la pièce, emportant les photos de mémé, fouettant sa chemise de nuit et ses cheveux.

Alors George put hurler. En trébuchant il se rejeta en arrière, hors de portée de son étreinte et mémé laissa échapper un petit sifflement agacé, les lèvres tirées à l'intérieur sur ses vieilles gencives molles ; ses mains épaisses et ridées se rejoignirent vainement dans l'air mouvant.

George s'emmêla les pieds et tomba. Mémé commença à se lever de son siège de vinyle blanc, masse titubante de chair ; d'un pas chancelant elle marcha sur lui. George s'aperçut qu'il ne pouvait se relever ; la force avait déserté ses jambes. Il se mit à ramper en arrière, en geignant. Mémé s'approchait, lentement mais inexorablement, morte et pourtant vivante, et soudain George comprit ce que signifierait son étreinte ; le puzzle était achevé dans son esprit et il parvint, il ne sut comment, à se redresser à l'instant où la main de mémé se refermait sur sa chemise. Elle la déchira sur le côté, un instant il sentit sur sa peau la chair froide puis il s'enfuit de nouveau dans la cuisine.

Il courrait dans la nuit. N'importe quoi plutôt que d'être étreint par la sorcière, sa mémé. Parce que quand sa mère reviendrait elle trouverait mémé morte et George vivant, oh oui... mais George se serait mis tout à coup à raffoler de tisane.

Jetant un coup d'œil par-dessus son épaule, il vit l'ombre grotesque et déformée de mémé se dresser sur le mur pendant qu'elle traversait le couloir.

Et à cet instant, le téléphone sonna, perçant et strident.

George s'empara du combiné sans même y penser et hurla, hurla qu'on vienne, s'il vous plaît, que quelqu'un vienne. Il hurla ces choses en silence ; pas un son ne s'échappa de sa gorge nouée.

En chancelant, mémé entra dans la cuisine, vêtue de sa chemise de nuit rouge vif. De sa chevelure en bataille, d'un blanc jaunâtre, qui lui encadrait le visage, l'un de ses peignes de corne avait glissé dans son cou ridé.

Mémé souriait largement.

« Ruth ? »

C'était la voix de tante Flo, presque perdue dans le tunnel de vent sifflant d'une mauvaise communication à longue distance.

« Ruth, c'est toi ? »

Tante Flo dans le Minnesota, à quelque trois mille kilomètres de là.

« Au secours ! » hurla George dans le téléphone et ce qui sortit de sa bouche fut un infime son sifflant, comme s'il avait soufflé dans un harmonica aux anches bouchées.

Mémé marchait d'un pas trébuchant sur le linoléum, tendant les bras vers lui. Ses mains s'ouvraient, se refermaient, s'ouvraient encore. Mémé voulait l'étreindre ; elle attendait cette étreinte depuis cinq ans.

« Ruth, tu m'entends ? Il y a une tempête ici qui vient de commencer et... je... j'ai eu peur. Ruth, je t'entends pas. »

« Mémé », gémit George dans le téléphone.

« George ? »

La voix de tante Flo monta brusquement dans les aigus. C'était presque un cri.

« George, c'est bien toi ? »

Il commença à reculer devant mémé, et tout à coup s'aperçut

qu'il s'était stupidement éloigné de la porte et se rapprochait du coin formé par les placards et l'évier. L'horreur était achevée. Comme l'ombre s'abattait sur lui, la paralysie céda et il hurla, encore et encore dans le téléphone : « *Mémé ! Mémé ! Mémé !* »

Les mains glacées de mémé touchèrent sa gorge. Les yeux de boue ancienne s'attachèrent à lui, aspirant toute sa volonté.

Faiblement, imperceptiblement, comme si la voix lui parvenait à travers des années innombrables aussi bien qu'à travers d'innombrables kilomètres, il entendit tante Flo : « Dis-lui de se coucher, George. Dis-lui de se coucher et de rester tranquille. Dis-lui qu'elle doit le faire en ton nom et au nom de son père. Son père adoptif s'appelle *Hastur*. Son nom a du pouvoir sur elle. George... dis-lui : *couche-toi au nom d'Hastur — dis-lui...* »

La vieille main ridée arracha le téléphone de l'étreinte inerte de George. Il y eut un craquement sec quand le fil fut arraché. George s'effondra dans le coin et mémé se pencha, énorme tas de chair au-dessus de lui qui lui dissimulait la lumière.

George hurla :

« *Couche-toi ! Reste tranquille ! Au nom d'Hastur ! Hastur ! Couche-toi ! Reste tranquille !* »

Les mains se refermèrent sur son cou...

« Tu dois le faire ! Tante Flo dit que tu l'as fait ! En mon nom ! Au nom de ton père ! Couche-toi ! Reste tran... »

... et serrèrent.

Quand enfin une heure plus tard la lueur des phares éclaboussa l'allée, George était assis à la table devant le livre d'histoire qu'il n'avait pas lu. Il se leva, gagna la porte de derrière et l'ouvrit. A sa gauche, le téléphone était raccroché et le fil inutile enroulé autour du combiné.

Sa mère entra, une feuille collée au col de son manteau.

— Quel vent ! Est-ce que tout s'est... George ? George, *qu'est-ce qui s'est passé ?*

Le visage de maman se vida de tout son sang, se transformant en horrible face de clown blanc.

— Mémé, dit-il. Mémé est morte. Mémé est morte, maman.

Et il éclata en sanglots.

Elle le serra dans ses bras et puis vacilla en arrière, s'appuyant au mur comme si de l'avoir étreint avait épuisé ses dernières forces.

— Il... il s'est passé quelque chose ? George, *est-ce qu'il s'est passé quelque chose d'autre ?*

— Le vent a balancé une branche d'arbre à travers sa vitre.

Elle l'écarta pour considérer son visage choqué, affaissé pendant un moment et puis elle alla, d'une démarche vacillante, jusqu'à la chambre de mémé. Elle y demeura peut-être quatre ou cinq minutes. Quand elle revint, elle tenait un bout de tissu rouge. C'était un morceau de la chemise de George.

— Je lui ai enlevé ça de la main, chuchota maman.

— Je n'ai pas envie d'en parler. Appelle tante Flo si tu veux. Je suis fatigué. Je veux aller me coucher.

Elle fit un geste pour l'arrêter, mais s'en abstint. Il monta à la chambre qu'il partageait avec Buddy et ouvrit la grille du chauffage pour écouter ce que sa mère allait faire. Elle ne parlerait pas à tante Flo, pas cette nuit, puisque le fil du téléphone était arraché ; elle ne le ferait pas non plus le lendemain parce que peu avant le retour de sa mère, George avait prononcé quelques courtes suites de mots, certains en latin abâtardi, d'autres de simples grognements prédruidiques, et à plus de deux mille kilomètres de là, tante Flo était tombée raide morte victime d'une massive hémorragie cérébrale. C'était étonnant comme ces mots revenaient. Comme tout revenait.

George se déshabilla et se coucha nu dans son lit. Les mains derrière la tête, il fixa l'obscurité au-dessus de lui. Peu à peu, tout doucement, un sourire sombre et plutôt horrible apparut sur son visage.

De ce jour, les choses allaient changer.

Beaucoup changer.

Buddy, par exemple, George attendait avec impatience le moment où il reviendrait de l'hôpital, où il lui referait le coup de la Torture de la Cuillère du Barbare chinetoque ou celui du Pinçon Indien ou n'importe quoi de ce genre. George supposait qu'il lui faudrait le laisser faire — du moins tant qu'il ferait jour — mais quand viendrait la nuit et qu'ils seraient seuls dans la chambre, dans le noir, porte close...

George éclata d'un rire silencieux.

Ainsi que Buddy disait toujours, ça s'annonçait comme un grand *classique*.

La ballade
de la balle élastique

Le barbecue était terminé. On s'était régalé ; des boissons, des côtes de bœuf saignantes cuites au feu de bois, une salade verte assaisonnée comme Meg savait le faire. Ils avaient commencé à 5 heures. Maintenant il était 8 heures et demie et la nuit était sur le point de tomber. C'est à ce moment qu'une grande soirée commence à s'animer. Mais ce n'était pas une grande soirée. Ils étaient seulement cinq ; l'agent et sa femme, le jeune écrivain adulé et la sienne, et l'éditeur du magazine ; il avait une petite soixantaine mais paraissait plus vieux. L'éditeur restait fidèle au Fresca. Il avait eu des problèmes d'alcoolisme, avait confié l'agent au jeune écrivain, avant son arrivée. C'était du passé maintenant, mais son couple aussi... c'est pour cela qu'ils étaient cinq et non six.

Tandis que l'obscurité envahissait le jardin situé à l'arrière de la maison du jeune écrivain, en bordure du lac, au lieu de s'animer, ils basculèrent dans l'introspection. Le premier roman du jeune écrivain avait été accueilli favorablement par la critique et s'était bien vendu. C'était un jeune homme chanceux et il le reconnaissait volontiers.

La conversation avait glissé avec une sorte de gaieté macabre de l'évocation du succès précoce du jeune écrivain aux auteurs qui avaient fait leurs preuves de bonne heure puis s'étaient suicidés.

On évoqua Ross Lockridge et Tom Hagen. La femme de l'agent mentionna Sylvia Plath et Anne Sexton et le jeune écrivain déclara qu'à son avis Plath ne pouvait être considérée comme un *auteur à succès*. D'après lui, elle ne s'était pas suicidée parce qu'elle était célèbre : elle était devenue célèbre parce qu'elle s'était suicidée. L'agent sourit.

— S'il vous plaît, est-ce que nous ne pourrions pas changer de sujet ? demanda la femme du jeune écrivain avec une certaine nervosité.

— Et la folie, poursuivit l'agent sans tenir compte de son intervention. Il y a eu ceux que le succès a rendus fous.

Son intonation était douce et néanmoins théâtrale comme celle que garde un comédien une fois la scène quittée. Lorsque l'éditeur prit la parole, la femme de l'écrivain allait à nouveau protester — elle savait que son mari n'aimait pas seulement ces questions afin de pouvoir en plaisanter mais qu'il voulait en plaisanter parce qu'elles l'obsédaient. Ce qu'il dit était tellement étrange qu'elle en oublia de réagir.

— La folie est une balle élastique.

La femme de l'agent eut l'air interloquée. Le jeune écrivain se pencha, moqueur.

— J'ai déjà entendu cela quelque part.

— Bien sûr, répliqua l'éditeur, cette expression, l'image de la « balle élastique » est de Marianne Moore. Elle l'utilise quelque part pour décrire une voiture. J'ai toujours pensé que c'était une excellente définition de la folie. La folie est une sorte de suicide mental. Les médecins n'affirment-ils pas que la mort de son cerveau est le seul critère qui permette de diagnostiquer la mort d'un individu ? La folie est une sorte de balle élastique qui atteint le cerveau.

La femme du jeune écrivain se dressa d'un bond.

— Y a-t-il un candidat pour un autre verre ?

Personne.

— Eh bien, moi, je vais en prendre un si nous continuons à parler de cela.

Et elle s'éloigna pour se servir.

— A l'époque où je travaillais au *Logan's*, on m'avait un jour soumis un récit, poursuivit l'éditeur. Evidemment ce journal a connu le même sort que le *Collier's* et le *Saturday Evening Post*, mais il a tenu plus longtemps qu'eux. (Il nota cela avec une pointe d'orgueil.) Nous publiions trente-six nouvelles par an, au moins, et chaque année quatre ou cinq d'entre elles étaient sélectionnées pour figurer dans un recueil des meilleures nouvelles de l'année. Et les gens les *lisaient.* Quoi qu'il en soit, celle-ci s'intitulait « La Ballade de la balle élastique » ; l'auteur en était un certain Reg Thorpe. Il avait à peu près l'âge de ce jeune homme et était à peu près aussi célèbre.

— Il a écrit *Les Mafiosi,* n'est-ce pas ? demanda la femme de l'agent.

— Oui. Étonnant témoignage pour un premier roman. Excellentes critiques, ventes non négligeables, tant en collection reliée qu'en édition de poche, le Club du Livre et tout. Même le film fut assez réussi, un peu moins toutefois que le livre. Nettement moins même.

— J'ai adoré ce livre, dit la femme de l'auteur, reprise par la conversation malgré elle.

Elle avait l'air agréablement surprise de quelqu'un qui vient juste de se rappeler quelque chose qui lui était sorti de l'esprit depuis longtemps.

— A-t-Il écrit autre chose depuis ? J'ai lu *Les Mafiosi* du temps où j'étais à l'université et c'était... bien, mais c'est trop lointain pour que j'en garde un souvenir précis.

— Vous n'avez pas pris une ride depuis, s'écria la femme de l'agent avec chaleur, bien qu'au fond d'elle-même elle pensât que la femme du jeune écrivain portait un bain-de-soleil étriqué et un short trop moulant.

— Non, il n'a rien écrit depuis, continua l'éditeur, si ce n'est la nouvelle dont je vous ai parlé. Il s'est suicidé. Il est devenu fou et s'est suicidé.

— Oh, dit la femme du jeune écrivain d'une voix chavirée. On *y* revient.

— Est-ce qu'elle a été publiée ? s'enquit le jeune écrivain.

— Non, mais pas parce que l'auteur était devenu fou et s'était suicidé. Elle ne l'a pas été parce que l'*éditeur* est devenu fou et *a failli* se suicider.

L'agent se leva soudain pour remplir son verre qui, pourtant, n'avait guère besoin de l'être. Il savait que l'éditeur avait fait une dépression nerveuse durant l'été 1969, peu avant que le *Logan's* ne sombrât dans un océan d'encre rouge.

— L'éditeur, c'était moi, précisa l'éditeur aux autres. D'une certaine façon nous sommes devenus fous ensemble, Reg Thorpe et moi, bien que je fusse à New York et lui à Omaha et que nous ne nous fussions même jamais rencontrés. Son livre était sorti depuis six mois quand il est parti là-bas pour se « remettre la tête en place », comme il disait à l'époque. Je connais ce versant de l'histoire par sa femme que je vois de temps en temps lorsqu'elle séjourne à New York. Elle peint, pas mal du tout ma foi. Elle a eu de la chance. Il a failli l'emporter avec lui dans la mort.

L'agent regagna sa place et s'assit.

— Ça me rappelle quelque chose maintenant, dit-il. Pas seulement sa femme, n'est-ce pas ? Il a tiré sur deux autres personnes dont un enfant.

— C'est exact, répondit l'éditeur. C'est justement l'enfant qui a été à l'origine du drame.

— L'*enfant* à l'origine du drame ? demanda la femme de l'agent. Que voulez-vous dire ?

Mais le visage de l'éditeur signifiait qu'on ne lui tirerait pas les vers du nez. Il parlerait mais n'accepterait aucune question.

— Je connais mon versant de l'histoire car j'en ai été l'acteur, dit l'éditeur. J'ai eu de la chance moi aussi. Beaucoup de chance. Il y a quelque chose d'intéressant dans le fait d'essayer de se tuer en se pointant un pistolet contre la tempe et en appuyant sur la gâchette. Vous pensez sans doute à ce moment-là que c'est une méthode infaillible, plus efficace que d'avaler des comprimés ou de s'entailler les veines, mais ce n'est pas vrai. Quand vous vous tirez une balle dans la tête, vous ne pouvez jamais être sûr de ce qui va se produire. La salope peut ricocher sur le crâne et tuer quelqu'un d'autre. Elle peut faire tout le tour du crâne et ressortir de l'autre côté. Elle peut se loger dans le cerveau, faire de vous un aveugle mais vous laisser en vie. On peut très bien se tirer dans la tête avec un P 38 et se réveiller à l'hôpital. On peut aussi se tirer dans la tête avec un calibre 22 et se réveiller en enfer... s'il existe. J'ai tendance à croire qu'il se trouve ici, sur terre, peut-être dans le New Jersey.

La femme de l'écrivain eut un rire aigu.

— La seule méthode infaillible pour se tuer consiste à sauter d'un immeuble très haut et celle-là, seuls les plus extraordinairement déterminés l'utilisent. Ça dégueulasse tout, n'est-ce pas ? Mais je veux simplement en venir à ceci : quand vous essayez de vous suicider avec une balle élastique, vous ne savez pas vraiment ce qui va en résulter. En ce qui me concerne j'ai sauté d'un pont et je me suis réveillé sur un quai jonché de détritus avec un camionneur qui me tapait dans le dos, me levait et baissait les bras comme s'il n'avait que vingt-quatre heures pour se mettre en forme, comme s'il me prenait pour une machine à ramer. Pour Reg, la balle fut mortelle... Il... Mais je vous raconte cette histoire sans savoir si vous avez envie de l'écouter.

Dans l'obscurité naissante il leur jeta tour à tour un coup d'œil interrogateur. L'agent et sa femme échangèrent un regard hésitant et la femme de l'écrivain était sur le point de dire qu'à son avis leur conversation avait déjà été suffisamment morbide jusque-là lorsque son mari répondit :

— J'aimerais bien l'entendre. Si des raisons personnelles ne vous empêchent pas de nous en faire part, bien sûr.

— Je ne l'ai jamais racontée, répondit l'éditeur, mais ce n'est pas pour des raisons personnelles ; peut-être n'ai-je jamais eu l'auditoire ad hoc.

— Alors allez-y, dit l'écrivain.

— Paul, intervint sa femme en posant une main sur son épaule, ne crois-tu pas...

— Je t'en prie, Meg.

— La nouvelle, commença l'éditeur, échoua dans la boîte aux lettres, à l'époque où *Logan's* ne lisait plus les manuscrits envoyés spontanément. Quand ils arrivaient, une jeune fille se contentait de les glisser dans l'enveloppe-réponse avec ces lignes : « A cause de l'augmentation des coûts et de l'augmentation des difficultés rencontrées par la rédaction face à l'augmentation incessante du nombre de manuscrits qui lui parviennent, le *Logan's* ne peut plus lire ceux qui lui sont envoyés spontanément. Nous espérons que votre travail sera accepté ailleurs. » Quel joli baratin, n'est-ce pas ? Il n'est pas facile d'employer trois fois dans la même phrase le mot augmentation, mais ils y étaient arrivés.

— Et s'il n'y avait pas d'enveloppe-réponse l'œuvre finissait à la poubelle, n'est-ce pas ? dit l'écrivain.

— Oh, bien sûr. La pitié n'existe pas dans la jungle de la ville.

Une curieuse expression de malaise flotta un instant sur le visage de l'écrivain : l'expression de quelqu'un qui se retrouve dans un piège à tigres où des douzaines d'hommes plus vaillants que lui ont déjà été mis en pièces. Il n'a pas vu encore un seul fauve mais il sait qu'ils sont là et que leurs griffes sont toujours acérées.

— Quoi qu'il en soit, continua l'éditeur en sortant son étui à cigarettes, la nouvelle arriva et la fille responsable du courrier la sortit de l'enveloppe, agrafa le formulaire de refus à la première page et elle s'apprêtait à la glisser dans l'enveloppe-réponse lorsqu'elle jeta un coup d'œil sur le nom de l'auteur. Oui, elle avait lu Les Mafiosi. Cet automne-là, tout le monde l'avait lu, était en train de le lire, était sur la liste d'attente de la bibliothèque ou en cherchait la version en édition de poche sur les rayons du drugstore.

La femme de l'écrivain avait remarqué sur le visage de son mari un malaise passager ; elle lui prit la main. Il lui sourit. L'éditeur alluma sa cigarette avec un Ronson en or et dans l'obscurité grandissante tous purent voir son air hagard — les poches flasques sous les yeux, écailleuses comme de la peau de crocodile, les joues crevassées, le menton du vieil homme se détachant de ce visage sur le retour telle la proue d'un navire. Ce bateau, pensa l'écrivain, s'appelle la vieillesse. Personne ne veut s'embarquer dessus, mais ses cabines sont pleines. Et ses coursives aussi.

Le briquet s'éteignit et l'éditeur tira sur sa cigarette d'un air pensif.

— La jeune fille du courrier qui a lu cette nouvelle et l'a fait circuler au lieu de la réexpédier est maintenant rédactrice à part entière chez Putman's Sons. Son nom n'a pas d'importance ; ce qui compte c'est que sur le grand graphique de la vie son vecteur a croisé celui de Reg Thorpe dans la salle du courrier du magazine *Logan's*. Sa courbe était ascendante alors que celle de Thorpe descendait. Elle a fait lire la nouvelle à son patron qui me l'a envoyée. Je l'ai lue et aimée. Elle était vraiment trop longue, mais j'ai vu que l'on pourrait la dégraisser de cinq cents mots sans effort. Et ce serait parfait.

— De quoi parlait-elle ? demanda l'écrivain.

— Vous ne devriez même pas avoir besoin de le demander, répondit l'éditeur, tout cela s'insère parfaitement dans le contexte.

— Il s'agissait de la folie ?

— Oui, absolument. Quelle est la première chose qu'on vous apprend lors du premier cours de création littéraire à l'université ? Écrivez sur ce que vous connaissez. Reg Thorpe, parce qu'il s'y était engagé, en connaissait un bout sur les chemins de la folie. La nouvelle m'a probablement plu parce que je m'y étais moi aussi engagé. Maintenant vous pourriez objecter — si vous étiez éditeur — que la seule chose que les lecteurs américains n'ont pas besoin qu'on leur refile c'est une histoire de plus sur le thème « Comment devenir fou avec classe en Amérique ? » Grand A : « On ne se parle plus. » Thème populaire de la littérature du XXᵉ siècle. Tous les grands s'y sont essayés et tous les mauvais l'ont massacré. Mais cette histoire était drôle. Elle était même vraiment tordante. Je n'avais jamais rien lu de semblable auparavant et n'ai plus jamais rien lu de pareil. Ce qui s'en rapprocherait le plus, ce serait quelques nouvelles de F. Scott Fitzgerald... et *Gatsby*. Dans le récit de Thorpe, le type devenait fou mais il le faisait d'une façon amusante. Vous ne pouviez vous empêcher de sourire et à certains passages de l'histoire — le meilleur c'est quand le héros verse la gelée de citron vert sur la tête de la grosse fille — vous riiez même à gorge déployée. Mais d'un rire nerveux, vous voyez. Vous riiez et puis vous aviez envie de regarder par-dessus votre épaule pour voir si on vous avait entendu. Le jeu des émotions contradictoires suscitées par cette œuvre était tout à fait extraordinaire. Plus vous riiez, plus vous deveniez nerveux. Et plus vous deveniez nerveux, plus vous riiez... jusqu'au moment où le héros rentre d'une soirée donnée en son honneur et tue sa femme et sa petite fille.

— Quelle est l'intrigue ?

— Ça n'a aucune importance, dit l'éditeur. C'était seulement l'histoire d'un jeune homme qui petit à petit devient incapable d'affronter la célébrité. Restons-en à ces grandes lignes. Un synopsis détaillé ne pourrait être qu'ennuyeux. Ils le sont toujours. Quoi qu'il en soit, je lui ai écrit une lettre qui disait à peu près ceci : « Cher Reg Thorpe, j'achève la lecture de " La Ballade de la balle élastique " et je suis emballé. Je voudrais, si c'est possible, la publier dans le *Logan's* au début de l'année prochaine. Est-ce que huit cents dollars vous conviennent ? Paiement à la signature. Approximativement. » Fin du paragraphe. (L'éditeur troua l'air du soir avec sa cigarette.) « La nouvelle est un peu longue et si ça vous paraît possible j'aimerais que vous la raccourcissiez de cinq cents mots environ. Deux cents minimum. Nous pouvons toujours supprimer un dessin humoristique. » A la ligne. « Appelez-moi si vous le désirez. » Signature. Et la lettre est partie pour Omaha.

— Et vous vous en souvenez mot pour mot, comme ça ? demanda la femme de l'écrivain.

— J'ai gardé toute la correspondance dans un dossier spécial, répondit l'éditeur, ses lettres, les doubles des miennes. Il y en avait un bon paquet à la fin, y compris trois ou quatre courriers de Jane Thorpe, sa femme. Je me suis souvent replongé dans ce dossier depuis. Ce n'est pas bon évidemment. Tenter de comprendre la balle élastique, c'est comme tenter de comprendre pourquoi le ruban de Mœbius ne peut avoir qu'une face. Ainsi sont les choses dans le meilleur des mondes possible. Oui, je connais tout cela, mot pour mot, ou presque. Certains sont bien capables de réciter la déclaration d'Indépendance par cœur.

— Je parie qu'il vous a rappelé le lendemain, dit l'agent avec un sourire. En PCV.

— Non, il n'a pas appelé. Peu de temps après *Les Mafiosi*, Thorpe avait totalement abandonné l'usage du téléphone. C'est sa femme qui me l'a dit. Quand ils ont quitté New York pour Omaha, ils ne l'ont même pas fait installer dans leur nouvelle maison. Il avait, voyez-vous, décidé que le téléphone ne fonctionnait pas en fait à l'électricité mais au radium. Il pensait que c'était l'un des deux ou trois secrets les mieux gardés de l'histoire du monde moderne. Il affirmait à sa femme que c'était le radium qui était responsable de l'augmentation du nombre des cancers et non pas les cigarettes, les gaz d'échappement ou la pollution industrielle. Dans le combiné de tous les téléphones, il y avait un petit cristal de radium et chaque fois que vous vous en serviez vous preniez des radiations en pleine tête.

— Ah, il était vraiment cinglé, dit l'écrivain, et tout le monde rit.

— Alors, il m'a écrit, reprit l'éditeur en pointant sa cigarette dans la direction du lac. Sa lettre disait ceci : « Cher Henry Wilson (Henry si je peux me le permettre), votre lettre était à la fois stimulante et gratifiante. Ma femme s'est montrée plus ravie encore que moi, si c'est possible. La somme que vous proposez est correcte... bien qu'en toute honnêteté, je doive avouer que la simple idée d'être publié dans le *Logan's* me semble une rétribution plus que suffisante (mais je l'accepterai néanmoins, je l'accepterai). J'ai examiné les coupures que vous proposez et elles me semblent judicieuses. A mon avis, elles amélioreront le texte tout en laissant de la place pour les dessins humoristiques. Avec mes meilleurs sentiments. Reg Thorpe. » Sous la signature il y avait un curieux petit dessin... plutôt un gribouillage. Un œil dans une pyramide, comme celui qui figure au verso du billet d'un dollar. Mais au lieu du Novus Ordo Seclorum sur la bannière dessinée dessous, il y avait ces mots : « Fornit some Fornus. »

— C'est soit du latin soit du Groucho Marx, commenta la femme de l'agent.

— Une simple manifestation de l'excentricité croissante de Reg Thorpe, continua l'éditeur. Sa femme m'a raconté que Reg en était arrivé à croire en l'existence de petites créatures, du genre elfes ou fées. Les Fornits. Ce sont des génies qui portent chance et d'après lui, l'un d'eux avait élu domicile dans sa machine à écrire.

— Seigneur ! s'exclama la femme de l'écrivain.

— Selon Thorpe, chaque Fornit a un petit truc, comme un pistolet plein de poussière porte-bonheur, il me semble qu'on peut l'appeler ainsi. Et cette poussière porte-bonheur...

— ... S'appelle fornus, compléta l'écrivain avec un large sourire.

— Oui. Et sa femme trouvait cela assez amusant elle aussi. Au début. En fait, elle pensait au début — Thorpe avait donné vie aux Fornits deux ans auparavant lorsqu'il écrivait *Les Mafiosi* — que Reg voulait seulement la mener en bateau. C'était peut-être son intention au départ. Il semble que cette idée fantasque se soit peu à peu changée en une superstition puis en une croyance solidement ancrée. C'était devenu pesant à la fin. Très pesant.

Ils demeuraient tous silencieux. Les sourires avaient disparu.

— Les Fornits avaient aussi leur aspect drôle, poursuivit l'éditeur. A la fin de leur période new-yorkaise, la machine à écrire de Thorpe se mit à séjourner fréquemment dans l'atelier du réparateur et ces séjours se multiplièrent lorsqu'ils vinrent habiter Omaha. On lui en avait prêté une autre la première fois qu'il l'avait fait réparer. Le gérant du magasin avait appelé Reg quelques jours après qu'il eut récupéré sa propre machine pour lui dire qu'il allait lui facturer le nettoyage de la machine prêtée en même temps que celui de sa machine personnelle.

— Que s'était-il passé ? demanda la femme de l'agent.

— Je crois le deviner, répondit la femme de l'écrivain.

— Elle était pleine de nourriture, expliqua l'éditeur. Des miettes de gâteau et de biscuit. Les touches étaient couvertes de beurre de cacahuètes. Reg nourrissait le Fornit qui logeait dans sa machine à écrire. Il avait aussi déposé de la nourriture sur celle qu'on lui avait prêtée, au cas où le Fornit s'y serait réfugié.

— Bon sang ! s'écria l'écrivain.

— A l'époque, j'ignorais tout cela, voyez-vous. En l'occurrence je lui ai répondu pour lui exprimer ma satisfaction. Ma secrétaire a tapé la lettre et me l'a apportée pour la signature, puis elle a dû s'absenter pour une raison ou une autre. J'ai signé ; elle ne revenait toujours pas. Et alors — sans trop savoir pourquoi — j'ai fait le même gribouillage que lui sous mon nom. Pyramide, œil. Et « Fornit some Fornus ». C'est dément. La secrétaire l'a vu et m'a demandé si je voulais envoyer ce courrier tel quel. J'ai haussé les épaules et lui ai demandé de le faire.

Deux jours après, Jane Thorpe m'a appelé. Elle m'a dit que ma lettre avait plongé Thorpe dans un grand état d'excitation. Reg pensait avoir trouvé une âme sœur... quelqu'un qui connaissait l'existence des Fornits. Vous voyez dans quel processus délirant je m'engageais ? Pour autant que je l'aie su à ce moment-là, un Fornit pouvait être aussi bien une clé anglaise pour gaucher qu'un couteau à viande polonais. Idem pour Fornus. J'ai expliqué à Jane que j'avais simplement copié le dessin de Reg. Elle a voulu savoir pourquoi. J'ai éludé la question ; si j'avais été honnête j'aurais dû répondre que j'étais parfaitement ivre lorsque j'avais signé la lettre.

Il se tut et un silence lourd tomba sur la pelouse. Chacun regardait le ciel, le lac, les arbres, bien qu'ils ne fussent pas plus intéressants à ce moment qu'ils ne l'étaient une ou deux minutes auparavant.

— Je buvais depuis que j'étais adulte et je suis incapable de dire quand j'ai commencé à perdre le contrôle. Je pouvais commencer à boire au déjeuner et rentrer au bureau *el blotto*. Là je pouvais cependant accomplir parfaitement les tâches qui m'incombaient. C'étaient les verres après le travail — d'abord dans le train, puis à la maison — qui me faisaient perdre les pédales.

Ma femme et moi avions des problèmes tout à fait indépendants de mon alcoolisme, mais celui-ci a contribué à aggraver les choses. Elle s'était préparée depuis longtemps à la séparation et, une semaine avant l'arrivée de la nouvelle de Thorpe, elle est partie.

J'essayais d'affronter du mieux possible cette situation lorsque j'ai reçu le texte de Thorpe. Je buvais beaucoup trop. Et pour couronner le tout, je traversais... euh... ce qu'il est convenu d'appeler aujourd'hui la crise de l'âge mûr. Tout ce que je savais à cette époque, c'était que j'étais aussi déprimé sur le plan professionnel que sur le plan personnel. Je faisais face — ou essayais de faire face — au sentiment envahissant qu'éditer des nouvelles qui échoueraient entre les mains de patients nerveux dans l'antichambre du dentiste, de ménagères à l'heure du déjeuner et, de temps à autre, de quelque étudiant mort d'ennui n'était pas vraiment une tâche exaltante. Je faisais face — tout du moins, je le précise à nouveau, j'essayais de faire face — comme nous tous au *Logan's* à cette époque, à l'idée que dans six, dix ou quatorze mois il n'y aurait peut-être plus de *Logan's*.

Dans le paysage terne et automnal de la maturité inquiète, arrive un excellent récit écrit par un excellent auteur ; un regard drôle, dynamique, sur le processus qui mène à la folie. Ça a été comme un éblouissant rayon de soleil. Je sais que ça peut paraître étrange de dire cela à propos d'une histoire dont le héros finit par assassiner sa femme et son nouveau-né, mais vous pouvez demander à n'importe quel éditeur ce qu'est vraiment le bonheur et il vous répondra que c'est une bonne nouvelle ou un beau roman que vous n'attendiez pas et qui atterrit sur votre bureau tel un cadeau de Noël. Tenez, vous connaissez tous cette nouvelle de Shirley Jackson, « La Loterie ». Elle se termine sur la note la plus sombre que vous puissiez imaginer. Rappelez-vous, ils font sortir une femme adorable et la tuent à coups de pierres. Son fils et sa fille participent au meurtre, nom de Dieu ! C'est pourtant un excellent récit et je parie que l'éditeur du *New Yorker* qui l'a lu le premier est rentré ce soir-là chez lui en sifflotant.

Ce que j'essaie de dire c'est que la nouvelle de Thorpe était la meilleure chose dans ma vie à ce moment-là. La seule bonne chose. Et d'après ce que sa femme m'a dit au téléphone ce jour-là, le fait que j'eusse accepté son récit était la seule bonne chose qui fût arrivée à Thorpe à cette époque. La relation auteur-éditeur est toujours une sorte de parasitisme mutuel, mais dans le cas de Reg et moi, ce parasitisme s'était élevé jusqu'à un degré tout à fait hors des normes.

— Revenons à Jane Thorpe, dit la femme de l'écrivain.

— Oui, je l'ai laissée sur une voie de garage en quelque sorte, n'est-ce pas ? Elle était en colère à propos de l'histoire des Fornits. Au début. Je lui ai dit que j'avais simplement gribouillé le symbole de la pyramide et de l'œil en dessous de ma signature sans comprendre ce qu'il signifiait et que je m'excusais si j'avais commis un impair.

Elle a oublié sa colère et m'a tout raconté. De plus en plus inquiète, elle n'avait absolument personne à qui se confier. Ses parents étaient morts et tous ses amis vivaient à New York. Reg ne tolérait personne dans la maison. C'étaient tous des contrôleurs des impôts, disait-il, des agents du FBI ou de la CIA. Peu de temps après leur arrivée à Omaha, une petite fille s'était présentée à la porte pour vendre des biscuits au bénéfice des girl-scouts. Reg lui avait crié de déguerpir, qu'il savait pourquoi elle était là, et ainsi de suite. Jane avait essayé de le raisonner. Elle lui avait fait remarquer que la fillette n'avait qu'une dizaine d'années. Reg lui avait rétorqué que les contrôleurs d'impôts étaient des êtres dénués d'âme et de conscience. De plus, avait-il ajouté, la petite fille était peut-être un androïde. Les androïdes ne sont pas soumis à la législation relative au travail des enfants. Les contrôleurs d'impôts n'auraient pas été incapables d'envoyer une petite scout androïde bourrée de cristaux de radium pour s'assurer qu'il ne cachait aucun secret... et pour le bombarder, par la même occasion, de rayons cancérigènes.

— Seigneur ! s'écria la femme de l'agent.

— Elle avait longtemps espéré entendre une voix amie et la mienne était la première à lui parvenir. J'ai donc appris l'histoire de la girl-scout, celle des soins et de la nourriture prodigués aux Fornits, l'existence du fornus et le fait que Reg refusait d'utiliser le téléphone. Elle m'appelait d'une cabine située dans un drugstore, à quelques pâtés de maisons de chez elle. Elle m'a avoué qu'elle craignait que Reg n'ait pas vraiment peur des contrôleurs des impôts, des agents du FBI ou de la CIA. A son avis, il avait vraiment peur qu'*ils* — groupe anonyme et puissant qui haïssait Reg, jalousait Reg, ne reculerait devant rien pour détruire Reg — aient découvert l'existence de son Fornit et ne veuillent le tuer. Si le Fornit mourait il n'y aurait plus de romans, plus de nouvelles, plus rien. Vous voyez le topo ? L'essence même de la folie. *Ils* étaient à ses trousses. A la fin, même l'IRS, qui l'avait pourtant persécuté à propos des dividendes qu'il tirait des ventes des *Mafiosi*, ne lui servait plus de tête de Turc. Il n'y avait plus qu'*ils*. Le délire paranoïaque parfait. *Ils* voulaient tuer son Fornit.

— Seigneur ! Que lui avez-vous dit ? demanda l'agent.

— J'ai essayé de la rassurer, expliqua l'éditeur. Vous m'imaginez, à peine rentré d'un déjeuner arrosé de cinq Martini, parlant à cette femme terrifiée qui m'appelait de la cabine téléphonique d'un drugstore d'Omaha et essayant de la persuader que tout allait bien, qu'il ne fallait pas s'inquiéter si son mari croyait que les téléphones étaient bourrés de cristaux de radium et s'imaginait qu'une bande d'individus anonymes lui envoyaient des girls-scouts androïdes pour lui faire la peau, qu'elle ne devait pas s'inquiéter que son mari ait à ce point déconnecté son talent de son activité intellectuelle qu'il croyait qu'un elfe avait élu domicile dans sa machine à écrire.

Je crains de ne pas avoir été très convaincant.

Elle me demanda — ou plutôt me supplia — de travailler avec Reg sur le texte, de m'assurer qu'il serait publié. Elle en a beaucoup fait, mais n'a jamais pu se résoudre à avouer que « La Balle élastique » était le dernier contact de Reg avec ce que nous nommons en riant « la réalité ».

Je lui ai demandé comment je devais réagir si Reg mentionnait à nouveau les Fornits.

« Rentrez dans son jeu », a-t-elle répondu. Ce sont ses mots exacts : « Rentrez dans son jeu. » Puis elle a raccroché.

Le lendemain il y avait une lettre de Reg au courrier, cinq pages dactylographiées, en simple interligne. Le premier paragraphe concernait la nouvelle. La seconde épreuve était sur la bonne voie, selon lui. Il pensait pouvoir couper sept cents mots sur les dix mille cinq cents mots de la version originale, la ramenant ainsi à neuf mille huit cents mots.

Le reste de la lettre concernait les Fornits et le fornus. Ses propres observations et des questions.

— Ses observations ? demanda l'écrivain en se penchant en avant. Il les voyait donc pour de bon à ce moment déjà ?

— Non, dit l'éditeur, pas au sens propre du terme, mais d'une certaine manière... je suppose qu'il les voyait. Vous savez, les astronomes connaissaient l'existence de Pluton bien longtemps avant de disposer d'un télescope suffisamment puissant pour pouvoir l'observer. Ils savaient tout à son sujet en étudiant l'orbite de la planète Neptune. Reg observait les Fornits de cette façon-là ; ils aimaient manger la nuit, disait-il, l'avais-je remarqué ? Il les nourrissait à toute heure du jour mais il avait constaté que la majeure partie de la nourriture disparaissait après 8 heures du soir.

— Hallucination ? demanda l'écrivain.

— Non, répondit l'éditeur. Sa femme enlevait de la machine à écrire autant de nourriture qu'elle le pouvait lorsque Reg sortait pour sa promenade du soir. Il sortait tous les soirs à 9 heures.

— Elle avait du culot de s'en prendre à vous, il me semble, grommela l'agent en bougeant sa lourde masse sur la chaise de jardin. Elle nourrissait elle-même le délire de son mari.

— Vous ne comprenez pas pourquoi elle a appelé et pourquoi elle était si contrariée, répliqua calmement l'éditeur. (Il se tourna vers la femme de l'écrivain.) Mais je parierais que vous, vous comprenez, Meg.

— Peut-être, dit-elle mal à l'aise en jetant un regard en coin à son mari. Elle n'était pas irritée parce que vous nourrissiez son délire. Elle craignait que vous ne le troubliez.

— Bravo. (L'éditeur alluma une nouvelle cigarette.) Et elle enlevait les aliments pour la même raison. S'ils avaient continué à s'accumuler dans la machine, Reg en aurait tiré la conclusion logique qui découlait directement de ces prémisses incontestablement absurdes. A savoir que son Fornit était mort ou parti. Donc plus de fornus. Donc plus de création. Donc...

L'éditeur laissa ce mot dériver sur la fumée de sa cigarette puis il reprit :

— Il pensait que les Fornits étaient probablement des êtres nocturnes. Ils n'aimaient pas le vacarme — il avait remarqué qu'il était incapable d'écrire les lendemains de soirées bruyantes —, ils détestaient la TV, détestaient l'électricité, détestaient le radium. Reg avait bradé son téléviseur dans un dépôt-vente pour vingt dollars, disait-il, et s'était débarrassé depuis longtemps de sa montre à cadran fluorescent. Puis venaient les questions. Comment avais-je appris l'existence des Fornits ? Se pouvait-il que j'en aie un à demeure ? Si oui, que pensais-je sur tel et tel sujet ? Il m'est inutile d'être plus précis, il me semble. Si vous avez jamais possédé un chien de race et pouvez vous souvenir de toutes les questions que vous avez posées à propos des soins et de la nourriture qui lui étaient nécessaires, vous imaginerez facilement la plupart de celles que Reg m'a posées. Un petit gribouillage sous ma signature avait suffi à ouvrir la boîte de Pandore.

— Que lui avez-vous écrit en retour ?

— C'est là que les ennuis ont vraiment commencé, répondit lentement l'éditeur. Pour tous les deux. Jane avait dit : « Rentrez dans son jeu. » C'est ce que j'ai fait. Malheureusement, j'en ai fait un peu trop. J'ai répondu à sa lettre de chez moi alors que j'étais complètement ivre. L'appartement semblait très vide. Il y régnait une odeur de renfermé — fumée de cigarette, aération insuffisante. Tout s'en allait à vau-l'eau depuis le départ de Sandra. La couverture du canapé toute fripée. La vaisselle sale dans l'évier, et tout à l'avenant. L'homme mûr qui n'est pas préparé aux tâches domestiques.

J'étais assis devant la feuille de papier à en-tête glissée sur le rouleau de la machine à écrire et j'ai pensé : *j'ai besoin d'un Fornit. En fait j'ai besoin d'une douzaine d'entre eux pour qu'ils saupoudrent cette foutue maison vide de fornus de la cave au grenier.* A cet instant-là, j'étais assez saoul pour envier à Reg Thorpe ses illusions.

J'ai écrit que j'avais un Fornit, évidemment. J'ai dit à Reg que les caractéristiques du mien étaient étrangement similaires à celles du sien. Nocturne. Détestant le vacarme mais aimant, semblait-il, Bach et Brahms... J'ai ajouté que ce que j'écrivais de meilleur, je l'écrivais après les avoir écoutés. J'avais découvert que mon Fornit avait un faible pour la mortadelle de Kirschner... Reg avait-il déjà essayé cela ? j'en laissais simplement de petits morceaux près du Scrito que j'avais toujours avec moi — mon stylo bleu éditorial, si vous préférez — et, le plus souvent, le lendemain il n'en restait plus rien. A moins, comme le disait Reg, qu'il n'y ait eu beaucoup de bruit la nuit précédente. Je lui ai dit que j'étais très heureux d'être mis au courant pour le radium, même si je n'avais pas de montre fluorescente. Je lui ai raconté que mon Fornit m'accompagnait depuis l'université. Je me suis tellement laissé emporter par mon invention que j'ai couvert presque six pages. A la fin, j'ai ajouté un paragraphe, purement formel sur la nouvelle, et j'ai signé.

— Et sous votre signature ? demanda la femme de l'agent.

— Évidemment. *Fornit some Fornus.* (Il s'arrêta.) Vous ne pouvez le voir dans l'obscurité mais je rougis. J'étais tellement saoul, tellement *béat...* J'aurais sans doute réfléchi à deux fois à la froide lumière de l'aube, mais c'était déjà trop tard.

— Vous l'avez postée dans la nuit ? murmura l'écrivain.

— Oui, c'est ce que j'ai fait. Et alors, pendant une semaine et demie, j'ai retenu mon souffle et attendu. Un jour, le manuscrit est arrivé ; aucune lettre ne l'accompagnait. Les coupures étaient telles que nous en avions convenu, et j'ai pensé que l'œuvre était parfaite mais le manuscrit était... euh... Je l'ai glissé dans ma serviette, l'ai emporté à la maison et l'ai retapé moi-même. Il était couvert d'étranges taches jaunes. J'ai pensé...

— De l'urine ? demanda la femme de l'agent.

— Oui, c'est ce que j'ai pensé. Mais ce n'en était pas. Et quand je suis arrivé à la maison, une lettre de Reg m'attendait dans la boîte. Dix pages cette fois. Dans la lettre, j'ai eu l'explication des taches jaunes. Il n'avait pas pu trouver de la mortadelle de Kirschner, alors il avait essayé celle de Jordan. Il dit qu'ils avaient adoré. Surtout avec de la moutarde. J'avais été assez sobre ce jour-là. Mais, sa lettre, ajoutée à ces pitoyables taches de moutarde incrustées dans les pages de son manuscrit, m'a expédié directement dans mon coffret à liqueurs. Ne passez pas par la case départ, ne ramassez pas deux cents dollars. Allez immédiatement vous saouler.

— Que disait-il d'autre dans cette lettre ? demanda la femme de l'agent.

Elle était de plus en plus fascinée par l'histoire et se penchait maintenant au-dessus de son ventre non négligeable dans une position qui rappelait à la femme de l'écrivain celle de Snoopy juché sur sa niche et prétendant être un vautour.

— Deux lignes seulement concernaient la nouvelle cette fois. Il en décernait tout le crédit au Fornit... et à moi... L'idée de la mortadelle avait vraiment été fantastique. Rackne avait adoré et grâce à elle...

— Rackne ? demanda l'auteur.

— C'était le nom du Fornit, expliqua l'éditeur. Rackne. A cause de la mortadelle, Rackne avait vraiment pris du retard pour le rewriting. Le reste de la lettre était une litanie paranoïaque. Vous n'avez jamais rien lu de tel dans votre vie.

— Reg et Rackne... un mariage scellé au paradis, dit la femme de l'écrivain, prise d'un rire nerveux.

— Oh ! pas du tout, dit l'éditeur. Il s'agissait d'une relation de travail. Et Rackne était un mâle.

— Allez, dites-nous ce qu'il y avait dans la lettre !

— Celle-là, je ne la connais pas par cœur. C'est aussi bien pour vous. Même les excentricités sont fatigantes au bout d'un moment. Le facteur était de la CIA. Le livreur de journaux était du FBI ; Reg avait aperçu un revolver muni d'un silencieux dans sa sacoche de journaux. Les voisins étaient des espions ; ils avaient du matériel de surveillance dans leur camionnette. Il n'osait plus faire ses courses dans la boutique du coin car le propriétaire était un androïde. Il le soupçonnait déjà depuis un moment mais maintenant, disait-il, il en était sûr. Il avait vu un réseau de fils métalliques sous le cuir chevelu de l'homme, là où commençait sa calvitie. Et le taux de radium chez lui était très élevé ; la nuit, il pouvait voir une lueur faible et verdâtre dans les pièces.

Sa lettre se terminait ainsi : « J'espère que vous me répondrez et me tiendrez au courant de votre situation (et de celle de votre Fornit) face à vos *ennemis*, Henry. Je crois que notre rencontre est un événement qui dépasse la simple coïncidence. J'appellerais cela une bouée de sauvetage lancée — par Dieu ? la Providence ? le Destin ? choisissez le terme qui vous convient — au tout dernier moment.

Un homme n'est pas capable de résister longtemps tout seul à des milliers d'*ennemis*. Et découvrir à la fin, que l'on n'est *pas* seul... est-ce trop dire que la similarité de notre expérience s'interpose entre moi-même et la destruction totale ? Peut-être pas. Il faut que je sache : les *ennemis* essaient-ils d'avoir votre Fornit comme ils essaient d'avoir Rackne ? Si oui, comment faites-vous face ? Sinon, savez-vous *pourquoi* ? Je le répète, *je dois savoir.* »

La lettre portait le petit gribouillage *Fornit some Fornus* sous la signature. Il y avait un P.-S. Juste une phrase. Mais mortelle. Le P.-S. disait : « Quelquefois, je me pose des questions à propos de ma femme. »

J'ai relu trois fois la lettre tout en ingurgitant une bouteille entière de Black Velvet. J'ai commencé à envisager les différentes façons d'y répondre. C'était l'appel au secours d'un homme en train de se noyer, c'était tout à fait évident. Écrire la nouvelle lui avait évité l'effondrement pendant un moment, mais maintenant le travail était terminé. Dorénavant c'était à moi de le garder sur pied. Ce qui était parfaitement logique, vu que c'était moi qui avais mis tout cela en branle.

J'ai arpenté la maison du haut en bas à travers les pièces vides. Et j'ai commencé à tout débrancher. J'étais complètement ivre, rappelez-vous, et l'ivresse ouvre la porte à des impulsions tout à fait inattendues. C'est la raison pour laquelle les éditeurs et les avocats sont capables d'ingurgiter trois verres pendant un déjeuner avant de parler contrat.

L'agent éclata d'un rire tonitruant, mais l'ambiance demeurait tendue, lourde de malaise.

— Ne perdez pas de vue que Reg Thorpe était un sacrément bon écrivain. Il était absolument convaincu de ce qu'il disait. FBI. CIA. IRS. *Ils. Les ennemis.* Quelques écrivains sont dotés du talent extrêmement rare de traduire dans une écriture très contrôlée des sentiments brûlants. C'était le cas de Steinbeck, d'Hemingway aussi, comme celui de Reg Thorpe. Quand vous entriez dans son univers, tout semblait très logique. Une fois acceptée l'existence du Fornit, vous vous mettiez à trouver tout à fait vraisemblable que le vendeur de journaux cache *réellement* un P38 muni d'un silencieux dans sa sacoche, que les étudiants à la camionnette de la maison d'à côté soient en effet des agents du KGB avec des capsules mortelles dissimulées dans leurs fausses molaires, chargés de la mission-suicide de capturer ou d'assassiner Rackne.

Bien entendu je n'acceptais pas ces prémisses. Mais il me paraissait si difficile de réfléchir. Et j'ai tout débranché. D'abord la télé couleur, car chacun sait bien qu'elles émettent des radiations. Au *Logan's,* nous avions publié l'article d'un scientifique à la réputation irréprochable qui suggérait que les radiations produites par un téléviseur couleur domestique interrompaient les ondes du cerveau humain juste assez pour les altérer d'une manière imperceptible mais permanente. Ce scientifique émettait l'hypothèse que cela expliquait peut-être la baisse des résultats obtenus à l'université, celle des tests de connaissance et celle des performances en arithmétique dans les collèges. Après tout, qui s'assied plus près du téléviseur qu'un môme ?

Alors, j'ai débranché ma télé, et j'ai vraiment eu l'impression d'avoir les idées plus claires. En fait ça allait tellement mieux que j'ai débranché la radio, le grille-pain, la machine à laver, le sèche-linge. Puis je me suis souvenu du four à micro-ondes et je l'ai débranché lui aussi. J'ai ressenti un réel soulagement lorsque la prise de ce foutu machin a été retirée. C'était un des tout premiers, presque aussi gros qu'une maison, et il était probablement *très* dangereux. De nos jours on se protège mieux de ces choses-là.

Je me suis alors rendu compte du nombre d'objets qui sont branchés dans le mur d'une maison petite-bourgeoise très ordinaire. J'ai perçu tout à coup l'image d'une horrible pieuvre électrique dont les tentacules étaient des câbles qui serpentaient tous à l'intérieur des murs, tous connectés à l'extérieur par des gaines, toutes ces dernières menant aux centrales contrôlées par le gouvernement.

Il s'opérait un curieux dédoublement en moi pendant que je faisais tout cela, continua l'éditeur après s'être arrêté un instant pour siroter son Fresca. Je répondais fondamentalement à une impulsion superstitieuse. Il y a des tas de gens qui ne passent pas sous les échelles ou qui n'ouvrent pas de parapluie dans une maison. Il y a des joueurs de basket-ball qui se signent avant de tirer un penalty et des joueurs de base-ball qui changent de chaussettes lorsqu'ils se trouvent dans une mauvaise passe. Il s'agit d'après moi d'une mauvaise synchronisation dans notre stéréo mentale entre le jeu de notre part rationnelle et celui de notre subconscient irrationnel. Si je devais définir le « subconscient irrationnel », je dirais que c'est une petite chambre capitonnée à l'intérieur de chacun d'entre nous ; elle renferme un seul meuble : une table de bridge et sur celle-ci est posé un unique objet : un revolver chargé de balles élastiques.

Quand vous faites un détour sur le trottoir pour éviter une échelle ou lorsque vous sortez de votre appartement sous la pluie avec votre parapluie enroulé, votre moi se dédouble et une part de vous-même pénètre dans la chambre pour prendre le pistolet sur la table. Vous pouvez être agité par deux pensées contradictoires : *marcher sous une échelle n'est pas dangereux* et *ne pas marcher sous une échelle n'est pas non plus dangereux*. Mais une fois que vous avez dépassé l'échelle — ou dès que votre parapluie est ouvert — vous vous réunifiez.

— C'est très intéressant, dit l'écrivain, poursuivez votre raisonnement un peu plus loin, si ça ne vous ennuie pas. Quand donc la part irrationnelle s'arrête-t-elle en fait de jouer avec le pistolet pour le retourner contre elle-même ?

— Quand la personne en question se met à écrire des lettres au courrier des lecteurs des journaux pour demander que toutes les échelles soient retirées parce qu'il est dangereux de passer dessous, répondit l'éditeur.

Quelqu'un rit.

— Puisque nous sommes allés aussi loin, je suppose que nous devons pousser jusqu'au bout. La part irrationnelle a déjà tiré la balle élastique dans le cerveau lorsque la personne commence à déambuler en ville, renversant les échelles et injuriant ceux qui travaillent dessus. Il n'y a rien de répréhensible à contourner les échelles plutôt que de passer en dessous. Il n'y a rien de répréhensible à écrire des lettres au journal pour dire que la ville de New York est ruinée à cause de tous les gens qui passent sans faire attention sous les échelles des ouvriers. Mais il est répréhensible de se mettre à renverser les échelles.

— Parce que c'est un délit manifeste, marmonna l'écrivain.

— Vous savez, dit l'agent, vous avez mis le doigt sur quelque chose de juste, Henry. Je n'allume jamais trois cigarettes avec la même allumette. Je ne sais d'où ça m'est venu, mais c'est ainsi. J'ai lu quelque part que cette habitude datait de la bataille des tranchées pendant la Première Guerre mondiale. Les tireurs d'élite allemands attendaient, semble-t-il, que les Tommies commencent à s'allumer mutuellement leurs cigarettes. A la première lueur, ils les repéraient. A la deuxième, ils prenaient la direction du vent. Et à la troisième, ils faisaient voler en éclats la tête du gars. Mais d'avoir appris cela n'a rien changé à mon comportement. Je ne peux toujours pas allumer trois cigarettes avec une seule allumette. Une part de moi-même proteste que ça n'a aucune importance que j'allume une douzaine de cigarettes avec la même allumette. Mais l'autre part — cette voix intérieure très inquiétante à la Boris Karloff — menace : *Ooooh, si tu faaaais ça...*

— Mais toute folie n'est-elle pas superstition, n'est-ce pas ? demanda timidement la femme de l'écrivain.

— Croyez-vous ? interrogea l'éditeur. Jeanne d'Arc entendait des voix venues du ciel. Certains pensent être possédés par les démons. D'autres voient des génies malfaisants... ou des diables... ou bien des Fornits. Les termes que nous utilisons pour désigner la folie suggèrent tous d'une manière ou d'une autre la superstition. Maniaque... bizarre... irrationnel... lunatique... insensé. Pour un fou, la réalité a basculé. Petit à petit, la personnalité ne parvient plus à se réunifier si ce n'est dans la petite chambre au pistolet.

En ce qui me concerne, ce qu'il y avait de rationnel en moi était encore très présent. Blessé, meurtri, indigné et plutôt effrayé, mais encore tout à fait à l'œuvre. Disant ceci : « Oh, t'en fais pas. Demain quand tu auras dessoûlé, tu pourras tout rebrancher, Dieu merci. Amuse-toi si ça t'est nécessaire. Mais pas plus que ça. Ne va pas plus loin que ça. »

Cette voix de la raison était, à juste titre, effrayée. Il y a en nous quelque chose qui est vraiment attiré par la folie. Quiconque se penche du sommet d'un immeuble élevé ressent au moins une envie diffuse et morbide de sauter. Et quiconque a jamais posé contre sa tempe un pistolet chargé...

— Oh, arrêtez, supplia la femme de l'écrivain, s'il vous plaît.

— D'accord, dit l'éditeur, je veux seulement en venir à ceci : même la personne la plus équilibrée retient sa raison par une corde glissante. J'en suis persuadé. Dans l'animal humain, les circuits rationnels sont extrêmement fragiles.

Une fois les prises débranchées, je me suis rendu dans mon bureau. J'ai écrit une lettre à Reg Thorpe, l'ai glissée dans une enveloppe, ai timbré celle-ci, suis sorti avec, puis l'ai postée. A vrai dire je ne me rappelle pas réellement avoir fait tout cela. J'étais trop ivre. Mais j'en conclus que je l'ai fait car lorsque je me suis levé le lendemain matin, la feuille de papier carbone était encore près de la machine à écrire, avec les timbres et la boîte d'enveloppes. La lettre était à peu près celle que vous attendriez d'un poivrot. Elle revenait à peu près à ceci : les ennemis étaient attirés par l'électricité aussi bien que par les Fornits eux-mêmes. Délivrez-vous de l'électricité et vous serez du même coup débarrassé des ennemis. A la fin j'avais écrit : « L'électricité fout en l'air votre capacité à raisonner sur tout cela, Reg. Il y a des interférences avec les ondes du cerveau. Est-ce que votre femme possède un mixer ? »

— En fait vous aviez commencé à écrire des lettres au journal, commenta l'écrivain.

— Oui. J'ai écrit cette lettre un vendredi soir. Le samedi matin, je me suis levé vers 11 heures, avec la gueule de bois, vaguement conscient du genre de méfait que j'avais commis la nuit précédente. Alors que je rebranchais tout, j'étais sous le coup de la honte. La honte — et la peur — a été plus forte encore lorsque j'ai vu ce que j'avais écrit à Reg. J'ai mis la maison sens dessus dessous pour retrouver l'original de la lettre, espérant désespérément ne pas l'avoir envoyée. Mais en vain. Et je n'ai pu supporter cette journée qu'en prenant la résolution de me conduire en homme et de m'accrocher. Comme si j'allais la suivre...

Le mercredi suivant, il y avait une lettre de Reg. Une page manuscrite. *Fornit some Fornus* gribouillé partout. Au centre, juste ces mots : « Vous aviez raison. Merci, merci, merci. Reg.

Vous aviez raison. Tout va bien à présent. Reg. Merci beaucoup. Reg. Fornit va bien. Reg. Merci. Reg. »

— Oh, mon Dieu ! s'exclama la femme de l'écrivain. Je parie que sa femme était furieuse.

— Non, pas du tout. Parce que ça avait marché.

— Qu'est-ce qui avait marché ? demanda l'agent.

— Il avait reçu ma lettre le lundi par le courrier du matin. Le lundi après-midi, il s'était rendu au bureau de l'agence locale de l'électricité pour leur demander de suspendre son abonnement. Jane Thorpe, bien sûr, était devenue hystérique. Sa cuisinière marchait à l'électricité, elle avait bien entendu un mixer, une machine à coudre, une machine à laver et un sèche-linge. Enfin vous voyez. Le lundi soir, je suis sûr qu'elle était prête à servir ma tête sur une assiette.

Mais le comportement de Reg lui a fait décider que j'étais un faiseur de miracles plutôt qu'un cinglé. Il l'avait invitée à s'asseoir dans la salle de séjour et s'était mis à lui parler d'une façon assez sensée. Il lui avait dit qu'il avait conscience d'avoir agi d'une façon bizarre. Il savait qu'elle s'était fait du souci. Il lui avait déclaré qu'il se sentait beaucoup mieux sans électricité et qu'il serait heureux de pouvoir l'aider pour tous les dérangements que cela pourrait occasionner. Et puis il avait proposé d'aller saluer les voisins.

— Pas les agents du KGB dont la camionnette était bourrée de radium ? demanda l'écrivain.

— Si, justement. Jane avait été complètement déconcertée. Elle avait accepté de l'accompagner mais elle m'a raconté qu'elle s'était attendue à une horrible scène. Accusations, menaces, hystérie. Elle avait commencé à envisager de quitter Reg s'il ne se décidait pas à se faire aider pour régler son problème. Elle m'a dit ce mercredi matin-là au téléphone qu'elle s'était fait une promesse : l'électricité serait l'avant-dernière goutte. Encore une histoire de ce genre et elle rentrerait à New York. Elle commençait à avoir peur, voyez-vous. La situation s'était aggravée de façon si graduelle que ç'avait été presque imperceptible ; elle l'aimait, pourtant, elle ne pourrait pas supporter que ça empire. Elle avait décidé que si Reg disait un mot déplacé aux étudiants d'à côté, elle cesserait de s'occuper du ménage. J'ai découvert longtemps après qu'elle s'était déjà enquise très prudemment des procédures en vigueur dans le Nebraska pour un placement d'office en hôpital psychiatrique.

— Pauvre femme, murmura la femme de l'écrivain.

— Mais, poursuivit l'éditeur, la soirée a été un succès éclatant. Reg s'est montré des plus charmants... et selon Jane tout a été parfaitement agréable. Elle ne l'avait pas vu aussi normal depuis trois ans. L'humeur maussade et renfermée avait disparue. Les tics nerveux. Les sursauts involontaires et cette façon de regarder par-dessus son épaule chaque fois qu'une porte s'ouvrait. Il avait bu une bière et avait abordé tous les sujets courants à cette époque morne et sans vie : la guerre, les possibilités d'une armée de volontaires, les émeutes dans les villes, les lois anti-drogue.

Le fait qu'il avait écrit *Les Mafiosi* avait été mentionné dans la conversation et ils avaient été... « sous le charme de l'auteur » selon l'expression de Jane. Sur les quatre jeunes gens, trois l'avaient lu et il y avait fort à parier que le quatrième ne tarderait pas à prendre le chemin de la bibliothèque.

L'écrivain rit en hochant la tête. Cette situation lui était familière.

— Ainsi, poursuivit l'éditeur, quittons-nous pour un petit moment Reg Thorpe et sa femme, sans électricité mais plus heureux qu'ils ne l'avaient été depuis longtemps...

— Heureusement qu'il n'utilisait pas une machine à écrire IBM, ironisa l'agent.

— ... et revenons-nous à l'éditeur, votre serviteur. Deux semaines se sont écoulées. L'été touche à sa fin. L'éditeur, votre serviteur, a enfreint évidemment plusieurs fois la règle de l'abstinence mais s'est arrangé pour avoir dans l'ensemble une conduite relativement respectable. Les jours vont leur train-train quotidien. A Cap Kennedy on s'apprête à envoyer un homme sur la lune. Le nouveau numéro du *Logan's,* avec John Lindsay en couverture, est dans les kiosques et se vend comme d'habitude très mal. J'avais émis un ordre d'achat pour une nouvelle intitulée « La Ballade de la balle élastique », par Reg Thorpe. Publication prévue, janvier 1970, prix d'achat proposé, huit cents dollars, ce qui à l'époque était le tarif courant pour la principale nouvelle du numéro.

J'ai reçu un appel de mon supérieur, Jim Dohegan. Pouvais-je monter le voir ? Je me suis dirigé vers son bureau au pas de gymnastique, j'étais en pleine forme. Je ne me suis rendu compte que plus tard que Janey Morrisson, sa secrétaire, avait l'air d'assister à une veillée funèbre.

Je me suis assis et j'ai demandé à Jim ce que je pouvais faire pour lui, ou vice versa. Je ne dirais pas que le nom de Reg Thorpe ne m'étais pas venu à l'esprit ; avoir dégoté la nouvelle était un fameux coup pour le *Logan's*, et je m'attendais à recevoir quelques félicitations. Alors, vous pouvez imaginez à quel point j'ai été abasourdi quand il a poussé vers moi, en travers du bureau, deux ordres d'achat. La nouvelle de Reg Thorpe et un roman très court de John Updike que nous avions programmé pour le numéro de février. Tous deux étaient barrés d'un coup de tampon RETOUR.

J'ai regardé les ordres d'achat annulés. J'ai regardé Jimmy. Je n'y comprenais rien. Je ne parvenais vraiment pas à faire fonctionner mon cerveau pour essayer de comprendre ce que tout cela signifiait. Ça bloquait quelque part. J'ai jeté un coup d'œil autour de moi et j'ai vu sa plaque chauffante. Janey la sortait pour lui chaque matin lorsqu'elle arrivait au bureau et la branchait pour qu'il puisse boire du café chaud quand il le désirait. C'était devenu une institution au *Logan's* depuis trois ans ou plus. Ce matin-là, la seule chose à laquelle je pouvais penser, c'était : *si cette chose était débranchée, je pourrais réfléchir. Je sais que si cette chose était débranchée je parviendrais à comprendre.*

« Qu'est-ce que ça veut dire ? » ai-je demandé.

« Je suis vraiment désolé d'avoir à t'annoncer ça, Henry, a-t-il répondu. Le *Logan's* ne publiera plus aucune fiction à partir de janvier 1970. »

L'éditeur s'arrêta pour prendre une cigarette, mais son paquet était vide.

— Est-ce que quelqu'un a une cigarette ?

La femme de l'écrivain lui offrit une Salem.

— Merci, Meg.

Il l'alluma, éteignit l'allumette et tira une profonde bouffée. Le bout incandescent rougeoya doucement dans l'obscurité.

— Eh bien, reprit-il, je suis sûr que Jim a pensé que j'étais fou. Je lui ai dit : « Tu permets ? » et je me suis penché pour débrancher sa plaque chauffante.

Il en est resté bouche bée et m'a répondu : « Henry, qu'est-ce qui te prend ? »

« J'ai du mal à réfléchir quand ce genre d'engin fonctionne », ai-je répondu. J'ai ajouté : « Interférence. » Et il semblait que c'était vrai, car une fois la prise enlevée, j'ai été capable de saisir bien plus clairement la situation. « Est-ce que ça veut dire que je suis viré ? » lui ai-je demandé.

« Je ne sais pas, a-t-il répondu. C'est à Sam et au conseil d'administration de décider. Je ne sais vraiment pas, Henry. »

J'aurais pu dire des tas de choses. J'imagine que Jimmy s'attendait à ce que je me lance dans un plaidoyer passionné pour défendre mon emploi. Vous connaissez l'expression : « Le sol se dérobait sous ses pieds » ?... Je prétends que vous ne pouvez en comprendre le sens à moins que vous ne soyez à la tête d'un département qui soudain n'existe plus.

Mais je n'ai pas plaidé ma cause ou celle de la fiction au *Logan's*. J'ai plaidé pour la nouvelle de Reg Thorpe. J'ai d'abord dit que nous pourrions en avancer la parution avant la date fatale... la publier dans le numéro de décembre.

« Allons, Henry, a répondu Jimmy, le canard de décembre est bouclé. Tu le sais bien. Et il s'agit de dix mille mots. »

« Neuf mille huit cents », ai-je précisé.

« Et une pleine page d'illustrations, a-t-il complété. Laisse tomber. »

« Eh bien, on n'a qu'à sucrer les dessins, ai-je dit. Écoute, Jimmy, cette nouvelle est excellente, peut-être la meilleure fiction que nous ayons eue ces cinq dernières années. »

« Je l'ai lue, Henry, a répondu Jimmy. Je sais qu'elle est extraordinaire. Mais ça n'est pas possible. Pas en décembre. C'est Noël, nom de Dieu, et tu veux glisser sous le sapin des Américains l'histoire d'un type qui tue sa femme et son môme ! Tu dois être... »

Il s'est soudain arrêté, mais je l'ai vu jeter un coup d'œil à sa plaque électrique. Il aurait pu tout aussi bien le dire à haute voix, vous croyez pas ?

L'écrivain acquiesça lentement, les yeux rivés sur l'ombre confuse qui tenait lieu de visage à l'éditeur.

— J'ai commencé à avoir mal à la tête. Très légèrement au début. Il devenait à nouveau difficile de réfléchir. Je me suis rappelé que Janey Morrisson avait un taille-crayon électrique sur son bureau. Il y avait tous ces tubes fluorescents dans le bureau de Jim. Les radiateurs. Les distributeurs automatiques dans le local situé au bout du couloir. Quand vous preniez le temps de réfléchir, tout ce foutu immeuble marchait à l'électricité ; c'était incroyable que quiconque réussisse à faire quoi que ce soit. C'est alors qu'une idée a commencé à faire son chemin, je pense. L'idée que le *Logan's* courait à sa perte parce que personne ne pouvait penser juste. Et personne ne pouvait penser juste parce que nous étions enfermés dans ce gratte-ciel où tout marchait à l'électricité. Les ondes de nos cerveaux étaient complètement perturbées. Je me souviens avoir pensé que si on avait pu faire venir un médecin avec un de ces appareils pour encéphalogrammes, il aurait obtenu de bien étranges graphiques. Pleins de ces énormes ondes alpha à forte amplitude qui caractérisent les tumeurs malignes situées à l'avant du cerveau.

Le fait d'y penser avait suffi à aggraver mon mal de tête. Mais j'ai fait une ultime tentative. J'ai demandé à Jim s'il consentait au moins à demander à Sam Vadar, le rédacteur en chef, de laisser paraître la nouvelle dans le numéro de janvier. Qu'elle soit un adieu du *Logan's* à la fiction, si besoin était. La dernière nouvelle du *Logan's*.

Jimmy jouait avec son crayon et hochait la tête.

« J'en parlerai, a-t-il dit, mais tu sais bien que ça ne marchera pas. Nous avons sur les bras la nouvelle d'un écrivain qui n'a écrit qu'un seul roman et celle de John Updike qui est aussi bonne... peut-être meilleure... et... »

« *La nouvelle d'Updike n'est pas meilleure !* » me suis-je écrié.

« Nom de Dieu, Henry, tu n'as pas besoin de hurler comme ça... »

« *Je ne hurle pas* », ai-je hurlé.

Il m'a observé un long moment. Mon mal de tête devenait insupportable. Je pouvais entendre le bourdonnement des tubes fluorescents. Ça ressemblait au bruit produit par une nuée de mouches prisonnières d'une bouteille. C'était vraiment un bruit détestable. Et j'ai cru entendre marcher le taille-crayon électrique de Janey. *Ils le font exprès*, ai-je pensé. *Ils veulent me faire perdre les pédales. Ils savent que je ne peux pas penser correctement quand tous ces engins fonctionnent, alors... alors...*

Jim était en train de dire quelque chose à propos du fait qu'il soulèverait la question lors du prochain comité de rédaction et suggérerait qu'au lieu de fixer une date arbitraire, ils publient toutes les nouvelles pour lesquelles je m'étais engagé verbalement... quoique...

Je me suis dressé d'un bond, j'ai traversé la pièce et j'ai éteint toutes les lumières.

« Qu'est-ce qui te prend ? » a demandé Jimmy.

« Tu sais parfaitement ce qui me prend, ai-je répondu. Il faut que tu sortes d'ici, Jimmy, avant qu'il ne reste plus rien de toi. »

Il s'est levé et s'est approché de moi.

« Je pense que tu devrais t'arrêter pour le restant de la journée, Henry, a-t-il dit. Rentre chez toi. Repose-toi. Je sais que tu as subi un choc récemment. Je veux que tu saches que je ferai tout ce qui est en mon pouvoir à propos de cette affaire. Je suis aussi convaincu que toi... disons presque aussi convaincu. Mais tu devrais vraiment rentrer chez toi, poser tes pieds sur la table et regarder la télé. »

« La télé ! » me suis-je exclamé et j'ai éclaté de rire. C'était la chose la plus drôle que j'aie jamais entendue.

« Jimmy, ai-je dit, tu diras encore autre chose de ma part à Sam Vadar. »

« Quoi donc, Henry ? »

« Dis-lui qu'il a besoin d'un Fornit. De toute la panoplie. Un Fornit ? Que dis-je ? Une douzaine d'entre eux plutôt. »

« Un Fornit, dit-il en hochant la tête. D'accord, Henry. Je ne manquerai pas de lui en parler. »

J'avais très mal à la tête. J'y voyais à peine. Quelque part au fond de moi, je me demandais déjà comment j'allais annoncer cette nouvelle à Reg et comment il allait prendre les choses.

« Je ferai moi-même le bon d'achat, si je sais à qui je peux l'envoyer, ai-je dit. Reg aura peut-être quelques idées. Une douzaine de Fornits. Il faudra les persuader de répandre de la poudre de fornus un peu partout. Il faut couper le courant. Sans faire aucune exception. »

J'arpentais son bureau et Jimmy me dévisageait, bouche bée.

« Il faut couper tout le courant, Jimmy, n'oublie pas de le leur dire. Dis-le à Sam. Personne ne peut penser avec toutes ces interférences électriques, n'est-ce pas ? »

« Tu as raison, Henry. A cent pour cent. Rentre tranquillement chez toi et repose-toi bien, d'accord ? Fais une sieste ou quelque chose comme ça. »

« Et les Fornits. Ils n'aiment pas toutes ces interférences. Radium, électricité, tout ça c'est pareil. Nourrissez-les avec de la mortadelle. Du gâteau. Du beurre de cacahuètes. Pouvons-nous passer une commande de ces denrées ? »

Mon mal de tête s'était changé en une boule noire douloureuse derrière les yeux. Je voyais Jimmy en double, tout en double. Soudain, j'ai eu soif. S'il n'y avait pas de fornus — et la part rationnelle de mon esprit m'assurait qu'il n'y en avait pas — alors un verre était la seule chose au monde qui puisse me soulager.

« Bien sûr, on peut passer une commande », a-t-il répondu.

« Tu ne crois pas un mot de tout cela, n'est-ce pas Jimmy ? » ai-je demandé.

« Bien sûr que si. Tout va bien. Tu as seulement besoin de rentrer chez toi et de te reposer un peu. »

« Tu n'y crois pas pour l'instant, ai-je continué, mais peut-être que tu y croiras quand ce torchon devra déposer son bilan. Comment, au nom du ciel, peux-tu croire que tu prends des décisions rationnelles lorsque tu es assis à moins de quinze mètres de distributeurs de Coca-Cola, de distributeurs de bonbons, de distributeurs de sandwiches ? »

Puis j'ai été traversé par une pensée horrible.

« *Et un four à micro-ondes !* lui ai-je crié. *Ils ont un four à micro-ondes pour réchauffer les sandwiches !* »

Il a commencé à dire quelque chose, mais je n'y ai prêté aucune attention. Je me suis rué dehors. Ce four à micro-ondes expliquait tout. Il fallait que je m'en éloigne. C'est pour ça que j'avais si mal à la tête. Je me souviens avoir vu Janey et Kate Younger du service des petites annonces et Merl Strong de celui de la publicité dans le bureau d'à côté ; ils me regardaient tous fixement. Ils avaient dû m'entendre crier.

Mon bureau se trouvait à l'étage en dessous. J'y suis descendu par l'escalier. J'ai éteint toutes les lumières et ai attrapé ma mallette. J'ai pris l'ascenseur jusqu'au hall d'entrée, mais j'ai déposé ma mallette entre mes pieds et me suis bouché les oreilles avec les doigts. Je me souviens aussi que les trois ou quatre personnes qui se trouvaient dans l'ascenseur m'ont regardé d'un air plutôt étrange.

L'éditeur eut un petit rire étouffé.

— Ils avaient peur. Il faut le dire. Enfermés dans une petite boîte mobile avec un type visiblement fou, vous auriez eu peur aussi.

— Oh, sûrement, c'est assez impressionnant, dit la femme de l'agent.

— Pas du tout. Il faut bien que la folie commence *quelque part*. Si cette histoire a une quelconque signification — si on peut jamais dire que les événements de sa propre vie ont une quelconque signification — alors ceci est l'histoire de la genèse de la folie. Il faut bien que la folie commence quelque part et qu'elle aboutisse quelque part. Comme une route. Ou comme une balle glissée dans le canon d'un pistolet. J'étais encore à des kilomètres derrière Reg Thorpe, mais j'avais pris le départ. Aucun doute là-dessus.

Il fallait bien que j'aille quelque part, alors, je me suis rendu au Four Fathers, un bar de la 49ᵉ Rue. Je me souviens l'avoir choisi car il n'y avait ni juke-box ni télé couleur et peu de lumière électrique. Je me souviens avoir commandé un premier verre. Ensuite, j'ai tout oublié jusqu'à mon réveil le lendemain dans mon lit, chez moi. Il y avait du vomi sur le sol et une large brûlure de cigarette sur le drap qui me recouvrait. Apparemment, dans mon hébétude, j'avais échappé à deux types de morts tout à fait horribles... étouffer ou brûler vif. Ce n'est pas que j'aurais senti grand-chose d'ailleurs...

— Seigneur, s'écria l'agent presque respectueusement.

— C'était le trou noir, continua l'éditeur ; le premier vrai trou noir de ma vie — mais ils sont toujours signe que la fin approche et il n'y en a jamais beaucoup. D'une façon ou d'une autre, il n'y en a jamais beaucoup. Mais tout alcoolique vous dira qu'un trou noir n'est pas comparable à un évanouissement. Ça serait tellement plus simple si ça l'était. Non, quand un alcoolo a un trou noir, il continue à *agir*. Un alcoolo dans un trou noir est un petit diable très actif. Une sorte de Fornit malveillant. Il appellera son ex-femme et l'injuriera au téléphone ou engagera sa voiture en sens interdit sur l'échangeur et emboutira une voiture pleine de gamins. Il quittera son emploi, dévalisera un magasin, se débarrassera de son alliance. Des petits diables très actifs.

Ce que *moi* j'avais fait, apparemment, c'était rentrer chez moi et écrire une lettre. Sauf que celle-ci n'était pas adressée à Reg. Elle m'était adressée. Et ce n'était pas *moi* qui l'avais écrite — du moins d'après la lettre ce n'était pas *moi*.

— Qui alors ? demanda la femme de l'écrivain.

— Bellis.

— Qui est Bellis ?

— Son Fornit, dit l'écrivain d'un air absent. (Ses yeux étaient vagues et lointains.)

— Oui, c'est bien ça, dit l'éditeur, sans paraître le moins du monde surpris. (Il réécrivit la lettre pour eux dans la douceur de l'air du soir, en marquant les temps forts de son doigt.) « Bien le bonjour de Bellis. Tes problèmes m'affectent beaucoup, cher ami, mais je voudrais te faire remarquer tout de suite que tu n'es pas le seul à en avoir. La tâche n'est pas facile pour moi. Je peux saupoudrer de Fornus ta foutue machine jusqu'à la fin des temps mais faire bouger les TOUCHES, c'est ton affaire. Voilà POUR-QUOI Dieu a créé les humains. Ainsi je partage tes soucis, mais c'est tout ce que je peux faire.

« Je comprends ton inquiétude pour Reg Thorpe. Je ne m'inquiète pas pour Thorpe mais pour mon frère Rackne. Thorpe s'inquiète de ce qui va lui arriver si Rackne s'en va, mais seulement parce qu'il est égoïste. La malédiction quand on est au service des écrivains c'est qu'ils sont *tous* égoïstes. Thorpe ne s'inquiète pas de savoir ce qui va arriver à Rackne si LUI s'en va. Ou devient *el bonzo seco*. Ces pensées n'ont apparemment jamais effleuré son âme oh-si-sensible. Mais, heureusement pour nous, tous nos malheureux problèmes trouvent toujours la même solution à court terme, alors j'éreinte mes bras et mon corps minuscule pour te l'offrir, ami ivrogne. Tu te demandes sans doute quelles sont les solutions à long terme ; je t'assure qu'il n'y en a pas. Toutes les blessures sont mortelles. Prends ce qu'on t'offre. S'il y a quelquefois du mou dans la corde elle a cependant toujours une extrémité. Et après ? Réjouis-toi de l'existence du mou et ne gaspille pas ton énergie à maudire l'extrémité. Un cœur reconnaissant sait qu'à la fin nous nous balançons tous.

« Il faut que tu le paies toi-même pour la nouvelle. Mais pas avec un chèque personnel. Les problèmes mentaux de Thorpe sont sérieux et peut-être dangereux, mais ils ne signifient en aucune façon la stupidité. »

L'éditeur s'arrêta ici et épela : *s-t-u-p-p-i-d-i-t-é*. Puis il continua.
— « Si tu lui donnes un chèque personnel, il ne lui faudra pas plus de neuf secondes pour comprendre.

« Retire huit cents et quelques dollars de ton compte personnel et fais ouvrir un nouveau compte au nom des Arvin Publishing Inc. Assure-toi qu'ils te fourniront des chèques qui font sérieux...

pas avec de mignons petits chiens ou des vues de canyons. Trouve un ami, quelqu'un en qui tu puisses avoir confiance et fais-en le cotitulaire du compte. Quand les chèques arriveront, émets-en un de huit cents dollars et fais-le signer par ton associé. Envoie le chèque à Reg Thorpe. Dans l'immédiat, ça réglera le problème. »

C'est tout. C'était signé : « Bellis. » Pas à la main. A la machine.

— Ouaaah ! s'exclama l'écrivain.

— Quand je me suis levé, la première chose que j'ai remarquée, ç'a été la machine à écrire. On aurait dit que quelqu'un l'avait transformée en machine à écrire fantôme d'un film de troisième catégorie. La veille, c'était une vieille Underwood noire. Lorsque je me suis levé — avec une tête aussi grosse que le Dakota du Nord — elle était plutôt grisâtre. Les dernières phrases de la lettre étaient serrées les unes contre les autres et décolorées. J'ai jeté un coup d'œil et j'ai pensé que ma vieille et fidèle Underwood était probablement au bout du rouleau. J'ai passé le doigt dessus, l'ai léché et me suis rendu à la cuisine. Il y avait un sac de sucre glace entamé sur le comptoir. Une mesure était plongée dedans. Du sucre glace était répandu partout entre la cuisine et le petit bureau où je travaillais à cette époque.

— Pour nourrir votre Fornit, dit l'écrivain. Bellis était gourmand. En tout cas c'est ce que vous pensez.

— Oui, mais malgré ma nausée et ma gueule de bois, je savais parfaitement bien qui était le Fornit. (Il énuméra en comptant sur ses doigts.) Premièrement, Bellis était le nom de jeune fille de ma mère. Deuxièmement, cette expression *el bonzo seco* était celle que nous utilisions mon frère et moi pour dire « fou ». Du temps où nous étions gamins. Troisièmement, et c'est certainement le plus exaspérant, il y avait l'orthographe du mot « stupidité ». C'est l'un des mots dont j'estropie en général l'orthographe. J'ai connu un écrivain des plus cultivés qui écrivait toujours « réfrigérateur » avec deux *f* — reffrigérateur — bien que les correcteurs lui aient signalé cette faute maintes fois. Et pour ce type, docteur de l'université de Princeton, « affreux » devenait toujours « afreux ».

La femme de l'écrivain laissa échapper un rire soudain, à la fois gêné et joyeux.

— Je fais la même chose.

— Ce que je veux dire, c'est que les fautes d'orthographe d'un homme ou d'une femme sont ses empreintes digitales littéraires.

Posez la question à n'importe quel correcteur qui a travaillé un certain nombre de fois sur les textes du même écrivain.

Non, Bellis c'était moi et j'étais Bellis. Et pourtant le conseil était sacrément bon. En fait j'ai pensé que c'était un *excellent* conseil. Mais il y a autre chose : si le subconscient laisse ses empreintes, il y a également un étranger, là, au fond. Un sacré drôle de type qui en sait sacrément long. Je n'avais jamais de ma vie vu ce mot « co-titulaire », tout au moins à ma connaissance... mais il était là, et il sonnait juste et j'ai découvert quelque temps plus tard que c'est en fait celui qu'utilisent les banques.

J'ai décroché le téléphone pour appeler un ami et — incroyable ! — une décharge douloureuse m'a vrillé la tête. J'ai pensé à Reg Thorpe et à son histoire de radium et j'ai raccroché sans attendre. Je me suis déplacé pour voir mon ami après avoir pris une douche, m'être rasé et avoir vérifié neuf fois devant le miroir que mon apparence était approximativement celle qu'on attend d'un être humain normal. Pourtant, il m'a posé des tas de questions et m'a inspecté de très près. Alors, j'imagine qu'il devait rester des signes qu'une douche, un rasage et une bonne dose de Listérine* ne pouvaient cacher. Il n'était pas de la profession et cela facilitait les choses. Les nouvelles vont vite, vous savez. Dans le métier. Façon de parler. Ainsi, s'il avait été dans la profession, il aurait su que les éditions Arvin étaient responsables du *Logan's* et il se serait demandé quel genre de combine j'étais en train de mettre sur pied. Mais il ne l'était pas, il ne s'est posé aucune question et j'ai pu lui raconter que j'avais envie de me lancer dans l'édition puisque le *Logan's* avait décidé de liquider le service des fictions.

— Vous a-t-il demandé pourquoi vous aviez choisi le nom d'Arvin ? demanda l'écrivain.

— Oui.

— Que lui avez-vous répondu ?

— Je lui ai dit qu'Arvin était le nom de jeune fille de ma mère, répliqua l'éditeur avec un sourire las.

Après un temps de silence il reprit ; il parla presque sans interruption jusqu'à la fin.

— Tout d'abord j'ai attendu que les chèques soient imprimés ; en fait il ne m'en fallait qu'un. J'ai fait de l'exercice pour passer le

---

* Lotion buccale désinfectante. (*N.d.T.*)

temps. Vous voyez le genre : prendre un verre, plier le coude, vider le verre, plier le coude de nouveau. Je n'ai pas eu que ces activités, mais ce sont les seules qui m'aient réellement occupé l'esprit : attendre et plier le coude. Autant que je m'en souvienne. Je le précise à nouveau car j'étais presque toujours saoul et pour chaque chose dont je me souviens, il y en a probablement cinquante ou soixante que j'ai oubliées.

J'ai abandonné mon boulot... au grand soulagement de tous, sans aucun doute. En ce qui les concernait, parce qu'ils n'avaient pas à accomplir l'acte existentiel qui consistait à me virer pour folie d'un service qui n'existait plus. Pour moi, parce que je ne pensais pas pouvoir me retrouver une fois de plus dans cet immeuble... l'ascenseur, les tubes fluorescents, les téléphones, l'idée de toute cette électricité aux aguets.

Pendant ces trois semaines, j'ai écrit à Reg Thorpe et à sa femme, quelques lettres à chacun. Je me souviens de l'avoir fait pour elle mais pas pour lui — comme la lettre de Bellis ; j'ai écrit les siennes pendant des périodes de trou noir. Mais j'ai conservé mes vieilles habitudes de travail quand j'étais bourré, comme j'ai conservé mes bonnes vieilles fautes d'orthographe. Je n'ai jamais manqué d'utiliser un carbone... et quand je revenais à moi le lendemain matin, les carbones étaient restés éparpillés. C'était comme si je lisais les lettres d'un étranger.

Ce n'est pas que ces lettres aient été délirantes. Pas du tout. Celle terminée par le post-scriptum à propos du mixer était bien pire. Ces lettres semblaient... presque sensées.

Il s'arrêta et secoua lentement la tête, l'air fatigué.

— Pauvre Jane Thorpe. Non pas que la situation *parût* si mauvaise à la fin. Il devait lui sembler que l'éditeur de son mari déployait beaucoup d'habileté et d'intelligence pour tirer celui-ci d'une dépression qui empirait. Est-ce ou non une bonne idée de ménager quelqu'un qui entretient toutes sortes de délires paranoïaques — au point d'en arriver presque, une fois, à agresser une petite fille —, la question l'avait probablement effleurée. Pour sa part elle avait choisi d'en ignorer les aspects négatifs car elle aussi le ménageait. Je ne l'en ai jamais blâmée moi non plus ; il ne représentait pas seulement l'assurance du pain quotidien, il n'était pas un cheval qu'on soigne et bichonne jusqu'à l'abattoir final. Elle l'aimait ce gars-là. A sa manière, Jane Thorpe était une grande dame. Après avoir vécu avec Reg le temps de la rencontre, puis celui de l'épanouissement et enfin celui de la folie, elle aurait, à mon avis, été d'accord avec Bellis : il fallait profiter du sursis que lui laissait le mou et non s'épuiser à maudire la chute. Évidemment, plus il y a de mou, plus la secousse est brutale lorsque vous arrivez au bout de la corde... mais cette brutalité même peut être vécue comme un bienfait, je suppose, car qui souhaite s'étrangler ?

J'ai reçu leurs réponses à tous deux pendant cette courte période, des lettres très ensoleillées... bien que ce soleil ait eu quelque chose d'étrange, quelque chose d'apocalyptique. On aurait dit que... non, foin de philosophie à bon marché. Si j'arrive à préciser un peu mes idées, je m'expliquerai. Continuons.

Il jouait tous les soirs avec les enfants des voisins ; et lorsque les feuilles ont commencé à tomber, ils en étaient presque à voir en Reg Thorpe une réincarnation de Dieu. Quand ils ne jouaient pas aux cartes ou au frisbee, ils parlaient littérature et Reg se moquait gentiment d'eux. Il avait été chercher un petit chien à la fourrière du coin, le promenait matin et soir et, comme quiconque promène son cabot, rencontrait d'autres gens du quartier. Ceux qui pensaient que les Thorpe étaient vraiment bizarres se mirent à changer d'avis. Quand Jane a suggéré qu'à défaut d'appareils électriques elle avait besoin d'un petit peu d'aide ménagère, Reg a tout de suite été d'accord. Elle a été émerveillée par la bonne humeur avec laquelle il avait accepté cette idée. Le problème n'était pas financier — *Les Mafiosi* leur avaient permis de mettre du beurre dans les épinards — mais, selon Jane, *ils* risquaient de poser problème. D'après Reg, *ils* étaient partout, et quel meilleur agent pouvaient-*ils* avoir qu'une femme de ménage qui allait partout dans la maison, regardait sous les lits, dans les placards et peut-être dans les tiroirs du bureau, s'ils n'étaient pas fermés à clé et cloués par-dessus le marché ?

Mais il lui a donné son accord, lui a dit qu'il n'était qu'un goujat sans cœur de n'y avoir pas pensé plus tôt, même s'il accomplissait lui-même — et elle était fière de me le raconter — les travaux les plus pénibles comme le lavage à la main. Il demanda seulement une petite faveur : que l'entrée de son bureau soit interdite à cette femme. Le meilleur signe, le plus encourageant pour Jane, c'était que Reg s'était remis au travail, avait attaqué un nouveau roman. Elle avait lu les trois premiers chapitres et les trouvait merveilleux. Tout cela, disait-elle, avait commencé lorsque j'avais accepté « La

Ballade de la balle élastique » pour le *Logan's* — la période précédente avait vraiment marqué le creux de la vague. Et elle me bénissait pour cela.

Je suis sûr qu'elle était sincère, mais sa bénédiction était dénuée de réelle chaleur et l'éclat de sa lettre était quelque peu assombri — *nous y revoilà*. Le soleil de sa lettre était semblable à celui d'une journée où le ciel est couvert de nuages pommelés annonciateurs d'une imminente pluie diluvienne.

Toutes ces bonnes nouvelles — les parties de cartes, le chien, la femme de ménage et le nouveau roman — et pourtant, elle était trop intelligente pour croire vraiment qu'il allait mieux... du moins c'est ce que j'ai cru comprendre du fond de mon brouillard. Reg avait présenté des symptômes de psychose. La psychose ressemble d'une certaine manière au cancer du poumon ; aucune des deux maladies ne disparaît comme par enchantement bien que les cancéreux comme les fous puissent avoir leurs bons jours.

Chère amie, puis-je vous emprunter une autre cigarette ?

La femme de l'écrivain lui en offrit une.

— Après tout, reprit-il en sortant son Ronson, elle était cernée par les indices de son *idée fixe**. Pas de téléphone, pas d'électricité. Il avait scotché tous les commutateurs. Il mettait de la nourriture dans sa machine à écrire aussi régulièrement qu'il en mettait dans le plat du nouveau petit chien. Les étudiants d'à côté pensaient que c'était un type extra, mais les étudiants d'à côté ne l'avaient pas vu enfiler des gants de caoutchouc pour saisir le journal sur le seuil, le matin, par crainte des radiations. Ils ne l'entendaient pas gémir dans son sommeil, n'avaient pas eu à le calmer lorsqu'il se réveillait en hurlant à cause d'horribles cauchemars dont il ne gardait aucun souvenir.

Vous, ma chère, dit-il en se tournant vers la femme de l'écrivain, vous vous êtes demandé pourquoi elle est restée avec lui. Bien que vous n'en ayez rien dit, vous vous l'êtes demandé. N'est-ce pas ?

Elle acquiesça.

— Oui. Mais je ne vais pas épiloguer interminablement sur la raison des choses. Ce qui est bien avec les histoires vraies, c'est qu'il vous suffit de dire : *voici ce qui s'est passé* en laissant aux gens le soin de s'interroger sur le pourquoi. En général, personne ne

---

* En français dans le texte. (*N.d.T.*)

sait pourquoi les choses arrivent, de toute façon... surtout pas ceux qui prétendent le savoir.

Mais selon la perception sélective de Jane Thorpe, les choses *s'étaient* sacrément améliorées. Pour le ménage, elle s'était entendue avec une Noire d'âge mûr et était parvenue à parler aussi franchement que possible des manies de son mari. La femme, qui s'appelait Gertrude Rulin, avait éclaté de rire puis déclaré qu'elle avait travaillé pour des gens beaucoup plus bizarres encore. Jane avait vécu cette première semaine de travail de Mme Rulin de la même manière qu'elle avait vécu la première visite aux voisins... toujours prête à un quelconque éclat délirant. Mais Reg avait charmé Mme Rulin comme il avait charmé les jeunes voisins, parlant avec elle de ses activités à l'église, de son mari et de son plus jeune fils, Jimmy, à côté duquel, selon Gertrude, Denis la Menace aurait fait figure d'enfant de chœur. Elle avait eu onze enfants en tout, mais il y avait une différence de neuf ans entre Jimmy et celui qui le précédait. Il lui menait la vie dure.

Reg semblait aller mieux... du moins, si vous regardiez les choses sous un certain angle, il allait mieux. Mais il était plus fou que jamais bien sûr, et moi aussi. La folie est peut-être une sorte de balle élastique mais n'importe quel expert en balistique digne de ce nom vous dira qu'il n'existe pas deux balles parfaitement identiques. Dans une de ses lettres, Reg, après m'avoir touché deux mots de son nouveau roman, était passé sans transition à un développement sur les Fornits. Les Fornits en général, Rackne en particulier. Il se demandait s'*ils* voulaient vraiment tuer les Fornits ou bien — ce qui était plus probable à son avis — les capturer vivants pour les étudier. Il terminait par ces mots : « Henry, mon appétit et ma façon de voir la vie se sont beaucoup améliorés depuis que nous avons commencé à correspondre. En suis très heureux. Affectueusement vôtre, Reg. » Un peu plus bas, un P.S. me demandait si on avait choisi un illustrateur pour sa nouvelle. Ça a provoqué chez moi un accès de culpabilité ou deux et une visite immédiate au coffret à liqueurs.

Reg était dans les Fornits, moi, dans les fils électriques.

Ma réponse se contentait d'effleurer le sujet des Fornits ; je ne le contredisais alors pas, du moins sur ce sujet. Un elfe affublé du nom de jeune fille de ma mère et affligé des fautes d'orthographe qui m'étaient propres ne m'intéressait pas beaucoup.

Ce qui m'intéressait de plus en plus, c'était l'électricité et les micro-ondes et les ondes hertziennes et les interférences des ondes hertziennes causées par les petits appareils et les radiations de faible amplitude et Dieu sait quoi encore. Je suis allé à la bibliothèque et j'ai emprunté des livres sur le sujet. J'ai fait l'acquisition de livres sur le sujet. Ils étaient pleins de trucs effrayants... c'était exactement le genre de trucs qui m'attiraient.

J'avais fait suspendre ma ligne téléphonique et couper le courant. Ça m'avait soulagé quelque temps, mais une nuit, alors que je titubais ivre devant la porte, une bouteille de Black Velvet dans une main et une autre dans la poche de mon pardessus, je vis au plafond un petit œil rouge qui me regardait fixement. Seigneur, pendant une minute, j'ai cru que j'allais avoir une crise cardiaque. Au premier coup d'œil, vu d'en bas, ça ressemblait à un insecte... un grand et gros insecte noir avec un œil unique, rougeoyant.

J'avais une lampe à gaz Coleman ; je l'ai allumée. Tout de suite j'ai vu ce que c'était. Seulement, au lieu d'être soulagé, je me suis senti plus mal encore. Dès que je l'ai eu regardé, j'ai senti des irradiations qui se propageaient dans ma tête... telles des ondes de radio. Pendant un moment, ça a été comme si mes yeux s'étaient retournés dans leurs orbites et que je pouvais observer mon propre cerveau et y voir les cellules fumer, noircir, mourir. C'était un détecteur de fumée... un gadget plus nouveau encore en 1969 que les fours à micro-ondes.

Je suis sorti en trombe de l'appartement, je suis descendu — j'habitais au quatrième mais à l'époque je n'empruntais plus que les escaliers — et j'ai martelé la porte du gardien. Je lui ai dit que je voulais qu'on m'enlève ce truc, que je voulais qu'on l'enlève *sur-le-champ*, que je voulais qu'on l'enlève *le soir même*, que je voulais qu'on l'enlève *dans l'heure qui suivait*. Il m'a regardé comme si j'étais devenu complètement — pardonnez-moi l'expression — *bonzo seco*, et je comprends parfaitement sa réaction à présent. Ce détecteur de fumée était censé me *rassurer*, me *protéger*. Aujourd'hui, bien sûr, ils sont obligatoires, mais à l'époque, c'était un grand-pas-en-avant, payé par l'association des locataires de l'immeuble.

Il l'a enlevé — ça n'a pas traîné — mais sans jamais me quitter des yeux, et, d'une certaine façon, j'étais capable de comprendre ce qu'il ressentait. J'étais mal rasé, je puais le whisky, mes cheveux étaient hirsutes, mon pardessus sale. Il savait certainement que je ne travaillais plus ; que j'avais fait enlever ma télévision ; que ma ligne téléphonique et mon abonnement électrique avaient été volontairement suspendus. Il pensait que j'étais fou.

J'étais peut-être fou mais — comme Reg — je n'étais pas stupide. J'ai déployé tout mon charme. Les éditeurs doivent en posséder une certaine dose, vous savez. Et j'ai graissé les rouages avec un billet de dix dollars. J'ai finalement réussi à apaiser les choses, mais j'ai compris à la façon dont on me dévisagea durant les deux semaines suivantes — mes deux dernières semaines dans l'immeuble — que l'histoire avait fait son chemin. Qu'aucun membre de l'association des locataires ne soit intervenu avec vacarme et fureur pour me reprocher mon ingratitude était particulièrement significatif. Je suppose qu'ils pensaient que je risquais de les attaquer avec un couteau de boucher.

Ce soir-là cependant, tout cela n'était que très secondaire dans l'ordre de mes pensées. Je suis resté assis dans le halo de ma lampe Coleman, seule source lumineuse dans mes trois pièces si l'on exceptait les lumières électriques de Manhattan qui rentraient à flots par les fenêtres. Je suis resté assis, une bouteille dans une main, une cigarette dans l'autre, les yeux fixés sur la plaque du plafond, là où le détecteur de fumée et son unique œil rouge se trouvaient auparavant — un œil si discret pendant la journée que je ne l'avais pas remarqué plus tôt. Je ressassais l'indiscutable constat que, alors que j'avais fait couper l'électricité chez moi, cet accessoire vivant avait continué à fonctionner... et s'il y en avait un, il se pouvait très bien qu'il y en ait d'autres.

Même s'il n'y en avait pas, l'immeuble tout entier était pourri de fils électriques — il était infesté de fils électriques de la même façon qu'un homme qui va mourir du cancer est infesté de cellules diaboliques et d'organes en décomposition. Fermant les yeux je pouvais voir tous ces fils dans l'ombre de leurs gaines, émettant une sorte de lumière verte infernale. Et au-delà d'eux, la ville tout entière. Un fil, presque inoffensif par lui-même, courant vers un boîtier de dérivation... le fil sortant un peu plus épais du boîtier, descendant par une gaine à la cave où il rejoignait un fil plus gros encore... celui-ci plongeant sous la rue pour s'unir à un groupe de fils, sauf que ceux-ci étaient si épais qu'ils formaient en fait des câbles.

Quand j'ai reçu la lettre dans laquelle Jane Thorpe mentionnait la feuille de papier d'aluminium, une part de mon cerveau a bien perçu qu'elle y voyait une manifestation de la folie de Reg et cette part savait qu'il me faudrait lui répondre comme si mon cerveau *tout entier* reconnaissait qu'elle avait raison. L'autre part — de loin la plus importante à ce moment-là — a pensé : *quelle excellente idée !* et dès le lendemain j'ai recouvert mes propres interrupteurs de la même façon. J'étais, souvenez-vous, celui qui était censé aider Reg Thorpe. Si l'on est cynique, c'est en fait assez drôle.

J'ai décidé ce soir-là de quitter Manhattan. Je pouvais occuper une vieille maison de famille dans les Adirondacks et ça m'a semblé parfait. La seule chose qui me retenait en ville c'était la nouvelle de Reg Thorpe. Si « La Ballade de la balle élastique » était la bouée de sauvetage de Reg dans un océan de folie, c'était aussi la mienne — je voulais la faire accepter par un bon magazine. Cela fait je pourrais me tirer.

Voilà où en était la correspondance Wilson-Thorpe, restée peu connue des annales, juste avant que la merde éclabousse tout. Nous étions comme un couple de drogués à l'agonie en train de comparer les mérites respectifs de l'héroïne et du Mandrax. Reg avait des Fornits dans sa machine à écrire, j'avais des Fornits dans les murs, et nous avions tous deux des Fornits dans la tête.

Et il y avait *ils*. N'oubliez pas *ils*. Je n'ai pas eu besoin de me balader bien longtemps avec la nouvelle pour décider qu'*ils* incluaient tous les éditeurs de fiction de New York sans exception... non qu'il en restât beaucoup à l'automne 1969. Si vous les aviez rassemblés, vous auriez pu les tuer tous d'une seule balle, et très vite je me suis mis à penser que ce serait une idée sacrément bonne.

Il m'a fallu environ cinq ans avant de pouvoir comprendre leur point de vue. Voilà un gars dont je venais de gâcher le dîner et qui se retrouvait en face d'un dingue alors qu'il n'avait qu'une préoccupation : ses étrennes de Noël. Les autres mecs... eh bien, l'ironie de l'affaire, c'est qu'un grand nombre d'entre eux *étaient vraiment* mes amis. Ainsi par exemple, Jared Baker, assistant à cette époque à la rubrique fiction d'*Esquire ;* eh bien, Jared et moi avions combattu dans la même section de tirailleurs pendant la Seconde Guerre mondiale. Ces types ne se sont pas simplement montrés mal à l'aise devant ce nouvel avatar d'Henry Wilson. Ils ont été horrifiés. Si je m'étais contenté d'envoyer la nouvelle avec une lettre aimable pour expliquer la situation — ma version des faits en tout cas — j'aurais sans doute vendu très rapidement le récit de Thorpe. Mais oh non, ça n'était pas suffisant. Pas pour cette nouvelle. J'allais veiller à ce que ce récit reçoive un *traitement personnalisé*. J'ai donc fait du porte-à-porte, moi, l'ex-éditeur malodorant, aux cheveux grisonnants, aux mains tremblotantes et aux yeux rouges, avec un énorme hématome jaunissant sur la joue gauche, trace d'une rencontre, dans l'obscurité, avec la porte de la salle de bains, deux nuits auparavant, sur le chemin des gogues. J'aurais pu tout aussi bien arborer une pancarte précisant ATTENDU À CHARENTON.

Je n'ai pas voulu non plus parler à ces mecs dans leurs bureaux. En fait, ça m'était impossible. Il y avait bien longtemps que je ne pouvais plus pénétrer dans un ascenseur et monter quarante étages. Je les ai donc rencontrés comme les revendeurs d'héroïne rencontrent les junkies... dans des parcs, sur des marches d'escalier, ou, comme pour Jared Baker, dans un Burger Heaven de la 49ᵉ Rue. Jared aurait au moins aimé m'offrir un repas décent, mais on n'en était plus au temps où tout maître d'hôtel digne de ce nom m'aurait laissé rentrer dans un restaurant fréquenté par les hommes d'affaires.

L'agent cligna de l'œil.

— On me promettait vaguement que la nouvelle serait lue, puis on m'interrogeait avec inquiétude sur ma santé, sur la quantité d'alcool que j'ingurgitais. Je me souviens — vaguement — avoir tenté d'expliquer à certains d'entre eux que les fuites d'électricité et de radiations foutaient en l'air la pensée de chacun, et, quand Andy Rivers, le responsable de la fiction pour l'*American Crossings*, m'a suggéré de me faire aider, je lui ai rétorqué que c'était *lui* qui avait besoin d'aide.

« Vous voyez tous ces gens là-bas dans la rue ? » lui ai-je demandé. Nous nous trouvions au Washington Square Park. « La moitié d'entre eux, peut-être même les trois quarts, ont une tumeur au cerveau. Je ne vous vendrai pour rien au monde la nouvelle de Thorpe, Andy. Pour sûr, dans cette ville, vous n'y comprendriez rien. Votre cerveau est sur la chaise électrique et vous ne vous en rendez même pas compte. »

J'avais à la main un exemplaire de la nouvelle, roulé comme un journal. Je l'ai frappé sur le nez avec, comme on frappe un chien qui vient de faire pipi dans un coin. Puis je me suis éloigné. Je me souviens qu'il m'a crié de revenir, qu'il a proposé de prendre une tasse de café pour rediscuter encore un peu de tout cela, et puis je suis passé devant un magasin de disques à prix réduit avec sur le trottoir des haut-parleurs crachant du heavy-metal et des rampes de lumière fluorescentes d'un blanc glacé à l'intérieur, et sa voix s'est perdue dans une sorte de bourdonnement sourd et profond à l'intérieur de mon crâne. Je me souviens avoir pensé deux choses : il fallait absolument que je quitte vite la ville, très vite, ou j'allais, moi aussi, attraper une tumeur au cerveau, et il me fallait immédiatement boire un verre.

Cette nuit-là, quand je suis rentré chez moi, j'ai trouvé un message sous la porte. Il disait : « *On veut que vous fichiez le camp d'ici, espèce de toqué.* » Je l'ai jeté sans lui accorder ne serait-ce qu'une seconde de réflexion. Nous les toqués vétérans avons bien d'autres chats à fouetter que les lettres anonymes des autres locataires.

Je repensais à ce que j'avais dit à Andy Rivers à propos de la nouvelle de Reg. Plus j'y pensais — et plus j'ingurgitais d'alcool — et plus je comprenais que « La Balle élastique » était drôle, et au premier degré, facile à appréhender... mais, sous les apparences, c'était incroyablement compliqué. Est-ce que je pensais vraiment qu'un autre éditeur de la ville pouvait comprendre la nouvelle dans toute sa complexité ? Auparavant peut-être, mais le croyais-je encore à présent que mes yeux s'étaient dessillés ? Pensais-je vraiment qu'il y avait place pour l'estime et la compréhension dans un endroit bourré de fils électriques comme une bombe de terroriste ? Seigneur, les volts en liberté s'échappaient de toutes parts.

J'ai lu le journal pendant qu'il y avait encore assez de lumière, essayant d'oublier pour un instant tout ce foutu monde pourri, et là, à la une du *Times*, se trouvait un article expliquant qu'il disparaissait sans arrêt des produits radioactifs des centrales atomiques ... L'article se lançait ensuite dans des théories selon lesquelles une quantité suffisante de ce truc tombant entre certaines mains pourrait assez facilement être utilisée pour la fabrication d'une arme nucléaire vraiment dévastatrice.

Je suis resté là, assis à la table de la cuisine, pendant que le soleil descendait, et, avec mes yeux de l'intérieur, je *les* voyais laver à la batée, à la recherche de plutonium, comme les chercheurs d'or en 1849. Sauf qu'*ils* ne voulaient pas l'utiliser pour faire sauter la ville, oh non. *Ils* voulaient simplement la répandre partout et foutre en l'air le cerveau de tous. *Ils* étaient les mauvais Fornits, et toute cette poudre radioactive était du fornus porte-malheur. Le pire fornus porte-malheur de tous les temps.

J'ai décidé que je ne voulais pas vendre la nouvelle de Reg après tout — tout au moins pas à New York. J'allais quitter la ville dès que les chèques commandés seraient arrivés. Une fois monté vers le Nord, je l'enverrais aux magazines littéraires de province. J'ai pensé que ce ne serait pas mal de commencer par la *Sewanee Review* ou peut-être *l'Iowa Review*. J'expliquerais tout à Reg plus tard. Reg comprendrait. Tout avait l'air résolu ainsi, alors j'ai bu un verre pour fêter ça. Puis le verre a bu un verre. Et puis le verre a bu l'homme. Pour ainsi dire. Je suis tombé dans le trou noir. J'allais me rendre compte que je ne disposais plus que d'un seul autre trou noir sur mon compte.

J'ai reçu le lendemain mes chèques au nom de la Arvin Company. J'en ai rempli un et me suis rendu chez mon ami, le cotitulaire. J'ai eu droit à un nouveau contre-examen, mais j'ai gardé cette fois tout mon sang-froid. Je voulais cette signature. J'ai fini par l'obtenir. Je suis allé dans un magasin de fournitures de bureau et leur ai fait faire sur-le-champ un tampon pour la Arvin Company. J'ai tamponné une adresse de retour sur une enveloppe commerciale, ai tapé l'adresse de Reg (il n'y avait plus de sucre glace dans ma machine, mais les touches avaient encore tendance à être poisseuses) et y ai griffonné un petit mot qui disait qu'aucun autre chèque envoyé à un auteur ne m'avait autant fait plaisir... et c'était vrai. Ça l'est toujours. Il m'a fallu presque une heure avant de me décider à le poster... Je ne parvenais pas à me lasser d'admirer son allure *officielle*. Vous n'auriez jamais deviné qu'un ivrogne malodorant qui n'avait pas changé de sous-vêtements depuis près de dix jours avait pu mettre au point *ce courrier*.

Il s'arrêta, écrasa sa cigarette, consulta sa montre. Puis, sur le ton étrange d'un conducteur annonçant l'arrivée d'un train dans une grande ville quelconque, il déclara :

— Nous avons atteint l'inexplicable. Voici le point de mon histoire qui a le plus intéressé les deux psychiatres et les différentes assistantes sociales avec qui j'ai été en relation pendant les trente mois qui ont suivi. C'était le seul fait qu'ils désiraient vraiment que je renie, comme gage de mon rétablissement. Ainsi que me l'a dit l'un d'entre eux, « c'est la seule partie de votre histoire qui ne peut avoir comme explication un raisonnement faussé... une fois, bien sûr, que votre sens de la logique aura été rétabli ». Je l'*ai* finalement renié, parce que je savais — même si eux ne le savaient pas — que j'allais mieux et que j'étais foutrement pressé de sortir de l'asile. Je savais que si je n'en sortais pas assez vite, je redeviendrais fou. Alors, j'ai abjuré — Galilée aussi, quand on a approché ses pieds du feu — mais dans ma tête je n'ai jamais abjuré. Je ne prétends pas que ce que je m'apprête à vous raconter se soit vraiment produit ; je dis simplement que *je crois toujours que cela a eu lieu*. Il y a là une petite différence mais, pour moi, elle est essentielle.

Et maintenant, mes amis, voici l'inexplicable.

J'ai consacré les deux jours suivants aux préparatifs de mon départ vers le Nord. Paradoxalement, l'idée de conduire la voiture ne me gênait pas du tout. J'avais, dans mon enfance, lu que l'intérieur d'une voiture est un des endroits les plus sûrs quand la foudre tombe car les pneus de caoutchouc constituent une isolation quasi parfaite. J'étais en fait impatient de m'installer dans ma bonne vieille Chevrolet, de monter soigneusement les vitres et de quitter la ville que j'avais commencé à percevoir comme un entonnoir à foudre. Néanmoins, toute une partie de mes préparatifs a consisté à retirer l'ampoule du plafonnier, à scotcher la douille et à tourner à fond, sur la gauche, le bouton de commande des lumières du tableau de bord pour les supprimer.

Quand je suis rentré chez moi pour passer ma dernière nuit dans l'appartement, celui-ci était vide à l'exception de la table de cuisine, du lit et de ma machine à écrire dans le bureau. Elle était posée par terre. Je n'avais nullement l'intention de l'emporter — elle évoquait trop de mauvais souvenirs et en outre les touches étaient maintenant définitivement collantes. *Que le prochain locataire en hérite*, ai-je pensé... *et de Bellis aussi par la même occasion.*

C'était le crépuscule et les couleurs étaient étonnantes. J'étais pas mal ivre et j'avais une autre bouteille dans mon pardessus, contre les insomnies. J'ai commencé à traverser le bureau, avec l'intention, je suppose, de me rendre dans la chambre. Là, je pourrais m'asseoir sur le lit et penser aux câbles, à l'électricité, aux radiations en liberté et boire jusqu'à ce que je sois assez saoul pour m'endormir.

Ce que je nommais le bureau était en fait la salle de séjour. J'en avais fait mon coin travail parce que c'était la pièce la plus lumineuse de tout l'appartement avec sa grande fenêtre exposée plein ouest qui offrait une vue très large sur l'horizon. C'est, dans un appartement situé au quatrième étage d'une rue de Manhattan, un miracle du même ordre que celui de la multiplication des pains, mais de fait, la perspective était dégagée. Je ne m'en étonnais pas, je me contentais d'en profiter. Cette pièce était baignée d'une délicieuse clarté même par temps de pluie.

Mais, ce soir-là, la qualité de la lumière était étrange. Le coucher de soleil avait empli la pièce d'un éclat rouge. Comme dans une fournaise. Vide, la pièce semblait trop grande. Mes talons renvoyaient un écho mat sur le plancher.

La machine à écrire trônait au milieu de la pièce et j'étais juste en train de la contourner quand j'ai aperçu un petit morceau de papier tout déchiré, coincé dans le rouleau... Ça m'a fait sursauter car je savais qu'il n'y avait pas de papier dans la machine la dernière fois que j'étais sorti m'acheter une nouvelle bouteille.

J'ai balayé la pièce du regard en me demandant s'il n'y avait pas quelqu'un — un quelconque intrus — dans l'appartement avec moi. Sauf qu'il ne s'agissait pas vraiment des intrus, voleurs ou drogués, auxquels je pensais... mais de fantômes.

J'ai remarqué qu'il y avait un espace déchiqueté dans la tapisserie à gauche de la porte de la chambre. Au moins je comprenais d'où venait le papier coincé dans la machine à écrire. Quelqu'un avait tout simplement arraché un lambeau de vieux papier peint. Mes yeux étaient toujours rivés là-dessus quand j'ai entendu un petit bruit bien distinct — *clac* — derrière moi. J'ai sursauté et fait volte-face, le cœur battant la chamade. J'étais épouvanté mais je savais pourtant très bien ce qu'était ce bruit... il n'y avait aucun doute là-dessus. Quand vous avez travaillé toute votre vie avec les mots vous reconnaissez le bruit que produit une touche de machine à écrire quand elle frappe le papier, même à la tombée de la nuit dans une pièce vide où il n'y a personne pour appuyer sur la touche.

Muets, légèrement serrés les uns contre les autres à présent, ils le fixaient tous dans l'obscurité, leurs visages formant des cercles blancs aux contours vagues. La femme de l'écrivain étreignait convulsivement l'une des mains de son mari dans les siennes.

— Je me suis senti... extérieur à moi-même. Irréel. Peut-être est-ce la sensation que l'on ressent toujours quand on touche à l'inexplicable. Je me suis approché lentement de la machine. Mon cœur battait à tout rompre. Mais je gardais la tête froide... glacée même.

Clac! Une nouvelle tige s'est élevée. Je l'ai vue cette fois-ci ; la touche était au troisième rang, en partant du haut, sur la gauche.

Je me suis mis à genoux, très lentement, et alors tous les muscles de mes jambes ont semblé se relâcher et je me suis affaissé sur le sol, jusqu'à ce que je sois assis là, face à la machine à écrire, mon pardessus London Fog crasseux étalé tout autour de moi comme la jupe d'une jeune fille qui vient d'exécuter sa révérence la plus plongeante. La machine a claqué deux fois encore, rapidement, s'est arrêtée, puis a claqué de nouveau. Chaque *clac* produisait le même écho mat que tout à l'heure mes pas sur le plancher.

Le papier peint avait été roulé dans la machine de façon que le côté couvert de colle sèche fût tourné vers l'extérieur. Les lettres étaient déformées par les creux et les bosses mais j'ai réussi à les déchiffrer : *rackn,* formaient-elles. Puis il y a eu un nouveau claquement et le mot est devenu *rackne.*

Puis... (Il s'éclaircit la gorge et grimaça un petit sourire.) ... même après tant d'années c'est difficile à raconter... à formuler tout simplement. Bon. Les faits nus, sans la moindre fioriture, sont les suivants. J'ai vu une main sortir de la machine à écrire. Une main incroyablement menue. Elle est sortie d'entre les touches B et N, sur le rang du bas, s'est arrondie en un poing et a frappé sur la barre d'espacement. La machine a sauté un blanc — très vite, comme un hoquet — et la main a replongé à l'intérieur.

La femme de l'agent émit un petit rire nerveux.

— Boucle-la, Marscha, murmura l'agent, et elle obtempéra.

— Les *clac* ont commencé à s'accélérer, continua l'éditeur, et au bout d'un moment j'ai entendu haleter la créature qui soulevait les bras des touches comme on le fait quand on travaille dur, à la limite de l'épuisement physique. Au bout d'un moment la machine n'a presque plus imprimé ; de plus, la plupart des touches étaient couvertes de ce vieux truc collant mais j'ai réussi à lire ce qui était écrit. Petit à petit s'est inscrit *rackne va m...*, mais ensuite, la touche *o* n'a pas pu se dégager de la colle. J'ai observé un moment et puis j'ai avancé un doigt et l'ai libérée. Je ne sais pas s'il

— Bellis — aurait réussi à y parvenir seul. Je ne pense pas. Mais je ne voulais pas voir ça... le voir s'y essayer. La seule vue de son poing avait suffi à me faire vaciller sur mes cannes. Si j'avais vu l'elfe tout entier, façon de parler, je pense que j'aurais vraiment sombré dans la folie. Et il n'était pas question que je puisse me relever pour m'enfuir en courant. Je n'avais plus aucune force dans les jambes.

Clac-clac-clac, ces petits grognements et ces halètements d'effort, et après chaque mot, ce poing strié d'encre pâlie et de saleté qui sortait d'entre les lettres B et N pour venir frapper la barre d'espacement. Je ne sais exactement combien de temps ça a duré. Sept minutes peut-être. Peut-être dix. Ou peut-être une éternité.

Finalement les *clac* ont cessé et je me suis aperçu que je n'entendais plus sa respiration. Peut-être s'était-il évanoui... Peut-être avait-il simplement abandonné et était-il parti... ou peut-être était-il mort. Il avait eu une crise cardiaque ou quelque chose comme ça. Tout ce dont je suis sûr c'est que le message n'était pas achevé. On pouvait lire, en minuscules : *rackne va mourir c'est le petit garçon jimmy thorpe ne le sais pas préviens thorpe rackne va mourir le petit garçon jimmy est en train de tuer rackne bel...* et c'était tout.

J'ai alors trouvé assez d'énergie pour me redresser et je suis sorti de la pièce. J'ai marché sur la pointe des pieds, à grandes enjambées, comme si je pensais qu'il s'était endormi et que si je faisais à nouveau entendre l'un de ces bruits de pas mats sur le plancher, il se réveillerait et la frappe recommencerait... Et je pensais que s'il recommençait, au premier *clac* je me mettrais à hurler et que cette fois je n'arrêterais pas jusqu'à ce que mon cœur et ma tête éclatent.

Ma Chevrolet était garée sur le parking en bas de la rue. J'avais fait le plein, elle était chargée, prête à démarrer. Je me suis mis au volant et me suis souvenu de la bouteille glissée dans la poche de mon pardessus. Mes mains tremblaient tant que je l'ai laissée tomber mais elle a atterri sur le siège et ne s'est pas brisée.

Je me suis rappelé les trous noirs et, mes amis, à ce moment précis, c'est exactement ce que j'appelais de mes vœux et c'est exactement ce qui s'est passé. Je me souviens de la première gorgée bue au goulot et de la seconde. Je me souviens avoir tourné le bouton de la radio et avoir entendu Frank Sinatra chanter « That Old Black Magic ». Ça semblait assez à propos. Dans ces circonstances. Façon de parler. Je me souviens d'avoir fredonné en même temps que lui et d'avoir bu encore quelques gorgées. J'étais tout au fond du parking et d'où j'étais je voyais le feu du carrefour changer successivement de couleur. Je ne pouvais oublier les claquements mats dans la pièce déserte et la lumière rouge qui déclinait dans le bureau. Je ne pouvais oublier cette respiration haletante, comme celle d'un elfe qui ferait de la musculation et aurait accroché des plombs de pêche aux extrémités d'un Q-Tip et s'entraînerait aux poids et altères dans ma vieille machine à écrire. Je ne pouvais oublier la surface rugueuse de l'envers de ce morceau de tapisserie arraché. Mon esprit ne cessait de s'interroger sur ce qui s'était passé avant mon retour chez moi... ne cessait de vouloir le voir — lui — Bellis — sautant, agrippant le coin décollé du papier peint près de la porte de la chambre, parce que c'était la seule chose qui restât dans la chambre rappelant le papier, s'y suspendant, réussissant enfin à l'arracher et le portant jusqu'à la machine sur *sa* tête comme une feuille de palmier. Je ne pouvais m'empêcher de me demander comment il — ça — avait bien pu faire pour le glisser sous le rouleau de la machine. Et je ne parvenais pas à tirer le rideau sur tout cela. Alors j'ai continué à boire et Frank Sinatra a cessé de chanter et il y a eu une publicité pour Crazy Eddie's puis Sarah Vaughan s'est mise à chanter « I Am Gonna Sit Right Down and Write Myself a Letter* » et là encore je pouvais me sentir concerné puisque c'est ce que j'avais *cru* avoir fait jusqu'à ce soir où quelque chose s'était produit qui m'avait amené à revoir ma position sur ce sujet, façon de parler, et j'ai fredonné avec cette bonne vieille Sarah-Soul et c'est à ce moment-là que j'ai inconsciemment appuyé sur le champignon parce qu'au milieu du second refrain et sans qu'il y ait eu le moindre à-coup, j'étais en train de cracher tripes et boyaux tandis que quelqu'un me frappait tout d'abord dans le dos avec le plat de la main puis soulevait mes coudes et les baissait pour me taper à nouveau le dos. C'était le routier. Chaque fois qu'il frappait, je sentais un grand jet épais monter dans ma gorge et s'apprêter à redescendre sauf qu'à ce moment-là il me soulevait les coudes et qu'à chaque fois qu'il me soulevait les coudes je vomissais une nouvelle fois et la plus grande partie de ce que je rejetais n'était même pas du Black Velvet mais de l'eau de la rivière. Quand j'ai

---

* « Je vais m'asseoir et m'écrire à moi-même une lettre. » (*N.d.T.*)

enfin été capable de redresser la tête pour regarder autour de moi il était 6 heures du soir trois jours plus tard et je gisais sur la rive de la Jackson River, en Pennsylvanie de l'Ouest, à environ quatre-vingt-dix kilomètres au nord de Pittsburgh. Ma Chevrolet émergeait de la rivière, l'arrière dressé vers le ciel. On pouvait encore voir l'autocollant pro-McCarthy sur le pare-chocs.

Y aurait-il encore du Fresca, ma chérie ? J'ai la gorge sacrément sèche.

La femme de l'écrivain lui tendit en silence un verre et au moment où elle le lui donnait, elle se pencha impulsivement et déposa un baiser sur sa joue crevassée d'alligator, il sourit et ses yeux étincelèrent dans la pénombre. C'était, malgré tout, une femme bonne et gentille et l'étincelle ne la trompa nullement. La gaieté ne faisait jamais briller ainsi les yeux.

— Merci, Meg.

Il avala une profonde gorgée, toussa, repoussa du geste une cigarette qu'on lui offrait.

— Ça suffit pour ce soir. Je vais complètement m'arrêter. Dans une prochaine vie. Façon de parler.

Le reste de mon récit n'a pas vraiment besoin d'être raconté. Il aurait contre lui le seul péché dont puisse vraiment être coupable un récit — son caractère prévisible. Ils ont retiré de ma voiture quelque chose comme quarante bouteilles de Black Velvet, dont un grand nombre étaient vides. Je tenais des propos incohérents sur les elfes et l'électricité et les Fornits et les chercheurs de plutonium et le fornus ; je leur ai paru complètement piqué et bien sûr c'est exactement ce que j'étais.

A présent, voici ce qui s'était passé à Omaha pendant que j'errais — d'après les doubles des reçus de l'essence payée avec ma carte de crédit retrouvés dans la boîte à gants de ma Chevrolet — à travers cinq États du Nord-Est. Tout cela, vous l'avez compris, m'a été rapporté par Jane Thorpe au fil d'une longue et douloureuse correspondance qui s'est achevée par une entrevue à New Haven où elle vit à présent, peu après que j'eus été libéré de la maison de santé, contrepartie du fait que je m'étais finalement rétracté. Au terme de cette rencontre nous avons pleuré dans les bras l'un de l'autre et c'est à ce moment-là que j'ai commencé à croire qu'il m'était possible de retrouver une vraie vie — peut-être même le bonheur — à nouveau.

Ce jour-là, aux environs de 3 heures de l'après-midi, on avait frappé chez les Thorpe. C'était le télégraphiste. Le télégramme était de moi : le dernier échange de notre correspondance malheureuse. Il disait ceci : REG AI INFORMATION DIGNE DE FOI QUE RACKNE VA MOURIR D'APRÈS BELLIS C'EST LE PETIT GARÇON BELLIS DIT QUE LE NOM DU GARÇON EST JIMMY FORNIT SOME FORNUS HENRY.

Au cas où la merveilleuse question d'Howard Backer : *que savait-il et quand l'avait-il appris ?* vous aurait traversé l'esprit, je peux vous dire que je savais que Jane avait embauché une femme de ménage ; j'ignorais — si ce n'est grâce à Bellis — qu'elle avait un petit diablotin de fils prénommé Jimmy. Je suppose qu'il vous faudra me croire sur parole, quoique en toute honnêteté je doive avouer que les psy qui ont travaillé sur mon cas les deux années qui ont suivi ne m'ont jamais cru.

Quand le télégramme est arrivé, Jane était à l'épicerie. Elle l'a retrouvé, après la mort de Reg, dans l'une de ses poches arrière. L'heure d'expédition et celle de réception étaient toutes deux notées dessus ; il portait la mention *Pas par téléphone/Remettre l'original.* Jane m'a raconté que le télégramme, quoique vieux seulement d'une journée, avait été tellement manipulé qu'on aurait dit que Reg l'avait reçu un mois plus tôt. Dans une certaine mesure, ce télégramme, ces vingt-six mots, c'était ça la balle élastique, et, de Paterson, New Jersey, j'avais fait feu en plein dans le cerveau de Reg Thorpe, et j'étais si foutrement bourré que je ne me souviens même pas l'avoir fait.

Pendant les deux dernières semaines de sa vie, Reg avait adopté un rythme de vie qui apparaissait comme un modèle de normalité. Il se levait à 6 heures, préparait le petit déjeuner pour sa femme et pour lui, puis écrivait pendant une heure. Aux alentours de 8 heures, il fermait son bureau à clé et partait avec le chien pour une longue flânerie à travers le quartier. Pendant ces promenades, il se montrait très sociable, s'arrêtait pour bavarder avec quiconque voulait bien bavarder avec lui, attachait le cabot devant un bistrot du coin pour prendre un café, puis reprenait son vagabondage. Il était rarement de retour avant midi. Le plus souvent à midi et demi ou 1 heure. Ça s'expliquait en partie par une volonté d'échapper à la babillarde Gertrude Rulin, pensait Jane, car ce rituel avait commencé à se mettre en place quelques jours après qu'elle eut commencé à travailler chez eux.

Il déjeunait légèrement, s'allongeait près d'une heure puis se levait pour écrire deux ou trois heures. Le soir, il allait parfois rendre visite aux jeunes gens d'à côté, seul ou en compagnie de Jane ; quelquefois il allait au cinéma avec elle, sinon il restait à lire dans la salle de séjour. Ils se couchaient de bonne heure, Reg le plus souvent le premier. Elle m'a confié dans ses lettres qu'ils faisaient rarement l'amour et que quand c'était le cas, ils en restaient l'un et l'autre insatisfaits. « Mais la sexualité ne tient pas une grande place dans la vie de bien des femmes, ajoutait-elle, et Reg travaille à nouveau pleinement ; c'est pour lui un substitut raisonnable. Je dirais que, vu les circonstances, ces deux dernières semaines ont été les meilleures que nous ayons vécues durant ces cinq dernières années. » J'ai presque éclaté en sanglots quand j'ai lu ça.

J'ignorais tout de Jimmy ; pas Reg. Reg savait tout sauf le plus important : Jimmy avait commencé à accompagner sa mère au travail.

Comme il a dû être furieux quand il a reçu mon télégramme et qu'il a commencé à réaliser ! Alors, *ils* étaient là, finalement. Et apparemment sa propre femme était l'un d'entre *eux*, parce qu'*elle* était à la maison quand Gertrude et Jimmy s'y trouvaient et elle n'avait jamais rien dit de la présence de Jimmy à Reg. Qu'est-ce qu'il m'avait dit déjà dans une de ses premières lettres ? « Quelquefois je me pose des questions sur ma femme. »

Quand elle est rentrée à la maison le jour de l'arrivée du télégramme, Reg n'était pas là. Il y avait un petit mot sur la table de la cuisine : « Ma chérie, je suis allé faire un tour à la librairie. Serai de retour pour le dîner. » Ça a semblé parfait à Jane... mais, si elle avait été au courant pour mon télégramme, l'extrême normalité de ce petit mot l'aurait sacrément effrayée, je pense. Elle aurait compris que Reg croyait qu'elle avait changé de camp.

Reg n'était nullement allé chez le libraire. Il s'était rendu dans le centre ville chez Littlejohn's Gun Emporium. Il avait acheté un P 45 automatique et deux mille balles. Il aurait pris un AK -70 si Littlejohn's avait été autorisé à en vendre. Il était bien décidé à défendre son Fornit, voyez-vous. Contre Jimmy, contre Gertrude, contre Jane. Contre eux.

Le lendemain matin il ne modifia en rien ses habitudes. Elle se souvenait de s'être fait la réflexion qu'il portait un pull terriblement épais pour un jour d'automne aussi chaud, mais c'est tout.

Le pull, bien sûr, c'était pour le flingue. Il était sorti promener le chien, son P 45 glissé dans la ceinture de son pantalon en twill.

Sauf qu'il n'était pas allé plus loin que le restaurant où il avait coutume de prendre son café du matin, et il s'y était rendu directement sans traîner ni bavarder en chemin. Il avait conduit le petit chien dans la zone de livraison derrière le restaurant, avait attaché sa laisse à une grille et s'en était retourné chez lui en empruntant le chemin qui longeait les jardins sur l'arrière.

Il connaissait parfaitement l'emploi du temps des jeunes d'à côté et savait qu'ils seraient tous sortis. Il savait où ils cachaient leur clé. Il est entré, est monté à l'étage et s'est mis à surveiller sa maison.

A huit heures et demie il a vu arriver Gertrude Rulin. Et Gertrude Rulin n'était pas seule. Il y avait bien un petit garçon avec elle. Le comportement exubérant de Jimmy Rulin en première année d'école primaire avait convaincu dès les premiers jours son instituteur et le conseiller d'éducation qu'il aurait été dans l'intérêt de tous (sauf bien sûr de sa mère qui avait bien besoin d'être un peu libérée de Jimmy) qu'il attende une année de plus. Jimmy était retourné pour une année encore au jardin d'enfants et seulement l'après-midi pendant le premier semestre. Les deux haltes-garderies du secteur étaient surchargées et Gertrude ne pouvait aller chez les Thorpe l'après-midi, car elle faisait le ménage de deux à quatre à l'autre bout de la ville.

Pour conclure l'affaire, Jane avait accepté à contrecœur qu'elle amène Jimmy avec elle tant qu'elle n'aurait pas trouvé d'autre solution. Ou, ce qui ne manquerait pas d'arriver, jusqu'à ce que Reg s'en aperçoive.

Elle pensait qu'il était *possible* que cela ne lui pose aucun problème. Il s'était montré si adorablement raisonnable ces derniers temps. Mais il était possible qu'il pique une crise. Si c'était le cas, il *faudrait* trouver une autre formule. Gertrude disait qu'elle comprenait. Et, au nom du ciel, avait ajouté Jane, qu'à aucun prix le garçon ne touche à ce qui appartenait à Reg. Gertrude s'en était portée garante ; la porte du bureau de Monsieur était fermée à clé et le resterait.

Thorpe avait dû se glisser d'un jardin à l'autre comme un tireur d'élite traversant un no man's land. Il avait vu Gertrude et Jane en train de laver des draps, à la cuisine. Il n'avait pas vu le garçon. Il s'était avancé le long du mur de la maison. Personne dans la salle à manger. Personne dans la chambre. Et puis, dans le bureau, là où Reg, morbidement, s'attendait à le trouver, il avait vu Jimmy. Le visage du gamin était rouge d'excitation et Reg avait certainement pensé qu'il avait enfin pour de bon devant lui un de *leurs* agents.

Le garçon tenait à la main, pointé vers la table de travail, une sorte de rayon de la mort... et, venu des entrailles de la machine, Reg avait entendu le hurlement de Rackne.

Vous pensez peut-être que je prête à un homme mort aujourd'hui des perceptions très subjectives... ou plus crûment que je fabule. Pas du tout. De la cuisine, Jane et Gertrude avaient entendu la mélodie très reconnaissable du désintégrateur en plastique de Jimmy — il tirait avec dans toute la maison depuis le premier jour où il était venu avec sa mère et Jane souhaitait chaque jour que les piles s'usent au plus vite. On ne pouvait pas se tromper sur ce bruit. On ne pouvait pas non plus douter de l'endroit d'où il provenait — le bureau de Reg.

Cet enfant était *vraiment* de la graine de Denis la Menace, vous savez ; s'il y avait dans la maison une pièce qui lui était interdite, c'est justement dans celle-ci qu'il *fallait* qu'il pénètre sous peine de mourir de curiosité. Il ne lui avait pas fallu non plus bien longtemps pour découvrir que Jane rangeait une clé du bureau de Reg sur le manteau de la cheminée, dans la salle à manger. Était-ce la première fois qu'il y entrait ? Je ne pense pas. Jane m'a raconté qu'elle se souvenait avoir donné une orange au garçon trois ou quatre jours avant et avoir ensuite, en faisant le ménage, trouvé des peaux d'orange sous le petit divan, dans cette pièce. Reg ne mangeait jamais d'oranges — il prétendait y être allergique.

Jane avait laissé retomber dans l'évier le drap qu'elle lavait et s'était précipitée dans la chambre. Elle avait entendu le *wah-wah-wah* sonore du désintégrateur et elle avait entendu Jimmy glapir : « *Je vais te faire la peau ! Tu peux pas m'échapper ! Je te vois à travers le VERRE !* » Et... elle m'a dit... elle m'a dit qu'elle avait entendu quelque chose hurler. Un cri aigu et désespéré, m'a-t-elle dit, si chargé de souffrance qu'il en était presque insupportable.

« Quand j'ai entendu ça, m'a-t-elle expliqué, j'ai compris qu'il me faudrait quitter Reg *quoi* qu'il arrive, car toutes les vieilles histoires de bonnes femmes étaient vraies, la folie était contagieuse. Parce que c'était bien Rackne que j'entendais ; d'une façon ou d'une autre, cette pourriture de môme était en train de tuer Rackne, de le tuer avec une arme de l'espace à deux dollars de chez Kresge's.

« La porte du bureau était ouverte, la clé dans la serrure. Plus tard ce jour-là, j'ai vu qu'une des chaises de la salle à manger avait été tirée près de la cheminée et que le siège était couvert des empreintes de mocassins de Jimmy. Il était penché sur la table où se trouvait la machine à écrire de Reg. Il — Reg — possédait un vieux modèle, comme ceux que l'on utilisait autrefois dans les bureaux avec des garnitures de verre sur les côtés. Jimmy avait placé le canon de son désintégrateur contre l'une d'elle et tirait dans la machine — *wah-wah-wah-wah* — et des éclats de lumière pourpre jaillissaient de la machine à écrire et tout à coup j'ai compris tout ce que Reg m'avait répété à propos de l'électricité, car bien que cet objet ne soit alimenté que par d'inoffensives vieilles piles C ou D, on aurait vraiment dit qu'il en sortait des ondes empoisonnées qui se répandaient dans ma tête et me grillaient le cerveau. *J' te vois là-d'dans!* hurlait Jimmy et son visage était éclairé par une joie enfantine… c'était un spectacle à la fois beau et quelque peu inquiétant. *Tu ne peux pas échapper au capitaine Future! Tu vas mourir*, étranger!

« Et ce cri… de plus en plus faible… ténu… *Jimmy, ça suffit!* ai-je ordonné.

« Il a sursauté. Je lui avais fait peur. Il a fait volte-face… m'a défiée du regard… a tiré la langue… puis il a replacé le désintégrateur contre le panneau de verre et s'est remis à tirer — *wah-wah-wah*, et cette foutue lumière pourpre.

« Gertrude était en train de traverser le hall, lui hurlant d'arrêter, de sortir de là, qu'il allait recevoir la raclé de sa vie… quand la porte d'entrée s'est brusquement ouverte et Reg a traversé le vestibule en braillant. Je l'ai regardé attentivement et j'ai compris qu'il était fou. Il avait le revolver à la main. *Tirez pas sur mon petit!* s'est écriée Gertrude quand elle l'a vu et elle s'est jetée en avant pour le saisir à bras-le-corps. Reg l'a envoyée valser d'un geste.

« Jimmy n'avait même pas semblé s'apercevoir de ce qui se passait ; il venait juste de se remettre à tirer dans la machine à écrire avec son désintégrateur. Je pouvais voir le rayon pourpre jaillir de l'ombre, entre les touches, tel l'un de ces arcs électriques que l'on vous recommande de ne pas regarder sans vous être muni de lunettes spéciales sous peine de vous brûler la rétine et de vous rendre aveugle.

« Reg est entré dans le bureau, m'a donné au passage un grand coup qui m'a renversée. *RACKNE!* a-t-il vociféré. *TU ES EN TRAIN DE TUER RACKNE!*

« Et tandis que Reg se ruait à travers la pièce, dans l'intention évidente de tuer cet enfant, m'a dit Jane, j'ai pris le temps de me demander combien de fois exactement il avait *pénétré* dans cette chambre et avait tiré avec cette arme dans la machine pendant que sa mère et moi étions peut-être à l'étage en train de faire les lits ou dans le jardin à suspendre du linge et que nous ne pouvions pas entendre ce *wah-wah-wah...* que nous ne pouvions pas l'entendre... le Fornit... à l'intérieur, qui hurlait.

« Jimmy ne s'est pas interrompu, même quand Reg est entré en trombe... il a continué à tirer dans la machine comme s'il savait que c'était sa dernière chance, et depuis je me suis demandé si Reg n'avait pas raison après tout à leur sujet, aussi... à cela près qu'*ils* sont dans l'air tout autour de nous et que de temps à autre *ils* plongent dans la tête de quelqu'un comme on fonce vers la victoire à travers une piscine et *ils* font faire le sale boulot à cette personne puis *ils* repartent comme *ils* étaient venus et le type qu'*ils* avaient envahi balbutie : *Quoi ? Moi ? J'ai fait quoi ?*

« Dans la seconde qui avait précédé l'entrée de Reg, la plainte qui s'échappait des entrailles de la machine à écrire s'était changée en un cri bref et perçant... et j'ai vu du sang éclabousser la paroi intérieure des incrustations de verre comme si ce qui était à l'intérieur, quoi que ce fût, avait fini par être déchiqueté, de la même manière qu'on dit qu'un animal vivant est déchiqueté si on le met dans un four à micro-ondes. Je sais que ça peut paraître complètement fou, mais je l'ai *vu* ce sang... il a giclé sur la vitre puis s'est mis à couler. *J' l'ai eu,* a déclaré Jimmy, ravi. *J' l'ai...*

« Alors Reg l'a balancé à travers la pièce. Il a heurté le mur. Le pistolet lui a échappé des mains, est tombé par terre et s'est cassé. Ce n'était rien d'autre qu'un morceau de plastique et des piles Eveready, bien entendu.

« Reg a regardé dans la machine à écrire, et s'est mis à crier. Ce n'était pas un cri de douleur ou de colère, même s'il exprimait une certaine colère... c'était surtout un cri de désespoir. Il s'est alors tourné vers l'enfant. Jimmy était affalé sur le sol et, quoi qu'il ait bien pu *avoir été* — s'il avait jamais *été* autre chose qu'un gamin facétieux — il n'était à présent qu'un petit garçon de six ans en proie à la terreur. Reg a pointé son revolver sur lui, et mes souvenirs s'arrêtent là. »

L'éditeur termina sa boîte de soda et la posa soigneusement à côté de lui.

— Les souvenirs de Gertrude Rulin et Jimmy Rulin permettent de compléter le récit, reprit-il. Jane est intervenue : « *Reg, NON !* » et quand il s'est tourné vers elle, elle s'est remise sur pied et s'est accrochée à lui. Il lui a tiré dessus et lui a fracassé le coude gauche, mais elle n'a pas lâché prise. Pendant qu'elle continuait à s'agripper à lui, Gertrude a appelé son fils et Jimmy a couru vers elle.

Reg a repoussé Jane et lui a tiré dessus une nouvelle fois. La balle a effleuré tout le côté gauche de son crâne. Un millimètre de plus sur la droite et il la tuait. Il y a peu de doute là-dessus et encore moins sur le fait que, sans l'intervention de Jane Thorpe, il aurait certainement tué Jimmy Rulin et peut-être même aussi la mère de celui-ci.

Il *a* en fait tiré sur le garçon au moment où celui-ci se jetait dans les bras de sa mère qui se tenait sur le seuil. La balle a pénétré dans sa fesse gauche, suivant une trajectoire descendante. Elle est ressortie en haut de sa cuisse gauche sans avoir touché l'os et a traversé le menton de Gertrude Rulin. Il y avait beaucoup de sang mais pas de dommage majeur.

Gertrude a claqué derrière elle la porte du bureau et elle a couru dans le couloir jusqu'à la porte d'entrée, son enfant hurlant et ensanglanté dans les bras.

L'éditeur marqua une nouvelle pause, pensif.

— A ce moment-là, soit Jane avait perdu connaissance, soit elle avait délibérément choisi de ne pas garder souvenir de ce qui allait se passer. Reg s'est assis dans son fauteuil de bureau et a placé le canon de son P 45 en plein milieu de son front. Il a appuyé sur la gâchette. La balle ne lui a pas traversé le cerveau, le réduisant à l'état de légume ; elle n'a pas non plus décrit un arc de cercle le long de son crâne pour ressortir sans dommage de l'autre côté. Son univers intérieur était élastique, mais la balle finale était aussi dure que possible. Il est tombé en avant sur la machine à écrire, mort.

Quand la police a débarqué, c'est ainsi qu'elle l'a trouvé ; Jane était assise dans un coin, de l'autre côté de la pièce, à demi inconsciente.

La machine à écrire était couverte de sang, sans doute aussi remplie de sang ; les blessures à la tête sont vraiment, vraiment malpropres.

Tout le sang répandu était du groupe O.

Le groupe de Reg Thorpe.

C'est ici, mesdames et messieurs, que s'achève mon histoire ; je ne peux en dire plus.

En effet, la voix de l'éditeur avait baissé pour n'être guère plus qu'un murmure rauque.

Il n'y eut aucun des habituels bavardages de fin de soirée ni même une de ces conversations artificiellement brillantes qui viennent parfois couvrir, au cours d'un cocktail, l'impair d'un instant, ou du moins masquer le fait que les choses sont devenues, à un moment donné, beaucoup plus sérieuses qu'elles ne doivent l'être au cours d'un dîner élégant.

Mais, quand l'écrivain raccompagna l'éditeur à sa voiture, il ne put s'empêcher de lui poser une dernière question :

— La nouvelle ? demanda-t-il, qu'est devenue la nouvelle ?

— Vous voulez dire le récit de...

— Oui, « La Ballade de la balle élastique ». L'histoire qui se trouve à l'origine de tout ça. C'était *ça* la vraie balle élastique... pour vous en tout cas, si ce n'est pour lui. Bon Dieu, qu'est devenue cette nouvelle si géniale ?

L'éditeur ouvrit la porte de sa voiture ; c'était une petite Chevette bleue ; sur son pare-chocs arrière un autocollant conseillait : UN AMI VÉRITABLE NE LAISSE PAS UN AMI EN ÉTAT D'IVRESSE PRENDRE LE VOLANT.

— Non, elle n'a jamais été publiée. Si Reg en a jamais possédé un double au carbone, il a dû le détruire après avoir reçu mon accord pour la publication du récit... vu son obsession paranoïaque à *leur* sujet, ça serait tout à fait dans la logique de son personnage. J'avais avec moi l'original et trois exemplaires photocopiés quand j'ai plongé dans la Jackson River. Tous les quatre dans une boîte en carton. Si j'avais placé celle-ci dans le coffre, j'aurais encore la nouvelle aujourd'hui car l'arrière de ma voiture n'a pas été immergé... et même si ça avait été le cas on aurait pu faire sécher les pages. Mais je voulais la garder près de moi alors je l'avais placée au-dessus du tableau de bord, côté conducteur. Les fenêtres étaient ouvertes quand j'ai fait le plongeon. Les pages... je suppose qu'elles sont tout simplement parties à la dérive et ont été emportées jusqu'à la mer. Je préfère penser cela plutôt que d'imaginer qu'elles ont pourri au fond de la rivière avec d'autres détritus ou qu'elles ont été avalées par un poisson-chat, ou quelque chose d'encore moins agréable sur le plan esthétique. Penser qu'elles ont été emportées vers la mer est plus poétique et un peu plus romanesque, mais pour ce qui est de ce que je décide de croire, je me suis rendu compte que je peux encore faire preuve d'élasticité. Façon de parler.

L'éditeur monta dans sa petite voiture et s'éloigna. L'écrivain le suivit du regard jusqu'à ce que les feux arrière aient disparu, puis se retourna. Meg était là, dans l'ombre, au bout de l'allée ; elle lui souriait timidement. Bien que la nuit soit chaude elle serrait étroitement ses bras croisés contre sa poitrine.

— Il n'y a plus que nous deux, dit-elle. On rentre ?
— D'accord.

A mi-chemin elle s'arrêta et demanda :
— Il n'y a pas de Fornits dans ta machine à écrire, n'est-ce pas, Paul ?

Et l'écrivain, qui s'était parfois — souvent — demandé d'où *exactement* venaient les mots, répondit crânement :
— Bien sûr que non.

Ils rentrèrent, bras dessus, bras dessous, et fermèrent leur porte contre la nuit.

Le Chenal

— Le Chenal était plus large à l'époque, dit Stella Flanders à ses arrière-petits-enfants durant le dernier été de sa vie, le dernier été avant qu'elle ne voie des fantômes.

Les enfants l'observaient avec de grands yeux silencieux et son fils, Alden, se tourna sur son siège sous la véranda où il était en train de tailler un bâton. C'était un dimanche et Alden ne sortirait pas le bateau un dimanche, si cher que se vendît le homard.

— Que veux-tu dire, grand-mère ? demanda Tommy, mais la vieille femme ne répondit pas, impassible dans son fauteuil à bascule près du poêle froid, ses chaussons claquant placidement le parquet.

Tommy demanda à sa mère :

— Qu'est-ce qu'elle veut dire ?

Loïs se contenta de secouer la tête, sourit et les envoya dehors munis de pots pour cueillir des mûres.

Stella pensa : elle a oublié. A moins qu'elle n'ait jamais su ?

Le Chenal était plus large à l'époque. Si quelqu'un était susceptible de le savoir, c'était bien Stella Flanders. Née en 1884, elle était la plus ancienne résidente de l'île de la Chèvre, et de sa vie elle n'avait jamais mis les pieds sur le continent.

Aimes-tu ? Cette question avait commencé de la tracasser et elle ne savait même pas ce que ça voulait dire.

L'automne arriva, un froid automne sans les pluies nécessaires pour mettre des couleurs vraiment belles sur les arbres ; que ce fût sur La Chèvre ou à la Tête-du-Raton-Laveur, de l'autre côté du Chenal. Cet automne-là, le vent sifflait de longues notes froides et chaque note résonnait dans le cœur de Stella.

Le 19 novembre, quand les premières rafales de neige descendirent en tourbillonnant d'un ciel de chrome blanc, Stella fêta son anniversaire. Presque tout le village s'assembla. Il vint Hattie Stoddard, dont la mère était morte de pleurésie en 1954 et dont le père avait disparu avec le *Dancer* en 1941. Richard et Mary Dodge vinrent, Richard qui se déplaçait lentement sur le sentier en s'appuyant sur sa canne, l'arthrite le chevauchant comme une invisible cavalière, Sarah Havelock vint, bien entendu ; la mère de Sarah, Annabelle, avait été la meilleure amie de Stella. Elles étaient allées ensemble à l'école de l'île jusqu'en quatrième, et Annabelle avait épousé Tommy Frane, qui lui tirait les cheveux au cours moyen et la faisait pleurer, tout comme Stella s'était mariée à Bill Flanders, qui lui avait un jour fait tomber tous ses livres d'école dans la boue (mais elle avait réussi à ne pas pleurer). Maintenant Annabelle et Tommy n'étaient plus et Sarah était le seul de leurs sept enfants qui fût demeuré sur l'île. Son époux à elle, George Havelock, que tout le monde appelait le Grand George, était mort d'une vilaine manière sur le continent en 1967, l'année où il n'y avait pas de poisson. Une hache avait échappé des mains du Grand George, il y avait eu du sang — trop ! — et des funérailles dans l'île trois jours plus tard. Et quand Sarah arriva à la fête de Stella et cria : « Joyeux anniversaire, grand-maman ! » Stella la serra fort et ferma les yeux

(*Aimes aimes-tu ?*)

mais ne pleura pas.

Il y avait un prodigieux gâteau d'anniversaire, Hattie l'avait confectionné avec l'aide de sa meilleure amie, Vera Spruce. L'assemblée brailla « Joyeux anniversaire ! » d'une seule voix assez puissante pour étouffer le bruit du vent... un petit moment en tout cas. Même Alden chantait, lui qui dans le cours normal des choses chantait seulement « En avant soldats du Christ » et l'hymne doxologique à l'église et pour le reste des paroles, il bougea les lèvres, tête baissée, ses vieilles larges oreilles rouges comme des tomates. Sur le gâteau de Stella, il y avait quatre-vingt-quinze bougies et en dépit du chant, elle entendait le vent, même si son ouïe n'était plus ce qu'elle avait été.

Elle pensa que le vent l'appelait par son nom.

« *Je n'étais pas la seule, aurait-elle dit aux enfants de Loïs si elle avait pu. De mon temps, il y avait beaucoup de gens qui vivaient et mouraient sur l'île. Il n'existait pas de bateau-courrier à l'époque ; Bull Symes apportait le courrier quand il y en avait. Pas de bac, non plus. Si tu avais à faire à La Tête, ton homme te prenait dans son homardier. A ma connaissance, il n'y a pas eu de cabinet avec chasse d'eau avant 1946. Le premier à en avoir introduit un dans l'île, ce fut le gars Harold, l'année où une crise cardiaque a emporté Bull alors qu'il était sorti relever les casiers. Je me souviens de les avoir vus ramener Bull chez lui. Je me souviens qu'ils le transportaient enveloppé dans un prélart, et qu'une de ses bottes vertes dépassait. Je me souviens...* »

Et ils auraient dit : « *Quoi, grand-mère, de quoi vous souvenez-vous ?* »

Comment leur répondre ? Qu'y aurait-il eu de plus à dire ?

Le premier jour de l'hiver, un mois environ après la fête d'anniversaire, Stella ouvrit la porte de derrière pour prendre du bois de chauffage et découvrit un moineau mort sous la véranda. Elle se baissa précautionneusement, le prit par une patte et l'examina. « Gelé », annonça-t-elle, et quelque chose en elle prononça un autre mot.

Il y avait quarante ans qu'elle n'avait pas vu un oiseau gelé — c'était en 1938. L'année où le Chenal aussi avait gelé.

Frissonnante, resserrant son manteau, elle jeta le moineau dans le vieil incinérateur rouillé en passant à sa hauteur. La journée était froide, le ciel clair, d'un bleu profond. Le soir de son anniversaire, il était tombé quinze centimètres de neige, qui avaient fondu, et il n'en était plus venu depuis. « Ça va pas tarder », avait dit prudemment Larry McKeen au magasin de l'île de la Chèvre, comme pour mettre l'hiver au défi de ne pas venir.

Parvenue à la pile de bois, Stella se remplit les bras de bûches et les ramena à la maison. Son ombre vive et nette la suivait.

Comme elle atteignait la porte de la maison, où le moineau gelé était tombé, Bill lui parla — mais le cancer avait emporté Bill depuis douze ans, « Stella », dit Bill et elle vit son ombre à lui à côté de la sienne, plus longue et tout aussi nettement découpée, la visière d'ombre de sa casquette d'ombre inclinée sur le côté avec sa désinvolture coutumière, Stella sentit dans sa gorge un cri se bloquer, trop vaste pour franchir ses lèvres. « Stella, répéta-t-il, quand viendras-tu de l'autre côté sur le continent ? On prendra la vieille Ford à Norm Jolley et on descendra chez Bean à Freeport juste histoire de rigoler. Qu'en dis-tu ? »

Elle pivota, manquant laisser échapper le bois et il n'y avait personne. Rien que l'arrière-cour en pente douce sur la colline, puis les herbes folles et au-delà, en bordure de tout, nettement découpé et d'une certaine manière, agrandi, le Chenal... et le continent au-delà.

« Grand-maman, qu'est-ce que c'est que le Chenal », aurait pu demander Lona... même si elle ne l'avait jamais fait. Et elle leur aurait donné la réponse que tout pêcheur savait par cœur : un chenal est une étendue d'eau entre deux étendues de terre, ouverte aux deux extrémités. La vieille blague des pêcheurs de homard : sachez lire votre compas quand la brume arrive, les gars ; entre Jonesport et Londres il y a un chenal sacrément long.

« Le Chenal c'est l'eau entre l'île et le continent », aurait-elle pu expliquer encore, en leur donnant des biscuits à la mélasse et du thé additionné de sucre. « Je le connais par cœur. Je le connais aussi bien que le nom de mon mari... et sa façon de porter la casquette. »

« Grand-maman ? dirait Lona, comment se fait-il que vous n'ayez jamais traversé le Chenal ? »

« Ma chérie, répondrait-elle, je n'ai jamais trouvé de raison de partir. »

En janvier, deux mois après la fête d'anniversaire, le Chenal gela pour la première fois depuis 1938. La radio avertit les habitants de l'île aussi bien que ceux du continent de ne pas se fier à la solidité de la glace mais Stewie McClelland et Russel Bowie sortirent le traîneau Bombardier de Stewie après avoir passé un long après-midi à boire du vin Apple Zapple et comme il se devait, le traîneau s'enfonça dans le Chenal. Stewie réussit à s'en sortir en rampant (mais il perdit un pied gelé). Le Chenal prit Russel Bowie et l'emporta.

Ce 25 janvier, il y avait un service religieux à la mémoire de Russell. Stella sortit au bras de son fils Alden et il bougea les lèvres pour les paroles des hymnes et brailla la doxologie de sa grande voix discordante avant la bénédiction. Après quoi Stella s'assit en compagnie de Sarah Havelock, d'Hattie Stoddard et de Vera Spuce dans la lueur d'un feu de bois à l'entresol de la mairie. On donnait une réception dédiée à la mémoire de Russel, avec du punch Za-Rex et de charmants petits sandwiches à la crème de fromage découpés en triangle. Bien entendu, les hommes ne cessaient de sortir pour aller boire la goutte ou quelque chose de plus fort que le Za-Rex. La veuve de Russel Bowie était assise, les yeux rouges et fixes à côté d'Ewel McCracken, le ministre du culte. Elle était enceinte de sept mois — ce serait son cinquième — et Stella, somnolente dans la chaleur du poêle à bois, songeait : *elle tardera pas à traverser le Chenal, il me semble. Elle déménagera à Freeport ou à Lewinston et cherchera une servante, je crois.*

Elle se tourna vers Vera et Hattie pour savoir sur quoi portait la discussion.

— Non, je n'ai pas entendu, annonçait Hattie. Qu'est-ce que Freddy a dit ?

Elles parlaient de Freddy Dinsmore, le plus vieil homme de l'île (mais il a deux ans de moins que moi, songea Stella avec une certaine satisfaction), qui avait vendu son magasin à Larry McKeen en 1960 et était maintenant à la retraite.

— Il a dit qu'il n'avait jamais vu un hiver pareil, assura Vera en sortant son tricot. Il dit que ça va rendre les gens malades.

Sarah Havelock tourna son regard vers Stella et lui demanda si elle avait jamais vu pareil hiver. Il n'y avait pas eu de neige depuis ces quelques premiers flocons ; le sol était craquant, nu et brun. La veille, Stella avait fait trente pas dans le champ de derrière, tenant la main droite à hauteur de la cuisse et l'herbe sur son chemin se cassait avec un bruit de verre brisé, formant une rangée bien nette.

— Non, dit Stella. Le Chenal a gelé en 38 mais il y avait de la neige cette année-là. Tu te souviens de Bull Symes, Hattie ?

Hattie éclata de rire.

— Je crois que j'ai encore le bleu qu'il m'a fait au derrière à la fête du nouvel an en 53. Il pinçait très très fort. Qu'est-ce que tu voulais dire sur lui ?

— Bull et mon homme ont traversé jusqu'au continent cette année-là, expliqua Stella. Au mois de février 1938. Ils avaient mis des raquettes et ils ont traversé jusqu'à la taverne de Dorrit. A La Tête, ils ont bu un coup de whisky et sont rentrés. Ils m'avaient proposé de venir. Ils étaient comme deux petits garçons partis faire de la luge avec leur traîneau entre eux.

Elles la regardaient, impressionnées par le prodige. Même Vera la regardait les yeux écarquillés et pourtant Vera avait certainement déjà entendu cette histoire. A ce qu'on racontait Bull et Vera avaient autrefois fricoté ensemble mais il était difficile aujourd'hui, en contemplant Vera, de croire qu'elle eût jamais été si jeune.

— Et vous n'y êtes pas allée ? demanda Sarah, qui voyait peut-être en pensée l'étendue du Chenal, si blanche qu'elle était presque bleue dans la lumière sans chaleur d'un soleil d'hiver, et les cristaux de neige étincelants, le continent qui se rapprochait tandis qu'on traversait, oui qu'on traversait l'océan tout comme Jésus sortant de la barque, qu'on quittait l'île à pied pour la seule et unique fois de sa vie.

— Non, répondit Stella.

Tout à coup, elle aurait voulu avoir elle aussi apporté son tricot.

— Je ne suis pas allée avec eux.

— Pourquoi ? interrogea Hattie, presque indignée.

— C'était jour de lessive, répliqua Stella d'une voix sèche et puis Mme Bowie, veuve de Russel, éclata en bruyants, braillants sanglots.

Stella leva les yeux et Bill Flanders était assis, avec sa veste rouge et noir, la casquette inclinée sur le côté ; il fumait une Herbert Tareyton, une autre coincée derrière l'oreille pour plus tard. Elle sentit son cœur bondir dans sa poitrine et gonfler entre deux battements.

Elle émit un bruit mais à cet instant précis une pomme de pin éclata dans le poêle et aucune de ces dames ne l'entendit.

— La pauvre, dit Sarah, d'une voix presque roucoulante.

— C'est une bonne chose d'être débarrassée de ce bon à rien, grogna Hattie.

Elle chercha dans les abysses sinistres de la vérité ce qui concernait feu Russel Bowie et trouva :

— Il gagnait à peine plus qu'un clochard. C'est tant mieux qu'elle soit plus attelée à cette carriole.

Stella entendait à peine. Bill était assis là, assez près du révérend McCracken pour lui tordre le nez si ça lui chantait ; il ne faisait pas plus de quarante ans, les pattes-d'oie au coin des yeux qui devaient par la suite se creuser si profondément étaient très peu visibles, il portait son pantalon de flanelle et ses bottes de caoutchouc avec les chaussettes de laine grise proprement rabattues sur le bord.

— Nous t'attendons, Stel, dit-il. Traverse, viens voir le continent. Tu n'auras pas besoin de raquettes cette année.

Ainsi était-il assis à l'entresol de la mairie, aussi grand que ce sacré Bill l'était, et puis une autre pomme de pin explosa dans le poêle et il disparut. Et le révérend McCracken s'approcha de Mme Bowie pour la réconforter comme si de rien n'était.

Ce soir-là, Vera appela Annie Philips au téléphone et dans le cours de la conversation, elle raconta à Annie que Stella Flanders n'avait pas l'air bien, pas bien du tout.

— Alden aurait du mal à l'enlever de l'île si elle tombait malade, dit Annie.

Annie aimait bien Alden parce que son fils à elle, Toby, lui avait dit qu'Alden ne buvait jamais rien de plus fort que de la bière. Annie était quant à elle d'une tempérance très stricte.

— On ne la bougera que si elle est dans le coma, dit Vera en prononçant ce mot à la mode de l'Est profond : *comer*. Quand Stella dit *grenouille,* Alden saute, Alden n'a pas vraiment inventé la poudre, tu sais. Stella le mène par le bout du nez.

— Ah bon ? dit Annie.

A cet instant précis, il y eut un craquement métallique sur la ligne. Vera perçut encore un moment non les paroles mais la voix d'Annie Philips derrière les craquements, et puis il n'y eut plus rien. Les rafales de vent s'étaient faites plus violentes et les lignes de téléphone étaient abattues, peut-être dans l'étang de Godlin ou dans la baie de Borrow, d'où elles traversaient le Chenal, enveloppées dans une gaine, par la voie sous-marine. Il n'était pas impossible qu'elles aient été abattues de l'autre côté, à la Tête... et certains devaient dire (en ne plaisantant qu'à moitié) que Russel Bowie avait d'une main glacée arraché le câble, simplement pour faire le mal.

A moins de deux kilomètres de là, Stella Flanders, couchée sous sa courtepointe en patchwork, écoutait la douteuse mélodie des ronflements d'Alden dans la pièce voisine. Elle écoutait Alden pour ne pas écouter le vent... mais elle l'entendait tout de même, oh oui, elle l'entendait venir des étendues glacées du Chenal, deux kilomètres et demi d'eau maintenant recouverte de glace, avec dans les profondeurs en dessous les homards et les mérous et peut-être le corps tordu et dansant de Russel Bowie, qui venait régulièrement en avril lui labourer le jardin avec son vieux Rototiller.

Qui me retournera la terre en avril prochain ? se demandait-elle, recroquevillée de froid sous la courtepointe. Et comme un rêve dans un rêve, sa propre voix répondit à sa voix : *aimes-tu ?* Le vent soufflait en rafales, secouant les fenêtres antitempête. Il lui sembla que celles-ci lui parlaient mais elle détourna le visage pour ne pas entendre leurs paroles. Et elle ne pleura pas.

— *Mais grand-maman, insistait Lona (elle n'abandonnait jamais, pas elle, qui ressemblait à sa mère et à sa grand-mère aussi), vous ne nous avez toujours pas dit pourquoi vous n'avez jamais traversé.*

— *Ma foi, mon enfant, j'ai toujours eu tout ce dont j'avais besoin ici même, à la Chèvre.*

— *Mais c'est si petit, nous, nous vivons à Portland. Là il y a des bus, grand-maman !*

— *J'en vois assez à la télé sur ce qui se passe dans les villes. Je crois que je resterai où je suis.*

Hal était plus jeune, mais avait plus d'intuition ; il n'insistait pas comme sa sœur, mais sa question allait plus au cœur du problème :

— *Vous n'avez jamais eu envie de traverser, grand-maman ? Jamais ?*

Et elle se penchait vers lui, lui prenait ses petites mains et lui racontait comment sa mère et son père à elle étaient venus dans l'île peu après leur mariage, et comment le grand-père de Bull Symes avait pris le père de Stella comme apprenti sur son bateau. Elle lui racontait que sa mère avait été quatre fois enceinte mais qu'elle avait fait une fausse couche et qu'un des bébés était mort une semaine après sa naissance... Ils auraient quitté l'île si l'on avait pu le sauver à l'hôpital du continent mais bien sûr ce fut terminé avant qu'elle ait eu le temps d'y songer.

Elle leur racontait que Bill avait assisté Jane, leur grand-mère, mais non pas que, lorsque ce fut fini, il était allé dans la salle de bains, avait commencé par vomir puis avait fondu en larmes comme une femme hystérique qui a des règles particulièrement douloureuses. Bien entendu, Jane avait quitté l'île à quatorze ans pour aller au lycée ; les filles ne se mariaient plus à quatorze ans et quand Stella la vit partir sur le bateau de Bradley Maxwell dont le boulot était ce mois-là de faire la navette pour les enfants, elle sut au fond de son cœur que Jane était partie pour de bon, même si elle reviendrait un moment. Elle leur racontait qu'Alden était venu dix ans plus tard, après qu'ils eurent abandonné, et comme pour effacer son retard, Alden était resté, il était toujours là, en vieux garçon, et d'une certaine manière Stella s'en réjouissait parce qu'il n'était pas d'une intelligence très brillante et qu'il y avait tant de femmes prêtes à exploiter un homme au cerveau lent et au bon cœur (mais elle s'abstenait aussi de ces considérations-là devant les enfants).

Elle disait :
— Louis et Margaret Collins engendrèrent Stella Godlin, qui devint Stella Flanders ; Bill et Stella Flanders engendrèrent Jane et Alden Flanders et Jane Flanders devint Jane Wakefield ; Richard et Jane Wakefield engendrèrent Loïs Wakefield qui devint Loïs Perrault ; David et Loïs Perrault engendrèrent Lona et Hal. Tels sont vos noms, les enfants : vous êtes des Godlin-Flanders-Wakefield-Perrault. Votre sang vient des pierres de cette île et je reste ici parce que le continent est trop loin à atteindre. Oui, j'aime ; j'ai aimé, en tout cas, ou du moins ai-je essayé d'aimer, mais le souvenir est si large et si profond et je ne peux pas traverser. Godlin-Flanders-Wakefield-Perrault...

C'était le mois de février le plus froid depuis que la météorologie nationale avait commencé à tenir ses registres, et vers le milieu du mois la glace couvrant le Chenal devint sûre. Des motoneiges bourdonnaient et gémissaient et parfois se retournaient quand elles abordaient mal les reliefs de glace. Les enfants tentèrent de faire du patin, trouvèrent la glace trop bosselée pour que ce soit amusant et retournèrent à l'étang de Godlin de l'autre côté de la colline, mais avant cela Justin McCraken, le fils du pasteur, coinça un patin dans une fissure et se brisa une cheville. On l'emmena à l'hôpital du continent où un médecin qui possédait une Corvette lui déclara :
— Fiston, tu vas avoir une cheville comme neuve.
Freddy Dinsmore mourut sans crier gare trois jours après que Justin McCraken se fut brisé la cheville. Fin janvier, il attrapa la grippe, ne voulut pas faire venir le médecin, raconta à tout le

monde que ce n'était « qu'un rhume qu'il avait attrapé en allant prendre le courrier sans son écharpe », s'alita et mourut avant que quiconque ait pu le transporter sur le continent et le brancher sur toute la machinerie qui attendait des gens comme Freddy. Son fils George, pochard invétéré, même à présent qu'il avait atteint l'âge avancé (pour un pochard, du moins) de soixante-huit ans, trouva Freddy tenant d'une main un exemplaire du *Bangor Daily News*, tandis que non loin de l'autre était posée sa Remington non chargée. Il songeait apparemment à la nettoyer quand il était mort. George Dinsmore se lança dans une beuverie de trois semaines, ladite beuverie étant financée par ceux qui savaient que George allait toucher l'argent de l'assurance de son père. Hattie Stoddard se répandit partout en disant à qui voulait l'entendre que le vieux George Dinsmore n'était qu'un pécheur déshonoré et qu'il ne gagnait pas plus qu'un clochard.

Il y eut beaucoup de grippes. En ce mois de février, l'école ferma quinze jours au lieu de la semaine habituelle en raison du nombre d'élèves malades.

— Quand il n'y a pas de neige, il y a beaucoup de microbes, dit Sarah Havelock.

Vers la fin du mois, alors qu'on commençait à espérer le faux confort de mars, Alden Flanders à son tour attrapa la grippe. Il la promena pendant près d'une semaine puis s'alita avec quarante de fièvre. Comme Freddy, il refusa de faire venir un médecin et Stella se rongea d'inquiétude. Alden n'était pas aussi vieux que Freddy, mais en mai il aurait soixante ans.

Enfin, la neige vint. Dix-huit centimètres à la Saint-Valentin, dix-huit autres le 20, et le 29 février, ce bon vieux vent du nord apporta encore trente centimètres de neige. Blanche et étrange elle recouvrait l'étendue entre l'anse et le continent, formant comme un pré à moutons là où à cette époque de l'année il n'y avait jamais eu depuis des temps immémoriaux que le flot gris et houleux. Plusieurs personnes firent à pied le trajet jusqu'au continent et retour. On n'avait pas besoin de raquettes cette année-là, car la neige avait gelé, formant une croûte solide et luisante. Ils auraient pu aller boire un coup de whisky, pensa Stella, mais pas chez Dorrit. Son établissement avait été détruit par un incendie en 1958.

Et elle vit Bill à quatre reprises. Une fois il lui dit :
— Tu devrais venir vite, Stella. On va marcher. Qu'en dis-tu ?

Elle ne pouvait rien dire. Son poing était enfoncé profondément dans sa bouche.

— *Tout ce que j'ai jamais désiré, tout ce dont j'ai eu besoin était ici, leur expliquait-elle. Nous avions la radio et maintenant nous avons la télévision, et c'est tout ce que je veux avoir du monde de l'autre côté du détroit. J'avais mon jardin, bon an mal an. Et les homards ? Eh bien, nous en avions toujours une marmite qui cuisait sur le poêle et nous la sortions et la mettions derrière la porte dans le placard à provisions ; quand le pasteur venait il voyait que nous ne mangions pas la « soupe du pauvre ». J'ai vu du beau et du mauvais temps et s'il y a eu des moments où je me demandais quel effet cela faisait d'être en chair et en os dans le magasin Sears au lieu de passer commande sur le catalogue, ou d'aller dans un de ces supermarchés que j'ai vus à la télé au lieu de faire mes emplettes au magasin d'ici ou d'envoyer Alden de l'autre côté pour acheter quelque chose de spécial comme un chapon de Noël... ou s'il m'est arrivé, rien qu'une fois, d'avoir envie de me trouver dans Congress Street à Portland pour regarder tous ces gens dans leurs voitures et sur les trottoirs, d'apercevoir ainsi plus de gens d'un seul coup d'œil qu'il n'y en a ici sur toute l'île à l'heure actuelle... si j'ai jamais eu envie de ces choses-là, celles d'ici me faisaient encore plus envie. Je ne suis pas étrange. Je ne suis pas particulière, pas spécialement excentrique pour une femme de mon époque. Ma mère disait parfois : « Toute la différence au monde est entre le travail et l'envie », et je crois cela de toute mon âme. Je crois qu'il vaut mieux labourer en profondeur que sur une large surface. C'est mon coin, et je l'aime.*

Un jour de la mi-mars, alors que le ciel était aussi vide et déclinant qu'une mémoire lacunaire, Stella Flanders s'assit dans sa cuisine pour la dernière fois, laça ses bottines sur ses maigres mollets pour la dernière fois et entoura son cou de son écharpe de laine rouge vif (un cadeau de Noël d'Hattie trois années plus tôt) pour la dernière fois. Elle portait sous sa robe les sous-vêtements d'Alden. La ceinture du caleçon arrivait juste au-dessous des flasques vestiges de sa poitrine, le tricot lui descendait presque jusqu'aux genoux.

Au-dehors, le vent soufflait encore et la radio avait annoncé de la neige pour l'après-midi. Elle mit son manteau et ses gants.

Après un moment de réflexion, elle enfila une paire de gants d'Alden par-dessus les siens. Alden s'était remis de sa grippe et ce matin-là, en compagnie d'Harley Blood, il remettait la porte-tempête de Mme Bowie, qui venait d'avoir une fille. Stella l'avait vue et la malheureuse mouflette ressemblait comme deux gouttes d'eau à son père.

Elle se tint un moment devant la fenêtre, contemplant le Chenal et Bill était là comme elle s'y attendait, debout à peu près à mi-chemin de l'île et de La Tête, planté au milieu du Chenal comme Jésus-quittant-la-barque, il lui faisait signe de la main, comme pour lui dire que le temps pressait si elle voulait mettre le pied sur le continent dans cette vie.

Si c'est ce que tu veux, Bill, songeait-elle avec inquiétude, *Dieu sait que moi, je n'y tiens pas.*

Mais le vent étouffa d'autres paroles. En fait, elle voulait. Elle voulait avoir cette aventure. L'hiver avait été douloureux pour elle — l'arthrite qui apparaissait et disparaissait avait fait un retour en force, brûlant les articulations de ses doigts et de ses genoux au feu d'une flamme rouge et d'une glace bleue. L'un de ses yeux avait faibli, s'était brouillé (et l'autre jour justement, Sarah avait avoué avec une certaine gêne que l'âtre qui se trouvait là depuis que Stella avait soixante ans semblait grandir par bonds et par brusques sursauts). Pire que tout, la douleur profonde qui lui poignait l'estomac était revenue et deux jours plus tôt, elle s'était levée à cinq heures du matin, s'était frayé un chemin sur le parquet délicieusement froid de la salle de bains et avait craché un énorme caillot de sang d'un rouge brillant dans la cuvette des toilettes. Ce matin-là, elle avait encore vomi de cette substance infecte, cuivrée et tremblante comme une gelée.

Les douleurs d'estomac apparaissaient et disparaissaient depuis cinq ans, avec des moments de rémission et d'aggravation, et elle savait pratiquement depuis le début que ce devait être un cancer. Cette maladie avait emporté son père et sa mère et le père de sa mère. Aucun d'eux n'avait vécu au-delà de soixante-dix ans et elle supposait donc qu'elle avait battu à plate couture les types de l'assurance.

— Tu manges comme un cheval, lui dit Alden, avec un large sourire, peu de temps après le début de ces douleurs et l'apparition des premières taches de sang dans les selles du matin. Tu ne sais pas que les vieux machins comme toi sont censés garder le ventre creux ?

— Excuse-toi ou je te gifle ! avait répondu Stella en levant la main devant la joue de son fils grisonnant qui recula la tête, et, par jeu, se recroquevilla et gémit :

— Non, maman ! Je le retire !

Oui, elle avait mangé de bon cœur, non parce qu'elle en avait envie mais parce qu'elle croyait (comme beaucoup de gens de sa génération) que si on nourrissait le cancer il vous laissait tranquille. Et ça avait peut-être marché, du moins pendant un moment ; le sang dans ses selles apparaissait et disparaissait, et puis il y eut de longues périodes où elle ne le vit plus du tout. Alden s'habitua à la voir se resservir à table (et se resservir une deuxième fois quand la douleur était particulièrement forte) mais elle ne prit jamais de poids.

Maintenant, il semblait bien que le cancer avait fini par prendre les proportions de ce que les mangeurs de grenouilles appellent *la pièce de résistance**.

Franchissant la porte, elle aperçut le chapeau d'Alden, celui qui avait des protège-oreilles en fourrure, pendu à l'un des portemanteaux de l'entrée. Elle s'en coiffa — le rebord tombait directement sur ses broussailleux sourcils poivre et sel — et jeta un dernier coup d'œil autour d'elle pour vérifier qu'elle n'avait rien oublié. Le poêle était au ralenti et Alden avait laissé le tirage trop ouvert — elle avait beau le lui répéter, c'était une chose qu'il n'arriverait jamais à faire correctement.

— Alden, tu brûleras un stère de plus par hiver quand je ne serai plus là, marmonna-t-elle, et elle ouvrit le poêle. Elle jeta un coup d'œil à l'intérieur et un petit sursaut d'effarement, vite contenu, lui échappa. Elle claqua la porte du poêle et ajusta le tirage de ses doigts tremblants. Pendant un instant, rien qu'un instant, elle avait vu sa vieille amie Annabelle Frane dans les braises. C'était son visage de vivante, il n'y manquait pas même le grain de beauté sur la joue.

Et est-ce qu'elle ne lui avait pas cligné de l'œil ?

Elle pensa à laisser à Alden un mot pour lui dire où elle était allée, mais elle se dit que peut-être son cerveau lent, à sa façon, comprendrait.

---

* En français dans le texte. (*N.d.T.*)

Écrivant encore le billet dans sa tête — *Depuis le premier jour de l'hiver je vois ton père et il dit que mourir n'est pas si mal, du moins, je crois que c'est...* —, Stella sortit dans le jour blanc.

Le vent la secoua et elle dut raffermir le chapeau d'Alden sur sa tête avant que le blizzard ne s'amuse à le lui prendre et à le faire rouler au loin. Le froid semblait trouver la moindre ouverture dans ses vêtements et la vrillait — le froid humide de mars et la neige humide dans son esprit.

Elle descendit la colline en direction de la baie, en veillant à marcher sur les cendres et les bouts de brique que George Dinsmore avait répandus. Autrefois George avait été embauché par la ville de La Tête pour conduire le chasse-neige pendant le grand coup de froid de 77 ; il s'était complètement enivré de whisky et avait conduit l'engin tout droit non pas sur un, ni sur deux, mais sur trois pylônes électriques. La Tête avait été privée de lumière pendant cinq jours. Stella se souvenait encore de l'impression étrange qu'on avait en regardant de l'autre côté du Chenal et en ne voyant que la nuit. Le corps s'était habitué à voir ce vaillant petit nid de lumières. Maintenant George travaillait sur l'île et comme il n'y avait pas de chasse-neige, il ne risquait pas de causer autant de dégâts.

En passant devant la maison de Russel Bowie, elle vit sa veuve, d'une pâleur laiteuse, qui la regardait. Elle lui fit signe de la main. La veuve répondit de même.

Elle aimerait leur dire cela :
« Sur l'île, nous avons toujours réglé nos affaires nous-mêmes. La fois où Gerd Henreid a eu un vaisseau qui a éclaté dans la poitrine, on a économisé tout un été sur la nourriture pour lui payer une opération à Boston — et Gerd est revenu bien vivant, grâce à Dieu. Quand George Dinsmore a foncé sur ces pylônes et que la compagnie d'électricité a fait saisir sa maison, on s'est arrangés pour que la compagnie ait son argent et que George ait un boulot qui lui permette d'avoir ses cigarettes et sa gnôle... Pourquoi pas ? il n'était bon à rien d'autre quand il avait fini sa journée de travail mais quand il était à la tâche il travaillait comme une bête de somme. La fois où il a fait des dégâts, c'était à cause de la nuit, il faisait nuit et la nuit a toujours été le moment où George buvait. Son père l'a nourri, au moins. Maintenant Mme Bowie est seule avec un autre enfant. Peut-être qu'elle va rester ici avec ses

allocations et sa pension, et en fait, le plus vraisemblable c'est que ça ne suffira pas, mais on lui apportera toute l'aide dont elle a besoin. Elle partira probablement, mais si elle restait, elle ne mourrait pas de faim... et écoutez-moi, Lona et Hal : si elle reste elle pourra conserver quelque chose de ce petit monde avec son petit Chenal d'un côté et le grand Chenal de l'autre, quelque chose qu'il serait trop facile de perdre en vendant à la sauvette du hasch à Lewiston ou des beignets à Portland ou des boissons dans le quartier de Nashville North à Bangor. Et je suis assez vieille pour ne pas avoir besoin de battre la campagne quand il s'agit de définir ce que c'est : une façon d'être et une façon de vivre — une façon de sentir. »

Ils avaient aussi une autre manière de s'occuper de leurs affaires, mais de cela elle ne leur parlerait pas. Les enfants ne comprendraient pas, pas plus que Loïs et David, même si Jane savait la vérité. Il y avait eu l'enfant mongolien de Norman et Ettie Wilson, né avec ses pauvres petits pieds en dedans, un crâne chauve plein de creux et de bosses, les doigts palmés comme s'il avait rêvé trop longtemps et trop profondément en nageant dans le Chenal intérieur ; le révérend McCracken était venu baptiser l'enfant, et le lendemain Mary Dodge était venue, qui dès cette époque avait déjà mis au monde plus d'une centaine d'enfants, et Norman avait emmené Ettie au bas de la côte pour voir le nouveau bateau de Frank Child et bien qu'elle pût à peine marcher, Ettie l'avait accompagné sans se plaindre, mais elle s'était arrêtée à la porte pour jeter un regard en arrière sur Mary Dodge, qui tricotait calmement, assise près du berceau de l'idiot. Mary avait levé les yeux et quand leurs regards s'étaient croisés, Ettie avait fondu en larmes. « Viens », avait dit Norman, bouleversé. « Viens, Ettie, viens. » Et quand ils étaient revenus, une heure plus tard, le bébé était mort, une de ces morts subites du nourrisson — n'était-ce pas un décès miséricordieux s'il n'avait pas souffert ? Et bien des années auparavant, avant la guerre, durant la dépression, trois petites filles avaient subi un attentat à la pudeur en rentrant de l'école, ce n'était pas grave, du moins pas au point de laisser des séquelles physiques visibles et elles avaient raconté qu'un homme leur avait offert de leur montrer un jeu de cartes décorées de toutes sortes de chiens. « Je vous montrerai ce merveilleux jeu de cartes », avait dit l'homme, si vous venez avec moi dans les buissons et une fois là-dedans, l'homme avait dit : « Mais il faut d'abord que vous touchiez ça. » L'une des petites s'appelait Gert Symes, elle devait être nommée professeur de l'année pour l'État du Maine en 1978, pour son travail à Brunswick High. Et Gert, qui n'avait alors que cinq ans, avait raconté à son père qu'à une des mains de l'homme, il manquait des doigts. Une des deux autres petites avait abondé dans ce sens. La troisième ne se rappelait rien. Stella se souvenait qu'Alden était sorti par un jour orageux cet été-là et elle avait eu beau le questionner, il n'avait pas voulu lui dire où il allait. De la fenêtre, elle avait vu Alden retrouver Bull Symes au bout du chemin, et puis Freddy Dinsmore les avait rejoints et en bas dans la baie elle avait vu son propre mari, qu'elle avait envoyé dehors ce matin-là comme toujours, avec sa gamelle sous le bras. D'autres hommes s'étaient ralliés à eux et finalement quand ils s'étaient mis en mouvement, elle en avait compté une bonne dizaine. Le prédécesseur du révérend McCracken était parmi eux. Et ce soir-là un type du nom de Daniels avait été découvert au bas de Slyder's Point, là où les rochers se dressaient, perçant le ressac comme les crocs d'un dragon noyé la bouche ouverte. Ce Daniels avait été embauché par Big George Havelock pour l'aider à consolider sa maison et à mettre un nouveau moteur dans son camion Model A. Il était du New Hampshire et c'était un beau parleur qui avait trouvé d'autres boulots inhabituels à faire pour quand il en aurait terminé chez Havelock... et à l'église, il savait chanter juste ! Apparemment, dirent-ils, Daniels se promenait au sommet de Slyder's Point et avait glissé, rebondissant tout le long de la pente jusqu'en bas. Il avait le cou brisé et le visage écrasé. Comme personne ne le connaissait, on l'avait enterré dans l'île et le prédécesseur du révérend McCracken avait prononcé l'éloge funèbre, louant l'ardeur au travail de ce Daniels et son obligeance, en dépit des deux doigts qui lui manquaient à la main droite. Puis il avait lu la bénédiction et le cortège funèbre s'en était retourné à la mairie où, à l'entresol, ils avaient bu du punch Za-Rex et mangé des sandwiches à la crème de fromage, et Stella n'avait jamais demandé à ses hommes où ils étaient allés le jour où Daniels était tombé du haut de Slyder's Point.

« Mes enfants, leur dirait-elle, nous réglions toujours nos affaires nous-mêmes. Il le fallait bien, car le Chenal était large à l'époque et quand le vent rugissait et que le ressac battait la côte et que l'obscurité venait tôt, eh bien, nous nous sentions très petits — guère plus que des atomes de poussière dans l'esprit de Dieu. Alors il était naturel de nous donner la main les uns aux autres.

« *Nous nous donnions la main, mes enfants, et s'il y avait des moments où nous nous demandions à quoi cela servait, ou s'il existait vraiment une chose comme l'amour, c'était seulement parce que nous avions entendu le vent et les flots dans les longues nuits d'hiver et que nous avions peur.*

« *Non, je n'ai jamais ressenti le besoin de quitter l'île. Ma vie était là. Le Chenal était plus large en ce temps-là.* »

Stella atteignit la baie. Elle regarda à droite et à gauche, le vent faisant voltiger sa robe derrière elle comme un drapeau. S'il y avait eu du monde elle serait descendue et aurait tenté sa chance dans le chaos de roches, bien qu'elles fussent luisantes de glace. Mais il n'y avait personne et elle remonta la jetée, passant devant le vieux hangar à bateaux de Symes. Elle atteignit l'extrémité de la jetée et se tint là un moment, la tête levée, le vent s'insinuant en courants d'air alanguis sous les protège-oreilles rembourrés du chapeau d'Alden.

Avec un grognement, elle s'assit au bord de la jetée et puis posa un pied sur la croûte de neige en dessous. Ses bottes s'enfoncèrent un peu ; pas trop. Elle rajusta le chapeau d'Alden — comme le vent tenait à le lui arracher ! — et se mit en marche vers Bill. Elle pensa une fois à se retourner, mais s'en abstint. Elle pensait que son cœur ne le supporterait pas.

Elle marchait, ses bottes s'enfonçant en craquant dans la croûte, et écoutait le léger bruit de succion de la glace. Bill était là-bas, un peu plus loin maintenant, mais il lui faisait toujours signe. Elle toussa, cracha du sang sur la neige blanche qui couvrait la glace. Maintenant le Chenal dévoilait toute son étendue vide des deux côtés et elle pouvait pour la première fois de sa vie lire le panneau CHEZ STANTON, TOUT POUR LA PÊCHE ET LE BATEAU sans utiliser les jumelles d'Alden. Elle voyait les voitures qui filaient dans les deux sens dans la rue principale de La Tête et elle songea avec un réel sentiment d'étonnement : *ils peuvent aller aussi loin qu'ils veulent... Portland... Boston... New York. Imagine !* Et elle pouvait presque imaginer une route qui se déroulait simplement à l'infini, les frontières du monde largement repoussées.

Un flocon de neige tourbillonna devant ses yeux. Un autre. Un troisième. Bientôt une neige légère tombait et elle marchait à travers un aimable monde de blancheur brillante et mouvante ; la Tête-du-Raton-Laveur se drapa d'un rideau de gaze qui parfois se déchirait. Elle leva la main pour rattraper une nouvelle fois le chapeau d'Alden et la neige lui rabattit la visière sur les yeux. Le vent tordait des films de neige fraîche et dans l'une des formes qu'il dessinait elle vit Carl Abersham, disparu en mer avec le mari d'Hattie Stoddard sur le *Dancer*.

Mais l'éclat de la neige se ternit, au fur et à mesure qu'elle se faisait plus épaisse. La rue principale de La Tête s'éloigna, s'éloigna et finit par disparaître. Pendant encore un moment elle put distinguer la croix sur l'église et puis elle s'évanouit aussi, comme un rêve trompeur. Le dernier à s'en aller fut le panneau brillant en jaune et noir CHEZ STANTON, TOUT POUR LA PÊCHE ET LE BATEAU, enseigne d'une boutique où l'on pouvait aussi trouver du carburant pour les moteurs, du papier tue-mouches, des sandwiches italiens et de la Budweiser à emporter.

Puis Stella marcha dans un monde totalement dépourvu de couleurs, un rêve neigeux en gris-blanc. *Tout comme Jésus-sortant-du-bateau,* pensa-t-elle et enfin elle regarda en arrière mais maintenant l'île aussi avait disparu. Elle voyait ses traces s'éloigner, se brouiller jusqu'à ce qu'elle ne distingue plus que les demi-cercles de ses talons... et puis plus rien. Plus rien du tout.

Elle pensa : *c'est le brouillard blanc. Il faut que tu fasses attention, Stella, ou tu n'arriveras jamais sur le continent. Tu marcheras en rond, tu feras un grand cercle jusqu'à ce que tu sois épuisée et alors tu mourras de froid.*

Elle se souvint que Bill lui avait dit une fois que quand on est perdu dans les bois, il faut faire comme si on boitait de la jambe droite pour les droitiers, de la gauche pour les gauchers. Sinon la bonne jambe prend le dessus et on tourne en rond sans s'en rendre compte jusqu'au moment où l'on retrouve ses propres traces. Stella pensait qu'elle ne pouvait s'exposer à ce qu'une chose pareille lui arrive. De la neige aujourd'hui, ce soir et demain, avait annoncé la radio, et dans un brouillard blanc comme celui-ci, elle ne saurait même pas si elle était retombée sur sa piste, car le vent et la neige fraîche l'auraient effacée longtemps avant qu'elle la retrouve.

En dépit des deux paires de gants qu'elle portait, ses mains l'abandonnaient, et ses pieds avaient disparu depuis un moment. D'une certaine façon, c'était presque un soulagement. Au moins l'engourdissement faisait-il taire la clameur de son arthrite.

Stella commençait à boiter à présent, faisant travailler davantage sa jambe gauche. L'arthrite de ses genoux ne s'était pas endormie et bientôt ils hurlaient contre elle. Ses cheveux blancs voltigeaient derrière elle, ses lèvres s'étaient crispées, découvrant les dents (elle avait encore les siennes, quatre intactes) et elle regardait droit devant, espérant que cette enseigne jaune et noir se matérialiserait sur la blancheur volante.

Il n'en fut rien.

Un moment plus tard, elle remarqua que la blancheur brillante se ternissait, se transformait en un gris plus uniforme. La neige tombait plus lourde et plus épaisse que jamais. Ses pieds s'enfonçaient toujours dans la croûte mais maintenant elle avançait à travers cinq centimètres de neige fraîche. Elle baissa les yeux sur sa montre, mais elle était arrêtée. Stella s'aperçut qu'elle avait dû oublier de la remonter pour la première fois depuis vingt ou trente ans. A moins qu'elle ne se soit arrêtée pour de bon? C'était celle de sa mère et à deux reprises, elle l'avait fait porter par Alden à La Tête où M. Dostic avait commencé par s'en émerveiller avant de la nettoyer. Sa montre au moins était déjà allée sur le continent.

Elle tomba pour la première fois un quart d'heure environ après qu'elle eut commencé à remarquer la grisaille croissante du jour. Pendant un moment elle resta sur les mains et les genoux, en se disant que ce serait facile de rester là, de se recroqueviller et d'écouter le vent, et puis la détermination qui l'avait fait avancer à travers tant d'obstacles lui revint et elle se releva en grimaçant. Elle se tint debout dans le vent, regardant droit devant elle, voulant que ses yeux voient... mais ils ne virent rien.

Il va bientôt faire noir.

Bon, elle s'était trompée de direction. Elle avait dû dévier d'un côté ou de l'autre. Autrement elle aurait déjà atteint le continent. Mais elle ne croyait pas s'être égarée au point d'aller parallèlement au continent ou même de retourner en direction de La Chèvre. Un navigateur intérieur lui murmurait qu'elle avait surcompensé et dévié sur la gauche. Elle pensait approcher du continent, mais suivant une diagonale par rapport à la côte.

Dix minutes plus tard (à présent le gris était vraiment profond, et elle se retrouvait dans le bizarre crépuscule d'une forte tempête de neige) elle tomba de nouveau, essaya de se relever, échoua et réussit enfin à se remettre sur pied. Elle demeura chancelante dans la neige, à peine capable de se tenir debout dans le vent, des vagues de faiblesse déferlant dans sa tête, lui donnant tour à tour des sensations de lourdeur et de légèreté.

Peut-être le rugissement dans ses oreilles n'avait-il rien à voir avec le vent, mais ce fut sûrement le vent qui réussit enfin à lui arracher le chapeau d'Alden. Elle fit un mouvement pour la saisir, mais le vent l'éloigna avec aisance hors de sa portée. Un bref instant, elle l'aperçut qui bondissait gaiement en s'éloignant de plus en plus dans le gris qui s'assombrissait, brillante tache orange. Il s'abattit sur la neige, roula, s'éleva de nouveau, disparut. Maintenant ses cheveux volaient librement autour de sa tête.

— Ça va très bien, Stella, dit Bill. Tu peux prendre le mien.

Elle sursauta et scruta la blancheur autour d'elle. Ses mains gantées s'étaient portées instinctivement à sa poitrine, et elle sentit des ongles aigus lui griffer le cœur.

Elle ne vit rien que des voiles de neige mouvants — et puis, sorti de cette gorge grise du soir, dans laquelle le vent hurlait comme la voix du diable dans un tunnel de neige, son mari s'avança. D'abord ce ne furent que des couleurs bougeant dans la neige : rouge, noir, vert foncé, vert plus clair, puis ces couleurs s'assemblèrent pour former une veste de flanelle à grand col, un pantalon de flanelle et des bottes vertes. Il tendait son chapeau dans sa direction, en un geste qui paraissait d'une courtoisie presque absurde et son visage était celui de Bill, sans les marques du cancer qui l'avait emporté (était-ce cela qui l'effrayait ? l'idée que l'ombre ruinée de son époux s'approcherait d'elle, silhouette décharnée de camp de concentration avec la peau tendue et brillante sur les pommettes et les yeux profondément enfoncés dans les orbites ?) et elle éprouva un sentiment de soulagement.

— Bill ? C'est vraiment toi ?

— Videmment...

— Bill, répéta-t-elle, et elle posa sur lui un regard joyeux.

Ses jambes se dérobèrent et elle crut qu'elle allait tomber, tomber, à travers lui — n'était-il pas un fantôme ? — mais il la prit dans ses bras avec autant de force et de compétence que les bras qui l'avaient portée au-dessus du seuil de la maison qu'elle ne partageait plus qu'avec Alien ces dernières années. Il la soutint et un moment plus tard, elle sentit le chapeau fermement enfoncé sur sa tête.

— C'est vraiment toi ? demanda-t-elle de nouveau, en levant les yeux sur son visage, sur les pattes-d'oie qui ne s'étaient pas encore creusées, sur l'épaule enneigée de sa veste de chasse, sur ses vivaces cheveux châtains.

— C'est bien moi. Nous sommes tous là.

Il pivota à demi en l'entraînant dans le mouvement et elle vit les autres émerger de la neige que le vent poussait à travers le Chenal dans l'obscurité croissante. Un cri de peur et de joie mêlées s'échappa de sa bouche quand elle vit Madeline Stoddard, mère d'Hattie, dans une robe bleue qui claquait au vent comme une cloche et tenant par la main le papa d'Hattie, qui était non pas un squelette tombant en poussière dans le fond de l'océan avec le *Dancer,* mais un homme jeune et au corps intact. Et derrière eux, il y avait deux...

— Annabelle ! cria-t-elle, Annabelle Frane, c'est toi ?

C'était bel et bien Annabelle ; même dans cette neige luisante Stella reconnut la robe jaune qu'Annabelle avait portée au mariage de Stella, et tandis qu'elle se frayait un chemin vers son amie morte, serrant le bras de Bill, elle songea qu'elle devait sentir le parfum des roses.

— Annabelle !

— Nous sommes presque tous là maintenant, ma chérie, dit Annabelle en lui prenant l'autre bras.

La robe rose qui à l'époque avait été considérée comme *osée* (mais, au crédit d'Annabelle, et au soulagement de tous, non pas tout à fait comme *scandaleuse*) découvrait les épaules mais Annabelle ne paraissait pas sentir le froid. Sa chevelure, d'un auburn sombre, se déroulait sur toute sa longueur dans le vent.

— Un tout petit peu plus loin.

Elle prit l'autre bras de Stella et ils se remirent en marche. D'autres silhouettes se détachèrent de la nuit enneigée (car il faisait nuit maintenant). Stella reconnut la plupart d'entre elles, mais pas toutes. Tommy Frane avait rejoint Annabelle ; le grand George Havelock, qui était mort comme un chien dans les bois, marchait derrière Bill ; il y avait le type qui avait gardé le phare à La Tête pendant plus de vingt ans et venait dans l'île en février pour le tournoi de cartes que Freddy Dinsmore organisait — Stella avait son nom sur le bout de la langue. Et il y avait Freddy soi-même ! A côté de Freddy, seul, l'air ahuri, marchait Russel Bowie.

— Regarde, Stella, dit Bill et elle vit des formes noires surgir des ténèbres comme les proues brisées d'innombrables navires.

Ce n'étaient pas des bateaux, mais des roches éclatées et fissurées. Ils avaient atteint La Tête. Ils avaient traversé le Chenal.

Elle entendit des voix, sans être sûre qu'ils parlaient vraiment :

Prends-moi la main, Stella...

(est-ce que)

Prends-moi la main, Bill...

Annabelle... Freddy... Russel... John... Ettie... Frank... prenez-moi la main, prenez-moi la main... la main.

(est-ce que tu aimes)

— Veux-tu me prendre la main, Stella ? demanda une nouvelle voix.

Elle regarda autour d'elle et vit que Bull Symes était là. Il lui souriait gentiment et pourtant elle sentit en elle une sorte de terreur pour ce qu'elle avait devant les yeux et pendant un instant elle résista, s'accrochant plus fort à la main de Bill.

— Est-ce que c'est...

— Le moment ? compléta Bill. Eh oui, Stella, je crois. Mais ça ne fait pas mal. Du moins, c'est ce qu'on a toujours dit. Ç'a toujours été ainsi jusqu'à présent.

Tout à coup, elle fondit en larmes — elle pleura toutes les larmes qu'elle n'avait jamais pleurées — et sa main dans la main de Bill, elle dit :

— Oui, pour l'avenir, pour le passé, pour le présent.

Ils formaient un cercle dans la neige, les morts de l'île de la Chèvre, et le vent hurlait autour d'eux, poussant des paquets de neige, et une espèce de chant monta de leur assemblée. Il s'élevait dans le vent et le vent l'emportait au loin. Tous chantèrent alors, comme chanteraient les enfants de leurs voix claires et douces quand le soir d'été se fondrait dans la nuit. Ils chantaient, et Stella sentit qu'elle allait vers eux et avec eux, qu'elle avait enfin traversé le Chenal. Il y eut un peu de douleur, mais pas trop ; la perte de sa virginité avait été plus douloureuse. Ils formaient un cercle dans la nuit. La neige tourbillonnait autour d'eux et ils chantaient. Ils chantaient et...

... et Alden ne le raconterait pas à Davis et à Loïs mais l'été qui suivit la mort de Stella, quand les enfants vinrent pour leurs quinze

jours de séjour annuels, il le raconta à Lona et à Hal. Il leur raconta que durant les grandes tempêtes d'hiver le vent chantait avec des voix presque humaines et que parfois il lui semblait presque saisir les paroles : « Loué soit Dieu pour ses largesses, louez-le, créatures d'ici-bas... »

Mais ce qu'il ne leur raconta pas (vous voyez le lent Alden, dépourvu d'imagination, dire de telles choses à haute voix, même à des enfants ?) c'est que parfois il entendait ce son et avait froid même près du poêle ; qu'il cessait de tailler son bâton, ou bien posait le casier qu'il avait eu l'intention de réparer, en songeant que le vent chantait avec toutes les voix de ceux qui étaient morts et avaient disparu... et ils étaient quelque part sur le Chenal, à chanter comme le font les enfants. Il lui semblait entendre les voix et ces nuits-là il rêvait parfois qu'il chantait la doxologie à ses propres funérailles.

Il y a des choses qu'on ne raconte jamais et des choses non pas exactement secrètes, mais qui ne se discutent pas. On avait retrouvé Stella morte de froid sur le continent le lendemain de la tempête. Elle était assise sur un siège naturel formé par la roche à une centaine de mètres au sud des limites de la ville de La Tête, gelée aussi proprement qu'on voudra. Le médecin qui possédait la Corvette dit que franchement il était étonné. Elle avait dû marcher pendant six kilomètres et l'autopsie, requise par la loi dans les cas de mort inattendue et inhabituelle, révéla un cancer très avancé — en vérité, la vieille dame en était complètement rongée. Est-ce qu'Alden devait dire à David et à Loïs que le chapeau qu'elle portait n'était pas celui de son fils ? Larry McKeen l'avait reconnu. De même que John Bensohn. Il l'avait vu dans leurs yeux et il supposait qu'ils l'avaient vu dans les siens. Il n'avait pas vieilli au point d'oublier le chapeau de son père, la forme de la visière ou les endroits où la fourrure était arrachée.

« Ces choses-là sont faites pour qu'on y pense lentement, aurait-il dit aux enfants s'il avait su en parler. Ce sont des choses sur lesquelles il faut réfléchir tout au long, pendant que les mains font leur travail et que le café attend pas loin dans une solide chope chinoise. Ce sont peut-être bien les questions du Chenal : est-ce que les morts chantent ? Et est-ce qu'ils aiment les vivants ? »

La nuit, après que le bateau de Al Curry eut ramené sur le continent Lona et Hal et leurs parents, les enfants debout à la poupe lui faisant des signes d'adieu, Alden examinait la question, et d'autres, et l'affaire du chapeau de son père.

Les morts chantent-ils ? Aiment-ils ?

Durant ces longues nuits de solitude, après que sa mère Stella Flanders eut à la fin des fins rejoint la tombe, Alden avait souvent le sentiment que les morts faisaient l'un et l'autre.

Notes

L'origine des récits et des nouvelles n'intéresse pas tout le monde et c'est parfaitement normal — il n'est pas nécessaire de comprendre le moteur à combustion interne pour conduire une voiture et il n'est nul besoin de connaître les circonstances qui ont entouré la fabrication d'une histoire pour y prendre quelque plaisir; la création des histoires intéresse les universitaires, les fans et les fouineurs (les premiers et les derniers sont presque synonymes, mais peu importe). Je livre ici quelques notes sur quelques-unes des histoires — le genre de choses qui devraient, je crois, intéresser le lecteur moyen. Mais si vous n'êtes pas même moyen à ce point-là, je vous assure que vous pouvez refermer le livre sans remords — vous ne perdrez pas grand-chose.

« Brume ». Ceci a été écrit durant l'été 1976, pour une anthologie de nouveaux récits rassemblée par mon agent, Kirby McCauley. McCauley avait créé un autre livre de ce genre, *Frights*, deux ou trois ans plus tôt. C'était un livre de poche. A présent, il s'agissait de faire un livre à couverture cartonnée de dimensions beaucoup plus ambitieuses. On lui donna pour titre *Dark Forces*. Kirby voulait que je lui écrive une histoire, et il insista avec l'opiniâtreté, la détermination... et une espèce d'aimable diplomatie qui constituent, je crois, la marque distinctive d'un agent réellement bon.

Je n'arrivais à penser à rien. Plus je réfléchissais et plus il m'était facile de n'aboutir à rien. Je commençais à croire que la machine à nouvelles dans ma tête était en panne temporaire ou définitive. Puis vint la tempête, qui ressemblait beaucoup à ce qui est décrit dans l'histoire. A son apogée, une trombe s'abattit sur Long Lake, à Bridgton, où nous habitions à l'époque et j'insistai pour que ma famille me rejoignît au rez-de-chaussée pendant un moment (mais ma femme s'appelle Tabitha — Stephanie est le prénom de sa sœur). Le voyage au marché le lendemain ressemble aussi beaucoup à ce qui est raconté, même si la compagnie d'une odieuse créature comme Norton m'a été épargnée — dans le monde réel, les gens qui vivaient dans la résidence secondaire de Norton étaient un aimable médecin, Ralph Drews, et son épouse.

Au marché, ma muse s'est tout à coup soulagée sur ma tête — cela arrive toujours ainsi, brusquement, sans crier gare. J'étais au milieu de l'allée centrale, en quête de hot dogs, quand j'imaginai un énorme oiseau préhistorique qui volait lourdement en direction du comptoir à viande au fond, en renversant les boîtes d'ananas en tranches et les flacons de sauce tomate. Pendant que mon fils Joe et moi faisions la queue à la caisse, je m'amusais à me raconter l'histoire de tous ces gens que je voyais, coincés dans un supermarché cerné par des animaux préhistoriques. Je trouvai cela follement amusant — ce qu'aurait été *Fort Alamo* si le film avait été tourné par Bert I. Gorgon. J'écrivis la moitié de l'histoire durant la nuit et le reste dans la semaine qui suivit.

Cela avait demandé du temps, mais Kirby trouva l'histoire bonne et il la mit dans le livre. Elle ne m'a jamais plu autant qu'à lui jusqu'à ce que je la réécrive... en particulier je n'aimais pas que David Drayton couche avec Amanda et ne découvre jamais ce qui était arrivé à sa femme. Cela me paraissait lâche. Mais en la réécrivant, je découvris un rythme du langage qui me plut — et en gardant ce rythme en tête, je parvins à émonder l'histoire pour en faire paraître l'essentiel avec plus de réussite que dans certaines de mes autres longues nouvelles (« Un élève doué » dans *Différentes Saisons* constitue un exemple particulièrement bon de cette affection dont je souffrais — l'éléphantiasis littéraire.)

Le véritable secret de ce rythme se trouve dans l'usage délibéré de la première phrase, que j'ai tout simplement volée à Douglas Fairbairn, dans son roman *Shoot*. Cette phrase est pour moi l'essence de toute l'histoire, une sorte d'incantation zen.

Je dois dire que j'ai aimé aussi la métaphore de la découverte par David Drayton de ses propres limites et j'ai aimé de même le réjouissant mauvais goût de l'histoire — vous êtes censé la voir en noir et blanc, un bras passé autour de l'épaule de votre petit(e) ami(e), avec un gros haut-parleur posé sur la fenêtre. C'est à vous d'assurer la seconde partie du programme.

« En ce lieu des tigres »... Ma première institutrice à Stratford, dans le Connecticut, fut Mme Van Buren. Elle était drôlement impressionnante. Je suppose que si un tigre était venu la boulotter, je n'aurais pas été contre. Vous savez comment sont les enfants.

« Le Singe ». Il y a quatre ans environ, je me trouvais à New York pour affaires. En rentrant à pied à mon hôtel après une visite à mes amis de la New American Library, je vis un type qui vendait des singes dans la rue. Il y en avait toute une bande sur une couverture grise qu'il avait étendue sur le trottoir au coin de la 5ᵉ Avenue et de la 44ᵉ Rue, tous accroupis, grimaçant et tapant sur leurs cymbales. Ils me parurent vraiment redoutables, et tout le reste de mon chemin jusqu'à l'hôtel je ne cessai de me demander pourquoi. Je décidai que c'était parce qu'ils me rappelaient la Dame aux Ciseaux... celle qui tranchera le fil de nos vies à tous, un jour ou l'autre. C'est en gardant cette idée en tête que j'écrivis cette histoire, presque au fil de la plume, dans une chambre d'hôtel.

« Le Raccourci de Mme Todd »... La vraie Mme Todd, c'est mon épouse : cette femme est vraiment une dingue des raccourcis, et une grande partie de celui qui est décrit dans la nouvelle existe réellement. C'est aussi elle qui l'a trouvé. Et il est également vrai que Tabby semble rajeunir parfois, même si j'espère ne pas ressembler à Worth Todd. J'essaie.

Cette histoire me plaît beaucoup, elle me titille. Et la voix du vieil homme est apaisante. De temps à autre on écrit quelque chose qui rappelle le bon vieux temps, quand tout ce qu'on écrivait semblait neuf et plein d'invention. J'ai senti ainsi « Mme Todd » quand je l'ai écrite.

Un dernier point au sujet de cette nouvelle... trois magazines féminins l'ont refusée, deux à cause de cette phrase sur le fait qu'une femme se pisserait sur les jambes si elle ne s'accroupissait pas. Apparemment on a pensé qu'aucune femme ne pissait ou on n'a pas voulu rappeler pareille réalité. Le troisième magazine, *Cosmopolitan*, l'a rejetée, parce que le principal personnage était trop vieux, selon la rédaction, pour intéresser son public.

Sans commentaire... Ajoutons seulement que *Redbook* l'a finalement acceptée — Dieu le bénisse.

« L'Excursion ». Ce récit était destiné à l'origine à *Omni*, qui l'a refusé avec vigueur parce que l'aspect scientifique est par trop déficient. C'est Ben Bova qui m'a donné l'idée de faire travailler les colons à l'extraction de l'eau, et je l'ai introduite dans la présente version.

« Le Radeau ». J'ai écrit cette histoire en 1968 sous le titre « Le Train de bois ». Fin 1969, je l'ai vendue au magazine *Adam* qui — comme la plupart des magazines féminins — payait non à l'acceptation mais à la parution. La somme promise s'élevait à deux cent cinquante dollars.

Au printemps 1970, je rentrais chez moi à une allure de tortue dans mon break Ford après avoir quitté l'University Motor Inn à minuit et demi quand je rencontrai sur ma route des balises de sécurité gardant un passage piétonnier qu'on venait de repeindre. La peinture avait séché, mais nul ne s'était soucié de retirer les balises avant que la nuit tombât. L'une d'entre elles rebondit et arracha le silencieux aux restes pourris de mon tuyau d'échappement. Je fus aussitôt submergé par le genre de fureur violente et vertueuse que seuls les étudiants saouls peuvent éprouver. Je décidai de faire le tour de la ville d'Orono en ramassant toutes les balises. Je les laisserais le lendemain matin devant le poste de police, avec un mot déclarant que j'avais sauvé de nombreux silencieux et de nombreux pots d'échappement et que je méritais une médaille.

J'en ramassai peut-être cent cinquante avant que des lumières bleues ne commencent à clignoter dans mon rétroviseur.

Je n'oublierai jamais le flic d'Orono qui revint vers moi après un long, très long examen de l'arrière de mon break, et qui me demanda : « Fiston, ces balises, elles sont à toi ? »

Les balises furent emmenées, et moi avec. Je fus cette nuit-là l'hôte de la ville d'Orono, bien connue des cruciverbistes. Un mois plus tard environ, je fus traduit en justice devant le tribunal de district de Bangor sous l'inculpation de vol simple. J'étais mon propre avocat et mon client était vraiment idiot. Je fus condamné à deux cent cinquante dollars d'amende, somme que je ne possédais pas, bien entendu. On me donna une semaine pour l'apporter, faute de quoi je serais l'hôte du comté de Penobscot pour trente jours supplémentaires. J'aurais sans doute pu emprunter cet argent à ma mère, mais les circonstances n'étaient pas faciles à expliquer (à moins d'avouer une bonne cuite).

Bien qu'il faille théoriquement toujours éviter le recours aux *deus ex machina* dans la fiction parce que ces dieux jaillis d'une machine ne sont pas vraisemblables, j'observe qu'ils surgissent toujours dans la vie réelle. Le mien survint trois jours après que le juge eut fixé le montant de l'amende, et se présenta sous la forme d'un chèque du magazine *Adam*, d'un montant de deux cent cinquante dollars. C'était pour mon histoire « Le Train de bois ». On eût dit que quelqu'un m'avait envoyé une vraie carte : « Vous êtes libéré. » J'encaissai immédiatement le chèque et payai l'amende. Je décidai fermement de marcher droit et d'éviter désormais soigneusement les balises. Je n'ai pas exactement marché droit depuis, mais croyez-moi, je n'ai plus eu de relations avec les balises.

Mais il y a encore une chose : *Adam* payait seulement à la publication, bon Dieu ! et comme j'avais eu l'argent, la nouvelle aurait dû sortir. Mais je n'ai jamais reçu d'exemplaire, je n'en ai jamais vu aux étals, en dépit d'inspections régulières — je me frayais un chemin parmi de vieux cochons en train d'examiner de grandes revues littéraires comme *Boobs and Buns* (« Nibards et Pétards ») et *Spanking Lesbians* (« Fessées lesbiennes ») et je feuilletais tous les magazines distribués par les messageries. Je n'ai jamais vu cette histoire dans aucun d'entre eux.

Quelque part sur ma route j'ai aussi perdu le manuscrit original. Je me suis remis à penser à cette histoire en 1981, quelque treize ans plus tard. J'étais à Pittsburgh où l'on mettait la dernière main au montage de *Creepshow*, et je m'ennuyais. Je décidai alors de me lancer dans la recréation de cette histoire et le résultat fut « Le Radeau ». Cette nouvelle est semblable à la première pour ce qui est de l'intrigue, mais je crois qu'elle a des aspects bien plus horribles.

En tout cas, si quelqu'un parmi vous a jamais vu « Le Train de bois » ou même si quelqu'un en a un exemplaire, pourrait-il m'en envoyer une photocopie ? Ou même simplement une carte postale confirmant que je ne suis pas fou ? Ça aurait dû paraître dans *Adam*, ou dans *Adam Quarterly* (« trimestriel ») ou (plus vraisemblablement) dans *Adam Bedside Reader* (« Le Livre de chevet d'Adam » ; je sais, je sais, ce n'est pas très glorieux comme nom mais à l'époque je n'avais que deux pantalons et trois slips, et les mendiants ne peuvent pas faire les difficiles, et c'était quand même, permettez-moi de vous le dire, bien mieux que *Fessées lesbiennes*). J'aimerais simplement vérifier que cette nouvelle a été publiée ailleurs que dans le triangle des Bermudes.

« Le Goût de vivre ». Un jour je me suis mis à penser au cannibalisme — parce que c'est le genre de choses auxquelles des types comme moi pensent parfois — et ma muse une fois de plus a vidé ses boyaux magiques sur ma tête. Je sais bien à quel point ça a l'air grossier, mais c'est la meilleure métaphore que je connaisse, toute inélégante qu'elle soit, et croyez-moi quand je vous dis que je lui donnerais volontiers du laxatif si elle en voulait. En tout cas, j'ai commencé à me demander si une personne pouvait se manger elle-même, et si oui, combien de temps elle pourrait se manger avant que l'inévitable n'arrive. L'idée était si parfaitement révoltante que j'étais trop délicieusement horrifié pour faire autre chose qu'y penser pendant des jours — j'hésitais à l'écrire parce que je pensais que je risquais de la bousiller. Finalement, quand ma femme m'a demandé pourquoi je riais un jour où nous mangions des hamburgers sous notre véranda, je décidai qu'il me fallait au moins faire un essai.

À l'époque nous vivions à Bridgton, et je passai une bonne heure à en parler avec Ralph Dews, notre voisin, médecin à la retraite. Quoique dans un premier temps il se montrât dubitatif (l'année précédente, en quête d'une autre histoire, je lui avais demandé s'il croyait possible qu'un homme avalât un chat), il finit par admettre qu'un homme pourrait survivre sur lui-même pendant un moment — comme tout ce qui est matériel, expliqua-t-il, le corps humain n'est que de l'énergie mise en réserve. « Ah, fis-je, mais le choc répété des amputations ? » La réponse qu'il me fit figure, avec très peu de changements, dans le premier paragraphe de l'histoire.

Je suppose que Faulkner n'aurait jamais écrit une chose pareille, hein ? Oh, non.

« Le Camion d'oncle Otto ». Le camion existe vraiment, et la maison aussi ; j'ai raconté l'histoire que je me racontais à leur sujet pour passer le temps au cours d'un long voyage en voiture. Elle me plut et il ne me fallut que quelques jours pour la rédiger.

« Le Chenal ». Le frère cadet de Tabby, Tommy, a été garde-côte. Il avait un poste dans l'Est, dans la région de Jonesport-Beals, sur la longue côte accidentée du Maine, là où les principales tâches des gardes-côtes consistent à changer les batteries des grandes balises flottantes et à sauver la vie de stupides passeurs de drogue qui se perdent dans la brume ou foncent sur les récifs.

Il y a beaucoup d'îles dans ce coin, et beaucoup de communautés insulaires étroitement soudées. Il m'a raconté un équivalent véridique de l'histoire de Stella Flanders, qui vécut et mourut sur son île. Était-ce l'île du Cochon ? L'île de la Vache ? Je ne m'en souviens pas. C'était un animal, en tout cas.

Je n'arrivais pas à y croire.

— Elle n'a jamais voulu traverser jusqu'au continent ?

— Non, elle disait qu'elle n'aurait envie de traverser que lorsqu'elle serait morte, dit Tommy.

Le mot « chenal » ne m'était pas familier, et Tommy me l'expliqua. Il m'a aussi raconté la blague des pêcheurs de homard sur le sacrément long chenal qui sépare Jonesport de Londres, et je l'ai mise dans la nouvelle. Elle a été publiée pour la première fois dans *Yankee* sous le titre : « Les morts chantent-ils ? », titre assez joli, mais après y avoir réfléchi, je suis revenu au titre original.

Eh bien, voilà. Je ne sais pas si ça vous fait la même chose mais chaque fois que j'arrive à la fin, c'est comme si je me réveillais. C'est un peu triste que le rêve vous échappe, mais tout ce qui vous entoure — le réel — en même temps, eh bien, ça a l'air vraiment pas mal. Merci de m'avoir accompagné — ça m'a plu. Ça me plaît toujours. J'espère que vous êtes arrivé entier, et que vous reviendrez... parce que comme dit cet amusant maître d'hôtel de ce bizarre club new-yorkais, il y a toujours de nouvelles histoires.

Stephen King
Bangor, Maine

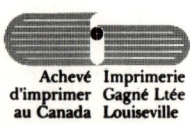

Achevé   Imprimerie
d'imprimer   Gagné Ltée
au Canada   Louiseville